Bij heldere hemel

Verrassende verbanden tussen aarde en kosmos

Willem Beekman

Bij heldere hemel

Verrassende verbanden tussen aarde en kosmos

Opgedragen aan mijn kleindochter Keïla, die werd geboren toen ik dit boek baarde.

Beekman, Willem

Bij heldere hemel ; Verrassende verbanden tussen aarde en kosmos / Willem Beekman –
Zeist: Christofoor
ISBN 90 6238 758 6
NUR 917 SBO 43
Trefwoord: sterrenkunde

Omslagontwerp: .SPATIE(puntspatie)
Fotografie omslag: © Roger Ressmeyer
Vormgeving en opmaak: Mollie Krul

Inhoud

Deel 4 Het kleine licht: De maan

Deel 5 Wandelen tussen de sterren: De planeten

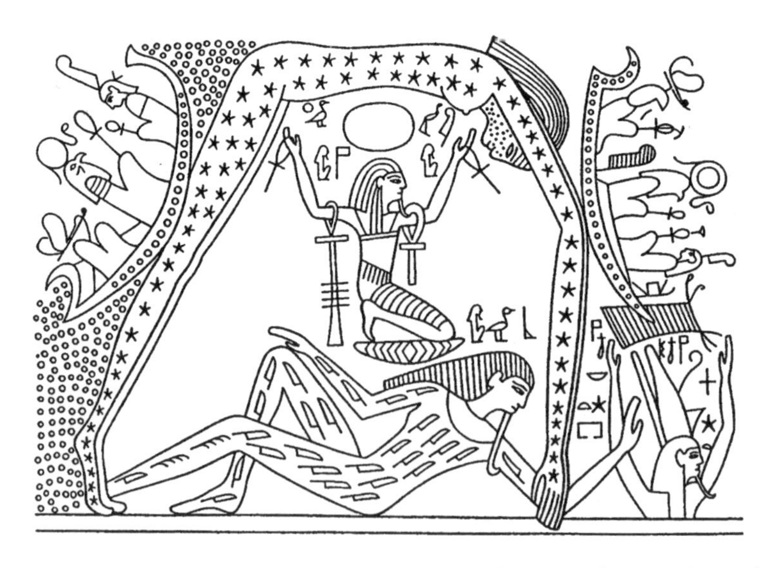

Het Egyptische wereldbeeld: de hemelgodin Noet buigt zich over de aarde, in de vorm van de liggende god Geb. Ertussen probeert de luchtgod Sjoe hemel en aarde te verbinden.

Mijn tocht langs de hemel

De verste geschapen dingen, en ons eigen dichtst bijzijnde zelf –
die twee blijven voor ons mysteries. Wanneer we beide waarnemen,
zijn we inderdaad op de grens van een ander land.

Alan Scott (in: Origen and the Life of the Stars)

Dit boek is het resultaat van een leven lang liefde voor de hemel. Een tussenresultaat, want ik hoop nog veel langer met de hemel te mogen optrekken. Het begon ooit toen ik 12 of 13 jaar oud was en voor het eerst doorkreeg dat er sterren bestonden. Vóór die tijd waren ze er gewoon, na die tijd kreeg ik door dat het een wonder was. Dat was in het begin van de jaren zestig. Ik begon te lezen in Thieme's *Sterrenboek* en droomde van een eigen telescoop. Die kwam er niet omdat ik tijdens het slijpen van een spiegel niet goed oplette en de glasschijf verprutste. Vanaf dat moment – ik had ook al een volledig statief in elkaar gezet – heb ik twee wegen bewandeld: de eerste was heel smal en hield in dat ik met het blote oog zoveel mogelijk probeerde te zien, de tweede was heel breed en betrof de theorie van de sterrenkunde. Als jonge HBS-er bezocht ik avondlezingen van hooggeleerde astronomen, waar ik nauwelijks iets van begreep maar alles van aanvoelde. Ik behing mijn kamer met foto's van sterrenstelsels en planeten, leerde catalogusnummers van de melkwegstelsels uit mijn hoofd – een tamelijk nutteloze bezigheid –, en praatte met vriendjes over de diepten van het heelal. Ik huiverde in die tijd nogal vaak, vooral over de oneindigheid en de grenzen van zowel het heelal als mijn bewustzijn. Astronoom wilde ik worden, want er was op dat moment voor mij niets heiligers dan dit terrein te mogen betreden. Een bezoek aan de radiotelescoop van Jodrell Bank in Wales bezorgde mij tranen in de ogen: daar stond het metalen oor waarmee zo ver en zo diep geluisterd kon worden in de ruimte. Ik liep er op mijn tenen rond en eenmaal thuis drukte ik steeds opnieuw in mijn doka'tje dezelfde foto's af van deze mystieke plek. In de avondschemering lag ik in mijn kamer urenlang te turen naar de foto's van de Andromedanevel, tot ik scheel zag. Helden had ik in die tijd ook en dat waren astronomen: Einstein, Oort, Copernicus en Kepler, om er een paar te noemen. Kleinere helden waren de schrijvers van de sterrenboeken: Alders, Widmann, Sciama en Hoyle. Ook P.G. Meesters, maar dat lees je nog wel. Over de landing op de maan in juli 1969 heb ik het maar niet. Die gebeurtenis was te groot voor woorden.

Door een speling van het lot, die ik in dit boek ook heb beschreven, ben ik nooit sterrenkunde gaan studeren en achteraf spijt me dat niet. Het was nooit iets geworden met mij in die wereld. Ik werd bioloog en daardoor hield de hemel altijd een romantische fascinatie, die er tijdens een studie ongetwijfeld uit was verdwenen. Toch kwam de hemel weer even kijken in één van mijn afstudeerscripties in Amsterdam. Gebogen over stapels grafieken ontdekte ik een verband tussen de groei van bloedcellen en het ritme van de zonnevlekken en ik betrad een heel nieuwe wereld, die van de geokosmische relaties. Daar hoorden namen bij als Solco Tromp, Frank Brown en de encyclopedist Solberger. Er bleek een verband te bestaan tussen een heel verre wereld en de dagelijkse omgeving van planten, dieren en mensen. Het kon niet mooier, want nu zag ik voor het eerst het verband in mijn interesses: sterrenkunde en biologie raakten elkaar op het gebied van de ritmen en daar doemde een wereld op die de afzonderlijk disciplines oversteeg: de chronobiologie.

Maar ik moest geld verdienen en besloot om leraar biologie te worden. Tijdens mijn jaren voor de klas stond de hemel een tijdlang aan de zijlijn en hield ik mij bezig met de bouw van het skelet en de namen van wilde planten. Tot ik in 1977 een nieuwe kans kreeg als leraar aan de Middelbare Land- en Tuinbouwschool 'Warmonderhof'. Behalve de lessen biologie mocht ik daar ook sterrenkunde geven en veel heb ik geleerd van mijn voorganger Dick van Romunde. Er bleek een stroming te bestaan die fenomenologie heette en daar voelde ik mij bijzonder bij thuis. Nieuwe namen doken op, auteurs van sterrenkundeboeken die op curieuze wijze schreven over de waarneming van de hemel met het blote oog in plaats van met telescopen. Schultz, Baravalle, Bühler, Blattmann, Keller-von Asten, Mulder en Perrey, het kon niet op. Ik las die boeken de avond voordat ik er les over gaf en zo bleef ik de leerlingen steeds een paar bladzijden vooruit. Via de biologisch-dynamische landbouw, mijn andere eeuwigdurende liefde, kwam ik terecht bij onderzoekers als Maria Thun en Georg Schmidt, die op een wel zeer praktische manier de hemel en de aarde combineerden. Zij zaaiden volgens standen van maan en planeten en boekten daarmee grote successen. In dit boek zal ik daar heel kritisch over zijn, maar toen was het voor mij een grote bron van inspiratie.

Nog een ander aspect van de hemel kwam in het vizier door mijn samenwerking met een leraar Nederlands, Paul Jan van der Knaap, die in zijn lessen veel mythologie vervlocht. In die voornamelijk Griekse verhalen kwam de sterrenhemel vanuit een cultureel-psychologisch aspect naar voren en ik besloot om in mijn lessen deze verhalen als rode draad te gebruiken. Dat bleek voor de leerlingen een voltreffer, want op die manier was de sterrenkunde niet alleen maar een tamelijk abstract en technisch vak, maar kwam het dichter bij de sfeer van de persoonlijke beleving. Dat heb ik tot 1988 mogen doen; een unieke periode, want waar wordt er nu nog sterrenkunde gedoceerd aan een middelbare school?

Intussen, het was 1984, ontmoette ik de journalist-astronoom Govert Schilling en in de samenwerking met hem ontstond een planetariumprogramma 'Een beeld van de hemel' en de uitgave van het gelijknamige boekje. Daarin combineerden wij de zichtbare hemelverschijnselen met de Griekse mythologische verhalen.

Aan het einde van mijn leraarschap aan de Warmonderhof ontmoette ik Geert Tomassen en via hem kwam ik opnieuw in contact met het vakgebied van de geokosmische relaties. Er ontstond zoveel synergie tussen ons, dat we in 1989 een internationaal congres over dit thema organiseerden, waarvan de door Tomassen verzorgde 'proceedings' een standaardwerk in de literatuur zijn geworden. Zonder de ontmoeting met Geert zou ik dit boek nooit hebben kunnen schrijven en het is jammer dat we begin jaren negentig zijn gestrand in onze gezamenlijke poging om een boek over de zon te schrijven. Er moest namelijk verder gewerkt worden aan een maatschappelijke carrière en via een korte periode in de Hortus Botanicus van Amsterdam kwam ik terecht als onderzoeker aan de Landbouw Universiteit in Wageningen. Daar heb ik mij beziggehouden met biologische landbouw en natuurfilosofie, maar omdat het bloed kruipt waar het niet gaan kan, bleef ik mij in de marge met de hemel bezighouden. Met de studenten deed ik incidenteel workshops over sterrenkunde, met name over de geokosmische relaties, en ik verzamelde literatuur over de zaaiproeven van tuinders en onderzoekers op het gebied van de biologisch-dynamische landbouw. Ik voerde gesprekken met Jan Wesselius, een plantenfysioloog, die zich op vergelijkbare manier met de hemel bezighield, en met Bob Siepman van den Berg, die zich als fenomenoloog ook voor de sterren interesseerde. Intussen gaf ik lessen astronomie aan het opleidingscentrum Kraaybeekerhof, gastlessen aan de Warmonderhof en hield ik verschillende lezingen en workshops in Nederland en België. Eén van die workshops was georganiseerd door mijn oudleerlinge Merle Kooman van den Dries en zij was het die mij de impuls gaf om een boek over dit onderwerp te schrijven. Dat ligt er dus nu en zonder Merle was het er (voorlopig) niet gekomen.

Een andere speling van het lot zorgde ervoor dat ik de Landbouw Universiteit zou verlaten en mijn weg zou zoeken als freelance schrijver en 'lecturer'. Naast mijn werk voor het bureau 'Context' (een samenwerkingsverband met de bioloog-journalist Frans Olofsen) had ik nu de vrijheid en de gelegenheid om dit boek te schrijven.

Fragmenten van de tekst zijn eerder verschenen in de tijdschriften Jonas Magazine, Vruchtbare Aarde, Prana, Bres en Onkruid. Hierin heb ik steeds geprobeerd de hemelverschijnselen zo helder mogelijk uit te leggen of van commentaar te voorzien. Dat is ook de doelstelling van dit boek: de lezer vertrouwd maken met de sterrenhemel, met de verschijnselen die dagelijks te zien zijn en in de loop der seizoenen. Daarnaast heb ik middels mythologische verhalen een inbedding proberen te maken voor de meer technische aspecten van de hemelverschijnselen, opdat zowel buiten- als binnenwereld aan bod komen. Achter deze opzet zit de stille hoop dat vonken van mijn enthousiasme zullen overspringen op de lezer. De relaties tussen aarde en kosmos komen in dit boek ruim aan bod. Bij de hoofdstukken over de zon en de maan heb ik een uitgebreide samenvatting gemaakt van de wetenschappelijke literatuur over de invloeden van deze hemellichamen op aardse processen. Bij de planeten is hierover veel minder beschikbaar en het weinige dat ik kon vinden is in deze hoofdstukken verwerkt.

Bij het zoeken naar literatuur heb ik in de eindfase van het boek nuttige informatie ontvangen van Hans Gerding en Ton van der Putten.

Alle mensen die ik hierboven heb genoemd – wellicht vergeet ik er nog enkele – alsmede Jaap Verheij en zijn collega's van Uitgeverij Christofoor wil ik hartelijk danken voor hun inspiratie en medewerking.

Maar de meeste dank gaat uit naar de hemel, om precies te zijn naar de sterren, de zon, de maan en de planeten. In een stille winternacht op een verlaten plek opkijken naar Orion en in het nevelvlekje van Andromeda de poort zien naar een oneindige wereld: daar gaat niets boven.

Willem Beekman
lente 2002

Vooraf

Als je van een bloem houdt die op een ster woont, dan is het heerlijk om 's nachts naar de hemel te kijken – dan zijn alle sterren met bloemen versierd.

Antoine de Saint-Exupéry (in: De Kleine Prins)

'Even poolshoogte nemen'. De kapitein van het schip wist precies wat zijn stuurman met die woorden bedoelde. Een eenzaam zeilschip op zee zonder vast punt aan de horizon kende maar één houvast om de positie van het schip te bepalen en dat was de hemel. Vreemd eigenlijk, want de sterrenbeelden draaien constant hun rondjes om de aarde en daar lijk je weinig houvast aan te hebben. Een beeld komt op, klimt boven de horizon en daalt daarna weer in de richting van zijn ondergang. Toch is er een punt aan de hemel dat altijd vast ligt en dat punt was voor de oude zeevaarders een baken in de oceaan: de poolster. Of preciezer gezegd: de noordpool van de hemelkoepel, het vaste punt waar alles om draait. En vlakbij dit onzichtbare punt ligt de zichtbare poolster, eenzaam stralend in een nogal leeg gebiedje aan de hemel. Voor het gemak stelden de schippers deze ster gelijk aan de hemelpool en ze namen daarvan de hoogte op, de poolshoogte. Met gradenboog en sextant bepaalde de stuurman de exacte hoek tussen deze ster en de horizon en die hoek leverde een welkom getal op: de breedtegraad op aarde waar het schip zich op dat moment bevond. Hoe verder het schip naar het noorden voer, hoe hoger de poolster stond en hoe groter de breedtegraad. Andersom ook, natuurlijk.

De poolster aan de hemel vertelde op die manier waar je op de aarde was, de hemel wees de weg op zee. Een intiemere band tussen mensen en de kosmos is nauwelijks denkbaar, vooral als je leven er vanaf hangt en het is daarom niet verwonderlijk dat de mensen in vervlogen eeuwen veel meer van de zichtbare hemel wisten dan wij in de 21e eeuw. Zij kenden er de weg zoals wij die kennen op het internet. Zij surften op de golven van de oceaan van een levensechte wereld, wij op de digitale snelweg van de virtuele werkelijkheid.

Maar toch zie je, ondanks alle supertechniek van razendsnelle computerspellen en satellietgestuurde navigatiesystemen, dat er mensen zijn die ook nu nog de rust en de oneindigheid van een stille hemel opzoeken om er kalmte te vinden en het gevoel van ontzag en vertrouwen. Want de hemel is altijd hetzelfde, zonder ruzies en conflicten. Zonder woorden draait de hemel eeuwig rond en wij woelen ons er onderdoor, vol tijdelijke zorgen en vergankelijkheid. En op zulke momenten is het prettig als je aan de hemel een beetje de weg weet, zodat je de beelden kunt herkennen en iets van hun achtergronden en verhalen weet. Ook is het handig om te weten in welk seizoen je 's avonds naar buiten moet gaan om bijvoorbeeld Orion te kunnen zien of de Leeuw.

Om je daarbij te helpen heb ik dit boek geschreven en wel zo, dat ik je meeneem op excursie naar de hemel. In 23 avonden laat ik je zien wat je door de seizoenen heen allemaal kunt zien (en ook wat niet) als je buiten met het blote oog omhoog kijkt. Daarbij komen we ook de zon, de maan en de planeten tegen, die hun banen beschrijven tegen de achtergrond van het hemelse decor van de dierenriem. Ik geef geen theorie vooraf over de hemelkoepel, de equator, de ecliptica en alle modellen die behulpzaam zijn bij het begrijpen en waarnemen van de sterren- en planetenwereld. Dat komt geleidelijk aan wel tijdens onze avondexcursies, alles op zijn tijd. Veel voorkennis is ook niet nodig, want kijken kunnen we allemaal en genieten ook en daarmee hebben we de twee belangrijkste instrumenten in handen om onze weg aan het firmament te vinden. Maar er zijn wel enkele voorwaarden die onze excursies tot een groter succes kunnen maken en de meeste daarvan spreken voor zich:

- kleed je warm aan, want het stil staan kijken is een koude bezigheid.
- zoek een plek op waar het goed donker is en waar de horizon zo open mogelijk is. Midden in een weiland is doorgaans een geschikte plaats, maar ook een heuveltop in de duinen of een bootje op het meer.
- begin pas met kijken als je ogen goed aan het donker zijn gewend en dat is meestal na een kwartier het geval. Vermijd het per ongeluk staren

in de koplampen van een passerende auto, want het duurt weer lang voordat de ogen in hun oorspronkelijke en ontvankelijke staat zijn om het subtiele licht van de sterren goed op te nemen.

- denk er bij het kijken aan dat we 's nachts een heel andere blik hebben dan overdag. Bij daglicht kijken we naar onze omgeving met het centrum van onze ogen, want daar is het netvlies het meest gevoelig voor kleuren. In de nacht kijken we met de rand van ons netvlies en die is veel minder ontvankelijk voor kleur en juist weer meer voor licht. Je kijkt dus in het donker met een 'perifere' blik, je tast met de rand van je ogen het kleine beetje licht af dat ons uit de hemel bereikt. Daarom is het ook verstandig om de allerzwakste lichtbronnen aan de hemel, een zwakke ster, een nevelvlekje, delen van de melkweg, een sterrenhoopje en soms een komeet, niet rechtstreeks aan te kijken maar net een beetje ernaast. Je tast als het ware de directe omgeving van zo'n hemellicht met je blik af en dan zie je aanzienlijk meer dan bij het rechtstreeks staren naar de plek van het licht.
- Alleen kijken is altijd minder leuk dan met een groepje. Niet alleen voor de gezelligheid, maar vooral omdat je met meer mensen ook meer weet. Zo weet de één de Dolfijn aan te wijzen, terwijl de ander je attent maakt op de plek van Cassiopeia. Helemaal alleen de weg vinden aan de hemel, ook met een boekje in het achterhoofd of een goede sterrenkaart onder handbereik, blijft moeilijk en daarbij is de hulp van een ander die net even iets meer weet vaak van grote waarde.

Zo, nu kunnen we op stap voor de eerste avond. Doe het licht maar uit, trek wat warms aan en volg mij naar die stille plek, waar je overal om je heen lekker ver kunt kijken en waar storend stadslicht of auto's in geen velden of wegen te bekennen zijn.

De beroemde astronoom Ptolemeus, met kwadrant, krijgt inspiratie van Urania, de Muze van de Astronomie. (Uit: Gregor Reisch, Margarita Philosophica, Bazel, 1508)

Deel 1 Beelden van licht
De bekendste sterrenbeelden

Eerste avond:
In het hol van de beer

Van haar slapen straalt het maanlicht,
Van haar borst het licht der zonne,
Van haar schouders 't Hemelbeer-licht,
Van haar rug wel zeven sterren.

Kalevala (tiende rune)

De sterrenbeelden die we op deze eerst avond leren kennen zijn bij ons – we leven ongeveer op de 52e breedtegraad – altijd te zien. Tenminste, als het een donkere avond is. Dus doet het er niet zoveel toe of we nu een koude winteravond uitkiezen of een zoele zomernacht, of een fris moment in een ander seizoen. Maar we moeten wel een keuze maken en dus kiezen we voor een avond in de late zomer of vroege herfst, zeg op 1 september om 22 uur of 1 oktober om 20 uur 's avonds.

We beginnen met het opzoeken van de poolster. Dat kan wel heel makkelijk als we precies weten waar het noorden is, bijvoorbeeld met behulp van een kompas of gewoon omdat we deze plek goed kennen. Wijs met je gestrekte arm en wijsvinger naar het noorden op de horizon en ga nu loodrecht omhoog tot je arm een hoek maakt van 52° met de horizon. Nu wijst je vinger precies naar de poolster. Ja, maar dat is lastig! Hoe weet ik nu welke hoek mijn arm maakt als ik geen instrumenten bij me heb?

Precies, en daarom is er een andere methode die veel makkelijker is. Daarvoor zoeken we het bekendste aller sterrenbeelden op: de Grote Beer.

Dit sterrenbeeld, steelpan of ook wel Grote Wagen genoemd, bestaat uit zeven duidelijke sterren. Er zijn er veel meer, maar voor het gemak beperken we ons tot deze zeven. De oude Indiërs zagen in deze sterren de geesten van de zeven grote Rishi's, de leraren der wijsheid die de basis legden voor hun cultuur. Men zegt dat de eerste blanke mensen die in Amerika landden en de taal van de Indianen leerden, naar het noorden wezen en zeiden: 'Zie je die zeven sterren? Die noemen wij de Grote Beer.' De Indianen waren verrukt, omdat ze merkten dat hun eigen naam ook door de blanke man werd gebruikt: 'Ja, dat zijn ook onze Beer-sterren.' Wereldwijd, in alle culturen zijn de zeven sterren verenigd tot een sterrenbeeld, vaak met Beer als naam. In de sterren worden alle mensen een beetje gelijk, meer gelijk dan we op aarde meestal zijn.

Deze Grote Beer staat ongeveer boven de noordhemel, met de steel naar links wijzend. Het pannetje bestaat uit vier sterren, de steel uit drie. Laten we eerst even een test doen met onze ogen om te zien hoe scherp die zijn en richt je blik op de middelste ster van de steel. Dat is op dit moment van de avond ook meteen de hoogste ster uit dit sterrenbeeld. Als je goed kijkt zul je zien dat deze ster niet alleen staat, maar wordt begeleid door een heel klein sterretje er vlak boven. Kun je die twee zien, dan zit het wel goed met de ogen. Zo niet, dan is er nog niks aan de hand. De helderste ster heet Mizar, het kleintje is Alcor en samen worden ze ook wel genoemd het ruitertje te paard. Prachtige namen, zoals veel sterrennamen afkomstig uit de tijd van de Arabieren. Die zagen in de Beer een Grote Wagen, getrokken door paarden. Mizar was een van die paarden, door Alcor bereden.

We gaan nu naar de twee meest rechtse sterren, die samen een wand vormen van het pannetje en de denkbeeldige verbindingslijn van die twee verlengen we 5 keer. Dat is goed te schatten, en we komen tenslotte uit bij... de poolster. Als je nu met gestrekte arm naar deze ster wijst, dan heb je meteen die hoek van 52° te pakken. Alle sterren van de hemel draaien om deze poolster, die het vaste middelpunt vormt van onze hemel. Dat komt omdat de aardas, de verbindingslijn tussen zuidpool en noordpool, precies is gericht op deze plek aan de hemel. En deze aardas draait zelf in een etmaal rond. Aangezien we nu eenmaal de aarde ervaren als een onbeweeglijk vaste ondergrond, waar we zelf aan vast zitten, lijkt het alsof de hemel deze ronddraaiende beweging maakt, met de poolster als centrum. Dat is niet helemaal waar, want de poolster maakt zelf een heel klein cirkeltje rondom de noordpool van de hemel. Dat is namelijk de exacte plek waar de aardas naar toe wijst en de poolster staat er zeer vlak bij, zodat het niet makkelijk is te zien dat deze ster zelf ook draait.

De poolster wijst ons verder de weg naar het sterrenbeeld Kleine Beer,

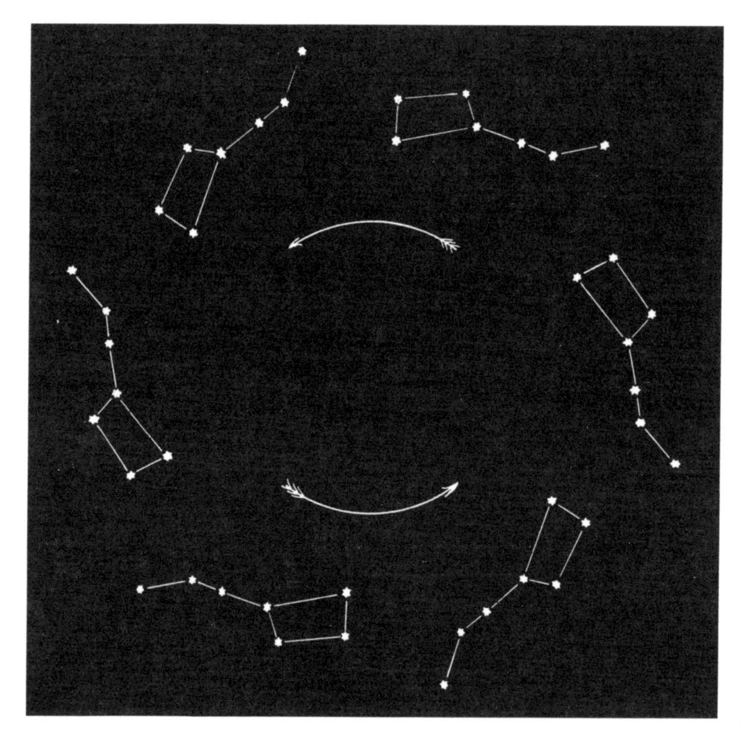

De steelpan van de Grote Beer draait in een etmaal om de poolster.

omdat zij er deel van uitmaakt. Kijk eens naar links van deze ster en je ziet een boog van tamelijk zwakke sterren, die afbuigt in de richting van de Grote Beer. Vier sterren verder en de Kleine Beer is afgelopen. Boven de laatste twee sterren van dit boogje staan nog twee sterren, zodat dit groepje in totaal ook een soort steelpannetje vormt, met de steel naar rechts gekeerd. Ook zeven sterren, net als de Grote Beer, maar dan een pannetje op zijn kop. Als we een paar uur zouden blijven kijken, dan kunnen we zien hoe de Grote Beer langzaam om de poolster heen draait en wel tegen de wijzers van de klok in. Steeds lager komt hij te staan, totdat hij op het einde van de nacht vlak boven de horizon staat en wel recht op de steel. Deze beweging gaat eeuwig zo door, maar omdat het dag wordt, kunnen we de rest niet meer volgen. Precies een etmaal later staat de Grote Beer weer op de plek die hij nu inneemt. Zo vergaat het alle sterrenbeelden, de Kleine Beer incluis.

Het bijzondere van deze Beren is dat ze nooit onder de horizon verdwijnen, althans in onze streken. Ze zijn altijd op en daarmee horen ze tot de weinige sterrenbeelden die we altijd kunnen zien als het donker is, in welk seizoen we ook kijken en hoe laat het ook is. Alleen zien we ze wel steeds op een andere plek in hun draaicirkel staan. Deze altijd-op eigenschap heet in de astronomie 'circumpolair' en daarmee is aangegeven dat deze beelden vlak in de buurt draaien van de pool van de hemel, ofwel de poolster. Nu geldt dit ook voor nog enkele andere sterrenbeelden die we deze avond gaan opzoeken, en wel de Draak, Cassiopeia en Cepheus.

Beginnen we met de Draak, die zich slingert tussen de beide Beren door. Om hem goed te vinden beginnen we precies tussen de poolster en de wand van de steelpan, op de lijn die we daarnet 5 keer hadden verlengd. Daar begint de eerste ster van de Draak en van daaruit loopt er een gebogen lijn van vrij zwakke sterren tussen de Beren door, omhoog buigend langs de Kleine Beer,

De sterren van de Grote Beer zoals ze in heldere nachten te zien zijn. Linksboven is de steelpan goed te herkennen, met de kleine Alcor boven op Mizar. Deze pan is eigenlijk de rug van de Beer, met de steel als zijn staart. Rechts is de driehoekige kop te zien en onder in de figuur de poten, die eindigen in klauwen: de drie paren van telkens twee sterren. Met dat al is de Grote Beer het grootste sterrenbeeld van onze hemel.

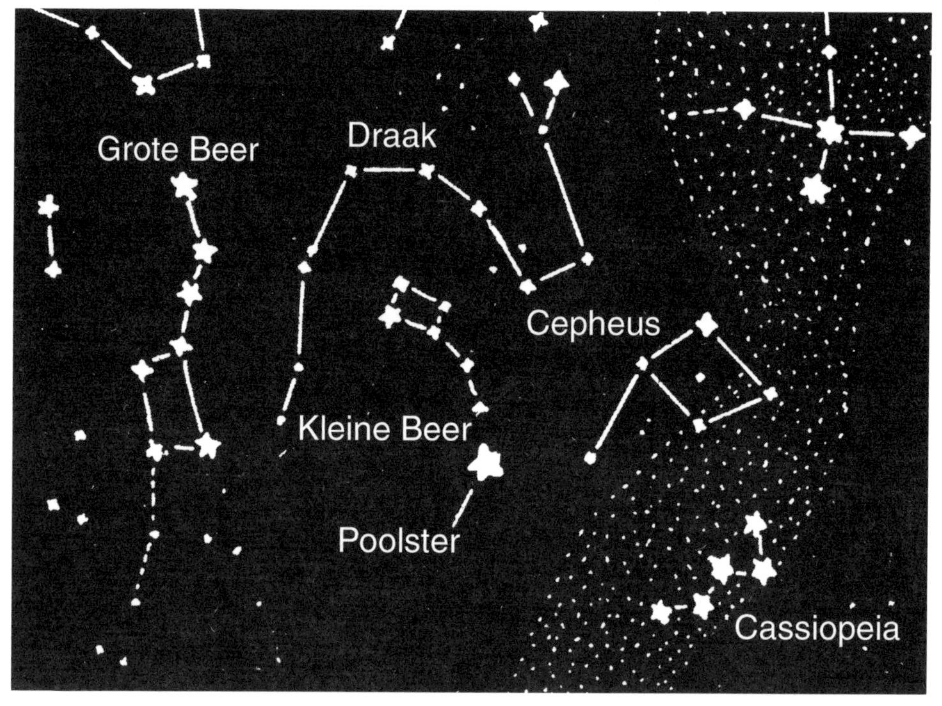

De circumpolaire sterrenbeelden op onze breedtegraad (52° NB).

naar rechts boven de Kleine Beer en tenslotte met een scherpe S-bocht weer terugbuigend naar links en eindigend in een soort ruitje van vier sterren. De totale vorm van dit beeld is een gespiegelde S.

Dan zoeken we nu het bijzonder heldere en mooie sterrenbeeld Cassiopeia, door rechts van de poolster te kijken naar een vijftal sterren die samen het symbool 3 vormen. Omdat ook Cassiopeia ronddraait, zal deze vorm in de loop van de nacht, bij het klimmen van dit beeld, veranderen in de letter M. Staat het beeld links van de poolster – het is dan vóór ons dag – dan zal het de letter E vormen, en staat het vlak boven de horizon, dan is het een duidelijke W. Deze symbolen kun je allemaal zien door je hoofd in alle mogelijke standen te houden en naar het beeld te kijken.

Nu is er nog een circumpolair sterrenbeeld, maar dat is minder duidelijk te herkennen omdat de sterren nogal zwak zijn. Het is Cepheus. Die vind je het beste door te zoeken in het gebied tussen de poolster en Cassiopeia, en wel ietsje daarboven. De vorm van dit beeld is een huisje op zijn kop, zo'n huisje dat we als kind altijd tekenden: een vierkant met een driehoek als dak. Na enig zoeken springt deze vorm ineens in het oog en vanaf dat moment weten we voorgoed dat hier Cepheus staat. Twaalf uur later, als het weer dag is, zal dit beeld rechtop staan zoals het hoort bij huizen, vlak boven de horizon, maar dat zien we natuurlijk niet.

Hiermee hebben we de circumpolaire beelden gezien.

Maar er zijn natuurlijk nog veel meer sterrenbeelden te zien aan deze hemel! Omdat het al laat is geworden, bewaren we die voor een volgende avond en gebruik ik de resterende tijd voor het vertellen van een verhaal over de Grote Beer, want bij ieder beeld hoort een verhaal en wel uit de mythologie, de schatkamer van de beeldentaal uit een vervlogen periode, toen de mensen nog de tijd hadden om elkaar te vertellen over goden, draken en andere wezens.

De schone Kallisto, zo vertelt Ovidius ons in zijn *Metamorphosen*, was de dochter van een Arkadische koning. Ze leefde gescheiden van haar ouders temidden van de bosnymfen in het gevolg van de oogverblindend mooie jachtgodin Artemis. Net als deze godin had Kallisto ooit gezworen om voor altijd maagd te blijven en daarmee verwierf ze haar plek als eerste van de goddelijke begeleiders in het woud. Maar het zou anders lopen dan ze zich had voorgenomen, want de oppergod Zeus werd verliefd op haar en hij benaderde haar in de vorm van de godin Artemis. Ze kusten elkaar, zoals gewoonlijk, en toen merkte Kallisto dat ze bedrogen werd. Vol zelfverwijt rende ze door de bossen en schuw sloot ze zich weer aan bij het gevolg van de jachtgodin, voortaan in vrees levend voor de onthulling van haar geheim.

Toen nu de maan haar negende ronde had volbracht, kwamen de vrouwen bij een bron aan in het koele woud en Artemis stelde voor om naakt te gaan baden. Kallisto kon haar geheim niet langer bewaren en ze werd ruw verdreven door de woedende Artemis. In de eenzaamheid van het woud baarde ze bij de tiende maanronde haar kind, een prachtige en sterke jongen, die ze Arkas noemde. Later zou hij de stamvader worden van het grote geslacht der Arkadiërs.

Intussen had de jaloerse Hera, de vrouw van Zeus, vanaf haar hemelse woonplaats alles gezien en in haar woede veranderde ze Kallisto in een wilde berin. Zo doolde ze als beer rond in de bossen, maar van binnen was ze nog steeds een mens, verjaagd door de andere mensen en bang voor de dieren. Vijftien jaren gingen voorbij en Arkas groeide bij pleegouders op tot een krachtige jager, die niets wist van het lot van zijn moeder. Op een wandeling in het woud kwam hij de berin tegen en Kallisto herkende haar zoon onmiddellijk en wilde hem omhelzen. Vol schrik hief Arkas zijn speer om het dier te doden, maar op dat ogenblik greep Zeus in. Hij nam het paar op en zette ze aan de hemel, waarbij Kallisto de Grote Beer werd en Arkas de ster Arcturus, die altijd achter de Grote Beer aanloopt in de hemel.

Hera voelde zich hevig gekrenkt en daalde af naar de diepten van de oceaan, waar de zeegoden wonen. Bij hen wist ze voor elkaar te krijgen dat de berin nooit meer zou kunnen onderduiken in de oceaan om zich te verfrissen en te drinken. Voor eeuwig zou de Grote Beer boven de horizon moeten verblijven. En zo komt het dat wij dit sterrenbeeld nooit zien ondergaan.

TIP

Wijs met gestrekte arm naar het sterretje dat het dichtst bij de poolster staat. Beschrijf nu al draaiend met je arm de baan van dit sterretje rondom de poolster in een etmaal. Beweeg daartoe tegen de wijzers van de klok in en maak een denkbeeldige cirkel aan de hemel. Doe ditzelfde met een volgende ster, die iets verder van de poolster af staat. Ga nu al cirkelend met de arm door met het kiezen van steeds grotere banen, tot je tenslotte een baan beschrijft die raakt aan de horizon. Deze baan geeft de grens aan van de circumpolaire sterren; alles wat zich binnen die baan bevindt gaat in onze streken nooit onder de horizon. Binnen deze cirkel (met een straal van 52°) kun je alle hierboven beschreven sterrenbeelden vinden. Je vindt ook afzonderlijke sterren die tot andere sterrenbeelden behoren, maar de rest van deze sterrenbeelden verdwijnt wel onder de horizon en zijn dus geen circumpolaire beelden.

Ga nu door met het beschrijven van steeds grotere bogen, waarbij je almaar dieper onder de horizon zakt met je arm. Let eens op de manier waarop de sterren opkomen en weer ondergaan: ze beschrijven als het ware een kommetje ten opzichte van de horizon. Dat is typerend voor de noordhemel. Alle sterrenbanen zijn daar 'hol' in tegenstelling tot de 'bolle' banen van de sterren aan de zuidhemel. Om dat in te zien ga je door met bewegen, totdat je niet verder kunt draaien met je arm en wel gedwongen bent om je een slag om te draaien, met het gezicht naar de zuidhemel. Blijf intussen wel doorbewegen met je arm en je zult zien dat de sterrenbanen nu ten opzichte van de horizon 'bol' verlopen. De grootste baan die je op dit moment beschrijft, gaat ongeveer op in het oosten en onder in het westen. Ga door met het draaien van steeds kleiner wordende cirkels, tot je sterrenbanen beschrijft die helemaal niet meer boven de horizon uitkomen. Dat zijn de bij ons altijd onzichtbare banen van de sterrenbeelden die de mensen op het zuidelijk halfrond van de aarde goed kunnen zien. Tenslotte eindig je met het beschrijven van een piepklein baantje rondom een denkbeeldig middelpunt dat ver onder de horizon ligt. Deze hemelzuidpool is de tegenpool van onze poolster. Op het zuidelijk halfrond lijken alle sterren rondom deze hemelzuidpool te draaien, maar pech is wel dat er niet zo'n mooi sterretje in de buurt staat zoals bij ons de poolster. Onze zuiderburen moeten het doen met een leeg stukje hemel waar alles om draait.

INTERMEZZO

Sterren kijken kan ik niet laten. Als kind al kwam ik bij de hemel over de vloer. Nu had ik de pech dat mijn ouderlijk huis was ingeklemd tussen hoge muren van buren, zodat er slechts een smalle strook hemel overbleef voor mij. Die strook dreef mij verder. In gedachten voegde ik de overige hemelkoepel naadloos aan haar toe. Zo zag ik van binnen de sterrenbeelden die mij uiterlijk werden onthouden. Ik kwam niet op de gedachte om buiten de stad een vrije horizon op te zoeken, ongehinderd door storend licht, en daar alle parels en diamanten met eigen ogen op te zoeken. Nee, ik woonde nu eenmaal tussen muren en daar moest ik het mee doen.

Wel was ik jaloers op een jongen die in een kapitaal pand aan de weilanden woonde en bovendien nog een sterrenwacht op zijn dak bezat. Fijn voor hem, maar ook een bezoek aan die knaap was uitgesloten.

Ondertussen bouwde ik aan telescopen en verslond sterrenboeken. Omdat 'mijn' strook zo haar beperkingen had en het weer in Nederland ook, taande geleidelijk mijn belangstelling voor de eigen waarneming en verliet ik mij op die van anderen.

Vanaf die tijd begon ik hevig te dromen van dichtbezaaide sterrenhemels met beelden die niemand kende, behalve ik. Verre reizen maakte ik langs de hemel en ik voelde me nergens zo thuis als daar. Als ik dan later weer eens naar mijn strook opkeek, voelde ik een lichte teleurstelling bij de kaalheid en soberheid van het echte sterrenlicht. Van binnen was het veel rijker en dat was tenminste van mezelf. Van buiten zag ik slechts een schaduw van wat mogelijk was en die moest ik met zovelen delen.

In die tijd besloot ik sterrenkunde te gaan studeren. Vol trots meldde ik mijn voornemen bij de rector van mijn school en die was er niet gelukkig mee. Hij bleek zelf een gepromoveerd astronoom te zijn. Niet doen, was zijn advies, want je kunt er geen droog brood mee verdienen (dat vond ik toen niet zo erg), je moet een kei in wiskunde zijn (dat was ik niet en vond ik al erger) en bovendien zul je slechts grafieken en computer-uitdraaien mogen bestuderen in plaats van de romantiek van het turen in koude nachten door immense telescopen naar raadselachtige nevelvlekken (dat deed de deur dicht).

Ik heb een ander vak gekozen, maar ben de hemel trouw gebleven. Jaren later, op een bergtop in Zwitserland, heb ik op een kristalheldere nacht een uitspansel gezien dat in de buurt kwam van mijn vroegere dromen. Toen wist ik het zeker: de hemel van binnen en die van buiten zijn eigenlijk hetzelfde. Dat ik hier niet eerder op ben gekomen kwam gewoon door Nederland en haar moerassige luchten. En ineens snapte ik ook waarom ons land zoveel beroemde astronomen heeft voortgebracht, alsmede de uitvinder van de telescoop. Dat waren mannen die net als ik op zoek gingen naar het innerlijk paradijs in de hoop dat in het heelal te kunnen vinden.

Tweede avond: *Perseus en zijn familie*

't Paleis der hemelen, waar ik uit neer kom dalen,
bezit een schat van flonkerende juwelen,
zó groot dat nooit een hand ze omlaag kan dragen.

Dante (in: De Goddelijke Komedie, Het Paradijs)

Deze tweede avond is er ook eentje in de herfst, maar dan een maand later. Dat kan zijn op 1 oktober om 22 uur of op 1 november om 20 uur. Je kent intussen de Grote Beer, de Kleine Beer (met de poolster), de Draak, Cassiopeia en Cepheus, dus hebben we al een aardig houvast aan de hemel gevonden.

Ik ga je meenemen naar de sterrenbeelden die boven de oostelijke hemel zijn te vinden en we richten onze aandacht op Perseus, Andromeda, Pegasus en de Walvis. De reden daarvoor is dat deze beelden met elkaar een prachtig Grieks verhaal vertellen, dat ik aan het eind van deze avond wil presenteren. Dat doen we dan binnen, met een kop dampende chocolademelk erbij en dan maken we ook het haardvuur even aan.

We beginnen onze reis bij Cassiopeia, die we nu goed herkennen als de letter W aan de hemel. Van Cassiopeia gaan we naar beneden en we komen uit bij een verticaal staande gebogen lijn van sterren, die Perseus heet. Als het goed donker is en de horizon is geheel vrij, dan zie je rechts onder dit beeld een groepje zeer dicht opeen staande sterren. Deze Pleiaden, ofwel het

Zevengesternte, horen niet tot Perseus maar tot het dierenriembeeld Stier. Daar hebben we het op een volgende avond nog wel over.

Laat je oog even rusten in het midden van Perseus en ga dan iets naar rechts. Je komt dan bij een paar sterren terecht, waarvan er eentje helder kan zijn. Dat klinkt vreemd, want sterren zijn toch altijd hetzelfde? Maar juist hier vinden we een ster, Algol, die veranderlijk is van lichtsterkte. Deze Arabische naam betekent 'De Duivelsster' en geeft aan dat de Arabieren al wisten van de veranderlijkheid van deze ster. In de loop van ongeveer 70 uur tijd ondergaat zij een dramatische verzwakking van haar licht, die in een uur of vijf zich voltrekt. Dan is ze slechts een onopvallend sterretje temidden van een groepje, maar weer vijf uur later glanst ze op om de helderste ster van het groepje te worden. Dat komt door een tweede sterretje, onzichtbaar voor ons oog, dat rondom de hoofdster draait en tijdens het passeren het licht van deze hoofdster aanzienlijk afzwakt. In de verschillende verhalen over de hemel hebben deze veranderlijke sterren, waarvan er meer zijn aan de hemel, altijd een negatieve bijklank. Het zijn de duivels, monsters en draken van de hemel, want sterren horen constant te stralen. Ze zijn immers het goddelijke licht en als dat licht verzwakt, dan moeten er wel kwade krachten aan het werk zijn. Aldus het mythische wereldbeeld. Zo zagen de Grieken in deze ster de duivelse kop van het vrouwelijke monster Medusa.

Tussen Cassiopeia en Perseus in kun je bij goed helder weer een tweetal vage vlekjes zien en wel vooral als je oog om deze vlekjes heen cirkelt. Mocht je een verrekijker bij je hebben (een 7 x 50 veldkijker bijvoorbeeld) dan is het de moeite waard om deze vlekjes eens dichterbij te halen. Ze blijken dan te bestaan uit een groot aantal zwakke sterren, die met elkaar het losse verband vormen van een zogenaamde open sterrenhoop.

Vanaf Perseus gaan we nu naar rechtsboven, richting het noordoosten en dan komen we bij een licht gebogen lijn van ongeveer even heldere sterren uit, die eindigt in een zeer groot vierkant dat op een hoekpunt staat. Deze lijn is het sterrenbeeld Andromeda en het vierkant is Pegasus, het gevleugelde paard. Een andere naam voor Pegasus is ook het Herfstvierkant, en dat is niet verwonderlijk, omdat vooral in de herfst dit indrukwekkende beeld goed zichtbaar is aan de avondhemel. In Andromeda kun je bij kraakhelder weer nog iets bijzonders zien en wel de zogenaamde Andromedanevel. Daarvoor moet je halverwege de gebogen lijn iets omhoog gaan en met de bekende 'perifere' blik de hemel aftasten. Dan zie je met enig geluk een elliptisch vlekje, dat astronomen altijd in vervoering brengt en koude rillingen bezorgt. Het is met de veldkijker al wat beter te zien als een ovale lichtvlek, met een heldere kern en zwakke rand. Deze nevel blijkt een melkwegstelsel te zijn, vergelijkbaar met onze eigen melkweg, bestaande uit honderden miljoenen sterren op een afstand van wel twee miljoen lichtjaar van de aarde (een lichtjaar is de afstand die het licht aflegt in een jaar, waarbij de snelheid 300.000 kilometer per seconde bedraagt! Dat is per seconde van de aarde naar de maan. En dat een jaar lang. En dat twee miljoen keer. Kun je het je nog voorstellen? Niemand kan dat, maar de astronomie beschouwt deze Andromedanevel als een zeer nabije buurvrouw van onze eigen melkweg...).

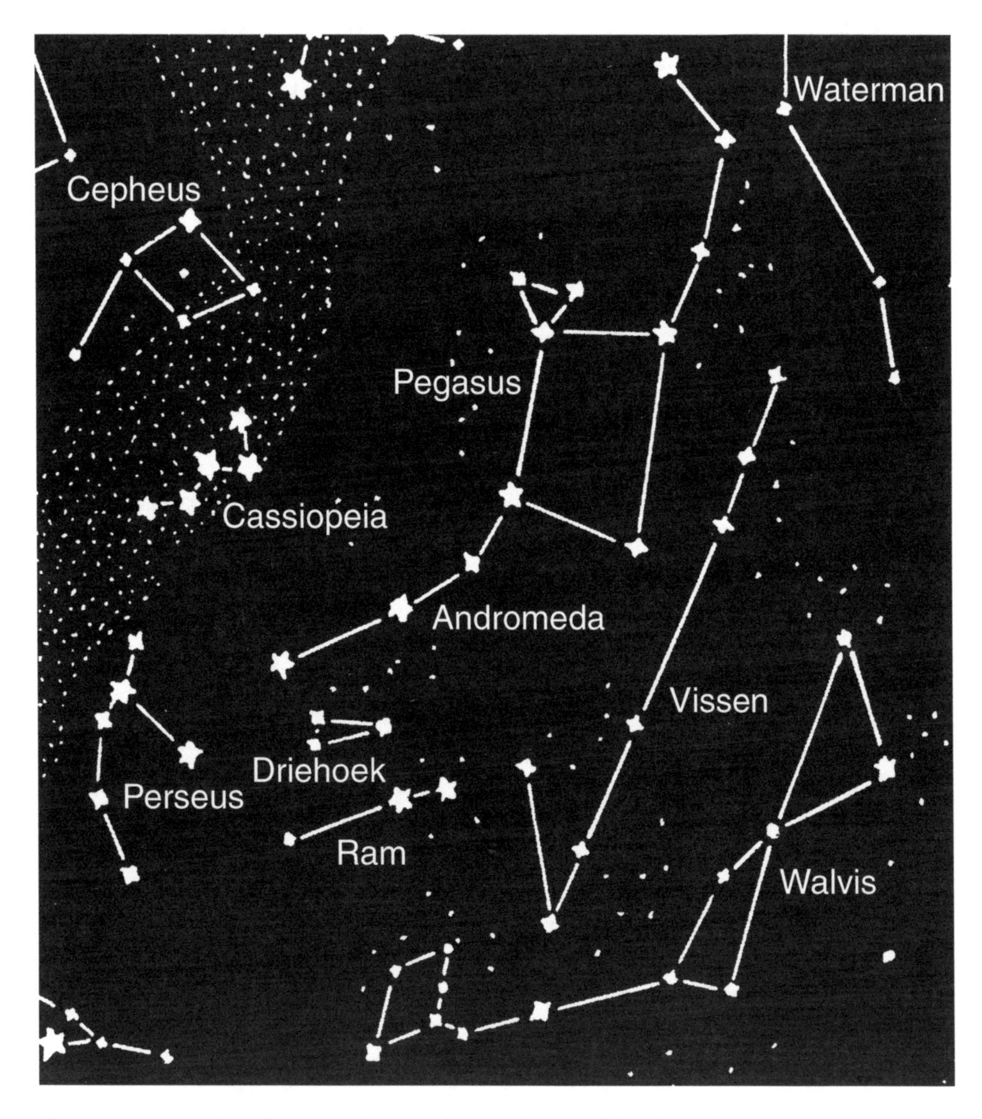

De groep sterrenbeelden van Perseus boven de oostelijke hemel.

Nog een paar sterrenbeelden wil ik je laten zien voordat we weer naar binnen gaan. Als eerste is dat de Driehoek, zoals de naam al aangeeft een driehoekig beeldje van drie sterren, met de punt naar rechts en vlak onder Andromeda. Nu weet ik uit ervaring hoe agressief cursisten kunnen worden als ik ze wijs op een driehoek aan de hemel, want het wemelt er van de driehoeken, vierkanten en gebogen lijnen. Er is werkelijk geen touw aan vast te knopen, zoveel willekeur er lijkt te zitten in het benoemen van nu juist die groep sterren die een beeld met elkaar vormen. Maar toch... Eenmaal gevonden en herkend laten de bekende beelden je niet meer los en dan zal het voortaan wel heel makkelijk zijn om ze te ontdekken. Zo ook deze Driehoek. Vlak onder de Driehoek zie je, iets naar rechts, het kleine beeldje Ram. Dat zijn eigenlijk maar drie sterren, die met elkaar een geknikt lijntje vormen.

Zakken we tot vlak boven de horizon, dan kunnen we met enige moeite een verzameling zwakke sterren zien, die met elkaar het even vage sterrenbeeld Walvis vormen. Wel zeer uitgebreid, in horizontale richting naar het noordoosten, en daarom is het ook een Walvis en geen spiering. De helderste ster hiervan is Mira, de Wonderbaarlijke, omdat ook zij een veranderlijke ster is, die in oude tijden met duivelse krachten werd verbonden.

Zo, nu een verhaal en wel de avonturen van de held Perseus die met zijn mede-avonturiers een plek aan de hemel heeft gekregen sinds de Grieken elkaar dit verhaal vertelden.

Het begint allemaal bij koning Akrisios van het kleine stadstaatje Argos. Hij had een mooie dochter, Danaë genaamd, maar geen zoon als erfopvolger. Hij vroeg om raad aan het orakel van Delphi en dat zei hem dat hij een kleinzoon zou krijgen die hem later van de troon zou stoten. Uit angst voor het verlies van zijn dierbare koninkrijk liet hij zijn dochter opsluiten in een ijzeren kooi in de kerkers van zijn paleis en zette een tot de tanden toe gewapende schildwacht voor haar gevangenis. Toen de maan echter haar tiende ronde had volbracht, hoorde de koning uit de diepten van zijn kerkers een zacht kindergehuil opstijgen en hij liet zijn dochter halen. Vol trots liet ze haar boreling, een jongetje, zien aan de koning en noemde daarbij zijn naam: Perseus. De koning was ontzet en zag nu voor zijn ogen het eerste deel van de orakelspreuk in vervulling gaan. Danaë vertelde hem nog dat zij zwanger was geraakt van een gouden regen uit de hemel en een stem had gehoord van de oppergod Zeus, die de vader van het kind was, maar dat hoorde de koning al lang niet meer. In plaats daarvan gaf hij opdracht om moeder en zoon in een kist op te sluiten en die kist in de Aegeïsche Zee te werpen.

Het zou werkelijk slecht afgelopen zijn met die twee als niet de stroomnymfen ervoor hadden gezorgd dat de kist afdreef naar de kust van een klein eilandje. Daar verscheen hij in de netten van een visser, die moeder en zoon in zijn huis opnam en goed verzorgde. Zo groeide Perseus op tot een krachtige jongen en iedereen zag dat er een held in hem school, zo mooi en sterk was hij. De koning van het eiland echter begeerde de fraaie Danaë en hij wachtte een kans af om haar alleen te spreken te krijgen. Dat lukte hem niet, omdat Perseus zich als taak had gesteld om zijn moeder overal te begeleiden en beschermen, waarheen ze ook ging. Veel anders had hij ook niet te doen op dat eilandje en de koning zon op een list om de knaap weg te lokken. Op een dag zocht hij Perseus op en stelde hem voor een zware opgave te vervullen: 'Breng mij het hoofd van het monster Medusa en dan zul je mijn koninkrijk mogen overnemen.'

De koning hoopte met deze onmogelijke opgave voorgoed van de knaap verlost te zijn en groot was dan ook zijn vreugde toen Perseus er direct op in ging. Details kon de koning zelf echter niet geven en Perseus zocht daarom heil in zijn dromen. Daarin verschenen de goden om hem te helpen met wijze raad en attributen voor zijn moeilijke tocht. Zo hoorde hij van de godin Pallas Athene, dat Medusa een heel gevaarlijk monster was, met giftige slangen in plaats van haren op het hoofd, een dodelijke blik in de ogen die iedereen in steen deed veranderen, giftig slijm uit de walgelijk stinkende mond, slagtanden, haakneus, klauwen met ijzeren nagels die alles openscheurden en ook twee gouden vleugels op de rug waarmee ze sneller kon vliegen dan de wind. Pallas vertelde ook nog dat Medusa niet alleen woonde, maar met twee zusters die sprekend op haar leken. Het was echter alleen om Medusa te doen, want zij was de enige sterfelijke van de drie zusters. Het afhakken van de kop van één van de andere vrouwen zou alleen tot gevolg hebben dat er twee nieuwe koppen voor in de plaats kwamen en dat schoot natuurlijk niet op. Ook hoorde Perseus nog dat deze Gorgonen in het westen woonden, daar waar de zon ondergaat en de bronnen zijn van de oceaan. Pallas gaf hem nog een glanzend bronzen schild mee en toen was het de beurt aan de god Hermes om hem te helpen. Die gaf aan Perseus een scherp, getand zwaard om de kop mee af te slaan, een zak om het hoofd in te bewaren, een paar gevleugelde schoenen om mee te kunnen vliegen en een helm waarmee Perseus zich onzichtbaar kon maken.

Zo vloog Perseus drie dagen en drie nachten lang door tot hij bij de Gorgonen aankwam. Hij trof de vrouwen slapend aan en naderde ze door in het spiegelende oppervlak van het bronzen schild te kijken. Mocht onverhoopt één van de vrouwen wakker worden, dan zou de blik hem niet rechtstreeks aankijken en ontliep hij het gevaar van verstening. Maar wie was nu Medusa? Veel tijd om na te denken had hij niet, dus sloeg hij de middelste de kop af, niet wetend dat het Pallas Athene zelf was die zijn hand richtte. Onmiddellijk spoot er een enorme straal bloed uit de hals van het ontzielde lichaam van het monster, met zoveel kracht dat het de hemel bereikte. In die straal vloog een wit gevleugeld paard mee omhoog en nam zijn plaats voorgoed in aan de hemel: Pegasus, ontstaan uit de verbinding tussen Medusa en de Zeegod.

Snel nam Perseus de kop, deed hem in de zak en vloog als een speer weg, waarbij hij vergat zijn helm op te zetten. Inmiddels waren de zusters wakker geworden van al het gedoe en zagen ze wat er gebeurd was. Sneller dan de wind vlogen ze met hun gouden vleugels achter het stipje aan, dat nog net aan de horizon te zien was. Perseus hoorde achter zich het volle geruis van de vleugels en besefte dat hij zichtbaar was voor de vrouwen. Zo snel hij kon zette hij de helm op en verdween. De Gorgonen bleven nog even doelloos rondcirkelen, maar zochten toen hun plek weer op in de oceaan, waar ze tot op de dag van vandaag nog leven.

Drie dagen en drie nachten had de held nodig om terug te vliegen naar Griekenland. Maar onderweg raakte hij wat uit koers en belandde hij aan de oostkust van Ethiopië, waar zich een wonderlijk tafereel voor zijn ogen ontrolde: een mooie jonge vrouw hing geketend aan de rotsen, aan polsen en enkels, boven de afgrond van de oceaan. Boven haar stonden mensen luid te jammeren en Perseus zag al snel dat dit koninklijk gezelschap was. Hij vloog voor de vrouw, deed zijn helm af en vroeg haar naam. Verstijfd van schrik zag Andromeda deze wonderlijke man voor zich hangen en weigerde om maar iets te zeggen. Toen Perseus bleef aandringen, voelde ze zijn goede intentie en vertelde ze haar verhaal. Ze hing daar als slachtoffer voor het afschuwelijke monster Ketos, een reusachtige walvis, die al de helft van het land Ethiopië had weggevreten als straf voor de ijdelheid en zelfingenomenheid van haar ouders, koning Cepheus en koningin Cassiopeia. In een roekeloze bui had Cassiopeia uitgeroepen mooier te zijn dan de goden en dat kan een sterveling zich niet veroorloven. Direct lieten de goden hun vreselijke straf over het land dalen en de walvis zou alleen dan verdwijnen als Andromeda, de oogappel van het koninklijk paar, geofferd zou worden aan dit monster. Nauwelijks was Andromeda uitgesproken of achter haar verscheen een hoge vloedgolf, die de komst aankondigde van het monster. Met zijn reusachtige bek wijd opengesperd kwam hij als een slagschip naderbij en Perseus stortte zich met alle kracht op de rug van het dier. Met zijn zwaard stak hij tot zo diep in het vlees, dat zijn vuist in de bloedende wond verdween, maar voor de walvis was dit slechts een speldeprik. Steek na steek deelde Perseus uit, waardoor het monster werd afgeleid van zijn eigenlijke taak: het verslinden van Andromeda. Uren verstreken en Perseus werd zo

De sterren van Perseus, met rechts de vier die het hoofd van Medusa vormen. Let ook op de open sterrenhoop boven in het beeld, die de brug vormt met Cassiopeia. Met enige fantasie is de gestalte van Perseus te zien: de sterrenhoop is zijn rechterhand, waarin een zwaard rust, de kop van Medusa houdt hij in de linkerhand. Onderin zijn de twee benen zichtbaar, met de onderste sterren als de gevleugelde schoenen.

moe, dat hij eventjes maar met zijn schoenen het roodgekleurde water van de oceaan raakte. Direct verdween alle kracht uit de held en zonk hij in de zee, zich vastklampend aan een uitstekende rotspunt. Nu kon hij alleen nog maar wachten op het monster dat recht op hem afkwam, met open muil. Perseus stootte zijn zwaard met alle kracht in de borst van het monster, doorboorde diens hart en rochelend zonk het dier naar de bodem van de oceaan, in een draaikolk van bloed en water.

Met zijn laatste krachten bevrijdde de held Andromeda van haar ketenen en in optocht werden ze door een juichende menigte naar het paleis gevoerd. Daar trouwde het stel en Perseus besloot om terug te gaan naar zijn vaderland en wel als eerste naar zijn grootvader Akrisios, om te kijken hoe het hem was vergaan. Zonder enige kwade bedoelingen naderde Perseus het koninkrijk van zijn grootvader, maar die was al door boodschappers gewaarschuwd dat zijn kleinzoon in aantocht was. De angstige Akrisios met het slechte geweten vluchtte naar een naburig stadstaatje en zo kon Perseus zonder slag of stoot de troon van zijn grootvader bestijgen.

Jarenlang regeerde hij met wijsheid zijn rijk, kreeg vele nakomelingen en was gelukkig. Op een dag nu besloot Perseus om zich in te schrijven voor de Olympische Spelen, die gehouden werden in een naburig stadstaatje. Hij deed mee aan alle onderdelen en won ook alles. Het laatste onderdeel was het discuswerpen. Perseus wierp met alle kracht de discus weg, maar ineens werd het voorwerp door een plotselinge windvlaag gegrepen en belandde in de tribune. Daar trof het de slaap van een oude man, Akrisios genaamd, die op slag werd gedood. Precies zoals het orakel voorspeld had werd Akrisios door zijn kleinzoon gedood.

De nakomelingen van Perseus, de Perseïden, verhuisden naar een rijk in het verre oosten, dat ze naar hun stamvader noemden: Perzië.

Je ziet, in dit verhaal komen de sterrenbeelden van onze tweede avond tot leven: Perseus (met Medusa), Andromeda, Cassiopeia, Cepheus, Pegasus en Walvis. Een groot verhaal voor een groot stuk van de hemel.

TIP

Dit keer een oefening die je ook overdag thuis kunt doen. Stel je eens voor dat je een reis maakt naar het noorden, via Scandinavië naar de noordpool en dat je onderweg steeds naar de hemel kunt kijken. Je volgt de poolster,

Zo bewegen de sterren op de Noord- en Zuidpool: evenwijdig aan de horizon.

die steeds hoger komt te staan. Bij Oslo, dat ligt op de 60e breedtegraad, staat de poolster ook 60° hoog. Bij Spitsbergen zit je al boven de 75° (dat is al binnen de poolcirkel) en je eindigt bij de noordpool, met de poolster recht boven je hoofd op 90°. Ondertussen beschrijf je, net als bij de vorige tip, een baan van een sterrenbeeld rondom de poolster. Dat kan bijvoorbeeld de Grote Beer zijn. Naarmate je hoger naar het noorden reist, gaat de baan van dit sterrenbeeld steeds meer horizontaal lopen, om ten slotte op de noordpool exact evenwijdig te lopen aan de horizon. Alle circumpolaire sterrenbeelden lopen op de noordpool evenwijdig aan de horizon! Daar is de wereld dus nogal plat, eentonig en vlak wat betreft de bewegingen van de sterrenhemel. Flink wat sterrenbeelden, die bij ons goed zichtbaar zijn omdat ze opkomen en ondergaan, zijn daar nooit te zien. Die blijven er voorgoed onder de horizon verborgen. Maar de Grote Beer is daar wel een heel indrukwekkend beeld, omdat het zo dicht bij de poolster staat en dus heel hoog aan de hemel. Het is alles (ijs)beer wat de klok slaat.

INTERMEZZO

In 1943 kwam er in Amsterdam een boek uit, dat behoort tot mijn absolute favorieten. Het heet Mijn Sterrenwacht *en is geschreven door P.G. Meesters. Waar die P.G. voor staan weet ik niet, want in het hele boek heet de auteur eenvoudigweg Meesters.*

Waarom hij zijn naam eer aan doet weet ik wel, en dat zal ik je zo vertellen. Ik vond het boek jaren geleden in een antiquariaat en was meteen verkocht: dit was nu het werk van die vreemde man, die in Halfweg, op slechts enkele kilometers van mijn geboorteplek, zijn leven heeft gewijd aan de sterrenkunde. 'De man uit Halfweg', zo werd hij wat mysterieus omschreven in Haarlem-Oost, want bekend was hij daar wel, ook al wist niemand precies waar hij zijn sterrenwacht had gebouwd en wat hij daar allemaal deed. Het boek vertelde het hele verhaal en ik las en herlas het en verwijlde ergens tussen de lenzen van zijn telescopen, meeturend met deze geniale amateur naar nevelhopen en planetenmanen.

Meesters groef. Zijn beroep was landarbeider en dat betekende in zijn tijd, de eerste helft van de 20e eeuw, zwoegen van zes uur 's morgens tot zeven uur 's avonds. Niet meegerekend de twee uur die hij dagelijks nodig had om lopend van en naar zijn werk te gaan. Om vijf uur op weg met zijn enige gereedschap, een simpele spade waarmee hij hectare na hectare van de zware klei uit de Haarlemmermeerpolder omspitte en die hem zijn luttele dubbeltjes per dag opleverde. Een leven lang krom staan over de aarde en krom liggen om de centen over te houden waarmee hij een eenvoudig kijkertje kon bouwen. Want het meeste geld ging naar vrouw en kind.

Met stoïcijnse onderkoelheid vertelt hij over zijn eerste waarnemingen met het astronomisch dure instrument. Ik zou in zijn plaats van opwinding en zenuwen geen blik hebben kunnen werpen door de gelensde toeter, terwijl de oculairen uit mijn trillende handen op de grond zouden kletteren. Misschien was dat bij Meesters ook wel zo, maar hij laat dat niet merken. Spartaanse hardheid is het gevolg van zoveel graafdiscipline en dan wijkt het gevoel naar onbereikbare verten. In de nacht las hij sterrenboeken en dat kostte hem veel moeite, gezien zijn zeer eenvoudige schoolopleiding. Of hij keek naar de hemel en tekende al zijn waarnemingen op in een later door hem uit te geven sterrenatlas. Slapen kwam er niet zo van en dat wist Meesters tot slechts enkele uren te beperken, want de hemel riep en bij mooi helder weer moet je profiteren van ieder beschikbaar uurtje turen naar het kosmische licht. Al kijkende, studerende en kijkers bouwende verhief hij zich langzaam uit zijn armoedige beroep en kon hij zelfs een sterrenwachtje bouwen, compleet met een serie telescopen.

Ik stel me die man voor, overdag turend in de grond en 's nachts naar de hemel. Aarde en hemel verbindend met spa en telescoop, door een ondoorgrondelijke bezieling gedreven om door te dringen in de geheimen van het heelal. Al dat werk van jaren, opgeborgen in dikke tekenschriften en aantekenboeken, al die eigengebouwde kijkers die trots staan te pronken in zijn hemelse heiligdom.

In december 1938 werd het gebouwtje door brand geheel verwoest.

Derde avond:
Kunt u mij de weg naar Orion vertellen?

Maar toen 'k een kind was, zag ik de Grote Beer:
Was dat gevoel niet echt? – Ik weet het niet meer.
Zei grootmoe niet, dat God 't sterrengewelf geschapen had
– Orion! – O, daar is 't, daar is 't.
Nu weet 'k weer, wat ik altijd wist:
Ja, ja, ja, ja: ik ben het wereld-Zelf.

J.A. dèr Mouw

Het is nu winter en we kiezen een koude avond in december of januari uit voor onze excursie. Bijvoorbeeld 15 december om 23 uur of 1 januari om 22 uur. Maar het kan ook goed op 15 januari om 21 uur of op 1 februari om 20 uur. De hemel maakt zich in deze periode behoorlijk kenbaar, omdat het vroeg donker is en laat licht. We zitten namelijk in de periode van de langste nachten en de kortste dagen en dan is het immers hemeltijd!

Doel van onze tocht is het vinden van Orion en zijn naaste omgeving. Eén van mijn cursisten vertelde dat hij op een avond voor het eerst Orion had gezien. Hij stond op een bruggetje en viel bijna om van verbazing: 'Dus dat is nou Orion! Wauw, wat een prachtig beeld.' Vervolgens is hij zijn vrouw gaan halen en samen keken ze naar de hemel. Aanvankelijk zag ze alleen maar sterren, oneindig veel witte stippen op een kleed van zwart fluweel. Maar onder zijn enthousiaste uitroepen begon ze steeds meer beelden te herkennen. Tenslotte ook Orion. Toen zijn vrouw dit beeld herkende en wel door zijn toedoen, werd hij helemaal trots van binnen. 'Ze heeft 'mijn' Orion herkend.'

Ja, zo werkt dat, samen hemel kijken.

Orion is zo gevonden, want we hoeven alleen maar naar het zuiden te kijken of daar staat hij, vrij laag boven de horizon. Een indrukwekkend groot beeld, bestaande uit heldere sterren, die ook nog eens verschillend van kleur zijn. Allemaal ingrediënten voor een meeslepend sterrenbeeld. De vier helderste sterren vormen met elkaar een staande rechthoek. De ster rechtsonder is de helderste van het stel en dat is Rigel, een duidelijk blauwwit hemellicht. Linksboven staat de oranje-achtige ster Betelgeuze, ook een kanjer. Het is de enige ster die door de allersterkste kijkers van de wereld en met behulp van de allermodernste computertechnieken zodanig is gefotografeerd dat je meer ziet dan alleen een lichtpunt. Op de beelden verschijnt Betelgeuze als een klein schijfje en dat is mogelijk omdat de ster zelf zo allemachtig groot is. Als Betelgeuze op de plaats van onze eigen zon zou staan, dan zou de ster tot ver voorbij de baan van Jupiter reiken. Vanwege kleur en grootte draagt Betelgeuze dan ook de naam Rode Reus.

Midden in het beeld staan drie sterren op een rijtje, vlakbij elkaar. Dat is de gordel van Orion en deze sterren worden ook wel eens de Drie Koningen genoemd.

Eigenlijk staan ze niet precies in één lijn, want het meest rechtse sterretje staat iets boven de verbindingslijn van de andere twee. Dat heeft Egypteonderzoekers ertoe gebracht om de relatie tussen Orion en de piramides nader te onderzoeken, met een verrassend resultaat. Orion namelijk is in de oud-Egyptische cultuur de belangrijke godheid Osiris, heer van de onderwereld en de doden, maar ook meester van de wedergeboorte en de groeiprocessen in de natuur. Vandaar dat de Egyptenaren heel veel op hadden met dit sterrenbeeld, dat wij Orion noemen. De drie piramides van Cheops blijken op precies dezelfde manier ten opzichte van elkaar te liggen als de sterren uit de gordel van Orion: niet precies op een rechte lijn, met exact dezelfde hoek als in de hemel. Verder blijken de drie sterren op dezelfde manier in helderheid van elkaar te verschillen als de piramides in grootte. Ook werd ontdekt dat de luchtkamers en gangen in de grote piramides zodanig waren geplaatst, dat ze uitzicht gaven op het sterrenbeeld Orion en de ster Sirius tijdens bijzondere momenten in het jaarverloop. Kennelijk hebben de Egyptenaren met het bouwen van de piramides een hommage willen brengen aan hun godheid Osiris, die als Orion aan de hemel staat.

Daar komt nog iets bij wat in het Egyptische denken een grote rol speelde: vanaf Osiris-Orion kan de overledene de weg vinden naar de hemelse melkweg via de Grote Rivier. Deze rivier, die in Griekse en andere mythen

Sterrenland boven Egypte: Osiris (Orion) met in zijn linkerhand Aldebaran uit de Stier. Isis (Sirius) staat voor zijn rechtervoet. De schacht van de piramide van Cheops wijst naar de gordel van Orion.

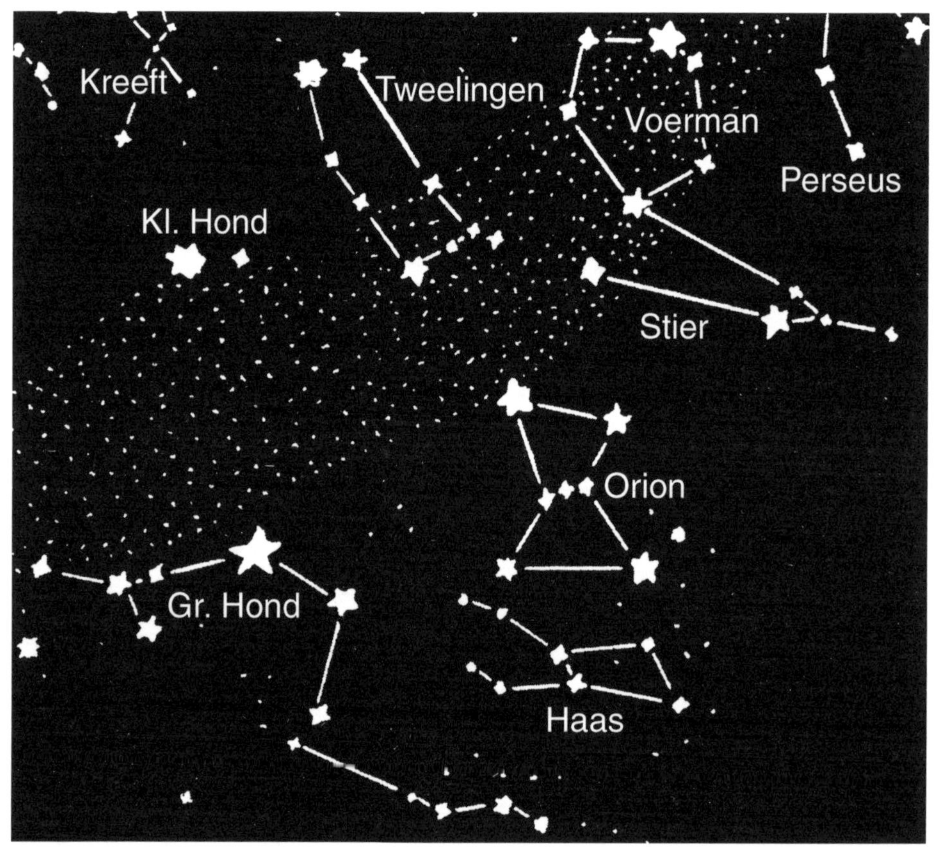

Het 'winterkruis': Tweelingen en Stier vormen de horizontale balk, Voerman en Orion de verticale.

ook een rol speelt, ontspringt aan de linkervoet van Orion en dat is de ster Rigel, rechtsonder in het sterrenbeeld. Vandaar kunnen we een zigzaggende lijn van zwakke sterren naar rechts (naar het westen) zien lopen, die zich vervolgens ombuigt en benedenlangs weer terugloopt naar het zuiden. Dat is het sterrenbeeld Eridanus ofwel de Rivier.

We gaan nog even terug naar Orion en zoeken onder de gordelsterren naar een melkachtig nevelvlekje. Dat is de beroemde Orionnevel, een gaswolk van reusachtige afmetingen, waarin nieuwe sterren geboren worden. In de beeldentaal is deze nevel het zwaard, dat vanaf de gordel naar beneden hangt.

Rechts van Orion, vlak tegen de ster die rechtsboven in het beeld staat (dat is Bellatrix, ook al zo'n sprookjesachtige naam) loopt een gekromde lijn van zwakke sterren. Met weinig moeite is hierin een schild te herkennen, dat door Orion wordt vastgehouden om zich te beschermen tegen de aanvallen van een woeste stier. Immers, het dierenriembeeld Stier dendert recht op Orion af en daarom is enige bescherming wel op zijn plaats.

Van deze Stier is het fonkelende oog Aldebaran, net zo'n oranje-achtige ster als Betelgeuze, zeer opvallend. Ook in het oog springen de Pleiaden ofwel het Zevengesternte, dat onderdeel is van de Stier en zich nog meer naar rechts bevindt. Na dit uitstapje naar de Stier gaan we even terug naar Orion en kijken naar het zwakke, maar charmante sterrenbeeldje dat onder deze held te vinden is: de Haas. Bij kraakhelder weer zijn er zo'n tien sterren te tellen van deze jachttrofee van de jager Orion.

Links van Orion staat de helderste en meest in het oog fonkelende ster van onze hemel: Sirius, die onderdeel is van het beeld Grote Hond. Deze hond verheft zich loodrecht omhoogspringend uit de horizon en doet zijn uiterste best om de jager Orion bij te houden. Sirius is ook een blauwwitte ster, die bij de Egyptenaren hoog in aanzien stond als de godin Isis, vrouw van Osiris. De Egyptenaren hielden nauwlettend de hemel in de gaten om daar hun landbouwmaatregelen uit af te lezen en voorspellingen te doen over de zegeningen of rampen van het nieuwe jaar. Zo keken ze naar het moment waarop Sirius voor het eerst zichtbaar werd aan de avondhemel, zich losrukkend uit de overbelichting door de zon. Als deze ster heel zwak verscheen aan de avondhemel, dan luidde dit het nieuwe jaar in. In Egypte was dit altijd in augustus. Priesters gingen op dat moment als volgt de toekomst voorspellen: ze vingen een antilope en de ziener-priester vatte de horens van dit dier stevig beet, zorgde ervoor dat hij de ster Sirius precies tussen deze horens kon zien en liet zich vervolgens, wellicht in een visioen, de toekomst openbaren.

Vanaf Sirius gaan we schuin naar linksboven en komen daar bij twee sterren terecht die samen het beeld Kleine Hond vormen. Grote en Kleine Hond zijn dus de jachthonden van Orion en de Haas is zijn buit. De helderste ster uit de Kleine Hond is Procyon, wat letterlijk betekent 'voorhond' en dat slaat op de situatie aan de hemel, waarbij de Kleine Hond eerder op is dan de Grote Hond, omdat dit beeld hoger aan de hemel staat.

Vanaf Orion klimmen we met onze blik naar het Zenith, het denkbeeldige punt loodrecht boven ons hoofd en dan komen we onderweg een grote vijfhoek tegen: de Voerman of Wagenman, met als helderste ster de geelachtige Capella. Samen met Orion vormt de Voerman de verticale balk van een reusachtig kruis, waarvan Stier en Tweelingen de horizontale balk vormen. Is de Stier rechts te vinden, Tweelingen laten zich links zien in dit 'Winterkruis'. Meest opvallend van de platte rechthoek Tweelingen zijn de twee sterren die het meest links staan: Castor en Pollux, een hemelse tweeling waarvan Castor sterfelijk is en Pollux onsterfelijk, zo vertelt het verhaal. En inderdaad, Castor is de zwakste ster van die twee.

Hiermee hebben we de belangrijkste beelden van deze excursieavond gezien en gaan we binnen verder met het verhaal van Orion, zoals dat in de Griekse mythologie wordt verteld.

De mythe van Orion

Koning Hyrieus van het kleine stadstaatje Boiothië, midden in het romantische Arkadische land, zit op een avond voor zijn paleis. Daar zit hij altijd, onder een vijgenboom, te kijken naar de ondergaande zon, want als je zo oud bent kijk je graag naar de ondergaande zon. Iedere avond blikt hij terug op zijn rijke leven als wijze en geëerde koning van zijn land, maar er hangt ook een schaduw van droefheid over hem heen. Nooit heeft hij een nakomeling gekregen. Het krijgen van een zoon was ooit zijn hartenwens. Een troonopvolger, die het rijk bijeen zou houden. Nu zou het rijk door rovers geplunderd worden en was al zijn werk voor niets geweest. Eigenlijk vond hij het onrechtvaardig, omdat hij iedere dag de offers bracht voor de goden, die hij in speciale tempels vereerde, en daarbij smeekte om een zoon. Terwijl zijn onderdanen er maar wat op los leefden en kinderen kregen bij de vleet, moest Hyrieus knarsetandend toezien hoe zijn rijk hem langzaamaan werd ontnomen.

Maar toch, hij was nu zo oud dat hij zich verzoende met zijn lot. Zo hebben de goden dit immers beschikt en daar past geen verzet van stervelingen tegen. Op een avond nu ziet hij in de avondschemering drie mannen aankomen, duidelijk vermoeide reizigers uit een verre landstreek. Dat ziet hij direct aan de vreemde kleding. Zij vragen hem om onderdak voor de nacht en eenvoudige verzorging, want ze zijn moe en stoffig en dringend toe aan verversingen. De gastvrije koning geeft hun het beste dat hij heeft en de volgende morgen verschijnen de drie verkwikte mannen, die hem als dank een wens laten doen. Alleen, Hyrieus weet zich niets te wensen, want hij heeft alles al gehad in zijn leven. Vele rijkdommen, grote kuddes, tevreden onderdanen en een mooi land. Na lang aandringen legt hij zijn hartenwens bloot: hij zou zo graag een zoon hebben, maar dat durft hij niet te vragen aan gewone stervelingen op doorreis. Op dat moment laten deze reizigers zich van hun ware kant zien en groeien uit tot grote en lichtgevende gestalten. Het zijn duidelijk goden en ze stellen zich ook voor als Zeus, Hermes en

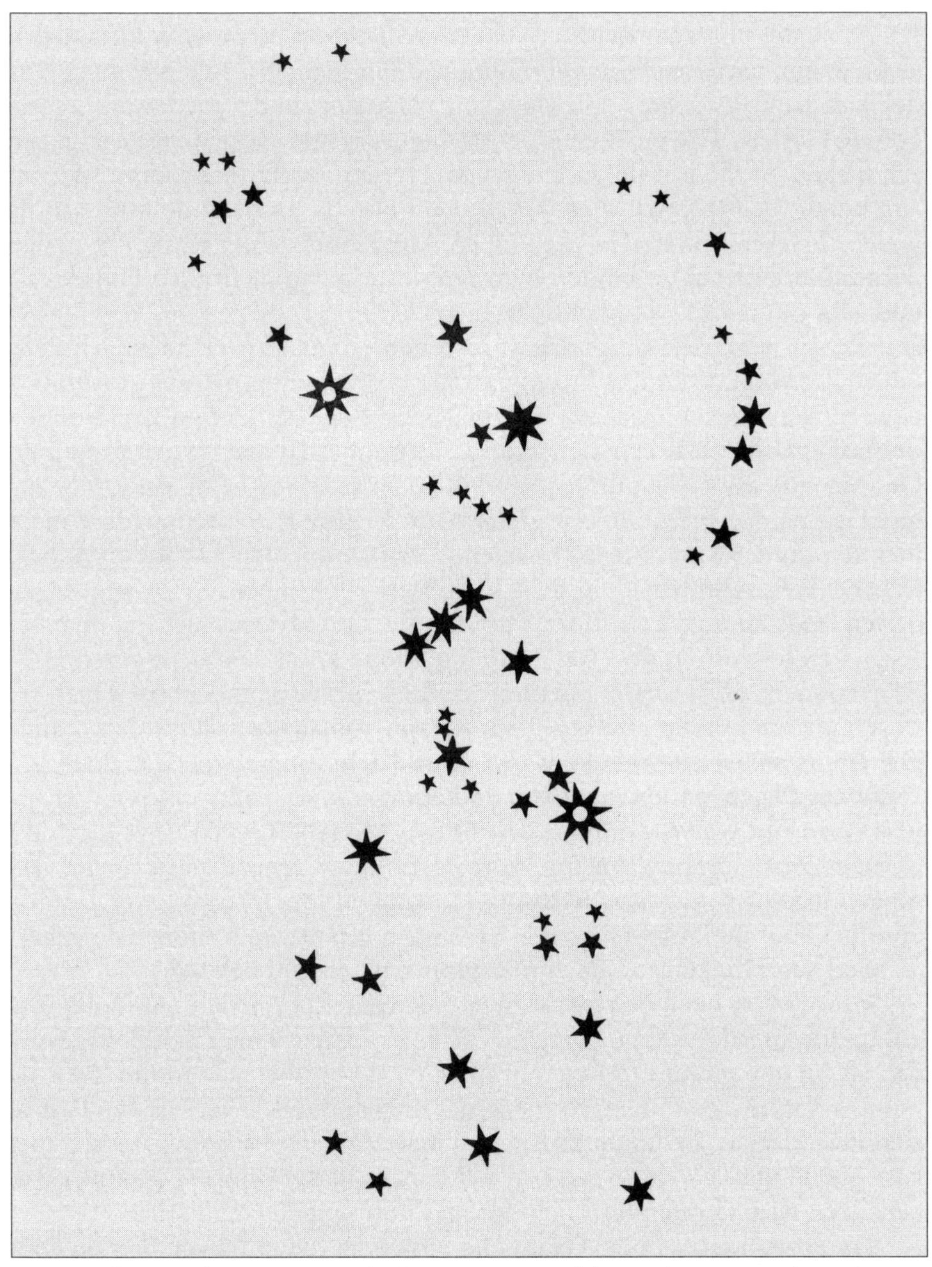

Orion: alle ingrediënten zijn te herkennen. De gordel van drie sterren, het gebogen schild (rechtsboven), de geheven knots (linksboven), de schouders (Betelgeuze links en Bellatrix rechts), de voeten (Rigel is rechts) en onder de held de Haas met de oortjes (pal onder Rigel).

Poseidon, die nog éénmaal Hyrieus' gastvrijheid op de proef wilden stellen alvorens zijn hartenwens in vervulling te doen gaan. Nu zullen ze hem eindelijk de langverwachte zoon schenken, maar niet zonder medewerking van koning Hyrieus. Die moet een stier slachten, de huid stropen en daarvan een zak maken en die aan de goden geven. Hyrieus slacht de mooiste stier uit zijn kudde, een spierwit dier met gouden horens, en geeft de huid aan de goden, die er hun 'water' in laten lopen. Met hemels water plassen de goden deze zak boordevol en binden hem ten slotte stevig dicht. Aan Hyrieus de opdracht om de zak voorzichtig te begraven in een diepe kuil. Als hij klaar is met zijn werk, zijn de goden verdwenen en gebeurt er helemaal niets. Iedere dag komt de koning kijken naar het kleine tuintje, maar er groeit noch beweegt iets. Weken gaan voorbij, maanden ook. Pas na tien maanronden ontstaat er in de aarde een klein glimmend puntje, dat niet op een plant lijkt. De volgende dag is het puntje gegroeid en blijkt er een helm aan vast te zitten. Dag na dag groeit er een gestalte uit de grond, een reusachtige man, met een gordel waarin drie fonkelende diamanten, een zwaard en nobele trekken. Het is duidelijk een held, krijger en jager in één, en die zegt tegen de verbaasde koning: 'Dag vader.' Van vreugde weet Hyrieus niet wat hij moet zeggen en tenslotte is alles wat er uit zijn mond komt een zacht gemompel: 'Dag zoon, ik zal je Orion noemen, omdat je uit de aarde geboren bent.'

Omdat de koning niet weet wat hij zijn zoon voor taken moet opdragen, stuurt hij hem de wereld in met de opdracht om het goede te doen. Zo verdwijnt Orion uit het zicht van de koning, die dagelijks van boodschappers verneemt welke wonderdaden Orion verricht. Overal waar hij komt bloeit er een cultuur op. Van zijn vader Poseidon, de zeegod, heeft hij het vermogen gekregen om over het water te kunnen lopen, zodat overal op de eilandjes voor de kust welvarende havensteden ontstaan. Orion is de geliefde zoon van Griekenland en zijn naam is wijd en zijd bekend.

Maar Orion heeft één zwak: hij wordt verliefd op iedere mooie vrouw en dan kan hij zich niet bedwingen. Die eigenschap zal hem noodlottig worden als hij een glimp opvangt van Artemis, de mooie jachtgodin. Zij is de mooiste van alle godinnen, zo mooi, dat niemand ook maar iets van haar te zien mag krijgen. Ze houdt zich schuil in de Arkadische bossen, samen met haar gezellinnen en als ze een bad wil nemen in het donkere bosmeer dan bedekken deze nymfen haar lichaam met hun sluiers.

Tijdens een jacht in de Arkadische bossen let Artemis even niet op en is een ogenblik zichtbaar tussen de boomstammen. Orion, die in het woud aan het jagen is, ziet haar en ontbrandt in grote liefde. Met geen kracht is hij tegen te houden en in een wilde jacht weet hij haar te overmeesteren. Juist op het moment dat hij de godin in zijn armen wil sluiten, roept ze om hulp bij haar hemelse familie en vader Zeus stuurt direct een schorpioen uit de donkere bosbodem omhoog, die Orion in zijn hiel bijt. Het gif doet snel zijn werk en Orion rest niets anders dan Artemis los te laten. Verlamd zakt hij door zijn been op de grond. In deze zittende houding wordt Orion tenslotte door Zeus aan de hemel geplaatst, als teken voor de mensen dat zelfs helden kwetsbaar zijn.

Koning Hyrieus zit juist op die dag weer voor zijn paleis naar de horizon te kijken, als een boodschapper hem dit droevige nieuws komt vertellen. Die avond kijkt de koning omhoog naar zijn zoon en ziet voor het eerst het prachtige sterrenbeeld Orion aan de hemel staan. Weliswaar heeft de koning zojuist zijn zoon verloren, maar op een andere manier heeft hij hem weer terguggekregen. Nu kan hij iedere avond genieten van de flonkerende aanblik die zijn zoon hem biedt en weet hij dat alle mensen op aarde, waar ze ook wonen, voor eeuwig naar zijn zoon kunnen kijken.

In deze scheppingsmythe komt naar voren dat de mens is geschapen uit de vier Elementen, die in de Griekse tijd in hoog aanzien stonden.

Het lichaam komt uit de godin Aarde, het leven en het stromende water komt van de zeegod Poseidon, de lucht ofwel de ziel ontvangt de held van de boodschappergod Hermes, die altijd door de lucht vliegt tussen goden en mensen en het vuur komt van de hemelgod Zeus. Hij is de god van de bliksem, die het goddelijke vuur doet inslaan in de mens en zo het bewustzijn schept.

TIP

In het vorige hoofdstuk gingen we op reis naar de Noordpool. Nu gaan we naar het zuiden en zoeken de evenaar op. Vreemd eigenlijk om je in deze koude tijd van het jaar voor te stellen dat je in gedachten afreist naar de warme tropen van de evenaar, maar toch gaan we dit proberen.

Tijdens deze reis naar het zuiden zal de poolster steeds lager aan de hemel komen te staan, omdat we op steeds lagere breedtegraden aankomen. Al lopend over de globe kantelt de sterrenhemel zodanig dat de hemelpool, de poolster, tenslotte op de horizon is terechtgekomen. Op dat moment zijn we precies op nul graden Noorder- (of Zuider-)breedte op de evenaar beland. Laten we eens zien hoe de sterrenhemel zich daar gedraagt.

Omdat alle sterren om de poolster draaien, zal de complete hemel zich

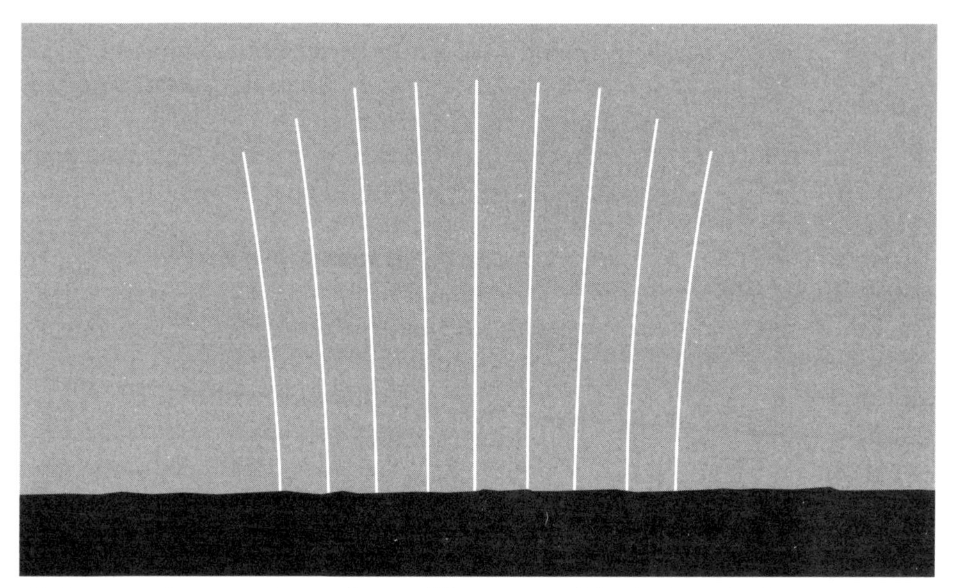

Zo bewegen de sterren boven de oostelijke en westelijke horizon in de tropen.

oriënteren op dat ene punt op de horizon. Resultaat daarvan is dat alle sterren loodrecht opkomen en ook loodrecht weer ondergaan. De beelden rijzen verticaal omhoog uit de grond, stijgen tot grote hoogte en zakken weer even verticaal naar beneden om daar onder de horizon te verdwijnen. Aangezien de hemelnoordpool en ook de hemelzuidpool op de horizon liggen, zullen in een etmaal alle sterrenbeelden van onze hemel een keer opkomen en weer ondergaan. In de tropen zijn alle sterrenbeelden in principe te zien. Dat is totaal anders dan op de noordpool, waar slechts een handjevol sterrenbeelden volledig te zien is, een aantal beelden maar voor een gedeelte en een groot aantal beelden helemaal nooit.

De tropen leveren wat de hemel betreft dus een totaalbeeld op, ingebed in een verticale rijs- en daalbeweging. Iedere ster, ook ieder sterrenbeeld, zal precies 12 uur boven de horizon staan en ook 12 uur eronder. Circumpolaire beelden komen dus op de evenaar niet voor: ook de Grote Beer ondergaat het lot om precies de helft van een etmaal boven water (of aarde) te staan en de andere helft onder water te leven. Hier mogen ze dus wel een bad nemen, hetgeen in de Griekse mythe nog tot de onmogelijkheden behoorde.

Vergelijken we de hemel van de Noordpool met die van de evenaar, dan kom je een polariteit tegen, die zich ook een beetje laat zien in het landschap: de horizontale uitgestrektheid van de poolhemel wordt aangevuld door hetzelfde karakter van het ijslandschap. Het verticale spel van rijzen en dalen vindt aan de evenaar zijn evenknie in de vorm van het hoogoprijzende tropische regenwoud, waar ook een snelle groei en even snelle afbraak tot de dagelijkse gewoonte behoren. Hier zetten zich de organische stoffen van planten en dieren razendsnel om in mineralen en blijft niets bestendig. Net zo onbestendig als de sterrenbeelden die dagelijks op weg zijn van zichtbaar naar onzichtbaar.

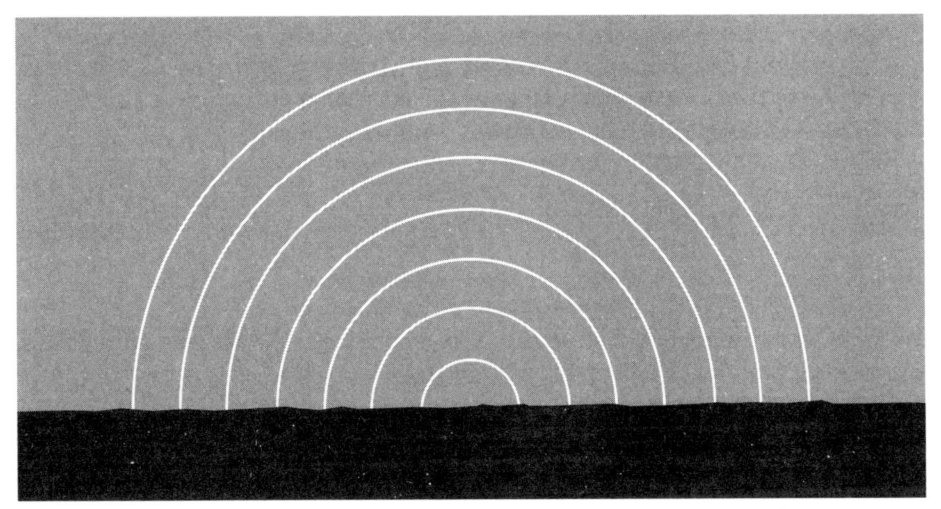

Zo bewegen de sterren boven de noordelijke en zuidelijke horizon in de tropen.

INTERMEZZO

Duisternis bevindt zich in licht, net zoals stilte in geluid.

Klap een ritme en vanzelf ontstaat stilte tussen de klappen in, met eenzelfde ritme. Daardoor hoor je het geluid. Klap steeds sneller en het ritme wordt een toon, steeds hoger naarmate het ritme versnelt. In de toon zit dus een razendsnelle afwisseling tussen geluid en stilte. Zo ook bij licht, de drager van zijn eigen duister.

Dat we dit vreemd vinden, komt door de overwaardering van licht (geluid) en de neiging om duisternis (stilte) weg te moffelen. Een voorbeeld. Het is een kristalheldere sterrennacht en je kijkt omhoog. Wat zie je? Nu zal iedereen zeggen: 'sterren'. Die zie je ook en wel meteen, omdat de blik daar naartoe trekt. Maar je ziet veel meer duister tussen de sterren in. Meer dan negentig procent van het blikveld is met duister gevuld. Zelfs in de lichtwolk van de melkweg zitten veel duistere partijen, die de Andesindianen namen gaven, zoals wij de sterrenbeelden: lama, vos en andere dieren.

De moderne kosmologie heeft ontdekt dat het heelal voor 99% is gevuld met zogenaamde donkere materie, volledig onzichtbaar, maar wel verantwoordelijk voor de onvoorstelbare massa van het heelal. De sterren en hun stelsels zijn daarin de kaarsvlammen in een donkere kathedraal.

Met deze vondst heeft de kosmologie het bestaan ontdekt van het kosmisch onbewuste. Materie en energie drijven op de oppervlakte van een immense, onbekende oceaan van duisternis, net als het bewustzijn drijft op de uitgestrekte diepten van het onbewuste. Dankzij Freud, Jung en anderen beginnen we deze 'donkere materie' van het onbewuste te herkennen en verkennen, ook al blijft het voor een groot deel hinderlijk niemandsland. Dit land was in oude tijden bekend terrein (zoals bij de mysticus Meister Eckhart: 'de bodem van de ziel is duisternis') en is door Descartes enkele eeuwen geleden als een Atlantis ten grave gedragen. Hij werd de profeet van het bewustzijn als de enige staat van de geest, het domein van het rationele intellect. Moderne psychologie en kosmologie zijn dus aan een herontdekking bezig van oude inzichten, die wijzen op een fundamentele overeenkomst tussen kosmos en bewustzijn en de herwaardering van de kracht van het duister.

En vanuit dit donkere gebied kan opnieuw licht ontstaan. In de kosmos gebeurt dat door het samentrekken van materie, en wel zo compact, dat als resultaat een stralende zon, een nieuwe ster verschijnt. Het complement daarvan voor het bewustzijn is de ervaring van mensen in diepe duisternis, zoals in grotten (de broeders van Franciscus bijvoorbeeld of Tibetaanse lama's) en floating-tanks. Na enkele uren ontstaan levendige hallucinaties, heldere visuele beelden, die van licht zijn vervuld. Voor de mystici waren dat de beelden waarmee ze rechtstreeks in de ziel keken, in God, in de schepping.

En dan het oog, orgaan als metafoor. Donkere pupil, zwarte binnenruimte, een netvlies bedekt met melanine, een zwart pigment. Alles is duister in het oog, opdat er ruimte voor het licht wordt gemaakt. Met het meest duistere deel van ons lichaam kunnen we het licht opvangen en beelden van de omgeving maken. Uiterlijke beelden ontstaan in het licht waarin het vooral donker is, innerlijke beelden ontstaan in het donker, dat vooral licht bevat.

Vierde avond:
In de melkweg

De sterrenkundige
(fragment)

Daar zat hij, in genot verloren,
Daar zat hij, eenzaam, op de toren,
Die aan zijn vliering was gebouwd;
(Geen machtig Koning waant zich rijker)
Daar zat hij met kwadrant en kijker,
Waarmee hij 't luchtgewelf beschouwt.

J. van Oosterwijk Bruyn

We maken nu een sprong in de tijd en gaan kijken naar de zomersterrenbeelden. Het is 15 juli om 23.00 uur of 1 juli om 24.00 uur, het is vakantie en het weer is zacht. Omdat de hemel zo open is, koelt het snel af en moeten we ons stevig inpakken om de hemel een bezoek te brengen. Terwijl je overdag in een zwembroek nog in brand stond, trek je nu broek en jas aan om het rillen tegen te gaan. We zullen laat moeten kijken omdat de zon nog maar net is vertrokken en het duister pas goed intreedt tegen middernacht. De tentstoelen staan midden op het grasveld, gericht op het zuiden, en we leunen behaaglijk achterover om zo hoog mogelijk te kunnen kijken, want daar zien we een fonkelend heldere ster staan. Het is Wega, leidster van de Lier. Duizenden jaren geleden was Wega de poolster en draaide de gehele hemel om haar. Intussen is het nodige gedraaid aan de hemel en is de Poolster aan de beurt. Wega staat zo noordelijk, dat je haar bijna iedere nacht kunt zien, want ze is een circumpolaire ster. Gevoegd bij haar briljante ijsblauwe kleur is ze de koningin van onze noordelijke hemel, vooral in de zomeravonden. De Lier zelf is een piepklein beeldje in de vorm van een ruit of wiebertje dat vlak tegen Wega aan staat. Meer is het niet en daarmee behoort het beeld tot de kleinste van onze gehele hemel. Als het in de zomeravonden begint te donkeren is Wega de eerste ster die zichtbaar wordt in de avondschemering. Vlak na deze ster treden nog twee andere sterren te voorschijn en wel Deneb en Altaïr. Samen vormen ze de zogenaamde 'Zomerdriehoek', hoewel ze tot drie verschillende sterrenbeelden horen. Deneb is de helderste ster uit de Zwaan en bevindt zich links van Wega in oostelijke richting. De Zwaan is een indrukwekkend beeld, want met gemak zie je er een vliegende vogel in, die koers zet naar het westen. Deneb staat op de plaats van de achterwaarts gestrekte poten en de rest van het sterrenbeeld bevindt zich dus rechts daarvan. Eigenlijk is het beeld een groot kruis, waarvan de zijbalken iets naar achteren zijn gebogen, precies zoals de vleugels van een zwaan. Altaïr bevindt zich lager en meer naar het zuiden en is de eerste ster uit de Arend, die met enige moeite is te herkennen in de weinige sterren van dit beeld. De kop is Altaïr en daar zitten ook direct de vleugels aan, zoals het bij een roofvogel hoort. De staart is naar het zuiden gericht en wel naar het dierenriembeeld Boogschutter. Links van de Arend zien we het charmante en kleine beeld Dolfijn, dat bestaat uit een vijftal even heldere sterren, die nog het meeste weg hebben van een vlieger met staart. Tussen Arend en Dolfijn in, iets boven die twee, suist een verdwaalde Pijl tussen de sterren. Misschien is die wel afgeschoten door Hercules of de Boogschutter, maar doeltreffend is hij niet. Het is een opvallend klein, maar fijn beeldje: drie sterren op rij, waarvan de meest rechtse uit twee sterretjes bestaat. Eerst knipper je wat met de ogen om vergissingen uit te sluiten, maar het zijn duidelijk twee sterren en niet het resultaat van een glas wijn te veel.

De sterrenbeelden die we nu hebben gevonden zijn onze gids naar de Melkweg, een zwakke lichtband die dwars door de hemel trekt. In die Melkweg zitten lichtere en donkere partijen, die elkaar afwisselen in onregelmatige patronen. Met een veldkijkertje kun je in deze Melkweg onvoorstelbare hoeveelheden sterren ontdekken en dat wordt alleen maar sterker bij hogere vergrotingen. We kijken namelijk naar een spiraalarm van ons eigen melkwegstelsel. Mijn cursisten willen nog wel eens dit stelsel verwarren met het zonnestelsel, reden om er nog even op in te gaan. Kijk intussen rustig verder naar de hemel, want er is nog veel meer te ontdekken in deze zomernacht.

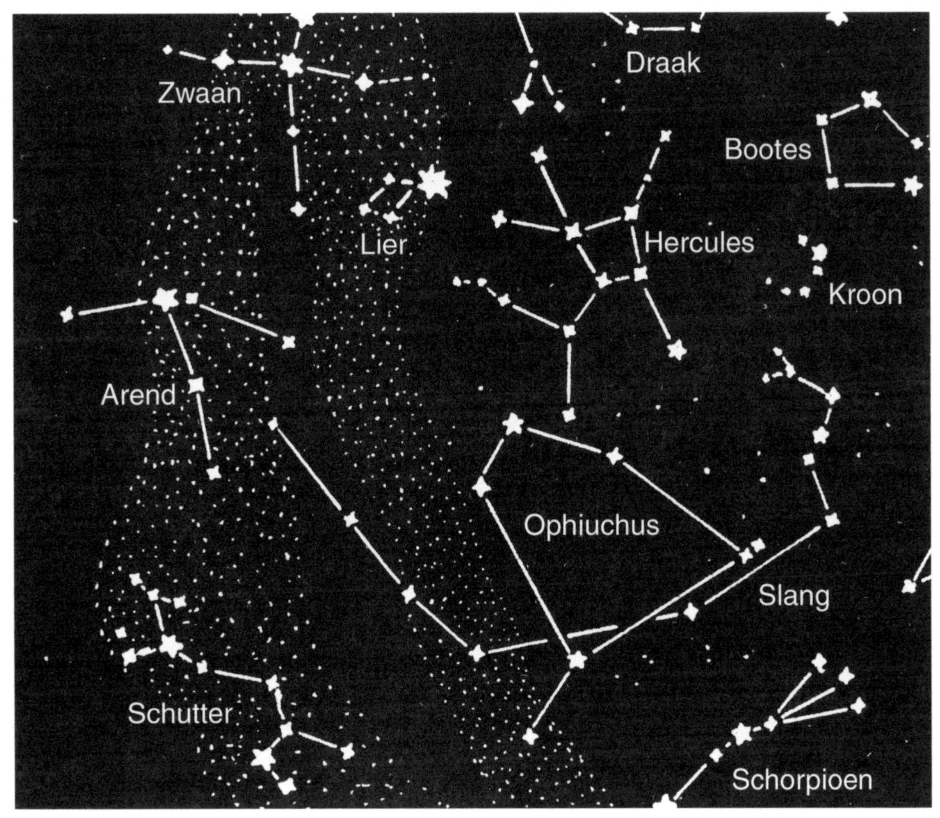

Zomerdriehoek: de helderste sterren van Zwaan, Lier en Arend.

Het zonnestelsel is de verzameling planeten, inclusief de aarde, die om de zon draaien. Astronomisch gezien is dit stelsel een kruimeltje in het heelal, want onze zon is te vergelijken met een middelmatig heldere ster waarvan we er duizenden met het blote oog zien als we naar de hemel kijken. Met behulp van een telescoop kunnen we tegenwoordig miljarden sterren ontdekken, die allemaal zijn geordend in de Melkwegstelsels. Dat zijn reusachtige verzamelingen van wel honderden miljoenen sterren, die in een spiraal zijn gewonden rondom een centrum. Je kunt dit vergelijken met het roeren van koffiemelk, waarbij er ook spiraalachtige 'armen' ontstaan die om een middelpunt draaien. Als je de witte slierten van de koffiemelk met een microscoop zou vergroten dan ontdek je de miljoenen 'sterren' (vetbolletjes) waaruit ze bestaan. Wij kijken dus naar deze kosmische koffiemelk omhoog en noemen dat Melkweg.

Onze zon is ook zo'n ster en de naburige sterren zien wij als heldere lichtpunten in de nacht. Dat handjevol sterren, niet meer dan zo'n zesdui-

Herakles (Hercules) zuigt en knoeit de melk uit de godin Hera. Zo ontstond de melkweg. Druppels die op aarde vielen lieten lelies ontstaan. Houtsnede, 16e eeuw.

zend voor het blote oog, hebben wij in groepjes verdeeld en namen gegeven: Orion, Zwaan, Andromeda... In het sterrenbeeld Andromeda hebben we het zeer zwakke nevelvlekje ontdekt, de Andromedanevel, en dat is precies zo'n melkwegstelsel als het onze. Omdat we die vanaf grote afstand kunnen bekijken, hebben we een goed beeld gekregen van de bouw van ons eigen melkwegstelsel.

Terug naar de beelden. De Zwaan ligt geheel ingebed in de Melkweg, de Arend en de Lier zitten er voor de helft in, de Dolfijn ligt er net onder, terwijl de Pijl er weer midden in staat. Volgen we de Melkweg naar het noorden, dan zien we ook het beeld Cepheus zwemmen in de kosmische melk. Meer naar het zuiden zien we de Boogschutter in de Melkweg liggen en het is jammer dat dit Dierenriembeeld bij ons zo laag aan de hemel blijft staan. Woonden we in de tropen, dan stond dit beeld hoog aan de hemel en zagen we de volle rijkdom van het Melkwegstelsel rondom dit beeld. Het centrum van ons Melkwegstelsel bevindt zich in de Boogschutter, maar dat wordt door kosmische stofwolken aan het zicht onttrokken.

Er is nog een sterrenbeeld dat in de Melkweg ligt, de reusachtige Slangendrager. Die staat rechts van de Arend in de richting van het zuidwesten. Met zijn voeten staat hij op de zeer heldere en roodachtige ster Antares, die vlak boven de horizon staat en deel uitmaakt van de Schorpioen. De Slangendrager draagt zijn hoofd iets boven de Melkweg. Vanaf dit hoofd zijn naar beneden toe vier heldere sterren te zien, die samen met de 'hoofdster' een huisje vormen. Dat lijkt een beetje op het huisje van Cepheus. Verder gaat er een kronkelende lijn van sterren dwars door dit beeld heen en dat is de Slang, die kronkelt in de handen van de Slangendrager. Mocht je deze kronkelslang kunnen volgen naar het zuidwesten, dan kom je uit bij het compacte en wonderschone sterrenbeeld Noorderkroon, dat niet meer in de Melkweg ligt. Het is een cirkelvormig beeldje, waarvan de onderste ster 'Gemma' meteen ook de helderste is. Zes tot zeven sterren zijn er verder nog in deze kroon te ontdekken. Direct rechts van de Noorderkroon ligt het beeld Ossenhoeder, een grote vlieger met een lange staart. Een vergrote vorm van de Dolfijn. In de staart is een verzwaring geknoopt, zoals bij goede vliegers vaak nodig is, en dat is de heldere en roodachtige ster Arcturus, de 'beer'ster. Het is namelijk deze Arcturus die altijd achter de Grote Beer aanloopt aan de hemel.

Nog een laatste beeld is de moeite waard en dat is Hercules, hoog aan de hemel gelegen. Je vindt hem door het gebied tussen Wega, Noorderkroon en Slangendrager af te zoeken. Daar vind je een rechthoek in de vorm van een 'emmer' of trapezium en dat is het lichaam van de held. Vanuit de vier hoekpunten van deze 'emmer' lopen er sterren uit in vier richtingen en dat zijn de ledematen van Hercules. Als het knalhelder weer is en je ogen zijn scherp, dan is het de moeite waard om in Hercules een klein lichtvlekje te zoeken en wel als volgt: zoek eerst de 'emmer' en ga naar de twee meest rechtse sterren, die een wand van de 'emmer' vormen. Tuur nu naar de verbindingslijn tussen die twee sterren en tast het gebied af dat iets boven het midden van die lijn ligt. Dan zul je een heel zwak en rond vlekje ontdekken en dat is een bolvormige sterrenhoop, die bestaat uit wel duizenden sterren op grote afstand van de aarde. Er zijn veel van deze bolvormige sterrenhopen ontdekt, maar deze is wel de bekendste, omdat hij met het ongewapende oog te vinden is. Ook in de veldkijker is het een fraai gezicht.

Misschien wil je nog even doorkijken naar de sterrenbeelden die we in de vorige avonden hebben gevonden. Je zult ontdekken dat we nu, na vier avonden, zo'n beetje de belangrijkste beelden hebben gezien, maar er ontbreken er ook nogal wat. Dat zijn de beelden van de Dierenriem, die slechts terloops ter sprake zijn gekomen. Daar gaan we in de komende avonden wat aan doen...

Maar eerst verhalen.

Donkere beelden

De Quechua Indianen van Peru en Bolivia onderscheiden naast de bekende sterrenbeelden van licht, die zij mannelijk noemen, ook zwarte beelden in de melkweg. Die noemen zij geslachtsloos. Voor westerlingen is dit heel ongebruikelijk, want wij zijn gewend om alleen naar de lichtpunten van de hemel te kijken en de duisternis eromheen te vergeten. Maar de 'donkere wolken' van de Quechua hebben wel degelijk vormen, die zich als onregelmatige inktvlekken uitbreiden in de melk van licht. Wij noemen dat kosmische stofwolken, zij noemen dat beelden en verbinden die met de bekende dieren uit hun omgeving zoals lama, vos, slang en pad.

De Quechua beschouwen deze hemelse dieren als een soort oerbeelden van de betreffende diersoorten op aarde. Het beste zijn deze wolken in de Andes te zien op 21 maart, het begin van de herfst op het zuidelijk halfrond. Dan ligt de band van de melkweg hoog aan de hemel en strekt zich uit van het noordoosten tot aan het zuidwesten. Kort erna begint het regenseizoen, en de kosmische dieren worden dan ook verbonden met het element water. Als de donkere wolken heel scherp te zien zijn, dan betekent het niet veel goeds, want er zal weinig regen vallen. Zijn de wolken in die periode wat vager, dan komt er veel regen en zal er een goede oogst kunnen volgen. Op die manier gebruiken de Quechua de donkere beelden bij het voorspellen van het weer.

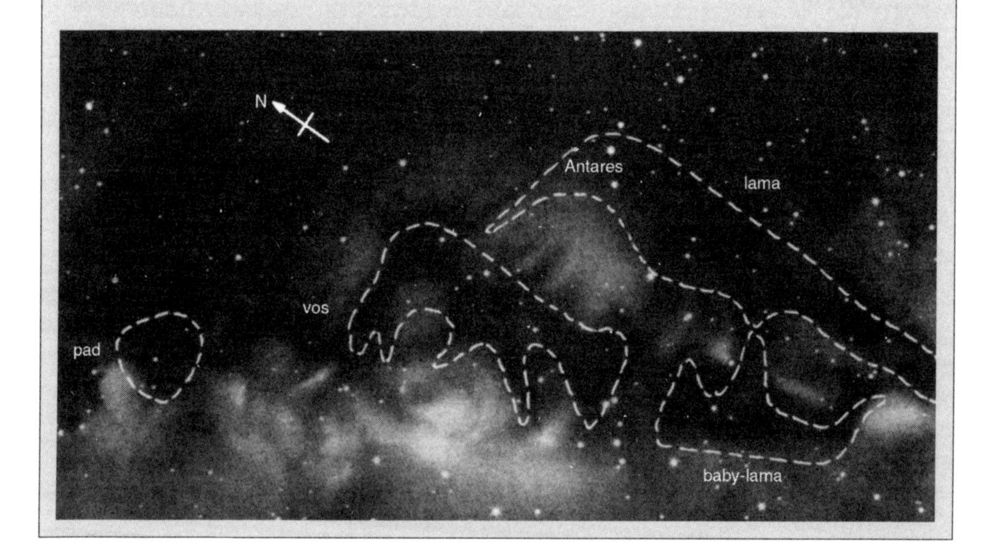

Over de drie sterrenbeelden Dolfijn, Zwaan en Lier bestaat geen samenbindend verhaal in de Griekse mythologie, zodat ik ze als aparte vertellingen wil presenteren, te beginnen met:

ARION EN DE DOLFIJN

De grote Griekse musicus Arion leefde aan een koningshof in Korinthië en werd vereerd als de grootste harpspeler van zijn land. Daarom kon hij niet steeds aan het hof blijven en moest hij optreden in alle stadstaten en eilanden van het Griekse rijk. Zelfs Sicilië vroeg om zijn muziek en hij ontroerde ook daar de mensen met zijn betoverende klanken. Tijdens de terugreis over zee naar zijn vaderland ontstond er een grote dreiging voor Arion, omdat de zeelieden van plan waren hem overboord te gooien en zijn schatten, ontvangen van zijn Siciliaanse bewonderaars, in beslag te nemen. Juist op het moment dat ze hem overboord wilden werpen, vroeg Arion als gunst om nog een laatste lied te mogen spelen op zijn harp. Hij beloofde aan het eind van dit lied zingend in zee te zullen springen. Op de voorsteven van het schip zong hij zo prachtig en speelde hij zo ontroerend, dat de zeevogels en de vissen zich rondom het schip verzamelden en ook de dolfijnen speelden op de maat van zijn muziek in de golven rondom de voorsteven. Het was alsof de blauwe golven van de zee in hem stroomden en zijn muziek een hemelse klank verleenden, en alle angst verdween uit hem. Nog nooit had hij zo mooi gespeeld en toen het lied ten einde was, sprong hij in zijn mooie muzikantenkleren overboord en werd door een dolfijn opgevangen. Gezeten op de rug van de grootste dolfijn en geflankeerd door de andere dieren trok hij naar de kust van Griekenland en werd door de dolfijnen zacht aan land gezet. Eenmaal terug in Korinthië maakte Arion als dank voor zijn redding een bronzen beeldje van een dolfijn en offerde dat aan de goden. Die besloten om dit beeld in de hemel op te nemen en plaatsten het tussen de sterren. Daar staat het nog steeds...

PHAETHON EN DE ZWAAN

Phaethon was de zoon van een aardse moeder en een hemelse vader, die hij graag een keer wilde ontmoeten. Veel had hij gehoord over de wonderlijke daden van zijn vader Apollo, de god van de zon, en hij reisde naar het verre oosten. Daar in India stond het gouden paleis, ingelegd met edelstenen, met de twaalf tekens van de dierenriem gekerfd in de reusachtige deuren. Daar werd de zon bewaard en gingen iedere morgen de poorten open om het hemelse licht doorgang te verlenen voor zijn tocht langs de lucht. De glans van het paleis was zo hevig, dat Phaethon bijna werd verblind en hij zou het gezichtsvermogen hebben verloren als niet Apollo zelf het licht wat had gedempt. Toen ze oog in oog stonden, vroeg Phaethon aan Apollo of hij wer-

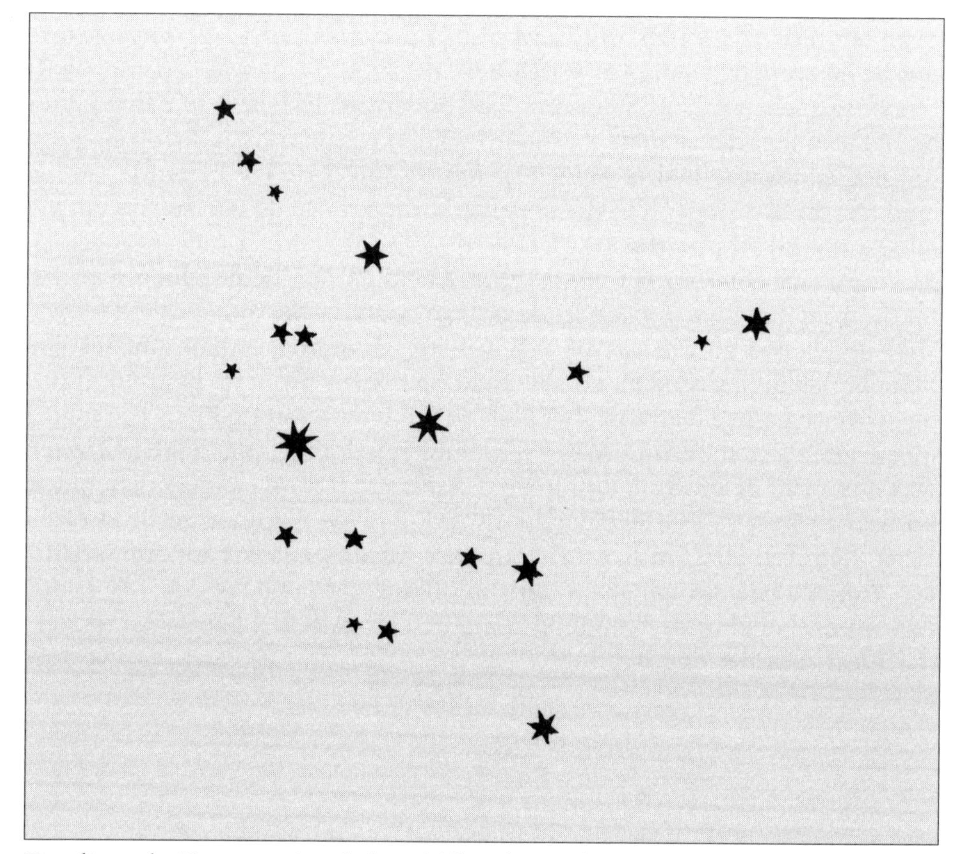

De vliegende Zwaan: rechts de kop (Albireo) met de gestrekte hals, links de poten (Deneb) onder het lijf. Boven en onder klapwieken de licht gebogen vleugels.

kelijk zijn zoon was en of hij een teken van goddelijkheid mocht meenemen om zijn vrienden thuis te overtuigen van zijn afkomst. Apollo stemde hiermee in en beloofde gehoor te geven aan iedere wens van zijn zoon dan ook, geroerd als hij was door de aanblik van zijn eigen kind.

'Dan vraag ik u, hemelse vader, of ik één keer een rit mag maken met uw zonnewagen, opdat alle mensen naar mij omhoog kunnen kijken en zullen zien dat werkelijk Phaethon langs de hemel rijdt. Dat is het beste bewijs voor mijn afkomst.'

Apollo trok lijkbleek weg, want niemand behalve hijzelf was in staat om deze wagen, met de woeste paarden ervoor, in toom te houden. 'Doe het niet, zoon, want het zal slecht met je aflopen! Je hebt het ergste gevraagd wat mij kan overkomen, maar ik heb gezworen en zal mij houden aan mijn eed.'

Het hielp niets dat Apollo vertelde over de afschuwelijke gevaren die een tocht langs de hemel inhield. Hij schetste de duizelingwekkende hoogten van de ochtendbergen en de bloedstollende afdaling in de zee van het westen. Gloedvol beschreef hij de afschuwelijke monsters van de dierenriem, de giftige Schorpioen en de brullende Leeuw, maar niets hielp. Wat zelfs Zeus niet had gedurfd, wilde de jonge Phaethon in zijn overmoed toch proberen en hij zette zich in de wagen. De uren van de schemering hadden de hemelpoorten al een beetje opengezet en direct ging de wagen er als een speer vandoor. Apollo riep nog achterna dat de juiste weg precies tussen de hemel en de aarde in liep, maar Phaethon hoorde dat al niet meer. Direct al ging het mis, want de paarden voelden niet de strakke hand van Apollo en ook het gewicht van Phaethon was geringer dan zij gewend waren. Dus dartelden ze vrolijk langs de hemel, nu eens hoog opstijgend naar de sterren, dan weer laag langs de aarde scherend. Planten en dieren werden aldus verschroeid, de rivieren droogden op en de mensen vluchtten in paniek weg. Plotseling zag Phaethon aan zijn rechterhand de geweldige muil van de Leeuw en bijna verloor hij van schrik het bewustzijn. Gelukkig sleurden de paarden hun berijder verder langs de hemel, maar ineens zaten ze in de klauwen van de Schorpioen en dat was voor Phaethon teveel. Hij stortte met wagen en al in de diepte, naar de aarde.

Op dat moment greep Zeus in, want de aarde dreigde vernietigd te worden. De oppergod stuurde een bliksemschicht naar Phaethon, die brandend als een fakkel uit de wagen viel en als een komeet langs de hemel vloog. Ten slotte viel hij in een grote rivier en doofden de vlammen, terwijl Apollo op het laatste moment de teugels van de wagen wist te grijpen en de paarden leidde naar hun stal in het westen.

Cygnus, de broer van Phaethon, zocht naar de overblijfselen van het lichaam in de grote rivier en merkte tot zijn verdriet dat zijn broer in vele

De val van Phaëton: 'omlaag stortte de jongeling met wapperende lokken, zo snel als een vallende ster'. Michelangelo, zwart krijt, 1533

stukken uiteen was gevallen. Keer op keer dook Cygnus in het water om weer een restant van het lichaam aan wal te brengen en uiteindelijk had hij alles uit het diepe water opgedoken. De goden zagen welwillend toe hoe trouw Cygnus deze taak volbracht en werden getroffen door de gelijkenis van deze broer met een duikende zwaan. Als dank namen ze hem op en plaatsten hem aan de hemel in de vorm van... een zwaan.

De Lier van Orpheus

De jonge god Hermes ontdekte op een dag in het gras een schildpad en beloofde het dier op een wel heel vreemde manier de onsterfelijkheid: hij doodde het dier en maakte van het schild een klankkast. Daar spande hij zeven snaren op en bracht met zijn goddelijke hand het instrument, de eerste lier, tot klinken. Al zingend en lierspelend trok Hermes door de wereld en liet alles en iedereen genieten van dit wonderschone instrument. Zo ook de god Apollo, die direct in vuur en vlam stond over de harmonische klanken van de lier, die in staat waren om liefde, vreugde en slaap te brengen bij wie dan ook. Apollo schonk de lier aan zijn zoon Orpheus, die er nog twee snaren aan toevoegde om op die manier de negen muzen te gedenken.

Als Orpheus zong en op de lier speelde, dan kwamen alle dieren uit het bos om hem heen zitten en hielden de wolken even op met langs de hemel trekken, de rivieren stopten met stromen en de wind hield haar adem in. Zo sterk was de kracht van de lier, dat Orpheus zelfs de macht van de dood kon overwinnen. Eurydice, zijn vrouw, was door een slangenbeet gedood en verbleef in de onderwereld bij de god Hades. Al zingend lukte het Orpheus om in deze duistere wereld binnen te dringen, waarbij zelfs de hellehond in slaap werd getoverd door de zoete klanken van de lier. Hades was zo onder de indruk dat hij Eurydice vrijliet, op voorwaarde dat Orpheus niet zou omkijken als hij met zijn vrouw achter zich aan de onderwereld verliet. Alles ging goed tijdens deze vreselijke tocht, maar Orpheus werd steeds onzekerder naarmate hij langer niets meer van Eurydice vernam. Muisstil liep ze achter hem aan en tenslotte hield hij het niet meer uit: hij keek om en op dat moment zag hij Eurydice als een schim verdwijnen naar de onderwereld. Definitief.

Orpheus trok hierna als zanger door de wereld en na zijn dood kreeg de lier een plaats aan de hemel.

Tip

Dit keer een tip voor enige zelfwerkzaamheid met papier en potlood. Het kijken naar de hemel is een mooie bezigheid, maar zodra je weer binnen binnen bent weet je werkelijk niet meer hoe dat sterrenbeeld er ook alweer uitzag. De volgende keer kom je weer buiten en dan ben je zeer verbaasd dat het beeld er zo uit ziet en niet anders. Om een beetje te helpen de beelden goed waar te nemen en mogelijk ook beter te onthouden, stel ik voor om ze eens te tekenen.

Dat gaat op zeer eenvoudige wijze: kijk goed naar een beeld, bijvoorbeeld de Zwaan. Tel de sterren, let eens op de volgorde van helderheid van de sterren, de totaalvorm, de indruk die het maakt en alle details die voor jou belangrijk zijn. Om het nu niet te moeilijk te maken, zullen we de oefening in stappen doen.

De eerste stap is dat je vooral let op het aantal belangrijke sterren en de globale vorm. Prent dat in door enkele minuten naar het beeld te kijken en ga dan naar binnen, waar al papier en potlood klaarliggen. Teken zo snel mogelijk de globale vorm op grond van het aantal sterren dat je hebt geteld. Het resultaat hoeft nog niet exact te lijken, want het is slechts fase één.

Vervolgens, dat kan direct zijn of ook dagen later, ga je weer naar buiten en kijk je precies naar de vorm, de verhoudingen tussen de sterren en hun onderlinge afstanden. Ga weer naar binnen en corrigeer de eerste tekening. Het resultaat is een exactere weergave van de vorm. Als je nog niet tevreden bent, ga dan nog een paar keer zo te werk, totdat de vorm je bevalt.

Na deze tweede fase kun je het resultaat nog verbeteren door te gaan letten op de verschillen in helderheid van de sterren. Die teken je door de puntjes groter (helderder) of kleiner (zwakker) te maken of symbolen te gebruiken voor de verschillende helderheden. Nu heb je een tekening in drie fasen opgebouwd, waarbij een vrij getrouwe weergave is bereikt van het beeld aan de hemel.

Als laatste kun je nu nog, met kleurpotlood bijvoorbeeld, de verschillende kleuren van de sterren aangeven, eventueel geholpen door het kijken naar de sterren met een veldkijkertje.

Met deze tekening in handen kun je nog gaan verfijnen en meerdere zwakke sterren toevoegen aan het plaatje. Bevalt deze werkwijze, dan is de basis gelegd voor een eigen sterrenbeeldencollectie. Geen herbarium, maar een stellarium.

INTERMEZZO

Het was een winderige zomeravond in Wiltshire, Engeland. Om precies te zijn in de heuvels van het nietige dorpje Alton Barnes, wereldcentrum van graancirkelzoekers.

Het liep tegen middernacht en een groep donkere figuren tuurde in het duister op zoek naar sporen van UFO's. Ik was een van hen.

Wiltshire is befaamd om zijn regelmatige UFO-verschijningen en sommigen houden die voor de aanstichters van de graancirkels. Anderen worden door 'aliens' ontvoerd of zien in UFO's de ultieme militaire dreiging voor de mensheid. Ik weet dat allemaal niet. Gewoon nieuwsgierigheid dreef mij naar de plek van samenkomst, omdat daar op de dag af vijf jaar geleden een fantastische UFO was verschenen aan de directeur van CSETI (Committee for Search for Extraterrestrial Intelligence), de Amerikaanse chirurg Stephen Greer. Een reusachtige schijf was draaiend in een weiland voor hem neergedaald (getuigen), met lichten aan de onderkant, vurige ballen die aan de bovenzijde wegsprongen en lichtflits-signalen in antwoord op die van de ademloze Greer. Hij had ons voor zijn lustrum uitgenodigd in de stellige overtuiging dat de verschijnselen zich opnieuw zouden voordoen. O ja, de voortekenen waren gunstig: de avond ervoor had een mensachtig en blauwstralend lichtverschijnsel zich voltrokken in zijn kamer (getuige). Een UFO kon gewoon niet meer uitblijven. Het was immers zo vaak gelukt met dezelfde voortekenen.

Tot mijn verbijstering begon Greer laserlicht te seinen in de wolken en over het land, teneinde de Ufonauten onze aanwezigheid te laten merken. 'Dat helpt vaak en meestal komt er reactie.' Met een infraroodkijker tuurden we de heuvels af, die werden beschenen door priemende rode lichtstralen uit een klein zaklampje. Ineens hoorde ik een vreemd ritmisch geluid. Het leek op een hartslag, afgewisseld door hogere fluittonen. Zou dit dan....? Nee, het was een assistent, die een geluidsband liet horen van UFO-geluiden zoals die waren opgenomen tijdens eerder verschijningen en in de buurt van graancirkels. 'Dat herkennen ze', aldus Greer, 'een combinatie van licht en geluid trekt ze meestal wel aan.' Zoiets had ik in mijn studententijd ook wel eens met insecten gedaan, vooral vlinders, en ik moest deze parallel met kracht van me afduwen om serieus te blijven.

Intussen was de plaatselijke luchtmachtbasis begonnen met een fraaie lichtshow. Tientallen gouden lichtkogels werden afgeschoten, die minutenlang in de avondlucht bleven schitteren alvorens langzaam te doven. Even gleed er twijfel door de groep of dit toch niet stiekem UFO's waren, vermomd als vuurwerk, maar nuchterheid won dit keer.

Na een geleide meditatie, waarin zowel de UFO's als de wereldvrede werden aangeroepen, begon de groep ongeduldig te worden bij het uitblijven van succes. Juist liep ik even weg om de benen te strekken, toen ik een 'Oh' en 'Ah' geroep achter mij hoorde. Ik was te laat. Als enige had ik het lichtverschijnsel gemist, dat op het pad was begonnen en zich razendsnel door de groep mensen had gedrongen. Tot twee keer toe was een helder, wit licht langs de groep geflitst.

'O, dat is heel normaal', zei Greer. 'Zie ik zo vaak. We worden door de aliens gescand om te weten wie we zijn.'

Het moet achter mijn rug zijn begonnen en was al afgelopen toen ik mij omdraaide. Ik heb ook altijd pech...

Na deze scanning hadden ze er kennelijk geen zin meer in en hebben zich in de nacht niet laten zien.

Deel 2
Een symbolische band: De dierenriem

In de komende vier avonden neem ik je mee naar de dierenriem. Deze band van twaalf sterrenbeelden is vooral bekend geworden door de astrologie, maar dankt zijn betekenis in de eerste plaats aan de zon, de maan en de planeten. Die bevinden zich namelijk altijd ergens in deze dierenriem. De zon trekt er jaarlijks doorheen, de maan doet het dertien keer zo snel in een maanmaand en de planeten hebben ook zo hun eigen ritme van omlopen in de zodiak, zoals dit hemelse decor ook wel wordt genoemd. De beelden van de dierenriem zijn in onze gematigde streken in principe altijd goed te zien, maar niet allemaal tegelijk. Logisch, want de zon staat in een beeld van de zodiak en daarmee is dat beeld plus de aangrenzende beelden natuurlijk onzichtbaar, omdat het overdag overstraald wordt door de zon. Wel kunnen we de tegenoverliggende beelden in de nacht goed zien. Laten we eerst eens kijken om welke beelden het eigenlijk gaat. Daartoe zetten we ze in een cirkel met de bijbehorende symbolen (zie de tekening op blz. 62)

Eigenlijk zijn er maar zeven dieren (Ram, Stier, Kreeft, Leeuw, Schorpioen, Steenbok, Vissen), aangevuld met vier mensen (Tweelingen, Maagd, Boogschutter en Waterman) en één voorwerp (Weegschaal). Vooruit, vanwege de meerderheid mag de zodiak dan dierenriem heten.

Voor de komende vier avonden heb ik de dierenriem in de volgende beelden verdeeld over de seizoenen:

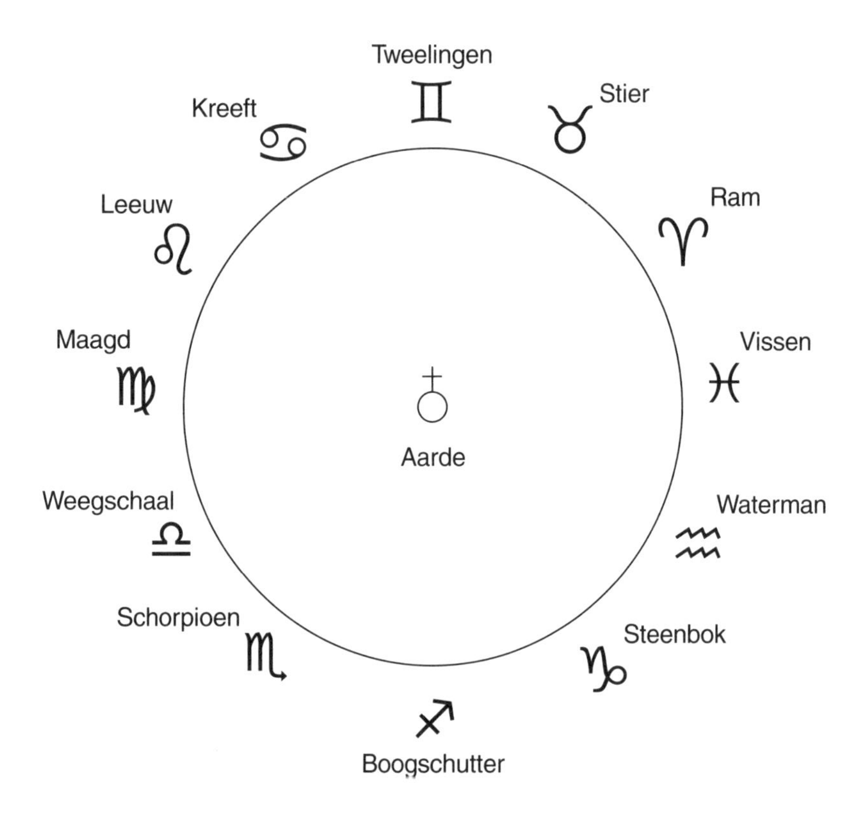

Beelden	*Seizoen*	*Avond*
Stier, **Tweelingen**, Kreeft	winter	5
Leeuw, **Maagd**, Weegschaal	lente	6
Schorpioen, **Boogschutter**, Steenbok	zomer	7
Waterman, **Vissen**, Ram	herfst	8

De middelste beelden staan telkens centraal, maar we kijken ook naar de omliggende sterrenbeelden. De gekozen indeling betekent niet dat de dierenriem op andere momenten onzichtbaar is, maar wel dat de gekozen beelden in de avonduren het beste te zien zijn, omdat ze hun hoogste positie aan de hemel bereiken. Voor de waarneming aan de hemel geldt namelijk hetzelfde als zo vaak in het leven: hoe hoger, hoe beter.

Vijfde avond: *Het winterkruis*

Waar is de Pleiade gebleven?
Wie heeft de verloren sterren licht en thuis gegeven?
Wie laat de Stella Mira oplichten voor slechts even?
Waarom moet de poolster eenzaam leven?
Waarom maken er mooie beelden, groepsgewijs,
Als zusters verbonden hun hemelse reis?

Nathaniel Parker Willis

Voor deze excursie kiezen we een heldere decemberavond, bijvoorbeeld 21 december om 24.00 uur. Op die dag is de nacht het langst en gaat de zon door zijn diepste punt aan de hemel, in het dierenriembeeld Boogschutter. Pal daar tegenover staan de Tweelingen hoog aan de hemel, want dit beeld komt van alle zodiakbeelden het hoogst aan onze nachthemel te staan. Als je het te laat vindt, dan kunnen we de avond ook een maand later doen om 22.00 uur. We kijken eerst naar het zuiden, dat we kunnen vinden door de roodachtige ster Betelgeuze uit Orion op te zoeken. Dat is nu een peuleschil. Deze ster staat op dit moment exact in het zuiden. Iets linksboven deze ster, op een hoogte van zo'n 60°, zie je een grote rechthoek staan, waarvan de linkerkant bestaat uit de twee heldere sterren Pollux en Castor. Pollux is de helderste ster en ligt lager dan zijn tweelingbroer Castor.

Iets rechts van het zuiden ligt het opvallende beeld van de Stier, dat niet zo'n mooie eenheid aan de hemel vormt als de Tweelingen. De Stier is een verzameling fraaie objecten, zoals de heldere roodachtige ster Aldebaran. Hij is het fonkelende oog van de Stier en ligt in een V-vormige groep zwakke sterren, waarvan hij de linker top vormt. Deze sterrengroep heet ook wel de Hyaden, een groep Griekse nymfen. Een andere nymfengroep is heel opvallend: de Pleiaden ofwel het Zevengesternte. Die zie je een stuk verder naar rechtsboven in westelijke richting staan. Sommigen zien er een steelpannetje in miniformaat in, anderen een groepje van zes blauwwitte sterren. De zevende is met het blote oog moeilijk te zien en dat komt omdat één van de nymfen zich verbergt achter de andere. Met een veldkijker zie je veel meer dan zeven sterren in deze groep en ze vormen met elkaar ook werkelijk een clustertje aan de hemel: jonge sterren, slechts enkele miljoenen jaren oud, die naar kosmische maatstaven nog maar net zijn geboren en heel heet zijn. Vandaar de blauwwitte kleur, want dat is de kleur van jonge, hete sterren. Oude sterren willen nog wel eens afkoelen en een rode kleur aannemen. Dat lijkt vreemd, omdat wij gewend zijn om blauw een koude kleur te noemen en rood een warme, maar zo is het nu eenmaal in sterrenland.

De Hyaden vormen de kop van de Stier en zijn horens liggen in de richting van de Tweelingen. De bovenste horenpunt is eigenlijk al een ster van het beeld Voerman, dat heel hoog in het zuiden ligt, in de buurt van het zenith. Dat is het hoogste hemelpunt, altijd recht boven je hoofd. De grote vijfhoek van de Voerman wordt afgesloten met de heldere en geelwitte ster Capella.

El Niño en de Pleiaden

Als halverwege de maand juni de Pleiaden zichtbaar werden, wisten de oude Inca's dat het tijd was om de nieuwe aardappelen te gaan aanplanten. Deze zichtbaarheid hangt namelijk af van de aanwezigheid van een dunne sluierbewolking op een hoogte van tien tot zestien kilometer. Die bewolking wordt weer beïnvloed door El Niño. In een warm El Niño-jaar is er meer bewolking en zijn de Pleiaden minder helder. Dan begint in de Andes het regenseizoen één tot anderhalve maand later. Jonge aardappels zijn gevoelig voor de hoeveelheid neerslag: bij weinig regen spruiten de pootaardappelen minder goed en dat levert een half jaar later een slechtere oogst op. Deze voorspelling van het weer bij de Inca's wordt tot op de dag van vandaag nog in ere gehouden bij de autochtone bevolking van de hoogvlakten in Bolivia en Peru. Zij letten goed op de Pleiaden en vieren op 24 juni (bij ons is het dan Sint Jan) het feest van het Zevengesternte.

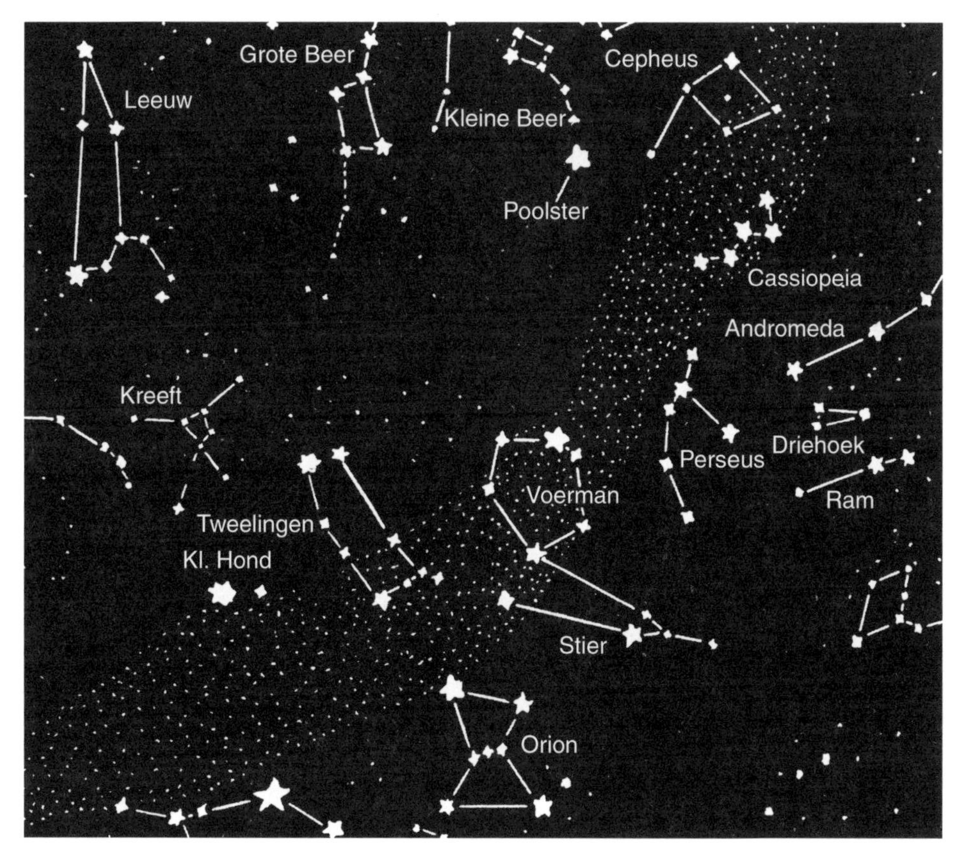

Op zeer heldere avonden wijzen Voerman en Cassiopeia de weg naar de Melkweg.

Iets verder naar het westen zie je de drie sterren van de Ram staan, maar dat beeld komt een volgende avond aan de beurt.

Links van de Tweelingen, in oostelijke richting staat het moeilijkst zichtbare beeld van de gehele zodiak en wel de Kreeft. Als het goed helder is, dan kun je midden in de Kreeft een vlekje zien door er met de ogen een beetje omheen te bewegen. Dat is de Kribbe, een verzameling sterren, vergelijkbaar met het Zevengesternte, maar dan veel ouder. Deze zogenaamde Open Sterrenhoop is met een veldkijker goed te zien. Vlak erboven staan twee sterretjes en vlak eronder ook en die werden in het verleden wel eens de noordelijke en zuidelijke ezel genoemd. Beide dieren aten hun hooi uit de kribbe. Rondom dit groepje kun je nog een drietal zwakken sterren ontwaren, die ook tot de Kreeft horen. Eigenlijk is dit beeld een invulling met zwakke sterren van een nogal leeg gebied aan de hemel.

Nog iets verder naar het oosten staat de net opgekomen Leeuw, die ook op een andere avond meer aandacht krijgt.

Probeer eens een denkbeeldige lijn te trekken tussen de beelden van de dierenriem – te beginnen bij de Ram, via Stier en Tweelingen naar Kreeft en tenslotte naar de Leeuw. Die lijn, een gemiddelde verbindingslijn tussen de dierenriembeelden, heet ecliptica en speelt in astronomie en astrologie een belangrijke rol om de hemel in segmenten te verdelen. Het is ook de lijn waarop de zon altijd staat in haar tocht door de zodiak. Vanavond loopt de ecliptica precies van oost naar west langs de hemel en bereikt haar hoogste punt in de Tweelingen. Als we een paar uur blijven staan, zal deze ecliptica een andere positie innemen en niet meer van oost naar west lopen. Zo heeft de ecliptica op ieder uur van het etmaal een andere positie ten opzichte van de horizon en deze beweging, die ook wel 'dansen' wordt genoemd, zal ik in een apart hoofdstuk bespreken, compleet met draaibare sterrenkaart.

Je had ze al op een eerdere avond gezien, maar ik stel hem nogmaals aan voor:

Het Winterkruis, bestaande uit de verticale balk van Voerman en Orion en de horizontale balk van Tweelingen en Stier. Dat is samen wel de mooiste en helderste groep beelden aan onze noordelijke avondhemel.

Let nog even, voordat we naar binnen gaan, op de fonkelende Sirius en de heldere ster Procyon, die juist onder de Tweelingen ligt.

Zo, dan is het nu tijd voor een paar warme winterverhalen over de beelden van de dierenriem.

Tweelingen

De Griekse koning Tyndareus en zijn vrouw Leda kregen een tweeling, waarvan Castor een gewone en sterfelijke zoon was, maar Pollux een zoon van Zeus en daarom onsterfelijk. De daden van deze Dioskuren (godenkinderen) waren vol wijsheid en bezonnenheid en ze genoten daarom een groot aanzien bij andere helden. Zo mochten ze mee met het schip Argo om het beroemde Gulden Vlies terug te brengen naar Griekenland en verrichtten ze onderweg menige heldendaad. Eenmaal terug in hun vaderland, na deze lange reis naar het oosten, werden Pollux en Castor tegelijk verliefd op twee dochters van een Apollo-priester en de bruiloft was een uitbundig feest. Pas toen bleek, dat de priester zijn dochters oorspronkelijk had beloofd aan Idas en Lynkeus, de twee boezemvrienden van de Dioskuren. Een strijd kon daarom niet uitblijven. De vredelievende tweeling verstopte zich in een holle

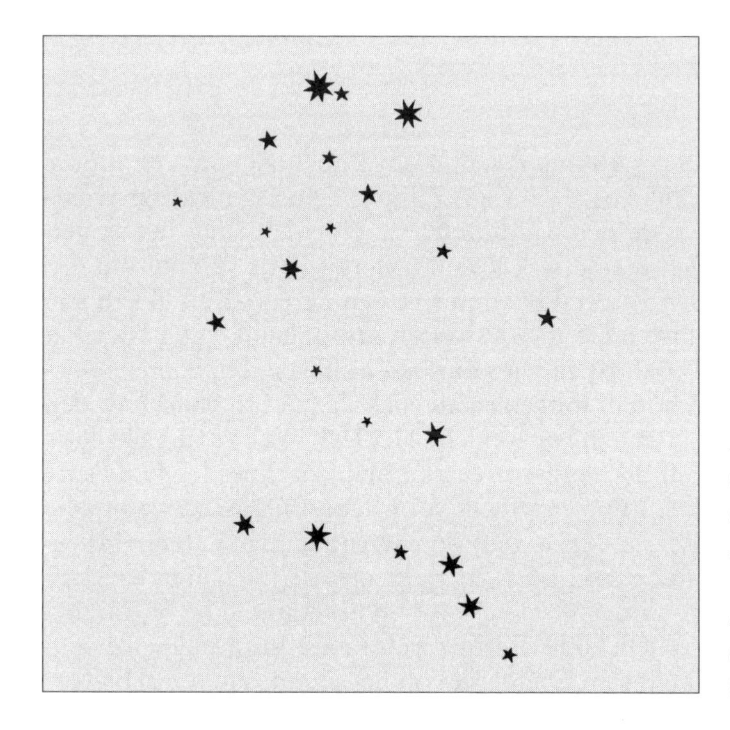

De Tweelingen naast elkaar: linksboven het hoofd van Pollux, naast hem Castor, die zijn linkerarm uitstrekt. De onderste sterren vormen de voeten.

boom, om zich te onttrekken aan de ziedende woede van hun vrienden. Het mocht niet baten, want de allesziende scherpe ogen van Lynkeus boorden zich door de stam en Idas wierp zijn speer met kracht door het hart van Castor. Staande bij het ontzielde lichaam van zijn broer ontstak Pollux in goddelijke woede en trok ten aanval. In een wilde jacht wist hij Lynkeus van achteren te doorsteken en gelijktijdig werd Idas door een bliksemstraal van Zeus gedood. Zo stond tenslotte de ontredderde Pollux bij de ontzielde lichamen van drie dierbaren en in diepe smart huilde hij de hele nacht door. Hij wilde niets liever dan sterven om zo bij zijn broer in de onderwereld te komen, maar zijn hemelse vader Zeus kon aanvankelijk geen gehoor geven aan dit verzoek. Toen Pollux echter langdurig bad en smeekte, kon Zeus zijn medelijden niet langer onderdrukken en zond zijn boodschapper Hermes, die in een droom verscheen aan Pollux. Hij vertelde dat het toegestaan was om ten dele te sterven en in de Hades te vertoeven, maar dat de tweeling ook nog aan de hemel mocht verschijnen. Zo staat het sterrenbeeld er nog steeds, afwisselend boven de horizon in de hemelse wereld en onder de horizon in het dodenrijk, als getuige van de grote liefde tussen twee broers. Liefde die reikt tot over de grenzen van de dood.

De scherpe ogen van Lynkeus werden geschonken aan een wilde kat, die voortaan als Lynx door het leven zou gaan.

Stier

Dit verhaal brengt ons bij koning Agenor van Phoenicië, die een mooie dochter had met de lieflijke naam Europa. Zij speelde graag met haar vriendinnen in de natuur en op een dag plukten ze bloemen langs het strand. Zeus, die verliefd op het meisje was, kwam naderbij in de gestalte van een wondermooie stier en wist op die manier buiten de jaloerse blikken van zijn vrouw Hera te blijven. De meisjes waren aanvankelijk bang voor het dier, maar hij was zo mooi dat ze hem durfden aanraken. Hij had een witglanzende huid en zijn horens fonkelden als edelstenen. Zijn flanken trilden en zijn spierbundels glansden in het zonlicht. Het leek wel of er uit zijn ogen vriendelijkheid sprak en de meisjes streelden hem. Zachtjes legde de stier zich neer op het strand en Europa vlocht voor hem een bloemenkrans, die ze om zijn horens legde. Ze durfde zelfs op zijn rug te gaan zitten en langzaam liep de stier op het strand heen en weer, met de juichende en klappende meisjes om hem heen. Plotseling stoof hij het water in en begon met grote snelheid te zwemmen, zodat Europa zich moest vasthouden aan zijn horens en angstig om hulp riep. De meisjes op het strand waren machteloos en zo verdween de stier achter de horizon.

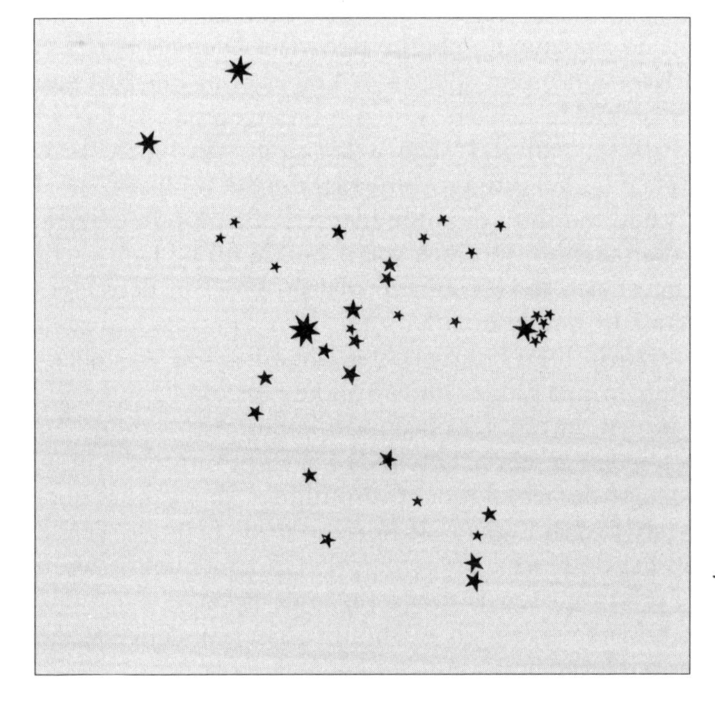

De Stier in vol ornaat: centraal staat Aldebaran, het rode, fonkelende oog. Rechts de Pleiaden. Linksboven de twee horenpunten.

Op de avond van de tweede dag kwamen ze aan de kust van een eiland, waar Europa afsteeg en verbaasd toezag hoe het dier verdween om plaats te maken voor een aantrekkelijke jonge man. Hij stelde zich voor als de koning van het eiland Kreta en bood haar bescherming aan in ruil voor haar liefde. Europa zag geen uitweg en berustte in haar lot. Zo had Zeus zijn doel bereikt en verdween hij van de aarde om plaats te nemen aan de hemel, waar hij nog steeds staat: een zwemmende stier met kop en voorpoten boven de golven en de rest onzichtbaar onder water. Europa kreeg een zoon, die ze Minos noemde en van hem wordt verteld dat hij op Kreta de Minoïsche cultuur stichtte in het werelddeel dat naar zijn moeder is genoemd.

KREEFT

Koning Eurysteus had de held Herakles twaalf werken opgedragen, waarvan het verslaan van een Hydra het tweede was. In de landstreek Lerna bestreed de held het negenkoppige slangenmonster, waarbij iedere afgeslagen

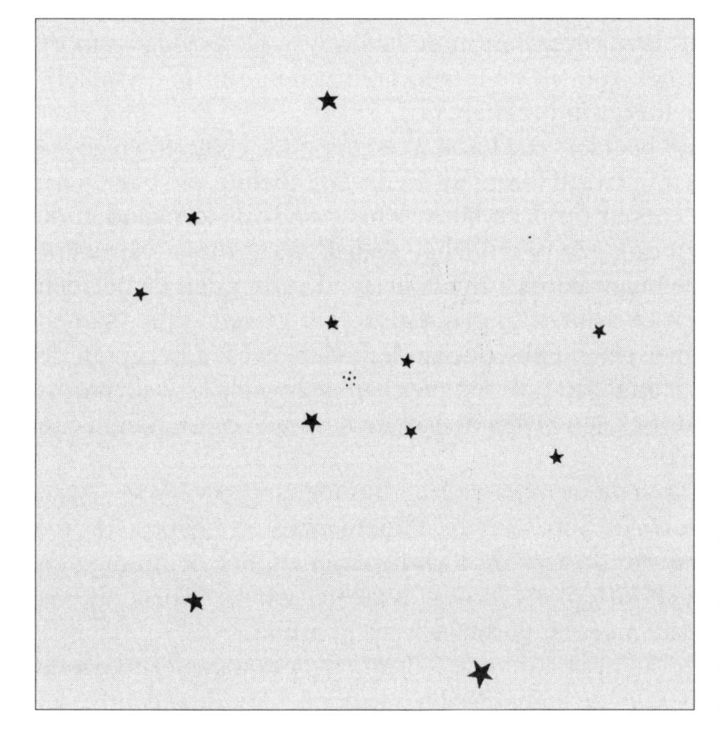

In het midden van de Kreeft ligt de Kribbe, een open sterrenhoop. De buitenste sterren zijn niets dan scharen.

kop weer twee nieuwe verwekte en het kostte hem grote moeite de giftige beten te ontwijken. De jaloerse Hera keek neer uit de hemel en wilde niets liever dan de dood van Herakles. Hij was immers verwekt door Zeus bij een aardse moeder, weer één van die vele liefjes van de onverzadigbare oppergod. Hera liet een reusachtige kreeft uit het moeras opstijgen, precies achter Herakles, en het dier beet de held in zijn hiel. Bijna viel de strijder ten prooi aan de Hydra, maar hij bewaarde zijn tegenwoordigheid van geest en gaf de kreeft een enorme trap. Zo kwam dit giftige dier aan de hemel terecht en het staat er nog steeds, als stille getuige van dit heroïsche gevecht.

De historie van de dierenriem

De dierenriem of zodiak is een culturele icoon van de eerste orde. Al duizenden jaren lang beschrijven verschillende culturen deze band aan de hemel, verbinden haar met het leven op aarde en met het menselijk lichaam. Geen wonder, deze bijzondere belangstelling, want de zon, maan en planeten staan altijd ergens in deze dierenriem en die hebben orde gebracht in de tijd, de loop der seizoenen en de maatregelen in de landbouw. De beelden van de zodiak moesten wel uniek zijn, als zij uitverkoren waren om de dwaallichten aan de hemel als achtergrond te dienen.

De indeling in twaalf beelden gaat terug naar zeer oude culturen en zowel de verdeling van het jaar in twaalf maanden als de dagindeling van twee maal twaalf uur is terug te voeren op deze kosmische grondslag. Zo kenden de Chinezen en Tibetanen ook een twaalfdelige zodiak, waarbinnen vierdelingen en vierentwintigdelingen voorkwamen, maar zij verbonden de beelden met heel andere namen en voorstellingen dan wij nu gewend zijn. Namen zijn altijd verbonden met plaatselijke omstandigheden, het landschap en de dieren en die krijgen meestal dan ook een plek aan de hemel. Zo is de naamgeving aan de hemel tevens een projectie van de culturele omstandigheden van een volk of cultuur.

De dierenriem komt in de westerse cultuur binnenstappen via Voor-Azië, Griekenland en Rome. Bij de Soemerische, Phoenicische en Egyptische culturen komt de indeling van de zodiak al aardig overeen met de huidige en waarschijnlijk ligt de geboorteplaats in Iran, waar het woord zodiak als een verbastering van de naam van een godheid werd gebruikt.

Uit de kleitabletten van het beroemde Gilgamesj-epos is gebleken dat de Soemeriërs al in 3000 v. Chr. de zodiakbeelden kenden. Ook de indeling van

De dierenriem en de dagelijkse bezigheden in de loop van het jaar.
Franse houtsnede, 1504.

de eclipica in 360 graden, het uur in zestig minuten en de week in zeven dagen komt uit die periode. Later namen de Bayloniërs dat over, rond 2000 v. Chr., en in de Babyloons-Chaldeeuwse cultuur ontstond veel van wat we tegenwoordig astronomische wetenschap noemen. Maar wetenschap en mythe lagen toen nog dicht bij elkaar, getuige de vele symbolische en voor ons vaak kryptische voorstellingen over de beelden van de dierenriem. Op een grenssteen uit de 12e eeuw v. Chr. bijvoorbeeld staat de Boogschutter afgebeeld als een soort Centaur: een paardenlichaam met mensenhoofd en hondenkop, een gewone staart en een schorpioenenstaart en ook vleugels. Ongetwijfeld werd hierin een bijzonder goddelijk wezen gezien met een diepe symbolische betekenis.

De oude sterrenwijsheid was meer dan alleen een indeling en herkenning van sterrengroepen in aardige en toevallige beelden aan de hemel: die

De twaalf dieren van de Chinese zodiak zijn anders dan in de westerse dierenriem.

beelden werden werkingen toegeschreven op mens en natuur en zelfs op de ontwikkeling en het karakter van gehele culturen. Het mythologische bewustzijn zag in de hemel een gecompliceerd spel van krachten en wezens, waaruit later de prachtige verhalen zijn voortgekomen van goden, demonen en andere spelers van een goddelijke komedie. Een dun overblijfsel van die rijke bron is bewaard in de astrologie, waarmee het natuurwetenschappelijke en rationele bewustzijn van nu maar weinig weet te beginnen. Dat komt ook omdat in de loop van de eeuwen veel kennis en wijsheid verloren is gegaan en door elkaar gehaald, zodat kaf en koren moeilijk van elkaar zijn te onderscheiden.

Een voorbeeld van het fragmentarische karakter van de overgebleven kennis is te vinden in de Griekse mythologie, waar Herakles, de beroemdste Griekse held, twaalf werken moet verrichten. Daarbij hoort het verslaan van een Leeuw, een Stier en een Kreeft, waarover je in dit hoofdstuk al meer hebt gelezen. Dat zijn geen toevallige dieren, maar tevens dierenriembeelden en het getal twaalf van de werken is ook een verwijzing naar de kosmische twaalfheid. Toch worden niet alle beelden van de dierenriem door Herakles systematisch afgewerkt. Is dat met opzet gedaan of zijn de diepere achtergronden in de nevelen van de historie verdwenen?

In het middeleeuwse *Droomlied van Olav Asteson* uit het zuiden van Noorwegen komen ook verwijzingen voor naar de dierenriembeelden als Stier en Weegschaal, en uit de restanten van dit mythische lied is op te maken dat er oorspronkelijk twaalf stukken van een tocht door het dodenrijk werden afgelegd: door de overledene en door de dromer, die het lied zingt. Langs de Melkweg en de dierenriem, zo vertelt dit verhaal, moet de ziel trekken om in het paradijs te komen.

TIP

Als je de beschikking hebt over een statief voor je camera, dan is het de moeite waard om eens een foto te maken van de hemel rondom de poolster. Zoek daarvoor een zeer donkere plek op, waar storend stadslicht en passerende auto's niet aanwezig zijn. Zet je camera op het statief en richt op de poolster. Als je nu een foto maakt met een normale sluitertijd dan zal het resultaat tegenvallen, want in het gunstigste geval zie je op de foto een paar zwakke lichtpuntjes die nauwelijks te onderscheiden zijn van stofjes op het negatief. Het beste is namelijk om een tijdopname te maken, door de sluiter van

De poolster draait zelf ook, vlakbij het denkbeeldige middelpunt van de draaiing, veroorzaakt door de aswenteling van de aarde.

de camera een lange tijd open te zetten. Een half uur of een uur bijvoorbeeld, maar langer mag ook. Hoe lang, dat zal afhangen van het eventuele storende licht in de omgeving. Het negatief zal het sterrenlicht verzamelen, de kleuren ook, en de zichtbaarheid van de sterren vergroten. Op deze foto zul je echter geen sterren aantreffen! Het resultaat van de lange belichtingstijd is een serie lichtsporen van de sterren, die een stukje van hun hemelbaan hebben afgelegd. Hoe langer de sluitertijd, des te groter dit spoor. Ook zul je ontdekken dat de poolster, die zo'n beetje de helderste ster is in dit gebied van de hemel, zelf ook een klein spoor trekt en wel om het denkbeeldige middelpunt van de hemelbeweging: de hemelnoordpool. Alle sterrensporen zijn gegroepeerd rondom dit centrum, dat zelf niet zichtbaar is.

Ook kun je aan de lichtsporen duidelijk zien wat de heldere en zwakke sterren zijn, want de dikte van de sporen zal aanzienlijk verschillen. Zo kun je de helderheden van de sterren uit de Kleine Beer en de Grote Beer goed met elkaar vergelijken.

De foto laat het niet zien, maar je weet het natuurlijk al wel: de beweging van de sterren op de foto is linksom, tegen de klok in.

Tijdopname van Orion: de bovenste helft heeft een 'holle' baan, de onderste helft een 'bolle' baan. De hemelequator loopt immers midden door het sterrenbeeld heen.

INTERMEZZO

Binnenkort is het zover. De aarde zal worden getroffen door een stuk steen van enkele kilometers doorsnede en ten onder gaan in een zondvloed van watermassa's, stofwolken en orkanen. Er is een verwaarloosbaar kleine kans dat het niet zal gebeuren. Zoveel brokken puin zwabberen rond in het universum, dat een botsing niet kan uitblijven. In het verleden is het al vaker gebeurd, zulke inslagen en daarmee is een groot deel van onze evolutie te verklaren.

Na de zondvloed begint het weerbarstige levensproces met nieuwe wegen en invallen, de ene creatieve vondst aan de andere rijgend. We mogen die zwerf-eilanden wel dankbaar zijn voor de enorme ontwikkelingskansen die ze ons bieden. Het aardige is ook dat we er eigenlijk niks aan kunnen doen. Zo'n klomp komt gewoon en wij gaan niet opzij. Dat heeft iets standvastigs van de aarde. Net een bokser die gewoon van geen wijken weet en een gigantische peer op zijn muil incasseert.

Een Amerikaanse astronoom, die de hele nacht niets anders doet dan opletten of er puin nadert, heeft wel een oplossing bedacht: we sturen gewoon wat atoomkoppen in een vuurpijl naar boven en rammen erop los. Dan zal het eiland wel uiteenspatten en de brokstukken zijn zo verstandig om een veilig heenkomen te zoeken, ver buiten de aarde, zo meent hij.

Dit nu vind ik een onverstandige zet. Als het al zou lukken, dan is het jammer van de gemiste kans. Een catastrofe op zijn tijd is juist heilzaam en waarom zouden we doorsukkelen in de patronen waarin we al eeuwen vastzitten? Is onze manier van de aarde exploiteren zo weldadig, dat we er alles aan moeten doen om dit zo te houden?

Ik denk dat die botsingen eigenlijk horen bij een weldoordacht scenario voor de aarde. Een soort kosmisch karma, dat heel bewust aanstuurt op de volgende fase van ontwikkeling.

Zoals Zeus zijn bliksem slingerde of Thor zijn hamer, zo werpt een universele Deus mini-planeetjes, giga-meteoren of kolossale kometen met intergalactisch genoegen in onze richting, daarbij verheugd uitziend naar het uiteindelijke resultaat: de frisse wind, het nieuwe begin. Mythische verhalen beschrijven dit scenario in alle toonaarden, dus het moet wereldwijd al vaker zijn voorgekomen.

Ik ga uit dit alles wel goed geld slaan door het organiseren van excursies naar de plaats des onheils. De datum is namelijk heel precies te berekenen en de plek ook, dat is weer het handige van de moderne wetenschap. Voor een astronomisch bedrag mag je mee voor het bijwonen van hét moment van de gehele historie: Gaia's Waterloo. Zo heet mijn firma trouwens die dit regelt. Je hebt toch niets meer aan je geld na de klap, dus kun je het maar beter bij mij inleveren. Wat ik er mee ga doen weet ik nog niet precies. Misschien wel een kolonie opzetten op de maan. Als die steenklomp dan maar wel langs de maan wil vliegen...

Zesde avond:
Het meisje en de korenaar

't Onderstuk, gewelfd slechts weinig,
wordt tot aarderond geschapen,
't bovenstuk der eierschaal nu
vormt de hoge boog des hemels;
't geel der eierdooier boven
schenkt het stralend licht der zonne,
't eiwit boven aan de eischaal
glanst als zilveren manestralen.
Spatjes wijd en zijd gesprenkeld
worden sterren aan de hemel
en het donkere van het ei nu
drijft als wolken langs de luchten.

Kalevala (1e rune)

Het is lente, bijvoorbeeld op 21 maart om middernacht of op 21 april om 22.00 uur in de avond. We kijken naar het zuiden. Omdat er geen heldere ster ons houvast geeft om het zuiden te vinden, kiezen we een omweg: we kijken eerst naar de poolster en bepalen op die manier het noorden. Dan keren we ons 180° om onze as en kijken dus naar het zuiden. Eigenlijk staat er wel een opvallende ster dit zuiden aan te wijzen, maar dat ontdekken we nu pas, omdat we al weten waar we het moeten zoeken. Iets rechts van het zuiden staat namelijk het opvallende, grote en indrukwekkende dierenriembeeld Leeuw te prijken aan de hemel. Hij is het enige beeld van de dierenriem, en misschien wel het enige beeld van de hele hemel, dat onmiskenbaar de vorm heeft van een dier: een soort liggende sfinx of een hond. De kop wijst naar rechts, naar het westen en de helderste ster, de koningsster Regulus, geeft de plaats aan van zijn hart. Deze ster werd al in de oudheid hoog vereerd, omdat het de meest koninklijke van alle sterren zou zijn die de weg wijst naar het goud, naar het hart. De staart van de leeuw is de ster Denebola en die staat precies boven het zuiden. De denkbeeldige lijn door het zuiden, loodrecht op de horizon, is de zuid-meridiaan en op deze lijn bereiken alle sterren het hoogste punt van hun baan. Denebola staat dus op dit ogenblik op zijn hoogste punt en gaat vanaf hier weer dalen ten opzichte van de horizon, om na zeven uren in het noordwesten onder te gaan. De Leeuw maakt een geweldige duiksprong aan de hemel, want hij komt eerst met zijn kop omhoog aan de oostelijke hemel te voorschijn om ten slotte met zijn kop naar beneden aan de westelijke hemel weer onder te duiken in het onderaardse rijk: het hol van de leeuw.

Vlak boven het zuidwesten zie je het zwakke beeld van de Kreeft staan, tussen Regulus en de heldere ster Procyon uit de Kleine Hond.

Maar nu eerst de Maagd. Dit is het grootste van alle dierenriembeelden, waar zon, maan en planeten hun langste dierenriemtijd in vertoeven. Reden genoeg om wat meer aandacht aan dit beeld te geven. Het is geen opvallende constellatie en de enige in het oog springende verschijning is de heldere ster Spica (wat letterlijk 'bloeiwijze' betekent), ofwel de Korenaar. Deze ster en de rest van de Maagd bevinden zich links van het zuiden, duidelijk lager dan de Leeuw. Om dit gebied goed te vinden is het handig om eerst de zeer heldere en roodachtige ster Arcturus op te zoeken. Dat is de helderste ster in het linker deel van de hemel, in de richting van het oosten. Het gebied tussen Arcturus en de staartster Denebola uit de Leeuw geeft de bovenrand aan van de Maagd. Alles wat er onder staat behoort dus tot deze Virgo, zoals de Latijnse naam luidt. Pal onder Denebola, precies boven het zuiden, staat de tweede ster uit de Maagd en de derde ster in helderheid staat halverwege de lijn naar Spica. De hoogste ster van het beeld heeft de prachtige naam Vindemiatrix, wat zoiets betekent als de 'druivenverzamelaar'. Als namelijk deze ster aan de hemel verscheen was de tijd van de druivenpluk aangebroken, in oude Griekse en Romeinse tijden. In afbeeldingen wordt deze ster ook wel getekend als een palmblad in de rechterhand van de Maagd, een jong meisje met vleugels, dat in haar linkerhand de korenaar draagt.

Het sterrenbeeld ligt dus aan de hemel, met het hoofd naar rechts en haar voeten naar links, naar het oosten. Als je dit beeld hebt gevonden is het aardig om eens een denkbeeldige lijn te trekken door het liggende lichaam van

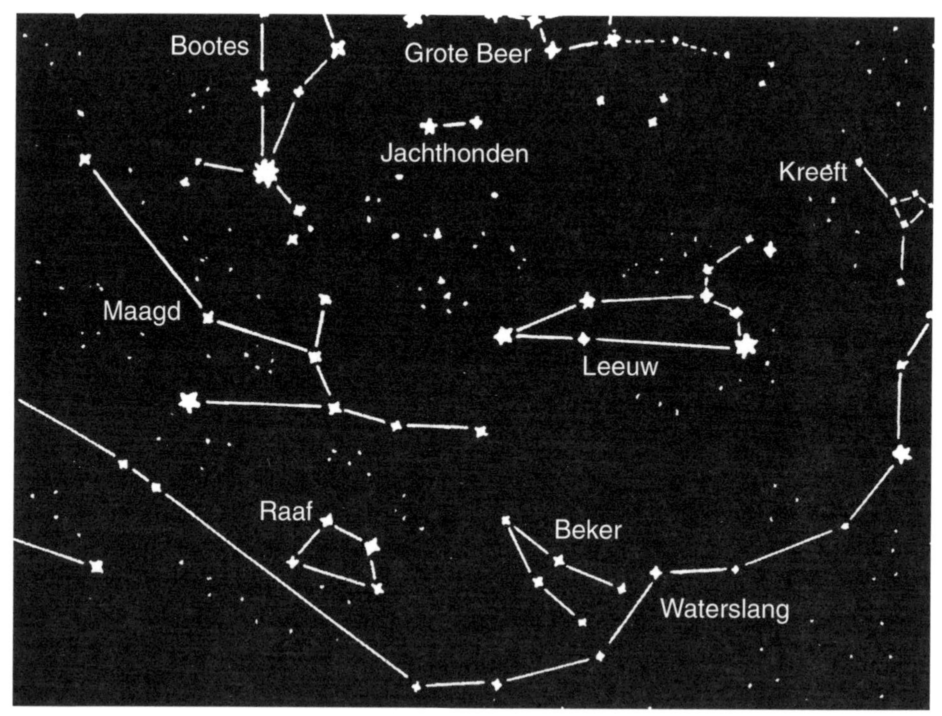

De helderste ster in de Maagd is Spica: de korenaar.

het meisje en deze lijn te verlengen aan de hemel, zodat hij precies van oost naar west verloopt. Deze lijn of cirkel speelt in de sterrenkunde een hoofdrol, omdat het de hemel in twee denkbeeldige helften verdeelt. Op aarde kennen we ook zo'n cirkel en die noemen we de evenaar. Precies zo heet de cirkel aan de hemel de hemelevenaar ofwel de hemelequator. Alles erboven hoort tot de noordelijke hemelhelft, alles eronder tot de zuidelijke. Alle sterren bewegen zich in hun banen evenwijdig aan deze hemelequator, waar ze zich ook bevinden in de koepel. Als je deze lijn denkbeeldig aan de hemel hebt getrokken, let dan eens op het punt precies boven het zuiden. In onze streken is dat punt 38° boven de horizon gelegen. Vlak erbij staat het tweede sterretje uit de Maagd. Dit punt aan de hemel heet ook wel het Herfstpunt, omdat de zon er staat op het moment dat de herfst aanbreekt en wel op 22 of 23 september. Op dat moment staat de zon dus zowel op de hemelequator als op de ecliptica. Op die laatste lijn, die ook de verbindingslijn is tussen de beelden van de dierenriem, staat de zon altijd, maar op de hemelequator staat hij alleen op de herfstdag en op de lentedag op 21 maart. Als je dus nu naar dit punt kijkt, dan zie je een denkbeeldig snijpunt: de hemelequator en de ecliptica komen hier bij elkaar. Mocht je de 21e maart als avond voor deze waarnemingen hebben gekozen, op de lentedag, dan is het aardig om je te realiseren dat de zon nu pal tegenover dit Herfstpunt aan de hemel staat. Dat is bij ons diep onder de horizon. Ook daar is zo'n snijpunt van de hemelequator en de ecliptica en de zon is momenteel dat snijpunt, dat ligt in het dierenriembeeld van de Vissen. Over een halfjaar zal de zon dus staan op de plek die je nu aan het bekijken bent, het Herfstpunt in de Maagd.

Onder dit punt zie je nog twee sterrenbeelden staan, die alleen bij kraakhelder weer opvallen: iets links van het zuiden staat de Raaf, een omgekeerde emmer van vier sterren dicht opeen en rechts van het zuiden ziet je de Beker, een zeer zwak sterrenbeeld. Helemaal onderin de hemel, vlak boven de horizon, loopt een enorm langgerekt beeld, de Waterslang of Hydra, vanaf het zuidoosten komend, onder de Raaf en Beker door, tot aan de ster Procyon in de Kleine Hond. Onder de Leeuw zie je van dit beeld de duidelijke hoofdster Alphard staan, de kop van de Hydra.

Rest ons nog een laatste blik te werpen en wel op het zwakke en zeer kleine beeld van de Weegschaal, dat in het zuidoosten net is opgekomen. Met enig geluk kun je drie sterren onderscheiden tussen Spica en de horizon en dat zijn zo'n beetje de enige zichtbare sterren uit deze Weegschaal. We kunnen nu de volledige lijn van de ecliptica aan de hemel intekenen, vanaf de Weegschaal, via de Maagd en de Leeuw, naar de Kreeft en de Tweelingen. Tijdens de vorige avond in de winter kon je zien hoe deze lijn precies van oost naar west verliep, maar nu zul je merken dat de ecliptica anders loopt en wel van het zuidoosten naar het noordwesten, waar je met enig gemak de Tweelingen bijna ziet ondergaan. De ecliptica staat dus nu 'scheef' ten opzichte van de windstreken en dat is typerend voor deze lentehemel.

We kunnen nu wel naar binnen gaan voor enige verhalen, maar mocht je nog een uur geduld hebben, dan is het de moeite waard om aan de zuidoostelijke hemel te wachten op de opkomst van de Schorpioen. Vooral de zeer heldere en roodachtige ster Antares springt daarbij in het oog.

Maagd

Voordat ik het verhaal van Demeter en Persephone vertel, eerst iets over de Maagd als natuurgodin. Aan de beide voorwerpen in haar handen, de korenaar en het palmblad, aan de naam Vindemiatrix (druiven plukken), kun je al zien dat het sterrenbeeld in de oudheid werd verbonden met de planten-

De terugkeer van Persephone. 'Bij haar terugkeer werd het hele land weer groen en droeg het weer bloesem van vreugde'. Frederick Leighton, olieverf, 1891.

wereld, de wereld van de groei en vitaliteit, die in de lente haar krachtigste ontwikkeling heeft. In de Mesopotamische en Egyptische mythologie is de Maagd dan ook een vruchtbaarheidsgodin, soms Isjtar, soms Isis. In de 8e eeuw werd de Maagd in het Angelsaksische Engeland gezien als de vruchtbaarheidsgodin Astarte of Eostre. Niet verwonderlijk, deze associaties met vruchtbaarheid, omdat dit sterrenbeeld aan de avondhemel zichtbaar wordt als de lente aanbreekt.

Het mooiste verhaal over de diepere betekenis van de Maagd, het Meisje met de Korenaar, vind ik het Griekse verhaal van Persephone, die gescheiden wordt van haar moeder Demeter en de onderwereld moet betreden. In dit verhaal staat Persephone model voor het sterrenbeeld Maagd, de personifiëring van de natuurkrachten in de lente, het uitbottende loof, de kiemende granen.

De mooie jonkvrouw Persephone speelde op een dag met enkele godinnen op een weide vol met bloemen, de een nog mooier en geurender dan de ander. De vrouwen plukten van de bloemen en maakten er kransen van voor in het haar, maar niet Persephone. Zij stond, als aan de grond genageld, gebogen over een schone narcis, die plotseling uit de aarde omhoog was geko-

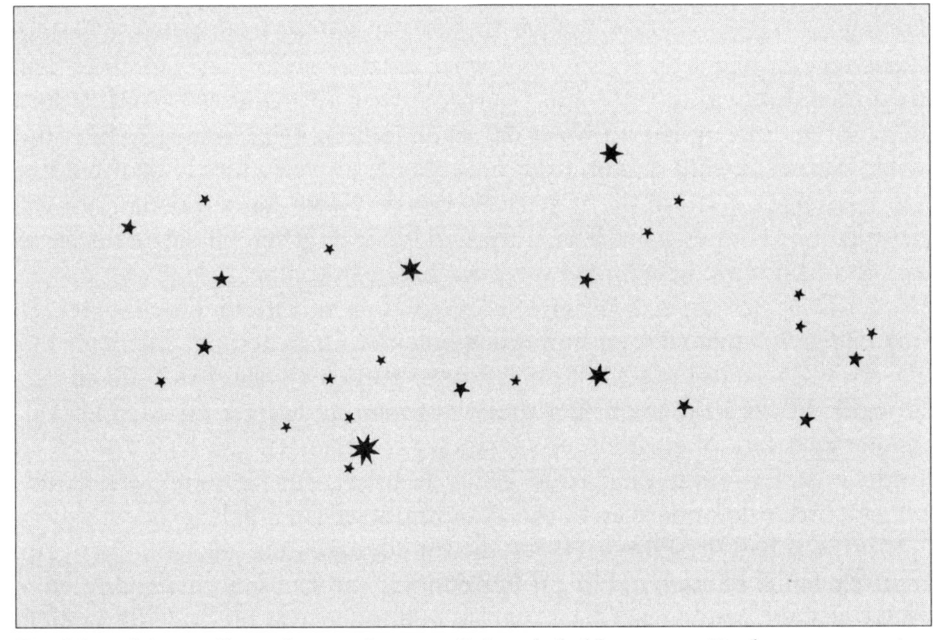

De Maagd is een liggende gestalte, met Spica als helderste ster. De bovenste ster is Vindemiatrix. Het hoofd van het meisje is rechts.

men. De bloem glansde wit en goud en geurde bedwelmend, mysterieus bijna. Op het moment dat Persephone haar hand uitstak om de narcis te plukken, scheurde met donderend geraas de aarde achter haar open en kwam Hades te voorschijn. Hij was de Heer van de Onderwereld en reed in zijn strijdwagen, getrokken door pikzwarte rossen. Snel greep hij het meisje en bracht haar naar zijn onderaardse rijk. De spleet in de aarde sloot zich weer en er klonk slechts een zwak hulpgeroep uit de aarde omhoog.

De achtergebleven vrouwen keken vergeefs uit naar hun vriendin en vertelden het verhaal aan de andere goden en godinnen. Ook aan Demeter, de godin van de aarde en moeder van Persephone, die wel iets had gehoord van het hulpgeroep van haar dochter. Demeter besloot om naar de aarde af te dalen en te gaan zoeken naar haar dochter. Maar hoe ze ook zocht, met fakkels die haar de meest duistere uithoeken van de wereld lieten zien, nergens was er een glimp van Persephone op te vangen. Uiteindelijk vernam ze de gruwelijke waarheid van de zonnegod Helios, hij die alles kan zien vanuit zijn hemelse standplaats. Het was dus haar eigen broer Hades die haar dochter als vrouw had genomen en wel op zulke brute wijze. Dat kon ze niet over haar kant laten gaan en ze besloot om zich als oude vrouw te vermommen en zich tussen de bewoners van de aarde te begeven. Zo diende ze zich aan bij het hof van de koning van Eleusis en kreeg als taak om de koningszoon op te voeden. Toen de jongen een vlijtige leerling bleek, besloot Demeter om hem een laatste vuurproef te laten ondergaan teneinde hem de onsterfelijkheid te verlenen. Daartoe moest hij gelouterd worden door het vuur en juist op het moment dat zij de jongen, Triptolemos, in het vuur wilde werpen, kwam de koningin tussenbeide en verhinderde de inwijding van haar eigen zoon in de mysterieën van de Grote Aardemoeder. Nu was het tijd voor Demeter om haar ware aard bloot te geven en gaf ze het bevel aan de verbijsterde hovelingen om voor haar een tempel te bouwen op een heuvel. Daar trok zij zich terug, teleurgesteld en verbitterd. Hoe de mensen ook baden en smeekten en hun offers brachten in de tempel, Demeter had alle zin verloren om nog voor de natuur te zorgen en alles verdorde en verdroogde. Planten groeiden niet meer, misoogsten, honger en ellende kondigden zich aan. Niets hielp om Demeter te verlossen van haar zorgen en verdriet en ten einde raad zond Zeus, de broer van Demeter, een boodschapper naar de onderwereld om Persephone te laten halen.

Intussen had de slimme Hades, die dit alles tevoren zag aankomen, zijn maatregelen al genomen. Hij gaf Persephone van een granaatappel te eten, zodat ze voor eeuwig aan haar gemaal gebonden was en dodelijk verliefd op hem werd. Na lang aandringen echter gaf Hades zijn toestemming om Persephone, maar wel tijdelijk, los te laten uit haar onderaardse kerkers. Ze mocht tweederde deel van het jaar in de bovenwereld bij haar moeder Demeter verblijven, maar moest eenderde deel van het jaar in de onderwereld aan de zijde van Hades zitten. Op het moment dat Persephone weer in het licht trad nam Demeter direct haar taak als verzorgster van de aarde weer op zich en alles in de natuur begon te groeien en bloeien. Ook besloot ze om de leergierige koningszoon Triptolemos in te wijden in de geheimen van de landbouw, met name het verbouwen van het graan. Vanaf die tijd draagt Persephone altijd een korenaar in haar linkerhand.

LEEUW

De Leeuw is in bijna alle culturen een belangrijk beeld geweest, van de oudste culturen in Mesopotamië, Egypte en de Grieks-Romeinse periode tot

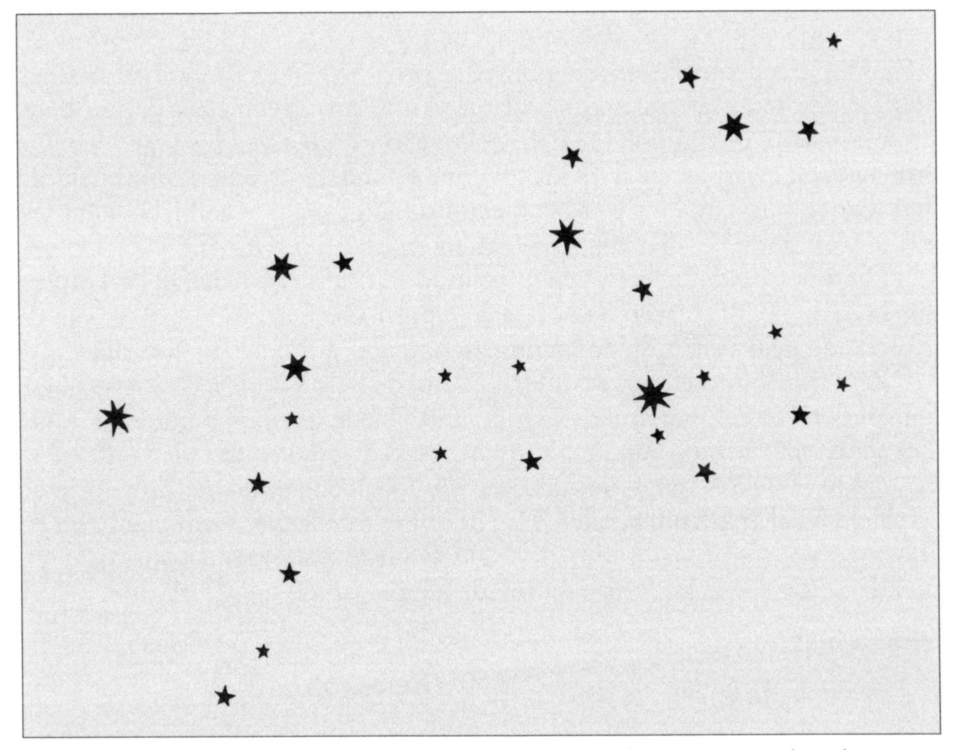

Het rechterdeel van de Leeuw is een omgekeerd vraagteken, met Regulus als punt. Links de staartster Denebola.

aan de Europese astrologie en mythologie. Zo schrijft Plinius in de 1e eeuw na Christus in zijn *Naturalis historia*, dat de Egyptenaren de Leeuw aanbaden omdat het stijgen van het Nijlwater samenviel met de baan van de zon door zijn sterren. En dat was het begin van de grote vruchtbaarheid op het land.

Ook de Grieken vereerden de leeuw, die zijn huid en kop afstond aan de grote held Herakles, in het volgende verhaal.

Het eerste van de twaalf werken die Herakles moest volbrengen was het verslaan van een leeuw die de landstreek Nemea al jarenlang onveilig maakte. Het was een gigantisch dier met een huid waar geen wapen tegen opgewassen was. Mensen en vee waren al zijn slachtoffer geworden en de landstreek was zo goed als ontvolkt geraakt. Herakles nam pijl en boog mee, alsook een knots van olijfhout, en ging op zoek. Hij keek vanaf bergtoppen en doorzocht bossen, liep door dalen en valleien, maar nergens kon hij het dier vinden. Pas tegen de avond in het dichte bos kwam hij de leeuw op het spoor en vervaarlijk grommend kwam het woeste dier op hem af. Herakles schoot een pijl tegen het dier, maar krachteloos viel het wapen op de grond. Ook een tweede pijl en een derde, gericht op het hart, hadden geen effect. Herakles greep zijn knots, ging moedig voor het dier staan en gaf het een geweldige dreun op zijn snuit, zodat de knots in tweeën brak en het beest zich terugtrok in zijn hol. De held dekte één van de twee ingangen van het hol met een zware steen af en kroop door de andere ingang naar binnen om het dier te verslaan. Het werd een uitputtend gevecht, waarbij de held ten slotte won door het dier met zijn armen en benen te wurgen.

Hij droeg de dode leeuw op de schouders naar het paleis van de koning, die hem de twaalf werken had opgedragen, en alleen al bij de aanblik van de naderende held verstopte de koning zich in een uithoek van zijn rijk.

Zeer moeilijk was het voor Herakles om de huid van de leeuw te stropen, omdat geen enkel wapen daarvoor geschikt bleek te zijn. Uiteindelijk lukte het alleen met behulp van de vlijmscherpe klauwen van het dier zelf, en zo beschikte Herakles vanaf die tijd over een leeuwenmantel die hij voorgoed aanhield bij al zijn heldendaden. Het hoofd van de leeuw werd zijn helm en daarmee was zijn onoverwinnelijkheid al vanaf een afstand voor iedereen zichtbaar. Zeus was het tenslotte die de leeuw aan de hemel plaatste.

WEEGSCHAAL

In de Egyptische dodenboeken wordt verteld dat de weegschaal de gerechtigheid voorstelt, die het evenwicht bewaart tussen de zichtbare en de onzichtbare wereld. De gestorven zielen reisden naar het dodenrijk en werden door de god Anubis naar het hemelse gerecht geleid. Het hart van de dode kwam op de linkerschaal, een veer op de rechter en zo woog Anubis de zielen, die na deze beproeving naar de hal der waarheid werden gevoerd, waar een nieuw bestaan begon.

De Grieken kenden de Weegschaal niet als sterrenbeeld, maar namen het beeld op in de scharen van de Schorpioen. Pas in de eerste christelijke eeuwen ontstaat dan het beeld van een engel die de weegschaal draagt. In de Middeleeuwen is het de aartsengel Michaël die de zielen weegt voor het aangezicht van Christus en in een Hebreeuwse legende wordt het zo verteld:

'En ik zag hoe de engelvorst Michaël een geweldig grote schaal vasthield, die zo diep was als van hemel tot aarde en zo breed als van noord naar zuid. En ik sprak: 'Heer, wat is het dat de aartsengel Michaël draagt?' En hij sprak tot mij: 'In deze schalen komen alle deugden der rechtvaardigheid en de goede werken die ze doen. Deze worden dan voor de hemelse God gebracht.'

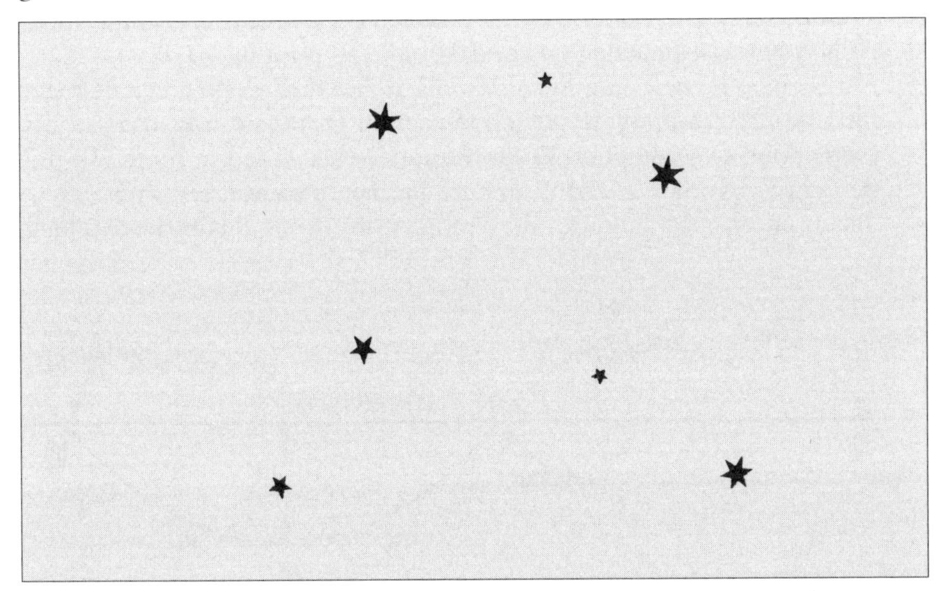

De Weegschaal is de kleinste van alle dierenriembeelden, met links en rechts twee schalen.

Tip

We gaan wat knip- en plakwerk doen om inzicht te krijgen in de ligging van de hemelequator en de ecliptica. In tien stappen maken we een aardig papiermodel als hulpmiddel.

Benodigdheden:
papier, schaar, lineaal, kleurpotloden, stukje plakband.

Op de tekening zie je hoe het moet worden:

1. Ga uit van een velletje A4 papier en knip (of snijd) in de lengte een strook af van 8 cm breed. Deze strook is 29,7 cm lang.
2. Teken in de lengte van deze strook met blauw potlood (of een fineliner) een middellijn. Die stelt de Hemelequator voor.
3. Bepaal het midden van die lijn (dat punt is tevens het midden van de papierstrook). Dat is het Lentepunt. Daar waar de lijn van het papier afloopt ligt het Herfstpunt.
4. Verdeel nu de beide stukken tussen Lentepunt en Herfstpunt in twee gelijke delen. Zet daar eventjes met potlood de letters A en B bij. Ga bij A loodrecht 3 cm omhoog en zet daar een punt neer (C). Ga bij B loodrecht 3 cm naar beneden en zet daar ook een punt neer (D).
5. Nu is enige soepele vaardigheid nodig in het tekenen van een gebogen lijn, die precies door de volgende punten gaat, van links naar rechts: Herfstpunt, C, Lentepunt, D, Herfstpunt. Maak deze lijn rood. Hij stelt de Ecliptica voor. De vorm van deze lijn heet ook wel een sinus.
6. Teken nu op deze Ecliptica de symbolen in van de dierenriembeelden,

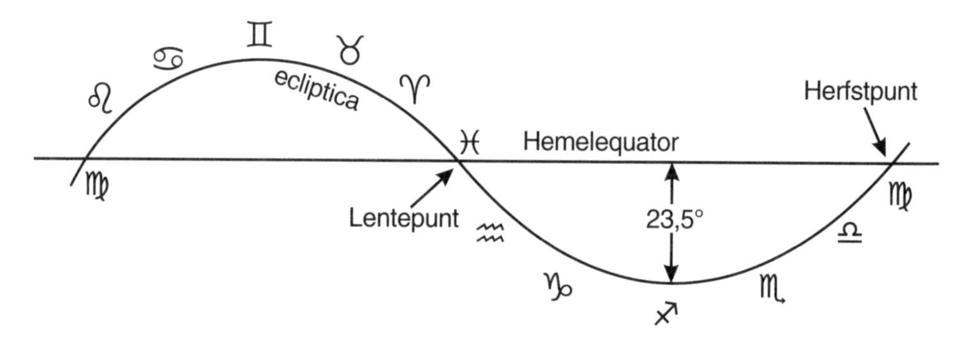

Dierenriem en Hemelequator.

zoals in de illustratie. Ook Lentepunt, Herfstpunt, Hemelequator en Ecliptica kun je in deze figuur inschrijven.

7. Nu komt de aardige truc: vouw het papier rond tot een kokertje, waarbij linker-en rechterkant bij elkaar komen en zet het geheel van buiten met een klein stukje plakband vast.
8. Als je nu in het kokertje kijkt, zul je zien dat de Hemelequator een gesloten cirkel is geworden, maar dat ook de Ecliptica een cirkel is geworden. Door de sinusvorm rond te buigen ontstaat namelijk een cirkel en die snijdt de Hemelequator in de twee punten Lentepunt en Herfstpunt. Als je de koker zo houdt dat de Tweelingen boven staan en de Boogschutter onder, dan voldoet het model het beste. Je ziet dat Maagd (Herfstpunt) en Vissen (Lentepunt) precies over de Hemelequator lopen en dat de Tweelingen ver daarboven hun baantje draaien. De Boogschutter loopt diep onder de Hemelequator door.
9. Je kunt nog wat aan de figuur toevoegen. Maak het plakkertje los en leg de figuur weer vlak neer. Schrijf dan op de lijn AC het getal 23,5° en hetzelfde op de lijn BD. Dit getal geeft aan hoe ver de Tweelingen boven de Hemelequator staan en hoever de Boogschutter eronder.
10. Trek vanaf de Tweelingen (punt C) een horizontale blauwe lijn, evenwijdig aan de Hemelequator. Doe hetzelfde met een lijn door de Boogschutter (punt D). Deze lijnen geven de banen weer van deze twee dierenriembeelden. Je kunt ook nog tussenliggende banen intekenen van de andere dierenriembeelden.

Je hebt hiermee een heel aardig inzicht gekregen in de banen van de dierenriembeelden en hun ligging ten opzichte van de Hemelequator. Met enig experimenteren kun je de ligging van het kokertje zodanig maken dat het zo goed mogelijk overeenkomt met de werkelijke ligging aan de hemel. Je kunt de as van het kokertje bijvoorbeeld richten op de poolster en dan zal de Hemelequator de juiste helling hebben ten opzichte van de horizon. De lastige relatie tussen Ecliptica en Hemelequator is met dit model een stuk vereenvoudigd.

Intermezzo

Het licht dat sterren uitzenden is vele jaren onderweg voordat wij het kunnen zien. De meest nabije ster, Proxima Centauri in het sterrenbeeld Centaur, staat op ruim vier lichtjaren afstand. Dat wil zeggen dat het licht van die ster vier jaar nodig heeft om de aarde te bereiken. De afstand tot een ster wordt zodoende uitgedrukt in jaren: de ruimte wordt in tijd uitgedrukt.

Het licht dat wij nu zien is vier jaar geleden vertrokken en dus zien we die ster in het verleden. Dat geldt ook voor de maan, de zon en de planeten. Het licht van de maan doet er ongeveer een seconde over en vertrok bij je vorige hartslag. De afstand tot de zon is acht lichtminuten, tot Saturnus enkele lichturen.

Als we 's avonds opkijken naar de sterren zien we dus 'oud licht', en we kijken het verleden binnen. Hoe verder weg een ster staat, hoe dieper we in het verleden duiken en hoe minder zekerheid we hebben dat die sterren er inderdaad nog staan...

De ouderdom van het licht dat sterren uitzenden, kunnen we uitdrukken in de geschiedenis op aarde. Bijvoorbeeld: wat gebeurde er in onze geschiedenis toen het licht van Sirius, de helderste ster aan onze hemel in het sterrenbeeld Grote Hond, werd uitgezonden? De afstand is 9 lichtjaren, dus zien we de Sirius van 9 jaar geleden. Weet je nog wat er in dat jaar gebeurde?...

Toen Antares (de helderrode ster uit de Schorpioen) haar licht uitzond dat we nu zien, was het rond 1600. Woelige tijden in Europa, maar daar wist Antares natuurlijk niets van.

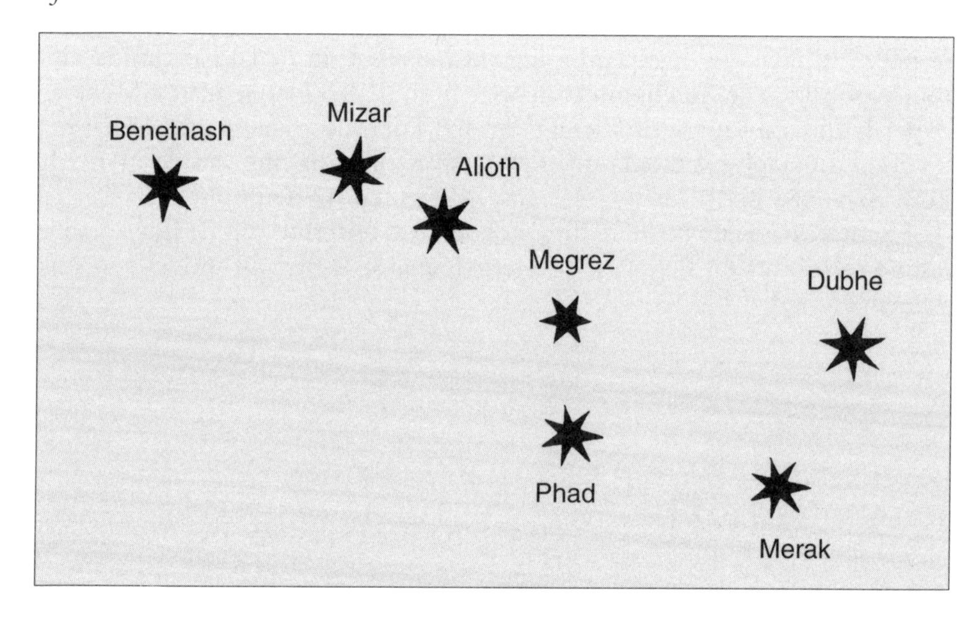

Deneb, de helderste ster uit de Zwaan, zien we uit het jaar 500. Dat was de tijd waarin in Ierland de eerste Ronde Torens werden gebouwd... Onvoorstelbaar idee, dat zo geweldig lang geleden het licht werd weggezonden dat wij nu pas te zien krijgen. Als wij die ster bekijken, dan lijkt het toch werkelijk wel alsof we haar ook echt in het hier en nu zien, maar daar is niets van waar.

Op die manier kun je de geschiedenis verbinden met de sterren en een besef krijgen van de enorme afstanden in de ruimte.

Stel dat we deze gedachte loslaten op het bekendste sterrenbeeld aan onze hemel: de Grote Beer. De sterren van de Grote Beer staan op verschillende afstanden. Beginnen we bij de helderste ster en gaan we zo de zeven opvallendste sterren langs, dan ziet er het aldus uit:

ster	*afstand (lichtjaar)*	*historische gebeurtenis (als je dit leest in het jaar 2002)*
Benetnasch	210	1792: Franse Revolutie
Dubhe	105	1897: Onafhankelijkheid van Cuba
Phad	90	1912: George V regeert over Engeland
Mizar	88	1914: Begin Eerste Wereldoorlog
Merak	80	1922: Harding is president van de V.S.
Alioth	70	1932: Zuid-Afrika verkrijgt autonomie
Megrez	65	1937: Ierland verkrijgt autonomie

Het valt dan op, dat het licht van de Grote Beer nooit ouder is dan 1792. Betrekkelijk jong dus en daarom is het te begrijpen, dat deze sterren relatief zo helder zijn. Ze staan dicht bij de aarde en zijn verbonden met onze recente geschiedenis. Toen Phad zijn licht wegzond was Einstein druk bezig zijn relativiteitstheorie te ontwikkelen. Kijken naar Phad verplaatst ons dus even terug in die tijd.

De hemel is aldus een geschiedenisboek, waarvan de sterren de jaartallen markeren. Net zoals de fossielen in oude aardlagen een afbeelding vormen van de geschiedenis van onze planeet, zo vertegenwoordigen de sterren de verschillende 'hemellagen' als een kosmisch logboek van fossiel licht. Slechts de schaal waarop de aardse geschiedenis is geprojecteerd is anders: samengedrukt in aardlagen van slechts enkele honderden meters dikte en uitgerekt in de hemel in onnoemelijke afstanden van duizenden tot miljoenen lichtjaren. De hemel verdunt wat de aarde verdicht.

Zevende avond:
Trillend in de zomernacht

En er werd een groot teken in de hemel gezien: een vrouw, met de zon bekleed, met de maan onder haar voeten en een krans van twaalf sterren op haar hoofd.

Openbaring van Johannes

Het is de avond van een warme dag in de zomer. Het is 1 juli om middernacht of 1 augustus om 22.00 uur en we kijken naar de zuidelijke hemel. Het zuiden is makkelijk te vinden, want de ster Wega wijst ons de weg. Zij staat zeer hoog aan de hemel, in de richting van het zenith en wel precies op de meridiaan die ook door het zuiden gaat. De hemel is prachtig, want er staan enkele indrukwekkende beelden hoog aan het firmament. Toch slaan we die even over, want de dierenriem is ons doel. En die is heel laag boven de zuidelijke horizon te zien. Niet zo best dus, want daar is de lucht stoffig en trillend van de warmte die opstijgt uit de verhitte aarde. Rond het zuiden staat de Boogschutter, de laagste van alle dierenriembeelden in onze streken. Geen helder beeld en het valt niet mee om er ook maar iets van een schietende mensenfiguur in te zien. Het beeld is een centaur, half mens, half paard, die zijn pijl afschiet in de richting van Antares, de heldere ster in de Schorpioen. Dat beeld is fraaier om te zien en het staat in westelijke richting naast de Boogschutter. Het is vooral de roodachtige ster Antares die opvalt als een zeer heldere ster boven de horizon.

Vanaf Antares lopen er naar rechts denkbeeldige lijntjes naar een boog van sterren: dat zijn de scharen van de Schorpioen. Het achterlijf van het giftige dier blijft juist onder de horizon verborgen. Antares wijst de weg naar het volgende dierenriembeeld, in westelijke richting en dat is de Weegschaal. Niet meer dan drie sterren, waarvan de bovenste ook de helderste is, dat is alles wat de Weegschaal ons laat zien. In vroeger tijden maakte dit beeld zelfs onderdeel uit van de scharen van de Schorpioen, maar uiteindelijk is er toch een aparte plaats voor dit kleine en zwakke beeldje ingeruimd. Dat gebeurde onder invloed van Julius Ceasar (110-44 v.Chr.), omdat de balans – het symbool van rechtvaardigheid – Caesar zelf was.

Precies in het westen gaat de Maagd onder en met een beetje geluk kun je nog net de ster Spica op de horizon zien staan. Als de ecliptica in het westen ondergaat, dan komt ze in het oosten op en daar zien we met veel moeite de Vissen verschijnen. Onder het reusachtige vierkant van Pegasus glinstert heel zwak het schubbige lijf van één vis, die een soort vijfhoekige vorm heeft. Dat is alles, want de andere vis is nog moeilijker te vinden.

Gaan we weer terug naar de Boogschutter, dan vinden we in oostelijke richting eerst het zwakke beeld Steenbok en vervolgens het iets duidelijker beeld van de Waterman. De Steenbok is ook wel voorgesteld als een geit-vis, met name in Mesopotamië. In India werd de Steenbok soms afgebeeld als een nijlpaard met een geitenkop en het is dus duidelijk dat de verschillende culturen dit beeld opvatten als een dubbelwezen: land en water kan het tege-

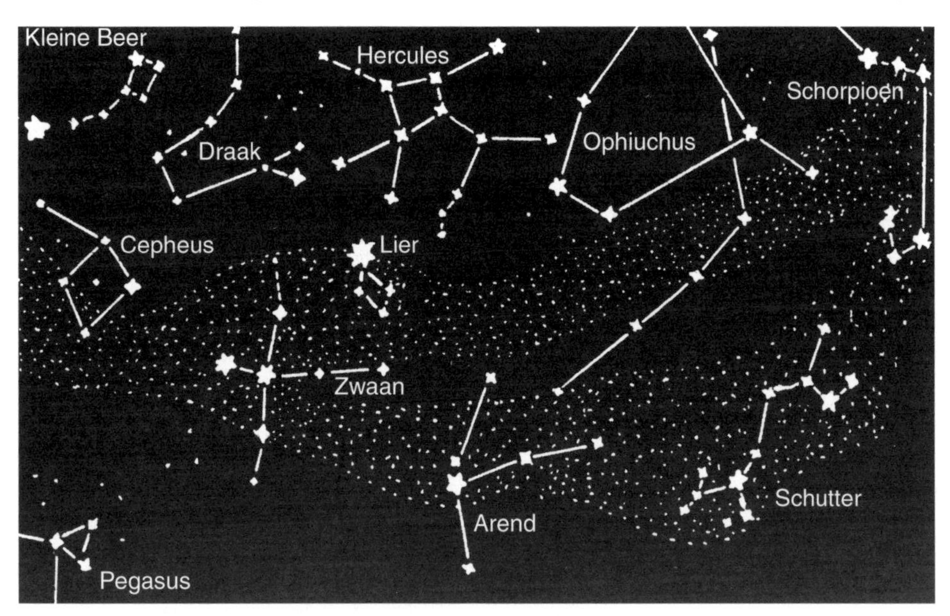

De Zwaan vliegt het open gedeelte van de Melkweg in.

lijk bewonen. Mogelijk is dit een verwijzing naar de menselijke ziel, die een bewust deel heeft (boven de grond) en een onbewust deel (onder water).

De Waterman is aanzienlijk helderder dan de Steenbok en direct te herkennen aan de zigzaggende lijn, die de helderste sterren met elkaar vormen. Dat geeft ook de associatie met water, dat in het symbool van het sterrenbeeld Waterman ook wordt gebruikt: de dubbele golflijn.

De ecliptica, de denkbeeldige verbindingslijn van de dierenriembeelden, loopt op deze avond zeer laag onder de hemelequator door en heeft haar diepste punt bereikt. Op het zuidelijk halfrond van de aarde is deze situatie precies omgekeerd, want daar is de Boogschutter juist een beeld dat hoog aan de hemel staat, geflankeerd door de even hoog staande Schorpioen, de parel van de zuidelijke sterrenhemel. Maar onze tegenvoeters hebben nu juist weer veel moeite met het vinden van de Tweelingen en missen de helderheid van de schatten uit de Stier, die bij ons zo indringend aan de hemel staat.

Meer kunnen we van de dierenriem op deze avond niet maken en daarom kijken we nogmaals even naar de heldere en opvallende beelden, die we tijdens eerdere avonden al eens hebben gezien.

Wega in de Lier, Deneb in de Zwaan en Altaïr in de Arend vormen samen de grote Zomerdriehoek. Helder en duidelijk is ook de Ossenhoeder, met de oranje ster Arcturus. Die staat hoog boven het westen in de vorm van een grote vlieger, met links daarvan de prachtige komvorm van de Noorderkroon, met Gemma als helderste ster. Dit beeld inspireerde de Griekse schrijver Ovidius tot de volgende tekst:

'Haar klachten werden
gesmoord in Bacchus' armen; deze troostte haar en om haar
te eren met een altijd stralend sterrenlicht nam hij
haar diadeem van het hoofd en wierp het hoog de ijle lucht in:
de kroonjuwelen werden op die vlucht tot glanzend vuur
en namen plaats, terwijl de kroonvorm goed bewaard bleef, tussen
de sterren van de Slangendrager en de man die knielt.'

Metamorfosen, Boek VII vs. 176-182

Hij beschrijft hier een fragment uit het leven van Ariadne. De man die knielt is een omschrijving van het sterrenbeeld Ossenhoeder en de Slangendrager is het beeld dat links onder de Noorderkroon aan de hemel staat. Zijn voeten staan bovenop de Schorpioen en zijn hoofd gaat in de richting van Wega. Het beeld lijkt wel iets op een zwakke uitvoering van Orion. De Slang, die gedragen wordt door dit beeld is een zeer zwakke slingerlijn aan de hemel, die dwars door de Slangendrager heen loopt en in een kop eindigt, die vlak onder de Noorderkroon ligt. Het sterrenbeeld wordt in de Griekse tijd geassocieerd met de genezer Aesculapius, zoon van de zonnegod Apollo, met de gekronkelde slangen als embleem. Ophiuchus, zoals de Slangendrager ook wel heet, staat ingeklemd tussen de Schorpioen aan de onderzijde en Hercules aan de bovenzijde.

BOOGSCHUTTER

Dit beeld is ontstaan in de Babylonische cultuur en is op steentabletten afgebeeld als een Centaur, met paardenlichaam en mensenhoofd, een schorpioenenstaart en ook pijl en boog. In de Griekse wereld is de Boogschutter een Centaur die zijn pijlen afschiet op de Schorpioen, die met zijn gif zoveel onheil kan aanrichten. Als de zon in de wintertijd in de Boogschutter is aangekomen, gaan de dagen weer lengen en overwint het licht de duister-

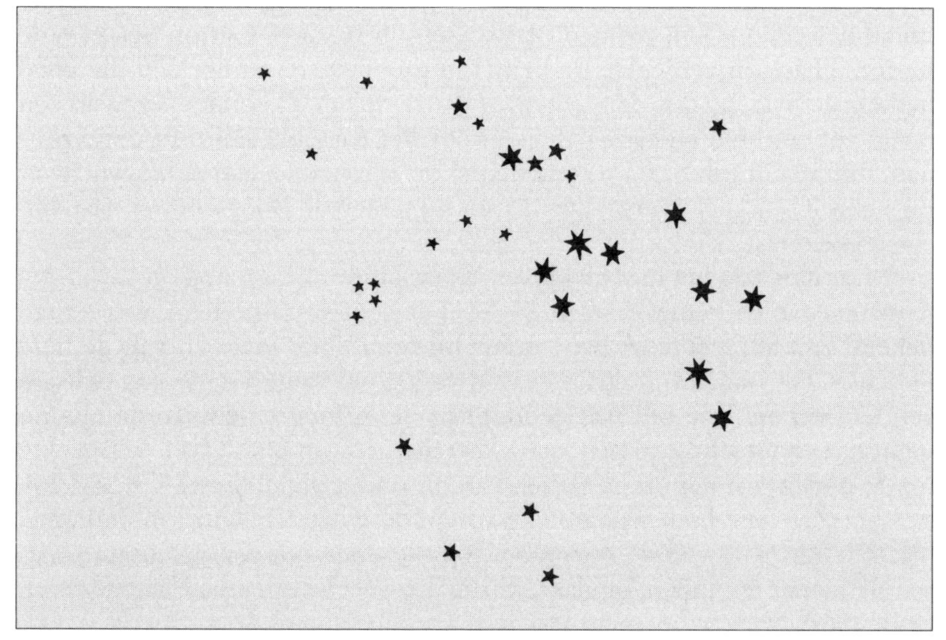

Van de Boogschutter is het rechterdeel te herkennen: een pijl en boog. De onderste sterren vormen de achterbenen van deze paardmens.

nis. In de beeldentaal van de mythologie overwint de Boogschutter de vernietigende en duistere kracht van de Schorpioen en geeft hij aan dat de mens op weg is om zijn dierlijke natuur – in de vorm van een paardenlichaam – te overwinnen. Dit wordt nog extra bevestigd door het sterrenbeeld Centaur, dat aan de andere kant van de Schorpioen op een vergelijkbare manier als de Boogschutter aan de hemel staat. De Schorpioen is kennelijk dermate bedreigend dat er wel twee Centaurs voor nodig zijn om hem in bedwang te houden... En over deze twee dubbelwezens gaat het volgende Griekse verhaal.

Men zegt dat Chiron de meest wijze en vriendelijke van alle Centaurs was, wijzer dan de mensen en soms ook wijzer dan de goden. Hij was bijzonder goed in de geneeskunst, in muziek en in jagen, wat hij geleerd had van de zonnegod Apollo en de maangodin Artemis, alsmede de kunst van het toekomstvoorspellen. Veel grote helden kwamen bij Chiron om een voortreffelijke opvoeding te ontvangen, zoals Jason, Achilles, Hercules en Aesculapius, die allen aan de hemel vereeuwigd zijn. Daar had de centaur namelijk zelf de hand in gehad, omdat hij de sterrenbeelden bedacht, tekende en aan de hemel plaatste, vooral om als baken te dienen voor de mensen op aarde. Vóór de tijd van Chiron waren de sterren slechts willekeurig over de hemel verspreid geweest en kon niemand er wegwijs in worden. Chiron bracht orde in deze chaos en verdeelde de hemel in groepen sterrenbeelden die goed herkenbaar waren voor de mensen, opdat ze de hemel konden lezen als een boek: vol wijsheid en aanwijzingen voor het dagelijks leven in de seizoenen. Terwijl Chiron bezig was de hemel op zijn manier aan te kleden, heeft hij zichzelf ook niet overgeslagen, want hij schiep de Boogschutter naar zijn eigen beeltenis.

Maar daar zou het niet bij blijven, want Chiron kwam nog op een andere manier aan de hemel te staan. Hoewel de centaur onsterfelijk was – zoals bekend zijn alle centaurs dat – stierf hij toch door toedoen van de held Hercules. Per ongeluk raakte een verdwaalde pijl van Hercules het lichaam van Chiron en deze pijl was gedoopt in het giftige bloed van de Hydra. Chiron leed vreselijke pijnen, maar kon niet sterven en hij bad en smeekte tot de goden om hem te verlossen van dit ondraaglijke lijden. Uiteindelijk was het Zeus die hem tegemoetkwam en de wijze Centaur aan de hemel plaatste. Maar het viel de oppergod nog niet mee om een geschikte plaats aan de hemel te vinden, omdat Chiron al zoveel beelden had neergezet en er eigenlijk geen plaats meer vrij was. Daarom moest Zeus uitwijken naar een leeg gebied en plaatste Chiron aan de zuidelijke hemel in de vorm van het sterrenbeeld Centaur.

Een groot beeld is hij, reikend van de Hydra tot aan het Zuiderkruis, met daarin twee briljant heldere sterren, die de vootreffelijkheid van Chiron onderstrepen. De helderste van die twee sterren is Alpha Centauri, de ster die – na de zon – het dichtst bij de aarde staat. Zoals Chiron ooit de helden de weg wees in het leven, zo wijzen deze twee sterren de mensen de weg als ze verdwaald zijn op zee of in de woeste natuur.

SCHORPIOEN

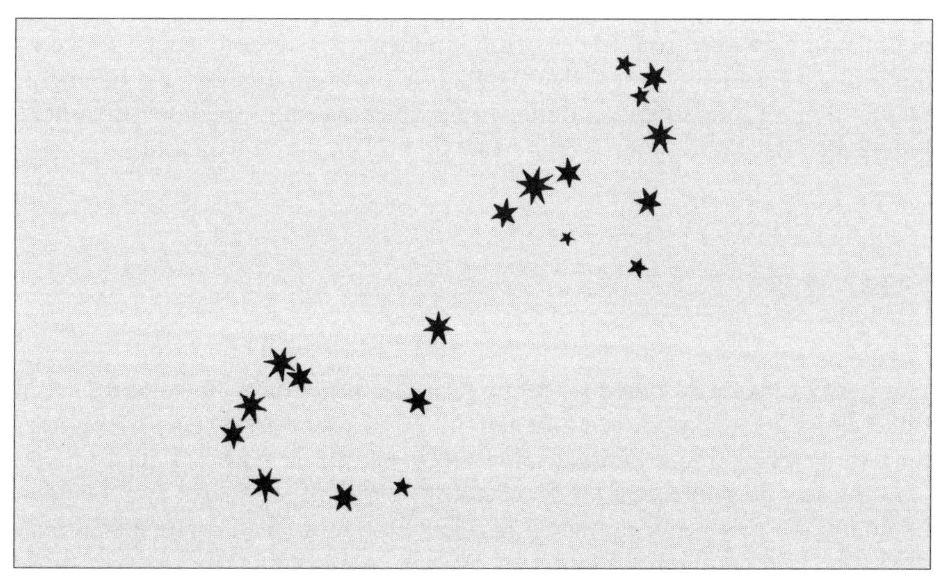

De gifstekel (links) en de scharen (rechts) maken de Schorpioen tot een herkenbaar beeld.

Dit sterrenbeeld is vaak geassocieerd met onheil en kwade krachten aan de hemel. Orion, die juist model staat voor het licht en de goede kracht, staat dan ook pal tegenover dit beeld aan de hemel. Als Orion opkomt in het oosten, gaat de Schorpioen onder en als de Schorpioen opkomt gaat juist Orion onder. Ze kunnen elkaar dus niet verdragen, want ze zijn als licht en donker. Het was ook de Schorpioen die Orion van achteren in zijn hiel beet en hem verlamd in het bos achterliet, zoals we in het verhaal over Orion hebben gezien. Het kleine en duistere wezen uit de aarde weet de zonneheld precies in zijn kwetsbare plek, zijn Achilleshiel, te treffen en hem te verlammen. Zo moet het leven altijd op zijn hoede zijn voor de dood, want die zit in de kleinste en donkere hoekjes.

Het was ook de Schorpioen die de paarden van de zonnewagen aanviel, toen Phaëthon een keer de teugels nam (zie het verhaal over de Zwaan). Altijd weer de aanval van de duisternis op het licht van de zon.

Als de zon in het gebied van de Schorpioen binnentrad, was dat voor de Egyptenaren het teken dat het Rijk van Seth, de duivelse tegenstander van de lichtgod Osiris, was begonnen. De gehele periode waarin de zon in de Schorpioen stond was in Egypte een periode van rouw over de dood van Osiris, die de Grieken Orion noemden.

Ook de Maya's hielden niet van dit beeld, dat ze het Teken van de Doodsgod noemden, omdat de planeet Mars uit de scharen van de Schorpioen geboren was. Als er een hemellicht – zoals zon, maan en planeten – in dit beeld verscheen, dan betekende dat weinig goeds. Zo beschrijft Dante in zijn Goddelijke Komedie, in het deel over het vagevuur, de schorpioen als... 'dat koude dier, wiens staart de volkeren kan neerslaan'.

Steenbok

Het symbool voor dit beeld is ♑ en daarmee is het dubbele karakter ervan direct duidelijk: de kop is verwant aan die van de gehoornde geit, het achterlijf is de gekronkelde vissenstaart. De Steenbok maakt namelijk deel uit van een stuk van de hemel dat 'De Zee' wordt genoemd en waarin zich beelden bevinden die met water te maken hebben: Steenbok, Waterman, Vissen (een deel van de dierenriem), Zuidervis, Walvis en Eridanus (de rivier). Bij de Steenbok moeten we dus niet denken aan het behendig springende dier in de bergen, dat op grote hoogte van rots naar rots manoeuvreert. Het gaat om een wezen dat zich ophoudt in en om het water, zoals ook de Griekse mythe van Pan laat zien.

Hermes, de boodschappergod, was hevig verliefd geworden op een herderin en zocht haar op in de gedaante van een herder. Nadat zij de liefde bedreven hadden, nam Hermes de vrouw mee naar zijn paleis en daar baarde ze een zoon die zo afschuwelijk was, dat ze ogenblikkelijk de wijk nam om nooit meer terug te keren. Het jongetje had geitenpoten, een sikje en twee horentjes op zijn hoofd en dat beviel Hermes wel. Hij was zo gelukkig met dit kind, dat hij het direct liet zien aan de andere goden, die zich erg ver-

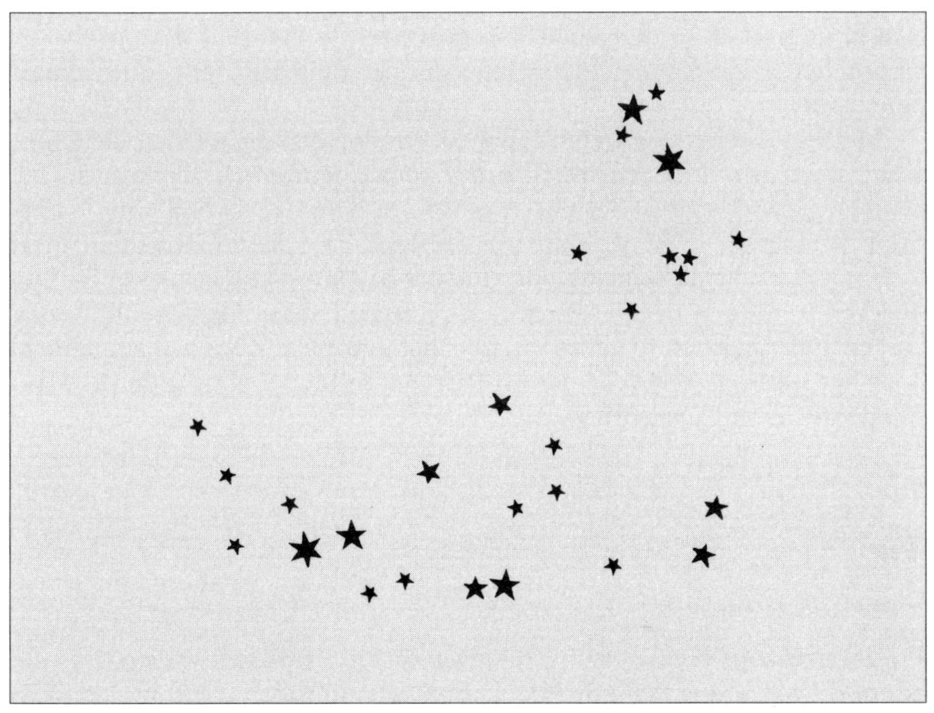

Rechtsboven is de kop van de Steenbok, links de Vissenstaart van dit mythologische wezen.

heugden over zo'n knappe zoon. Hij kreeg de naam Pan en mocht zich als halfgod ontfermen over de kuddes. Omdat er zoveel geiten woonden op aarde, ging Pan in Griekenland tussen de kuddes wonen en vermaakte zich met de nymfen en de vrolijke natuur. Op een dag achtervolgde hij de nymf Syrinx, op wie hij verliefd was, want zij was de schoonste van alle boomnymfen. Veel saters en andere wezens hadden haar al benaderd, maar van enige relatie wilde zij niets weten, ook niet van Pan. Vol toewijding leefde zij aan de zijde van Artemis in de dichte wouden, maar daar kwam nu ruw een einde aan. Ze moest vluchten en rende in wilde Pan-iek weg, tot ze stuitte op de oever van een rivier. Radeloos wendde ze zich tot de stroomgoden om hulp en juist toen Pan haar dacht te omhelzen, hield hij niets dan rietstengels in zijn armen vast. De arme Syrinx was door de goden gered, maar moest verder als riet door het leven gaan. Pan treurde hier niet lang over, want hij ontdekte de prachtigste muziek in het ruisen van het riet. Bij de zoete klanken van de wind door de stengels voelde hij zich weer vereend met zijn geliefde nymf en ter herinnering aan haar sneed hij zeven rietstengels op verschillende lengtes af en verbond ze tot een fluit. Daarmee zwierf hij voortaan, al spelend, door de bossen. Voortaan heet de Pan-fluit daarom Syrinx en ook het welluidende klankorgaan van onze zangvogels is genoemd naar deze nymf.

Met Pan zou het nog vreemd aflopen, want op een dag werden alle goden achterna gezeten door een vreselijk monster, de demonische Typhon, die het hemelse gezelschap overviel aan de oever van de rivier de Nijl. Om te ontsnappen moesten ze de gedaante van onherkenbare dieren aannemen, maar Pan, met zijn schrikachtige natuur, vluchtte hals-over-kop het water in. Zijn onderlijf werd toen in een vissenvorm veranderd, maar zijn bovenlijf vergat hij een ander aanzien te geven en zo is het gebleven. Zeus was zo geboeid door het vreemde schepsel, dat hij Pan aan de hemel plaatste in de vorm van de steenbok Capricornus.

Tip

Over sterren zijn veel boeken geschreven en mijn cursisten vragen mij vaak om raad: 'Wat is nou een goed boek, waar alles in staat?' is een veelgehoorde vraag. Hopelijk komt het boek dat voor je ligt een eindje in de richting, maar inspiratie komt meestal uit verschillende hoek. Vandaar dat ik een paar werken zal noemen, die mij hebben geïnspireerd en waar ik je op wil attenderen. Het is slechts een greep uit een grote verzameling en de volgorde is willekeurig:

⋆ *Welke ster is dat?* Walter Widmann; Thieme.
Ik geef geen jaartal bij dit boekje, want het verschijnt al vanaf 1941 in een Nederlandse vertaling en regelmatig komt er een herdruk op de markt. Het is een verrukkelijk boekje vol sterrenkaartjes van de hemel in de twaalf maanden van het jaar, gelardeerd met aardige wetenswaardigheden. Een betere hulp om zelf de sterrenbeelden aan de hemel te vinden ken ik niet.

⋆ *Sterren- en Planetenkalender* Liesbeth Bisterbosch en Stichting Een Klaar Zicht; Christofoor.
Dit is een jaarlijke kalender met zeer duidelijke afbeeldingen van de hemel in de twaalf maanden. Ook zon, maan en planeten zijn op hun tocht door de dierenriem te volgen. Deze kalender geeft een helder inzicht in de beweging van de dierenriem, waarvan de beelden in hum mythologische vorm zijn ingetekend.

* *Sternbilder* Werner Perrey; Urachhaus, 1981.
In zijn opzet is dit boek te vergelijken met de *Sterren- en Planetenkalender*. Fraai is het hoofdstuk over de ontwikkeling van de sterrenbeelden in de loop van de historie en een vergelijking van de namen van sterrenbeelden in verschillende Europese talen.

* *The Invisible Universe* David Malin; Callaway, New York, 1999.
Dit is een verbijsterend mooi fotoboek van een topfotograaf, met beelden van de hemel die je met het blote oog niet kunt zien. In een oceaan van kleuren en vormen tovert Malin sterrennevels, gaswolken, stervende sterren, kosmische kraamkamers en andere verschijnselen te voorschijn, omlijst door poëtische teksten in een historische inbedding. Voor wie een kijkje wil nemen achter de schermen van de 'blote-oog-hemel.'

* *Sirius Sternkarte/Star Chart* H. Suter; Hallwag, Bern.
Wederom zonder jaartal, want deze draaibare kaart verschijnt vaker in herdruk. Het is een zeer uitgebreide kaart van zowel de noordelijke als de zuidelijke sterrenhemel, met maankaart en werkboekje. Zeer nauwkeurig, maar te groot om mee naar buiten te nemen. Binnen geeft het een goed overzicht over de zichtbaarheid van de hemel op welk moment van het jaar dan ook.

Natuurlijk zijn er ook kleinere en handzame kaarten, die makkelijk meegenomen kunnen worden naar buiten. Sommige daarvan hebben ook lichtgevende sterren, zodat je in het donker toch de constellaties kunt zien.

* Verder verwijs ik voor vele sterrenkunde boeken naar de populaire wetenschapsjournalist *Govert Schilling*, die een uitgebreid oeuvre op zijn naam heeft staan, met uiteenlopende onderwerpen over de kosmos.

INTERMEZZO

Als kind ben ik eens in het ziekenhuis terechtgekomen door een explosie die ik zelf veroorzaakte. Het liep tegen het einde van het jaar en ik zette alle zeilen bij om in mijn huiskamerlaboratorium het perfecte buskruitmengsel te maken en dat te gebruiken als vulling voor de nieuwjaarsrotjes. Tijdens het mengen van het kruit lette ik even niet op en weinig later werd ik wakker in een vreemd bed, terwijl een onbekende vrouw in mijn gezicht keek. Nooit meer vuurwerk, besloot ik toen en ik smeet al mijn chemicaliën weg. Mijn leven nam een radicale wending en ineens wist ik dat ik bioloog wilde worden. Dat lukte en nu schrijf ik een sterrenboek. Wonderlijk. Zonder die explosie was mijn leven radicaal anders gelopen, dat kan ik je wel verzekeren en ik heb sinds die tijd een stelling die ik koester:

Explosies leiden tot uitbarstingen van creativiteit.

Die stelling zal ik bewijzen ook, want natuur en cultuur zitten vol voorbeelden ervan. Vier heb ik er uitgekozen.

Voorbeeld 1
Na de oerknal van de kosmos, de Big Bang, is er een korte periode van rust geweest. Slechts 1 miljard jaar van de 12 miljard jaar die het heelal nu al telt. Nog onwijs lang, maar relatief kort volgens astronomen. Na die eerste miljard jaar is het heelal in sneltreinvaart veranderd van een diffuse hoop stof in een creatie van structuren en vormen van ongelooflijke schoonheid en rijkdom: de melkwegstelsels met hun veelal spiraalachtige vormen. Hoe dat kan weet niemand, ook al heeft Stephen Hawking zo zijn vermoedens.

Voorbeeld 2
In de evolutie van het leven op aarde zijn er korte periodes geweest (weer relatief, natuurlijk) waarin veel levensvormen en soorten haast explosief zijn ontstaan. De zoogdieren bijvoorbeeld waren er bijna ineens, zonder duidelijke aanleiding vooraf. Eerst sleept de evolutie zich een tijdje traag voort en dan, knal! Niemand weet hoe, ook al wemelt het van de theorietjes, want wetenschappers moeten toch wát te doen hebben. Het lijkt wel een verkorte herhaling van voorbeeld 1.

Voorbeeld 3
In de ontwikkeling van een menselijk embryo in de moederschoot ontstaan tussen de 17e en de 40e dag nagenoeg alle structuren en organen van het lichaam. In relatief korte tijd ten opzichte van de dracht van 9 maanden, ontwikkelt zich het lichaam met orkaankracht. Alles is in principe af en hoeft alleen (!) nog maar uit te groeien en zich te verfijnen. Het lijkt wel een herhaling van voorbeeld 2.

Voorbeeld 4
Zo'n 8000 jaar geleden ontwikkelde zich de Egyptische cultuur – schijnbaar uit het niets – tot een hoogtepunt van menselijke creativiteit. Na duizenden jaren met hakbijltjes in de woestijn te hebben geploeterd begonnen de Egyptenaren ineens tempels, piramides, godenbeelden en hiërogliefen te maken van een schoonheid waarbij we anno nu nog steeds staan te huiveren. Ineens was het er, zo maar uit het zand verrezen, als een explosie. Het lijkt wel een herhaling van…

Zo kan ik nog wel even doorgaan met talloze voorbeelden van 'compacte creativiteit', waarvan de wereld kennelijk is doortrokken.

De al eerder genoemde Egyptenaren hadden dit heel goed begrepen in hun rituele aanbidding van de goden. Priesters in de tempels drongen regelmatig door tot in het heilige der heiligen om daar... collectief te masturberen voor het alziend oog van hun oppergod. Daarmee symboliseerden zij de kosmische scheppingsdaad, die tot een orgastische explosie van creativiteit leidt. Het telkens herhalen daarvan gaf hun goden de kans om de scheppende creativiteit opnieuw in de wereld te brengen. Het orgasme als fysieke metafoor voor iets wat in wezen niet fysiek is.

Maar waar komt nu toch die creativiteit echt vandaan? Uit welke duistere of juist heldere bronnen van het onbewuste stammen de ingevingen die de scheppingsdaden afdwingen? Is het God of de trillende tong van de Wereldslang, is het Geest of de Oerbron, is het een Vormveld of moeten we het als onbegrepen verschijnsel maar bijzetten in het pantheon van Grote Raadsels?

Achtste avond: *Vissen in de herfst*

'Vertel eens, Alwijs, want heel het lot van elk wezen
schijn jij, Dwerg, te weten;
hoe wordt de hemel genoemd die iedereen kent,
in elke wereld rondom ons?'

Alwijs:
'Mensen noemen hem 'hemel', Goden 'het gespikkelde al',
Wanen noemen hem 'windwever',
Reuzen 'de bovenwereld', Alven 'het schone dak';
voor Dwergen heet hij 'druppelhal'.'

Edda (Alvissmal 11 en 12)

Eerst wil ik je iets vertellen over de zichtbaarheid van de hemel ten opzichte van de tijd van de dag. Stel we gaan op 1 oktober om middernacht naar de herfsthemel kijken. Dan zien we de hemel, zoals ik die straks ga voorleggen. Mocht het tijdstip van 24.00 (of 0.00) uur te laat voor je zijn, dan is er ook de mogelijkheid om dezelfde hemel te zien op 31 oktober om 22.00 uur. Je krijgt als het ware nog een herkansing in de herhaling van deze hemel. Een maand later betekent dus twee uur eerder en je ziet hetzelfde. Twee maanden later is vier uur eerder, dus op 1 december rond 20.00 uur in de avond. En zo kun je doortellen. Maar het kan ook andersom: een maand eerder betekent ook twee uur later. Dus op 1 september om 2 uur in de nacht of op 1 augustus om 4 uur in de vroege ochtend. Je hebt keus genoeg om een bepaalde hemel te zien in de verschillende maanden van het jaar.

Als je twee uur per maand rekent dan is per 12 maanden een volle ronde van 24 uur gemaakt en staat alles weer zoals het was. Je kunt natuurlijk ook een hele nacht opblijven om een groot stuk van de hemel over je heen te zien schuiven en als dat in de kerstnacht gebeurt, van zonsondergang tot zonsopkomst, dan heb je al heel veel sterrenbeelden voorbij zien trekken.

Terug naar de herfsthemel van 1 oktober om middernacht.

We zoeken eerst het noorden met behulp van de poolster en draaien ons 180° om en staan dan oog in oog met de zuid-meridiaan. Een opvallende ster zal er op dat ogenblik niet precies boven het zuiden staan, dus daar hebben we geen houvast aan. Om nu de dierenriembeelden te vinden, gaan we eerst te rade bij de bekende sterrenbeelden, zoals het paard Pegasus. Dat is het grote vierkant (Herfstvierkant), iets rechts van het zuiden. Deze vorm is zo duidelijk en groot dat het eigenlijk niet kan missen. Let nu goed op, want pal onder dit vierkant staat één van de twee Vissen, als een zeer zwak beeld aan de hemel. De vorm is een vijfhoek van sterren, die in helderheid voor elkaar niet onderdoen. Deze vijfhoek – dat is de kop van de vis – ligt een fractie boven de hemelequator, dus die hebben we nu ook in het vizier. Op die hemelequator ligt, net iets links van de vis, het beroemdste punt aan de hemel (op de poolster na, natuurlijk) en dat is het Lentepunt. De astrologen noemen dit punt 0° Ram – om het ingewikkeld te maken –, maar we hebben hier wel degelijk te maken met het sterrenbeeld Vissen. Die plek neemt de zon in als het lente is en wel op 21 maart. Het is tevens het snijpunt van de hemelequator met de ecliptica. De rest van de hemelequator kun je vinden door het lentepunt te verbinden met het oosten en het westen.

De andere vis is moeilijker te vinden, ook al staat hij hoger aan de hemel. Hiervoor moeten we eerst Andromeda zien te vinden en die loopt als een gebogen lijn van sterren links omhoog vanaf de helderste ster van Pegasus. Dat is de ster Sirrah, linksboven in het vierkant. Al op een eerdere avond hebben we Andromeda gevonden en toen heb ik je al gewezen op de Andromedanevel, het zeer zwakke lichtvlekje iets boven de gebogen lijn van sterren. Evenveel onder deze Andromedalijn ligt nu de tweede vis en die lijkt sterk op de eerste vanwege de vijfhoekige vorm. De twee Vissen zijn met hun staarten aan elkaar geknoopt en de knoop wordt gevormd door een ster die vlak boven de hemelequator ligt, ver onder de Vissen en ook nog een stukje naar links. Het is een lastig te vinden sterretje.

Daarmee hebben we de Vissen gezien. Als je het gehele beeld overziet lijkt het wel op een reusachtige letter V, die het vierkant van Pegasus in zich opneemt.

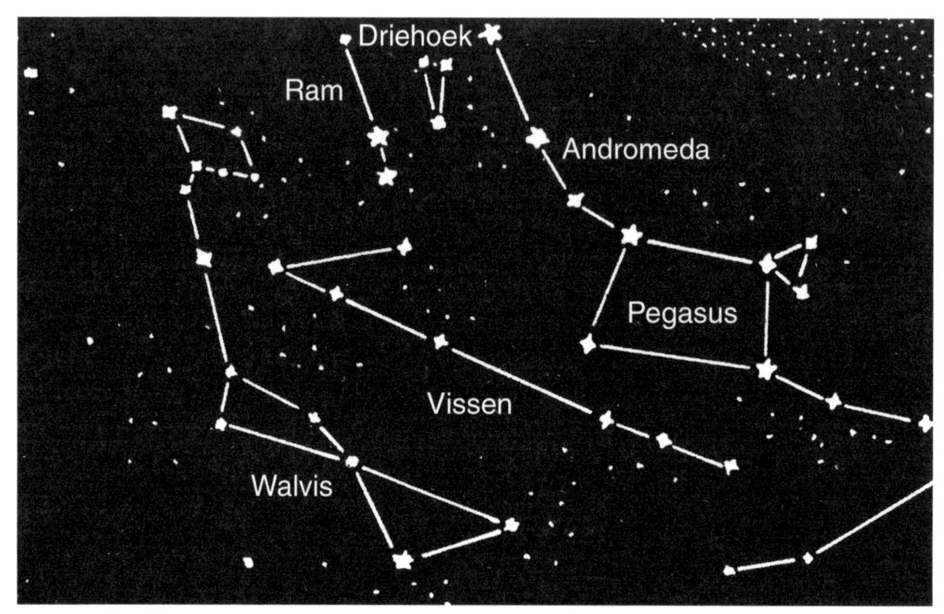

De vier hoofdsterren van Pegasus vormen het 'Herfstvierkant'.

Rechts van de Vissen, in westelijke richting, zie je heel duidelijk het gegolfde lijntje van sterren uit de Waterman, die precies op de hemelequator liggen. Met enige fantasie kun je ook zien dat de Waterman zijn kruik leegt in een emmer en die staat een stuk lager aan de hemel dan het golflijntje. Als je van Sirrah (de helderste ster uit Pegasus) een lijn trekt naar de rechter Vis en die afstand verdubbelt, dan zit je op de bodem van deze emmer. Nog iets lager staat vlak boven de horizon de ster Fomalhaut, de helderste ster uit de Zuider Vis. Als je in westelijke richting de dierenriem vervolgt, dan komt er na de Waterman nog een stuk van de ondergaande Steenbok in zicht, maar dat zijn dermate zwakke sterren en ze liggen al zo laag, dat er niet veel van te zien is.

Daarom gaan we in oostelijke richting verder en zoeken de Ram. Dat is een makkelijk beeld, omdat het uit drie sterren bestaat, die bijna in een rechte lijn met elkaar staan. Er zit echter net een knikje in die lijn, die het ook zo herkenbaar maakt. Deze Ram ligt juist onder Andromeda en je ziet direct dat de middelste ster ook veruit de helderste is. Vlak boven de Ram, tussen het dier en Andromeda in, staat het eenvoudige en makkelijk herkenbare beeld Driehoek, die dus bestaat uit drie sterren. Daar begint de dierenriem, aldus de Grieken, want deze driehoek is de hoofdletter Delta [Δ] van Dios ofwel God. Deze letter werd gezien als de handtekening van de oppergod Zeus aan de hemel, want Hij bepaalde dat de Ram het eerste beeld moest zijn en zag er zelf op toe door zijn teken aan de hemel te plaatsen. Eigenlijk had Zeus beter zijn paraaf kunnen zetten bij het Lentepunt in de Vissen, want daarmee wordt de lente gemarkeerd, het begin van het nieuwe leven en het overwinnen van het licht op de duisternis. Nu, dat heeft Zeus ook gedaan, maar zijn daad is al zo lang geleden, enkele duizenden jaren, dat er intussen aan de hemel een kleine verschuiving heeft plaatsgevonden. Door deze verschuiving is het lentepunt, vroeger inderdaad in de Ram gelegen, intussen in de Vissen terechtgekomen en zal over vele eeuwen doorschuiven naar het volgende beeld van de dierenriem, de Waterman. Dan begint het zogenaamde Aquariustijdperk in de geschiedenis. Hoe deze verschuiving van het lentepunt – die altijd maar doorgaat – tot stand komt, zal ik op een latere avond met je doornemen.

In oostelijke richting zie je de Stier en het Zevengesternte en ook vlak boven de horizon de opvallende gestalte van Orion. Om de Tweelingen te zien opkomen moet je je omdraaien en kijken naar de noordoostelijke horizon. Daar zijn Pollux en Castor zojuist verschenen.

Kijken we even terug naar het westen, dan is de heldere ster Altaïr uit de Arend goed zichtbaar boven de horizon, met links daarvan het grappige beeldje Dolfijn: de vlieger met staart.

Kijk je naar de ligging van de ecliptica, dan zie je wederom, net als in de lente, een schuine ligging ten opzichte van de windstreken op de horizon. De denkbeeldige lijn komt op in het noordoosten en gaat in het zuidwesten onder. In totaal hebben we nu vier liggingen van de ecliptica gezien en samen vormen ze de merkwaardige 'dans' die de dierenriem aan de hemel lijkt uit te voeren. Hoe die dans precies gaat zal ik in een volgend hoofdstuk nader toelichten aan de hand van een draaibare kaart.

Als laatste wil ik je de Walvis laten zien, die in het verhaal van Andromeda zo'n belangrijke rol speelde. Dit enorme beeld is bij ons moeilijk te zien, maar deze avond is wel het meest geschikt van alle momenten in het jaar: de zon is diep onder de horizon en de Walvis staat ongeveer op zijn hoogste punt. Eigenlijk behoort alles wat je aan sterretjes ziet staan onder de Ram en de Vissen tot de Walvis, met twee opvallende sterren: Deneb Kaitos (de staart van de walvis) staat op de zuid-meridiaan en Mira (de wonderbaarlijke) staat net onder de hemelequator halverwege de richting van Aldebaran uit de Stier. Net boven de hemelequator zie je een paar sterretjes staan die de kop van de Walvis vormen. Mira is een bijzondere ster, want hij is variabel in lichtsterkte en daarom werd hij in de oudheid geassocieerd met duistere krachten. Dat geldt ook voor Medusa, de veranderlijke ster in Perseus, maar Mira verandert zeer langzaam. Het duurt ongeveer 200 dagen voordat hij van helder naar zwak is afgezakt en nog eens 100 dagen om weer op volle sterkte te komen. Slechts een paar weken per jaar is deze ster goed te zien en daarom is hij in oude steratlassen soms helemaal vergeten. De Nederlandse astronoom David Fabricius zag in augustus 1596 deze ster zeer helder aan de hemel staan en dacht dat er een nieuwe ster was geboren. Een tijdje later kon hij de ster nergens meer vinden en keek hij ook niet meer naar dat stuk van de hemel. Had hij dat wel gedaan, dan zou hij Mira weer terug hebben gezien.

Hiermee sluiten we de excursie af en gaan eens luisteren naar de mythologie van Vissen, Waterman en Ram.

Vissen

Ooit wilde Zeus zich verenigen met de nymf Pluto. Om zich vrijer op aarde te kunnen bewegen, deed hij zijn goddelijke uitrusting en bliksemstraal af en verborg deze in een grot. Terwijl hij zich opdrong aan de mooie nymf, gaf Moeder Aarde aan haar vreselijke zoon Typhon de opdracht om zich met deze goddelijke omhulsels te bekleden. Typhon, het afschuwelijke monster met de tien drakenkoppen op beide schouders, slangen in plaats van voeten en een kwade inborst, voldeed maar al te graag aan de wens van zijn moeder en voelde zijn krachten zwellen. Een onstuitbare machtswellust maakte zich van hem meester en met geweldige kracht wierp hij de sterren uit hun baan, deed de Olympos wankelen en probeerde zich van de schepping meester te maken. De machteloze en ontredderde Zeus ontmoette op aarde de held Kadmos en smeedde met hem een plan: Kadmos werd veranderd in een herder met een zoet klinkende schalmei waarvan Typhon totaal in de ban raakte. Zo lieflijk klonk de muziek in zijn oren dat hij zo mak werd als een lammetje en zelfs zijn wapenuitrusting aflegde. Op de tonen van de fluitmuziek viel hij in slaap en droomde hij van de heerschappij over de goden. Intussen nam Zeus zijn wapenrok weer op en voelde zich in staat om de grote strijd met Typhon aan te gaan. Toen Kadmos klaar was met spelen kreeg het monster in de gaten wat er met hem gebeurd was en ontstak in grote woede. Razend vervolgde hij alles en iedereen, giftig slijm uitbrakend en bergen tegen de hemel smijtend. Goden, godinnen en andere wezens werden door hem achtervolgd, zo ook de mooie godin Aphrodite met haar zoontje Eros, de liefdesgod. Zij vluchtte met haar kind naar het oosten en na een lange en barre tocht zeeg zij ten slotte neer aan de oever van de Euphraat in Palestina. Plotseling stak een geweldige windvlaag op en Aphrodite vreesde

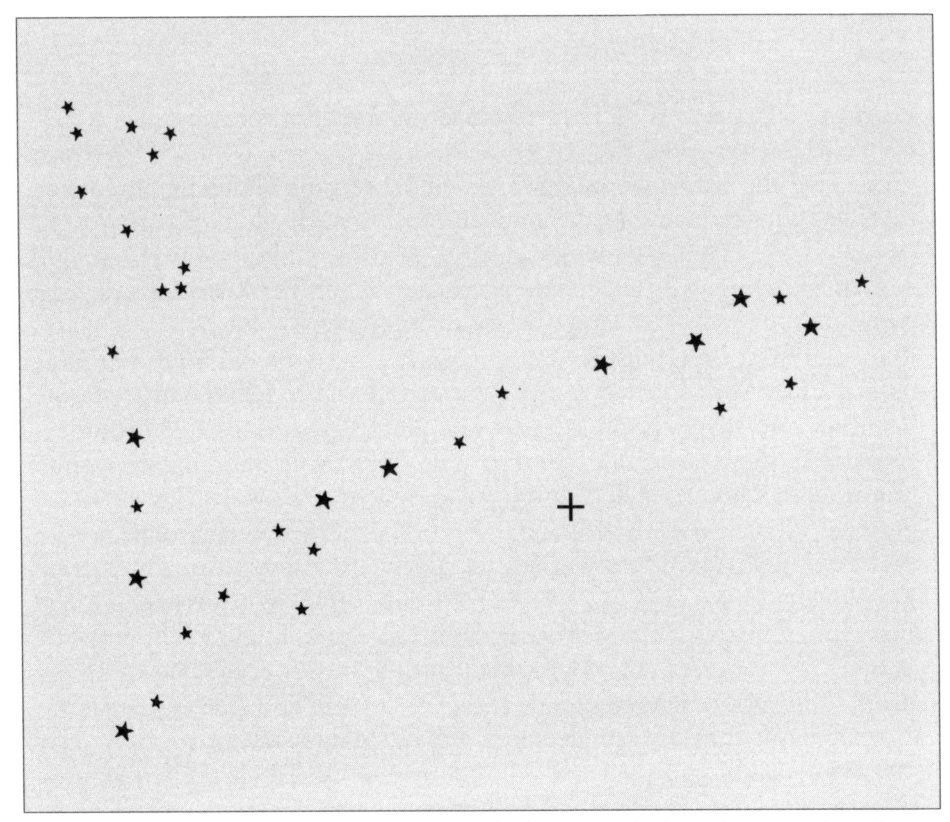

In deze V-vormige figuur zijn de vissen rechtsboven en linksonder te vinden. De onderste ster, Alrisha, is de knoop in de staarten. Het kruis geeft de plaats van het lentepunt aan.

alsnog door het monster te worden overmeesterd. Daarom sprong ze met kind en al blindelings in het water en werd daar opgevangen door een tweelingvis, die haar en Eros veilig naar de overkant leidden. Zeus had intussen na een immense strijd Typhon met zijn bliksemstralen verbrand, zodat het licht de duisternis overwon. Als dank voor hun hulp plaatste de oppergod de twee Vissen voor eeuwig aan de hemel.

De hemel bij de Germanen

Bij de Grieken waren de sterrenbeelden verbonden met goden- en heldenverhalen, maar hoe was dat in de Noord-Europese cultuur? Ook daar vinden we een vergelijkbare duiding van de sterrenbeelden in samenhang met de godenverhalen, in dit geval uit de Edda. Bij de Germanen werd de melkweg gezien als de weg van Iring, de zoon van oppergod Odin. Hij riep de goden op om ten strijde te trekken tegen het kwaad, en de weg die ze daarvoor moesten afleggen was de melkweg. De beide armen waarin de melkweg zich splitst ter hoogte van het sterrenbeeld Adelaar noemden ze Wil en Wan. Dat waren twee slijmstromen die vloeiden uit de Grote Wolfsbek, ons sterrenbeeld Pegasus. Het prachtige sterrenbeeld Noorderkroon heet de Teen van de voorjaarsgod Aurwandil, die door de woeste bliksemgod Thor naar de hemel was geworpen. Zowel Thor als Odin beriepen zich erop de reus Thiazi te hebben verslagen, wiens ogen ze naar de hemel wierpen. Daar werden ze de twee helderste sterren van de Tweelingen: Thiazi's Ogen (Pollux en Castor). Op de Wodanswagen (onze Grote Beer) voerde de god Wodan, dat is Odin, zijn medegoden omhoog naar het rijk van het licht, vergezeld door de Vrouwenwagen (onze Kleine Beer). Ook Orion benoemden de Germanen, maar ze zagen er geen grote mannelijke held in. Integendeel, het was de Mantel van Frigg, de vrouw van Odin. Vlakbij deze Mantel stond de Kleine Wolfsbek, die wij kennen als een deel van de Stier en wel de V-vormige groep sterren met de naam Hyaden. Ook in de Stier ligt het Zevengesternte en dat noemden ze Zwijnengedrang, vanwege de dichte plaatsing van die sterren. De Voerman ten slotte noemden ze de Asenkamp, de verblijfplaats van de Goden, want dat beeld ligt midden in de melkweg.

Het is verbluffend om te zien hoe de opvatting van de hemel als verblijfplaats van de goden bij de verschillende culturen overeenkomt. Ze gebruiken weliswaar andere namen, maar ze passen die wel toe op dezelfde constellaties van sterren zodat de beelden in die zin een overkoepelende betekenis hadden voor de Europese volkeren.

WATERMAN

Toen het ijzeren geslacht nog op aarde woonde, was de wereld wreed en moordzuchtig en Zeus moest regelmatig in mensengedaante afdalen om de orde te bewaren. Dat begon hem uiteindelijk dermate te vervelen, dat hij besloot om dit geslacht voorgoed uit te roeien en wel door het zenden van een zondvloed. Daartoe sloot hij eerst de noordenwind op en bracht de zuidenwind in actie. Met druipende vleugels, doorweekte baard en pikzwart aangezicht kwam de zuidenwind aanzwellen en regen gutste uit zijn voorhoofd. Met zijn handen perste hij de regenwolken leeg en alles op aarde werd weggespoeld in oeverloze stromen. Alleen Deukalion, zoon van de grote held Prometheus, en zijn vrouw Pyrrha bleven over, omdat ze een ark hadden gebouwd die de wateren kon trotseren. Negen dagen en negen nachten dreven ze rond op de wateren en uiteindelijk landde hun ark op de berg

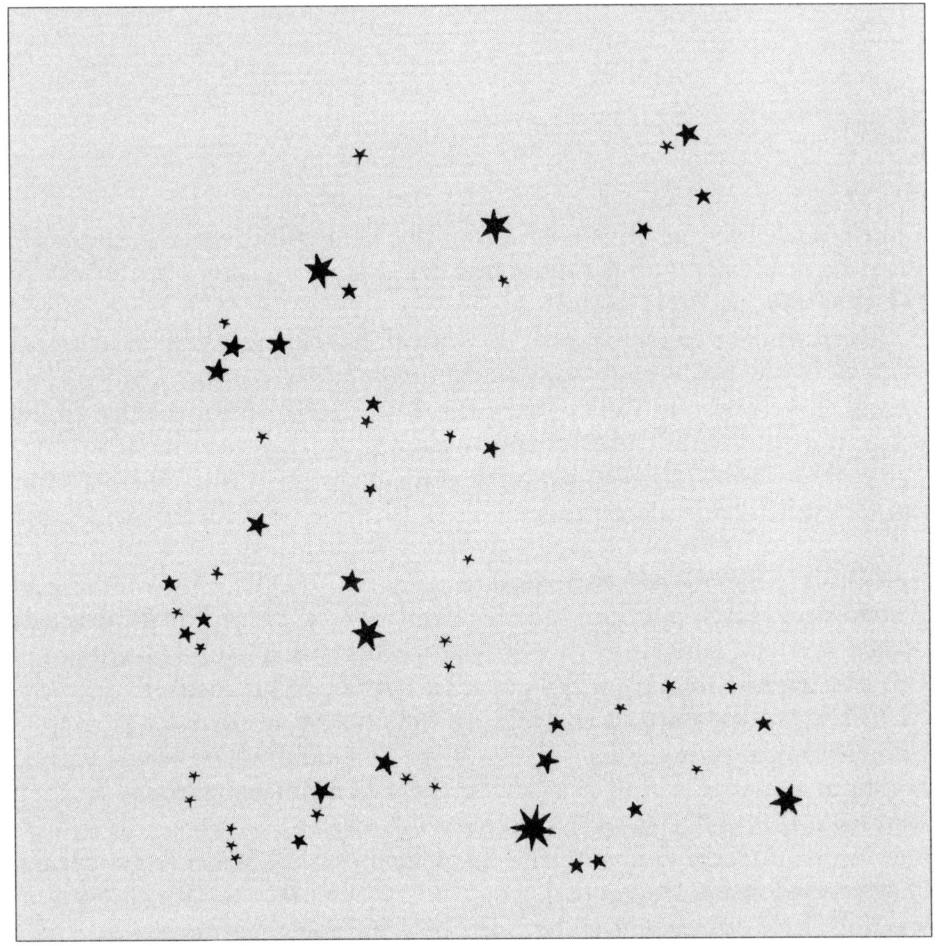

Rechtsonder de Waterman ligt de Zuidervis met de helderste ster Fomalhaut. Hij drinkt het water (linksonder) dat uit de kruik (het linkerdeel van het beeld) loopt. De twee heldere sterren bovenin vormen de schouders van de Waterman.

Parnassus, waar ze aan land stapten. Geheel ontredderd en eenzaam vroegen ze raad aan het orakel, die hun de wonderlijke opdracht gaf om het gebeente van hun moeder achter zich te werpen. Pyrrha snapte hier niets van, maar Deukalion begreep dat hier moeder aarde werd bedoeld en dat haar beenderen de stenen waren. Zo gingen ze aan het werk en de stenen van Deukalion werden tot mannen, die van Pyrrha tot vrouwen: een nieuw mensengeslacht was geboren. Uiteindelijk richtte Deukalion een tempel op voor de godin Hera, op de plek waar het laatste water van de zondvloed gorgelend in de aarde wegstroomde. Op die plaats gooide hij twee maal per jaar water uit een kruik in de aardspleet en zo werd hij bekend als de Waterman.

Ram

Enkele duizenden jaren geleden stond het Lentepunt in het sterrenbeeld Ram en veel tempels uit die tijd waren dan ook georiënteerd op de belangrijkste ster uit dit beeld: Hamal.

Geen wonder dat de Grieken de Ram als het belangrijkste beeld zagen, verbonden met het hoogste wat hun cultuur te bieden had: het Gulden Vlies. Vooral de heldentocht van de Argonauten, met Jason als aanvoerder op het schip Argo, geeft hun diepe verlangen aan om dit Vlies weer terug te brengen naar Griekenland, nadat het op wonderlijke wijze was verdwenen. Hoe, dat vertelt het volgende verhaal.

Een Griekse koning had twee kinderen, Phrixos en Helle, op wie hij zeer gesteld was. Helaas was hun moeder overleden en kregen de kinderen te maken met een jaloerse en wrede stiefmoeder, die duivelse plannen met hen had. Zij kon het niet verkroppen dat haar eigen kinderen minder aandacht kregen dan Phrixos en Helle en besloot om ze maar uit de weg te ruimen. Omdat ze onder invloed stond van de Godin van de Magie wist de koningin alle vrouwen in haar land te bewegen om het zaaizaad te laten verdrogen, met hongersnood als het trieste gevolg. Dit was precies de bedoeling van de duistere vrouw en zij haastte zich om het orakel te raadplegen voor een oplossing. De boodschapper die met de orakelteksten thuiskwam was door haar omgekocht en het valse bericht luidde dat Phrixos en Helle geofferd moesten worden aan de goden. Niemand anders dan hun eigen vader, de koning, moest dit offer voltrekken en met een zwaar hart liep hij op het stenen altaar af, waar zijn kinderen op waren gelegd. Maar zie, juist

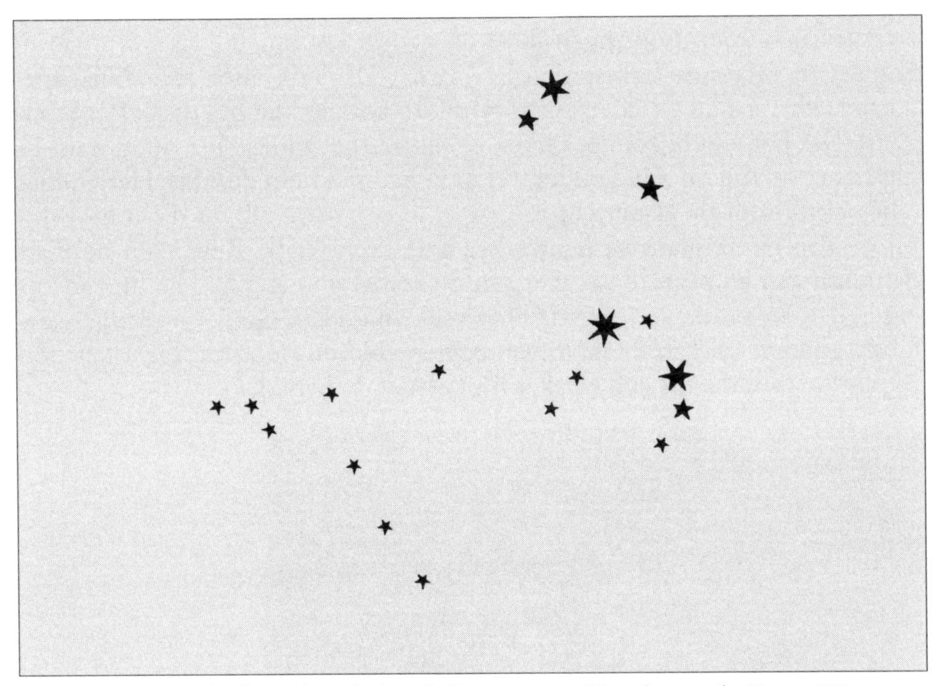

De Driehoek (rechtsboven) is de handtekening van Zeus boven de Ram. Bij ons zijn alleen de drie sterren rechts duidelijk te zien. De helderste, Hamal, is het voorhoofd, de twee andere de linkerhoren van de Ram.

op het moment dat de koning zijn slachtmes boven zijn kinderen hief, kwam er een dichte nevel over het land, die het tafereel onttrok aan het gezicht van de bedroefde toeschouwers. Deze nevel was niemand minder dan de overleden moeder Nephele, die uit haar hemelse woonplaats alles had gezien en op haar manier kon ingrijpen. Nephele plaatste beide kinderen op een Gouden Ram, die sneller dan de wind door de lucht vloog en al ver buiten het gezicht was toen de nevel optrok en het volk slechts een leeg altaar te zien gaf. De kwade stiefmoeder meende dat het offer was volbracht en dat de goden de kinderen tot zich genomen hadden.

Intussen vlogen Phrixos en Helle naar het oosten en kwamen boven de zee, peilloos diep en duizelingwekkend. Phrixos, die voorop zat, kon zich goed vasthouden aan de horens van de Ram, maar Helle zat niet zo stevig achter haar broer, werd bevangen door een duizeling en stortte in de diepte van de zee. Alleen de Ram wist dat dit de bedoeling van de goden was, want Helle zou zich eens met de zeegod verenigen. Vanaf die tijd heet dat stuk van de zee dan ook naar haar: Hellespont.

De Ram met het gouden vel bracht Phrixos veilig naar de Kaukasus, waar ze gastvrij werden ontvangen door een wijze koning, die als zoon van de zonnegod aldaar de lichtstralen bewaarde. Als dank voor zijn thuishaven schonk Phrixos de Gouden Ram aan deze koning, die het dier offerde aan Zeus. Dat het een bijzonder dier was, bewees het tijdens het offer, want hij glipte net op tijd uit zijn gouden vel toen het mes hem doodde. Het Gulden Vlies werd door de koning opgehangen in een hoge eik, zo dicht mogelijk bij de zon en de glans verlichtte het hele koninkrijk. Zeus nam de Ram dankbaar aan en plaatste het dier aan de hemel op een plek die hij van zijn eigen handtekening voorzag: de Driehoek, het teken Gods. Omdat het stralende gouden vel van de Ram was achtergebleven op aarde, bleef het sterrenbeeld Ram slechts een zwak schijnsel aan de hemel.

Phrixos en Helle ontsnappen aan de offerdood op een gouden ram. Georg Soper, 1910

TIP

Misschien herinner je je nog de oefening met de hemelkoepel op de noordpool en aan de evenaar. We keken naar de bewegingen van de hemel op deze twee plaatsen op aarde en zagen een soort polariteit: de horizontale bewegingen van sterren op de noordpool, waarbij geen sterren opkomen of ondergaan en de verticale beweging op de evenaar, waarbij alle sterrenbeelden loodrecht opkomen en ondergaan en precies twaalf uur boven en twaalf uur onder de horizon verblijven.

Ik wil je uitnodigen die nog een keer op te pakken, te beginnen bij de noordpool en dan de blik te richten op de dierenriem. Ook deze beelden lopen op de noordpool evenwijdig aan de horizon. Maar we bevinden ons op 90° noorderbreedte en op die hoogte is slechts een deel van de dierenriem zichtbaar: de bovenste helft, met als hoogste beeld de Tweelingen. Die trekken op een hoogte van ongeveer 23° boven de horizon door de hemel, nooit hoger of lager komend. Dat is niet zo hoog en daarom is de dierenriem op de pool niet zo'n indrukwekkende band als bij ons en op lagere breedtes. Links en rechts van de Tweelingen liggen Kreeft en Stier en daarnaast Leeuw en Ram. Op de horizon liggen de twee tegenover elkaar staande beelden Maagd en Vissen, die nooit van hun positie tussen de ijsbergen bevrijd worden. De rest van de dierenriem staat voor eeuwig onder de horizon en zal zich aan de noorderlingen nooit bekend maken. Precies het tegenovergestelde treffen we aan op de zuidpool, waar de andere helft van de dierenriem zichtbaar is: onder aanvoering van de Boogschutter liggen daar Weegschaal, Schorpioen, Steenbok en Waterman voor eeuwig boven het ijs. Maagd en Vissen moeten ook daar over de horizon lopen en zijn voor een deel onzichtbaar. Nooit Tweelingen of Stier of de andere beelden die wij zo goed kennen.

Nu naar de evenaar. Daar is de dierenriem in volle glorie te zien, want deze band trekt rond het zenith langs de hemel. Maagd en Vissen lopen door dat zenith, iedere dag opnieuw en komen precies loodrecht in het oosten op en gaan evenzo in het westen onder. Gaan we vanuit het zenith (het hoogste hemelpunt boven je hoofd) zo'n 23° in noordwaartse richting, dan zien we daar de Tweelingen lopen. Gaan we vanuit het zenith de andere kant uit, ook zo'n 23°, dan loopt daar de Boogschutter. Dat kunnen we niet allemaal in één nacht tegelijk zien, want de zon zal ergens staan in de dierenriem en daarmee is dat stuk hemel door overbelichting onzichtbaar. Eigenlijk is de zodiak een tropenverschijnsel, want daar staan deze sterrenbeelden het hoogst en meest imposant aan de hemel. Op de polen is het maar behelpen, want daar is steeds een halve dierenriem zichtbaar, maar laag aan de hemel. In onze streken zitten we er een beetje tussenin, met 's winters een indrukwekkende en 's zomers een vage dierenriem.

Intermezzo

In het prachtige boek De mens en zijn symbolen *beschrijft Carl Jung zijn visie op de relatie die wij momenteel met de kosmos onderhouden:*

'Hoe meer wij wetenschappelijk gingen begrijpen, des te sterker is onze wereld ontmenselijkt. De mens voelt zich in de kosmos geïsoleerd, omdat hij niet meer met de natuur verbonden is en zijn emotionele 'onbewuste identiteit' met de natuurfenomenen verloren heeft. Deze hebben langzamerhand hun symbolische implicaties verloren. De donder is niet meer de stem van de toornige god en de bliksemschicht niet meer zijn wrekende werktuig. Geen enkele rivier bevat nog een geest, geen boom is nog het levensprincipe van een mens, geen slang de belichaming van de wijsheid, geen berggrot de woonstede van een grote demon. Er zijn geen stemmen meer die uit stenen, dieren en planten tot de mens spreken en ook hij spreekt er niet meer mee op grond van een geloof, dat zij kunnen luisteren. Zijn contact met de natuur is verdwenen en hiermee verdween ook de sterke en diepgaande emotionele energie, die deze symbolische band hem verschafte.'

Jung kon het weten, want hij was een groot kenner van de oude geschriften en gebruikte de mythologische kennis om zijn patiënten te helpen zichzelf te worden. Zo wist hij ook hoe kleurrijk en beeldend de mythen spraken over de sterren en de relatie tussen de hemel en de aarde. Bijvoorbeeld in de Edda, de volkswijsheid van IJsland, waar de schepping van de wereld aldus is beschreven:

'Maar Odin en zijn broeders lieten de dode reus Ymir in de Afgrond verdwijnen en schiepen uit zijn lichaam de wereld waarin wij nu wonen. Zijn ijsbloed werd de zee en de rivieren; zijn vlees het land en de beenderen de bergen, terwijl het grind en de rotsen uit zijn tanden ontstonden.

Odin en zijn kinderen omringden de aarde met een zee en de Wereldboom, de esdoorn Yggdrasil, groeide uit om de aarde op haar plaats te houden en haar met zijn machtige takken te overschaduwen en ook om de hemel boven ons, die ontstaan was uit het ijsblauwe schedeldak van Ymir, te ondersteunen.

Zij verzamelden de vonken die uit de Vuurhemel vlogen en maakten daar ster-

ren van. Zij haalden gesmolten goud uit het rijk van Sutur, de vuurduivel en maakten daarvan de schitterende Zonnewagen, die getrokken werd door de paarden Vroegop en Oersterk. De schone jonkvrouw Sol mende het span. Voor haar uit ging de stralende knaap Mani die de Maanwagen mende, getrokken door het paard Allersnelst.

De Zon en de Maan gaan snel en rusten geen ogenblik. Dat durven ze niet, want elk van hen wordt in de lucht achtervolgd door een vraatzuchtige wolf die hen wil verslinden – en dat zal gebeuren op de dag van De Laatste Grote Strijd. Deze twee wolven zijn de kinderen van het kwaad, want hun moeder was een slechte heks die in het Woud van IJzerhout woonde. Haar man was een reus en hun kinderen waren weerwolven en trollen.'

Talloze verhalen over de schepping van hemel en aarde, in alle culturen van de wereld, laten de hemel en het heelal bevolken met goddelijke of duivelse wezens. De rijkdom

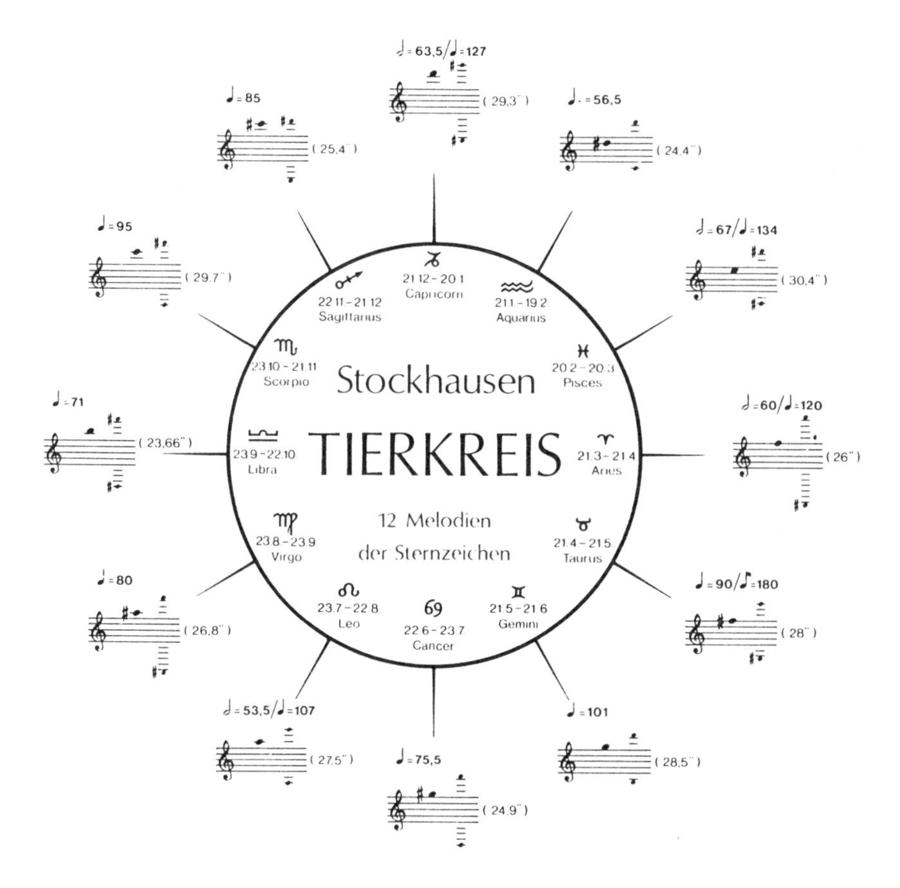

Karl Stockhausen vond in de zodiak zijn inspiratie voor een twaalfdelige compositie.

van de beeldentaal van toen staat in schril contrast met de abstracte beeldarmoede van nu. Waar zijn de Helden en Monsters gebleven die de Grieken aan de hemel zagen vechten? Wat is er over van de beeldentaal van de dierenriem nu we slechts in symbolische termen spreken over toevallige sterrencombinaties die we zien vanaf onze even toevallige aarde? Waar zijn de Goden van de planeten gebleven nu we de fysische wetten van het zonnestelsel tot in details onderzocht hebben?

Voor de meesten van ons zijn al deze beelden vervlogen herinneringen uit een mythisch en dus achterhaald bewustzijn, waar we ons terecht van hebben ontdaan, voorgoed. Voor enkelen zijn het archetypen, oerbeelden, die de uiterlijke plaats aan de hemel hebben ingeruild voor een definitieve plek in de ziel van mensen. De collectieve archetypen, behorende bij het gemeenschappelijke onbewuste van de mensheid. De sterrenkunde van toen is de psychologie van nu: terwijl de antieke mensen naar de hemel keken om hun innerlijk te zien, kijken we nu in ons innerlijk om de hemel te zien en als we geluk hebben vangen we een glimp van een drama op. Net zoals toen de aarde in de hemel viel, is nu de hemel op de aarde gevallen en kijken we met lege ogen naar de zwijgende lichtpunten, de ronddraaiende planeten, het uitdijend heelal, op zoek naar de resten van de oerknal: de klap waarmee alles begon.

Deze onttakeling van de uiterlijke hemel wordt mooi in beeld gebracht door de overgeleverde tekeningen van de sterrenbeelden: de oudste prenten bevatten alleen beelden en er is geen ster op de afbeeldingen te ontdekken. Kennelijk zagen de tekenaars toen alleen maar beelden en waren de lichtpunten aan de hemel slechts bijzaak. Op latere prenten komen er wel sterren bij, maar die staan op willekeurige plaatsen in en tussen de afbeeldingen, zonder enig verband te suggereren met de posities aan de hemel. Weer later staan de sterren wel op hun juiste plaats en is het beeld er losjes omheen getekend en langzamerhand lost het beeld op in het niets. Op dat moment blijven alleen de sterren over, verbonden door lijnen, die uiteindelijk tot het minimum van stippellijntjes worden teruggebracht. De meest recente sterrenkaarten bevatten slechts sterren, zo precies mogelijk naar de 'werkelijkheid' getekend.

Negende avond:
Een draaibare dierenriemkaart

Tijdens deze avond gaan we nu eens niet naar de hemel kijken, het regent trouwens, dus er valt toch niets te zien, maar nemen we de tijd om een handig hulpmiddel te maken waarmee we de bewegingen van de dierenriem goed leren doorzien.

Al die ingewikkelde bewegingen van de ecliptica ten opzichte van de horizon in de verschillende seizoenen zijn namelijk nog niet zo makkelijk te begrijpen. Het is wel eenvoudig in te zien dat alle sterren en sterrenbeelden hun rondjes draaien om de aarde en dat de Tweelingen, Boogschutter en andere beelden van de dierenriem hier ook aan meedoen. Alles draait immers in cirkels rond, allemaal dezelfde kant op, allemaal even snel en ook steeds op dezelfde hoogte aan de hemel. Dat is nu eenmaal het resultaat van de draaiing van de aarde om haar as.

Maar de 'dansende' beweging van de dierenriem is toch een graadje moeilijker, omdat de verbindingslijn van de dierenriembeelden, de ecliptica, nu eenmaal schuin loopt ten opzichte van de sterrenbanen.

Om je te helpen heb ik een recept gemaakt voor een draaibare kaart en daarmee is op ccnvoudige wijze in te zien hoe alles in zijn werk gaat. Het maken duurt ongeveer twee uur, zodat we er de hele avond mee bezig zijn.

Benodigdheden:
- wit foto- of etalagekartion van 30 x 25 cm
- plastic folie van 15 x 15 cm (liefst een slag dikker dan het folie van bijvoorbeeld een hechtmap)
- 1 kleine splitpen

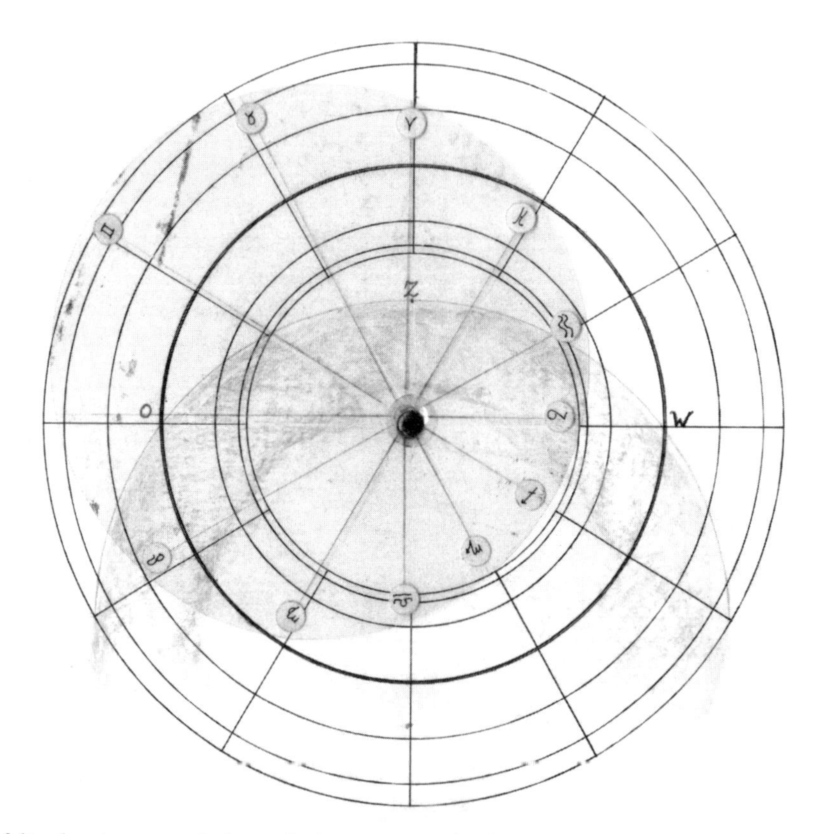

Het folie draait excentrisch op de kartonnen schijf

- 12 kleine zelfklevende etiketjes, rond
- 2 beschermringetjes
- passer
- schaar
- liniaal
- potlood
- schrijfstift (die ook op plastic houdt)

Karton *(zie figuur 1)*
Eerst bewerken we het karton. Bepaal het midden en trek met de passer zeven cirkels met de volgende stralen in millimeters: 41, 43, 49, 62, 76, 87 en 92. Dit moet nauwkeurig gebeuren, evenals de volgende handelingen, want daar hangt de bruikbaarheid van de kaart af.

Verdeel deze cirkels in 12 gelijke segmenten van 30 graden, zoals spaken in een wiel. Trek de lijnen alleen door in het gebied van de cirkels, niet tot het middelpunt. Trek met een passer de horizoncirkel, uitgaande van punt A. Nu zijn ook de punten oost en west bepaald.

De middelste van de zeven cirkels, waar oost en west op liggen, heeft een speciale betekenis: het is de hemelequator. Geef die een eigen kleur. Het gebied binnen de horizoncirkel kan ook het beste gekleurd worden en het figuurtje in de illustratie is ook handig: dat ben jij namelijk! Je kijkt naar de zuidhemel, waar de dierenriem gezocht moet worden. Plak een beschermringetje aan weerszijden van het middelpunt van het karton.

Folie *(zie figuur 2)*
Ook hier beginnen we met het bepalen van het midden. Trek een cirkel met een straal van 67 mm en knip deze uit. Dat is een lastig werkje, omdat

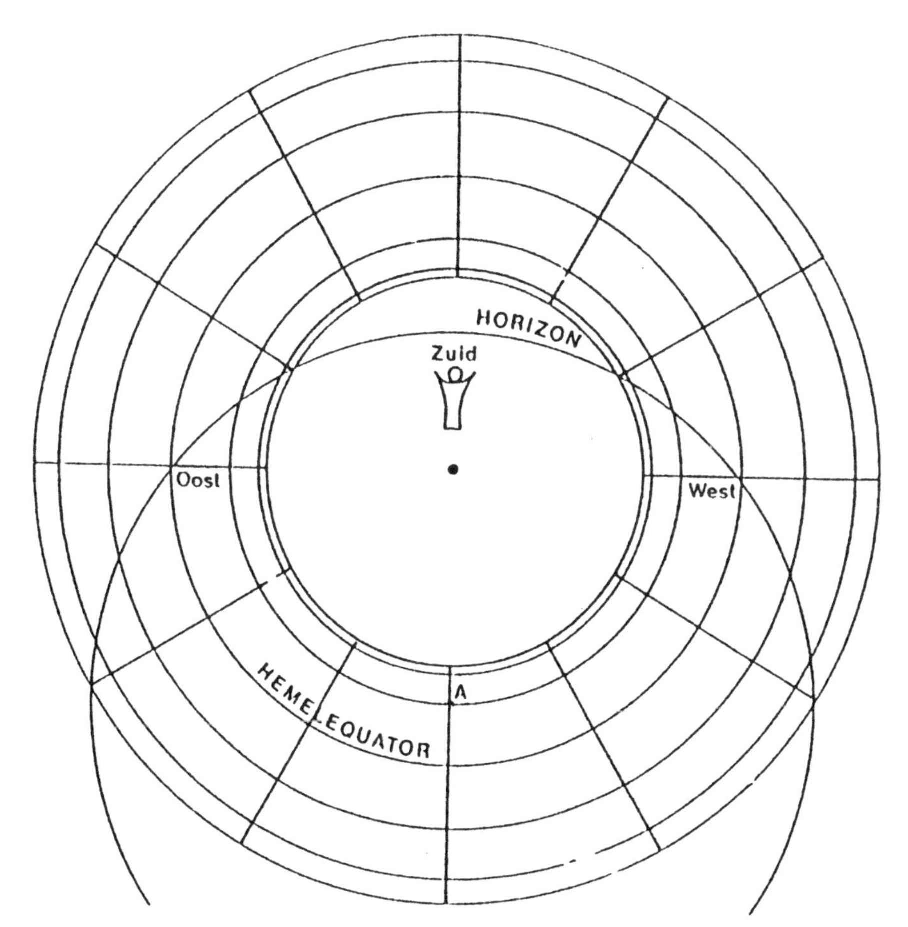

Figuur 1

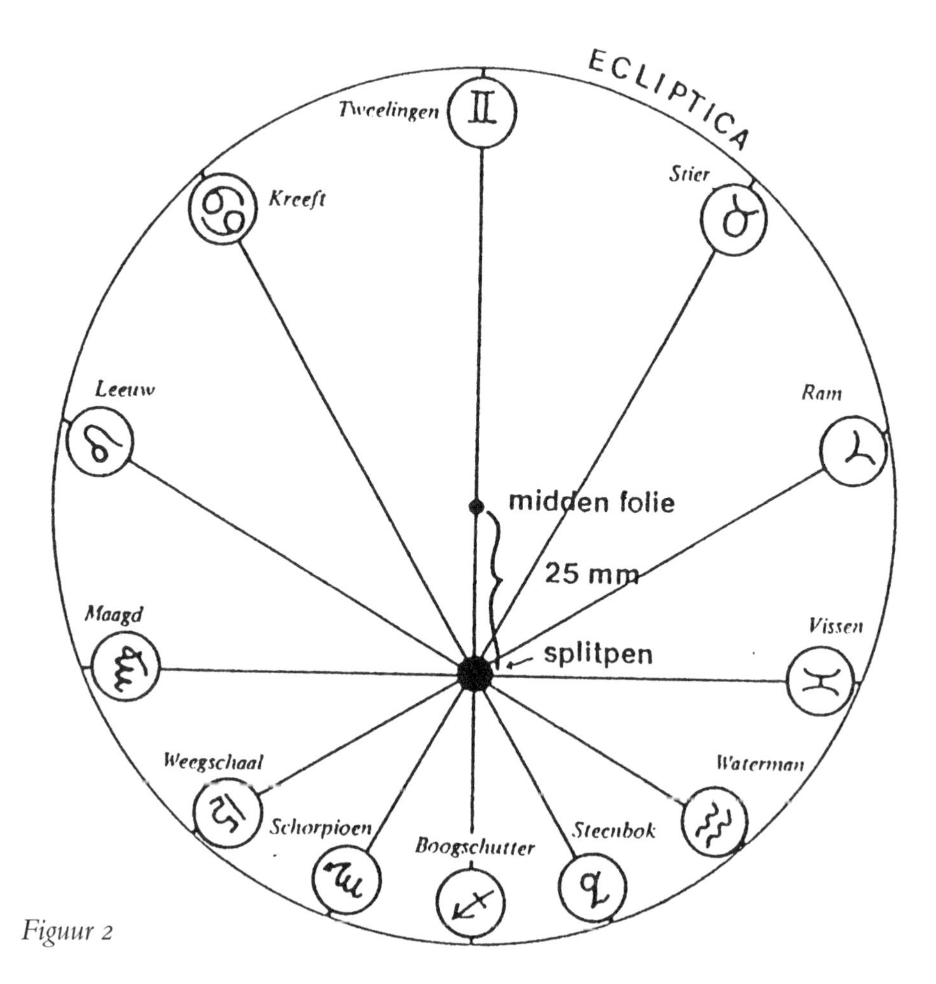

Figuur 2

de passer niet 'pakt' op het folie. Beter gaat het als je de potloodpunt vervangt door een stalen passerpunt, zodat de cirkel wordt ingekrast. Het uitknippen moet nauwkeurig gebeuren, zodat de schijf echt rond wordt en geen platte kanten vertoont. Bepaal nu een punt op 25 mm van het midden en steek daar de splitpen door. Dat gaat beter als je het eerst voorwerkt met een hete breinaald bijvoorbeeld. Steek de splitpen ook door het middelpunt van het karton en draai het folie zo, dat de rand ervan door oost en west gaat en zo hoog mogelijk boven de horizon uitsteekt.

Teken nu met een stift op het folie de lijnen over die op het karton de spaken vormen. Doe dit vanaf de folierand tot aan de splitpen. Plak op deze lijnen, vlak tegen de rand, de etiketjes en teken daarop de symbolen van de dierenriembeelden. De Maagd staat nu bij het oosten en de Vissen bij het westen. Na enig afwerken en verfraaien is de kaart klaar.

Hoe werkt de kaart?
De werking is al doende makkelijk te begrijpen, maar een paar aanwijzingen zijn wel nuttig. De rand van het folie stelt de ecliptica voor. Door het folie éénmaal geheel rond te draaien wordt zichtbaar hoe de springende beweging van de ecliptica boven het zuiden ten opzichte van de horizon verloopt. Tevens zie je de schuivende beweging van de ecliptica over de horizon rondom de punten oost en west. Deze wiebelende combinatie van springen en schuiven is de 'dans' van de dierenriem.

Je ziet nu ook de betekenis van de cirkels op het karton: ze geven de banen aan van de dierenriembeelden. De buitenste cirkel is de baan van de Tweelingen, de binnenste die van de Boogschutter en de middelste baan is van Maagd en Vissen. Ieder etmaal beschrijft een beeld deze baan in zijn geheel (en wel door rechtsom te draaien), zodat één ronddraaiende beweging van het folie een dierenriemdans van een etmaal aangeeft. Het verschuiven van het folie over één segment van 30 graden komt overeen met twee uur, zodat met enig schatten de kaart een aardig overzicht geeft van de veranderingen die de ecliptica in een etmaal ondergaat.

In de vier seizoenen ligt de dierenriem als volgt aan de hemel:

Seizoen	*Beeld boven zuiden*	*Stand*
winter	Tweelingen	hoge of steile stand
lente	Maagd	scheve stand naar rechts
zomer	Boogschutter	lage stand
herfst	Vissen	scheve stand naar links

Let wel, het gaat hier steeds om de stand van de nachthemel (24.00 of 0.00 uur) bij het begin van ieder seizoen. Twaalf uur later is er de daghemel, waar de zon in staat. Het tegenoverliggende deel van de dierenriem is dus overdag hoog aan de hemel.

De dierenriem en zijn ligging in de vier seizoenen laat zich makkelijk interpreteren. Bijvoorbeeld in de lentenacht van 21 maart om 24 uur: de Maagd staat boven het zuiden, de Schorpioen komt op in het zuidoosten, de Tweelingen gaan onder in het noordwesten. Naast de Maagd staan de heldere Leeuw (westwaarts) en de kleine en zwakke Weegschaal (oostwaarts). De totale ecliptica helt naar het westen over en doet ten opzichte van de overige sterren scheef aan. Als je nu het folie verder naar rechts draait, ontstaat een kwartslag later de situatie van de zomermiddernacht: de ecliptica loopt van oost naar west, maar bereikt een geringe hoogte boven de horizon bij de Boogschutter. Je ziet dat ieder segment van het karton overeenkomt met de tijdsduur van een maand en op die manier kun je ook fijnregelen met een tussenliggende datum.

De kaart kan ook gebruikt worden als zonnekaart, maar dan spreken we over de daghemel. De Tweelingenbaan is dan de baan van de zon op 21 juni, de Maagdbaan op 23 september, de Boogschutterbaan op 22 december en de Vissenbaan op 21 maart, bij het bereiken van het Lentepunt. Meer daarover in het volgende hoofdstuk.

Nu we toch binnen bezig zijn, neem ik de gelegenheid om wat achtergronden te vertellen over de dierenriem, de verschuiving van het lentepunt door de eeuwen heen en de verhouding tussen astronomie en astrologie, aangevuld met de visie van Carl Jung hierover. Leun rustig achterover, want het duurt wel even. Mocht het je allemaal te veel zijn, val dan rustig in slaap en droom over mooie sterrenhemels. Dan pak je de draad wel weer op bij het volgende hoofdstuk over de zon.

BEELD EN TEKEN

Tot voor tweeduizend jaar geleden was er nog geen duidelijk verschil tussen astronomie en astrologie. De geleerden van die tijd, die meestal ook priesters waren, werkten zowel met de exacte waarnemingen en metingen als met symbolen, mythische verbanden en duidingen van de 'tekens' aan de hemel. Zij legden de relaties tussen hemel en aarde, de zogenaamde geokosmische verbanden, en zorgden op die manier voor de inrichting van het dagelijkse leven in hun cultuur: de landbouw, de menselijke voortplanting, het installeren van koningen en farao's, het lezen in de ingewanden, dat alles werd ingebed in een kosmische cultus.

Tot in de Middeleeuwen werd er een direct verband gelegd tussen de dierenriem en het menselijk lichaam, waarbij elk lichaamsdeel werd geregeerd door een speciaal teken en wel op de volgende manier (zie het schema op de volgende bladzijde).

Fascinerend is het om te zien hoe in het boek *Ilias* van Homerus, waarin de Trojaanse oorlog wordt beschreven, de verschillende koningen verwondingen oplopen op precies deze twaalf plaatsen van het lichaam!

Gaandeweg is echter deze kennis verloren gegaan door een groeiende kloof tussen astronomie en astrologie, waarbij de sterrenkundige wetenschap

Ram	voorhoofd
Stier	keel
Tweelingen	schouders
Kreeft	borst
Leeuw	hart
Maagd	buik
Weegschaal	onderbuik
Schorpioen	geslachtsorgaan
Boogschutter	bovenbeen
Steenbok	knieën
Waterman	onderbeen
Vissen	voeten

De 12 verwondingen uit de Ilias (zie de afbeelding in het kleurkatern na blz. 160)

zich steeds meer ging bedienen van de techniek en zich afkeerde van alles wat met krachten en invloeden te maken heeft. De natuurwetenschappelijke benadering van de hemel maakte geen ruimte meer voor vragen naar de zin en betekenis van sterren en sterrenbeelden ten opzichte van de aarde en de mensen. De astrologie deed dat wel, want daarin gaat het juist om die krachten en relaties. Een natuurwetenschappelijke verklaring is daarbij niet van belang, want de aard van deze geokosmische relatie laat zich niet in natuurwetenschappelijke termen en modellen vangen, aldus de astrologie.

Kortom, in de loop van tweeduizend jaar is er een krachtige onmin ontstaan tussen astronomen en astrologen, die het werk van elkaar over het algemeen niet kunnen waarderen.

Hoe is die kloof nu ontstaan?

Er zijn twee manieren om de dierenriem in te delen: naar beelden en naar tekens. De twaalf sterrenbeelden van de dierenriem zijn zeer verschillend van grootte, met als uitersten de Maagd (45 graden breed aan de hemel) en de Weegschaal (17 graden). De zon staat dus veel langer in de Maagd dan in de Weegschaal. Zo heeft ieder beeld een eigen stuk van de hemel en bepaalt daarmee de verblijftijd van zon, maan en planeten. De grootte van de sterrenbeelden wordt gerekend over de ecliptica, de denkbeeldige verbindingslijn tussen de beelden van de dierenriem, en die is dus in ongelijke stukken verdeeld. Deze ongelijke beelden met hun zichtbare sterren levert het astronomische begrip *beeld* op. In dit boek gaat het nagenoeg altijd over dit begrip *beeld*.

Het astrologische begrip *teken* slaat op de gelijke verdeling van de ecliptica in stukken van 30 graden, de zogenaamde 'huizen'. Deze onzichtbare stukken dragen dezelfde namen als de zichtbare beelden en dat is verwarrend: *beeld* is iets heel anders dan *teken*. Wijs je met je hand naar het *beeld* Tweelingen, dan wijs je tegelijkertijd ook naar het *teken* Kreeft. Wijs je naar de astronomische Vissen, dan wijs je ook naar de astrologische Ram. Zo kan het gebeuren dat je op 5 februari onder het *teken* Waterman wordt geboren: de zon staat op dat moment astrologisch in Waterman. Astronomisch gezien staat de zon dan in het sterren*beeld* Steenbok.

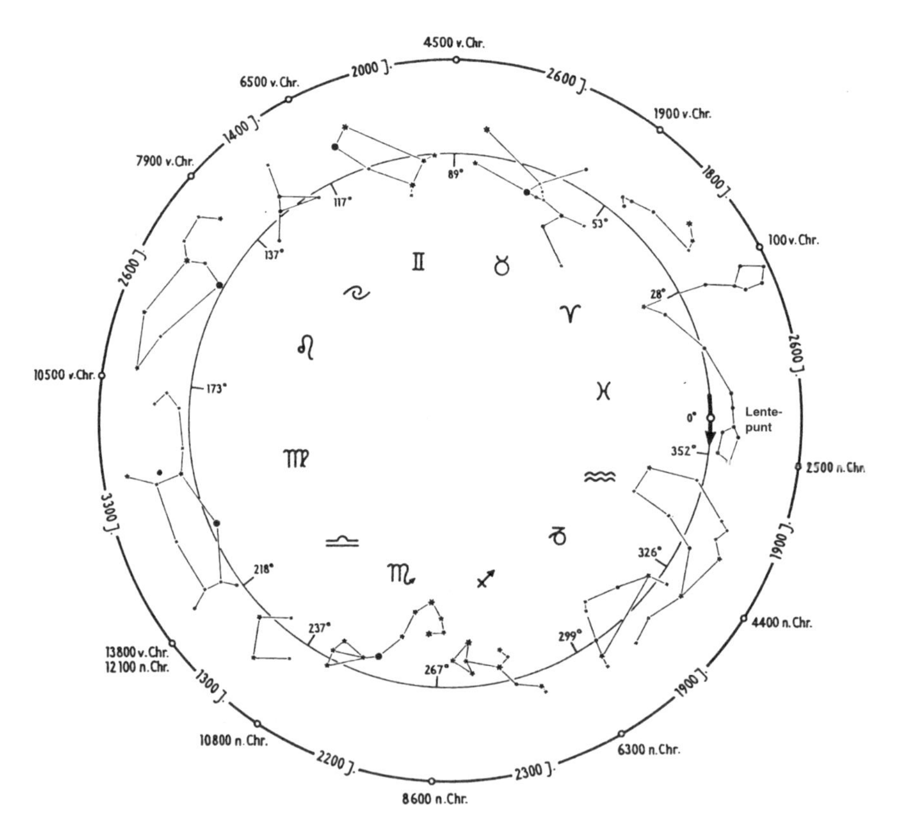

De verschuiving van het lentepunt door de dierenriem. Omdat de beelden verschillend van grootte zijn, verblijft het lentepunt langer in het ene beeld dan in het andere.

Rond de jaartelling was het verschil tussen *beeld* en *teken* nauwelijks aanwezig, maar in de loop van tweeduizend jaar is een verschuiving opgetreden van het lentepunt over ongeveer één beeld. De astrologie uit de tijd van

Ptolemaeus (2e eeuw v.Chr.) legde het lentepunt vast aan de hemel als nul graden Ram. Dit snijpunt van ecliptica en hemelequator is dus het vaste oriëntatiepunt voor de berekening van de 'huizen' in de horoscopen en is sinds tweeduizend jaar niet meegegaan met de veranderingen aan de hemel. Het lentepunt, de plaats van de zon op 21 maart, loopt heel langzaam door de ecliptica en dus door de dierenriem heen als gevolg van een eigenaardige beweging van de aarde zelf. De aardas staat namelijk niet zo onbeweeglijk in de ruimte als wij verwachten. Daar zijn twee oorzaken voor: de eerste is de afplatting van de aarde, waardoor zij aan de evenaar wat dikker is, en de tweede is haar scheve stand ten opzichte van haar baan om de zon. De aardas staat immers 23,5 graden schuin ten opzichte van deze baan. Zowel de zon als de maan proberen om de aarde 'rechtop' te krijgen, zodat ze netjes in het baanvlak rond de zon ligt, met haar dikste deel netjes in dat vlak. Door deze aantrekking van zon en maan gaat de aarde zelf een beetje draaien, zoals een aflopende priktol, en die draaiing duurt 25.920 jaar. Dat wordt een Platonisch Wereldjaar genoemd en eentwaalfde deel daarvan (2160 jaar) een Platonische Wereldmaand. Dat is de gemiddelde tijd die het lentepunt nodig heeft om een dierenriembeeld op te schuiven en volgens sommigen bepaalt de zon daarmee een cultuurperiode. Telkens als de zon een volgend beeld betreedt zou een nieuwe periode in onze cultuur aanbreken, zoals over enkele honderden jaren het Waterman (Aquarius) tijdperk.

Door deze tollende aardas wijst zij ook niet altijd naar hetzelfde punt aan de hemel, namelijk de hemelnoordpool. Momenteel ligt deze hemelnoordpool vlakbij de Poolster, maar enige duizenden jaren geleden was dat anders. Toen lag de poolster te ver weg van de hemelnoordpool om zo bijzonder te

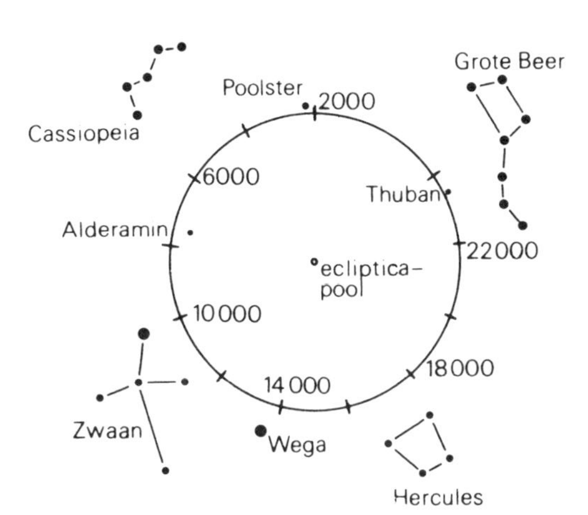

De verplaatsing van de noordelijke hemelpool (nu bij de poolster) in 26.000 jaar. Over 12.000 jaar is Wega uit de Lier de nieuwe poolster.

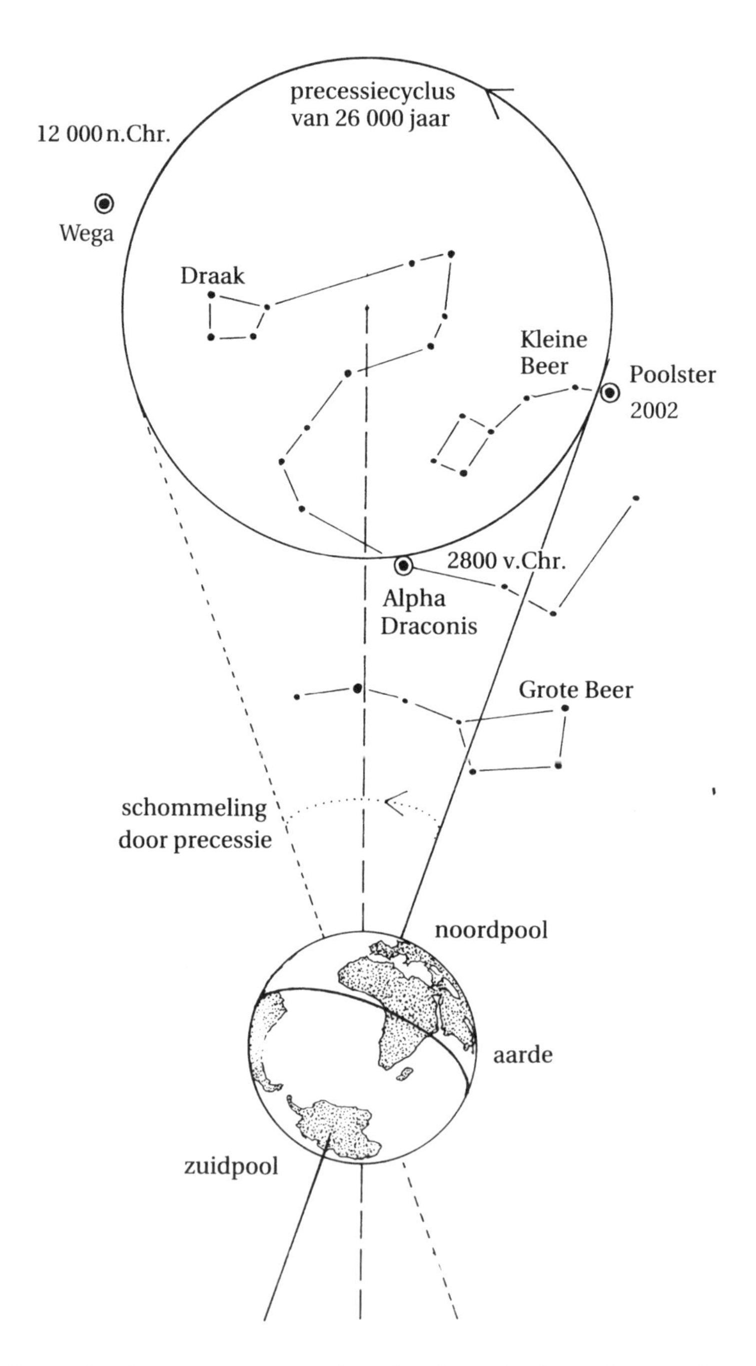

De precessie van het lentepunt ontstaat door de tolvormige beweging van de aardas.

zijn als we haar nu vinden. Ooit was zelfs de ster Wega de poolster en over vele duizenden jaren zal Wega deze positie weer innemen.
De hemelnoordpool beschrijft namelijk een cirkel aan de hemel en op die cirkel staan zowel de poolster als Wega. Nu is deze beweging maar heel gering, want het resultaat is dat het lentepunt in een mensenleven (72 jaar) slechts 1 graad verschuift, maar dat gaat in de loop der tijden toch tellen. Het tekent de nauwkeurigheid van de Griekse astronomen zoals Hipparchos, dat ze deze beweging, die ook wel de precessie wordt genoemd, al hebben opgemerkt. In hun tijd lag het lentepunt in de Ram, maar in onze periode is dat verschoven naar de Vissen en over enkele honderden jaren zal dit punt dus in de Waterman liggen.

Naarmate deze verschuiving toenam, is de astrologie gescheiden geraakt van de astronomie en momenteel is het verschil aan de hemel een volledig *beeld* (*teken* zegt de astroloog), hoewel het verschil in opvatting tussen astronomen en astrologen wel hemelsbreed genoemd mag worden... Rond 1600 konden mensen als Johannes Kepler en Tycho Brahe zich in beide disciplines nog vlot bewegen, maar daarna werd het steeds moeilijker.

Een mooi voorbeeld van het kwalitatieve verschil tussen astronomie en astrologie wordt verwoord door Goethe in zijn boek *Wilhelm Meisters Wanderjahre*, waarin Wilhelm twee mensen ontmoet die hem verschillende aspecten van de wereld laten zien. De een is een astronoom, die hem door een telescoop naar Jupiter laat kijken. Wilhelm raakt vreselijk in de war, omdat zijn beleving van de hemel met het blote oog niet strookt met de beelden door de telescoop. De prachtige avondhemel, met Jupiter en Venus tegen de achtergrond van de vaste sterren, maakte op hem een diepe indruk en die trof hij niet meer aan in het telescoopbeeld. Kijkend door de lenzen naar een klein planeetschijfje met een zwarte hemel eromheen werkte ontluisterend op Wilhelm, die uitlegt hoe moeilijk het is om het enorm vergrote telescoopbeeld in het juiste perspectief te zien. Telescoop en microscoop vragen veel van het voorstellingsvermogen, omdat de context meestal is weggeraakt en de waarnemingen ontdaan zijn van hun inbedding in een groter geheel.

De andere ontmoeting heeft Wilhelm met de sprookjesachtige vrouw Makaria, die een intuïtieve verbinding heeft met de sterren. Ze heeft inzicht in de diepere waarheid achter de verschijnselen en weet dat op kunstzinnige wijze te laten zien. Wilhelm zoekt dan naar een synthese tussen Makaria en de astronoom, tussen beleving en exacte waarneming, want Goethe zag veel in een samenwerking tussen astronomie en astrologie.

Jung en de astrologie

In de werkcolleges van C.G. Jung over droomanalyse, gehouden in 1929, komt het verschil tussen astrologie en astronomie op originele wijze aan bod. Jung verbindt de maan, in navolging van duizenden jaren menselijke traditie, met de nachtelijke sfeer van de menselijke ervaring, waar ook magie bij hoort. Daarbij maakt hij een duidelijk onderscheid tussen de wassende en de afnemende maanfasen, die respectievelijk met gunstige en ongunstige werkingen in de natuur samenhangen.

In de oude Griekse tijd werden deze twee aspecten van de maan verbonden met twee godinnen: de heksachtige Hekate, godin van de afnemen-

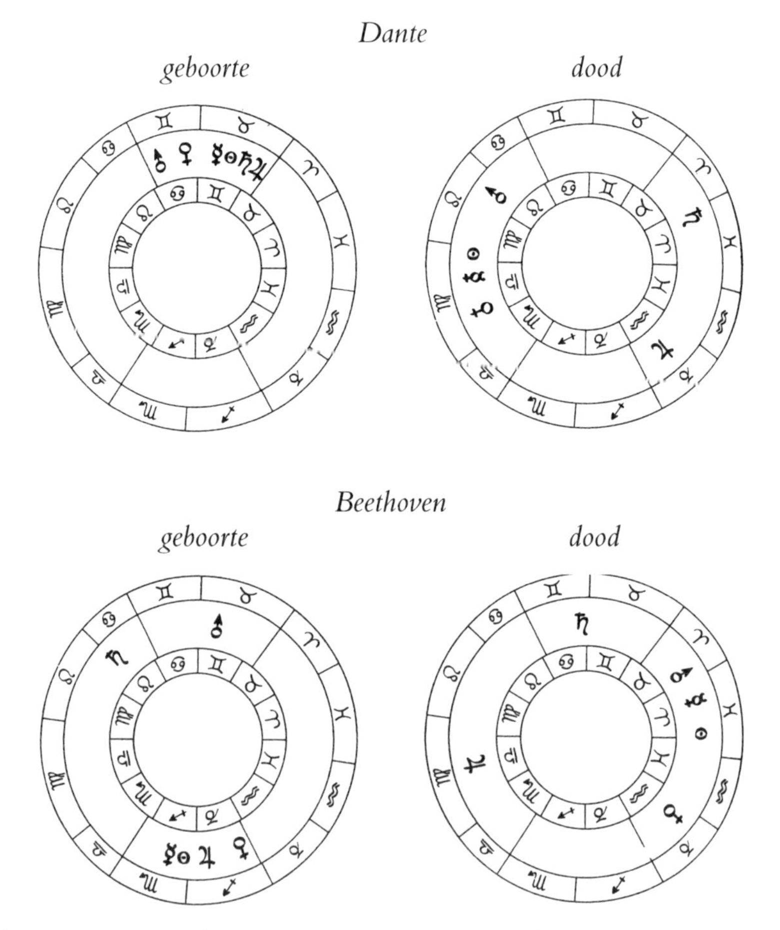

De geboorte- en stervenshoroscopen van Dante en Beethoven.

de maan, en de lichte jachtgodin Artemis, godin van de wassende maan. Het beeldende bewustzijn van de Grieken sprak eerder over godinnen en hun eigenschappen dan over de meer concrete fasen van een zichtbaar hemellichaam. Maar de herinnering daaraan bestaat in onze cultuur nog steeds. Zwitserse boeren bijvoorbeeld zouden hun gewassen alleen zaaien bij wassende maan, omdat die periode met groei en weldaad verbonden zou zijn. Ook de bosbouwers weten dat ze hun bomen moeten kappen bij wassende maan, vanwege de kwaliteit van het hout. Zweedse meubelmakers vermeden hout dat bij afnemende maan was gekapt, vanwege de grotere gevoeligheid voor houtworm. In Frankrijk was het vóór de Revolutie (van 1789-1792) bij wet verboden om hout te hakken anders dan bij wassende maan. Anders zou er zoveel sap in het hout zitten dat het niet goed droog werd.

Boosaardigheid en het vergaan, aspecten van de duistere kant van de maan, zouden de overhand hebben in de afnemende periode. Jung verbindt de maan ook met de anima, de vrouwelijke kant van de mens, die open staat voor de fantasie en het irrationele, de wereld van levenskrachten en getijdenstromingen, met de menstruatiecyclus en emoties. Jung noemt het voorbeeld van patiënten die zeeziek werden als het onbewuste werd geactiveerd. Mensen die duizelig werden door iets wat lijkt op een golvende beweging, zoals de getijden. Stemmingen in de ziel en veranderingen van de maanfasen behoren, aldus Jung, tot hetzelfde gebied. Astrologie vat hij op als de psychologie van de antieke mens, geprojecteerd op de hemel en de hemellichamen. Wat we tegenwoordig als psychologie opvatten, was ooit het door de sterren bepaalde lot. In plaats van te zeggen dat iemand door psychologische motieven werd geleid, zei men vroeger dat hij door de maan en de sterren werd geleid.

De maan kent in verschillende culturen een veelheid aan symbolen, zoals de fallus, de rivier, fruit, bomen, wind, oceaan, oerwoud, mist, wolk, enzovoort. Allemaal symbolen van voortbrengende kracht en ook van het collectief onbewuste.

Misschien wel daarom noemt Jung de astrologie een duistere wetenschap, een Hekate-wetenschap, door de sterke verbinding met het irrationele en de afkeer van wetenschappelijk bewijs. Zelfs anno 2002 is er geen fatsoenlijke claim van de astrologie op enig wetenschappelijk bewezen verband tussen het menselijk leven en de sterrenposities. Jung spreekt in dit verband over het primitieve bewustzijn, dat rationeel geen verbanden kan vaststellen, maar wel heel nauwkeurig op gevoelsniveau. Yin zeggen de Chinezen, de passieve kant van de materie, het receptieve.

Toch is Jung onder de indruk van astrologen, nadat hij een paar keer in zijn leven van een totaal onbekend iemand te horen kreeg dat 'zijn zon in de Leeuw stond, zijn maan in de Stier en Waterman zijn ascendant was', hetgeen volledig klopte. Kennelijk stelt de astrologie gevoelige mensen in staat om heldere diagnoses te stellen en verbazingwekkend goede intuïties te verwoorden. Een astroloog, die van Jung alleen de geboortedatum wist, vertelde hem tot op de dag nauwkeurig wanneer hij (Jung) een gevoel van wedergeboorte zou hebben, op basis van een planeetstand. Dit moment was al gepasseerd en Jung zocht de betreffende datum op in zijn dagboek. Daar stond: 'Vandaag heb ik het onverklaarbare gevoel dat ik opnieuw geboren wordt'.

De wetenschapper Jung blijft echter kritisch en valt ook over het raadselachtige verschil tussen astrologie en astronomie. Honderd jaar voor Christus heeft de hofastroloog van Ptolemaeus, een beroemd sterrenkundige uit die tijd, de hemel voorgoed laten vastleggen. De astroloog van de Academie van Alexandrië zette de tijd stil en definieerde het lentepunt als nul graden Ram. Dat het lentepunt (de positie van de zon in de dierenriem op de dag van de lente = 21 maart) constant in beweging is en terugloopt ten opzichte van de sterren, zodat het nu in sterrenbeeld Vissen ligt en over enkele honderden jaren in sterrenbeeld Waterman, speelt hierbij even geen rol.

Jung zoekt een uitweg. Als iemand astrologisch een Maagd is en duidelijke 'maagd'-eigenschappen bezit, terwijl de zon in werkelijkheid in de Leeuw staat, dan zou de werkelijke sterrenhemel er helemaal niet toe doen. De astrologische aanduidingen zijn, aldus Jung, niets anders dan afbakeningen van de tijd van het jaar. Kwaliteiten van de seizoenen, die ooit op de hemel werden geprojecteerd, maar die met de hemel weinig te maken hebben. Een 'maagd' is dan iemand, die in een beplaalde tijd is geboren (augustus/september) en de eigenschappen van die persoon zijn de eigenschappen van die tijd, niet van de hemel. De dierenriem wordt daarmee een cyclus van de seizoenen met speciale klimaateigenschappen en ingevuld met de fantasieën en verbeeldingskracht van de mensen. De namen van de sterrenbeelden, aldus Jung, zijn dan seizoenseigenschappen die aan de hemel worden toegeschreven. Maar in werkelijkheid is de tijd het actieve principe en de relatieve posities van de sterren zijn alleen maar het middel waarmee de tijd wordt berekend.

Dan komt Jung tot een bijzonder inzicht: als tijd de werkzame factor is, en tijd wordt opgevat als energie, dan bepaalt het moment van geboorte of van zaaien of kappen de energie die het organisme meekrijgt. En die energie kan door gevoelige mensen (bijvoorbeeld astrologen) met allerlei (vaak onbewuste) trucjes en handigheden worden vertaald in eigenschappen. Maar dat zijn dan de eigenschappen van het moment, van de tijd waarop een ingrijpende gebeurtenis zich voordeed. Dit komt nauwkeurig in de buurt van wat de beroemde Engelse bioloog Rupert Sheldrake 'spirits of time' noemt, waarbij bijzondere momenten in het jaarverloop door rituele herhaling aan kracht winnen en op den duur een eigen energie gaan vertegenwoordigen. Ook de Nederlandse psychiater/filosoof Jan Hendrik van den Berg hanteert de tijd als een uiting van een 'wezen' (die hij in zijn latere werk God noemt), die met uiterste precisie aan een jaar uit de geschiedenis een herkenbare kwaliteit meegeeft, die zich uit in alle aspecten van de cultuur: de tijd valt samen met onze psychologische toestand van dat moment. Dat kan een persoonlijke biografie betreffen, maar ook die van de mensheid als geheel.

Met de sterren hebben deze 'kwaliteiten van het ogenblik' dan weinig van doen, behalve dan dat de sterren- en planetenposities ook uiting zijn van dezelfde tijdskwaliteit. Gelijktijdigheid heeft dan de plaats ingenomen van oorzaak en gevolg en daarmee komt Jung tot een van zijn stokpaardjes: de synchroniteit, dat wil zeggen dat dingen die tegelijkertijd gebeuren dezelfde tijdsinhoud uitdrukken.

Jung maakt het zichzelf wel moeilijk als hij wijst op parallellen tussen de bewegingen aan de hemel en de gebeurtenissen op aarde. Hij is onder de indruk van de bewegingen van het lentepunt door de dierenriem en de gebeurtenissen op aarde die dat schijnen te weerspiegelen: 'Rond 1940 bereiken we de meridiaan (sterpositie ten opzichte van een denkbeeldige lijn door het zuiden, WB) van de eerste ster van Waterman. Dat zal het keerpunt zijn – ongeveer van 1940 tot 1950. Dus rond die tijd kunnen we uitkijken naar nieuwe ontwikkelingen. We moeten afwachten, ik zal geen voorspellingen doen.' En dat zei hij in 1929.

Maar ook de menstruatiecyclus van de vrouw kent het maanritme, zonder er in de tijd precies parallel mee te lopen. Er is een innerlijke verwantschap tussen die twee ritmen, zonder een oorzaak-gevolg relatie. Op dezelfde manier ziet Jung de horoscopie: 'Het leven is veranderd en zal blijven veranderen, zoals ook het lentepunt verandert, maar het verband dat je ziet is een coïncidentie, dat wil zeggen, de twee dingen vinden tegelijkertijd plaats, maar niet als oorzaak en gevolg', en 'we kunnen de wetten die aan ons onbewuste ten grondslag liggen dus als sterrenwetten zien. Maar het kunstmatige lentepunt heeft niets te maken met het leven van de boom der mensheid'.

Berichten uit de praktijk

Behalve Jung zijn er nog vele anderen die zich het hoofd breken over de twee 'dierenriemen'.

Hoe valt te begrijpen dat twee visies allebei waar kunnen zijn, dat er twee dierenriemen zijn met ieder een eigen betekenis? Drie deskundigen reageerden zo:

George Bode, astroloog te Amsterdam:
'De natuur reageert op de dierenriembeelden en niet op de tekens. De tekens vormen een astrologisch systeem van 12 maal 30 graden aan de hemel en dat hangt met het menselijk bewustzijn samen. Je hebt het dan over de zon en de indeling van de zonnebaan in 12 gelijke delen, een zonne-astrologie. En die zon is altijd al verbonden geweest met Ego, met bewustzijn. Als de zon in het teken Ram over de hemel-evenaar trekt, dan begint bij ons de lente en de rest van de indeling vloeit daar logisch uit voort. Je kunt natuurlijk problemen zien in de indeling die 2000 jaar geleden is gemaakt, maar in feite is deze astrologie veel ouder. Het beschrijft gewoon een andere wereld dan de astronomie. Die wereld gaat terug tot op het oude Atlantis. Toen waren er twee hemelsystemen, eentje voor de sterren en eentje voor de planeten. De eerste is geworden tot de beelden die je ziet, de tweede is het astrologische tekensysteem geworden. Eigenlijk is het bewustzijn van de mens parallel opgekomen met de zonne-astrologie in de historie. Dat is een duidelijk verband.

Overigens zie je dat de Indiase astrologen uitgaan van de beelden en de mens dus opvatten als een louter biologisch wezen. Daarbij zie je geen spoor van bewustzijn terug.'

Bob Siepman van den Berg, filosoof en fenomenoloog te Driebergen:
'Beelden en tekens vertegenwoordigen allebei een realiteit. Via de beelden zijn we verbonden met de vaste sterren, de wereldomgeving en dat is kennelijk een werkzaam gebied. Via de tekens zijn we met de zon verbonden. Dat is de zon-aarde relatie, die weer verdeeld wordt in 4 seizoensmomenten en uiteindelijk in 12 gelijke sectoren. De kwaliteiten van de jaargetijden zijn natuurlijk heel duidelijk: als de zon in Ram staat is dat precies de periode waarin de natuur als het ware uit de grond wordt 'geramd'. Met de zon in Stier zie je een periode van veel stofwisselingsprocessen in de natuur, veel bladvorming. Dat noem ik het levensmoment en dat past bij de intense stofwisseling van dit herkauwende dier. Als de zon in Schorpioen staat, een teken

dat altijd al is verbonden met de dood, dan zie je de natuur ook sterven in de herfst. Vanuit de verschijnselen kun je veel aflezen over de symboliek van de astrologische tekens.'

Geert Tomassen, agronoom en astroloog te Didam:
'Beeld en teken is ook voor mij een dilemma, maar er zijn zoveel van die dilemma's in het leven, dat ik daar niet wakker van lig. Klaarblijkelijk gaat er invloed uit bijvoorbeeld van de plaats van zon en maan aan de hemel en of die nu in een beeld of een teken staan, vind ik niet zo van belang. Ik ben al heel blij als ik, als wetenschapper, kan constateren dat er invloeden zijn. Ik ben geneigd om de effecten te nemen voor wat ze zijn, zonder ze te koppelen aan de vier elementen, de maanden van het jaar of andere invloeden. Vanuit een eerbiedige bescheidenheid wil ik onbevangen kijken en de verschijnselen op zichzelf onderzoeken. Of het nu gaat om de tropische dierenriem (die van de tekens, WB) of de siderische dierenriem (die van de beelden, WB), er zijn sectoren van de hemel die iets te melden hebben en dat vind ik al heel wat.'

Deel 3
Het grote licht: De zon

Tiende avond:
De zichtbare zon

Het was warm aan de vijver en doodstil.
De zon, rood en afgemat van haar dagelijks werk, scheen een ogenblik op de verre duinrand uit te rusten, vóór ze onderdook.
Bijna volkomen spiegelde het gladde water haar gloeiend aangezicht weer.

Freederik van Eeden (in: De kleine Johannes)

Inleiding

Als je met een minuscuul bootje zou meevaren op een lichtstraal van de zon, doe je er acht minuten over om de aarde te bereiken. Dan raas je met de snelheid van het licht door het zonnestelsel en overbrug je een afstand van 150 miljoen kilometer. Acht minuten, dat lijkt niet veel, maar het gaat dan ook wel erg snel. Om een idee te krijgen van die afstand: een auto die constant, dag en nacht, doorrijdt met een snelheid van 100 kilometer per uur doet er 170 jaar over om de zon te bereiken.

Dat zijn letterlijk astronomische afstanden, maar voor de sterrenkunde is de afstand zon-aarde slechts een haardikte in het heelal, want de afstand naar de meest dichtbije ster is al tienduizenden keren groter. Om nog maar te zwijgen van de afstand naar een ander melkwegstelsel...

Toch is deze afstand voor ons op aarde van het grootste belang, omdat we juist genoeg licht en warmte ontvangen om het ecosysteem van de aarde in stand te houden. Stonden we te dicht bij de zon, dan zouden we een hittedood sterven en was de afstand groter, dan zou de aarde bevriezen. Nee, de afstand is precies goed en wel binnen nauwe grenzen.

Aan de hemel staan twee planeten die bewijzen hoe bijzonder de positie van de aarde is en hoe slecht zij het wel hebben getroffen door net buiten de marge te vallen waar het leven op gedijt. Dat zijn onze buurplaneten Venus en Mars, die net als de aarde een atmosfeer bezitten. Venus staat dichter bij de zon en is zo heet dat lood daar zou smelten; Mars staat verder van de zon af en die planeet is zo ijselijk koud, dat al het leven direct zou bevriezen. We mogen dus blij zijn met die ene 'Astronomische Eenheid' die ons scheidt van de levensbron.

De aarde is op haar beurt weer precies zo ingericht dat de zon ook werkelijk de bron van al het leven kan zijn: de atmosfeer, de ozonlaag en een dikke magnetische gordel om de aarde heen houden exact die straling tegen die het leven zouden doden en laten juist dat beetje door waar we het van moeten hebben. Het is dus niet alleen de afstand zon-aarde, maar ook de hoeveelheid zonnestraling en de inrichting van de aarde die het ontstaan en de ontwikkeling van leven mogelijk maken. Er is nog geen andere planeet ontdekt waarvoor hetzelfde geldt.

Behalve ver is de zon ook groot, want de aarde kan er ruim een miljoen keer in. Dat is de verhouding van een voetbal ten opzichte van een kraaltje. Blijven we in dit voorbeeld, dan is de afstand tussen de voetbal (zon) en de aarde (kraaltje) een kilometer of vijftig. Staat de voetbal in Utrecht, dan ligt het kraaltje in Haarlem. Zo gezien is de ruimte oneindig leeg, maar ze is door de zon met licht, warmte en andere straling gevuld. De zon bereikt zelfs de verste van alle planeten, Pluto, ook al is hij daar niet veel meer dan een sterretje aan de hemel.

Nachtelijke excursies naar de zon zijn niet mogelijk, dus moeten we onze avonden verleggen naar overdag, als hij boven de horizon staat. Maar dan zijn we gauw uitgekeken, want aan de hemel is, bij stralend helder weer, niets anders te zien dan de zon en daar kunnen we niet rechtstreeks naar kijken. Veel moeite om de plaats van de zon aan de hemel aan te wijzen hoef ik niet te doen en daarom stel ik voor dat we ons op een andere manier met het hemellicht bezig te houden. Bijvoorbeeld in de zomer, bij goed weer zittend onder een boom, of in de winter bij het haardvuur. Dan vertel ik over de zon, zijn tocht door de seizoenen, zijn ritmen en vlekken, zijn plaats in de mythen en zijn invloeden op het aardse bestaan.

'Maar de zon komt toch altijd in het oosten op en gaat in het westen onder?'

Dat hoor ik regelmatig mijn cursisten zeggen en mijn antwoord wekt verbazing: nee, de zon komt maar heel zelden in het oosten op. Hoe zit dat nu precies?

Om de plaats van de zon en zijn bewegingen aan de hemel te kunnen begrijpen is het handig om naar het jaarverloop te kijken. Laten we eens beginnen in de winter en wel op de kortste dag, die tevens de langste nacht is. Dat is op 22 december, vlak voor Kerstmis. Als je dan naar de horizon kijkt bij zonsopgang zal de zon verschijnen in het zuidoosten, een klein boogje beschrijven boven de horizon en in het zuidwesten ondergaan. Het hoogste punt bereikt hij rond het middaguur boven het zuiden, met een hoogte van ongeveer 14 graden. Dat is de winterbaan van de zon, die bleek aan de hemel staat en weinig licht brengt.

Verplaatsen we ons nu naar een halfjaar later, dan ziet het er totaal anders uit. We kiezen de langste dag, die tevens de kortste nacht is en wel op 21 juni, vlak voor Sint Jan. Dan zal de zon heel vroeg in de morgen opkomen in het noordoosten, een lange en hoge boog beschrijven en in het noordwesten ondergaan. Rond het middaguur staat de zon zo'n 61 graden hoog boven het zuiden en geeft hij veel licht en warmte.

De beroemde Zweedse botanicus Carolus Linnaeus (1707–1778) ontwierp een uurwerk op basis van het openen en sluiten van bloemen. Van zonsopgang tot zonsondergang gaan steeds weer andere bloemen open en dicht afhankelijk van de hoogte van de zon boven de horizon en de hoeveelheid licht die daarmee samenhangt. Op die manier is de bloemenwereld een afspiegeling van de zonnebeweging aan de hemel. Daarbij maakt het de planten niet uit of ze zouden weten dat niet de zon maar de aarde om haar as draait. Voor de natuur is het wereldbeeld eenvoudigweg geocentrisch. In de tabel enkele voorbeelden van de door Linnaeus genoemde bloemen:

in de voormiddag openen zich:		*in de namiddag sluiten zich:*	
uur	*plant*	*uur*	*plant*
6 – 7	witte waterlelie	12 – 13	calendula
7 – 8	Sint Janskruid	13 – 14	guichelheil
8 – 9	guichelheil	14 – 15	paardebloem
9 – 10	calendula	15 – 16	graslelie
10 – 11	spurrie	16 – 17	klaverzuring
11 – 12	tijgerlelie	17 – 18	teunisbloem

Tussen deze extremen van midwinter en midzomer in zal de zon alle mogelijke posities innemen: het punt van zonsopkomst verplaatst zich dag na dag over de horizon vanaf het zuidoosten, via het oosten naar het noordoosten en legt daarbij wel 45 graden van die horizon af. Dat is een behoorlijk stuk, namelijk een achtste deel van de horizon. Aan de kant van zonsondergang gebeurt hetzelfde: hier verloopt het vanaf het zuidwesten naar het noordwesten. We kunnen ook eens letten op de hoogte van de zon boven het zuiden. Vanaf 14 graden in de winter tot 61 graden in de zomer. Kortom, in het halfjaar tussen winter en zomer dijt de zonnebaan aanzienlijk uit. Precies het omgekeerde is het geval in het halfjaar tussen zomer en winter, want dan zal de zonnebaan geleidelijk krimpen aan de hemel.

We hebben dus te maken met twee bewegingen: uitdijen en krimpen.

Precies op het midwintermoment lijkt de zon even stil te staan, want een dag eerder was hij nog aan het dalen en een dag later is hij alweer aan het stijgen. Dat moment wordt dan ook de winterzonnewende genoemd, of in het Latijn het wintersolstitium. In deze Latijnse naam komt de stilstand van de zon tot uitdrukking, in de Nederlandse naam de omkering van de beweging.

Iets dergelijks speelt zich af op het midzomermoment. Dan zal de zon ook even stilstaan, want een dag eerder steeg hij nog en een dag later is de daling alweer ingezet. Dat moment heet de zomerzonnewende ofwel het zomersolstitium.

Tussen deze zonnewendes liggen twee andere momenten die een bijzondere positie aangeven en wel de lentedag van 21 maart en de herfstdag van 23 september. Op beide dagen komt de zon precies in het oosten op en gaat in het westen onder. De hoogte boven de horizon zal rond het middaguur zo'n 38 graden bedragen. Dat is voor ons een bekend getal, dat verwijst naar de hemelequator en inderdaad, de zon loopt op deze dagen exact over de hemelequator. Dat gebeurt alleen op deze twee dagen van het jaar en op alle andere dagen zal de zon dus niet precies oost-west lopen. Deze dagen hebben ook een naam gekregen en wel lente-evening en herfst-evening om aan te geven dat de dag even lang is als de nacht, namelijk 12 uur. Het woord 'even' is verwant aan het Engelse 'even' wat 'gelijk' betekent. Ook de Latijnse naam wijst hierop: lente- en herfst-equinox. De nacht (nox is verwant aan het woord 'nocturne') is gelijk ('equal' in het Engels) aan de dag. Omdat de zon ook over de hemelequator loopt, krijgt deze evening nog een tweede betekenis, want de zon verdeelt de hemel in twee gelijke delen.

Hiermee hebben we de vier belangrijke momenten van het jaarverloop in kaart gebracht en samen vormen ze het 'kruis' van de vier lichtfeesten, die oorspronkelijk een heidense betekenis en later een christelijke invulling hebben gekregen:

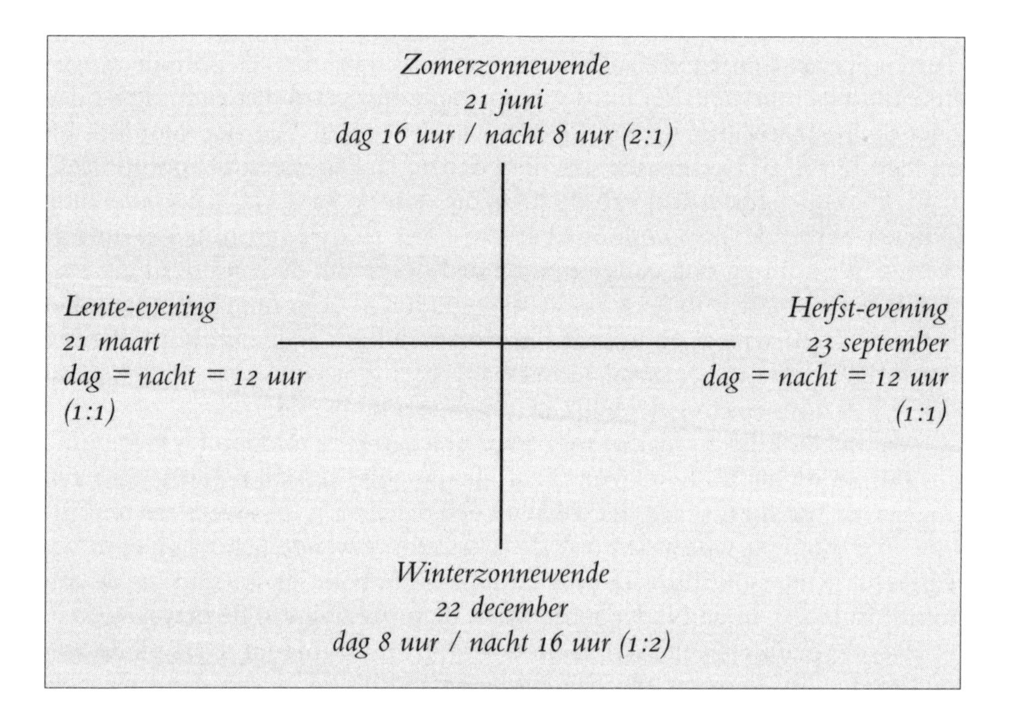

Deze vier momenten in het jaar werden vroeger uitbundig gevierd met vreugdevuren en rituelen, die verband hielden met de seizoenen. Zo was het herfstmoment een oogstfeest en het lentemoment een ode aan het nieuwe leven en de overwinning van het licht (de dag) over de duisternis (de nacht). Het zomerfeest was een uitbundige overgave aan het grote licht aan de hemel, terwijl het winterfeest werd gevierd om het stijgen van het licht luister bij te zetten.

Later werden deze feesten in de westerse cultuur verchristelijkt en verbonden met Kerstmis, Pasen, Sint Jan en Sint Michaël.

Feesten of niet, de zon trekt zich daar weinig van aan en draait onverdroten zijn baantjes aan de hemel, althans zo lijkt het. Natuurlijk staat hij stil en komen alle zonnebewegingen voort uit twee andere bewegingen: het wenteling van de aarde om zijn as en tevens de draaiing om de zon heen. Samen bepalen deze bewegingen de schijnbare baan van de zon door het etmaal en door de seizoenen. We doen alleen net of het de zon is die draait en daar is alle reden voor: zo zien we het nu eenmaal en de natuur richt zich daar ook volledig op in. Voor een zonnebloem, die met haar bloemen de baan van de zon aan de hemel volgt en 's nachts haar kopje weer in de beginstand zet, zal de zon ook werkelijk deze beweging maken. Voor haar is het niet relevant om te weten dat er nog een andere werkelijkheid is, want daar kan ze niets mee beginnen. Dat geldt voor de gehele natuur en alleen wij kunnen ons in twee standpunten tegelijk verplaatsen: de aarde centraal (geocentrisch heet dat ook wel) of de zon centraal (heliocentrisch).

Blijven we even geocentrisch denken, dan zal de baan van de zon door het jaar heen een spiraal zijn, waarvan iedere dagbaan een enkele winding vormt. Uiteindelijk spiraliseert de zon zich vanaf de winter omhoog in zo'n 180 windingen en spiraliseert hij met diezelfde windingen weer naar beneden in het tweede halfjaar. In totaal zijn er 365 windingen, eentje voor iedere dag. Het verschil tussen de windingen zal in enkele dagen niet zo opvallen, maar in de loop van weken is het goed merkbaar. Vooral rond de eveningen verandert het licht sterk: in de lente groeit het licht zienderogen aan, in de herfst worden de dagen dan snel korter. Rond de zonnewendes ziet het er anders uit, want dan lijken de dagen eindeloos hetzelfde. Zo is er een eigen dynamiek van het licht door het jaar heen. Trouwens ook van de warmte, die altijd naijlt. Op het moment van het grootste licht in de zomer is het nog niet het warmst. De aarde neemt de warmte van de zon in zich op en pas later breekt de heetste periode van het jaar aan in juli en augustus. In de winter is dat andersom, want dan zal pas na het dieptepunt van het licht de koudste periode aanbreken in januari en februari. Dan is de warmte van de aarde volledig afgegeven, ook al neemt het licht in die periode flink toe. Het licht en de warmte in het jaarverloop hebben een asymmetrische verhouding.

TEGENDRAADSE ZON

Om de beweging van de zon goed te begrijpen is het handig de dierenriem en de ecliptica erbij te betrekken. Altijd staat de zon in een beeld van de dierenriem en langzaam trekt hij, tegen de wijzers van de klok in, door deze zodiak heen. Per dag legt de zon van die beweging bijna een graad af, zodat er in 365 dagen precies 360 graden zijn afgelegd. Daarmee is de cirkel rond en kan een nieuwe jaarcyclus beginnen. Voor de goede orde: dagelijks trekt de zon van de oostelijke naar de westelijke hemel en legt hij natuurlijk in een etmaal 360 graden af. Die beweging is het resultaat van de dagelijkse draaiing van de aarde om haar as en de zon zal altijd met de wijzers van de klok mee bewegen, samen met de hem omringende sterren. Dat die sterren niet zichtbaar zijn, doet er even niet toe. Omdat de aarde in een jaar rond de zon draait en dagelijks een stuk van haar baan aflegt, lijkt de zon dat klei-

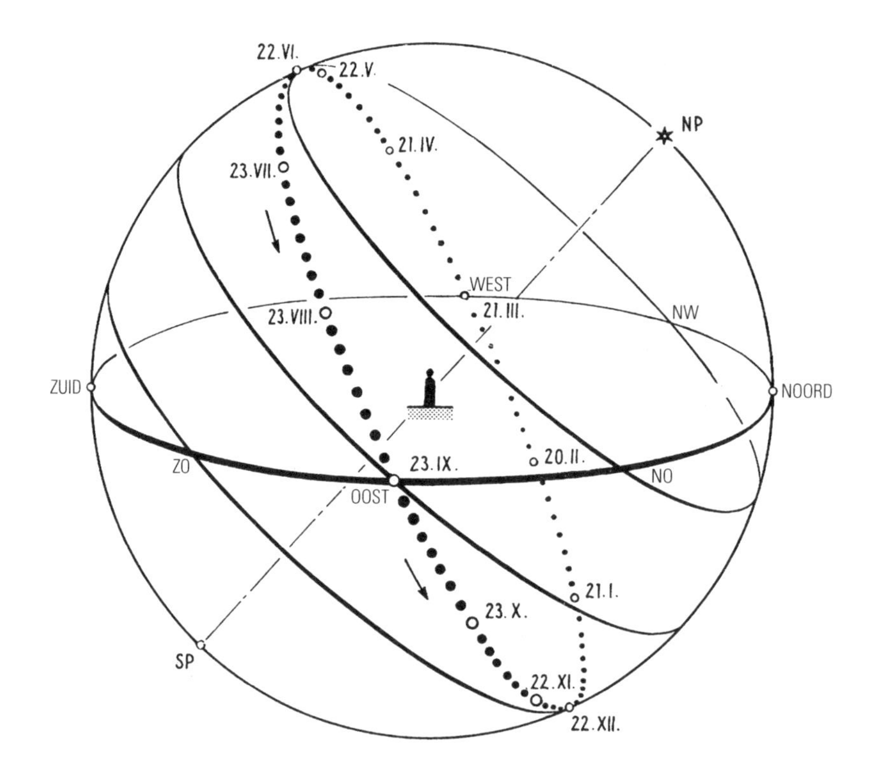

De hemelkoepel met de gestippelde baan van de zon in een jaar: de ecliptica. Tussen ecliptica en hemelequator zit een hoek van 23,5°.

ne stukje van ongeveer een graad aan de hemel te bewegen en wel in tegendraadse richting. De dagelijkse kleine verschuiving van de zon tegen de klok in is dus het resultaat van de omloop van de aarde om de zon. Als je iedere dag op een vast moment de zon op een hemelkaart zou intekenen, dan ontstaan er 365 stipjes, die achter elkaar zijn geregen als de kralen van een halsketting. Omdat de zonneschijf een halve graad van de hemel in beslag neemt, kunnen er 720 zonnen tegen elkaar aan worden geplaatst om de hele hemelcirkel vol te maken. Die hemelcirkel, de verzameling van alle plekken waar de zon in de loop van het jaar is geweest, heet de ecliptica. Deze cirkel is dus niet de dagelijkse cirkel van de zon in een etmaal, maar een denkbeeldige lijn van al zijn posities in de 365 dagen van het jaar. Die lijn verbindt de dierenriembeelden met elkaar en daarom mag je ook zeggen dat de ecliptica, behalve de gemiddelde zonnebaan, ook de centrale lijn is van de zodiak.

Noordpool en Zuidpool

Met deze kennis gewapend gaan we eens kijken naar de zonnebewegingen op andere plaatsen van de aarde en wel de polen en de evenaar. Beginnen we met de Noordpool.

Daar zal de zon in het zomerhalfjaar voortdurend boven de horizon verblijven, omdat hij immers in beelden van de dierenriem staat die nooit ondergaan. Op het midzomermoment van 21 juni staat de zon in de Tweelingen en komt hij niet hoger dan ruim 23 graden boven de horizon. Daar zal hij de hele dag verblijven en ook de nacht. Heel langzaam, dag na dag, zakt de zon al spiraliserend naar beneden en loopt hij naar de Kreeft, de Leeuw en de Maagd. Dat laatste sterrenbeeld ligt op de Noordpool op de horizon en de zon zal dus een tijdje vlak boven, op en vlak onder de horizon haar dagelijkse banen beschrijven. Het schemert er weken lang, totdat de zon zover is weggezakt in de lagere regionen van de dierenriem, dat er helemaal geen licht meer kan verschijnen en de sombere poolnacht is aangebroken. Maandenlang wordt er niets meer van de zon vernomen, totdat er heel langzaam licht begint te gloren aan de horizon. Het is dan al lente en de zon is intussen door een flink stuk van de zodiak gelopen. Tegen de tijd dat hij aankomt in de Vissen zal het licht weer opkomen, zodat het weer wekenlang schemert. Dan breekt het zomerhalfjaar weer aan en zal de zon langzaam klimmen in de hogere beelden van de dierenriem: Ram, Stier en ten slotte Tweelingen.

Het jaarverloop op de Noordpool heeft de kwaliteit van wat wij een etmaal noemen, maar dan heel lang uitgerekt in de tijd: maandenlang dag, maandenlang schemering en maandenlang nacht. De tijd vervlakt er, de processen lijken te stollen. Dat is ook in de natuur ter plekke het geval, want die is bevroren en het leven heeft er de grootste moeite om zich te handhaven.

Als we ons verplaatsen naar de Zuidpool zal dezelfde situatie zich voordoen, maar dan precies andersom in de tijd. Daar is het pooldag als het op de Noordpool nacht is en andersom. Alleen de schemeringen worden met elkaar gedeeld, met een belangrijk verschil: als het in de herfst schemert op de Noordpool en het donkere seizoen aanbreekt, zal het in de lente schemeren op de Zuidpool en breekt het licht van de pooldag weer aan. De stemming is dus 'polair', een woord dat hier goed van toepassing is.

Die polariteit komt heel duidelijk tot uiting als we ons tegelijk de beide polen voorstellen en het 'gedrag' van het licht ter plaatse voor de geest halen. Stel dat we het jaar in een paar seconden laten voorbijtrekken in onze fantasie, dan zien we iets heel opmerkelijks: als de Noordpool begint op te glanzen, zal de Zuidpool uitdoven. Steeds sterker wordt het licht op de Noordpool, steeds duisterder wordt het op de Zuidpool. Dan begint het licht in het noorden te doven en glanst het zuiden op, totdat het daar volledig dag is en in het noorden pikdonkere nacht. Zo gezien is de aarde een knipperbol, waarbij afwisselend de Noordpool en de Zuidpool opglanzen en weer uitdoven.

Proberen we dit verschijnsel te verklaren uit de relatie tussen de aarde en de zon, dan komen we uit bij de scheve stand van de aardas in de ruimte. Scheef betekent in de ruimte natuurlijk niet zoveel, want een voorwerp in een lege ruimte kan nooit scheef staan. Alleen ten opzichte van een ander voorwerp krijgt dit begrip pas zin en dat voorwerp is de zon. De aarde draait om de zon en staat 23,5 graden uit het lood ten opzichte van het zogenaamde baanvlak om de zon. Scheef betekent in dit geval: ten opzichte van dit vlak. De as van de aarde gaat door beide polen en die zullen dus afwisselend 'neigen' naar de zon en zich weer van de zon 'afkeren', gedurende een volle omloop van de aarde.

Iets dichter bij huis kun je je dit ook proberen voor te stellen door naar buiten te lopen op een heldere dag en in de zon te gaan staan. Als je nu vooroverhelt naar de zon toe, dan zal je hoofd, ook het kruintje bovenop, geheel door de zon zijn verlicht. Dat kruintje staat even symbool voor de Noordpool. Als je nu naar achteren gaat hellen, dan zal dit kruintje in de schaduw terechtkomen: het wordt poolnacht. Wat je aldus in enkele seconden doet, duurt voor de aarde een heel jaar.

Tot zover de polen. Nu de situatie op de evenaar.

Evenaar

Daar is het volledig anders, want de zon komt daar altijd op en gaat altijd onder, welk moment van het jaarverloop het ook is. Immers, op de evenaar zijn alle sterrenbeelden voorhanden en die gaan altijd loodrecht op en loodrecht onder, zijn 12 uur per etmaal boven en 12 uur onder de horizon. Dat is ook met de zon het geval. Hij zal loodrecht opkomen en ondergaan en daarom duurt de schemering in de tropen zo opvallend kort. In nog geen kwartier is het van helder tot pikdonker geworden en is de nacht letterlijk 'gevallen'. De dag duurt 12 uur en de nacht ook. Toch zijn er verschillen op te merken in het gedrag van de zon en daarvoor kijken we weer eens naar

Plantengroei en jaarverloop

We vinden het vanzelfsprekend dat planten reageren op het verloop van de seizoenen. Immers, het licht, de warmte en de vochtigheid variëren met de loop van de zon door de maanden van het groeiseizoen. Maar ook zonder deze uiterlijke invloed van de zon laten planten zien dat ze 'weet' hebben van het jaarverloop. Twee proeven geven duidelijke aanwijzingen in die richting. Zo is er het onderzoek van de Amerikaanse bioloog Frank Brown die jaren lang de hoeveelheid zuurstof bepaalde die planten opnamen. Dat deed hij onder laboratoriumomstandigheden, waarbij alle klimaatsfactoren kunstmatig constant werden gehouden. Toch bleken de planten meer zuurstof te verbruiken in juli en duidelijk minder in november. Dat zou logisch zijn als ze het licht en de warmte van de zon konden voelen, maar alle factoren bleven tijdens deze proeven volkomen gelijk. Het verschil in zuurstofverbruik was in november de helft van dat in juli, dus het gaat niet om futiele afwijkingen.

Een ander onderzoek in deze richting deed de Duitse fysioloog Bünning. Gedurende een jaar deed hij metingen aan het percentage kieming van zaden, die precies als bij de proef van Brown onder kunstmatige omstandigheden werden bewaard. Iedere dag legde hij een partij zaden te kiemen en hij ontdekte dat in de lente de kieming maximaal was en in de herfst en winter minimaal. Licht, warmte en temperatuur, alsmede vochtigheid werden voortdurend constant gehouden. Volgens Bünning zit er in de planten een soort klok die 'weet' wanneer de beste en de slechtste tijd voor kieming is aangebroken. Om dat te testen sloeg hij de zaden op bij verschillende temperaturen om zo te proberen hun innerlijke klok te ontregelen. Maar de jaarlijkse cyclus van de ontkieming veranderde daardoor niet.

de dierenriem. Op het moment dat bij ons de lente aanbreekt, op 21 maart met de zon in de Vissen, gaat op de evenaar de zon precies in het oosten op, klimt tot grote hoogte aan de hemel en wel naar het zenith, om vervolgens in het westen onder te gaan. De zon volgt namelijk op die dag de baan van de hemelequator en die gaat op de evenaar door het zenith. Voor ons is dat een vreemde ervaring om de zon pal boven je hoofd te zien staan. Dat duurt maar een dag en dan zal de zon zich al spiraliserend door de dierenriem bewegen in de richting van de Tweelingen. Is hij daar aangekomen, dan zal hij niet meer door het zenith gaan, maar precies 23,5 graden daarvan verwijderd in noordelijke richting langs de hemel trekken. Wel blijft de dag 12 uur en de nacht ook, maar de punten van opkomst en ondergang zijn naar het noorden verplaatst. De cirkel die de zon op die dag aflegt komt overeen met wat wij van oudsher kennen als de Kreeftskeerkring. Het woord keerkring betekent dat de zon vanaf die dag weer terugkeert op zijn baan en zijn meest noordelijke 'afwijking' heeft bereikt. Meer dan 23,5 graden kan hij niet van het zenith verwijderd zijn, want de aardas helt nu eenmaal onder deze hoek. Dan zal de zon een seizoen later aangekomen zijn in de Maagd en weer over de hemelequator van oost naar west bewegen, met het zenith als hoogste punt. Vervolgens gaat hij naar de Boogschutter en zal daar zijn meest zuidelijke afwijking bereiken en die is ook 23,5 graden uit het zenith verwijderd. Deze boog van de zon komt overeen met de Steenbokskeerkring en vanaf dat moment gaat hij zich weer naar het zenith toe bewegen.

De jaarbaan van de zon is op de evenaar dus een voortdurende pendelslag tussen de beide keerkringen. Je kunt je wellicht voorstellen hoe de situatie op de keerkringen zelf zal zijn. Op de Kreeftskeerkring, die globaal loopt over Mexico, de Sahara en India, zal de zon slechts één dag van het jaar precies in het zenith staan en wel op 21 juni in de Tweelingen. Op de Steenbokskeerkring, die globaal loopt over Paraguay, Botswana en Australië, zal dat het geval zijn op 21 december, met de zon in de Boogschutter.

Eigenlijk zouden die keerkringen moeten heten naar de dierenriembeelden waar de zon ook daadwerkelijk in staat als de keermomenten zich voordoen: op het noordelijk halfrond in de Tweelingenkeerkring en op het zuidelijk halfrond in de Boogschutterkeerkring. Aan de namen van Kreeft en Steenbok kun je aflezen dat die zijn gegeven in een periode, zo'n tweeduizend jaar geleden, waarin de zon ook echt in die beelden stond. In het hoofdstuk over de relatie tussen astronomie en astrologie heb je al gelezen hoe het lentepunt langzaam schuift door de ecliptica, wat in tweeduizend jaar een verschil oplevert van ongeveer een dierenriembeeld. Dat verschil is terug te zien in deze relatie tussen de geografische keerkringen en de werkelijke keerkringen van de jaarlijkse zonnebeweging. Die keerkringen komen bij ons overeen met de zomer- en winterzonnewende en in het woord 'wende' zit dezelfde beweging als in het woord 'keerkring'.

TIP

De beweging van de zon in de loop van enkele dagen is goed te volgen door gebruik te maken van een vast ijkpunt. Dat kan een boom zijn aan de horizon of een ander voorwerp. Kies een vast punt van waaruit je de opkomende of ondergaande zon goed kunt zien. Dat kan uit een raam zijn of anders zul je er op uit moeten gaan om ergens zo'n plekje te vinden. Noteer de plaats op de horizon waar de zon verschijnt of verdwijnt. Dat kan het beste door die plek te vergelijken met een boom of kerktoren die zo ver mogelijk van je verwijderd is. Kom je iedere dag terug op deze plek, dan zal de verschuiving van de zon over de horizon goed waar te nemen zijn. Voordeel van zonsopkomst en ondergang is de relatief geringe sterkte van het licht zodat je er goed naar kunt kijken.

Iets dergelijks kun je ook doen om de hoogte van de zon boven het zuiden te bekijken, maar dan zul je baat hebben bij een sterke zonnebril. Kies weer een vaste positie en ook een vaste tijd, bijvoorbeeld om 12 uur in de middag. Als je onder een boom gaat zitten en door de takken heen de zon kunt zien, heb je aan deze takken een vast oriëntatiepunt. Als je met intervallen van een week gaat kijken zal de beweging van de zon (rijzend of dalend, afhankelijk van het halfjaar) goed opvallen.

Deze bewegingen van de zon zijn al sinds mensenheugenis gebruikt om de tijd mee aan te geven in de zonnewijzers. Als je zo'n wijzer in de buurt hebt, dan is het de moeite waard om aan de hand van de schaduwlijn op deze wijzer de dagelijkse beweging van de zon te volgen. Daarbij geldt ook de zeer eenvoudige regel, dat de lengte van de schaduw afhangt van de hoogte van de zon. Deze schaduwlengte van een voorwerp kun je dus ook goed gebruiken om de verschillen in hoogte op te merken: zet een paaltje in de tuin of op het balkon en meet op exact hetzelfde moment van de dag de lengte op, bijvoorbeeld gedurende een week. Dan zul je al aanzienlijke verschillen waarnemen. Stijgt de zon, dan wordt de schaduw korter, daalt hij, dan zal de schaduw uitrekken. Ben je in de tropen en staat de zon op een moment in het zenith, dan zal er even helemaal geen schaduw zijn. Voor sommigen een griezelige ervaring...

Mocht je de draaibare dierenriemkaart uit het vorige hoofdstuk hebben gemaakt, dan is deze ook goed te gebruiken om de bewegingen van de zon mee te begrijpen. Stel de kaart in op de winterdag en de Tweelingen staan hoog aan de hemel. Dat is tevens de positie van de zon aan de hemel op de zomerdag: opkomend in het noordoosten en ondergaand in het noordwesten beschrijft hij een hoge boog aan de hemel. Stel je de kaart in op de zomernacht, dan is dat tevens de zonnepositie in de winterdag: een laag en klein baantje in de Boogschutter, vanaf het zuidoosten tot het zuidwesten. Je ziet: de nachthemel voor de dierenriem en de daghemel voor de zon staan polair tegenover elkaar en het zal je geringe inspanning kosten om de kaart voor beide doeleinden te gebruiken. De dierenriemsituatie in de lentenacht is voor de zon de positie in de herfstdag en omgekeerd.

Tevens zie je met deze kaart in dat sommige dierenriembeelden helemaal niet zichtbaar zijn, omdat de zon er op dat ogenblik in staat. Het is dag en die beelden worden overstraald door de zon. Wel is het tegenoverliggende stuk van de ecliptica in de nachthemel boven onze horizon te zien.

Intermezzo

Halo

Het is een dromerige, windstille dag in het voorjaar. Mei bij voorkeur. 's Morgens is het nevelig geweest en de zon heeft moeite om er door te komen. De grondnevels zijn opgetrokken en hebben zich verzameld in de hogere lucht. Het licht is fel op de ogen, witter dan op een kristalheldere dag en lijkt wel van alle kanten te komen, ook van de snel opgroeiende planten. Je knijpt je ogen samen en kijkt in de richting van de zon. Die is met een melkwit waas overtrokken en speelt met de zacht uitwaaierende slierten in de lucht. Plotseling haakt je blik achter een loepzuivere lichtcirkel, met de zon als middelpunt. Zie je het echt of is het verbeelding? Het lijkt wel alsof de cirkel zwakker wordt en voor een ogenblik verdwijnt, maar even later is ie er weer. Feller nu en ook gekleurd: zacht rood aan de binnenrand en even zacht blauw van buiten. Nee, er zitten nog meer kleuren tussenin, gelig en groenig. De lichtcirkel blijkt een smalle ring te zijn, een soort rondgebogen regenboog, die zichzelf in de staart bijt. Een Ourobouros aan de hemel. De cirkel is reusachtig groot, een flink aantal vuistbreedtes in doorsnede en met die vuist kun je de al te felle zon van je ogen afhouden. Dan wordt er ineens nog meer zichtbaar. Links en rechts van de zon, precies in de cirkel, zitten twee kleine en gekleurde vlekken. Bijzonnen. Bijzonder.

De vlekken reiken elkaar de hand middels een streep licht, met opnieuw de zon in het centrum.

Bovenaan wordt de grote cirkel geraakt door een tweede, maar die is niet helemaal gesloten. Het is een kommetje, of twee horens van licht, met dezelfde kleuren rood en blauw. Zou die aan de onderkant...? Daar herhaalt zich het patroon, maar dan naar beneden toe gebogen in de richting van de horizon. En als je geluk hebt, kun je ook tussen die twee figuren een smalle band van licht ontdekken, met de zon in het midden.

Aan de hemel staat een kruis in een cirkel: je ziet een halo, een heiligenschijn.

Op het Isenheimer Altaar in Colmar heeft de schilder, Matthias Grünewald, een Christus afgebeeld die opstijgt uit het graf. Ook hij heeft een halo om zich heen, met

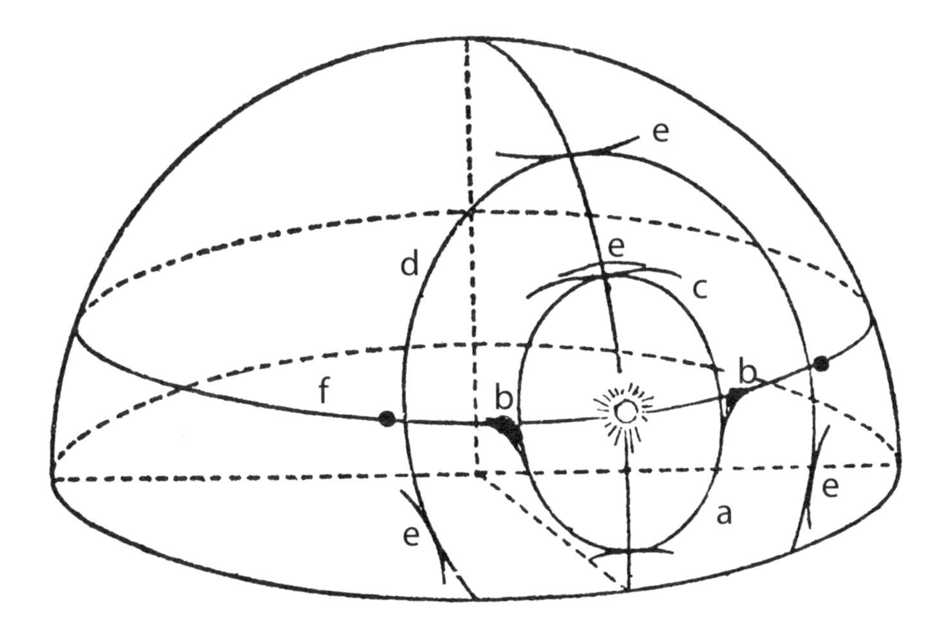

Schematische weergave van enkele opvallende halo-verschijnselen. a = grote cirkel; b = bijzon; c = kleine boog; d = extra boog; e = kleine boog; f = horizontale cirkel.

zijn hals als middelpunt. Nee, niet zijn hart en ook niet het hoofd. En weer diezelfde kleuren rood en blauw. Het schilderij neemt de kleuren geraffineerd over in de mantel van Christus, die aan de buitenkant felrood is en aan de binnenzijde zacht blauw (zie het kleurkatern na blz. 160).

Van Colmar naar Ierland. Daar zie je op graven en in mythische afbeeldingen regelmatig het Keltische symbool van het Ierse zonnekruis: een stenen weergave van de halo, die je vooral in de nevelige atmosfeer van het groene eiland regelmatig kunt zien.

Elfde avond: *De verborgen zon*

De zon en de zee springen bliksemend open:
waaiers van vuur en zij;
langs blauwe bergen van de morgen
scheert de wind als een antilope
voorbij.

zwervende tussen fonteinen van licht
en langs de stralende pleinen van 't water,
voer ik een blonde vrouw aan mijn zij,
die zorgeloos zingt langs het eeuwige water

een held're, verruk'lijk-meeslepende wijs:

'het schip van de wind ligt gereed voor de reis,
de zon en de maan zijn sneeuwwitte rozen,
de morgen en nacht twee blauwe matrozen –
wij gaan terug naar 't Paradijs'.

(H. Marsman: Paradise Regained)

'De hemel is een toestand van het bewustzijn'. Deze zin ving ik op in de wandelgangen van een congres over het menselijke bewustzijn en ik werd geraakt tot in het merg. Het is een kwarteeuw geleden intussen, maar ik weet

De aarde werpt een schaduw in de ruimte. Soms loopt de maan daar in en wordt verduisterd. Michael Maier, Atalanta fugiens, 1618

nog hoe ik toen over de hemel dacht. Eigenlijk zoals iedereen: de hemel is een oneindig grote ruimte, gevuld met sterren en planeten, maar vooral met niets, met leegte. Dan is er ook nog de hemel van de religie, de woonplaats van de goden en engelen, van het angstaanjagende vagevuur en gelukzalige droomtuinen. Dat is de tweede hemel en beide hemelen hebben eigenlijk niets met elkaar te maken. Misschien zijn ze allebei wel reëel en bestaan ze buiten ons om als een objectieve werkelijkheid, zo dacht ik. Maar die ene zin bracht beide visies bij elkaar: als de hemel een toestand van het bewustzijn is, dan zijn de sterren net zo goed als de goden de scheppingen van een groot kosmisch bewustzijn. En met ons eigen bewustzijn kunnen we deel hebben aan die universele geest. In het uiterste geval is alle werkelijkheid terug te voeren tot het menselijke bewustzijn, zo dacht ik toen ook, maar dat is een erg filosofische stelling die ik nu niet meer graag wil verdedigen. Ik keer het liever om en maak het menselijke bewustzijn ondergeschikt aan de overkoepelende geest die het heelal heeft geschapen en het nog steeds in beweging houdt. Sterren zijn daarin de uiterlijke schepselen, zichtbare en fysieke stralingsbronnen die zichzelf voortdurend wegschenken in een explosie van licht en vuur. Goden zijn de onzichtbare archetypen, die diep in ons onbewuste een plaats hebben gekregen al vroeg in de menselijke evolutie en die niet rechtstreeks zichtbaar zijn, maar via symbolen en mythische verhalen een toegang vinden tot de waarneembare werkelijkheid.

Naar schatting negentig procent van ons bewustzijn blijft onder de drempel van het direct waarneembare en hoort tot het onbewuste rijk. De overgebleven tien procent is het heldere en wakkere deel, waarmee we weet hebben van onszelf en de wereld. Daarin straalt het daglicht. Deze verhouding komt opvallend overeen met de bevindingen van de moderne kosmologie, die negentig procent van alle materie in de ruimte 'donker' noemt. Slechts tien procent is zichtbaar of in ieder geval meetbaar of met instrumenten zichtbaar te maken en daar horen de sterren bij. Die stralen als het licht van het bewustzijn. De donkere materie is per definitie onzichtbaar, maar drukt haar stempel op de kosmos vanwege haar enorme massa.

Natuurlijk komen deze overeenkomsten – zelfs tot in het taalgebruik – tussen moderne kosmologie en psychologie niet uit de lucht vallen. Ook in het verleden zagen we de hemel overeenkomstig onze eigen ontwikkeling op aarde. Een voorbeeld.

De zon was duizenden jaren lang een godheid, aanbeden door volken over de gehele aarde: Inca's, Azteken, Egyptenaren (Re), Perzen (Ahura Mazdao) en Grieken (Helios). Onder steeds andere namen werd de lof bezongen van ons stralende hemellicht, dat werd gezien als bron van leven, liefde en warmte. Dat is de zon nog steeds, maar wij zien haar nu anders. Geen godheid meer, maar een kernreactor. Hoe kun je anders zulke enorme hoeveelheden energie produceren? Dat kan alleen maar verklaard worden door kernfusie, waarbij waterstof wordt omgesmeed tot helium. Die bron is bijna onuitputtelijk en kan nog miljarden jaren mee, zo is berekend. Nog maar enkele eeuwen geleden, aan het begin van de industriële revolutie, werd de zon totaal anders gezien. Kernenergie was toen onbekend en steenkool was de bron waarop de machines draaiden. Dus zal de zon wel een enorme steenkoolmassa zijn, die al brandend haar licht en warmte afgeeft. Geleerden sloegen aan het rekenen om te weten hoe lang deze bal, waarvan de grootte wel ongeveer bekend was, nog zou kunnen branden. Daar bleek het geringe aantal van duizend jaar uit te komen en sindsdien is steenkool niet meer de energiebron van onze ster. Veel te kort, die duizend jaar, beangstigend weinig.

Zo past zich het beeld van de zon soepel aan de opvattingen in het ondermaanse aan. Als in de toekomst nieuwe energiebronnen worden ontdekt, dan zal de zon ongetwijfeld het brandpunt zijn van deze technologie en kijken we elkaar beschaamd aan over de oude opvattingen met kernfusie en al dat raars. Wij projecteren wat af naar boven, naar ons geliefde vuilnisvat voor ons eigen smalle bewustzijn.

Zo is ook ons beeld van het gehele universum in de loop der tijden drastisch gewijzigd. Duizenden jaren lang zagen mensen het heelal als iets onbeweeglijks, iets statisch, waarin niets verandert. Eeuwige wetten heersen in een statische ruimte. De geest van Plato, de Griekse wijsgeer met zijn 'Platonische Ideeën' zweeft als het ware boven dit heelal en vult het met principes: sterren zijn onbeweeglijk, planeten draaien om de aarde, de kosmos is een berekenbaar uurwerk die ons houvast geeft en vertrouwen.

Pas in de 20e eeuw is daar verandering in gekomen en nu leven we met het beeld van een zich sterk ontwikkelend heelal. Net als de diersoorten op aarde is er ook evolutie in de kosmos en niets blijft onveranderlijk hetzelfde. Sterren worden geboren, glanzen op in hun volle gloed en sterven ook weer uit en hetzelfde geldt voor gehele sterrenstelsels, zelfs voor het uitdijende heelal als geheel. Na de kosmische oerexplosie is er niets dan evolutie, verandering en ontwikkeling. Nog een kleine stap en we staan onszelf toe om het evoluerende heelal ook te zien als een organisme. Als de levende natuur op aarde zo nadrukkelijk het resultaat is van een miljoenen jaren durende evolutie, dan zou het heelal ook wel eens zo'n levend wezen kunnen zijn. Deze gedachte speelt al enkele tientallen jaren door de hoofden van een toenemend aantal mensen en die vindt voeding bij de Gaia-visie op de planeet aarde. Sinds de Gaia-theorie van de Engelse wetenschapper Jim Lovelock denken we al voorzichtig over de aarde als levend organisme en nog eventjes dan zal ook het universum er aan moeten geloven. Wij leven niet in een mechanisme, maar in een organisme: die gedachte zal in deze 21e eeuw als een inktvlek om zich heen grijpen, zo voorspel ik.

Misschien is het wel zo dat er een algemeen organiserend principe is meegeschapen tijdens het ontstaan van het heelal. Misschien is het ook een overstijgend principe, dat zelf aanleiding heeft gegeven tot het ontstaan van het universum. Dat zullen we niet gauw te weten kunnen komen. Wat dichter bij huis kunnen we ditzelfde idee toepassen op het zonnestelsel, of de zon of de aarde. Ik houd het voor mogelijk dat de evolutie van het heelal leidt tot het universele bewustzijn, waarvan het menselijke bewustzijn onderdeel is.

'Laten we eens vragen naar het bewustzijn van de zon'. Met deze opmer-

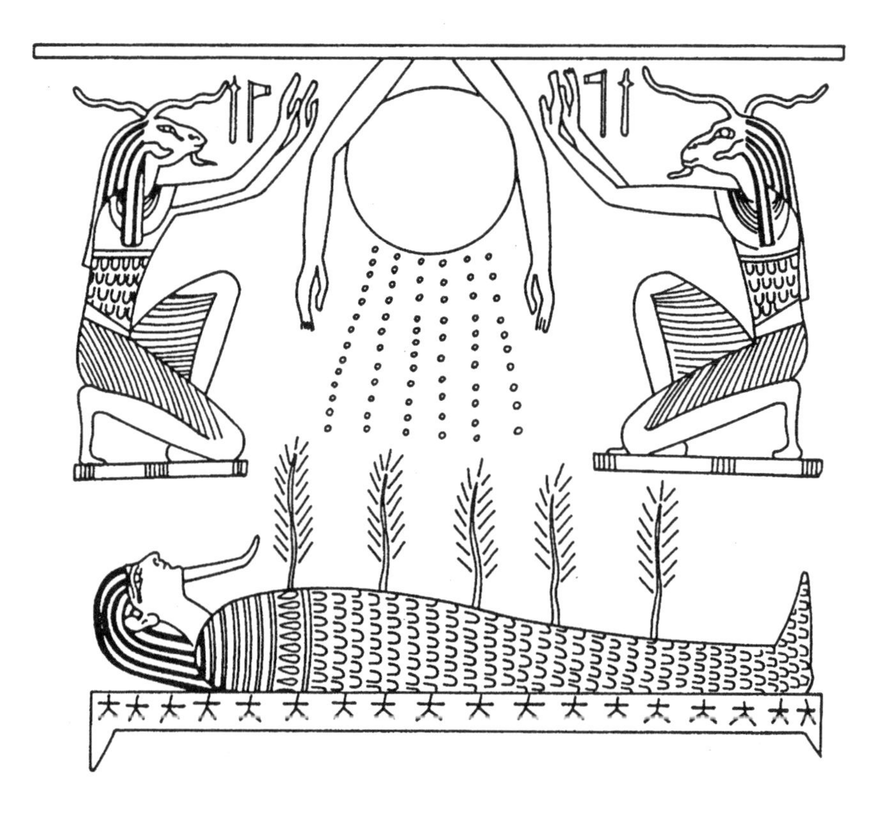

De stralen van de zon wekken nieuw leven uit de mummie van Osiris. Afbeelding op sarcofaag uit de 21e dynastie.

king trof Rupert Sheldrake doel. De beroemde Engelse biochemicus, bekend van zijn theorieën over morfogenetische velden en het principe van de resonantie in de natuur, gooide in 1993 een knuppel in het hoenderhok van de gevestigde wetenschap, tijdens een debat op de Nederlandse televisie. Zijn tafelgenoten, beroemde denkers uit de filosofie, biologie en psychiatrie, keken hem glazig aan. Daar heb je die recalcitrante Sheldrake weer met zijn tegendraadse gedachten, zo moeten ze gedacht hebben. Toch is het niet zo vreemd als het lijkt. Veel traditionele zienswijzen gaan ervan uit dat de zon een soort geest heeft. Als de mensen het erover eens zijn dat het raakvlak tussen de activiteit van de geest en de functie van de hersenen bestaat uit veranderende elektromagnetische patronen, dan is er alle reden om eens goed naar de zon te kijken. Hij wemelt van deze patronen in alle mogelijke golflengtes en trillingen. Om duizelig van te worden, zoveel activiteit er van de zon uitgaat. Gelukkig maar dat slechts een deel hiervan de aarde bereikt, anders zouden wij hier niet kunnen leven en zelfs niet eens zijn ontstaan. Hoe meer onderzoek er gedaan wordt naar de zon, des te meer ontdekken we over haar geweldige complexiteit. 'Mogen wij ons dan ook afvragen of de zon denkt of een geestelijke activiteit heeft die verband houdt met die elektromagnetische patronen?' aldus Sheldrake. Als de zon een geest heeft, dan is hij als het ware de hersenen van het hele zonnestelsel en niet alleen van de aarde, dat lijkt de consequentie van deze gedachte. Als er een sturende intelligentie gezocht moet worden, dan zou die wellicht in de zon gevonden kunnen worden en in het omringende zonnestelsel. Maar onze zon is slechts een cel in het weefsel van het melkwegstelsel en dat zou wel eens een nog veel hogere intelligentie kunnen bezitten. Ik vergelijk dit wel eens met de organisatie van ons eigen lichaam. Daar zitten cellen in die heel 'wijs' worden bestuurd vanuit een kern, maar die zelf weer ondergeschikt zijn aan de overkoepelende wijsheid van de organen en uiteindelijk van het gehele lichaam. De wijsheid van het melkwegstelsel lijkt mij oneindig groot en overkoepelend, bijna zoals mensen vroeger over hun godheid dachten.

Na al deze bespiegelingen is het natuurlijk wel tijd voor enig tastbaar bewijs of tenminste aanwijzingen in deze richting. Die vond ik in het werk van de Duitse psycholoog Suitbert Ertel uit Göttingen. Hij heeft zich beziggehouden met onderzoek naar het bewustzijn van de zon en van het zonnestelsel, omdat hij de vraag serieus neemt: heeft de zon iets wat lijkt op bewustzijn? Om van een ander wezen te weten te komen of er sprake is van bewustzijn zou je moeten gaan communiceren. We praten met elkaar en trekken dan de conclusie dat de ander ook zo'n soort bewustzijn heeft als wijzelf. Maar met de zon kun je niet praten, ook niet met de planeten of de maan, al schijnen er mensen te zijn die er toch pogingen toe doen. Met dieren wordt het communiceren al een stuk moeilijker dan met de mens en zo gaat het in toenemende mate met planten, stenen en rivieren.

Ertel draaide dit gegeven, de communicatie die uitgaat van de mens, om en vroeg zich af of wellicht de zon en het planetenstelsel met ons communiceert. Hij stuitte op onderzoek uit de jaren twintig en dertig van de 20e eeuw over de relatie tussen ritmen van de zon en het sociale leven van de mens. De Russische onderzoeker Chichevski beweerde dat sociale revoluties als oorlogen, opstanden en massademonstraties veel vaker voorkwamen tijdens perioden van grote zonneactiviteit. Dat zijn momenten in het leven van de zon, waarin onze ster veel vlekken op haar huid vertoont. Deze zonnevlekken zijn gigantische uitbarstingen van energie en magnetische activiteit, die vanuit de aarde gezien de vorm aannemen van een min of meer ronde vlek. Eén zo'n vlek kan wel zo groot zijn als de gehele aarde en een actieve zon kan enkele honderden vlekken tegelijk dragen. Omdat deze plekken iets koeler zijn dan de rest van het oppervlak van de zon komen ze te voorschijn als zwarte vlekken in een lichte achtergrond en dat valt nogal op. Extreem grote vlekken kunnen soms met het blote oog zichtbaar zijn en dat bracht de Inca's al in grote vervoering: hun zonnegod had vlekken en was ziek! Door dergelijke historische beschrijvingen weten we dat de zon al vele honderden jaren deze vlekkenpatronen bezit en we mogen aannemen dat het een normaal verschijnsel voor hem is. Iedere elf jaar, zo is bij nauwkeurige telling komen vast te staan, is er een piek in de zonneactiviteit en in de tussenliggende jaren zakt het aantal vlekken tot een minimum van nul. Gek genoeg heeft dit ritme geen relatie met de warmte en het licht dat de zon uitzendt. Die eigenschappen van onze ster zijn heel constant en dat is voor de aarde en haar levende wezens een gunstige omstandigheid. Maar door de vlekken wordt er een bijzondere wind geblazen uit de zon, in de ruimte om hem heen, tot aan de planeet aarde en nog een stuk verder het zonnestelsel in. Deze zonnewind bestaat uit een enorme hoeveelheid energie en straling, die in de atmosfeer van de aarde binnendringt en daar aanleiding geeft tot het prachtige noorder- en zuiderlicht. Dat zijn ritmische patronen van licht en kleur, die de hele hemel in beslag kunnen nemen en alleen 's nachts zichtbaar zijn, vooral in de noordelijke streken. Tot in Nederland kan deze aurora doordringen en aan de noordelijke nachthemel de rode, blauwe of groene lichtslierten opleveren. Van de levende wezens zijn met name de bomen gevoelig voor de ritmen van de zon en dat is niet zo vreemd voor organismen die honderden jaren lang letterlijk van het licht leven.

Terug naar Ertel en zijn fascinatie voor het werk van de Russische zonnebioloog Chichevski. Ertel zocht alle literatuur tot op de bodem uit en legde een complete zonnebibliotheek aan. Hij kwam tot de conclusie dat het werk van de Russische pionier in grote lijnen klopte en dat leidde hem tot de vraag: stel dat zonneritmen inwerken op de mens en dat een onrustige zon samenhangt met grote sociale onrust, met groepshysterie en dergelijke. Zou een rustige zon dan misschien samenhangen met grote individuele prestaties, met hoogtepunten van de geest?

Het antwoord op die vraag, eenvoudig te stellen maar pas na jarenlange noeste vlijt te vinden, was bevestigend. Ertel ontdekte dat grote wetenschappelijke ontdekkingen van de laatste eeuwen gelijk lopen met het ritme van de zon, met een kleine verschuiving in fase: één tot twee jaar na de rustige zon, de periode met zeer weinig tot geen vlekken, komen de grote creatieve vondsten de wereld binnen. De evolutieleer van Darwin ontstaat in die periode en ook de zwaartekrachttheorie van Newton, om er slechts enkele te noemen. Die twee jaar verschuiving in de tijd is niet zo vreemd, want op het moment van inspiratie is een theorie of uitvinding nog niet meteen rijp. Het duurt dan nog gemiddeld een jaar of twee voordat de wereld kennis kan nemen van de publicaties waarin deze vondsten worden beschreven.

Ertel vermoedt dat de zon een soort bemiddelaar is van een kosmische informatieveld, een superintelligentie in het zonnestelsel, waarvan het vlekkenritme een afgeleide is. Opvallend is Ertels ontdekking van het zogenaamde 'eminentie-effect'. De relatie tussen de zon en de geestelijke prestatie is des te sterker naarmate de wetenschappelijke vondsten exclusiever zijn, unieker en van betekenis voor de mensheid als geheel. Hoe groter geest, hoe sterker zijn antenne voor de kosmische informatie, waarmee de ontdekker van een natuurverschijnsel of andere wetenschappelijke prestatie zijn inspiratie aftapt uit de omgeving van de aarde. Maar deze band tussen mens en zon dringt niet door tot het bewustzijn van de mens zelf, integendeel. Vaak worden de grote ontdekkingen gedaan in een toestand van droom of halfslaap waaruit de ontdekker plotseling met een hevig 'eureka-gevoel' ontwaakt. Juist in een toestand van verminderd intellectueel bewustzijn komt er meer ruimte voor de inspiratieve of intuïtieve inval, die je als het ware 'toevalt' uit de omgeving of uit de diepere lagen van het onbewuste. De zogenaamd toevallige ontdekkingen zijn daarmee wellicht helemaal niet zo toevallig, maar resultaat van een openstaand venster naar de kosmische bron van de schepping, naar de alomtegenwoordige geest van een groot kosmisch bewustzijn. Dit bewustzijn was sterker dan normaal aanwezig in een periode van de geschiedenis die bekend staat als het 'Maunder-minimum' van de 17e eeuw. Tijdens die periode bleef de zon tientallen jaren heel rustig en had een minimum aan vlekken op zijn oppervlak. De astronomie heeft daar nog steeds geen verklaring voor, maar wel opvallend is het dat in deze periode een explosie aan inspiraties optrad zowel in de wetenschap als in de kunst. Alsof de kosmische geest toen de tijd rijp achtte om even haar adem te blazen in het bewustzijn van de mensen en ze op die manier een enorme zet gaf. Een zet om de basis voor de westerse wetenschap en cultuur te ontwikkelen.

Voor Ertel zijn deze voorbeelden onderdeel van een nieuwe manier van kijken naar de aarde en haar plaats in het zonnestelsel, die hij 'macro-ecologie' noemt. Een ecologie waarbij de aarde inclusief het zonnestels is betrokken, met inbegrip van het menselijk bewustzijn. Daarbij ziet Ertel niet alleen een plaats weggelegd voor het onderzoek naar de mens-zonrelatie, maar ook naar de verhouding tussen de verschijnselen op aarde en de andere planeten van ons zonnestelsel. Ook die zouden wel eens bemiddelaars kunnen zijn van kosmische informatie uit het grote veld van bewustzijn, ieder op zijn eigen manier. De algemene en inspiratieve invloed van de zon zou genuanceerd kunnen worden door de planeten, waarbij de ene groep mensen gevoeliger is voor de planeet Mars en andere groep meer 'gekleurd' wordt door Jupiter.

Het onderzoek van Ertel (1932) is nog gaande, maar veel tijd heeft de 'grise-eminence' van de omstreden wetenschappen niet meer. De nieuwe eeuw ligt open voor eminente onderzoekers die, wellicht geïnspireerd door de zon, deze kosmische ecologie verder uitwerken tot een zelfstandige en volwaardige wetenschap.

TIP

Het is zeer de moeite waard om de zonnevlekken met eigen ogen te zien. Maar rechtstreeks kijken in de zon is gevaarlijk voor de ogen. Ook al bescherm je het oog met een sterke zonnebril of een eclipsbrilletje, dan nog is er niet zoveel te zien omdat de zonneschijf zo klein is. Daarom moet de zon door een kijkertje worden bekeken, maar niet met het blote oog! Op een sterrenwacht kreeg ik eens een demonstratie van de desastreuze gevolgen van het kijken door een telescoop naar de zon: een stuk hout achter de lens vatte direct vlam. Slechts een fractie van een seconde is al voldoende om het oog definitief te verwoesten en daarom is een andere methode nodig. Richt een telescoop of een veldkijker op de zon en projecteer het beeld op een vel papier. Het mooiste is om er een vaste opstelling van te maken, met de kijker op een statief. Vang het beeld op met een groot stuk wit fotokarton. Als de zon actief is met veel vlekken, dan verschijnen die in beeld als kleine zwarte stippen. Bij sterkere vergrotingen blijken die stippen niet helemaal cirkelvormig te zijn en met een loep kun je er enige details in waarnemen. Die stippen zitten vooral rond de evenaar van de zon en op die manier weet je ook waar zich de polen van de zon bevinden. Soms 'verdwalen' enkele vlekken in de richting van de noord- of zuidpool, maar de meeste zitten in een zone rondom de evenaar. Kijk je een dag of wat later, dan zullen de meest opvallende vlekken zich op een andere plaats in de zonneschijf bevinden, want de zon is intussen een stukje verder om zijn as gedraaid. Deze waarneming, die al in 1610 door de Italiaanse astronoom Galileo Galilei werd gedaan, leverde het indirecte bewijs voor de draaiing van de zon om zijn as. Goed herkenbare vlekken verdwenen aan de ene rand om een kleine twee weken later aan de andere rand weer op te duiken. Gelukkig leven die vlekken meerdere maanden, zodat de asdraaiing van de zon op die manier ontdekt kon worden.

Het is wel mogelijk om met het oog direct door de telescoop naar de zon te kijken, maar dan moet je een zonnefilter gebruiken van hoge kwaliteit en die zijn nogal kostbaar. Mocht je die te pakken kunnen krijgen dan zijn ook sterkere vergrotingen mogelijk en kunnen de vlekken in detail worden bekeken. Sterke telescopen laten zien dat een vlek bestaat uit een zeer donkere kern met daaromheen een randzone die lijkt op een grote verzameling blaadjes van een goed gevulde bloem.

INTERMEZZO

Zon, maan, aarde

Een zonsverduistering is het werk van de maan. Als zij precies tussen aarde en zon in staat, dan is de schijf van de zon geheel bedekt en dat noemen we een verduistering. De schijf van de maan en die van de zon zijn aan de hemel namelijk precies even groot en wel een halve graad. Wie heeft dat zo bedacht? Het lijkt toeval, want de maan had net zo goed iets verder weg kunnen staan of dichterbij en de afstand van de aarde tot de zon had ook best iets anders kunnen zijn. In al die gevallen zouden de maan- en zonneschijf niet even groot zijn geweest.

Het lijkt zo vanzelfsprekend, maar een simpel voorbeeld laat zien dat het anders is. Als je de aarde vergelijkt met een voetbal en de maan met een tennisbal op 1 meter afstand, dan staat de zon 375 meter ver weg en heeft een diameter van 30 meter, een flinke luchtballon. En die tennisbal dekt de luchtballon exact af, gezien vanuit de voetbal. De beste Zwitserse horlogemaker had het niet preciezer kunnen maken.

Als jongen was ik hierdoor al gefascineerd en ik heb nooit van iemand antwoord gekregen over het waarom. Dat bleek een vraag te zijn die je niet mocht stellen, zeker niet in de wetenschap. Natuurlijk zit hier geen bedoeling achter van een of andere schepper, ben je gek! Aldus mijn omgeving, die ik meestal wantrouwend aankeek. Puur toeval, zo werd er gezegd, en daar hoef je niets achter te zoeken.

Nog een voorbeeld van een merkwaardige toevalligheid: de maan draait om de aarde in precies 27,32 dagen. Dat is nu eenmaal zo en niemand die daar wat achter zoekt.

Precies in diezelfde tijd draait zij ook om haar eigen as, zodat we altijd alleen maar de voorkant te zien krijgen. Dat is natuurlijk geen toeval, want dat geldt ook voor de manen van Jupiter en heeft alles te maken met de zwaartekracht die een planeet op zijn maan uitoefent. Maar van de aarde uit gezien is de toevalligheid dat ook de zon in dezelfde periode om zijn eigen as draait als de maan! Niet helemaal exact, want de draaiing van de zon om zijn as is een soort gemiddelde, omdat de snelheid op de evenaar van de zon anders is dan in de buurt van de polen. Maar toch ligt de asdraaiing in de orde van grootte van een maanmaand. Het lijkt er wel op dat zon, aarde en maan een soort (drie)eenheid vormen, die meer is dan de relatie tussen de zon en bijvoorbeeld Jupiter en zijn manen.

Staat dit voorbeeld letterlijk ver van ons af, anders wordt het bij ons eigen lichaam. Ook daar bestaan bijzondere getallen, die een verband tussen lichaam en kosmos doen vermoeden. Als we uitrekenen hoeveel ademtochten we maken in een etmaal, dan komen we op het getal 25.920. Onvoorstelbaar veel eigenlijk in zo'n korte periode. Dat gaat dag in dag uit zo door, tot we de laatste adem uitblazen. Dit getal van 25.920 is ook precies het aantal jaren dat past in het zogenaamde Platonische Wereldjaar. Volgens de astronomie geeft dat de rondgang weer van het lentepunt door de dierenriem, veroorzaakt door een langzame tolbeweging van de aardas die in zo'n Platonisch Wereldjaar één omwenteling voltooit. Vroegere tradities zagen een samenhang met de ontwikkeling van de menselijke cultuur op aarde.

Naast de ademhaling speelt ook het hart een rol in de getalsverhoudingen. Duizenden jaren lang heeft de menselijke cultuur een relatie gezien tussen de zon en het hart. Beide staan in het centrum van een complex stelsel en beide zijn daarin een ritmisch en impulserend orgaan. Het hart heeft vier afdelingen en wel twee boezems en twee kamers. Bij onderzoek van de zon is vastgesteld, dat ook zij uit vier afdelingen bestaat en wel twee met een negatieve elektrische lading en twee met een positieve. Als de aarde om de zon draait, dan doet zij daar ruim 365 dagen over en we tellen dan vier seizoenen. Als onze longen één keer ademhalen, dan tellen we vier hartslagen. Immers, volwassen mensen hebben per minuut 72 hartslagen en 18 ademtochten en die verhouding is precies 4 op 1.

Uit dit voorbeeld rijst het vermoeden dat in het lichaam overeenkomstige getalswetmatigheden voorkomen als in de hemel, een uitspraak die de middeleeuwers als muziek in de oren moet hebben geklonken.

Zij waren het immers, die de uitspraak koesterden: zo boven, zo onder. Ook zagen zij de mens als een microkosmos tegenover de macrokosmos van het heelal. Kennis van het heelal, zo dachten de ouden, levert ook kennis van de mens en omgekeerd.

Middeleeuwse voorstelling van de dierenriem en andere sterrenbeelden van het Noordelijk Halfrond.

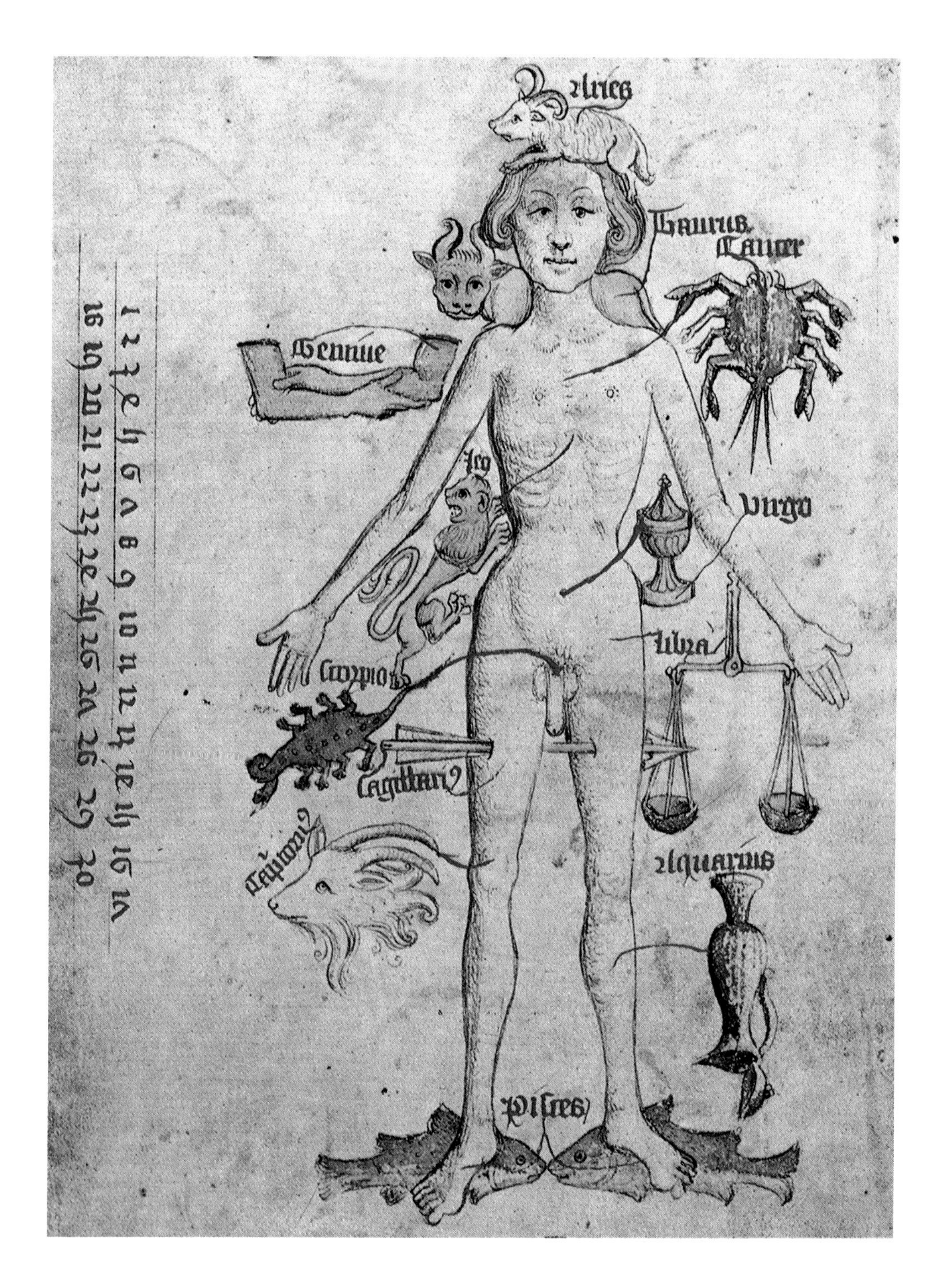

Zodiakale man; uit het Guildbook of the Barber Surgeons of York, Engels, 15e eeuw.

De beroemde Egyptische dierenriem van Dendera. Orion met staf (in de cirkel, rechtsonder) loopt achter de Stier aan.

Een etmaal op het Noorse eiland Loppa op de poolcirkel van 21 juli, 19.00 uur tot 22 juli, 18.00 uur.

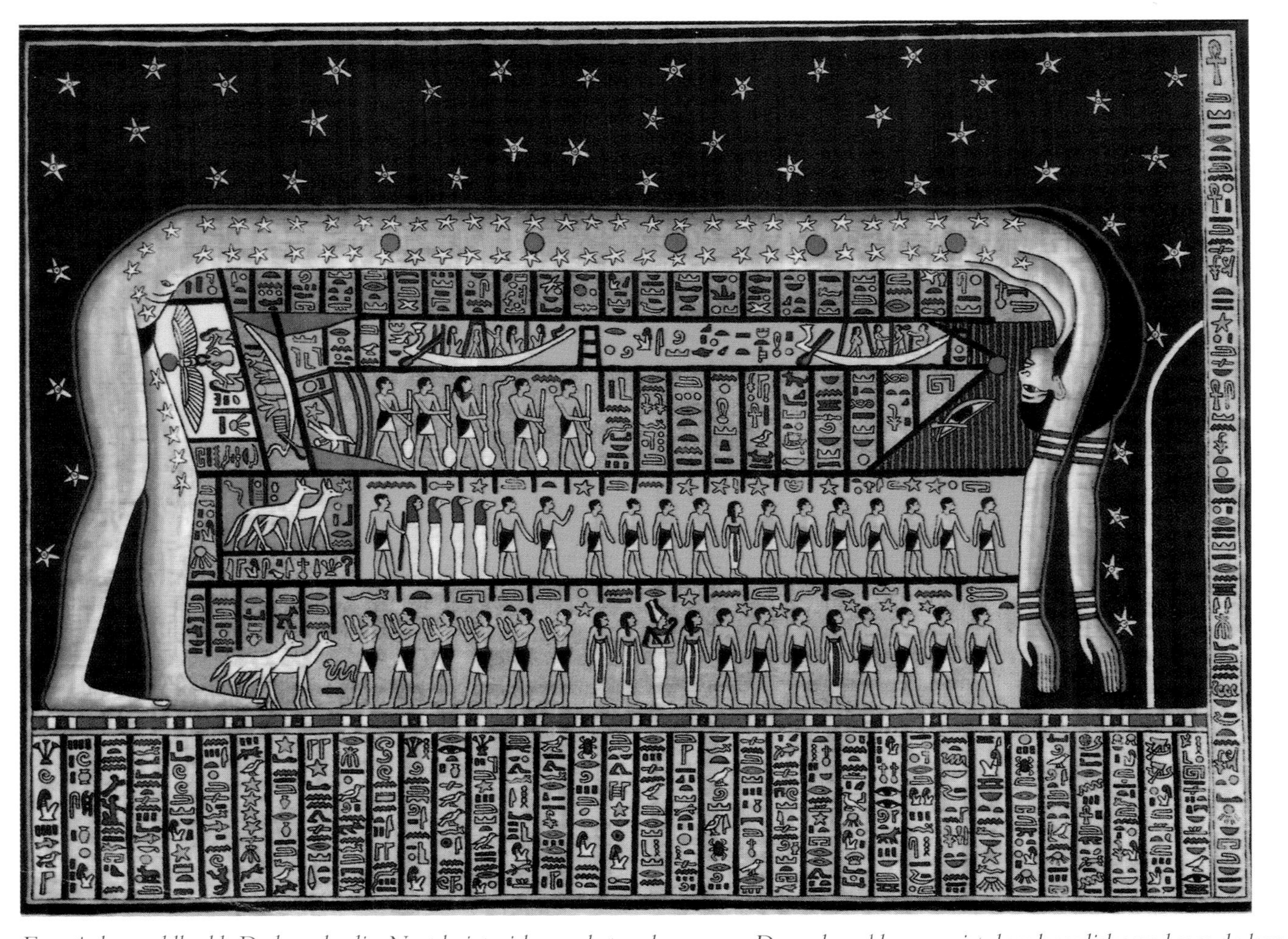

Egyptisch wereldbeeld: De hemelgodin Noet buigt zich over het ondermaanse. De gevleugelde zon reist door haar lichaam langs de hemel.

De opstanding van Christus op het Isenheimer Altaar van Matthias Grünewald (1475-1528). Een zonnehalo omgeeft de gestalte. Het centrum ligt in het hard van de halo.

De indrukwekkende lichtgordijnen van de Aurora borealis, het Noorderlicht.

Dierenriem en planeten. Vroeg-middeleeuws manuscript, Italië.

Twaalfde avond:
De gevlekte zon

De lucht die boven de aarde zweeft,
de grote hemelboog, de uitgebreide ruimte
sliep met de morgenschemering,
daaruit ontstond de maan.
De bovenste lucht sliep met de gloeiende hemel,
toen ontstond de zon.
Zij werden omhoog geslingerd als de hoogste hemelogen,
toen werd de hemel tot licht,
tot morgenschemering, tot vroege dag,
tot middag, tot glans van de dag van de hemel.

Maori mythe

De ontdekking van zonnevlekken

De aarde ziet er vanuit de ruimte uit als een witblauw gemarmerde knikker, de maan lijkt een verzameling vlakken en vlekken, maar hoe ziet de zon er eigenlijk uit? Kijken we met samengeknepen ogen in een flits naar de oranjegele schijf, dan zien we een overdonderende hoeveelheid licht zonder enige structuur of variatie. Met zonnebril, eclipsbril en kijker kunnen we rustig naar de schijf kijken en zien we met enig geluk minuscule vlekjes op de zonnehuid. Heeft u de tip uit het vorige hoofdstuk gevolgd, dan zijn deze

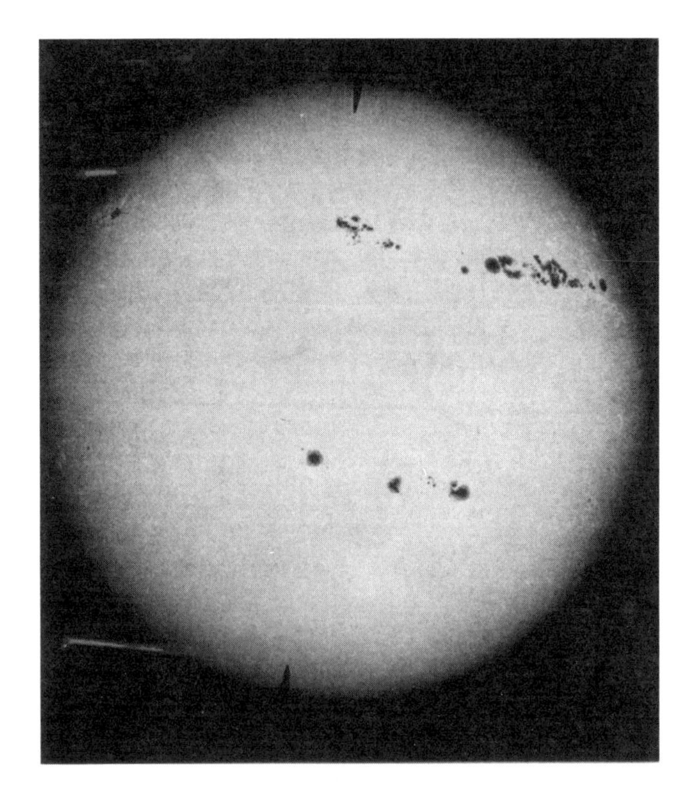

Vlekken op de zon. Noord- en zuidpool zijn met een pijltje aangeduid.

zonnevlekken voor u geen verrassing meer. Wel verrassend was deze waarneming voor de eerste mensen die hun kijkertjes op de zon richtten in de verwachting niets bij-zon-ders te zullen zien. De Friese medicijnenstudent Johannes Fabricius was in december 1610 misschien wel de eerste, die vlekken zag in zijn primitieve telescoop, toen nog een kakelverse uitvinding. In zijn dagboek schrijft hij:

'Ik richtte de verrekijker op de zon... terwijl ik nu... oplettend keek toonde zich onverwachts een zwartachtig vlekje van niet geringe grootte vergeleken met de zonneschijf... ik dacht eerst dat het voorbijtrekkende wolken waren die de vlek veroorzaakten. Ik herhaalde de waarneming wel tien maal, door Bataafse kijkers van verschillende grootte, tot ik er tenslotte zeker van was dat de wolken deze vlek niet veroorzaakten. Toch wilde ik niet alleen op mezelf afgaan en riep daarom mijn vader... Wij vingen beiden met de kijker de zonnestralen op, om te beginnen aan de rand, gingen dan langzaam naar het midden toe totdat het oog aan de stralen gewend was en wij de hele zonneschijf konden zien. Zo zagen wij het eerder vermelde verschijnsel duidelijker en zekerder... Zo verging het ons de eerste dag. Onze nieuwsgierigheid en twijfel of de vlekken in of buiten de zon zouden zijn maakte des nachts het slapen moeilijk... de volgende morgen zag ik al bij de eerste blik de vlek weer (tot mijn grote vreugde omdat ik van de twee genoemde meningen de eerste was toegedaan)... ondertussen scheen de vlek een weinig van plaats veranderd, wat ons te denken gaf... toen was het drie dagen lang bewolkt... Toen wij weer een heldere hemel hadden, was de vlek een eind van het oosten naar het westen verschoven, in een wat scheve richting. We zagen aan de rand van de zon een nieuwe vlek, wat kleiner, die echter de grote volgde en binnen enkele dagen in het midden van de zonneschijf was aangekomen. Nog een vlek kwam erbij; wij zagen er toen drie. De grote onttrok zich aan de tegenovergestelde rand geleidelijk aan ons oog; dat de andere hetzelfde zouden doen was aan hun bewegingen te zien. Een soort hoop deed mij hun terugkomst verwachten. Na tien dagen begon de grootste weer te voorschijn te komen aan de oostrand; terwijl hij verder over de zonneschijf schoof, volgden ook de andere, die beide onduidelijk aan de rand verschenen. Dat bracht mij op de gedachte van een omwenteling van de vlekken.'

Prachtige waarnemingen van deze man, die ongetwijfeld niet rechtstreeks door de kijker tuurde, maar het beeld op een stukje perkament of zoiets heeft geprojecteerd.

In dezelfde tijd zag ook de grote Italiaanse onderzoeker Galileo Galileï (1564–1642) de zonnevlekken en wel in november 1610. Daarmee heeft hij dit verschijnsel als eerste wetenschapper 'ontdekt' en is zijn naam er voor altijd mee verbonden. Als geoefend waarnemer schreef Galileo op zeer nauwkeurige wijze in zijn dagboek:

'De donkere vlekken die te zien zijn op de zonneschijf, met behulp van een telescoop, zijn helemaal niet ver van het oppervlak. Of ze raken dit aan, of ze zijn er zo weinig van verwijderd dat het verschil niet is waar te nemen. Het zijn ook geen sterren of andere vaste lichamen, want sommige worden gevormd en andere lossen weer op. Ze variëren in leeftijd van één of twee dagen tot dertig of veertig dagen. Meestal zijn ze onregelmatig van vorm en de vormen veranderen voortdurend, soms snel en hevig, soms langzaam en traag. Ze variëren ook in donkerheid waarbij ze soms lijken samen te trekken en soms uit te breiden. Behalve veranderen van vorm kunnen sommige van hen in drieën of vieren verdeeld raken en dikwijls voegen zich enkele vlekken tot één samen.'

Iets later, in maart 1611, was het de Duitse onderzoeker en jezuïet Christoph Scheiner (1575–1650) die de vlekken in de kijker kreeg en zijn abt raakte hierdoor volledig van de kook. Immers, de grote Aristoteles had met geen woord gerept over vlekken op de zon en dus konden ze eenvoudigweg niet bestaan! Het moesten vlekjes in het oog zijn of op de lens van de telescoop, want vlekken in de kosmos waren uit den boze. Aan de hemel waar alles gaaf en perfect was hoorde geen smet thuis. Het was de verdienste van Scheiner om de verschuiving van de vlekken over de huid van de zon uit te leggen als de draaiing van de zon om zijn as en daarmee is hij de ontdekker geworden van deze cyclus van 27 dagen. Hij zag dat sommige vlekken verdwijnen en aan de andere rand van de zon weer verschijnen en ongeveer hun vorm behielden. Ook Fabricius had dit waargenomen, maar hier geen conclusies aan verbonden.

Drie mannen hebben dus in een periode van enkele maanden, onafhankelijk van elkaar, de zonnevlekken ontdekt en dat konden ze doen omdat zeer recent de telescoop was uitgevonden door de lenzenmaker Zacharias Jansen uit Middelburg.

Fabricius en anderen wisten niet dat er al vele mensen hen waren voorgegaan in het zien van de vlekken, maar dan met het blote oog. Grote vlekken zijn goed waar te nemen bij opkomende en ondergaande zon of als er stofwolken tijdelijk voor de zon hangen en het licht wat afdempen. Zo tekenden de Chinezen al zonnevlekken op in de periode tussen 301 en 1205 na Christus. Moeilijk was de aanblik van een gevlekte zon voor een Inca, omdat er niets heiliger was dan het hemelse licht. In Peru begon rond 1500 de Inca Huyana-Capac te twijfelen aan de goddelijke status van de zon bij het zien van zoveel ongeregeldheden op de huid van de Grote Koning. Dat bracht hem in grote verlegenheid, omdat hij zelf een Zoon van de Zon was, zoals alle Inca's, en zijn eigen status in gevaar werd gebracht.

De westerse wetenschap ging haar eigen gang en telde vanaf 1610/1611 regelmatig de vlekken op de zon, vanaf 1700 jaarlijks en later zelfs dagelijks. De Duitse astronoom Rudolf Wolf (1816–1893) heeft voor deze tellingen in 1858 een formule bedacht waarmee sinds die tijd de vlekken worden berekend en de uitkomst van deze formule werd naar hem genoemd: het Wolfgetal van de zonnevlekken.

De formule voor het Wolf-getal van de zonnevlekken luidt:
$R = k\,(10g + f)$, waarbij g = het aantal vlekkengroepen, k = een persoonlijke ijkfactor, die rekening houdt met de eigenschappen van de waarnemer, de gebruikte telescoop en de plaats op aarde, f = het totaal aantal vlekken.

Uiteindelijk is op grond van deze tellingen in 1859 door de Zwitserse apotheker Heinrich Schwabe (1789–1875) ontdekt dat de aantallen vlekken een ritmisch patroon laten zien van ruim 11 jaar. Iedere 11,1 jaar bereikt de zon een maximaal aantal vlekken (tot enkele honderden) en tussen deze maxima liggen periodes van minimale vlekkenactiviteit, waarbij er soms helemaal geen vlekken te zien zijn. Dit ritme van 11 jaar moet worden gezien als een gemiddelde waarde, want soms duurt een cyclus korter en soms langer, variërend van 7/8 tot 14/15 jaar, wonderlijk genoeg komen deze uitersten ongeveer overeen met de tijdsduur van het menselijk ritme van ontwikkeling (tandenwisseling bij 7 jaar en puberteit bij 14 jaar). In vroeger eeuwen, zo blijkt uit de tellingen, was de cyclus iets langer dan 11 jaar en in de 20e eeuw is een verkorting ontstaan in de richting van zo'n 10 jaar. Geheel onafhankelijk van Schwabe werd in precies dezelfde tijd door andere onderzoekers ontdekt dat ook het magneetveld van de aarde een ritme heeft van 11 jaar en al spoedig werd het verband tussen beide verschijnselen gelegd. Dat was het begin van een groot terrein in de wetenschap waarin de zogenaamde geokosmische relaties worden onderzocht: het verband tussen de verschijnselen aan de hemel en die op de aarde, variërend van weer en klimaat, tot plantengroei en ziekten bij de mens.

Voor de dagelijkse getallen van de zonnevlekken en overzichten ervan tot het jaar 1749 kun je terecht op www.spaceweather.com/java/archive. Zie ook www.sunspotcycle.com.

Het verschijnsel van de vlekken

Voordat ik enkele voorbeelden beschrijf van deze geo-kosmische relaties wil ik ingaan op de zon zelf en de zonnevlekken als natuurverschijnsel. Op het moment van verschijnen van dit boek (voorjaar 2002) is de zon in de afnemende fase van zijn activiteit in de huidige cyclus, de 23e in de tellingen, waarvan de eerste vlek is waargenomen op 12 augustus 1995.

Net als de atmosfeer van de aarde is de zon opgebouwd uit verschillende lagen: de eigenlijke huid van de zon is de fotosfeer, dan volgt een uitgebreide laag die chromosfeer heet en ten slotte gaat de zon over in de corona, een uiterst fijn en zeer heet schijnsel, dat tot ver in het zonnestelsel zich uitbreidt. In die corona liggen de planeten ingebed en het is via deze corona ('kroon') dat de invloeden van de zon op aarde worden overgebracht. Bij een zonsverduistering, zoals die van 1999, is op het hoogtepunt gedurende enkele minuten deze corona als een heldere stralenkrans rondom de zon zichtbaar, maar normaal wordt deze zachte lichtkrans overstraalt door het heldere zonlicht. Dat licht is vooral afkomstig van de fotosfeer en dat is ook

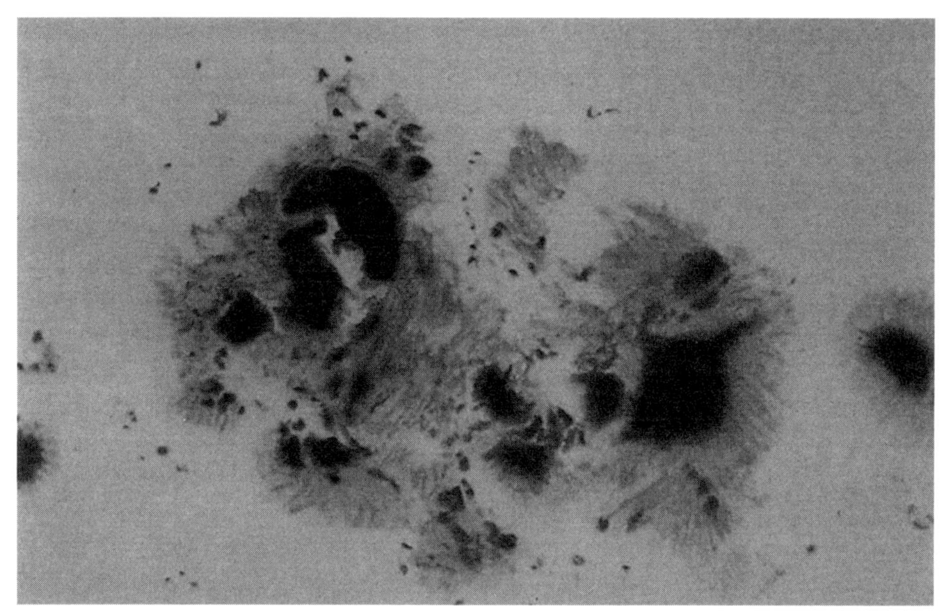

Zonnevlekken in detail: een donkere kern met een helderder randzône (penumbra)

het gebied waar de zonnevlekken ontstaan. Zo'n vlek is een soort deuk in de huid van de zon en ontstaat door een gigantische uitbarsting van magnetisme in de zon. Vanuit de diepten van het inwendige van de zon stijgen magnetische stormen naar het oppervlak en waar ze 'boven water' komen ontstaan de vlekken, die zwart lijken omdat ze een stuk koeler zijn dan de rest van het oppervlak van de zon: zo'n 4500 graden Celsius tegenover de 6000 graden van de omgeving. We zien een vlek als een klein stipje, maar het is een zeer groot object, te vergelijken met de aarde, met afmetingen die kunnen variëren van 1500 tot 50.000 kilometer in doorsnede. Ook al lijkt een vlek donker, toch geeft hij nog altijd 300 keer zoveel licht af als de volle maan. We zien hem als iets donkers omdat de omgeving zoveel helderder is. De opbouw van een vlek is eenvoudig: een donkere kern, die umbra wordt genoemd, en een krans van kleine stralen eromheen, de penumbra. Op afbeeldingen lijkt een vlek enigszins op een donkere bloem, met een groot aantal kleine bloemblaadjes. Wel een grote bloem als je bedenkt dat die de grootte van de aarde heeft...

Een vlek ontstaat nooit alleen, want ze komen altijd in paren voor, de één met een positieve magnetische lading, de ander met een negatieve en tussen twee vlekken is dan ook een sterk magnetisch veld aanwezig. Wonderlijk genoeg zijn de vlekken ook nog eens gespiegeld aanwezig rondom de evenaar van de zon. Net als bij de aarde is ook op de zon een evenaar aanwezig, waar de zon iets dikker is. Naar de polen toe is de zon afgeplat en in die richting komen weinig tot geen zonnevlekken meer op de huid van de zon voor. Op een breedte van zo'n dertig graden ten noorden en ten zuiden van de evenaar van de zon ontstaan de eerste vlekken na een periode van rust en als er maand in maand uit meer vlekken komen, zullen die zich langzaam naar de evenaar toe bewegen. Tenslotte is de maximale hoeveelheid vlekken ontstaan. Daarna komt er een periode van afname van het aantal en tenslotte zijn er nog enkele laatste vlekken over, dicht tegen de evenaar aan. De cyclus is ten einde, er zijn 11 jaren voorbij en een nieuwe cyclus begint. Weer op dezelfde breedtegraad van zo'n 30 graden, maar die vlekken zijn van lading omgekeerd ten opzichte van de vorige cyclus: waren bijvoorbeeld

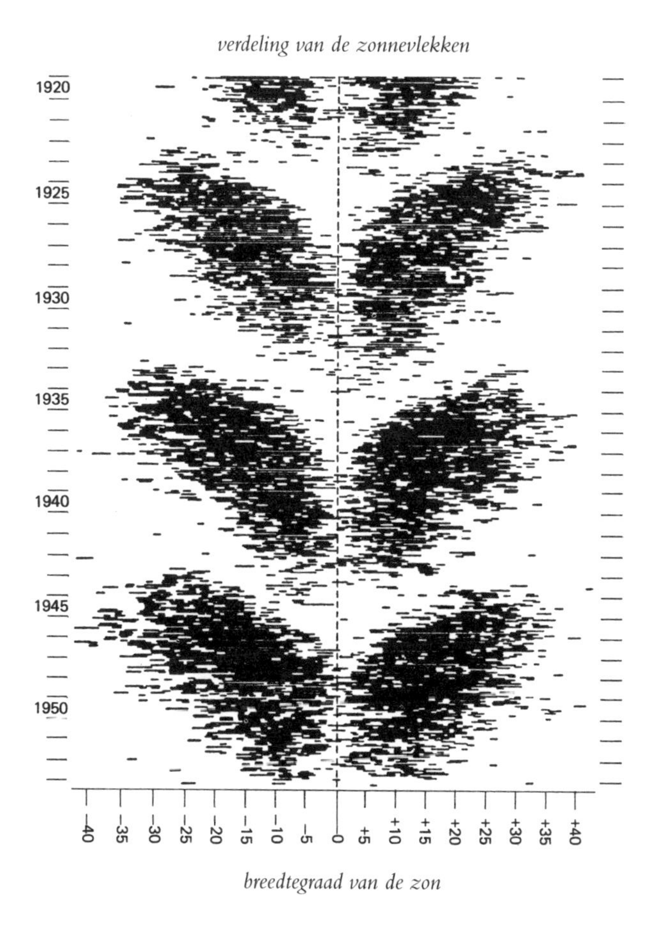

Het 'vlinderdiagram' van de zonnevlekken. Links en rechts van de evenaar komen de vlekken in spiegelbeeld te voorschijn.

de vlekken tijdens de eerste cyclus op het noordelijk halfrond magnetisch positief en op het zuidelijk halfrond negatief, bij de volgende cyclus is dat precies omgekeerd. Het is dus duidelijk dat een werkelijk nieuwe cyclus, waarbij ook de magnetische verhoudingen weer op hetzelfde punt van uitgang zijn gekomen, pas na twee keer een periode van 11,1 jaar is ontstaan. Deze periode van 22,2 jaar is de grote zonnevlekkencyclus, die meestal wordt afgebeeld in de vorm van het zogenaamde 'vlinderdiagram'.

Er zijn ook nog cycli van drie keer 11 jaar, vier keer 11 jaar en nog hogere ritmen van de zon, tot aan honderden jaren toe en daaruit blijkt dat de zon een zeer ritmisch hemellichaam is. Dat blijkt ook uit kleinere variaties van het aantal vlekken, bijvoorbeeld dagelijks of wekelijks, die ook regelmatig terugkeren. Ritme stapelt zich op ritme in patronen die zich in de tijd steeds verder uitbreiden en het einde van die patronen lijkt niet te zijn bereikt. Ook de draaiing van de zon om zijn as is een ingewikkeld ritmisch verschijnsel, want aan de evenaar draait hij aanzienlijk sneller (25 dagen) dan aan de polen (36 dagen). Dat kan omdat de zon geen vast lichaam is, maar in een soort gasachtige toestand verkeert, waarbij er lagen in verschillende snelheden langs elkaar heen glijden. Gemiddeld is de aswenteling van de zon 27,3 dagen en dat is exact hetzelfde ritme als de omloop van de maan om de aarde!

Als de zon veel vlekken vertoont wordt hij actief genoemd, want dan zijn er ook veel fakkels en andere vlamachtige verschijnselen zichtbaar, die zich vanaf de fotosfeer tot in de chromosfeer uitbreiden en als vuurtongen in de hemelruimte 'lekken'.

De activiteit van de zon heeft ook zijn weerslag op de vorm van de corona, want in rustige periodes is de corona een regelmatig stralend patroon rondom de zonneschijf en in periodes met veel vlekken heeft deze corona de vorm van 'vleugels', die zich uitstrekken vanaf de evenaar. Dat kunnen twee vleugels zijn, maar ook vier. Aan de noordpool en de zuidpool van de zon is dan een klein schijnsel te zien, dat het meeste weg heeft van een kroontje op het hoofd van de Koning. Vandaar de naam corona voor dit lichtschijnsel. Het beeld van de actieve zon met twee vleugels doet sterk denken aan het Egyptische symbool van de Gevleugelde Zon, waarmee de ziel van de gestorven mens werd afgebeeld op de hiërogliefen.

De wetenschap heeft zich al eeuwen het hoofd gebroken over de vraag hoe deze vlekken ontstaan en welke betekenis ze hebben voor de zon zelf en voor zijn omgeving, de planeten. Twee opvattingen staan hierbij haaks op elkaar: de ene beweert dat het vlekkenritme van binnenuit ontstaat, als gevolg van interne processen in de zon zelf die nu eenmaal een ritme van 11 jaar bezitten. De andere opvatting legt de verklaring buiten de zon en wel

Verschillende vormen van de corona:
1 tijdens vlekkenmaximum
2 tijdens vlekkenminimum
3 tussenvorm

in het planetenstelsel. Op deze laatste visie wil ik kort ingaan.

De zon is veruit het grootste en zwaarste lichaam in ons planetenstelsel, gevolgd door de planeten Jupiter en Saturnus. De aarde, Venus, Mars en Mercurius zijn slechts minieme planeten in vergelijking met de reus Jupiter, die een omloop om de zon voltooit in 11,9 jaar. Dat getal ligt dicht in de buurt van de 11,1 jaar van de vlekkenactiviteit en uit onderzoek is gebleken dat de omloop van Jupiter om de zon de toon aangeeft voor het ritmische patroon van activiteiten in onze ster. De andere planeten, met name Saturnus en in iets mindere mate de grote en zeer verre planeet Neptunus brengen enige variatie aan in de invloed van Jupiter op de zon en die variatie resulteert in een periode van 11,1 jaar. Dit wordt ook wel genoemd de getijdenwerking van de planeten op de zon, die als het ware antwoord geeft op zijn 'onderdanen' in de vorm van de zonnevlekken, de fakkels en andere uitbarstingen van activiteit. Je kunt dit ook vergelijken met ons lichaam, dat reageert op het eten van veel vet met pukkels op de huid. Die vlekken zijn niet van binnenuit ontstaan in een eigen ritme, maar van buitenaf ingebracht door bijvoorbeeld chocola. Het hart (de zon) brengt de substanties via het bloed door het lichaam (planetenstelsel) en de lever (Jupiter) kan zoveel vet niet verwerken. Resultaat daarvan is een verandering van de huid. Net zoals ons lichaam een eenheid vormt, waarbij de organen met elkaar samenwerken en waarbij je aan de details de werking van het geheel kunt aflezen, zo is ook het zonnestelsel als een organisme op te vatten, met de planeten als de organen en de zon als het hart. Ook het hart in ons lichaam is niet een autoritair orgaan dat zijn wil oplegt aan de rest van het lichaam, maar een zintuig voor de subtiele werkingen in het lichaam. Deze werkingen worden afgele-

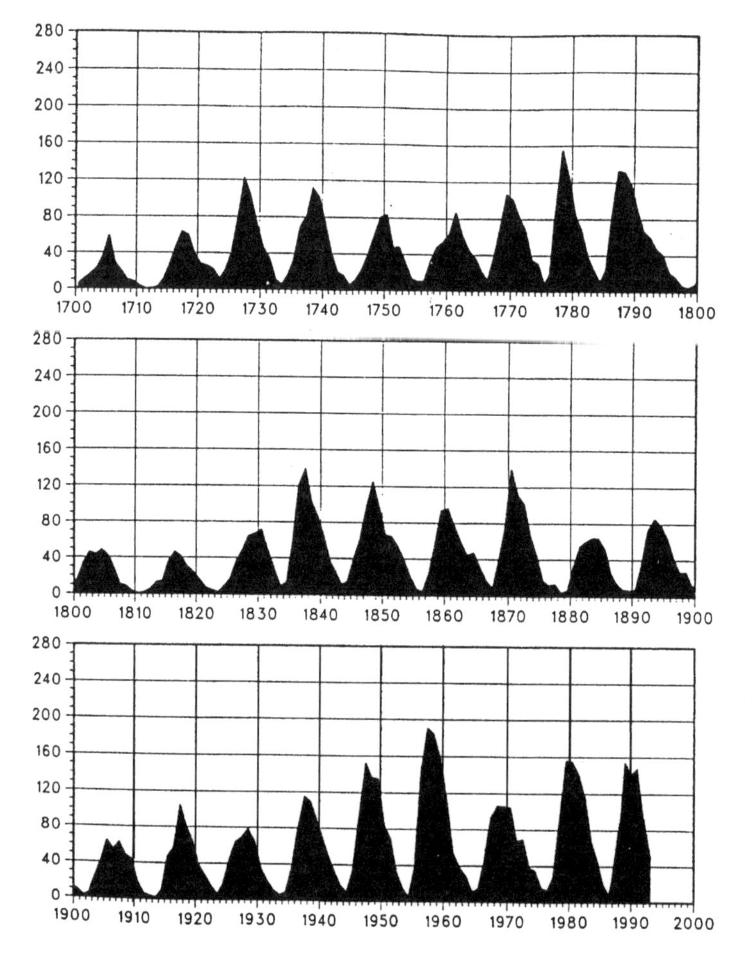

Het elfjarige zonnevlekkenritme in de afgelopen drie eeuwen.

zen aan het bloed (de corona speelt in het zonnestelsel deze rol) en daarop reageert het hart met veranderingen van ritme in de hartslagen. De zon heeft ook dergelijk veranderingen van ritme en je kunt de periode van 11,1 jaar opvatten als een enkele hartslag van het organisme van het zonnestelsel.

Opvallend hierbij is dat de zon zich werkelijk samentrekt tijdens een periode van grote vlekkenactiviteit en zich weer ontspant tijdens de vlekkenminima. Dit krimpen en weer uitbreiden van de zon is net zoiets als de samentrekking (systole) en uitbreiding (diastole) van het hart, waarbij tijdens een samentrekking het hart actief het bloed door het lichaam stuurt. Op precies dezelfde manier brengt de zon tijdens een 'systole' grote activiteit teweeg in het zonnestelsel. Niet alleen brengt hij meer licht voort, ook worden er grote hoeveelheden materie en straling in de ruimte geslingerd. Deze 'zonnewind' blaast als het ware door het zonnestelsel, op de vleugels van de corona, en bereikt ook de aarde.

Het is in dit verband veelzeggend dat één van de grootste zonne-onderzoekers, de Rus Chichevski die in de eerste helft van de 20e eeuw zelfs een biologie van de zon heeft ontwikkeld, de aarde *in* de zon plaatst:

'...we leven in de zon. De extreem verdunde corona van de zon breidt zich tot ver voorbij de aarde in de ruimte uit. In zekere zin leven we niet alleen op aarde, maar zijn we ook bewoners van de zonneruimte. Dat geeft aan, dat het verloop van de zonneactiviteit zich duidelijk weerspiegelt in de processen op aarde en in ons.'

Tip

Een heel aardige oefening om de werking van de zon in het landschap waar te nemen is de volgende:

Kijk eens op een heldere dag naar het landschap om je heen door met de zon in de rug te gaan staan of tegen de zon in. Beide landschappen laten een wereld van verschil zien, die veroorzaakt wordt door het kijken met de zon mee en tegen de zon in. De tinten en structuren, de details en de omtrekken, alles is anders bij het kijken in deze twee richtingen. Het is zelfs mogelijk om beide richtingen tegelijk te bekijken en zo het verschil nog beter te kunnen zien en wel door het gebruik van een spiegeltje. Op die manier zie je in één oogopslag allebei de richtingen van het licht en hun werking op de natuur. Het mooist komt dit tot uiting als je een grote spiegel tegen een boom opstelt en dan van een afstandje gaat kijken.

Ik geef enkele voorbeelden van de lichtverschillen.

Als je naar planten kijkt, zoals een weide of een groen veldgewas, dan zijn de kleuren naar de zon toe meer geelgroen en van de zon af meer blauwgroen. In het eerste geval zal er zonlicht door de blaadjes heen vallen en de lichtere tint opleveren, in het tweede geval worden de bladeren alleen 'opgelicht' door het weerkaatsende licht en dat levert een donkerder tint op. Je zou die twee belichtingen ook doorvallend en opvallend kunnen noemen. Je kunt dat van dichtbij ook eens bekijken met een enkel blad en dan zal het verschil je zeker opvallen.

Tegen de zon in zie je meer 'lente' in de vegetatie, want de geelgroene kleuren horen bij het jonge en sappige groen. Met de zon mee zie je meer 'herfst', want het verzadigde blauwgroen ontstaat in de loop van het groeiseizoen in de gewassen als een antwoord op een maandenlange belichting. Tegen de zon in lijkt het dus wat vroeger te worden en met de zon mee wat later in de tijd van het jaar.

Een ander voorbeeld leveren de vruchtbomen als ze in bloei staan. Kijk je met de zon mee, dan zijn de bloesems prachtig wit en roze, maar kijk je tegen de zon in, dan tekenen de bloesems zich zwart af tegen de hemel. Ook mooi, maar het geeft een geheel andere indruk van de feeërieke bloesems in een lenteboomgaard. Als je naar de takken kijkt, dan zijn die grijs of bruin van de zon af, zwart en structuurloos tegen de zon in. Iets dergelijks als bij de bloesems kun je zien bij het schuim van de zee: tegen de zon in ziet het er donkerder uit dan de omgeving, omdat het water zoveel schitteringen geeft en helderder is. Met de zon mee is het schuim echt wit, althans als de zee zelf helder en schoon is.

INTERMEZZO

De kever en de zon

In de oude Egyptische cultuur nam de scarabee een zeer belangrijke plaats in, getuige de veelvuldige verschijning van deze kever in de hiëroglyfen en als stenen amulet, in allerlei formaten en uitvoeringen. Zo staat er voor de tempel van de god Amun in Karnak een manshoge steensculptuur van de scarabee en zijn er overal ter wereld kleine amuletjes te koop, meestal kopieën van Egyptische voorbeelden, uitgevoerd in blauwe steen, hout, metaal en kunststof. Het lijkt alsof de scarabee leeft als nooit tevoren, ook al weet lang niet iedere scarabeebezitter en liefhebber van sieraden welke sym-

De zonnefarao Echnaton met zijn vrouw Nefertiti en kinderen worden beschenen door de zonnestralen die ze de levensenergie schenken. Symbool voor deze energie is het Ankh-teken.

bolische betekenis deze kever bezat voor de Egyptenaar. De scarabee was het beeld voor de eeuwige wederkeer van de menselijke ziel en de onsterfelijkheid. Een religieus symbool voor de lotgevallen van de menselijke ziel in het rijk van leven en dood.

Nauw verbonden met deze symboliek is het jaarlijks overstromen van de Nijl. Het opkomen en weer wegvloeien van het vruchtbare water was voor de Egyptenaar de bron van alle leven. Ieder jaar gaf de hemel het startsein voor de watervloed uit het zuiden, als de ster Sirius (toen Sothis genoemd) in het sterrenbeeld Grote Hond voor het eerst weer zichtbaar werd in de ochtendschemer. Tijdens deze 'Hondsdagen', genoemd naar het sterrenbeeld, begon het Egyptische jaar. In Boven-Egypte was dat steeds in de maand juni, in Beneden-Egypte een maand later, met 19 juli als begindatum van het nieuwe zonnejaar. Dit jaar kende drie delen van ieder vier maanden, te beginnen met de overstromingsperiode. Van oktober tot februari werd er gezaaid en groeiden de gewassen, in de laatste periode werd er geoogst. Bevruchting, kieming, groei, rijping en oogst liepen in de pas met het jaarverloop, dat voor de Egyptenaren een hartslag was van de levenbrengende Nijl en ook van de zon. Niet als lichtbron, maar als godheid zagen zij de zon, de hoogste in het universum. Re leefde in dag en nacht, in de loop der seizoenen, in leven en dood, in alle elementen en levende wezens. Goud was deze Re, het kosmische hart van alle bestaan. In de morgen verscheen hij in het oosten in de vorm van de kever Chepre, de heilige scarabee. Dan trok hij met zijn zonneboot langs de hemel en verdween in de avond als 'Atum' in de nacht van de westelijke hemel. De donkere nacht bracht Re door in de vorm van een mummie en wel die van de godheid Osiris, heerser van de onderwereld en het rijk der doden. Na de verjongende duik in deze onderwereld kwam Re weer verfrist te voorschijn als de kever Chepre in het jonge ochtendlicht. Overdag leefde Re in de buitenwereld, in de schoot van de godin Isis, moeder van alle leven. 's Nachts leefde hij bij zijn vader Osiris in de duistere zee der vergetelheid.

Op vergelijkbare wijze keek de Egyptenaar naar de afwisseling van leven en dood. Niets schrikwekkends was er aan de dood, want zij was tevens een geboorte in een andere wereld, waar het goed toeven was.

De mestkever, scarabee, was niet alleen het symbool van de opgaande zon of de incarnatie van de god Osiris, maar ook de afbeelding van de woorden 'ontstaan' en 'wording'. Als hieroglief verbeeldt de scarabee het werkwoord 'worden', zoals in de koningsnaam van de beroemde Toet-Ankh-Amon: drie symbolen boven elkaar geplaatst en omrand tot een zogenaamde cartouche. Onderin de aarde, dan de scarabee en tenslotte de zon, met als betekenis: Neb-cheperu-Re, ofwel 'die van de aarde tot de zon wordt'. De grote koning wordt uiteindelijk de zonnegod Re, zo was de Egyptische opvatting van het hoge ambt van farao. Het proces van transformatie wordt verbeeld door de mestkever, die in de aarde eenzelfde wonderlijke omvorming tot stand weet te brengen van donkere mest tot een nieuwe en glanzende kever. Leven uit het niets, vormen die worden geschapen uit het afval van de aarde, leven uit de dood. Het wonder van schepping en wording balt zich samen in de gedrongen gestalte van de scarabee, die op allerlei plekken in de hierogliefenteksten opduikt. En altijd hebben die plaatsen betrekking op het proces, en soms op de rituelen, van de overgang van de ene wereld in de andere. Zo ook de transformatie van de menselijke ziel vanuit de aardse naar de geestelijke wereld. Die werd op bijzondere wijze begeleid door de scarabee, in de vorm van een amulet op het hart van de dode koning. Tijdens het mummificeren werden alle organen behalve het hart verwijderd en in potten naast de dode opgesteld. De priester legde een stenen beeldje van een scarabee in het hart van de dode, die vervolgens in vele windselen werd gewikkeld

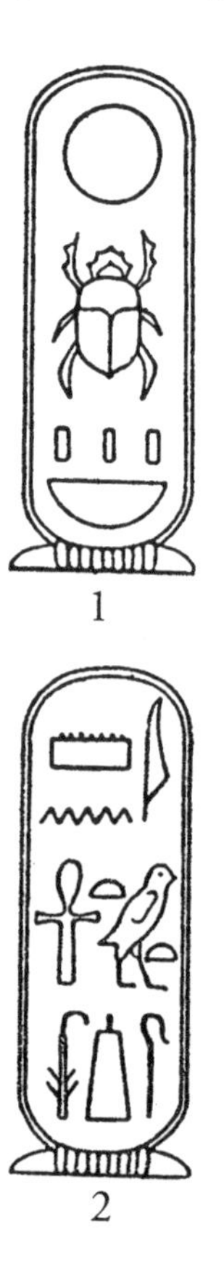

1

2

en in een sarcofaag werd opgesloten. Tijdens deze opsluiting zorgde de scarabee ervoor dat het hart van de dode kon transformeren en opstijgen naar het nieuwe rijk. Om dit te versterken werden spreuken gebeiteld in de onderzijde van de stenen scarabee. Op die manier was de koning van binnen, vanuit zijn hart, begenadigd met de kracht van de innerlijke zon, die ook de opstanding in de geest betekende.

De kever was het oerbeeld van 'Stirb und Werde', ook in de natuur, als de gewassen voortspruiten uit het donkere slib van de Nijl. Ieder jaar opnieuw schieten de graanstengels omhoog uit de vruchtbare oevers en reiken ze naar het licht van de zon.

De Egyptische cultuur was doordrongen van het 'kever-principe' en wel de voortdurende pendelslag tussen dood en opstanding, dag en nacht, groei en oogst, waken en slapen, aarde en geest. Al die principes komen op uiterlijke wijze terug in het leven van de heilige pillendraaier:

De kever die zijn kostbaarheid (de mestbal) in de aarde graaft is vergelijkbaar met de begraven mummie in de stenen sarcofaag, omhuld door tientallen meters aardse steen.

De keverpop, liggend in zijn glanzende vliezen en wachtend tot het nieuwe leven zich aandient, is een sprekend beeld van de mummie in windselen, die wacht op zijn reis naar de andere wereld waar een nieuw leven begint.

De kever die zijn mestbal voor zich uit rolt, is het beeld van de zon, die dagelijks langs de hemel wordt geduwd door de onzichtbare hand van de goden.

Op die manier sluiten de uiterlijke gedragingen en vormen van de kever naadloos aan bij de innerlijke belevingen van de Egyptenaar en zijn mysterieuze cultuur van dood en opstanding.

Dertiende avond: *Aardige zon*

O Zon, het aangezicht van de waarheid is bedekt door Uw gouden schijf. Verwijder die blinde, opdat ik, waarheidzoeker, de heerlijkheid van de waarheid aanschouwen kan.

Upanishad Isha

De invloed van zonnevlekken

Aarde

De zonnewind heeft grote invloed op de aarde met als eerste resultaat een verandering in het magneetveld van onze planeet. De aarde heeft, net als een magneet, een noordpool en een zuidpool en tussen die polen loopt het magnetische veld als een dikke mantel om de aarde heen. Deze mantel beschermt ons tegen de inwerking van allerlei kosmische straling die anders zijn dodelijke werking op het leven zou uitoefenen. Ook de intensieve straling van de zon zou dodelijk zijn als niet deze magnetische mantel veel van de energie zou wegvangen en omzetten in andere energie. Zo wordt er door de zonnewind een magnetische staart achter de aarde geblazen, die te vergelijken is met wapperende haren in de wind. Deze magnetische invloeden kun je op aarde heel goed meten en gebruiken als een 'thermometer' voor de activiteit van de zon. Daarbij moet je wel rekening houden met enige vertraging, omdat de zon zo ver weg staat: de zonnewind heeft één tot twee dagen nodig om de aarde te bereiken.

Tussen de aarde, haar atmosfeer en haar magneetveld, en de zon begint zich nu een subtiel spel te ontwikkelen van veranderingen, waarbij nauwelijks nog is te onderscheiden wat het aandeel van de zon en wat de reactie van de aarde daarop is. Beter nog is het om te spreken van een innige versmelting van zon en aarde, die zich vooral afspeelt op grotere hoogtes in de zogenaamde hulsels van de aarde: de magnetische mantel en de ionosfeer, de hoogste luchtlaag van de atmosfeer. Ritmisch golven daar patronen van energie heen en weer, met als bekendste voorbeeld het noorderlicht, op het zuidelijk halfrond het zuiderlicht, dat zich bevindt op zo'n 100 kilometer hoogte. Vooral rond de polen, op breedtegraden van 60 tot 80 graden, komt de aurora voor als het antwoord van de hogere atmosfeer op de energierijke stroom deeltjes uit de zonnewind.

Deze 'aurora' is een nachtelijk lichtschijnsel aan de noordelijke hemel, waarbij gordijnen van groene, paarse, witte of roze sluiers uren lang als kosmische draperieën aan de hemel hangen. Vooral op grotere breedtegraden, zoals in Scandinavië en Siberië, kan de aurora wel 300 nachten van het jaar zichtbaar zijn en grote delen van de hemel in beslag nemen. Is de zon extra actief dan is er ook veel noorderlicht, dat in sommige gevallen ook in Nederland te zien is en soms wel tot aan de 40e breedtegraad weet door te dringen.

Deze aurora heeft op mensen altijd een diepe indruk gemaakt en het is niet verwonderlijk dat er ook verhalen over de ronde doen. Zo vertelt de Eskimostam van de Menominee de volgende legende:

'In de buurt van de noordenwind leven de manabai'wok, waar de ouden ons over verteld hebben. Deze reuzen zijn onze vrienden, maar we kunnen ze niet meer zien. Het zijn goede jagers en vissers en als ze met hun toortsen er in de nacht op uit trekken om vissen aan hun stokken te rijgen, dan weten wij dat want de hemel is helder boven de plek waar ze zijn.'

Tot 500 jaar voor Christus zijn er al meldingen bekend van de aurora en mede op grond daarvan is vastgesteld dat de zon ook toen al ritmische patronen van vlekken gekend moet hebben in een periode van 11 jaar.

Naast dit ritme is er ook een periode van de aurora bekend, die een lengte heeft van 27 dagen en dat hangt samen met de draaiing van de zon om zijn as. Je kunt dit vergelijken met een vuurtoren, die ronddraait en met zekere intervallen een bundel licht naar je toestuurt. Zo geeft ook de zon al draaiende steeds weer stromen van energie af, die na enkele dagen de aarde bereiken en daar stormen laten ontstaan in het magneetveld. De aurora is daarvan één van de gevolgen. Maar er zijn nog andere gevolgen van zeer sterke uitbarstingen van de zon, zoals het vertragen van de draaiing van de aarde om haar as en de verandering van vorm van onze planeet. Zo is gemeten dat de afstand tussen Parijs-Tokyo en Parijs-Washington ritmisch verandert met de zonnevlekken en wel met maximaal 25 meter.

De zonnewind brengt veel elektriciteit naar de aarde toe, met als gevolg dat ook veel elektrische processen worden beïnvloed, zoals het radio- en televisieverkeer. Met name in de noordelijke landen zoals Scandinavië geeft dat veel overlast omdat TV en radio urenlang uit de ether kunnen verdwijnen. Accu's lopen bij veel zonnevlekken tot 50% sneller leeg en satellieten om de aarde kunnen hierdoor uitvallen.

Weer en klimaat

Vanaf de tweede eeuw van onze jaartelling is er al melding gemaakt van de invloed van het zonneritme op ons klimaat. Natuurlijk is de zon allesbepalend als het gaat om weer en klimaat, want zijn warmte en licht zorgen voor wind, regen, ijsafzetting en waterstromingen. Maar er zijn ook de ritmische patronen van bijvoorbeeld 11 jaar, die zich afdrukken in deze 'stemmingen van de aarde', zoals het weer wel eens wordt genoemd.

Over het algemeen lijkt het erop dat het klimaat iets warmer wordt als de zonnevlekken toenemen. Dat lijkt logisch omdat de zon dan iets meer warmte afgeeft, maar het effect daarvan dringt niet direct door tot het oppervlak van de aarde. Zo blijkt dat je pas op grote hoogte, op bergtoppen of buiten de atmosfeer, een zeer kleine variatie kunt aantonen van de instraling van de zon. Deze 'zonneconstante' kan met ongeveer 0,1 tot 0,2 % variëren en dat is kennelijk al genoeg om grote gevolgen te krijgen voor het weer. Toch is de zonneconstante niet het grootst als de zonnevlekken op hun maximum zijn: twee jaar na een piek in de vlekken en drie jaar voor een nieuwe piek is deze waarde op zijn hoogtepunt gekomen. De aangetoonde rechtstreekse verbanden tussen zonnevlekken en het weer zijn dus niet direct gekoppeld aan deze zonneconstante, die altijd de maat aangeeft van de hoeveelheid energie die het oppervlak van de aarde bereikt. Op dat oppervlak is namelijk de instraling van de zon, ongeacht zijn activiteit, toch constant. Waarom het toch warmer kan worden als de zon meer vlekken heeft? Een mogelijke verklaring hangt samen met de zonnewind, die dan intensiever is en daarmee de omgeving van de aarde 'schoon blaast' van kosmische straling die ons van alle kanten uit het heelal voortdurend bombardeert. Als deze straling minder is zal er ook minder bewolking ontstaan in onze atmosfeer en zal er meer zonnewarmte op de aarde komen. Hierdoor warmt de aarde

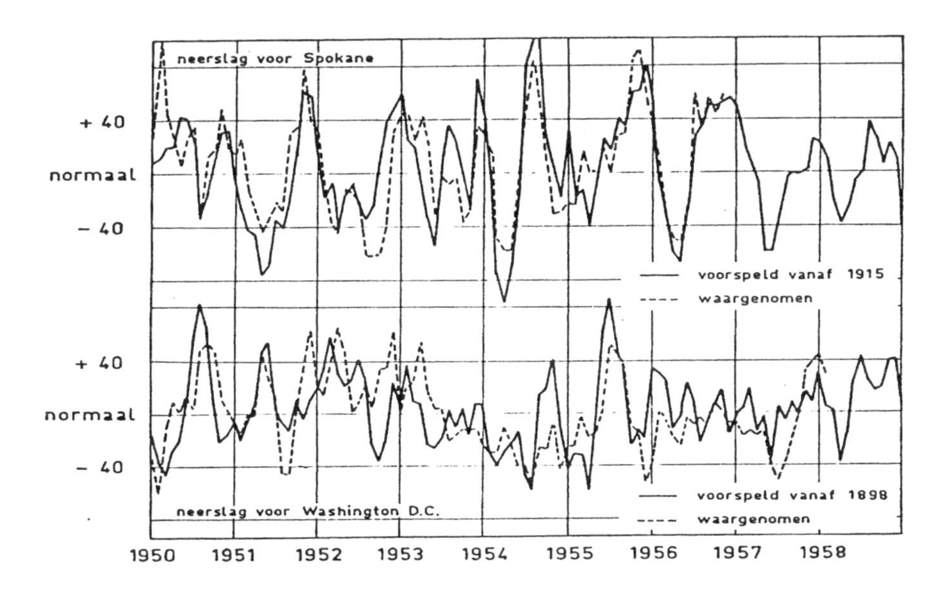

Waargenomen (onderbroken lijn) en voorspelde (getrokken lijn) neerslag-hoeveelheden voor twee steden in de Verenigde Staten (naar C.G. Abbot)

sterker op dan bij bewolking en zal de temperatuur iets oplopen. U ziet dat het dus niet zozeer de extra warmte van de zon is die een verwarming van de aarde veroorzaakt, maar een heel ander proces!

Ik zal u niet vermoeien met alle klimatologische ritmen die met de zonnevlekken samenhangen en me beperken tot enkele voorbeelden in willekeurige volgorde.

In de periode van 1645 tot 1715 was de zon opmerkelijk rustig en werden er weinig vlekken gezien. In het vorige hoofdstuk over de grote ontdekkingen in onze westerse cultuur heb ik al vermeld dat deze periode, het zogenaamde Maunder minimum, een explosie teweeg bracht van creativiteit in kunst en wetenschap. Nu blijkt dat de temperatuur in die periode gemiddeld lager was dan in de periode ervoor en erna en daarom wordt dit wel de Kleine IJstijd genoemd. In de periode ervoor waren er juist zeer veel meer vlekken en het resultaat is een temperatuurverlaging in de rustige periode van de zon, die erop volgde. Dat vertaalde zich in de snellere aangroei van gletsjers, waarvan bekend is dat ze juist in de eeuwen na een heftige zonneperiode groter worden.

Blijven we bij de temperatuur, dan is in Engeland vastgesteld dat de julitemperatuur gelijk oploopt met de vlekken op de zon. Het werd in de peri-

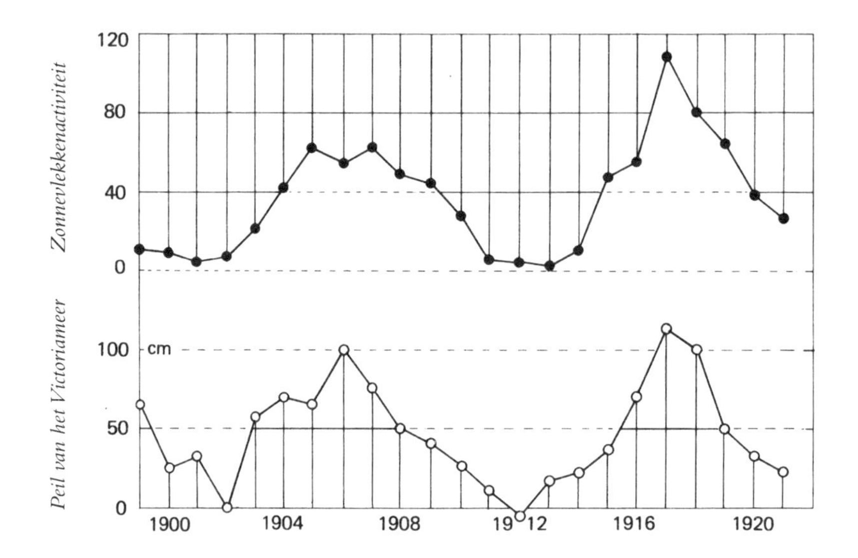

Zonnevlekkenactiviteit en het peil van het Victoriameer.

ode van 1750 tot 1880 maximaal 0,75 graad warmer bij extreem veel zonnevlekken. In deze periode is ook een dergelijk verband aangetoond met de regenval, waarvan het verschil wel kon oplopen tot 17%.

Nog sterker kwam dit naar voren in Brazilië in de periode van 1865 tot 1925, met variaties van wel 35%, extreem veel voor dergelijke weersverschijnselen.

Deze regenval kan zich vertalen in hogere waterspiegels in de meren: in het Victoria-meer is vastgesteld dat de waterspiegel een ritme heeft van 11 jaar.

Combineer je de gegevens van neerslag en temperatuur voor Europa en de Verenigde Staten, dan blijkt het jaar vóór de zonnevlekkenpiek natter en koeler te zijn, twee jaar erna is het warmer en droger. Twee jaar voor het dal van de zonnevlekken is het ook warmer en droger en een jaar na het dal is het weer natter. Dit resultaat komt overeen met de metingen van de Nederlandse economische pionier De Wolff voor de eerste helft van de 20e eeuw, waarbij meer vlekken een natter en kouder klimaat gaven. Had De Wolff even gewacht met zijn onderzoek tot een jaar of twee na een zonnevlekkenpiek, dan had hij juist het omgekeerde geconcludeerd...

Strenge winters blijken in West-Europa meer voor te komen bij de extremen van de zon: rond de pieken en dalen van de vlekken.

Dan nog iets over de wind: in China is een zeer sterk verband gevonden tussen de vlekken en het aantal wervelstormen in de periode van 1900 tot

1950 en in dezelfde periode bleek een dergelijk verband te bestaan met stormen in de Verenigde Staten, Canada en Siberië.

Dit is slechts een greep uit de zeer vele onderzoeken en voorbeelden uit de literatuur. Steeds weer worden er relaties met de zonnevlekkenritmen gelegd, die niet altijd eenduidig zijn. Zo blijken de relaties af te hangen van de geografische plaats, soms is het verband negatief (meer vlekken is minder regen) en soms positief, de ene keer is het ritme 11 jaar en de andere keer 22 jaar. Hoe complex deze verbanden ook mogen zijn, de conclusie is wel dat het zonnevlekkenritme zich indringend afdrukt op de gebeurtenissen op aarde en het is niet verwonderlijk dat ook de levende natuur deze invloed ondergaat.

Planten

Het bekendste voorbeeld van het verband tussen zonneritme en plantengroei is te vinden in de jaarringen bij bomen. Ieder jaar geeft een boom een laagje hout af, een brede zone in het voorjaar en een smalle zone in het najaar, en de dikte van deze houtlaag hangt af van het weer. Bij groeizaam weer, veel vocht en warmte, zijn de lagen aanzienlijk dikker dan bij droogte en kou. Op die manier kun je bij zeer oude en dikke bomen de geschiedenis van het klimaat tot duizenden jaren teruglezen en daar houdt zich een speciale wetenschap mee bezig: de dendrochronologie (dendros = boom, chronos = tijd). Veel van wat we weten over het weer en klimaat in de afgelopen duizenden jaren is te danken aan de jaarringen van bomen. Nu blijkt er in de jaarringen van zeer oude bomen een ritme van 11 jaar voor te komen en wel als volgt: jaar na jaar neemt de dikte van de ring toe als de zon actiever wordt en meer vlekken vertoont. Tenslotte zijn de ringen het dikst bij het zonnevlekkenmaximum en daarna gaan de ringen in dikte weer afnemen, totdat ze op het dunst zijn tijdens een zonnevlekkenminimum. Je kunt dit vergelijken met een trekharmonica, waarbij de ribben tijdens het spelen ritmisch op de maat van de muziek dichter bij elkaar komen of juist verder van elkaar af staan. Cyclus na cyclus is op die manier terug te lezen in het boek van de natuur. Op die manier is het ook mogelijk om vast te stellen dat er al duizenden jaren lang een 11-jaarritme op de zon bestaat en we mogen aannemen dat de zon dit ritme al veel langer heeft onderhouden, misschien wel vanaf het ontstaan van ons zonnestelsel. In ieder geval zijn het de bomen die heel precies reageren op de kleine veranderingen in de zon en dat is niet zo verwonderlijk, omdat de zon voor een boom de alles-

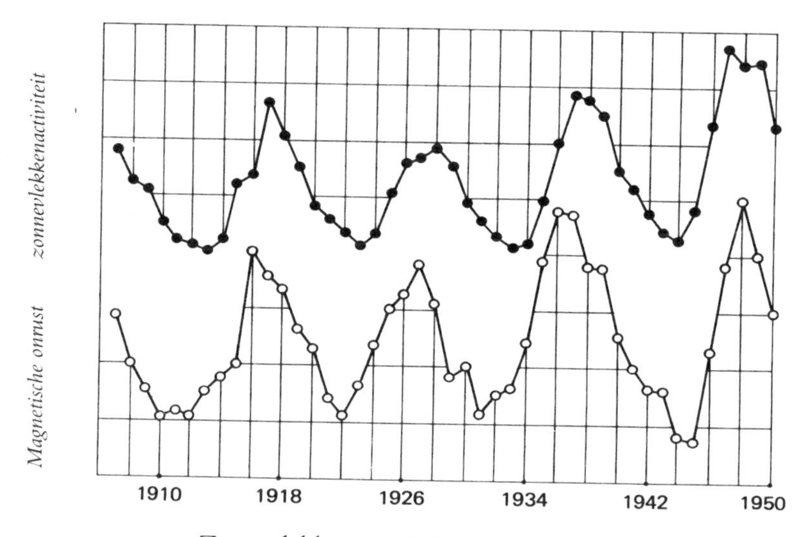

Zonnevlekkenactiviteit en aardmagnetisme.

bepalende factor in zijn leven is. De zon is als het ware de inhoud van een boom, zoals ook de wind zijn adem is en de regen zijn bloed, om het eens dichterlijk te zeggen. De geringste veranderingen in zijn levensbron zal een boom meteen opmerken en er op reageren met zijn groei: de doorsnede van een boom is als een reusachtige CD-ROM, die de informatie bevat van de zon, het weer en klimaat over de honderden groei-jaren van het hout. Op die manier is de boom tot een boek geworden (het woord boek is afgeleid van het Duitse woord 'Buche' ofwel 'beuk') waarin de zon zijn lopende hand-

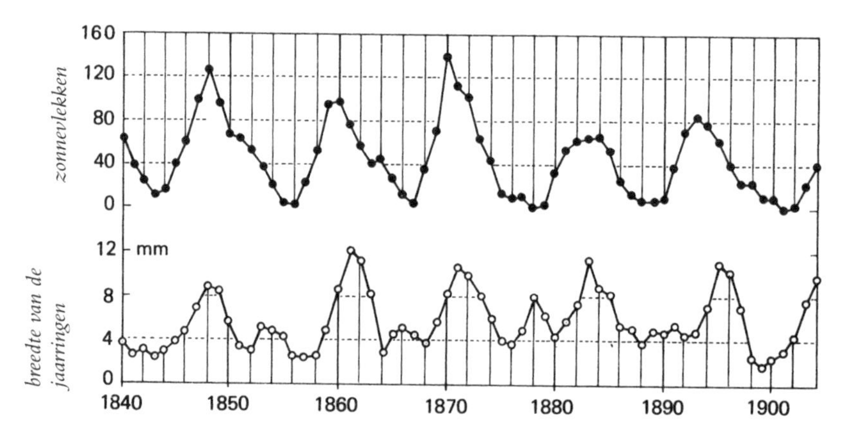

Zonnevlekkenactiviteit en de breedte van jaarringen bij bomen.

schrift als een kosmische schrijver heeft achtergelaten. De Amerikaanse onderzoeker Douglas heeft dendrochronologisch onderzoek gedaan naar de Californische mammoetbomen (*Sequioa gigantea*) en het 11-jaarritme tot 3000 jaar terug vastgesteld en latere onderzoekers kwamen zelfs tot 8000 jaar geleden.

Bij oude cypressen in Azië is niet alleen een ritme van 11 jaar in de ringen afleesbaar, maar ook van 22 jaar, de dubbele cyclus van de zon die samenhangt met het magnetische veld. Dat is eigenlijk heel bijzonder: een boom kan niet alleen het activiteitsritme van de zon weerspiegelen, maar ook nog eens de wisseling van het magnetisch veld van de zon 'aanvoelen' en omzetten in een laagje hout.

De dikte van de houtlaag hangt ook samen met de lengte van het groeiseizoen, want hoe langer de groei kan doorzetten in de nazomer en herfst, hoe dikker het hout kan worden. Bij beuken is inderdaad aangetoond dat de tijd tussen het eerste verschijnen van het blad en het vallen van de bladeren in de herfst langer wordt bij meer zonnevlekken. Dit verschil in groeiseizoen kan wel oplopen tot 25 dagen.

Niet alleen het ritme van 11 of 22 jaar is in de boomafzettingen terug te lezen, ook de ritmen tussen de 7/8 en 14/15 jaar, waarvan 11 jaar de gemiddelde waarde is. Deze ritmen zijn tevens afgedrukt in de aarde in de vorm van fijne slibafzettingen, zodat bomen en aarde samen het beeld compleet maken van de aardse en kosmische ritmen.

Maar niet alleen de bomen getuigen van de zon, want ook andere planten laten in hun groei, bloei en ontwikkeling zien, over een band met de zon te beschikken. Bijvoorbeeld de bamboesoorten uit het Himalayagebergte, die ritmisch bloeien met periodes van 11, 22, 33 tot 88 jaar. Vooral na periodes van grotere droogte is het verband met de zonnevlekken 'zonneklaar'.

Ook het kiemen van planten kan ritmisch verlopen, zoals is aangetoond bij de teunisbloem (*Oenothera curvifolia*), die heel slecht kiemt (0 tot 5%) bij weinig zonnevlekken en uitstekend kiemt (95 tot 100%) bij veel vlekken. Die relatie is zo sterk, dat het kiempercentage van deze plant als maat gebruikt kan worden voor de zonnevlekkengetallen en omgekeerd. De teunisbloem is dermate gevoelig voor de zonnevlekken en hun invloeden op aarde, dat ze zelfs dagelijkse schommelingen in de vlekken kan waarnemen en omzetten in de kiempercentages van het zaad. Ook bij het druifkruid (*Chenopodium botrys*) is deze relatie tussen kieming en zonnevlekken aangetoond.

In de 19e eeuw zagen Amerikaanse landbouweconomen een ritme in het optreden van droogtes, het verminderen van de landbouwopbrengsten en het stijgen van de prijzen, dat parallel liep met de 11-jarige cyclus van de zonnevlekken en soms ook met de 22-jarige cyclus. Bij producten als appels, wintertarwe en katoen stegen de prijzen rond het zonnemaximum en daalden ze weer rond het zonneminimum, althans op het noordelijk halfrond. Op het zuidelijk halfrond was deze situatie precies andersom!

Geen wonder dat de economen het zonnevlekkenritme al hadden waargenomen in de prijsschommelingen van vele producten en de doorwerking daarvan in het economische verkeer. Europese economen ontdekten op die manier een 11-jaarritme in de prijzen van rogge, tarwe, gerst en haver en ook van wijn. In de 19e eeuw kon de opbrengst van tarwe wel 50% variëren met de zonnevlekken, maar in de loop van de 20e eeuw werden deze effecten steeds minder en tegenwoordig is er van dergelijke opbrengst- en dus ook prijsschommelingen niet veel meer te merken. Wel kon in Engeland over de periode 1935 tot 1955 aangetoond worden dat de temperatuur gelijk opliep met de zonnevlekken, met als gevolg een hogere opbrengst van aardappel, knol- en koolraap. In de Verenigde Staten is aangetoond dat over het tijdvak 1740 tot 1980 de zonnevlekkenmaxima samengingen met periodes van droogte, die lagere opbrengsten tot gevolg hadden.

Wanneer we ervan uitgaan dat het menselijk ingrijpen in de natuur in de geschiedenis is toegenomen, dan is het ook te verwachten dat de invloed van de zonneperiodiciteit minder tot uiting komt en steeds meer wordt overschaduwd door cycli die met de wijze van economische organisatie samenhangen. Op die manier emanciperen wij ons van de kosmische ritmen en het is maar de vraag of dat zo gunstig is voor onze band met onze omgeving.

In culturen waar de productie niet zo tot het uiterste is opgedreven als in het westen zijn de subtielere invloeden van de omgeving nog steeds merk-

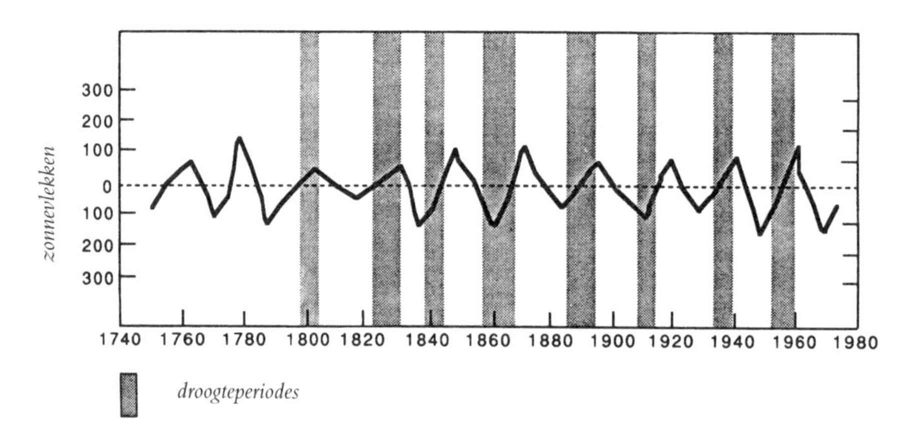

Droogteperiodes in Nebraska in relatie tot zonnevlekkenactiviteit.

baar. Dat levert het romantische beeld op van de boer, die in harmonie met natuur en kosmos zijn werk doet en de gewassen en dieren inbedt in een groot hemels organisme. De westerse landbouw heeft de productie dermate verafgood dat er tevens weinig oog meer overbleef voor de verbanden in de natuur. Gaandeweg raakten voor de boer die verbanden uit het zicht en kon de eenzijdige landbouw van nu ontstaan, met alle nadelen en risico's van dien. Een landbouw in harmonie met de omgeving is echter weer in opmars in de vorm van biologisch/ecologische landbouw en het is met name in die beweging dat er opnieuw aandacht is ontstaan voor de werking van kosmische ritmen in de natuur en het toepassen daarvan. De biologisch-dynamische landbouw heeft hierin een voortrekkersrol vervuld. Toch is het niet eenvoudig om de ritmische patronen en invloeden van zon, maan en andere omgevingfactoren op een heldere en eenduidige wijze in te passen in de bedrijfsvoering in de landbouw, vooral ook door de zware economische druk op de agrarische sector. Mogelijk dat de nieuwste ontwikkelingen op het gebied van de landbouw-met-meervoudige-doelstellingen het mogelijk maken om ook de natuurlijke ritmen weer tot hun recht te laten komen.

Hoe subtiel deze verbanden liggen blijkt bijvoorbeeld uit de gevoeligheid van de natuur voor effecten van de maan, die toenemen bij een zonnevlekkenmaximum. Op die manier blijken de ritmen van zon en maan met elkaar vervlochten te zijn en die vervlechting heeft zijn weerslag op de reactie van de organismen.

Zoekend naar verklaringen, anders dan de schommelingen in neerslag en temperatuur, komen sommige onderzoekers uit bij de zogenaamde ELF-golven. Dat zijn kosmische trillingen met zeer lange golflengtes van wel duizenden kilometers, die als een allesdoordringende bastoon inspelen op de universele dans van het leven. Deze Extremely Low Frequency golven lopen ritmisch mee met de zonnewind. Water blijkt voor deze golven gevoelig te zijn en via het water zouden deze zeer zwakke kosmische energieën overgebracht worden op levende wezens, die immers voornamelijk uit water bestaan. De ELF-golven zwellen 's morgens bij zonsopkomst aan en blijken de kieming van graan te beïnvloeden, alsmede het groeien van bacteriën en het 'kiemen' (uit het ei kruipen) van insecten. Ook op de mens werkt deze straling in en wel vertragend op onze reflexen, waardoor er extra verkeersongevallen optreden bij een zonnemaximum. Uit proeven in ondergrondse bunkers bleek dat mensen onder invloed van deze golven, die voor het gewone bewustzijn niet merkbaar zijn, hun dagritme met ruim een uur gingen verkorten, iedere dag opnieuw. Dat brengt ons op de invloed van zonnevlekken op mens en dier.

Dieren en mensen

Eerst een paar voorbeelden uit de dierenwereld.

Trekduiven zijn voor hun oriëntatie onder meer aangewezen op het magnetische veld van de aarde. Raakt dat magneetveld door de zonnewind in grote opwinding, dan verliezen de duiven hun oriëntatie. Dit is dus een indirecte invloed van de zon, met het aardmagneetveld in de rol van bemiddelaar tussen de kosmos en de levende natuur. Mogelijk speelt dit proces zich ook af bij de massale slachtingen van lemmingen, die zichzelf in de zee werpen. Ook dit suïcidale gedrag kent het 11-jaarritme en gaat gelijk op met de zon.

Met name in de zee kan het 11-jaarritme teruggevonden worden bij de activiteiten en de vangsten van dieren. Zo blijken de Dungeness-krabben uit de Verenigde Staten aanzienlijk meer gevangen te worden bij een actieve zon.

Ook garnalen en haringen blijken dit ritme te kennen, getuige de vangstcijfers van deze dieren.

Niet alleen het dier zelf, maar ook de cellen van organismen blijken gevoelig voor de zon, getuige mijn eigen onderzoek dat ik in het begin van de jaren zeventig verrichtte.

Bij het kunstmatig kweken van bloedcellen (in dit geval van muizen) bleek het aantal cellen na enkele dagen groeien voortdurend te variëren. Deze celkweek werd in het laboratorium gedaan, onder strikt gecontro-

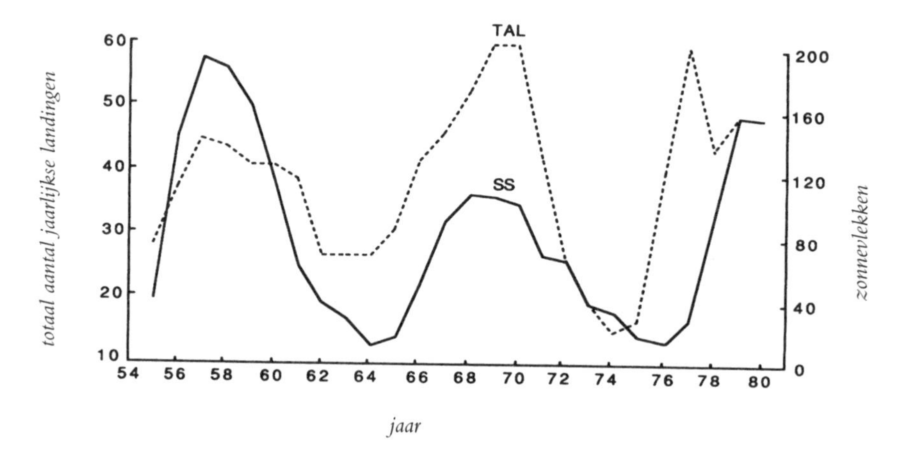

Het jaarlijkse aantal landingen (TAL) van de Dungeness krab voor de westkust van de Verenigde Staten loopt gelijk op met het aantal zonnevlekken (SS) in de periode 1955-1980.

leerde omstandigheden van temperatuur, vochtigheid en licht. Ik kon vaststellen dat de ritmische veranderingen van deze celopbrengsten gelijk opliepen met de zonnevlekken, gedurende een periode van enkele jaren.

Dat het bloed een gevoelig medium is, ook voor de zonnewerking, bewees een wereldwijd onderzoek naar de zogenaamde uitvlokking van bloed. De Japanse onderzoeker Tabata toonde aan dat bloed sneller geneigd is om uit te vlokken (eiwitten die neerslaan bij een chemische reactie) bij een zonnevlekkenmaximum en omgekeerd bij een minimum. Zelfs bij een diepte van 150 meter onder de grond bleef dit verschijnsel zich voordoen. Een interessante afwijking deed zich voor tijdens een zonsverduistering: op dat moment neemt de uitvlokking van het bloed juist af. Kennelijk kan bloed 'voelen' dat de zon wordt verduisterd! Tabata spreekt in zijn onderzoek over een 'kosmisch-aardse sympathie' en hij ziet zon, aarde en levende wezens als een totaalsysteem.

In Nederland is veel onderzoek gedaan door de Leidse hoogleraar Solco Tromp, die 30 jaar lang de neerslagsnelheid van het bloed bepaalde bij 730.000 bloeddonoren. Ook hij kon de relatie met de zonnevlekken onomstotelijk aantonen. Bij het uitvlokken gaat het vooral om eiwitten (albumine en gammaglobuline) die de weerstand tegen infectieziekten verhogen. Deze weerstand tegen infectie loopt bij de mens dus mee met de zonnevlekkenactiviteit.

Dit brengt ons op het onderwerp van ziektes en de zon, dat vooral in Rusland aanleiding heeft gegeven om er een speciale wetenschap over te ontwikkelen: de heliobiologie. Zo zijn er directe relaties tussen de actieve zon en het optreden van hart- en vaatziekten, hersenvliesontsteking, kin-

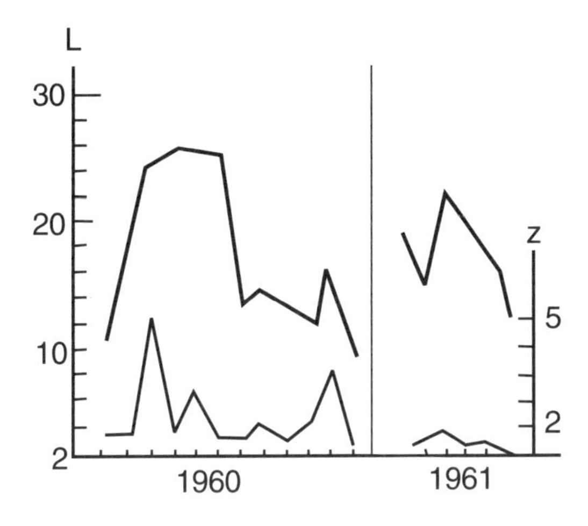

Het aantal leukemiegevallen (bovenste lijn) en de zonnevlekkenactiviteit (onderste lijn)

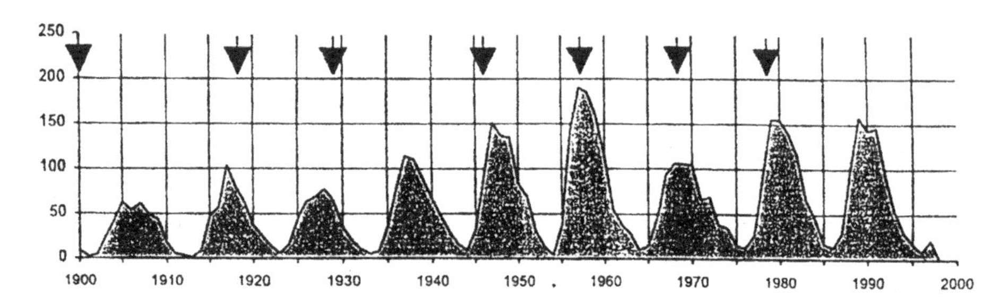

Zonnevlekken en griepepidemieën in de 20e eeuw. De pijlen geven de griepmomenten aan.

derverlamming, cholera, pest, tyfus en difterie. De onderzoekers gaan ervan uit dat bloed hierbij een bemiddelende rol speelt, omdat deze substantie de ritmen van de zon zou kunnen waarnemen en vertalen in het lichaam. Zo blijkt ook leukopenie een zonneritme te kennen: dat is geen ziekte, maar een symptoom van ziektes, waarbij er een tekort ontstaat aan witte bloedlichaampjes.

Als laatste voorbeeld geef ik het ritmische optreden van de griep in de 20e eeuw. Griep kent behalve een epidemische vorm ook nog een pandemische vorm, waarbij de ziekte over de hele wereld uitbreekt. De zes pandemieën van de vorige eeuw blijken op een zeer overtuigende manier samen te vallen met de zonnevlekkenmaxima.

Zeer extreem was de Spaanse griep van 1918-1919, waarbij 20 miljoen doden vielen. Hoewel minder overtuigend, is ook voor de 18e en 19e eeuw een dergelijk verband met de zon gelegd.

Deel 4
Het kleine licht: De maan

Veertiende avond: *Zonnemaan en sterrenmaan*

Melopee

Onder de maan schuift de lange rivier
Over de lange rivier schuift moede de maan
Onder de maan op de lange rivier schuift de kano naar zee

Langs het hoogriet
langs de laagwei
schuift de kano naar zee
schuift met de schuivende maan de kano naar zee
Zo zijn ze gezellen naar zee de kano de maan en de man
Waarom schuiven de maan en de man getweeën gedwee naar de zee

Paul van Ostaijen

Als ik je vraag waar de maan nu staat en welke schijngestalte ze heeft, dan weet ik bijna zeker dat je in verlegenheid bent gebracht. Want de maan is een moeilijk grijpbaar hemellicht. Het ene moment zie je de prachtige glans van de volle maan, het andere moment lijkt zij van de hemel verdwenen. Dan ineens valt je blik plotseling op klaarlichte dag op een bleek half maantje. Waar komt die nu weer vandaan? Zo gaat het maar door, jarenlang.

Dit lijkt me een goed uitgangspunt om de bewegingen van de maan en haar gestaltes eens op een rijtje te zetten en wel uitgaande van de twee belangrijkste maanritmen: het synodische en siderische ritme.

Synodische maan: spiegel van de zon

Een synode is een samenkomst, in dit geval tussen de zon en de maan. Net als de zon beweegt de maan zich door de dierenriem en maandelijks komen ze elkaar een keer tegen. Dan is het nieuwe maan, want van de heldere maanschijf is op dat moment niets meer over. Ze wordt volledig door de zon overstraald en het is dag. Het exacte moment van de nieuwe maan wordt dan ook niet gezien maar berekend, en in vroeger tijden waren daarvoor speciale priesters/astronomen in dienst van de koning of farao. In het oude Rome ging het aldus: bij volle maan verscheen een priester boven aan de trappen van het Capitool en riep met luide stem dat de nieuwe maan was aangebroken. Dat was nuttig, omdat in die tijd de maan als richtsnoer werd gebruikt voor het dagelijkse leven. Zij bepaalde de momenten van zaaien en de tijd voor bodembewerking, maar ook de bevruchtingen van de dieren en zelfs van de mens. En als de maan nieuw was, begon er een nieuwe tijdenronde, een nieuwe maand. Het Latijnse woord voor 'roepen' is 'calare' en de priesterlijke nieuwemaansroep is later de naam voor onze 'kalender' geworden. Immers, de maan was toen en is nu nog steeds de basis voor de tijdrekening.

Het 'maanschouwen' is nog steeds onderdeel van de islamitische kalender: bazuingeschal kondigt de eerste verschijning aan van de jonge maansikkel.

Zo'n twee dagen na de Nieuwe Maan kun je aan de avondhemel, vlakbij de zon en iets ten oosten daarvan (links dus), een zeer smal en jong maansikkeltje zien. Die glanst als een zilveren boog aan de kleurige hemel en dat aanzicht heeft mensen al duizenden jaren ontroerd. Kijk je iets preciezer, dan zie je het zogenaamde asgrauwe licht, want de rest van de maanbol is een beetje verlicht. Het lijkt wel alsof er een bol ligt te rusten in een fonkelende schaal, die iets groter is dan de bol zelf. Dat laatste is maar schijn en dat komt door het felle licht van de jonge sikkel, die zo overstraald is dat de vorm groter lijkt dan in werkelijkheid. Leonardo da Vinci heeft deze naam 'asgrauw' bedacht voor het verschijnsel, dat is terug te voeren op de reflectie van het aardse licht. De zon beschijnt namelijk ook de aarde en dat licht bereikt de maan in een seconde tijd. Precies een seconde later is de reflectie ervan weer terug op aarde en wel op het niet-verlichte deel ervan. De zon is immers onder als we dit zien. Omdat de maan geen zilveren spiegel is, zien we van al dat licht maar een beetje terug, maar toch genoeg om het te herkennen.

We vervolgen de maan dag na dag en zien haar steeds groter worden, met de verlichte kant gekeerd naar de zon. De maan gaat ook steeds later onder en haar afstand tot de zon neemt evenredig toe met het groeien van het licht. Na ruim zeven dagen zien we in de avond en eerste helft van de nacht de maan in haar Eerste Kwartier staan. De terminator, dat is de grens tussen licht

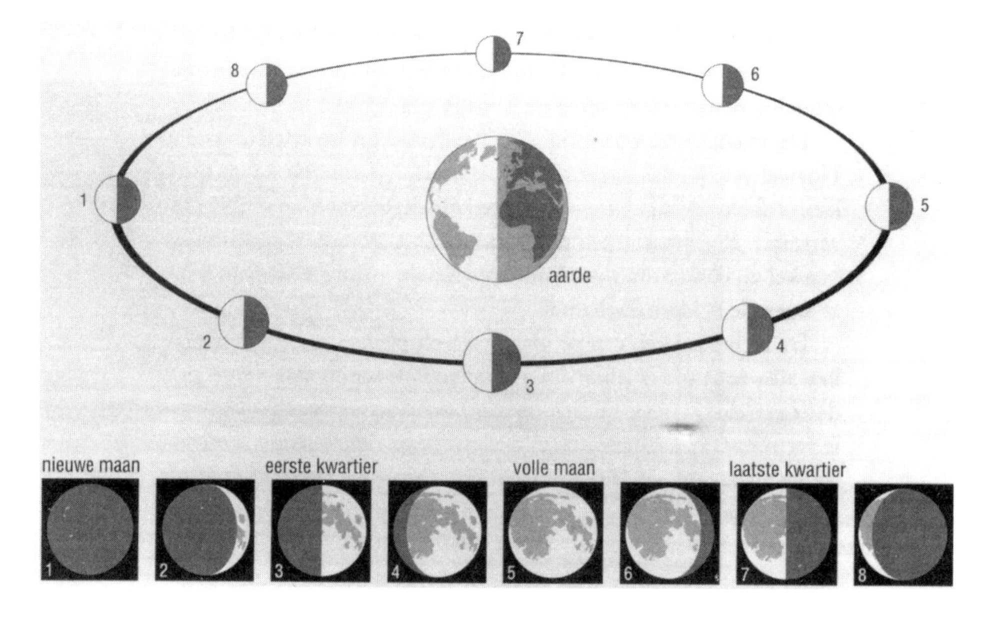

Schijngestalten van de maan: spiegel van de verhouding tussen zon, maan en aarde.

en donker over de maanbol, is messcherp en kaarsrecht en staat aan de linkerzijde. Van het asgrauwe licht is intussen niets meer te zien, want het maanlicht is nu te sterk geworden. We volgen de maan verder en zien haar aanzwellen tot het moment van Volle Maan. Dat is een mooi moment, want als de zon in het westen (of daar in de buurt) ondergaat, is de volle maan in de buurt van het oosten aan het opkomen en ze staan dus pal tegenover elkaar. Dat heet in sterrenkundige termen een oppositie, wat het tegenovergestelde is van de synode, die ook wel conjunctie heet. De termen oppositie en conjunctie zal ik in het vervolg vaker gebruiken, ook in het hoofdstuk over de planeten. De volle maan begint dus in de avond en beweegt langs de hemel in de nacht, om pas onder te gaan als de zon aan de andere kant weer aan het opkomen is. Wat de zon is voor de dag is de volle maan voor de nacht.

Het valt nog niet mee om precies te bepalen wanneer het nu volle maan is, want een dag eerder lijkt het er ook al op en een dag later ook. Dat komt omdat we met ons oog niet zo precies kunnen inschatten wanneer een cirkel exact rond is. Veel makkelijker is het om te bepalen of de terminator een rechte lijn is; het moment van eerste kwartier is dus preciezer te bepalen met het blote oog dan het moment van volle maan. Gelukkig worden we meestal geholpen door de agenda of de krant en weten we tot op de minuut nauwkeurig wanneer het moment daar is.

Het is ongeveer 15 dagen na de nieuwe maan en nu heeft ze het groeiende of wassende gedeelte van het licht afgesloten en gaat ze afnemen. Ze komt steeds later op, zodat we het Laatste Kwartier pas kunnen zien in de tweede helft van de nacht en in de vroege ochtend. Het is deze stand die we meestal ook overdag zien als de zon nog niet zo hoog aan de hemel staat en de laatste kwartiermaan rechts daarvan (in westelijke richting) als een melkbleek halfje afsteekt tegen de blauwe hemel. De terminator staat aan de rechterzijde.

Deze maan zien we langzaam verdwijnen in het licht van de ochtendzon en dan is de volgende nieuwe maan aangebroken. Het is 29,5 dagen later en de synodische maand is voorbij. Het is deze maand die we gebruiken in onze kalenders en waarvan er twaalf in een jaar passen. Maar niet precies, want 12 maal 29,5 dagen levert 354 dagen op en dat is 11 dagen korter dan een zonnejaar. Deze periode van 11 dagen is van oudsher bekend als de Twaalf Heilige Nachten en heeft in het jaar een plek gekregen: tussen Kerstmis en Driekoningen. Dan wordt het verschil tussen maanjaar en zonnejaar op symbolische wijze overbrugd en het verhaal gaat dat mensen vroeger deze periode gebruikten om hun dromen te analyseren. In de droom, die nooit zo intensief en veelzeggend was als in deze periode met de lange nachten en korte dagen, kregen mensen aanwijzingen over het komende jaar en werden er voorspellingen gedaan over het weer in de zomer en de oogst in de herfst. Althans, zo dacht men er toen over...

Vatten we de synodische maancyclus als volgt samen:

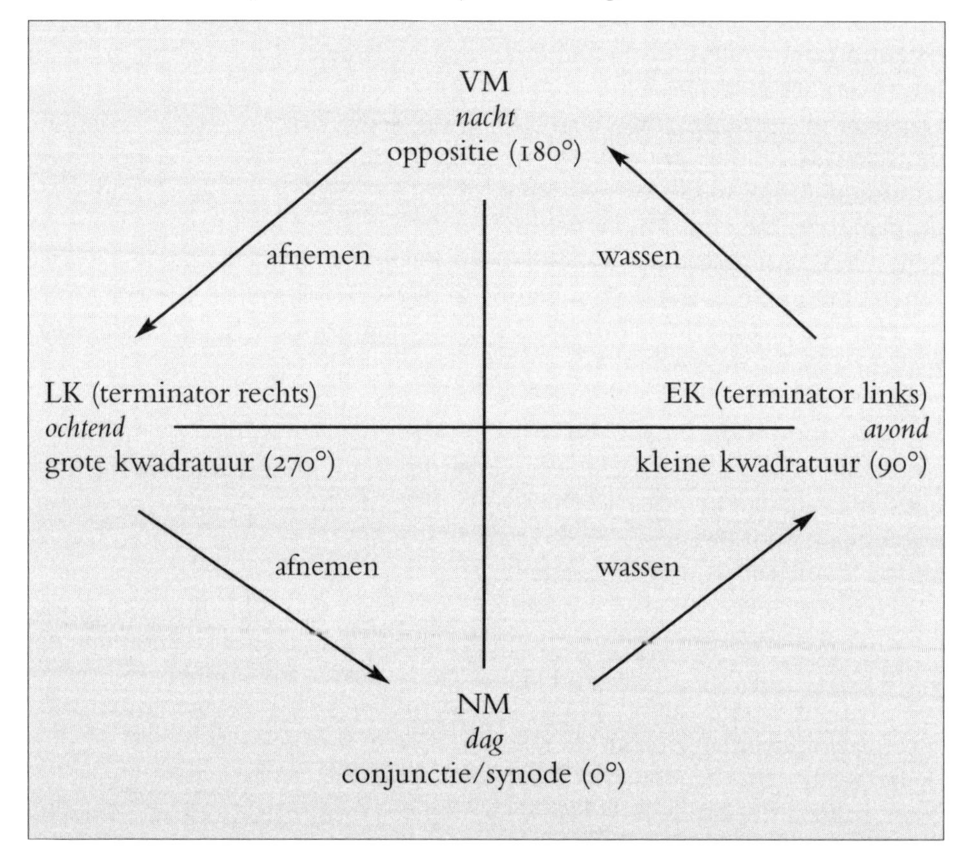

Je ziet bij de kwartierstanden het woord kwadratuur staan en dat is de sterrenkundige term voor een onderlinge stand tussen twee hemellichamen die met elkaar een rechte hoek vormen. Om de twee hoeken, met de maan links van de zon of rechts van de zon, te onderscheiden wordt de kleine kwadratuur gebruikt voor 90° en de grote kwadratuur voor 270°. Op die manier zijn er eigenlijk vier kwartieren in een synodische cyclus, met nieuwe maan en volle maan als 0° en 180°. Eigenlijk zijn deze vier standen maar momentopnamen in een vloeiend verlopende beweging, die wordt samengevat in de woorden wassen en afnemen. Hiermee is dus iets gezegd over het licht van de maan, dat zich uitbreidt en zich weer terugtrekt. Zo vergaat het ook de levensprocessen in de natuur, want op een periode van uitbreiding en groei volgt altijd een periode van krimpen en verouderen. Het is de altijd voortdurende 'circle of life' die samengaat met geboorte en dood, kiemen en verwelken, culturele bloei en cultureel verval. Geen wonder dat de synodische maan altijd is opgevat als een symbool voor dit grote ritme van het leven, waarbij de nieuwe maan het geboortemoment aangeeft van een volgende tijdenronde, met de volle maan als de volledige expansie en hoogtepunt van ontwikkeling. Als een feniks uit de as verrees iedere maand de nieuwe maan uit het verterende vuur van de zon en was de tijd weer verfrist.

Dit is het meest bekende ritme van de maan, die ook wel de fasenmaan heet of de maan van de schijngestalten die ontstaan door de relatie tussen zon en maan. Vandaar dat ik deze cyclus ook wel eens de 'zonnemaan' noem. Deze cyclus zien we vanaf de aarde als we kijken naar de verlichting van de maan door de zon. We zouden ook vanaf de maan naar de aarde kunnen kijken als onze eigen planeet door de zon verlicht wordt en dan zien we juist het tegenovergestelde! Als de maan slechts een klein wassend sikkeltje is vanaf

Een sfeervol plaatje, maar astronomisch onjuist: de maan wordt van linksonder verlicht door de opkomende zon. Het is vroeg in de ochtend.

de aarde gezien, dan zie je vanaf de maan een bijna volle aarde, die aan het afnemen is. Eerste kwartier maan betekent ook laatste kwartier aarde, volle maan is nieuwe aarde, nieuwe maan is volle aarde en zo maar door. Aarde en maan vullen elkaar dus naadloos aan wat betreft het licht van de zon dat ze elkaar laten zien. In die zin is het paar aarde-maan een lichteenheid: samen zijn ze altijd vol.

Behalve een relatie met de zon heeft de maan ook een relatie met de sterren en die geeft aanleiding voor een andere cyclus.

Siderische maan: tocht door de dierenriem

Hierbij letten we even helemaal niet op de schijngestalten, maar op de positie die de maan heeft ten opzichte van de sterren. Dat zijn dus de beelden van de dierenriem, want die vormen ook het kosmische decor voor de bewegingen van de maan.

Stel dat we beginnen met de maan in de Tweelingen. Dat kan een volle maan zijn, maar ook een eerste of laatste kwartier maan of alle andere fasen. Voor het gemak gaan we uit van een volle maan, want dan weten we zeker dat het nacht is en dat we van storend daglicht geen last zullen hebben. De maan staat in het sterrenbeeld op een plek die we precies kunnen intekenen op een sterrenkaart. Dat nemen we als beginpunt van de beweging. Een dag later kijken we weer naar de maan, die nu niet meer op die plek staat, maar ten opzichte daarvan is verschoven in oostelijke richting (naar links dus) en wel over een afstand van ongeveer 13°. Dat is een behoorlijk stuk aan de hemel als je bedenkt dat de volle maan zelf een halve graad in beslag neemt. Zesentwintig volle manen naast elkaar leveren een stuk op van 13 graden en dat legt de maan in een etmaal af. Dat doet zij, net als de zon, tegen de dagelijkse draaiing van de sterrenhemel in. Maar de zon legt per dag niet meer dan 1° af! De maan beweegt dus dertien keer sneller dan de zon aan de hemel en dat tempo is dermate hoog, dat we al snel niet meer weten waar zij staat. Maar niet in ons geval, want we volgen haar dagelijkse gang op de voet. Na enkele dagen is de maan niet meer in de Tweelingen te vinden en is ze opgeschoven naar de Kreeft, waar ze een paar dagen in staat. Dag na dag schuift ze naar de volgende beelden van de dierenriem en zakt ze tevens aan de hemel. Immers, de beelden van de zodiak leggen steeds lagere banen af en als de maan in het betreffende beeld staat, zal ook zij die dagelijkse baan afleggen. We spreken over dalende maan. Na bijna veertien dagen bereikt de maan haar laagste positie in de Boogschutter en vanaf dat moment gaat ze weer stijgen aan de hemel. Tenslotte zal ze weer in de Tweelingen staan en we markeren het moment dat we als uitgangspositie op de kaart hadden getekend. Als de maan daar is aangekomen is er een siderische ronde voorbij en tellen we een siderische maanmaand van 271/4 dag. Het woord 'siderisch' slaat op de sterren, om aan te geven dat we bij deze maanronde alleen maar letten op de positie ten opzichte van de sterrenachtergrond. Wat we nu hebben gevolgd is hetzelfde als bij de zon, maar dan dertien keer zo snel. Dus gaan er dertien van deze siderische maanden in een zonnejaar en ook dat levert 354 dagen op.

Twaalf synodische maanden zijn dus (nagenoeg) even lang als dertien siderische maanden. Dat is een verschil van een maand en dat verschil moet overbrugd worden. Om dat in te zien kijken we goed naar de maan in de Tweelingen en we zien dat ze nog niet vol is. We begonnen met volle maan en we zien nu een maan die nog een paar dagen te gaan heeft alvorens voor vol te worden aangezien. Om precies te zijn moet ze nog 21/4 dag verder lopen, want dat is het verschil tussen een synodische maand (29,5 dagen) en een siderische maand (271/4 dag). Hoe komt dat nu?

De siderische cyclus ontstaat door de beweging van de maan om de aarde. Daar heeft zij nu eenmaal 271/4 dag voor nodig. In het verhaal over de zon hebben we al gezien dat ook dit hemellicht er precies 271/4 dag (als gemiddelde waarde) over doet om om haar as te draaien. De maan draait in deze periode ook om haar as en tevens om de aarde. Maar in die periode is de zon ook een stukje opgeschoven en wel bijna een sterrenbeeld en dat verschil tussen zon en maan moet door de maan nog worden overbrugd. Pas na 21/4 dag is de maan weer pal tegenover de zon uitgekomen en is het volle maan. Niet meer in de Tweelingen, maar in de Kreeft. Zo gaat het telkens bij een siderische omloop en steeds zal de volle maan in het volgende beeld van de dierenriem terechtkomen. Als het jaar voorbij is, hebben alle twaalf beelden een keer de volle maan gedragen. Dat geldt trouwens voor alle schijngestalten, dus ook de nieuwe maan en de kwartierstanden zijn door alle zodiakbeelden heen getrokken.

U ziet dat de synodische cyclus bepaald wordt door de verhouding tussen maan en zon, en als beide hemellichamen bewegen zal dit spel dus ingewikkeld zijn. Je kunt het vergelijken met het rondlopen in een kring mensen. Als de kring stilstaat en één persoon maakt een volledige ronde langs de andere mensen, dan komt hij weer uit op dezelfde plek. Maar als de kring zelf heel langzaam beweegt, dan zal deze wandelaar nog een extra stukje moeten lopen om weer op dezelfde positie te komen.

Vatten we de siderische cyclus als volgt samen:

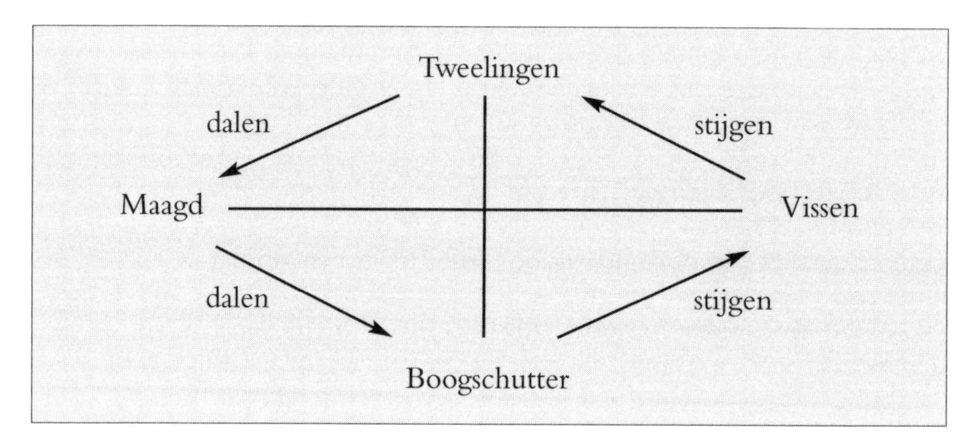

Veertien dagen lang daalt de maan naar de laagste regionen van de dierenriem en veertien dagen lang stijgt zij naar de hoogste gebieden.

Deze cyclus noem ik ook wel de 'sterrenmaan' vanwege de relatie van de maan met de hemelachtergrond van de zodiak.

Siderisch en synodisch: de maan als spiegel van de tijd

Het zal nu afhangen van de tijd van het jaar op welke plaats van de dierenriem we de volle maan of welke schijngestalte dan ook kunnen zien, en om dat te doorzien moeten we beide cycli met elkaar combineren. Daarvoor nemen we de zon als een soort ijkpunt, want die bepaalt immers welke schijngestalte de maan zal hebben. Op het moment van midzomer staat de zon in de Tweelingen en de volle maan zal daar pal tegenover staan in de Boogschutter. Die nacht trekt de volle maan een lage baan boven de horizon, van het zuidoosten naar het zuidwesten. Zomer-volle manen zijn altijd laag aan de hemel te vinden en mysterieus, omdat ze door de atmosfeer roodachtig worden gekleurd. Ook lijkt de maan groter omdat ze door de atmosfeer wordt 'opgerekt' en daarmee is de zomer-volle maan weliswaar imposant, maar ook kortstondig: haar baan is snel weer afgelopen.

Tegenovergesteld is het in de winter. Dan is het de zon die in de Boogschutter staat en zijn lage banen trekt, terwijl de volle maan hoog aan de hemel prijkt in de Tweelingen. Lang is zij op, vanaf het noordoosten tot aan het noordwesten en ze zal de gehele nacht domineren met haar heldere licht. De maan lijkt niet zo groot in de winter, maar is wel zeer aanwezig en staat hoog boven de horizon.

Op die manier kun je ook een beeld krijgen van de posities van de eerste kwartier en laatste kwartier maan in de verschillende seizoenen, en alles bij elkaar genomen is de maan een fraaie 'spiegel van de tijd'. Om dat toe te lichten geef ik een tekening van de maan, met een paar vragen erbij. Hier is de tekening van de maan aan de horizon:

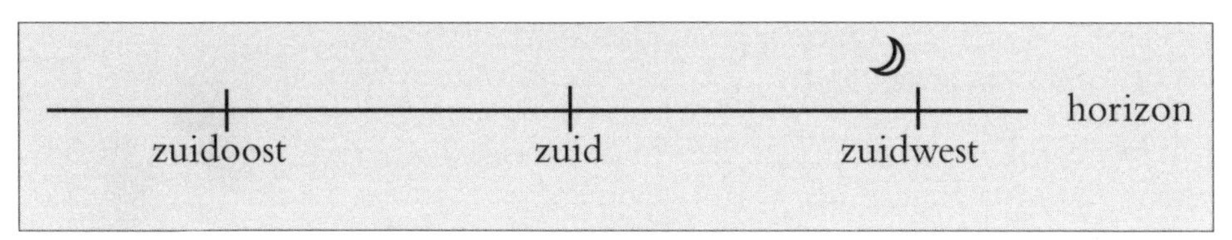

Je ziet een klein maansikkeltje staan boven het zuidwesten. De vragen zijn:
– welke tijd van het jaar is het ongeveer?
– hoe laat is het ongeveer?

Dit lijken onmogelijk te beantwoorden vragen met alleen maar een maansikkeltje als gegeven, maar toch is er goed uit te komen en als je dit probeert raak je steeds beter thuis in de verhoudingen aan de hemel. Ik geef meteen de oplossing, mocht je er al bij voorbaat geen gat in zien.

Eerst over de tijd van het jaar:

We hebben te maken met een ondergaande maan, want in het zuidwesten kunnen de hemellichten alleen maar ondergaan. Dan moet de maan in het zuidoosten zijn opgekomen. De baan die zij beschreven heeft is die van de Boogschutter, want die heeft nu eenmaal zo'n klein en laag boogje aan de hemel. De zon is rechts van de maan, want de sikkel wordt aan de rechterkant verlicht en hij is kort geleden ondergegaan. De maan is immers nog 'jong', want de sikkel is smal. Laten we zeggen dat het een drie dagen oude maan is. Dat betekent dat het drie dagen geleden nieuwe maan was en dat de maan intussen drie dagen lang aan het wassen is in oostelijke richting. Daarbij legt zij dus 39° af aan de hemel. Dat is ruim een sterrenbeeld (dat is gemiddeld namelijk 30° breed) en de zon staat dus ruim een sterrenbeeld verderop. We komen dan uit bij de Schorpioen of de Weegschaal. Het is dus november/december.

Dan over het uur van de dag:

Het is avond, want de zon is al onder. Gezien de afstand tot de maan zal dat al enkele uren zijn. Omdat in november/december de zon vroeg ondergaat, zal het een uur of zeven in de avond zijn.

Gezien al deze feiten is het niet zo gek om te veronderstellen dat het Sinterklaasavond is en dat de kinderen in spanning uit het raam zitten te kijken naar een glimp van de heilige. En passant zien ze de maan schijnen door de bomen, laag aan de horizon. Dit is dus typisch zo'n 'zie de maan schijnt door de bomen' maan.

Nog zo'n hemelsituatie:

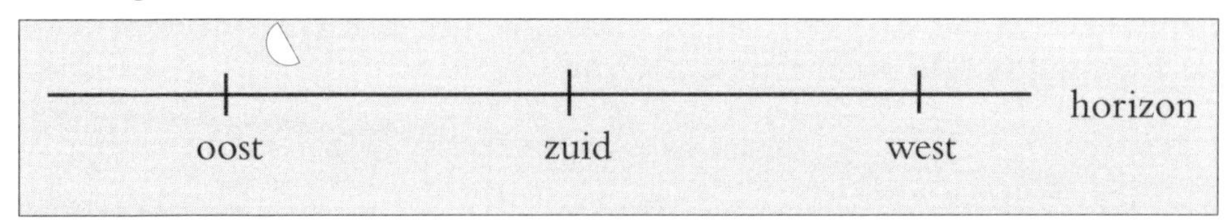

Nu beweer ik dat ik dit gezien heb in de avondschemering van de eerste lentedag. Kan dit waar zijn of vertel ik onzin?

Kijken we eerst eens naar de schijngestalte van de maan: het is duidelijk laatste kwartier en dat betekent dat de zon dan 90° van de maan verwijderd is. Dat kan alleen maar aan de lichte kant van de maan zijn en dus linksonder. De zon is op haar diepste punt onder de horizon en het is dus middernacht. Hierboven had ik al laten zien dat de laatste kwartier maan hoort bij de tweede helft van de nacht en de ochtend. Het kan helemaal geen avondschemering zijn en op dit punt heb ik dus gelogen. Dit was het synodische gedeelte van de maan en die geeft al de nodige informatie over het tijdstip van de dag.

Kijken we nu naar de siderische situatie om een idee te krijgen van de tijd van het jaar. De maan komt net op in het oosten en staat in het sterrenbeeld van de dierenriem dat ook in het oosten opkomt en in het westen ondergaat. Nu zijn er twee mogelijkheden: de maan staat in de Maagd of in de Vissen. Als we niet meer gegevens hebben kunnen we onmogelijk hiertussen kiezen en moeten we ze dus allebei nader bekijken. Staat de maan in de Maagd, dan gaan de Vissen in het westen onder, staat de maan in de Vissen dan gaat de Maagd in het westen onder. In beide gevallen kan het onmogelijk lente zijn, want dan staat de zon in het lentepunt en dat ligt in de Vissen. Ik heb dus alweer gelogen. Waar staat de zon dan wel? Een kwart van de maan verwijderd in de dierenriem en dat kan dus of Tweelingen of Boogschutter zijn. Het is dus of midzomer of midwinter.

Op die manier kun je zelf nog een hele reeks oefeningen bedenken om de maan beter in beeld te krijgen.

Wassen, afnemen, stijgen, dalen

Wassen en afnemen horen bij de synodische maan, stijgen en dalen horen bij de siderische maan. Omdat beide maancycli een eigen ritme hebben, zullen ze voortdurend bij elkaar uit de pas lopen en je kunt zeggen dat wassen en afnemen volledig los staan van stijgen en dalen. De wassende maan kan bijvoorbeeld dalen en de stijgende maan kan afnemen, maar ook de combinatie van stijgen en wassen is mogelijk. Twee extremen haal ik er even uit:

synodisch	*siderisch*
A.	
wassen	stijgen
afnemen	dalen
B.	
wassen	dalen
afnemen	stijgen

In voorbeeld A lopen de twee cycli gelijk op, want het stijgen in de dierenriem betekent het groeien van de maan naar hogere posities en betere zichtbaarheid. Dat geeft een vergelijkbaar gevoel als het wassen, want ook dan wordt de maan steeds zichtbaarder. Hetzelfde geldt voor afnemen en dalen, want in beide gevallen neemt de maan in zichtbaarheid en lichtkracht af.

In voorbeeld B lopen beide cycli tegendraads en dat voelt merkwaardig aan: de maan neemt tegelijk in lichtkracht toe, maar boet aan hoogte en zichtbaarheid in. Andersom geldt dat voor de combinatie van afnemen en stijgen.

Deze vergelijking heb ik nodig om te laten zien hoe de paasdatum wordt vastgesteld. Hierbij geldt als regel dat het pas Pasen mag zijn als de zon het lentepunt heeft bereikt: dan worden de dagen langer dan de nachten en in symbolische termen overwint het licht de duisternis. Dat moet ook wel als je in een religie de god aanbidt van de zon en van het licht. Stel je voor dat het licht juist aan het afnemen is... Pasen valt dus altijd na 21 maart. Maar ook de maan speelt mee in de bepaling van de juiste datum. Het moet namelijk eerst volle maan zijn geweest en pas op de eerstvolgende zondag na die maan mag het paaszondag zijn. Dat is als volgt logisch: als het volle maan is geweest, vermijd je het risico dat het nieuwe maan is, want die zou wel eens de zon kunnen verduisteren en dat is het slechtste wat je kan overkomen bij een zonneritueel. De nieuwe maan kan namelijk precies voor de zon langs schuiven en de schijf van de zon totaal afdekken. Het risico van een dergelijke eclips is met de paasregel dus voorkomen. Het mag ook geen volle maan zijn, want dan is de maan op haar sterkst en ook dat is niet handig voor een zonnecultus: de maan(godin) moet juist in kracht afnemen, terwijl de zon(god) aan het groeien is. Dat is de essentiële voorwaarde bij een masculiene godsdienst. Als de zon in de Vissen staat (Vissen is tevens een Christussymbool) zal de volle maan in de Maagd staan en gaan dalen aan de hemel in de richting van Weegschaal en nog lager in de dierenriem. De maan is dan tegelijk aan het afnemen en dalen en dat is de ideale situatie voor Pasen. Vandaar.

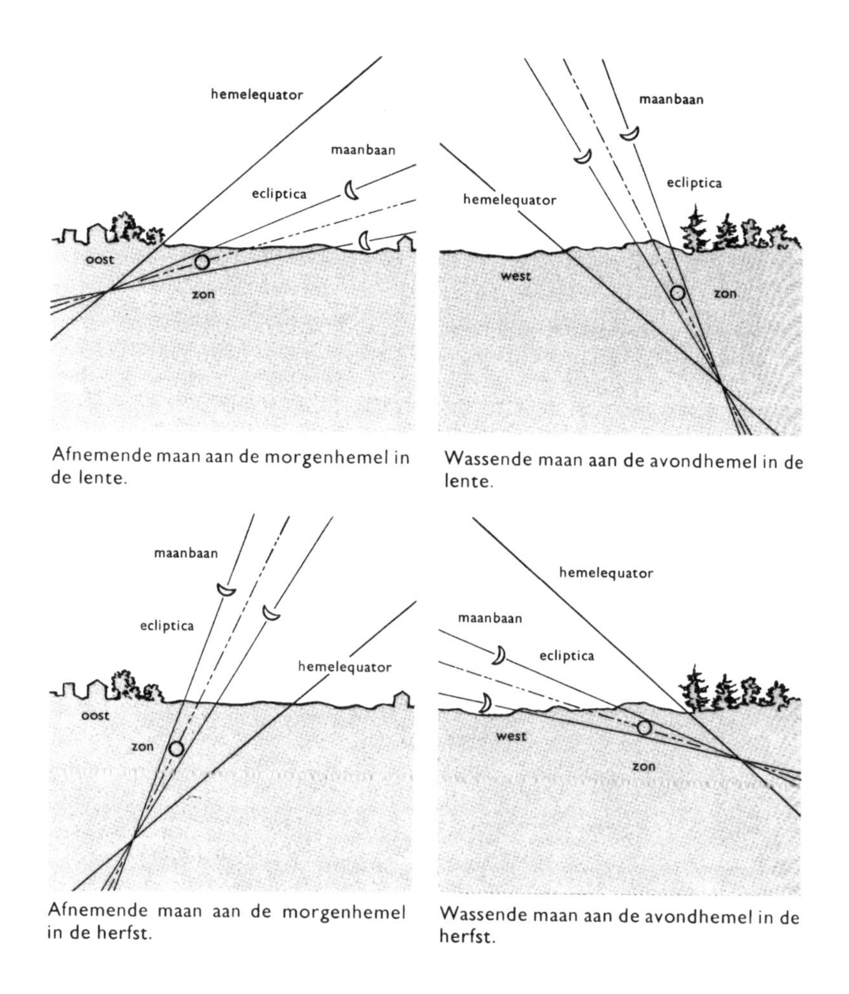

Afnemende maan aan de morgenhemel in de lente.

Wassende maan aan de avondhemel in de lente.

Afnemende maan aan de morgenhemel in de herfst.

Wassende maan aan de avondhemel in de herfst.

De maan kan steil of vlak opkomen, afhankelijk van de stand van de dierenriem.

Anomalistische en draconitische maan

Met de twee besproken ritmen (synodisch en siderisch) zijn we er nog niet, want de maan kent nog een aantal andere ritmen. De meeste daarvan zijn kleine variaties in de bekende ritmen en worden 'storingen' genoemd. Daarvan zijn er honderden bekend, die van oudsher de astronomen grote problemen bezorgden. Met name het vastleggen en voorspellen van de maanbewegingen bleek een zeer lastige klus, getuige het werk van de Franse astronoom Charles Delaunay. In zijn boek *Theorie du mouvement de la lune* uit 1860 geeft hij een overzicht van alle mogelijke storingen en afwijkingen van de maanritmen. Dat beslaat maar liefst 138 pagina's. In een tweede deel uit 1867 schrijft hij 482 pagina's vol met baanformules en moest hij concluderen dat nog niet alles bevredigend was beschreven...

Van al die bewegingen wil ik er twee bespreken, te beginnen met de anomalistische maan. Al duizenden jaren was het de waarnemers bekend dat de volle maan niet altijd even groot is. Nauwkeurige metingen laten zien dat de maanschijf regelmatig kleiner en weer groter wordt, niet omdat de maan zelf krimpt of uitdijt, maar omdat ze soms naar de aarde toe beweegt en soms van de aarde af. Dat komt door de elliptische vorm van de maanbaan om de aarde. Was die baan een exacte cirkel, dan zou de maan altijd even groot zijn. Dat is niet zo bij een ellips, waarbij de aarde in één van de brandpunten staat. Door deze elliptische vorm, die bij alle planetenbanen om de zon ook aanwezig is, ontstaat een ritmisch patroon van toenadering en verwijdering van twee hemellichamen ten opzichte van elkaar. Ik zie daarin een soort kosmische 'adembeweging' van aantrekken en afstoten, die je in termen van menselijke communicatie sympathie en antipathie noemt. In het intermenselijke verkeer is dat verbonden met een waardeoordeel, maar aan de hemel is daar natuurlijk geen sprake van. Hier kijken we naar het spel van de zwaartekracht en andere mechanische hemelverschijnselen. Toch kunnen deze kosmische bewegingen, juist omdat ze los staan van een gevoelslading, als oerbeeld dienen voor het intermenselijke verkeer. In die zin hebben de alchemisten en andere esoterische natuuronderzoekers hun visie op de hemel altijd verbonden met processen in de menselijke ziel onder het motto: 'zo boven, zo onder'.

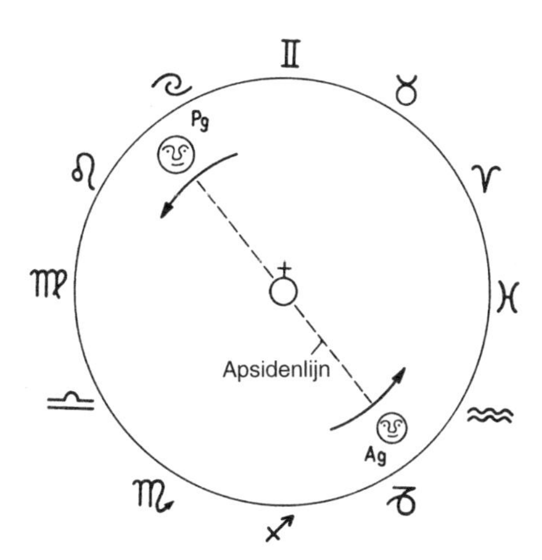

De apsidenlijn verbindt Perigeum met Apogeum en draait langzaam rond in de dierenriem

Staat de maan op haar verste punt van de aarde, dan is zij in het apogeum, staat ze dichtbij de aarde dan is zij in het perigeum. Dat laatste woord laat zich makkelijk verklaren: periferie betekent 'nabijheid' en Gea of Gaia is de aarde. Steeds zal de maan in haar siderische rondgang door de dierenriem een keer dichtbij de aarde en een keer ver van de aarde af staan en tussen die twee momenten liggen veertien dagen. Maar niet helemaal, want de ellipsbaan zelf draait ook langzaam rond de aarde. Verbind je namelijk de twee tegenover elkaar liggende punten van perigeum (Pg) en apogeum (Ag) tot de zogenaamde apsidenlijn, dan blijkt die lijn langzaam rond te draaien in de dierenriem en wel tegen de wijzers van de klok in. Staat de maan bijvoorbeeld in zijn perigeum in de Tweelingen, dan zal het volgende perigeum iets zijn opgeschoven in de richting van de Kreeft en zo verder. Heel langzaam doorloopt het perigeum, met het apogeum aan de tegenoverliggende kant, de dierenriem met een totale rondgang in bijna 9 jaar. Om precies te zijn 8,85 jaar en dat is per jaar zo'n veertig graden verschuiving van de apsidenlijn door de zodiak. In ons voorbeeld van het perigeum in de Tweelingen zal een jaar later dit punt in de Kreeft liggen.

Op grond hiervan is de anomalistische maand vastgesteld, die loopt van perigeum naar het volgende perigeum en die dus iets langer zal duren dan een siderische omgang van de maan door de zodiak en wel 27 dagen, 13 uur en 18 minuten. Dat is bijna zes uur langer dan de siderische maand. In het volgende hoofdstuk zal ik een voorbeeld geven van de mogelijke invloed van de anomalistische maan op de groei van gewassen.

Dat geldt ook voor het laatste maanritme dat ik hier wil bespreken en wel het draconitische ritme. Dat hangt samen met de zogenaamde maanknopen, de snijpunten van de maanbaan met de zonnebaan ofwel de ecliptica. De baan van de maan ligt namelijk niet precies in hetzelfde vlak als de baan van de zon om de aarde, of andersom gezegd de baan van de aarde om de zon. Tussen dit eclipticavlak en het baanvlak van de maan om de aarde zit een geringe hoek van 5 graden en daardoor ontstaan er twee snijpunten aan de hemel. Die snijpunten liggen tegenover elkaar in de dierenriem en hebben een naam gekregen: drakenkop en drakenstaart.

De draak is een mythologisch monster, dat in veel culturen op aarde al duizenden jaren symbool staat voor een vernietigende kracht aan de hemel. Volgens de overleveringen zou er een onzichtbare kosmische draak om de dierenriem heen liggen, wachtend op zijn kans om de zon of de maan te verslinden. Bij een verduistering van zon of maan komt die draak te voorschijn en vreet het hemellichaam tijdelijk op, aldus het volksgeloof. Ook kan het met zijn staart de zon of de maan zo'n klap verkopen dat die tijdelijk van het

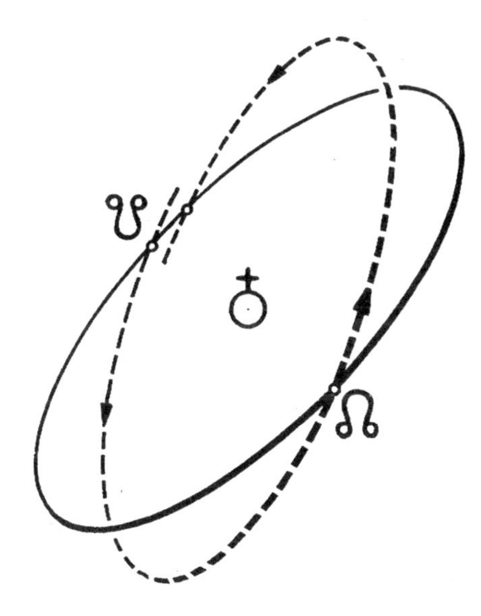

Ecliptica (getrokken lijn) en maanbaan (stippellijn) snijden elkaar op de maanknopen. ☋ *= drakenstaart (dalende knoop);* ☊ *= drakenkop (stijgende knoop).*

hemeltoneel verdwijnen.

Gaan we van de mythe terug naar de astronomie, dan verloopt een draconitische maand als volgt: de maan begint in de drakenkop, die ook wel stijgende knoop wordt genoemd. Op dat punt staat de maan dus zowel in zijn eigen maanbaan als op de ecliptica en vanaf dat moment zal de maan boven de ecliptica gaan lopen. Dag na dag klimt zij hoger om na ongeveer een week haar maximale hoogte van 5 graden boven de ecliptica te bereiken. Dan gaat de maan weer terugbewegen naar de ecliptica en na weer een week komt zij in de drakenstaart ofwel de dalende knoop. Er zijn nu veertien dagen verstreken. Heel even staat de maan dan weer in de ecliptica om er direct onder te duiken en na een week is de maximale diepte van 5 graden onder de ecliptica bereikt. Vervolgens gaat de maan weer stijgen ten opzichte van de ecliptica en bereikt ze haar uitgangspositie in de drakenkop. Dan is er een draconitische maand voorbij en die duurt 27 dagen, 5 uur en 5 minuten. Dat is zo'n 2,5 uur korter dan de siderische omloop en dat komt doordat de maanknopen ook langzaam door de zodiak bewegen. Niet tegen de klok in, zoals bij de anomalistische beweging, maar met de klok mee in oostwestelijke richting. De maan is dus tijdens haar siderische omloop iets eerder bij haar knoop teruggekeerd omdat die knoop haar tegemoet loopt. In een jaar bewegen de knopen zo'n 19 graden door de zodiak en een complete rondgang duurt 18 jaar, 7 maanden en 9 dagen (18,6 jaar). Dat ritme wordt ook wel maanknopenritme genoemd, dat zijn invloed heeft op de omstandigheden op aarde, zoals ik in het volgende hoofdstuk zal laten zien.

Nu is er een aardig verband tussen dit ritme en de omloop van het lentepunt door de dierenriem. Loopt de maanknoop in 18,6 jaar rond in de zodiak, de 'zonneknoop' ofwel het lentepunt doet daar een kleine 26.000 jaar over. In totaal passen er zo'n 1440 maanknopenritmes in een groot zonneritme en dat is gelijk aan het aantal minuten in een etmaal. Noemen we het tijdvak van 26.000 jaar een Platonisch Wereldjaar, dan is een maanknopenritme een Platonische Wereldminuut. Deze berekening is niet alleen maar een spel met getallen, want er is een kosmisch verschijnsel mee verbonden. Iedere keer als er een ritme van 18,6 jaar door de maan is voltrokken heeft de hemelpool een klein knikje gemaakt ten opzichte van de omgevende hemel. De aardas krijgt namelijk een kleine afwijking door de knopenritmiek van de maan, want maanbaan en aarde zijn intensief met elkaar verbonden in een krachtenspel. In totaal maakt de aarde zo'n 1440 knikjes in een Platonisch Wereldjaar. Ik vergelijk dit wel eens met een spel tussen twee mensen, waarbij de één in cirkeltjes om de andere heenloopt. Telkens bij een omloop knikt de ander even ter bevestiging van weer een nieuwe ronde. Een kleine buiging van het hoofd om aan te geven dat het begrepen is. Zo'n knikje aan de hemel heeft de naam nutatie gekregen en het tijdvak van 18,6 jaar heet dan een nutatieperiode.

Vier maanritmen op een rijtje

In volgorde van duur:

synodische maan	29,530 dagen = 29 dagen, 12 uur, 44 minuten
anomalistische maand	27,554 dagen = 27 dagen, 13 uur, 18 minuten
siderische maan	27,321 dagen = 27 dagen, 7 uur, 43 minuten
draconitische maand	27,212 dagen = 27 dagen, 5 uur, 5 minuten

Een zonneklare maankaart

Donderdagavond 20 oktober, 23.00 uur. Ik loop mijn tuin in om even te kijken naar een spoor van de voorspelde meteoorstroom in het sterrenbeeld Orion. Mijn blik komt niet eens bij Orion terecht, want de maan trekt alle aandacht naar zich toe. Minutenlang neem ik in volle verbijstering een lichtspel waar dat maar zelden zó vol en indrukwekkend is. Ik zie maanhalo's, lichtkringen om de maan in verschillende diameters, met bijmanen, nevenmanen en regenboogkleuren in wisselende intensiteiten. Als een koningin prijkt de bijna volle maan in het centrum van deze verschijnselen. Het lijkt wel een gebaar van haar kant, want ik had juist urenlang zitten zwoegen op een ontwerp waarin ik de ingewikkelde maanbewegingen in een eenvoudige draaibare kaart kon vangen. In die kaart heb ik geprobeerd om de schijngestalte, de hoogte tegen de achtergrond van de dierenriem, het stijgen en dalen en de plaats van opkomst en ondergang te verwerken. En dat alles voor de vier seizoenen.

Benodigdheden:
- blauw fotokarton van 15 x 15 cm
- wit fotokarton van 25 x 35 cm
- schaar of stanleymes, passer, liniaal, potlood, pen en kleurmateriaal (verf of kleurpotlood) en een kleine splitpen.

Werkwijze:
Begin met het witte karton. Teken met de passer een viertal grote en een viertal kleine cirkels, zoals in tekening 1 (blz. 208) is aangegeven. Het mooiste is om de grote cirkels in inkt te zetten. De vier kleine cirkeltjes worden uitgeknipt (of gesneden met het stanleymes), zodat er vier grote gaten ontstaan. Geef alles wat onder de horizon ligt een aardekleur, de rest blijft wit of krijgt een hemelkleur. De splitpen komt bovenaan de hemelequator, midden tussen de vier gaten in. Aan de achterzijde van de kaart komt een schijf van blauw karton die ook aan de splitpen vastzit. Op die schijf komen de afbeeldingen van de zon (met daarbij de onzichtbare nieuwe maan), de volle maan, het eerste en het laatste kwartier. Daar komen ook de namen van de vier seizoenen bij, alles volgens tekening 2 (208). Door een uitsparing bovenaan het witte karton is de maanschijf eenvoudig en wel rechtsom draaibaar. Je ziet de naam van het seizoen verschijnen en een afbeelding van de maan of de zon. Het beste kun je de blauwe schijf nog onbeschreven aan de splitpen hechten en dan door de vier gaten heen de desbetreffende tekeningen en teksten aanbrengen. Met gele verf of kleurpotlood kun je de maan inkleuren, de zon met wit of oranje. De kaart is verder naar eigen inzicht te verbeteren en te verfraaien.

Gebruik:
Als zonnekaart: je leest per seizoen de positie van de zon in de dierenriem af. De pijlen met 'stijgen' en 'dalen' geven de bewegingen weer door het jaar heen.

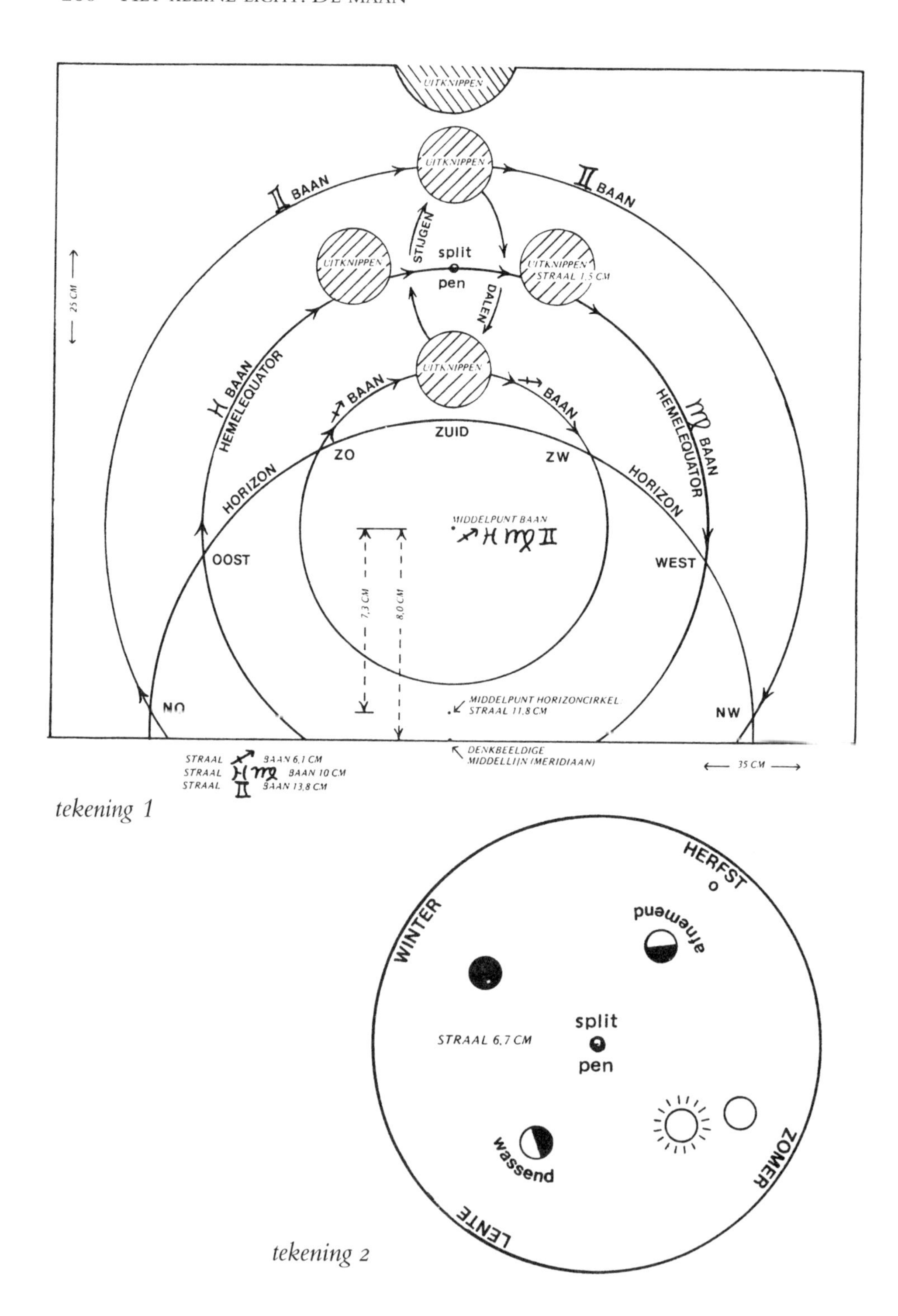

tekening 1

tekening 2

Als maankaart: nu geldt hetzelfde als bij de zon, alleen is de beweging veel sneller. De pijlen 'stijgen' en 'dalen' geven de beweging in een maand tijd weer. Als voorbeeld de wintersituatie. De volle maan staat hoog aan de hemel in de Tweelingen en beweegt van noordoost naar noordwest. De afnemende maan is laatste kwartier (waarvan de tekening, evenals die van het eerste kwartier, niet klopt met de werkelijkheid) en staat in de Maagd. Hij beschrijft precies de baan van de hemelequator van oost naar west. De nieuwe maan staat samen met de zon in de Boogschutter en beweegt van noordoost naar zuidwest. De eerste kwartiermaan staat in de Vissen en beweegt van oost naar west over de hemelequator. Al draaiende zul je nog meer ontdekken. Zo kun je aflezen of een schijngestalte een maand later hoger of lager aan de hemel staat. Oefen jezelf door het stellen van vragen als: hoe ziet de hemelsituatie er in april uit en kan de nieuwe maan in de herfst in de Ram staan?

TIP

Met de maan kun je zelf heel makkelijk experimentjes doen, waarvoor niets anders nodig is dan jezelf als instrument. Let eens op je stemming en de manier waarop je aan het werk bent als de maan vol is. Vergelijk dit met de dag waarop de maan nieuw is. Als je dit eèn paar keer herhaalt, waarvoor enkele maanden tijd nodig is, krijg je gevoel voor de verschillen in kwaliteit tussen volle en nieuwe maan. Voor de een zal de volle maan samenhangen met naar binnen gerichte activiteiten en de nieuwe maan met een gerichtheid naar buiten, voor de ander is het precies omgekeerd.

Je kunt nog iets verder gaan en deze stemmingen en activiteiten noteren zonder te weten welke maan er aan de hemel staat. Achteraf kun je dan teruggzoeken in een kalender hoe het met de maan gesteld was. Ook kun je ditzelfde doen met de andere schijngestalten, zoals eerste en laatste kwartier. De uiterlijk maankalender breng je op die manier meer bewust in samenhang met je innerlijke ritmen.

Ooit sprak ik met een terminale kankerpatiënte en zij wist feilloos de plaats en de fase van de maan aan de hemel te vinden, ook al was het bewolkt weer. Haar ziekte had haar de gevoeligheid gegeven, die ze voordien niet bezat.

Een andere oefening leerde ik van een oude vriend, die mij op een dag vertelde dat hij de volle maan spaarde. Toen ik hem sprakeloos aankeek zei hij er direct bij dat hij ze alleen in zijn hoofd spaarde en wel het beeld van de volle maan, gespiegeld in het water. Hij had overal ter wereld in water gekeken op het moment van volle maan en de stemmingen onthouden. De vijver in zijn achtertuin, het IJsselmeer, heldere bergmeertjes en zo maar door stonden in zijn innerlijk archief geschreven en hij kon ze één voor één te voorschijn roepen. Misschien een idee om ook eens te proberen! Het zou me niets verbazen als Beethoven er ook een dergelijke hobby op nahield, want met zijn 'Mondschein'sonate heeft hij wel zeer nauwkeurig de stemming die de maanspiegeling in het water oproept weten om te zetten in muziek.

Intermezzo

In de nacht van 20 op 21 juli 1969 landt de Eagle op de maan. Op 400.000 kilometer van de aarde drukt voor het eerst een zool zijn profiel in het maanstof. Een krakende stem etst in het collectieve bewustzijn van de blauwe planeet de historische woorden: 'a small step for (a) man, a giant leap for mankind'. Amerika viert een kosmische triomf in de desolate eenzaamheid van het wereldruim en beleeft tevens haar dieptepunt in de verpletterende nederlaag die Vietnam heet. Ik huil aan de buis bij zoveel historie.

Mannen.

Manen.

Vrouwen zouden nooit naar de maan zijn gegaan, want zij kennen de maan al van binnen. Mannen niet, die zoeken zich een ongeluk naar hun vrouwelijke innerlijk, denken dat in de uiterlijke wereld te moeten vinden en bouwen daarvoor reusachtige fallussen om in de kick van een kosmische coïtus terecht te komen. De Saturnus V draagraket, waarmee de drie pioniers Armstrong, Aldrin en Collins hun tocht naar de vrouw beginnen, stoot zich een weg in de oneindig grote leegte van de wereldbaarmoeder, in een orgasme van vuur en energie. Uiteindelijk landt een verloren zaadcel in de vorm van een zilveren lego-constructie met twee man aan boord in het stof van de Zee der Stilte, zoals dit deel van de maan wordt genoemd. Een mooier woord voor de baarmoeder ken ik niet: zee der stilte. De Adelaar (Eagle) van het vernuft ontmoet de rust van de hemel, Man landt in het grote onbekende en Man is ontroerd, verbaasd, vol ongeloof en onbegrip. Is dit nu Vrouw? Ben ik nu werkelijk in het rijk van Selena, in de tempel van Artemis, in de vruchtbare overvloed van leven? Man weet het niet en stuurt missie na missie richting maan, spendeert tientallen miljarden dollars aan het Grote Onbekende en gooit tenslotte in 1972 de handdoek in de ring.

In drie jaar tijd wandelen twaalf mannen op Vrouw en het is genoeg. Niet alleen het geld is op, ook de puf is eruit.

Deze episode in de geschiedenis markeert volgens mij het begin van de grote toenadering tussen mannen en vrouwen. Het begin ook van het verval van het tot dan toe onoverwinnelijke mannelijke rijk, vol technologie, verstand en alleenheerschappij. Ineen stort de opgeblazen ballon van Animus. De maan houdt de man een spiegel voor, roept hem een halt toe en laat hem terugkeren naar de aarde, maar nu voorgoed veranderd. Verward, onzeker en bij vlagen onvast is Man, maar de winst is onmiskenbaar: de zoektocht naar Anima kan alleen op aarde, in zichzelf, in partnerschap met Vrouw, worden volbracht.

Drieëndertig jaar verder zijn we nu en we kijken meewarig naar Man als hij zich oppompt in zijn technologische bommenmacht in de brandhaarden van de wereld. Die man kan niet meer, die is een anachronisme. Het heilige huwelijk is allang voltrokken. Kijk op naar de maan, man, en zie jezelf als de hulpeloze zoeker naar het verloren paradijs. Van Arm(y)strong naar Beenzwak ben je geworden, reus op lemen voeten.

Vijftiende avond: *Kakafonie met kalenders*

Maanlicht
(fragment)

Geklommen was de maan naar boven,
Had wolken stil uiteengeschoven,
Uit sneeuwengrot leek zij te turen,
En zilversneeuw in 't rond te sturen.

Marie Boddaert

Natuurlijk plant je uien bij wassende maan. Bieslook snijd je dan ook af, want bij afnemende maan verdort het blad te snel.

En als je last hebt van slakken, dan moet je eierschalen strooien rond de kropsla. Maar wel bij wassende maan.

Wil je bloemplanten oppotten, dan doe je dat vanzelfsprekend bij maan in Maagd. Last van wratten? Stinkende gouwe plukken en het sap op de wrat smeren. Wel bij afnemende maan.

Echt waar: bij wassende maan stromen de bergbeken sneller over dan bij afnemende maan, wanneer de aarde meer water opzuigt.

Uitspraken van de Duitse tuinderes en maanexpert Johanna Paungger in haar boek *In harmonie met de maan*. Paungger blikt zelfverzekerd in de camera. Ze is een modieus geklede vrouw van middelbare leeftijd, terwijl ik een oude dame met knot en soepjurk had verwacht. Ik zie haar op een video van de Bayerische Rundfunk, in de jaren negentig in Duitsland uitgezonden en mij aangeraden door een vriend. Ik lees haar boek, kijk naar de film en ben verbaasd over zoveel vanzelfsprekendheid in de informatie. Alsof de maan werkelijk alles in het leven regelt. Of het nou gaat om het knippen van haren, het zaaien van kruiden, gezondheid en ziekte, bosbouw of de dagelijkse huishouding, in alles speelt de maan een rol van betekenis.

De ene keer gaat het om de fasen van de maan, de andere keer over de positie van de maan in de dierenriem, dan weer over stijgen en dalen. Ritmes, daar gaat het over en die worden immers al sinds jaar en dag door onze maan beïnvloed.

Ervaringskennis

Johanna komt uit Beyeren, waar de mensen nog helemaal in en met de natuur leven. Als zij daar 'maan' zeggen, dan is dat doodnormaal. Boeren verdienen er meer als zij de maan toepassen in hun bedrijfsvoering. Melkveehouders vermijden kunstmest, omdat de planten ongevoeliger zouden worden voor de maan. Overal zien zij onze hemelse wachter werken, van mest tot regenworm, van melk tot kaas. Boswachters kappen de bomen bij nieuwe maan, omdat de sapstromen als eb en vloed door de bomen trekken. De maan lijkt wel op een extra 'meester' in de timmermanswerkplaats, want het juiste tijdstip van behandelen van het hout hangt met haar samen. Dat geldt ook voor de weerbaarheid van hout tegen brand en de gevoeligheid voor houtworm.

Paungger toont in de bibliotheek van München de beroemde 'Münchener Maankalender' van 1567. Alles gebaseerd op ervaringskennis, zoals het verband tussen de dierenriemtekens en onze lichaamsdelen. Dat moet je volgens haar goed in de gaten houden bij operaties. Die kennis geldt nog steeds, aldus Paungger, alleen dreigt ze in onze cultuur verloren te gaan. Vandaar haar boek. Daarin legt ze uit dat alles wat boven de grond groeit wordt gestimuleerd door wassende maan en alles onder de grond door afnemende maan. Dat geldt ook voor de geneeskracht en zij proeft het verschil aan de verse planten.

Van alle planten weet ze wel een relatie met de hemel: witte dovenetel of viooltje, brandnetel of ui.

Beeld en teken: Thun en Paungger

De ondertitel van het boek *In harmonie met de maan* luidt: 'de toepassing van de maankalender in het dagelijks leven'. Samen met de oorspronkelijke Duitse titel *Vom richtigen Zeitpunkt* (over het juiste tijdstip) wekt dit niet alleen de praktische nieuwsgierigheid, het roept direct associaties op met de werken van een andere Duitse tuinderes: Maria Thun. Die heeft namelijk al meer dan veertig jaar lang over de toepassing van de maan geschreven, gericht op land- en tuinbouw en bijenhouderij. Ook bij Thun gaat het steeds over het juiste tijdstip. Zouden deze twee vrouwen hetzelfde verhaal vertellen en op welke punten verschillen de verhalen van elkaar?

Dat was de eerste vraag die bij me op kwam bij het openslaan van Paunggers boek. Drie bladzijden later zat ik met grote problemen. Paungger zegt in grote lijnen dezelfde dingen als Thun, maar doet dat vanuit de astrologie en niet vanuit de astronomie. En daar ligt een kolossaal verschil. Als Paungger zegt 'maan in Tweelingen', dan zegt Thun 'maan in Stier' en ze beschrijven dezelfde werkingen en invloeden.

Om dat verschil te begrijpen verwijs ik naar het hoofdstuk over de Dierenriem (zie blz. 122), waarin het verschil tussen het astronomische beeld en het astrologische teken is besproken.

Laten we eerst eens zien wat Paungger over de invloed van de maan te melden heeft.

Paungger is een telg uit een oud Tiroler boerengeslacht en inventariseerde eeuwenoude, van generatie op generatie overgeleverde kennis over de effecten van de maanstand op het leven van alledag. Zij geeft al jaren adviezen en tips op alle belangrijke terreinen van het dagelijks leven: van geneeskunde en gezondheid via voeding en huishouding tot tuin- en akkerbouw. Ze pleit voor een mens- en natuurvriendelijke landbouw, gezonde voeding en leefstijl en dat alles in harmonie met de maan. Met een beetje geduld, wat informatie, zelfvertrouwen en een maankalender, wordt het leven volgens haar een stuk rijker en gezonder. Van haar grootvader leerde zij de opmerkingsgave en het zelf ervaren als sleutels tot vele geheimen in de natuur die door de wetenschap alleen niet worden ontsluierd. Woorden werden daarbij niet gesproken, want telkens als zij een vraag stelde zei haar grootvader: 'Kijk maar goed'.

Momenteel heeft zij veel weerklank gevonden bij artsen en ondernemers, die de kennis over de maankalender in hun werk toepassen. Paungger gebruikt de aloude indeling van de dierenriem naar de vier elementaire kwaliteiten die de Grieken al onderscheidden: aarde, water, lucht en vuur, die weer samenhangen met respectievelijk wortel, blad, bloem en vrucht in de plant. Staat de maan in het teken Weegschaal, dan is het een lucht- of lichtdag en dat werkt door in de bloemvorming van planten.

Kwaliteiten van de dierenriem, volgens Paungger

teken	*element*	*plantendeel*
Stier, Maagd, Steenbok	aarde	wortel
Kreeft, Schorpioen, Vissen	water	blad
Tweelingen, Weegschaal, Waterman	lucht	bloem
Ram, Leeuw, Boogschutter	vuur	vrucht

Paungger raadt aan om tomaten, een vruchtgewas, te zaaien en te poten op een vruchtdag. Wortelgroenten als knolselderij en ui moeten op aardedagen worden geplant of gezaaid. Enzovoort.

Dit strookt dus in het geheel niet met de in kringen van biologisch-dynamische landbouw veel gebruikte zaaikalender van Maria Thun. Die gebruikt weliswaar exact hetzelfde schema, maar verbindt daarmee andere posities van de maan, namelijk de astronomische plaats temidden van de sterren. Als ik bijvoorbeeld kamerplanten wil verzorgen, raadt Paungger mij aan om alleen water te geven tijdens bladdagen. Volgens haar kalender moet dat bijvoorbeeld op een donderdag, maar volgens Thun op een dinsdag gebeuren. Dat is nogal een verschil, nog afgezien van het interval van wel negen dagen tussen de ene en de volgende bladdag.

Arme planten. Paungger suggereert om dan een paar keer per dag water te geven: 'Zelfs wanneer ik een reis van twee weken onderneem, hoeft er niemand bij mij thuis langs te gaan om mijn kamerplanten water te geven. Als ik ze de laatste keer op een bladdag uitvoerig water geef, eventueel zo dat in de onderschotel water blijft staan, overleven mijn planten een dergelijk lange periode. U doet er goed aan uw planten geleidelijk aan en niet radicaal aan het nieuwe ritme te laten wennen. Uitzonderingen vormen veel, zeer dorstige kamer- en tuinplanten, zoals tomaten, die vaker moeten worden begoten.'

In ieder geval ontraadt ze het bewateren op bloemdagen, vanwege het gevaar voor luizen. Volgens haar schema zou ik dan bij maan in Schorpioen (een water*teken*) moeten bewateren, maar volgens de Thun-kalender staat de maan dan in Weegschaal (een bloem*beeld*) en dan zou ik dus ook luizen kunnen verwachten!

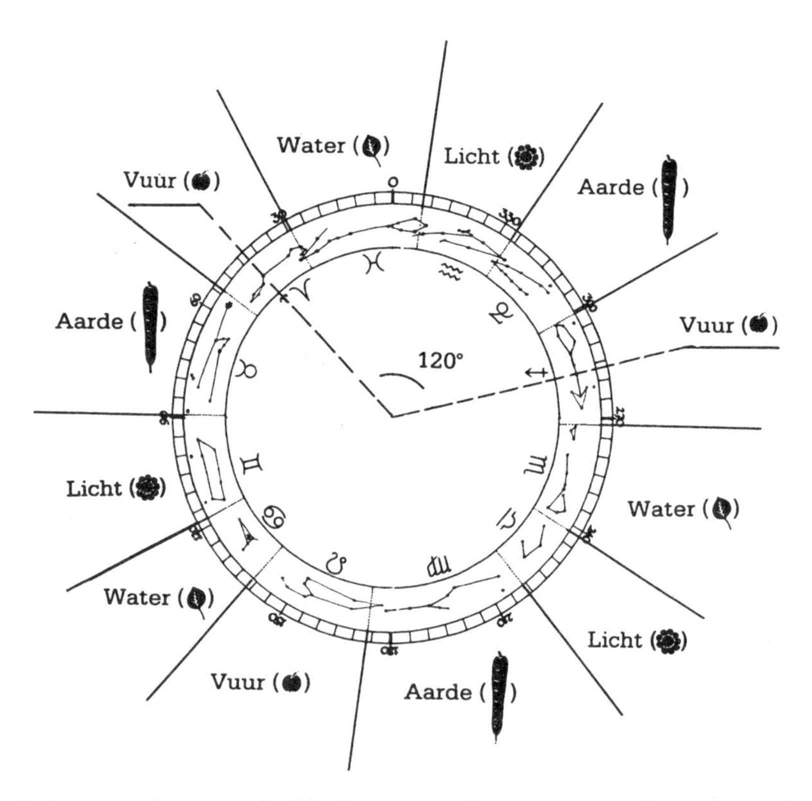

De relatie tussen dierenriembeeld, element en plantenorgaan volgens de zaaikalender van Maria Thun.

Maar Paungger heeft nog meer pijlen op haar boog. Zo geeft ze ook adviezen voor de fasen van de maan, de bekende schijngestalten en die kunnen niet misverstaan worden. Of je nu astronoom bent of astroloog, volle maan blijft volle maan. Dat geldt ook voor het wassen en afnemen van de maan, daar kan geen misverstand over bestaan.

Bijna hetzelfde geldt voor de bewegingen van de maan ten opzichte van de dierenriem en onze horizon, uitgedrukt in het zogenaamde stijgen of dalen. Als de maan van Tweelingen naar Boogschutter beweegt, zal ze op het noordelijk halfrond steeds lager aan de hemel gaan staan, terwijl de beweging van Boogschutter naar Tweelingen een stijging betekent. Het verschil tussen astronomie en astrologie is hier maar gering en wel 1 beeld aan de hemel. Als de astroloog zegt 'van Tweeling naar Boogschutter' dan zegt de astronoom 'van Stier naar Schorpioen'. Voor het grootste deel overlappen deze uitspraken elkaar en dus is het onderscheid tussen stijgen en dalen niet geheel zinloos.

Tijdens afnemende maan, aldus Paungger, trekken de sappen meer naar de wortels en is de aarde bereid op te nemen en in te ademen; tijdens wassende maan stijgen de sappen meer omhoog en overheerst de bovengrondse groei en bloei, het uitademen. Iets preciezer is ze over het spitten: in het voorjaar dient de grond driemaal omgespit te worden. De eerste keer tijdens wassende maan, de tweede keer tijdens afnemende maan in Steenbok (een aarde*teken*) en de derde keer opnieuw bij afnemende maan.

Verder zal het wieden en omspitten tijdens wassende maan in Leeuw elk onkruidzaadje dat in de bodem ligt op gang brengen en doen kiemen. Niet doen dus, maar in plaats daarvan het werk doen tijdens afnemende maan in Steenbok.

Als algemene regels geeft ze in dit verband:

* planten en groenten waarvan we de bovengrondse delen gebruiken moeten bij wassende maan, of als alternatief bij dalende maan, worden gepoot of gezaaid.
* groenten waarvan we de ondergrondse delen gebruiken zullen goed gedijen bij het zaaien of planten tijdens afnemende maan. Als dat niet mogelijk is, kan ook de dalende maan gekozen worden.

Hier zit iets vreemds in verborgen. Het verschil tussen ondergronds en bovengronds kan als een tegenstelling worden opgevat en dan is het logisch, dat ook de tegengestelde kwaliteiten van afnemende maan en wassende maan worden opgevoerd. Er zit iets logisch in het verbinden van afnemen en ondergronds, evenals de mogelijke band tussen wassen en bovengronds. Maar voor beide groeitypen wordt als alternatief de dalende maan gebruikt en dat leidt tot een nietszeggend verband.

Vragen die me ertoe brachten om Paungger te benaderen. Het kostte me een hoop tijd en correspondentie om eindelijk met haar ghostwriter Thomas Poppe in contact te komen. Paungger is niet bereikbaar en alle contacten lopen via hem. Ik leg hem een lange lijst met vragen voor, die bij mij zijn gerezen naar aanleiding van het boek. Het antwoord is van een verrassende eenvoud en stelt mij enigszins teleur:

'Ik ben bang dat we weinig te zeggen hebben op uw vragen. Uw benadering van de dingen is ver verwijderd van de manier waarop we werken en voelen. U vraagt of de maaninvloeden in de loop der eeuwen zijn veranderd. Dat is inderdaad het geval, vooral in het gebied van de weersverschijnselen. Maar in ons boek hebben we alleen gesproken over de invloeden die juist niet veranderen in de tijd. U suggereert dat wij in het boek gebruik maken van mondeling overgeleverde tradities. Maar dat is niet zo! We beschrijven uitsluitend eigen ervaringen. Wat nodig is voor het opdoen van deze kennis is: oneindige nieuwsgierigheid, een open geest, geen vooroordelen. Mevrouw Paungger verspilt werkelijk nooit haar tijd... Als u vraagt naar de verschillen tussen astronomie en astrologie, dan moet ik u antwoorden dat we niets afweten van astrologie. De kalender die we gebruiken is altijd al gebruikt geweest, over de hele wereld. En dat is dat. Een vriend van mij heeft alle berekeningen gemaakt voor de komende 20 jaar en hij baseert zich op 'Greenwich Mean Time'. Ik zei toen tegen hem: 'Oh?' en liet het daarbij. Zolang de kalender onze kennis bevestigt, denk ik er niet over om te vragen hoe die is berekend. Over Maria Thun hebben we niets te zeggen. We kennen haar pas sinds 1992 en ze praat erg slecht over ons werk. Tussen minder vriendelijke woorden laat ze weten, dat wetenschappelijk werk oneindig meer waardevol is dan het 'horen zeggen' door een grootvader. Wij zijn op geen enkele manier betrokken bij wetenschappelijk werk en bewijsvoering, omdat we dat verspilling van tijd vinden. Waarom iets testen, wat al duizenden jaren lang getest en goed bevonden is? Onze wereld en het milieu hebben werkelijk geen tijd meer om te wachten op bewijzen. De wetenschappelijke ziekte om alles te bewijzen is een geschikt instrument voor diegenen, die profiteren van oponthoud op weg naar een meer natuurlijke en menselijke wereld.'

Tot zover Poppe in een rechtstreekse reactie. Hierna probeerde ik bij Maria Thun een reactie los te krijgen. Na eindeloos bellen, faxen en schrijven kreeg ik haar uiteindelijk aan de lijn, 's morgens om half zeven: 'Ja, die Paungger heeft helemaal geen experimenten gedaan. Ze baseert zich louter op oude boerenregels. Over mij heeft ze eens geschreven dat mijn proeven helemaal niet nodig zijn, omdat je met overtuiging moet werken en dat zoiets de enige werkzame kracht zou zijn. De oude astrologische gegevens waarmee Paungger werkt kloppen natuurlijk niet meer. Maar ik stuur u nog wel een brief waar alles in staat.'

De brief heb ik ontvangen en die bevatte de sterrenkundige details die ik al wist en die ik hiervoor reeds beschreven heb. Geen nieuws, ook geen verdere toelichtingen op het werk van Paungger. Wel stuurde ze nog een brief mee van Thomas Poppe, die hij in antwoord op de vele vragen alvast had opgesteld. Daaruit het volgende citaat:

'We hebben ons erover verbaasd dat er nog andere maankalenders zijn. Dat ontdekten we pas na het verschijnen van ons boek. Iedere ervaring, iedere regel en alle aanwijzingen die we in ons boek vermelden en in alle volgende boeken zullen melden, berust op de maankalender. We werken steeds volgens deze kalender en die bevestigt alle goede ervaringen. Al duizenden jaren lang wordt een kalender als deze gebruikt en hij is wereldwijd geldig, met uitzondering van de precieze tijden van nieuwe maan en volle maan, die onderhevig zijn aan enige tijdverschuiving. Ons werk nu en in de toekomst berust op nog iets veel belangrijkers: de lezer moed geven om eigen ervaringen op te doen, opdat hij onafhankelijk wordt van experts en statistici, van autoriteiten en raadgevers. Want uiteindelijk telt alleen de persoonlijke ervaring en de moed daarvoor te staan, in alle levensgebieden, onder alle omstandigheden. Iedere lezer die ook een andere kalender gebruikt geven we de tip om beide kalenders gewoon uit te proberen en vooral zichzelf te vertrouwen, niet de kalenders. Als een andere kalender betere resultaten geeft, waarom zou je dan onze kalender gebruiken? Wij zouden nooit op de gedachte komen om iemand van de geldigheid van onze kalender te overtuigen, laat staan over dit onderwerp strijd te voeren. Kennelijk zijn alle andere kalendermakers wel tot zo'n strijd bereid. Een oude ervaring zegt, dat iemand die wil overtuigen en bewijzen, zelf over de kwaliteit van zijn werk onzeker is of handelt uit egoïstische motieven. Het is voor ons vreemd, dat iemand het nodig vindt om wetenschappelijke bewijzen te leveren voor iets dat al duizenden jaren lang zichzelf heeft bewezen. Waarom mevrouw Thun al 40 jaar lang een nieuwe kalender toepast, weet zij zelf alleen. Wat ze blijkbaar niet aanvoelt is dat haar werk met de kalender daarom zulke goede resultaten biedt, omdat haar innerlijke overtuiging de resultaten positief beïnvloedt. Haar planten groeien zo goed, omdat ze de resultaten met haar gedachten bevordert.

Vooral astronomen en astrologen houden zich met de kalenderstrijd bezig en komen, afhankelijk van hun filosofie, tot verschillende resultaten. Hun strijd kun je dikwijls in boeken en tijdschriften nalezen. Wij willen ons daar helemaal niet in mengen.'

Is het boek van Paungger een schatkamer aan informatie of een verwarrend schrijfsel, gebaseerd op achterhaalde en niet geverifieerde tradities? Levert het werk van Maria Thun de wetenschappelijke zorgvuldigheid en bewijsvoering op die het pretendeert? Of zijn de resultaten afhankelijk van haar persoon en haar eigen overtuiging?

Eén ding is wel duidelijk: het werken met de maan is niet zo eenvoudig en de resultaten zijn op zijn minst discutabel te noemen. In het volgende hoofdstuk wil ik je daarom laten zien wat de wetenschap zegt over de invloed van de maan op het leven op aarde.

Zestiende avond: *Zandgolven en wellende bonen*

Ik ben in iedere planeet en door mijn energie blijven ze in hun baan.
Ik ben de maan en daardoor ondersteun ik de levenssappen van alle groenten.

Bhagavad-gita

Maaninvloeden op aarde en plant

Water, weer en aarde

Vraag iemand naar de invloed van de maan op aarde en het antwoord zal eb en vloed zijn. Het eeuwige ritme van de getijden, het wassende en het afnemende water, is het antwoord van de aarde op de zwaartekracht van de maan. Tweemaal per dag lopen wereldwijd de getijden de kust op en af en drukken daardoor hun stempel op het leven in en langs de oceanen. Omdat de aarde in een etmaal om haar as draait, draait ze ook rond in de zwaartekracht van de maan en als je dit omdraait kun je ook zeggen: schijnbaar draait de maan per etmaal rond de aarde en veroorzaakt zo de beweging van het water. Omdat de maan ook nog echt rondom de aarde draait en wel in tegendraadse richting, zal zij iedere dag een stukje achterblijven in haar siderische cyclus. Het gevolg daarvan is dat de maan na 24,88 uur weer op dezelfde plek aan de hemel staat en niet na 24 uur, zoals de zon. Deze lunaire dag ('maandag') bepaalt dus de getijden en het verschil van zo'n 53 minuten per etmaal telt in de loop van de tijd flink aan. De getijden schuiven dus door de tijd heen en na een siderische omloop van 271/4 dag is de cyclus van de getijden ook weer rond: dan vallen eb en vloed weer op hetzelfde tijdstip van de dag.

Met deze getijden vervormt ook de aarde een klein beetje en wel twee maal daags zo'n dertig centimeter. Dat is niet veel, maar het geeft wel aan dat de vaste aardkorst niet helemaal ongevoelig is voor de getijdenwerkingen en met kleine ritmische bewegingen de invloed van de maan volgt. Niet alleen de vaste aarde, ook de lucht kent een dubbele drukgolf in een etmaal als gevolg van de getijdenwerking.

Is het volle of nieuwe maan, dus bij de oppositie of conjunctie van maan en zon aan de hemel, dan zijn de getijden extra sterk en spreken we van springtij en doodtij. Staat ook nog eens de maan extra dicht bij de aarde op zulke momenten dan kunnen de hoogste en laagste waterstanden bereikt worden. Gezien deze enorme waterbewegingen over de aarde is het niet verwonderlijk dat er ook ritmische veranderingen optreden in het weer onder invloed van de maan, ook al is de wetenschap er nog niet helemaal uit hoe je die moet verklaren. Ik geef enkele voorbeelden:

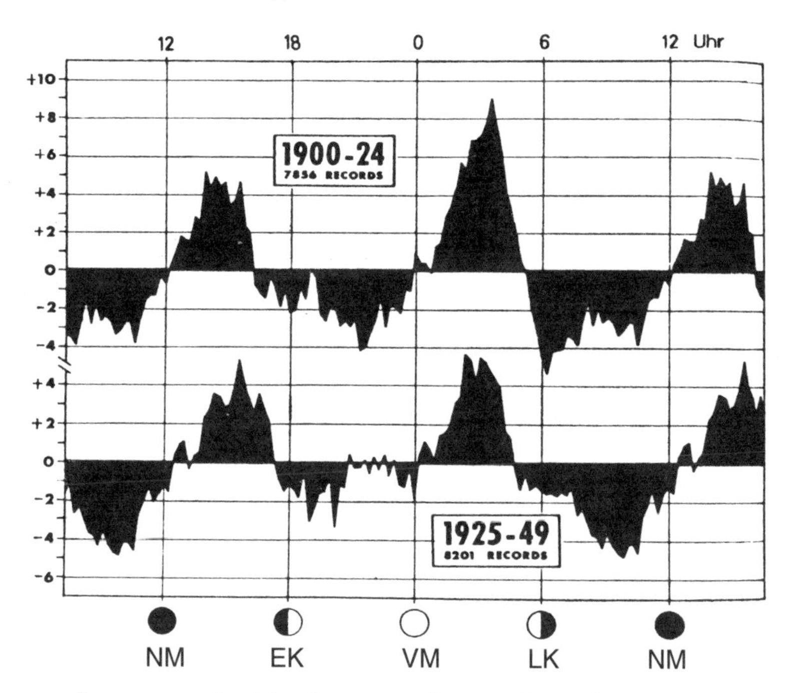

Het aantal meest neerslagrijke dagen van de maand in relatie met de maanfasen. Rond iedere maanfase lijkt er een omslag op te treden.

Uitgebreid onderzoek in Amerika heeft laten zien dat er bij volle en nieuwe maan iets vaker orkanen voorkomen en dat vlak na deze maan-momenten vaker sprake is van zware regenval. Een halve eeuw onderzoek in Amerika en een kwarteeuw Australische studies zijn nodig geweest om met voldoende zekerheid deze uitspraken te kunnen doen. De minima van de neerslag en de orkanen lagen bij de kwartierstanden van de maan.

Vergelijkbaar onderzoek wees uit dat het in Amerika rond nieuwe maan gemiddeld vaker sneeuwt dan in andere perioden van de synodische maand.

Andere verschijnselen met een maandelijks ritme zijn het optreden van hagelklompen op grote hoogte, de verschijning van meteoren, het ozongehalte van de atmosfeer en variaties in het magneetveld van de aarde. Ook blijkt de temperatuur van Antarctica bij volle maan een halve graad hoger te zijn dan bij nieuwe maan. Kortom: de maan heeft behoorlijke invloed op weer en klimaat, maar de mechanismen die dit moeten verklaren zijn erg ingewikkeld.

Behalve deze maandelijkse ritmen zijn er ook grotere cycli van de maan, die een invloed op de aarde kunnen hebben. Een mooi voorbeeld treffen we aan langs de Nederlandse kust. Door de werking van de getijden en de bewegingen van de zee ontstaan er voortdurend zandpatronen en zandgolven langs de kust, waarvan het optreden ritmisch verloopt. Uit onderzoek is gebleken dat de astronomische cycli hiervoor verantwoordelijk zijn en wel de grotere ritmen van de maan. Dat is ook afleesbaar aan de waterhoogten.

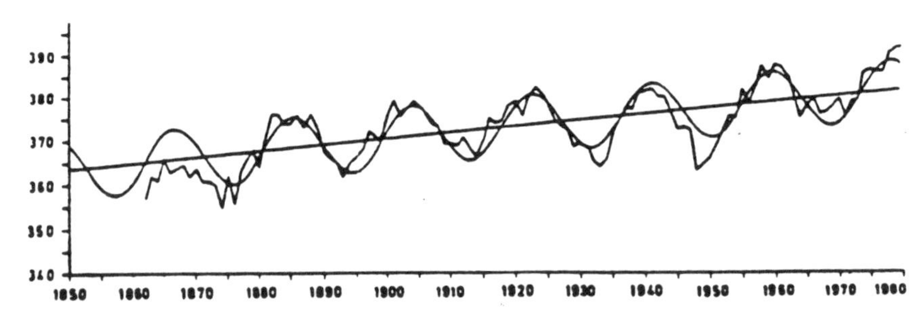

De 18,6-jarige periode in getijdeverschil bij Vlissingen

Het gaat hier om het ritme van de maanknopen, de snijpunten van de maanbaan met de zonnebaan. In een periode van 18,6 jaar lopen deze knopen door de dierenriem en bepalen ze deze 'draconitische' cyclus. Bijna exact loopt dit ritme gelijk op met de waterhoogten. Ook de ligging van de kustlijn vertoont variaties die met deze cyclus van de maan samenhangen.

Dezelfde cyclus komt ook tot uiting in de waterbewegingen van het stroomgebied van de Nijl in Egypte. Wereldwijd reageert het water dus op deze grote maancyclus, waarvan wordt beweerd dat ze ook in de menselijke biografie is af te lezen...

Daarnaast is er nog een kleiner ritme van de maan, die samenhangt met de bewegingen van het Perigeum en het Apogeum: dat zijn de momenten waarop de maan dichtbij (Pg) of juist ver van de aarde af staat (Ag). Deze twee posities van de maan trekken ook door de dierenriem en wel met een omlooptijd van 8,85 jaar. De halve periode, 4,42 jaar dus, heeft ook betekenis gezien het verloop van de waterstanden, de kustlijnen en de brandingsruggen langs onze Noordzeekust. Bij IJmuiden bijvoorbeeld treden er zandgolven op met zeer grote ritmen van enkele tientallen tot honderden jaren, maar op deze zandruggen zijn weer kleinere golven te zien en die kennen het ritme van ongeveer 9 jaar. Ook de gemiddelde hoogwaterlijn langs de kust verloopt in een ritmisch patroon, met iedere 4,5 jaar een piek en iedere 9 jaar een sterke piek. Het is uit deze voorbeelden duidelijk dat de maan-aarde relatie een grote rol speelt in de vormgeving van de water- en zandbewegingen.

Planten

Veel talrijker zijn de voorbeelden van maanritmen in de levende natuur, waarvan er vele wetenschappelijk zijn onderzocht. Weinig onderzoek was nodig om de relatie te leggen tussen de maan en de Judaspenning, een bekende tuinplant met opvallend platte en ronde vruchten. Het zilverglanzende tussenschot in deze vruchten is een bekende decoratie in boeketten en droogbloemen en de Latijnse naam voor de plant, *Lunaria annua* (de eenjarige maan), is een duidelijke verwijzing naar de volle maan die er net zo uitziet als dit tussenschot.

In de Victoriaanse tijd werd een witte bloementuin een maantuin genoemd: de bleke bloemen met hun zilvergrijze bladeren glansden in het maanlicht...

Om de verschillende invloeden te bespreken heb ik ze verdeeld over de twee belangrijkste cycli van de maan: de synodische en de siderische maand. Maar eerst geef ik een voorbeeld van de werking van de getijden op een eencellig plantje, de diatomee *Hantzschia virgata*. Diatomeeën ofwel kiezelwieren zijn minuscuul kleine plantjes van slechts een cel groot. Die cel heeft een skeletje van zuivere kiezel en onder de microscoop lijkt het op een mantel van glas, met ragdunne streepjes en puntjes. De *Hantzschia* leeft langs de

Amerikaanse kust in het zand en bij laagwater kruipen ze met miljarden tegelijk omhoog. Dan is het strand bedekt met een laagje goudgroene glans en de plantjes nemen het zonlicht in zich op om er suikers en andere voedingsstoffen mee te maken. Komt bij vloed het water weer opzetten, dan trekken de plantjes zich weer enkel millimeters tot centimeters terug in het zand en wachten ze rustig af tot het weer eb wordt. Deze op- en neergaande beweging doet de *Hantzschia* maar één keer per dag, hoewel er twee getijdenbewegingen zijn. Als het laagwater wordt ten tijde van de zonsondergang, dan komen de plantjes niet meer naar boven en wachten ze rustig de nacht af om bij het volgende laagwater, 12,4 uur later, weer boven te komen. Het zou immers geen zin hebben om 's nachts boven de grond te liggen, want dan is er immers geen zonlicht. Hoe primitief en klein deze wezentjes ook zijn, ze 'weten' precies hoe ze zich moeten gedragen en kennen dus verschillende natuurritmen: het dag-nachtritme van 24 uur, het maan-dagritme van 24,8 uur van de getijden en het onderlinge verband tussen deze ritmen. *Hantzschia* heeft dus zowel een zonneklok als een maanklok en houdt deze ritmen ook vast in het laboratorium onder kunstmatige omstandigheden!

Planten en de synodische maan

De Romeinse natuuronderzoeker en schrijver Plinius spreekt in zijn boek *Natuurlijke Historie* over de maan en het fruit. Als je handel wilt bedrijven, aldus Plinius, dan moet je fruit plukken vlak voor volle maan, want dan nemen de vruchten extra veel water op en zien ze er lekker groot en glanzend uit. Maar wil je fruit eten, dan moet je ze voor eigen consumptie plukken bij nieuwe maan, want dan is de houdbaarheid veel groter en ook de smaak beter. Snoeien van bomen moet ook bij nieuwe maan, aldus Plinius, want dan 'bloeden' de bomen minder. Datzelfde geeft hij overigens ook aan voor het castreren van huisdieren, want bij nieuwe maan is de bloeding aanzienlijk minder dan bij volle maan. Tweeduizend jaar later zal onderzoek Plinius gelijk geven wat betreft deze bloedingen, maar daarover later.

Niet alleen Plinius, ook talrijke boeren in alle culturen ter wereld berichten over de praktische omgang met de maanfasen in de land- en tuinbouw. Ecuadoriaanse boeren bijvoorbeeld beweren nog steeds dat je bij nieuwe maan niet moet zaaien, bodem bewerken of wieden. In hun visie groeien de planten in die periode wel goed, maar leveren ze slecht zaad of magere knollen. Het ontbreekt dan aan rijping bij gewassen als tarwe, aardappel, bonen en bananen. De planten zouden gevoeliger zijn voor schimmels en slechter houdbaar. Ook kappen ze nooit bomen bij nieuwe maan, want dan komt er teveel houtworm in. Dat zou ook gelden voor bamboe- en lianenhout. Als je goed hout wilt planten, dan moet je dat doen vlak voor volle maan.

Zo is er ook oude boerenkennis die zegt dat bij wassende maan de sappen in de plant omhoog trekken en bij afnemende maan juist meer omlaag gaan.

Maar dat is alles folklore, overlevering en misschien is het meeste ervan wel 'wishful thinking', boerenbedrog of gewoon onzin. Toch zijn er tegenwoordig nog heel wat nuchtere boeren die hun teeltmaatregelen afstemmen op de maan, zoals de Amerikaanse top-maïsteler Eldon Prybil. Hij boert volgens de modernste technische methoden, maar zaait wel bij wassende maan. Gemiddeld zijn de opbrengsten 13 ton per hectare. In een vergelijkende proef met zaaien bij afnemende maan kwam hij niet verder dan 10,3 ton per hectare. Volgens Prybil is het richten van de zaaiperiode naar de fasen van de maan een goedkope en praktische methode die nog niet voldoende serieus is onderzocht: 'Ik zie ook wel in dat de kracht van de maan een twijfelachtig begrip is, maar waarom zou zij niet van invloed zijn op onze gewassen? In ieder geval heb ik er plezier in dat te onderzoeken.' Was Prybil geen boer maar wetenschapper, dan zou hij hebben geweten dat er al heel wat serieus onderzoek naar de invloed van de maan is gedaan.

Bijvoorbeeld al in de jaren twintig en dertig van de 20e eeuw door Lily en Eugen Kolisko, twee Duitse onderzoekers. Zo bleek tarwe bij volle maan harder te groeien dan bij de andere fasen, met name in het voorjaar. Dat is niet zo verwonderlijk, omdat de volle maan extra veel licht geeft en met name planten zijn erg gevoelig voor maanlicht. Juist in een zeer ontvankelijke periode, de groei in het voorjaar, kan dat extra beetje licht een gunstige werking hebben op de ontwikkeling van het gewas. Maar de Kolisko's vonden nog iets anders en dat wekt meer verwondering: er is een duidelijke relatie tussen het moment van zaaien in de maancyclus en de groei, opbrengst en kwaliteit van de gewassen. Wat eeuwen lang al is beweerd door boeren, door alchemisten en door de volksmond, kwam in Kolisko's jaren durende en zeer arbeidsintensieve onderzoek tot nieuw leven. De proeven werden gedaan in het laboratorium met tarwe, haver en gerst en in de volle grond met een keur van gewassen, zoals maïs, wortelen, tomaten, erwten, bonen, meloenen en sierplanten. De algemene conclusie uit dit onderzoek is een uitgesproken voorkeur voor het zaaien van planten zo'n twee dagen voor volle maan en een duidelijke afkeur in de periode die een halve maand verderop in de tijd ligt: twee dagen voor nieuwe maan. Zaaien op volle maan, aldus dit onderzoek, levert gewassen op die te snel groeien, te veel water opnemen en daardoor gevoelig worden voor verrotting. Zaaien op nieuwe maan geeft juist het tegenovergestelde: de planten worden hard en houtig. Dat is ongunstig voor sappige bladgroenten, maar wel gunstig voor producten die lang bewaard moeten blijven.

De Kolisko's hebben hun onderzoek ook ondergronds voortgezet in een reeks (letterlijk) adembenemende experimenten. Tot op 16 meter diepte brachten ze tarwe tot kiemen in zelf gegraven, ondergrondse gangen om te zien in hoeverre de invloed van de maan ook in de aarde zou doordringen. Niet veel, zo bleek, want de effecten van de maan waren maar zeer gering. Wel ontdekten ze een jaarverloop in de groei en kieming van tarwe, dat alles te maken heeft met de bodemwarmte.

Aandoenlijk is het verslag van een Kolisko-experiment door een Duitse boer, gedaan in 1929. Hij wilde met maïs de resultaten van Kolisko herhalen en zaaide een akkertje twee dagen voor volle maan en twee dagen voor nieuwe maan in. De resultaten waren verbluffend. Op een foto zie ik de boer staan, met een horizontaal gedragen stok voor zijn borst de hoogte aangevend van de 'goede' planten. Zijn vrouw staat ernaast in het 'slechte' veld en geeft met een stok de veel lagere hoogte aan van de maïs die tegen nieuwe maan is gezaaid. Ook de buurman werd nieuwsgierig en herhaalde het experiment, met hetzelfde resultaat. Met nadruk wordt in dit onderzoekje vermeld, dat de maïs werd gezaaid op percelen met humeuze tuinbodem, die twee jaar lang niet waren bemest. Dit is een cruciale opmerking in dergelijke experimenten, want herhaaldelijk is uit onderzoek gebleken dat maaneffecten des te geringer zijn naarmate de bodem zwaarder is bemest en de productie toeneemt. Op de zeer vruchtbare bodems van de Flevopolder bijvoorbeeld zijn maanproeven bijna zinloos, omdat de subtiele kosmische invloeden volledig worden overstemd door het geweld van de vruchtbare bodem en de optimale groeiomstandigheden. Ik vergelijk dit wel eens met de klank van een blokfluitje in een groot symfonieorkest: die valt volledig weg, ook al wordt er nog zo uitbundig door de fluiter zijn best gedaan. In een klein kamerorkestje daarentegen kan de fluit een zeer dominante rol spelen. Zo ook met de maaninvloeden op de bodem. Een relatief arme bodem, een lichte zavel- of zandgrond, met weinig extra bemesting levert een veel betere ondergrond voor maaneffecten dan de oorverdovende fanfare van een vette zeeklei.

Boeren en onderzoekers zijn het erover eens: als er effecten zijn van de maan op de planten, dan gaan die via het opnemen van water in de bodem. Illustratief is hierbij de proef van F.A. Brown in de jaren zestig in Amerika. Hij vroeg zich af hoeveel water er door tuinbonen werd opgenomen en of deze opname ook in verband staat met de fasen van de maan. Om te kiemen moeten zaden altijd eerst 'wellen' en die eigenschap gebruiken we als we bonen een nacht te weken leggen. De volgende dag heeft het zaad genoeg water opgenomen en kunnen de bonen gekookt en gegeten worden. In de natuur nemen de zaden dit water uit de bodem op vanaf het moment dat ze zijn gezaaid en daarom is het gunstig om te zaaien als het direct erna gaat regenen. Brown vulde potjes met droge bonen, woog ze en gaf ze vervolgens een overvloed aan water. Na een etmaal goot hij het water af, droogde de bonen en bepaalde het gewicht. De uitkomst van de proef was even elegant als verrassend: de bonen namen het meeste water op tijdens de vier fasen van de maan! Dus bij volle maan, nieuwe maan, eerste en laatste kwartier. Kennelijk zijn de omstandigheden voor de zaden dan gunstiger om zich vol te zuigen, hoewel een verklaring hiervoor ontbreekt. Dezelfde onderzoeker stelde ook vast dat aardappelen meer zuurstof verbruiken, dus meer levensactiviteit vertonen, bij nieuwe en volle maan. Deze proeven deed hij in het laboratorium, in een hermetisch afgesloten klimaatkast met kunstlicht. De planten konden dus niets van de maan 'zien'. Kennelijk is er een levensritme in de plant, dat zich afstemt op het grote ritme van de maan aan de hemel. De Duitsers hebben hiervoor een mooi woord uitgevonden: de maan is voor vele organismen, zoals in dit voorbeeld de aardappel, een 'Zeitgeber', een tijdgever. Dit woord is internationaal in gebruik als het gaat om onderzoek naar de biologische ritmen in de wetenschap die, chronobiologie heet. Biologie van tijd en ritme zou je dit kunnen noemen.

Andere onderzoekers konden de resultaten van Brown bevestigen bij de zaden van tomaten en zonnebloemen. Ook die ademen meer zuurstof in bij volle en nieuwe maan.

Maar er zijn nog andere waarnemingen gedaan. Zoals het groeien van de tuinkers (*Lepidium sativum*), dat sneller verloopt bij nieuwe maan. Volgens de onderzoekers zou dat verklaard kunnen worden doordat de maan, die nieuw is en dus vlakbij de zon aan de hemel staat, een stukje van de hemel afdekt en de schadelijke kosmische straling van de zon daarmee voor een deel wegvangt. Als deze groeiremmende straling minder is zal de plant beter kunnen groeien.

Bij nieuwe maan, zo blijkt bij proeven met anemonen en riddersporen, is de snelheid van groeien strikt gebonden aan de buitentemperatuur. Hoe warmer, hoe meer groei en dat klinkt als een open deur. Bij volle maan traden deze effecten echter niet op en groeiden de planten gelijkmatiger door, ook al wisselde de temperatuur sterk. Bij de volle maan, zo lijkt dit onderzoek uit te wijzen, zijn de planten wat zelfstandiger ten opzichte van hun omgeving. Op grond van deze resultaten zijn er nog vele proeven gedaan met een keur van sierplanten. Daaruit bleek dat er inderdaad een relatie is tussen de groei van de stengels en de fasen van de maan. Alleen lopen die relaties van alle onderzochte planten niet met elkaar in de pas. Ieder gewas kiest zijn eigen 'venster' aan de hemel en laat de maan op zijn eigen moment 'Zeitgeber' zijn. Het sneeuwklokje bijvoorbeeld groeit sneller zo'n vijf dagen voor volle maan, maar de ui groeit sneller op nieuwe maan, het zevenblad weer bij volle maan en zo maar door. Wel blijkt dat al deze planten met een ritme van 29,5 dagen of de helft daarvan hun groei voltrekken. De totale golfslag van de groei is voor alle planten hetzelfde, maar de pieken liggen op zelf gekozen momenten van de maancyclus. Dat geeft aan dat de planten weliswaar een grote mate van ritmische afhankelijkheid hebben van de maan, maar dat ze zich een klein beetje emanciperen door het kiezen van een 'persoonlijke' Zeitgeber.

De Britse hoogleraar Saxton Burr heeft met bomen onderzoek gedaan naar de elektrische verschijnselen in de stam. Zo ontdekte hij dat er een soort elektrisch getijdenritme is in de boom en wel van twee keer per maand. Bij één esdoorn heeft hij dit onderzoek 15 jaar volgehouden en op die manier aangetoond dat het maanritme in de boom constant aanwezig is als een kosmische golfslag. Dat komt overeen met het onderzoek van de Nederlandse bodemkundige Maja Kooistra. In haar boek *Ontmoetingen met bomen* komt ze tot een indeling in zonnebomen (bijvoorbeeld de zomereik) en maanbomen (bijvoorbeeld de beuk), afhankelijk van de richting waarin de energie langs en door de stam beweegt. Bij zonnebomen beweegt de energie zich voornamelijk van boven naar beneden langs de stam, bij maanbomen is dat omgekeerd. Uit haar onderzoek bleek dat de volle maan een bijzondere invloed heeft op de richting van de energiestroom, die plotseling kan omdraaien, waardoor een maanboom voor een korte periode als een zonneboom reageert. Uit onderzoek met een kersenboom (een maanboom) bleek dat de omkering van energie voor korte periodes van een half uur al optreedt zo'n vijf dagen voor volle maan. Steeds langer duren deze omkeringen van energie naarmate de volle maan nadert. Na de volle maan neemt dit proces in omgekeerde volgorde weer af.

Bij verschillende tuin- en kamerplanten, zoals de tijgerlelie, geraniums, siernetel en forsythia, blijken de medicinale bestanddelen ritmisch te variëren met de cyclus van de maan. Dit bleek uit onderzoek met kakkerlakken, die bladeren van deze planten gevoerd kregen. Werd het blad geplukt bij volle maan of nieuwe maan dan gaven de insecten geen krimp, maar aten ze bladeren uit andere fasenperiodes van de maan dan steeg acuut hun hartslag, omdat er meer werkzame bestanddelen in de bladeren voorkwamen. Onderzoek als dit laat zien hoe belangrijk het moment van oogsten kan zijn voor de medicinale werkingen van geneesplanten. In de folklore wordt al eeuwen gesproken over dit soort verbanden, ook het plukken van gewassen bij zonsopkomst en zonsondergang, maar de wetenschap heeft zich hier weinig van aangetrokken. Met dit soort experimenten kan er een fundament worden gelegd onder de toepassingen van wat de Grieken zo mooi noemden 'het goede uur' (Kairos), daarmee aangevend dat er twee soorten tijd zijn. De gewone, doortikkende tijd van de klok (Chronos) en de kwalitatieve tijd die voor natuur en mensen steeds weer anders is.

Kwaliteit is bijvoorbeeld ook een trefwoord in de wijnbouw, want het ene jaar is het andere niet. Over een periode van 425 jaar is vastgesteld dat de oogsten beter zijn van kwaliteit als het tijdens het bloeien van de druivenplanten, in de eerste helft van juni, nieuwe maan is.

Hoe subtiel de maan meespeelt in het ritme van het leven blijkt wel uit een Frans onderzoek met het weefsel van aardappels in laboratoriumproeven. Bij volle maan en nieuwe maan werd er door de cellen van de plant meer erfelijke substantie (DNA) aangemaakt dan tijdens de andere fasen van de maan. Dus tot in de erfelijke stof toe kan de invloed van de maan reiken!

Tot slot van dit stukje over de synodische maan nog iets over de effecten van maanlicht op het kiemen van planten, waarmee een verklaring van maaneffecten iets dichterbij kan komen.

Maanonderzoekers hebben zorgvuldige metingen gedaan van het licht dat wij bij de verschillende fasen kunnen zien. Zo blijkt dat volle maan negen keer zoveel licht geeft als het eerste kwartier en dat is voor de natuur een aanzienlijk verschil. Maar er bleek nog iets anders. Het licht dat de maan naar ons zendt, het teruggekaatste zonlicht, wordt door de maan voor een deel gepolariseerd. Dat wil zeggen dat er een soort filtering van het licht optreedt, waarbij de trillingen van het licht niet meer naar alle kanten verlopen, maar in enkele voorkeursrichtingen. Ter vergelijking noem ik de polaroidbril, een zonnebril die een deel van het licht wegvangt en een ander deel doorlaat. Als je de twee glazen van zo'n bril op elkaar legt en onderling een kwart slag draait zal er zelfs helemaal geen licht meer doorheen vallen.

Nu blijkt vooral de laatste kwartierstand van de maan het meeste gepolariseerde licht af te geven en wel 33% meer dan het licht van de volle maan. Dit zogenaamde Umoveffect ontstaat doordat de linkerkant van de maan (de kant dus die we bij het laatste kwartier kunnen zien) donkerder is dan de rechterkant. Op die kant liggen meer grote stofvlakten, die we 'mares' noemen, en deze donkere vlakten hebben een sterker effect op de richtingen van het licht dan de lichtere delen van de maan. Mogelijk speelt dit gepolariseerde licht een rol in de natuur als het gaat om kieming en groei van planten, maar ook bij de waarnemingen van dieren, die ik in een volgend hoofdstuk zal presenteren.

Verder blijkt dat bij de opkomst en ondergang van zon en maan aan de horizon er meer polarisatie van het licht is dan bij de andere momenten van hun baan langs de hemel. Dit zou kunnen bijdragen aan een verklaring voor het feit dat water blootgesteld aan zonsopkomst en zonsondergang een bijzondere kwaliteit schijnt te bezitten, die de houdbaarheid van geneesmiddelen bevordert.

Dat planten gevoelig kunnen zijn voor de polarisatie van het licht wordt gesuggereerd door proeven met rook in de lucht. Rook polariseert het licht en sommige zaden kiemen dan eerder en beter. Ook de groei erna is sneller, zoals is aangetoond bij lupine, tarwe en bonen. Maar niet alleen de polarisatie van het licht is van belang, ook de hoeveelheid licht. Daarbij komen zeer verrassende verschijnselen 'aan het licht': tabak bijvoorbeeld kiemt al als het zaad eenhonderdste van een seconde licht van de maan heeft ontvangen! Een heel klein beetje licht, ook van de maan, kan de kieming van vele soorten planten sterk stimuleren en wel tot 50% verhogen. Sommige onderzoekers nemen aan dat een mini-lichtimpuls de plant direct aansluit op de grote ritmen in de natuur en dat de biologische klok hierdoor actief wordt gemaakt. Vanaf deze lichtflits is een plant ingebed in een 24-uursritme en in een eventueel maanritme.

Planten en de siderische maan

Het bijna exclusieve 'recht' op proeven met de siderische maan behoort toe aan de Duitse onderzoeker en tuinderes Maria Thun. Bekend is zij geworden vanwege haar zaaikalender, waarover ik in een vorig hoofdstuk heb geschreven. Thun heeft vanaf de jaren vijftig zeer uitgebreid proeven gedaan op haar eigen bedrijf en heeft dat met een bewonderenswaardige ijver en inzet tot op de dag van vandaag volgehouden. Niemand twijfelt aan de integriteit, het doorzettingsvermogen en vakmanschap van deze biologisch-dynamische tuinderes, maar de resultaten van haar onderzoek hebben veel twijfel gezaaid. Thun begon met radijsplanten en wilde de resultaten van Kolisko over de synodische maan met eigen ogen zien. Daartoe zaaide zij dagelijks over een periode van enkele jaren radijs en bekeek het resultaat van de groei van deze gewassen. Daarbij onderzocht ze de wortelgroei, stengel-, blad-, bloem- en vruchtontwikkeling, in de hoop een relatie met een maanfase of –ritme te kunnen ontdekken. Tot haar verbazing kwam er geen enkel synodisch effect te voorschijn, maar wel iets heel anders. Om de negen dagen kwamen er in de zaaibedjes overeenkomstige patronen voor in de ontwikkeling van de gewassen, bijvoorbeeld bij de vorming van de knolletjes. Drie van deze perioden van negen dagen passen er in een siderische maand en Thun kwam op het idee om dit maanritme verder te onderzoeken. Zo ontdekte zij dat drie keer per maand de wortelvorming van de radijs werd bevorderd, maar ook drie keer per maand de vruchtzetting, bloemontwikkeling en bladvorming. Dit bracht zij in verband met de positie van de maan ten opzichte van de astronomische dierenriem en noemde de verzameling van deze drie maanposities aan de hemel een trigoon. Van deze trigonen bleken er in de proeven vier verschillende te bestaan, die samenhingen met de overeenkomstige plantenorganen. Thun schematiseerde haar resultaten aldus:

maan in 'trigoon'	*plantenorgaan*	*element*
Ram, Leeuw, Schutter	vrucht	aarde
Stier, Maagd, Steenbok	wortel	water
Tweelingen, Weegschaal, Waterman	bloem	lucht/licht
Kreeft, Schorpioen, Vissen	blad/stengel	warmte

Onder de elementen verstaat Thun de Griekse klassieke elementen, die voor de plantengroei essentieel zijn. Deze elementen hebben niets te maken met wat de scheikunde later elementen is gaan noemen.

Staat de maan voor het betreffende beeld van de dierenriem dan bevordert zij, aldus Thun, de werking van een element en daarmee het overeenkomstige deel van de plant. Het zaaien van een vruchtgewas als maïs dient in deze visie te gebeuren bij maan in een 'vruchtbeeld', ofwel een 'warmtebeeld' ofwel in Ram, Leeuw, Boogschutter. Tussen deze beelden ligt gemiddeld een periode van negen dagen. Omdat de beelden verschillen in grootte zal de maan in het ene beeld wat langer staan dan in het andere beeld. De Maagd bijvoorbeeld is een zeer groot beeld en de maan zal hier ruim drie dagen in verblijven en daarmee, aldus Thun, de aardewerkingen versterken en de wortelgroei positief beïnvloeden. Vervolgens komt de maan in het kleine beeldje Weegschaal en staat daar nog geen twee dagen in. Dat zijn dan de dagen om bloemgewassen te zaaien, want de Weegschaal zou met de werkingen van licht/lucht samenhangen.

Thun heeft deze indeling volgens eigen zeggen volledig gebaseerd op exacte waarnemingen en experimenten en niet door het nazeggen van oude alchemistische bronnen. In die zin is Thun een rasechte empiricus, die voor waar neemt wat ze waarneemt. Vervolgens plaatst ze die waarnemingen in het raamwerk van een theorie, die weliswaar charmant en eenvoudig is, maar voor het moderne op wetenschappelijke modellen gebaseerde bewustzijn zeer moeilijk te begrijpen. Er bestaat namelijk geen model waarmee te begrijpen valt hoe de positie van de maan van invloed kan zijn op de aarde. Werkingen van dierenriembeelden zijn wetenschappelijk gezien niet bekend. Verbanden tussen Griekse elementen en plantengroei zijn na de Middeleeuwen grotendeels naar de mesthoop verwezen. Maar toch, iedereen die de lezingen van Thun heeft bijgewoond of haar in het tuinbouwbedrijf heeft bezocht, haar proeven heeft gezien en de wetenschappelijk gecontroleerde resultaten heeft gelezen, komt onder de indruk van deze wonderlijke verbanden tussen plant en kosmos. Een voorbeeld: vierhonderd op zaterdag 23 april 1994 gezaaide radijsplantjes leverden haar 8,5 kilo radijs op. Vierhonderd op 26 april gezaaide radijsplantjes kwamen niet verder dan 4,4 kilo, terwijl vierhonderd op 27 april gezaaide plantjes op 3,6 kilo bleven steken. Aan diezelfde 27-aprilplantjes zat echter wel 4,6 kilo blad tegen 1,1 kilo blad bij de 26-aprilplanten. Wat is er met de 27e april aan de hand geweest? Gewoon een bladdag, met de maan in een waterbeeld. Een ander voorbeeld in de anekdotische sfeer. Een stagiaire op het bedrijf van Thun was op een dag aardbeien aan het oogsten en verbaasde zich over de smeerboel van kleffe en waterige aardbeien op het veld. De planten waren gezaaid en verzorgd bij de maan staande voor het waterbeeld Kreeft. De volgende dag waren de aardbeien aan de beurt die gezaaid en verzorgd waren bij de maan in het warmtebeeld Leeuw. Tot grote verbazing van de stagiaire waren deze vruchten zo veel steviger, geuriger, smakelijker en beter houdbaar dat ze er zelfs aan twijfelde of hier wel sprake was van hetzelfde ras aardbeien. Zeven jaar lang, zo bleek uit verder onderzoek, leverden de 'Leeuw'-aardbeien zo'n 35% hogere opbrengst op dan de Kreeft-varianten.

Met zeer veel tuinbouwgewassen heeft Thun haar experimenten gedaan en ze kwam telkens weer tot dezelfde resultaten. Reden voor haar om een zaaikalender uit te geven voor mensen in de praktijk, waarmee ze zich kunnen richten op de siderische maan als het gaat om de zaaitijden. Niet alleen het zaaien, aldus Thun, maar ook alle andere bewerkingen zouden het beste gedaan kunnen worden als de maan in een gunstig beeld staat. Dus ook bodembewerkingen, wieden en oogsten. Thun heeft ook vastgesteld dat de resultaten van de proeven des te sterker naar voren komen als niet de eerste maar de tweede generatie planten wordt gebruikt. Dus de nakomelingen van de eerste zaaisels, die opnieuw worden gezaaid, laten de maaneffecten sterker zien dan de oorspronkelijke gewassen. Dit heet het zogenaamde 'Nachbau-effect'.

Maar...

Thun is de enige die deze resultaten zo overtuigend kan laten zien. Geen van de onderzoekers of tuinders na haar, in de verschillende landen waar de

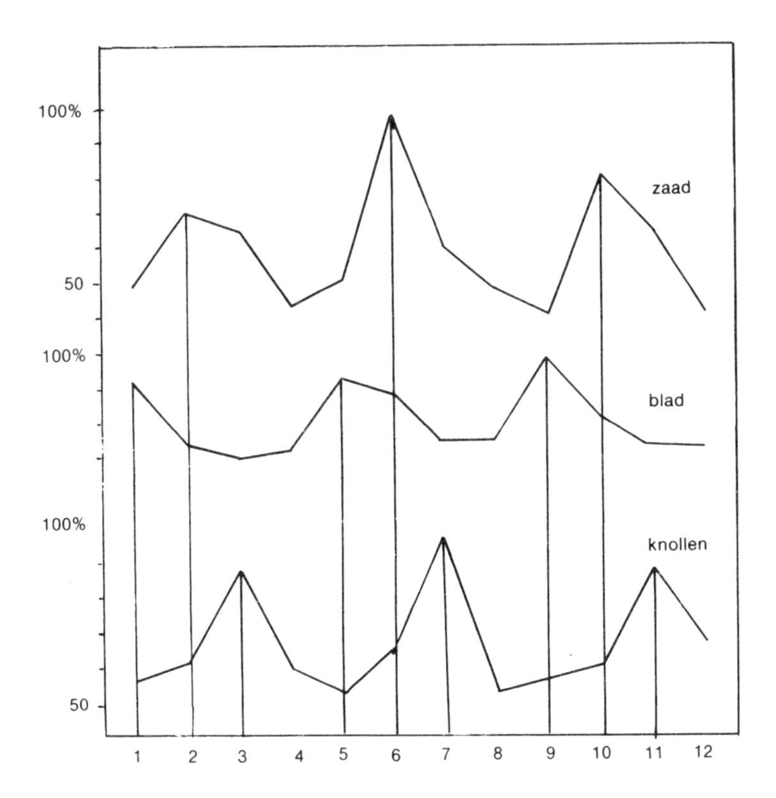

Proef met radijs: zaaien tijdens de 12 dierenriempassages van de maan levert aanzienlijke verschillen op in opbrengsten van knollen, bladeren en zaden.

proeven zijn gedaan, kwam tot een precieze herhaling van de uitkomsten. Sterker nog, vaak kwam er helemaal niets uit de proeven of spraken de resultaten die van Thun juist tegen. Jaren van onderzoek zijn gepasseerd en het was telkens Thun die weer met overtuigende opbrengsten van onderzoek naar voren kwam, terwijl de andere ploeteraars moeizaam en vaak vergeefs naar hun resultaten aan het zoeken waren. Dat heeft tot sterke en mijns inziens terechte kritiek geleid op de zaaikalender, die tuinders ten onrechte het gevoel geeft met een degelijke en algemeen geldende receptuur te maken te hebben. De zaaikalender geldt in hoge mate voor Maria Thun en kan voor alle andere mensen ter wereld hoogstens de betekenis hebben van inspiratiebron om ook zelf eens met de maan en andere kosmische invloeden te gaan experimenteren. Niet als blinde receptuur, maar als hulp bij de waarneming en aansporing tot eigen activiteit lijkt mij de zaaikalender een prettig hulpmiddel, meer niet. Want herhaalbaarheid van resultaten, overal ter wereld, onafhankelijk van de persoon van de onderzoeker, dat is het hoogste goed van de wetenschap en aan die voorwaarden is in dit geval niet voldaan. Nu zijn er bij de strikte hantering van deze regels wel vraagtekens te plaatsen en is er wellicht sprake van 'persoonsinvloeden' op de resultaten van onderzoek, toch lijkt het mij terecht om deze eisen aan het onderzoek van Thun te stellen, al was het alleen maar om te hoeden voor blind optimisme en klakkeloze navolging.

Dit alles neemt niet weg dat er door enkele onderzoekers resultaten zijn geboekt en wel als volgt.

In het begin van de jaren zeventig heeft de Duitse onderzoeker Abele met radijs een sterke toename (tot 33%) van de wortelopbrengst vastgesteld als de radijs werd gezaaid in een aarde-trigoon. Ook nam hij verschillende vormen waar van de knolletjes, afhankelijk van het trigoon waarin was gezaaid. In een worteltrigoon vormden zich ronde knollen, zoals het bij radijs gewenst is, maar in een bladtrigoon werden de knollen cylindrisch en in een warmtetrigoon zelfs hartvormig. Abele wist ook aan te tonen dat peentjes in een worteltrigoon gezaaid tot 20% meer opbrengst gaven en dat zomergerst en haver het beter deden bij zaaien in een vruchttrigoon.

De Duitse onderzoeker Spiess heeft zeer uitgebreide experimenten gedaan om de Thunproeven te herhalen. Met wortelen ontdekte hij een duidelijk hogere opbrengst (tot 14%) als er werd gezaaid zo'n twee dagen voor volle maan (dat is dezelfde tijd als in het onderzoek van Kolisko), met de maan in de Maagd. Dan was ook de houdbaarheid van het gewas het hoogst. Met radijs kreeg Spiess zeer wisselende resultaten, die geen bevestiging gaven van Thun's uitspraken.

Bij rogge wist Spiess weliswaar geen siderische resultaten te boeken, maar kwamen er wel enkele synodische relaties te voorschijn. Zaaien vlak voor nieuwe maan leverde slechte resultaten op in proeven die over enkele jaren werden gedaan. Zaaien bij laatste kwartier leverde meer eiwit in het zaad op dan zaaien bij eerste kwartier en ook toonde Spiess verschil aan in eiwitgehalte van het zaad als er rekening wordt gehouden met perigeum en apogeum van de maan. Bij perigeum was er 6% meer eiwit dan gemiddeld, bij apogeum 6% minder en dat levert een totaalverschil van 12% op.

Bij de invloed van de synodische maan op de groei van maïs heb ik al laten zien wat het belang is van een relatief arme bodem. Iets dergelijks komt ook naar voren in het onderzoek van de Duitser Lücke met aardappelen. Hij ziet weinig terug van de trigooneffecten, maar ontdekt wel dat er meer suikers in de knollen zitten als er geplant wordt bij maan in Leeuw, een vruchtbeeld. Dit resultaat is niet altijd te herhalen, want bij zeer hoge opbrengsten worden de subtiele maaninvloeden overstemd door het geweld van de groei.

Ik trek hieruit de conclusie dat het gebruiken van de maan in de landbouw des te zinvoller wordt naarmate de landbouwsystemen extensiever zijn. In vele Derde-Wereldlanden is dat het geval en met name in dergelijke 'arme' omstandigheden kan het werken met de maan zinvol zijn. Dat weet de plaatselijke bevolking al duizenden jaren, maar het is aardig dat ook het intellectuele Westen er middels wetenschappelijke experimenten zelf opgekomen is...

De al eerder genoemde Spiess concludeert dat je de verschillende maaninvloeden niet uit elkaar kunt houden, want altijd is er een samenspel van de verschillende maanritmen en ook andere kosmische ritmen in de natuur aanwezig. In deze bonte verzameling in elkaar grijpende en elkaar beïnvloedende ritmen is het voor de onderzoeker knap lastig om tot eenduidige uitspraken te komen. Nooit is een hemelconstellatie hetzelfde, want telkens veranderen de onderlinge posities van de hemellichamen en daardoor is er ook geen exacte herhaling van de resultaten mogelijk. Soms zullen de ritmes elkaar uitdoven, soms versterken en het hangt van de intuïtie en de 'feeling' van de tuinders/onderzoekers af met hoeveel resultaten ze naar huis kunnen gaan. Dat pleit niet tegen het toepassen van kosmische invloeden in de landbouw, maar wel voor een zorgvuldige waarneming van weer, klimaat, gewas, bodem en alles wat bij het goede boeren komt kijken. Uiteindelijk kan een combinatie van vakkennis, ervaring en intuïtie tot een zinvolle omgang met de kosmische cycli leiden.

Samenvattend laat het onderzoek naar de claims van Thun zien dat de zaaitijden van belang zijn, maar niet altijd in combinatie met de maan. Groeifactoren als licht, warmte, vocht en de toestand van de bodem zijn eerder bepalend dan de 'zachte' invloed van de maan. Trigooneffecten zijn soms aantoonbaar, maar niet zo sterk gebonden aan de afzonderlijke organen van de plant als Thun beweert. Meestal zijn het effecten op het gehele gewas. Verder is er geen strikt onderscheid te maken tussen siderische en synodische maan en spelen ook nog andere ritmen van de maan een rol.

Zeventiende avond:
De Paloloworm en andere hemelfietsers

Ik ben tot hoog in de wolken geweest
en diep in het zwarte slijk,
ik heb er de hete hel gezien
en een deel van 't hemelrijk.
De maan schijnt helder en eindeloos lijken de wegen.

Olav Asteson (Droomlied, 2e deel)

Maaninvloeden op dier en mens

Dieren

Het zou ondoenlijk zijn om alle voorbeelden te bespreken van dieren die hun gedrag mede laten bepalen door de ritmen van de maan. Vele honderden diersoorten zou ik dan moeten beschrijven. Daarom beperk ik me tot een selectie van enkele voorbeelden, die mij zeer aanspreken en die tijdens mijn cursussen altijd veel verbazing en bewondering hebben gewekt voor de 'wijsheid' van de natuur.

De meeste voorbeelden komen uit de zee, omdat in de getijdenzones van de oceanen de meeste diersoorten leven (zo'n 70% van de waterorganismen), en omdat daar de invloed van de maan – de beweging van eb en vloed – het sterkst aanwezig is. Toch heeft het lang geduurd voordat de wetenschap deze maan-aarderelatie serieus wilde nemen. Een voorbeeld. In 1705 noemt de Nederlander Rumphius het zwermen van een soort wormen voor de kust van Amboina, een eiland uit de Molukkenarchipel. Vlak voor volle maan zoeken deze dieren elkaar op voor het paringsritueel. Rumphius bestudeerde tien jaar lang dit maanverschijnsel, maar werd door de wetenschap niet serieus genomen. De maan, die van invloed zou zijn op het gedrag van dieren! Bespottelijke gedachte.

In die houding kwam verandering toen het zeer opmerkelijke gedrag bekend werd van de Paloloworm uit de Pacific, die nadien het paradepaardje van de maaninvloed op dieren is geworden. Mijn beschrijving van dit dier begint in 1847. In Londen komt een zending naalddunne, 20 tot 40 centimeter lange groene wormen uit de Stille Oceaan binnen, die de dierkundigen verbaasd doen staan vanwege het ontbreken van de hoofden. Missionaris Stair van de Samoa-eilanden, in het hart van de oceaan, doet er een briefje bij:

'Palolo is de inheemse naam voor deze soort zeeworm, die gevonden wordt op enkele plaatsen van Samoa. Ze komen regelmatig in de maanden oktober en november gedurende twee opeenvolgende dagen in beide maanden te voorschijn. Dan staat de maan in het laatste kwartier. Op de tweede dag zijn ze massaler aanwezig dan op de eerste dag. Ze stijgen op uit de oceaan en kunnen slechts twee tot drie uur worden waargenomen in de vroege morgen. Op de tweede dag verschijnen ze in zulke talloze myriaden, dat het zeeoppervlak bedekt is door hun overvloed. Je vindt ze alleen op bepaalde plaatsen voor de kust, in het algemeen in de buurt van openingen in het koraalrif, waar veel vers water stroomt. Maar niet alleen daar. De inboorlingen houden buitengewoon van deze dieren, ze berekenen hun aanwezigheid met grote precisie en verwachten ze met volle interesse. De wormen worden in kleine, fraai gevlochten manden gevangen, aan het strand in bladeren ingepakt en gebakken. Grote hoeveelheden worden rauw gegeten.

Ze gaan – bereid of niet – door voor een grote delicatesse. In alle delen van de bevolking is de wens om Palolo te eten zo groot, dat er grote aantallen boten in alle richtingen wegvaren, ook naar plekken waar helemaal geen wormen zijn.'

Pas door de Paloloworm is het verschijnsel van de maaninvloed op dieren serieus onder de aandacht van wetenschappers gekomen. Deze worm (*Eunice viridis*) is een verre verwant van de regenworm, herkenbaar aan de ringvormige opbouw van het lichaam.

Maar er is ook een verschil: de diertjes zijn óf mannelijk óf vrouwelijk, in tegenstelling tot de zogenaamde hermafrodiete regenwormen. De mannetjes zijn oranjegeel, de vrouwtjes blauwgroen en ze leven in gaten in de

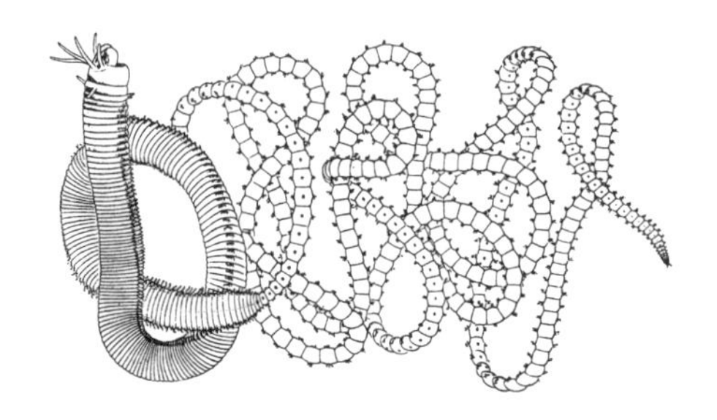

De 40 cm lange Paloloworm bestaat uit een kopgedeelte en een achterlijf met geslachtscellen.

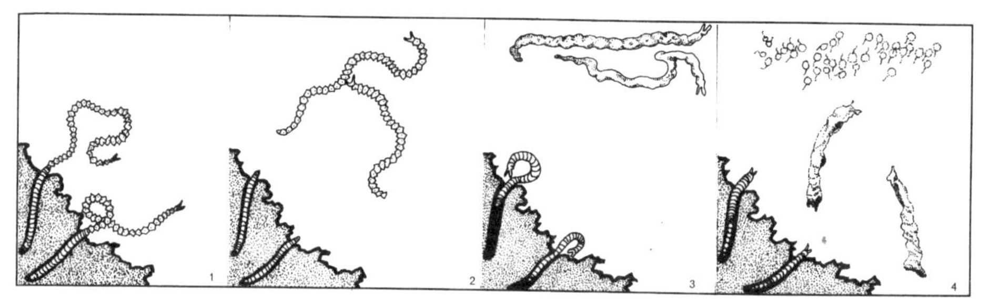

Het leven van een Paloloworm in een koraalrif:
1 Als de voortplantingstijd aanbreekt, keren de wormen zich om in hun holten.
2 De achtereinden raken los en zwemmen naar de oppervlakte
3 De achtergebleven halve dieren keren zich weer om. De achterlijven rijpen intussen verder tot een zakje.
4 De zakjes breken open en laten de eieren en zaadcellen vrij.

koraalriffen onder invloed van de getijden. Het dier heeft een kop met harde kaken, een lang ringvormig middenlijf en een zeer lang achterlijf, waarin de geslachtsorganen zitten. Dit achterlijf groeit tegen oktober enorm uit en de geslachtscellen tieren er welig in. Opmerkelijk is de aanwezigheid van een lichtgevoelig orgaantje aan de onderzijde van ieder segment in het geslachtelijk gedeelte.

Dit achterlijf wordt nu losge'wurmd' van het kopgedeelte, dat achterblijft in het koraal. Het sexuele gedeelte kronkelt zich naar boven, naar het licht toe, wellicht gestuurd door de waarnemingen van de lichtgevoelige orgaantjes. Nu liggen de lichamen in de branding en geven hun geslachtscellen af aan het water. Dat doen ze niet actief, maar ze laten hun lichamen door de branding tegen de rotsen kapotslaan. De bevruchting volgt in de zee en de bevruchte eicellen zinken met de ebbeweging mee naar lagere delen van de oceaan. Er groeit een vrijzwemmende larve uit, die zich later vastzet in het koraalrif. De achtergebleven kopdelen van de oude worm groeien weer uit tot een volledig dier en zo kan jaarlijks weer een nieuwe generatie geslachtelijke lichamen naar boven zwemmen. In 1897 beschrijft de onderzoeker Collin wat hij ziet in de paaitijd van de wormen:

"Het opstijgen van de achterlichamen vindt in zulke geweldige aantallen plaats, dat de zee op zulke plekken eerder vast dan vloeibaar lijkt te zijn. De dieren laten zich alleen op bepaalde dagen 's morgens vroeg zien... Het hele schouwspel duurt slechts een paar uur, en enige tijd na zonsopgang zijn alle wormen volledig verdwenen. De bevruchting van de vrijkomende eitjes door de zaadcellen vindt gedurende deze tijd plaats. De zee is dan door de massale uitstoting van eitjes en zaadcellen van veraf groenachtig en dof wit gekleurd."

De inheemse bevolking van de Fidji-eilanden weten precies wanneer de Palolowormen gaan komen en daarvoor hebben ze zelfs 'Paloloregels' opgesteld: eerst wachten ze op de scharlakenrode bloemen van een vlinderstruik (*Erythrina indica*), dan op de bloei van een myrteplant (*Eugenia*), waarna het tijd wordt om te gaan letten op de maan. Als die bij het begin van de dag diep aan de westelijke horizon staat, dat is direct na volle maan, dan duurt het nog zeven dagen tot het Grote Palolofeest, dat kort voor zonsopkomst begint met het vangen van de wormen. Op de Samoa-eilanden worden al meer dan een eeuw lang door missionarissen en wetenschappers de zwermtijden van de Paloloworm opgeschreven en daaruit blijkt zonneklaar de maanritmiek. Zo exact is de samenhang tussen worm en maan, dat de Polynesiërs van Banks Island hun kalender zelfs helemaal inrichten naar het gedrag van de Palolo-worm.

Altijd in oktober en november, als de maan in haar laatste kwartier staat, begint het zwermen van de wormen. En dat tijdstip is ieder jaar weer anders, omdat de beweging van de zon en die van de maan niet precies gelijk lopen. De wormen beginnen al de dag voor laatste kwartier te zwermen en blijven dat ook de dag erna nog doen, maar de grote massa weet precies dat het gaat om die ene dag, om die ene nacht, die geheimzinnige tijd rondom middernacht als de maan precies aan de oostelijke hemel opkomt en klimt naar de noordelijke hemel. Bij ons is dat de zuidelijke hemel, want wij wonen op het andere halfrond. Als het bij ons herfst wordt dan breekt op het zuidelijk halfrond de lente aan en dan vindt dit Palolorituеel plaats. Maar nu is er nog iets bijzonders: om ten gevolge van het verschil tussen het zonnejaar en het maanjaar het contact met het zonnejaar niet te verliezen, schakelen de wormen in het derde jaar over op de dertiende maanmaand. De eerste twee jaar leven ze volgens het ritme van twaalf maanmaanden en in het derde jaar voeren ze dus een tijdscorrectie in door er een dertiende maand aan toe te voegen!

Wonderlijk genoeg zit er in het zwermen nog een groter ritme verborgen, dat pas aan het licht kwam na waarnemingen vanaf 1843. Dat is het 19-

jarige ritme van Meton, genoemd naar een Grieks sterrenkundige. Iedere 19 jaar staan namelijk zon, maan en aarde bijna in dezelfde positie ten opzichte van elkaar en keren dezelfde ritmes (ongeveer) terug. Ook dat is aan het gedrag van de wormen bijzonder fraai af te lezen, zodat je wel mag spreken van een bijzondere en mysterieuze band tussen deze dieren en de maan. Een verklaring zou kunnen schuilen in een combinatie van extreem helder water, de lichtgevoeligheid van de dieren en hun geringe diepte in de oceaan. Ongeveer een maand voor het zwermen geven de hersenen van het kopgedeelte ongeveer tien keer meer hormonen af dan normaal. Die hormonen zetten het achterlijf aan tot groeien en tot seksuele rijping. Omdat de koppen, het hersengedeelte dus, 's nachts naar hogere delen van het water omhoog reiken op zoek naar algen, kan het zijn dat ze de wisseling van de schijngestalten van de maan waarnemen. Daar staat tegenover dat ze hun gedrag ook uitvoeren als het bewolkt weer is en niets van de maan kunnen zien. Mogelijk hebben de wormen een interne band met de ritmen van de maan en hebben ze geen behoefte aan uiterlijk waarnemingen.

Overigens kent dezelfde Paloloworm dit gedrag ook op andere plaatsen in de Stille Oceaan, bijvoorbeeld voor de Japanse kust. Kennelijk is het een wijd verbreid gedrag door de gehele oceaan. Maar niet alleen in de Stille, want ook in de Atlantische Oceaan komen verwante wormen voor. Voor de kust van Florida en de Antillen leeft *Eunice fucata*, die ook 's nachts zwermt en ook bij laatste kwartier maan, vooral in de maand juli. Iets dichter bij huis leeft de Europese Palolo (*Eunice harassi*), die van mei tot juli zwermt en ook de laatste maanfase als oriëntatie heeft.

Dit verhaal van de Paloloworm staat niet op zichzelf. Al in 1492, toen Columbus langs de Bahama's voer, berichtte een matroos over het oplichten van de zee door de zogenaamde vuurwormen. Columbus tekent dit op in zijn dagboek van 11 oktober en vraagt zich af wat dit te betekenen heeft.

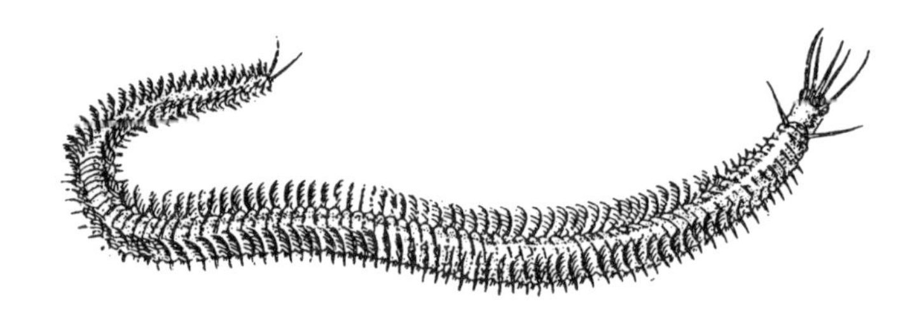

De Europese soort Eunice harassi *is bruinrood van kleur en wordt 30 cm lang.*

Pas in de 20e eeuw is door onderzoek vastgesteld dat het ging om het zwermen van de vrouwtjes van het schelpdier *Odontosyllis*. Slechts één keer per jaar en wel in de nacht voor het laatste kwartier in oktober, zwemmen de vrouwtjes naar het oppervlak, leggen daar hun eieren en beginnen vervolgens licht te geven. De mannetjes worden daardoor aangetrokken en voegen zich erbij om vervolgens hun zaadcellen af te geven en de bevruchting mogelijk te maken. Opmerkelijk in dit voorbeeld is de overeenkomst in tijd van het jaar met de Paloloworm, die ook als 'Zeitgeber' de laatste kwartiermaan in oktober gebruikt voor de paring. Immers, Paloloworm en *Odontosyllis* leven letterlijk oceanen van elkaar verwijderd. Een onderlinge afstemming van dieren met een bepaalde maanfase is heel logisch als de beesten met elkaar in dezelfde omgeving leven, want dan is een 'Zeitgeber' voor de voortplanting natuurlijk erg handig. Dat gebeurt dan ook in het Great Barrier Riff in het noordoosten van Australië. In dit koraalparadijs leeft niet alleen de Paloloworm, maar vele duizenden dieren vinden daar hun huis. Honderden soorten koraaldieren, zo is uit onderzoek gebleken, geven hun kiemcellen vrij aan het water in de week na de volle maan in oktober of november. Vooral de 3e tot 6e nacht na volle maan is erg populair, vooral in de uren vlak na zonsondergang. Grote groepen dieren van dezelfde soort, maar ook van andere soorten, geven in dezelfde nacht van het jaar binnen enkele uren al hun voortplantingscellen af aan het oceaanwater. Dat is de seksuele, muzikale symfonie van het 'Great Barrier Riff Orchestra'...

Een ander prachtig voorbeeld van maanritmen in de dierenwereld geeft het Californische zilvervisje (*Leuresthes tenuis*) ofwel *Grunio*. Dit 15 cm lange, zilvergestreepte visje met blauwgroene rug, leeft op grote waterdiepten tot 100 meter voor de zandkusten van Zuid-Californië. In de zomer komen zwermen visjes naar boven om hun hom en kuit af te zetten op het strand. Dat gebeurt 's nachts bij springvloed, dus bij extreem hoog water. De afloop van het proces is heel precies verbonden met de maan: 3 tot 4 nachten na volle of nieuwe maan komen de dieren naar boven als het hoogste water net achter de rug is. Dat kan zijn van eind februari tot begin september. Jaarritme, maandritme, getijdenritme (ook verbonden met de maan) en dagritme spelen allen een rol in het paringsritueel van dit diertje. Eerst laten enkele mannetjes zich op de golven van de branding meevoeren tot op het zand. Dan volgen duizenden andere visjes binnen het uur, waardoor het zand is overdekt met een zilverglanzende deken van visjes. Een ware attractie voor de toeristen, die eveneens met duizenden komen kijken. De vrouwtjes komen pas als ze door één of enkele mannetjes worden opgehaald en begeleid, zoniet dan wachten ze even tot zich een bruidspartner aandient. Een vrouwtje graaft zich met haar staart in in het zand tot op de hoogte van haar borstvinnen en begint haar eieren af te zetten. Intussen deponeren de mannetjes hun zaad over het strand, zodat er een laagje zaadvocht over het zand wordt uitgespreid. Het vrouwtje kruipt uit haar put en gaat op de volgende golf terug. De totale duur van dit ritueel is slechts 30 seconden! Golf na golf stromen de visjes af en aan, soms is er geen een te zien, soms duizenden tegelijk.

Het tijdstip is zo gekozen, dat de vloedgolven een laagje zand kunnen afzetten van zo'n 30 cm over de eieren. In de diepe, vochtige koelte ontwikkelen zich de larven, terwijl op het strand de zonnehitte alles verzengt. Na 14 dagen komt opnieuw een springvloed, die alles weer blootlegt. Precies op die tijd zijn de visjes 'klaar': 2 tot 3 minuten na het wegspoelen van het zand kruipen de larven uit het ei en laten zich met de golven meevoeren naar de open zee. Alles komt dus aan op die 2 tot 3 minuten! Als de springvloed onverhoopt niet hoog genoeg is, bijvoorbeeld door aflandige wind, dan wachten de visjes gewoon 14 dagen lang in hun eieren tot de volgende springvloed. Ook blijken de larven nog gevoelig te zijn voor andere ritmen van de maan, zoals de toenadering (perigeum) of verwijdering (apogeum) van de maan ten opzichte van de aarde.

Grunio laat zien dat de afstemming met de maan ook moet gelden voor de embryologische ritmen om in de pas te blijven met de bewegingen van het water. Vooral het toewerken van alle lichaams- en gedragsritmen naar dat korte moment van slechts 30 seconden om de eieren te leggen is een kippenvel bezorgend wonder van de natuur.

Natuurlijk kun je bij deze voorbeelden niet voorbijgaan aan de fundamentele vraag naar de mogelijke verklaringen van de ritmische verknoping tussen maan en organismen. De kernvraag in de wetenschap is altijd geweest: zijn de ritmen endogeen, dat wil zeggen in het lichaam verankerd en van binnenuit bepaald, of zijn ze exogeen en komen ze dus van uiterlijke ritmen in de natuur? Deze vraag heeft een hoog 'kip-of-ei' gehalte, want meestal zit de waarheid in het midden. Ritmen zijn vaak endogeen aangelegd, maar worden aangestuurd door uiterlijke omstandigheden. Zo kan een organisme uit de getijdenzones van de oceanen alleen dan met de maanritmen meeleven, als er in de stofwisseling van het dier ook een dergelijk ritme (bijvoorbeeld van de seksuele cyclus) is aangelegd. Zonder interne aanleg kan een maanritme niets uitrichten, maar zonder maanritme heeft de interne aanleg geen herkenningspunt of 'startschot'. De levensritmiek kan dus niet gescheiden worden van zijn ritmische omgeving. Toch zijn er natuurlijk duidelijke endogene ritmen, zoals de hartslag of de ademhaling bij dieren. Daar hoort geen uiterlijk ritme bij dat de toon aangeeft. Ook de ritmen in de hersenen

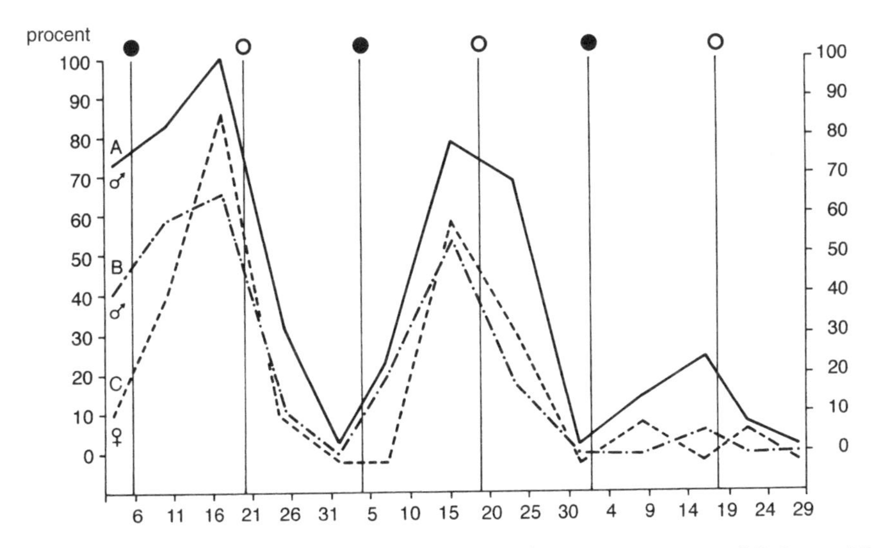

*De diadeem-zee-egel (*Diadema setosum*) in de zomer van 1921 bij Suez. Het aandeel dieren met rijpe geslachtscellen als percentage van het totaal aantal gevangen dieren. A: mannetjes met rijp zaad. B: mannetjes die tijdens het onderzoek het zaad afgaven. C: wijfjes met rijpe eieren. Volle maan is wit, nieuwe maan is zwart.*

zijn volledig intern bepaald. Aan de andere kant zijn er ook organismen, die geheel op de uiterlijke ritmen aangewezen zijn, zoals bloemplanten. Vaak gaan bloemen open en dicht in relatie tot de temperatuur van de omgeving. Als de temperatuur kunstmatig constant wordt gehouden is dit ritme van openen en sluiten ook meteen verdwenen. Hetzelfde geldt voor het meebewegen van bijvoorbeeld paardebloemen met de dagelijkse baan van de zon aan de hemel.

Een verhelderend voorbeeld om endogene van exogene ritmen te onderscheiden is het gedrag van de zeenaaktslak *Tritonia*, uit de kust van Californië. Dit dier heeft de eigenaardige gewoonte om zijn lichaam te richten op de vier windstreken, afhankelijk van de maanfasen. Bij volle maan richt hij zich naar het noorden, bij laatste kwartier naar het westen en zo door tegen de klok in. Dit gedrag bleek ook in het laboratorium voortdurend aanwezig, zonder dat het dier de maan kon zien. Het is verleidelijk om dan te denken aan een intern ritme van het dier, dat precies gelijkloopt met de fasen van de maan. Uit verder onderzoek bleek, dat het dier zich niet precies naar de vier windstreken richt, maar naar de magnetische windstreken, die bepaald worden door het magneetveld van de aarde. De magnetische noordpool van de aarde ligt namelijk niet precies op dezelfde plaats als de geografische noordpool. De verschillende fasen van de maan hebben nu een invloed op het magneetveld van de aarde en dat kan dit slakje voelen! Zodoende kan hij zijn gedrag altijd volhouden, zolang het aardmagneetveld maar ongestoord aanwezig blijft. Als in het laboratorium het magneetveld opzettelijk wordt verstoord, dan weten de slakken niet meer hoe ze zich moeten richten met hun lichamen en doen ze maar wat, volgens het toeval bepaald. De maan is dus in dit voorbeeld een typische exogene factor, een 'Zeitgeber', die de toon zet voor het gedrag, met het magneetveld van de aarde als bemiddelaar.

Een ontroerend voorbeeld van de maan als Zeitgeber vind ik het tropische eendagsvliegje *Povilla andusta*, dat leeft bij het Victoriameer in Afrika. De vliegjes komen uit het popstadium te voorschijn zo'n 2 dagen na volle maan en direct gaan de mannetjes in dichte zwermen boven het water dansen. De maan, die niet helemaal meer vol is, schijnt dan zilverglanzend boven het water. De vrouwtjes vliegen in deze wolken mannetjes naar binnen en worden, hoe kan het ook anders, meteen bevrucht. Omdat de volwassen vliegjes maar anderhalf uur (!) leven moet de geboorte van de diertjes wel heel precies op elkaar zijn afgestemd, anders is er geen bevruchting mogelijk. En waar kun je je beter op afstemmen dan op de maan, die immers voor alle dieren hetzelfde aan de hemel verschijnt? Opvallend is verder dat de diertjes dit ritme vasthouden in het laboratorium. Niet alleen deze eendagsvlieg, ook tientallen andere insecten langs het Victoriameer stemmen hun ritmen op vergelijkbare manier af op de maan.

Iets dichter bij huis komt ook een eendagsvlieg voor, die zich strak aan de maan houdt en wel de *Clunio marinus*, die leeft in het Noordzeewad van Helgoland. De eieren van dit vliegje leven maandenlang in een moslaag van het strand en wachten geduldig het moment af om uit te komen. Dat gebeurt altijd bij eb en vooral bij nieuwe en volle maan. Deze afstemming houdt in dat ook de paringsvlucht van de vliegjes bij een specifieke maanfase moet optreden, want anders gaan de uitkomende larven jammerlijk verloren in de golven.

De besproken voorbeelden gaan alle over de gewone ritmen van de maan, die heel vertrouwd en heel constant zijn. Zo constant, dat de natuur zich in de evolutie heeft kunnen aanpassen aan deze cycli. Maar wat te denken van een plotselinge onderbreking van het vertrouwde patroon? Zouden de dieren ook daar gevoelig voor kunnen zijn? Stel dat er een maansverduistering optreedt, wat dan? Deze vraag stelden enkele onderzoekers die zich bezighielden met het gedrag van de oester.

In de Middellandse Zee bijvoorbeeld, leeft de oester *Teredo pedicellata*. Met tussenpozen van precies vier weken verlaten de larven het moederdier en een maximum aantal larven treedt op als het exact tien uur voor de volle maan is. Twee dagen voor volle maan begint het zwermen en dat zwelt dan aan tot het hoogtepunt rond tien uur om vervolgens af te nemen tot aan het moment van volle maan. Bij volle maan zelf zijn de laatste larven uitgezwermd. De dieren houden dit gedrag vast in het laboratorium onder kunstmatige omstandigheden en volledig afgeschermd van het licht van de maan. Maar nu de maansverduistering, opgetekend door één van de onderzoekers. Het gaat hier over de verduistering van 19 januari 1935:

'De larven begonnen op 17 januari op normale wijze sporadisch uit te zwermen, de zwermactiviteit nam de volgende dag toe, evenals in de nacht van de negentiende januari, tot de productie van de larven ongeveer twaalf uur voor het moment van de astronomische volle maan (16.44 uur) plotseling ophield, zonder dat het verwachte hoogtepunt hierin bereikt was. Ook op het moment waarop anders het maximum wordt bereikt, tien uur voor volle maan, was niet de minste productie van larven waar te nemen, en gedurende de verduistering zelf (van 14.53 tot 18.41 uur) kon eveneens geen enkele pas uitgestoten larve worden gevonden. Ook op de daaropvolgende dagen werd het uitgevallen aantal larven niet gecompenseerd door een hernieuwd uitzwermen, totdat acht dagen later, op de zevenentwintigste januari, op het exacte tijdstip van het laatste kwartier, plotseling een sterke zwermactiviteit optrad en de overgebleven larven, die tengevolge van de totale maansverduistering in de broedkamers waren vastgehouden, uitzwermden.'

Deze dieren beschikken dus over een soort 'zintuig' voor de subtiele werkingen van de maan en kunnen waarnemingen doen die voor ons volledig raadselachtig zijn.

Maar niet alleen de zeedieren, ook andere beesten richten zich op de maan. Ik geef enkele voorbeelden.

Eén van de belangrijkste plagen in de katoenteelt van Nicaragua, de katoenklander *Heliothus zea*, heeft zijn grootste activiteit bij de nieuwe maan. Het diertje leeft van de vruchten van de katoenplant. Deze kennis kan worden gebruikt door de planttijd van de katoen zó te kiezen dat de periodes waarin de vruchten rijpen precies tussen twee nieuwe manen invalt, dus bij volle maan.

Iets dergelijks geldt ook voor een ander schadelijk insect, een rijstboorder van India en Zuidoost-Azië. De rupsen vreten het merg uit de stengels van de rijst en dan vallen de planten om en rotten weg. Ook dit diertje heeft zijn activiteitspiek bij nieuwe maan. Daar kan gebruik van worden gemaakt door de dieren met speciale lichtvallen te lokken en te vernietigen.
Overigens is het niet zo verwonderlijk dat deze insecten bij nieuwe maan

actief zijn, want dan is het donker en kunnen ze moeilijker gevonden worden door hun natuurlijke vijanden. Zeer illustratief is in dit verband het gedrag van de nachtzwaluw *Caprimulgus europaeus*, die bij het laatste kwartier twee eieren legt op de heide. Precies twee weken later komen de kuikens uit het ei en dan kunnen ze gevoerd worden bij het licht van de wassende maan. De hele seksuele cyclus van het dier is hierop ingesteld, inclusief de baltsroep van de mannetjes. Niet alleen deze vogel heeft een broed-

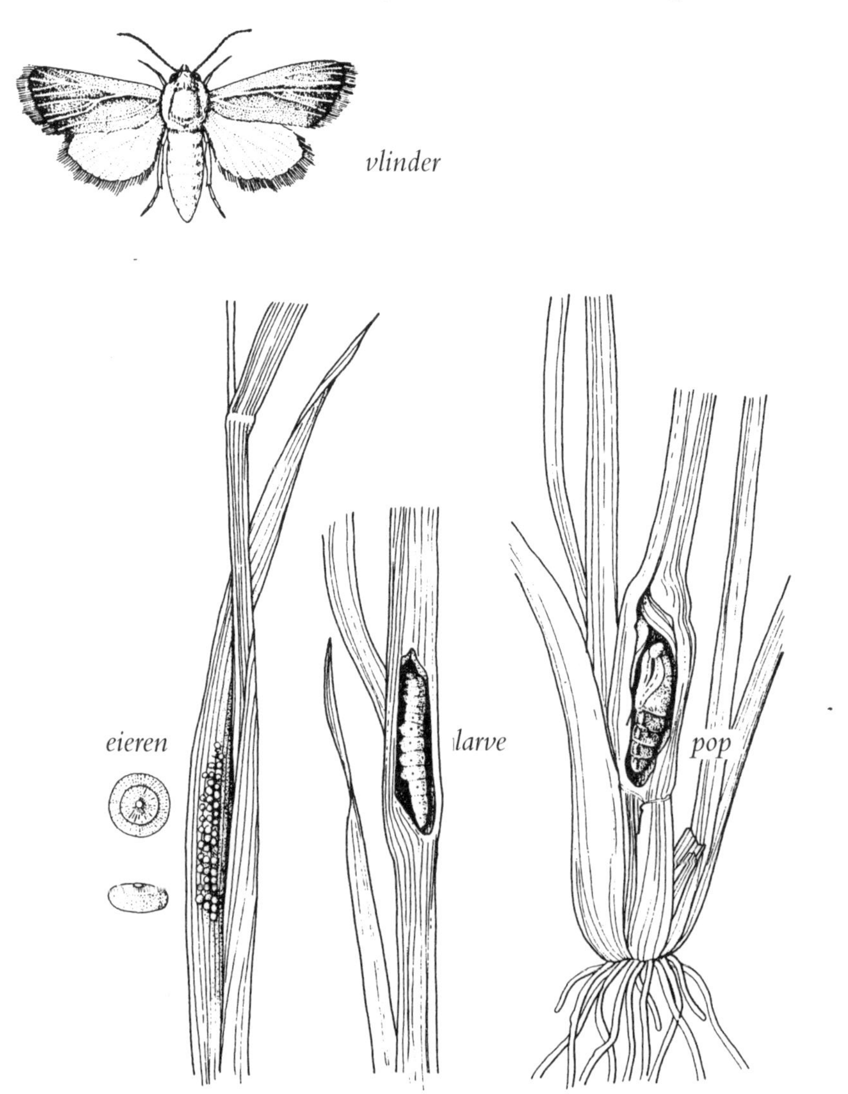

*De rijstboorder (*Sesamia inferens*) ontwikkelt zich in de stengels van rijstplanten.*

tijd van precies twee weken, ook andere vogelsoorten hebben broedperiodes die een veelvoud zijn van 7 dagen en verwijzen daarmee naar een achterliggend maanritme. Zangvogels en spechten broeden meestal 14 dagen, kippen, eenden en de ijsvogel doen er 21 dagen over, roofvogels en ganzen 28 dagen, visadelaars, zwanen en alken 35 dagen en de steenadelaar tenslotte broedt maar liefst 42 dagen. Deze dieren hebben overigens geen directe relatie met de maan, maar hun broedtijden suggereren een verband waarvan ze op dezelfde manier zijn geëmancipeerd als de menstruatiecyclus van de vrouwelijke mens.

Een ware tijdkunstenaar is de regenworm (*Lumbricus terrestris*), waarvan het gedrag heel precies is beschreven door Charles Darwin in zijn laatste boek uit 1881. Het dier is vooral actief bij volle en nieuwe maan en met name als de maan het diepst onder de horizon staat. Dan is het middernacht. Uit nauwkeurig onderzoek van dit dier is gebleken dat het de volgende ritmen kent:

* de zonnedag van 24 uur
* de lunaire (maan)dag van 24,8 uur
* de halve synodische cyclus van 14,75 dagen
* de hele synodische cyclus van 29,5 dagen

Onbegrijpelijk eigenlijk voor een dier dat zo primitief is en zo weinig zintuigen tot zijn beschikking heeft...

Ter afsluiting van de dieren wil ik de wonderlijke *Nautilus* noemen, een inktvissoort die leeft in de Stille en Indische Oceaan. Overdag leeft hij tot 650 meter diep omdat het water zeer helder is, en 's nachts komt hij boven drijven. De schelp van dit dier is een geliefd object bij verzamelaars, want het heeft een prachtige spiraalvorm met gekleurde dwarsbanden op het oppervlak.

Tijdens de groei van dit dier ontstaan er kleine kamertjes, die telkens worden afgesloten met een dwarswandje. Kamer na kamer wordt zo gemaakt en het dier sleept zijn verleden in de vorm van een spiraal van kamertjes als het ware achter zich aan als de afgeronde stadia in zijn ontwikkeling. Tenslotte leeft de inktvis zelf, een weekdier, in de laatste en grootste kamer en gebruikt hij de kleinere kamers om mee te drijven, want die zijn gevuld met gas. Nu is ontdekt dat ieder kamertje is opgebouwd uit 30 groeiringen of groeilijnen. Dat zijn kalkafscheidingen waarvan er iedere dag eentje wordt afgezet. Na dertig dagen, dat is dus een synodische maanronde, sluit het dier het kamertje af met een dwarswand en begint aan het volgende kamertje te werken. Zo gaat dat maandenlang door, precies in ritme met de omloop van de

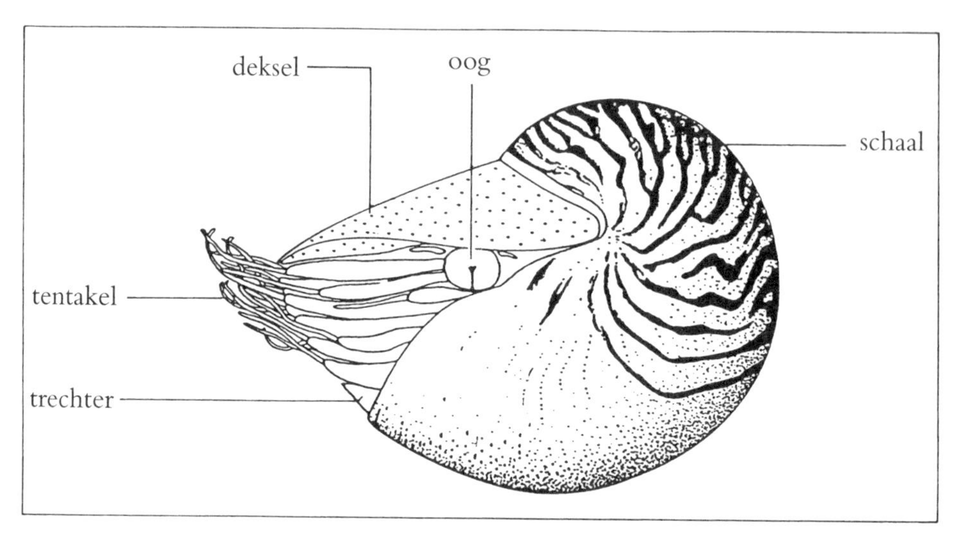

De Nautilus uit de Indische en Stille Oceaan is verwant aan de inktvis. De doorsnede van de schaal toont de ritmische opbouw van de kamertjes in een perfecte spiraal.

maan. Dit is op zich al verrassend, maar het meest bijzondere komt nog: uit studies van fossielen blijkt dat de Nautilus een oeroud dier is, waarvan de schelpen in de oudste aardlagen zijn teruggevonden. Hoe ouder de fossielen, des te minder groeiringen er per kamertje zijn gevormd. In de periode van het Tertiair bijvoorbeeld zijn er 25 ringen, in het Carboon 15 en in het

Ordovicium slechts 9 ringen. Volgens onderzoekers kan dit erop wijzen dat de maanden toen veel sneller verliepen, omdat de maan veel dichter bij de aarde stond. Het aantal groeiringen zou dan een maat kunnen zijn voor het aantal dagen van een maanmaand in het verleden van onze planeet. Op grond hiervan kun je dus uitrekenen hoe dicht de maan bij de aarde heeft gestaan in de verschillende tijdperken! Dit pleit dus voor de hypothese dat de maan ooit afgesplitst is van de aarde en zich langzaam van onze planeet verwijdert. Deze verwijdering is overigens ook opgemeten en die bedraagt slechts 3,5 centimeter per jaar. Dat lijkt heel weinig, maar over de grote tijdperioden telt dat stevig aan: 3,5 meter per eeuw is 35 meter per duizend jaar en in een miljard jaar is dat 35.000 kilometer. Nog lang niet genoeg om een omloop van 9 dagen mee te verklaren, want de maan staat nu ongeveer 400.000 kilometer van ons verwijderd. Maar stel dat de maan steeds trager van ons af beweegt. Dan zou de afstand tot de aarde vroeger aanzienlijk korter geweest kunnen zijn.

Waartoe een Nautilus niet allemaal kan leiden.

Mens

'It is the very error of the moon; She comes more near the earth than she was wont, And makes men mad.'

Het zijn de woorden van Othello (Act 5, scene 2) in William Shakespeares gelijknamige toneelstuk. Mensen zouden gek worden van de maan, vooral de volle. De Griekse schrijver Plutarchus (46–120 n.Chr.) beweerde al dat mensen gek worden als ze bij volle maan buiten gaan slapen en de literatuur staat vol verwijzingen naar mensen die in weerwolven en vampiers veranderen als de maan vol is en de nacht geheimzinnig. De meeste van deze maaninvloeden behoort tot de legendes, maar er zit ook waarheid in zoals blijkt uit recent onderzoek aan de Bradford Universiteit in Engeland. Twaalfhonderd gedetineerden in Leeds werd gevraagd een dagboek bij te houden waarin ze moesten opschrijven wat er met ze gebeurde en hoe ze zich voelden in termen van vrolijk, somber, kwaad, enzovoort. Tijdens het onderzoek werd ook het aantal aanvaringen tussen gevangenen bijgehouden. Bij volle maan, zo was de conclusie van de studie, trad er een sterke piek op in het geweld tussen de gedetineerden en beschreven ze aanzienlijk vaker zich ellendig en agressief te voelen.

Een andere bewering uit de oudheid is ook recent bevestigd. Het was Plinius de Oudere, een Romeins filosoof uit de 1e eeuw n.Chr., die schreef: 'we mogen zeker veronderstellen dat de maan niet ten onrechte wordt gezien als de ster van ons leven... Menselijk bloed neemt toe of af in relatie tot de hoeveelheid van haar licht.' Tweeduizend jaar later blijkt uit onderzoek in Florida bij 1000 operaties, dat er extra bloedingen optreden bij volle maan in vergelijking met de andere perioden van de maanmaand. Bloedingen na het knippen van amandelen blijken in 83% van de gevallen rond het tijdstip van volle maan voor te komen. Dan had Plinius dus toch gelijk toen hij boeren afraadde om bij volle maan hun dieren te castreren, omdat ze dan te veel bloed zouden verliezen. Overigens blijkt na bloedverlies, bijvoorbeeld door het geven van bloed, iedere zeven dagen een golf nieuwe rode bloedlichaampjes uit het rode beenmerg in de bloedbaan terecht te komen. Dit ritme van zeven dagen zou wel eens een 'herinnering' kunnen zijn aan de cyclus van 4 x 7 dagen van de maan.

Een heel merkwaardig resultaat boekte de Amerikaanse onderzoeker en parapsycholoog Dean Radin. Hij ontdekte dat casino's in de Verenigde Staten minder verdienen bij volle maan en zocht naar een verklaring in het gedrag van mensen. Uit een breed opgezet onderzoek bleek dat de synodische maancyclus in verband staat met vele aspecten van het menselijk gedrag, in dit geval ook met de voorspellende helderziendheid van loterij-uitslagen. Op de een of andere manier, het mechanisme hiervan is nog verre van duidelijk, kunnen mensen die er aanleg of gevoeligheid voor bezitten, bij volle maan beter voorspellen en raden wat voor kansen ze in het casino hebben.

In een eerder onderzoek over helderziendheid en de invloed van de maan stelde Puharich vast dat er duidelijke pieken van helderziendheid voorkwamen bij volle en nieuwe maan en juist dalen bij de kwartierstanden.

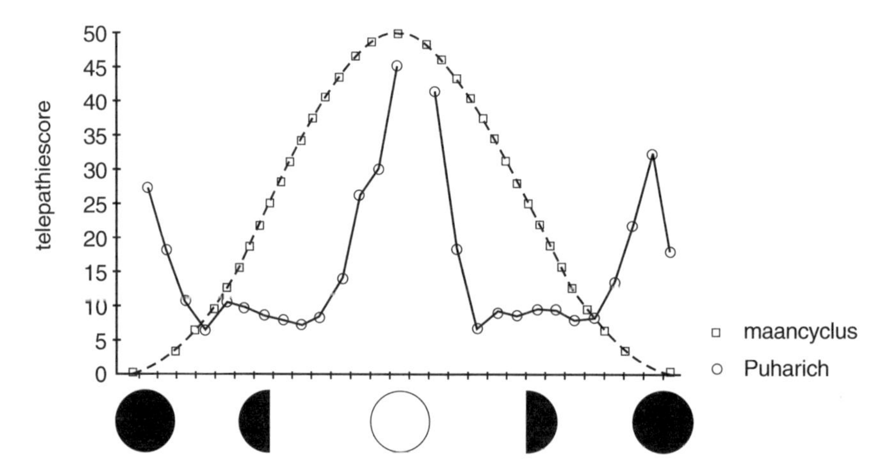

De uitkomst van een telepathietest. De gladde curve is de weergave van de maanfasen. Bij volle maan is de score maximaal.

De proeven deed Puharich met een proefpersoon in een zogenaamde kooi van Faraday. Dat is een kamertje met wanden van gevlochten ijzerdraad waar de natuurlijke elektromagnetische golven uit de omgeving niet in kunnen doordringen. Op die manier sluit de onderzoeker een subtiele werking van straling uit de omgeving uit. In het onderzoek staat het aldus beschreven:

'Het kostte vijf jaar van voorbereiding alvorens ik tot een bevredigende reeks telepathieproeven voor de volle periode van een maanmaand kwam... De proefpersoon was Harry Stone, die na zes maanden laboratoriumwerk zijn vermogens volledig had leren beheersen... De kooi van Faraday diende als permanente omgeving... een test met speelkaarten werd van het begin tot het einde van het experiment aangewend om de telepathische vermogens te evalueren. Twee pieken konden worden vastgesteld, de eerste viel samen met nieuwe maan, de tweede rond volle maan. De laatste toont de meest uitgesproken toename van het scoringspercentage.'

Ander Amerikaans onderzoek liet zien dat er meer psychisch 'gekleurde' misdaden zoals moord, brand en kleptomanie voorkomen bij volle maan, ook al is het bewolkt weer en kan de maan niet direct worden gezien. In Dade County is dat onderzocht bij 1887 moorden over de periode van 1956 tot 1970, en dergelijke resultaten traden ook op in Florida en Ohio. In de laatste staat bleek er een sterk verband aanwezig tussen de volle maan en zenuwinstortingen. De onderzoekers schrijven dit toe aan een verhoogde elektrische onrust in de zenuwbanen van vooral labiele personen bij zowel volle als nieuwe maan. Ook andere elektrische patronen in het lichaam zijn gevoelig voor de maan. Zo is er een ladingsverschil tussen ons voorhoofd en de borst en dat wisselt van pool (plus wordt min en omgekeerd) bij volle en nieuwe maan. Vooral bij mensen die psychisch labiel zijn, kon dit verschijnsel duidelijk aangetoond worden.

Nu moet je met dit soort onderzoek wel oppassen, want soms ligt een verklaring wel erg voor de hand. Bij volle maan blijken er meer overvallen te zijn en ook meer stadsbranden. Logisch, zou je op het eerste gezicht zeggen, want dan is het 's nachts een stuk lichter en kun je beter zien wat je doet. Toch blijkt steeds weer uit de onderzoeken dat bij volle en nieuwe maan de hoeveelheid stresshormoon in menselijk bloed (en ook bij muizen) hoger is dan normaal. Dus is het verband met agressie en misdaden niet helemaal uit de lucht gegrepen. Uiteindelijk is al lang bekend dat we met volle maan, met name in de winter, meer gevoelig zijn voor de kleur rood. Misschien wekt dat wel de agressie op, zoals ook een stier door een rode lap wordt opgehitst...

Maan en voortplanting

Over het vermeende verband tussen de maan en de menselijke voortplanting bestaan talloze anekdotes, die de menselijke cultuur al duizenden jaren begeleiden. Dat heeft doorgewerkt tot in de taal, zoals bij volken in West-Afrika en Nieuw-Guinea, waar hetzelfde woord in gebruik is voor maan als voor menstruatie. In Engeland noemen ze de vrouwelijke ongesteldheid ook 'moon sickness' en in Frankrijk heet het 'le moment de la lune'. Het woord menstruatie komt van het Latijnse woord 'menstrualis', dat maandelijks betekent. Verwijzingen te over naar de hemelse band van de vrouw. Charles Darwin, de beroemde Engelse bioloog, zei het ook al:

'De mens is ge-evolueerd uit de vis... Zou de vrouwelijke cyclus van 28 dagen geen overblijfsel kunnen zijn van het verleden, toen het leven bepaald werd door de getijden, en bijgevolg door de maan?'

Ja, zeggen veel mensen en sommige vrouwen gaan hierin zo ver dat ze samen hun menstruatie als natuurverschijnsel willen beleven in de zogenaamde 'moon huts', een recent gebruik in Amerika. Dan is het wel handig als ze hun ritme op elkaar afstemmen en dat schijnt in gesloten, communeachtige groepen ook het geval te zijn. Niettemin is het menstruatieritme over het algemeen losgekoppeld van de fasen van de maan en is hier sprake van een hoge mate van emancipatie van de vrouw ten opzichte van de omgeving. Volgens Aristoteles was dit niet het geval, want hij beweerde dat de meeste vrouwen gezamenlijk menstrueren bij nieuwe maan. Of dat een fabeltje was of een echte waarneming van deze beroemde onderzoeker zal altijd wel onopgelost blijven.

Veel later, aan het begin van de 20e eeuw, zou de Zweedse Nobelprijswinnaar Arrhenius een grootschalig onderzoek doen bij maar liefst 11.000 vrouwen. Zo ontdekte hij dat er meer menstruaties zijn bij nieuwe en bij volle maan. Amerikaans onderzoek met 10.000 vrouwen kon dit bevestigen. Let wel, het gaat hier om geringe verschillen ten opzichte van een gemiddelde, reden waarom er zoveel proefpersonen in het onderzoek nodig zijn. Bij geringere aantallen mensen worden deze subtiele trends niet eens opgemerkt, zo weinig wijken de waarden af van het gemiddelde.

Wel duidelijk is de lengte van de zwangerschap, die te tellen is in duidelijke maanmaanden: na tien maanronden is het zover en kan de geboorte plaatsvinden. Dat zijn veertig weken ofwel 280 dagen. Dit ritme van veertig weken komt in de natuur bij sommige dieren ook wel voor en kan iets te maken hebben met de evolutie van hormonen in relatie tot de maan.

Tot slot: is er nu wel of niet een geboortepiek bij volle maan? Volgens de bakerpraatjes moeten we geloven dat er dan wereldwijd meer kinderen worden geboren en dat is een hardnekkig volksgeloof. Toch geeft de wetenschap enige ondersteuning hieraan. Zo wijst het promotieonderzoek uit 1940 van de Duitse arts Bühler uit dat er meer jongetjes geboren worden als de maan bijna vol is en meer meisjes als de maan bijna nieuw is. Tel je de jongetjes en meisjes bij elkaar op dan is er geen verband met welke maanfase dan ook. Dit onderzoek, gedaan in Freiburg, betrof 34.000 geboortes over een periode van veertien jaar. Later zijn dezelfde resultaten gevonden in Mannheim en Heidelberg.

Ook in de vorige eeuw is in Japan bij 33.000 geboortes een verband aangetoond met zowel de volle als de nieuwe maan en precies dezelfde uitkomst kregen Amerikaanse onderzoekers met maar liefst een half miljoen geboortes. Dergelijke aantallen zijn nodig omdat ook hier de afwijkingen van het gemiddelde maar zeer gering zijn. Het is dus niet zo dat er duidelijk meer kinderen worden geboren bij volle maan – in die zin kan het als een baker-

Diana van Ephese. Albast en brons, Rome, 2e eeuw na Chr.

praatje worden afgedaan – maar wel is er een geringe trend waar te nemen in grootschalige en langdurige onderzoeken. In zoverre is de uitspraak dat de maan iets met geboortes te maken heeft wel correct. Daarom ben ik wat huiverig als ik lees over het onderzoek van de Tjechische arts Eugen Jonas, die beweert dat vrouwen vaker ovuleren tijdens de maanfase die ook bij hun geboorte aan de hemel zichtbaar was. Een meisje, aldus zijn theorie, dat bij eerste kwartier is geboren zal dan later ook tijdens dat kwartier ovuleren. Op grond hiervan heeft hij een anti-conceptiemethode ontwikkeld die naar zijn zeggen voor 98% nauwkeurig is.

Hiermee besluit ik de uitgebreide literatuur over de maan-aarderelatie en nodig ik je uit om de blik te richten op de planeten. Waar zijn ze te vinden, hoe zien ze eruit, welke bewegingen maken ze aan de hemel en hoe zijn ze onderling geordend, dat zijn enkele van de onderwerpen die ik je wil voorleggen.

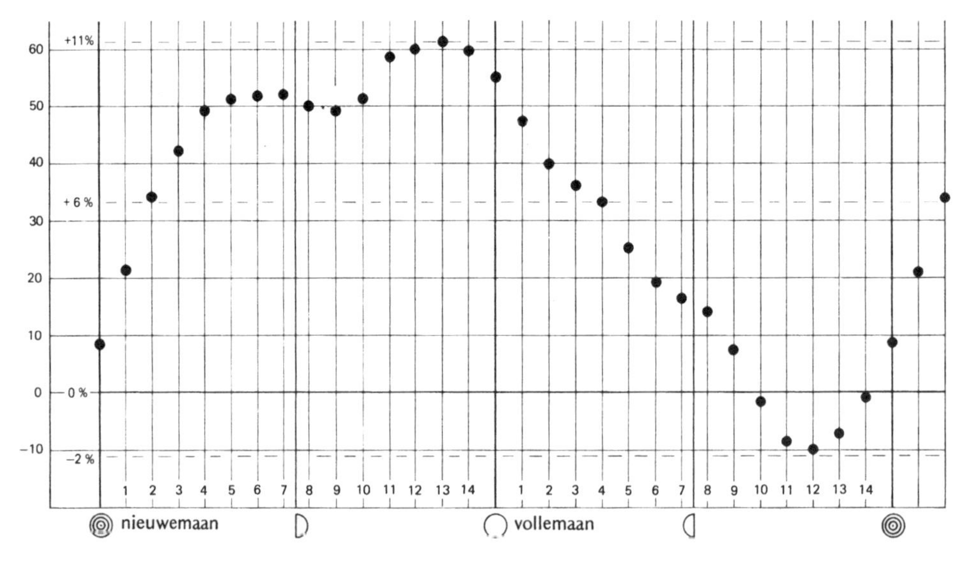

Curve van het overschot aan jongetjes in de stad Freiburg in de jaren 1925-1938 in relatie met de maanfasen. In de wassende fase worden er aanzienlijk meer jongetjes geboren dan in de afnemende maanfase.

Deel 5
Wandelen tussen de sterren: De planeten

Quæ ſunt in ſuperis, hæc inferioribus inſunt:
Quod monſtrat cœlum, id terra frequenter habet.
Ignis, Aqua et fluitans duo ſunt contraria: felix,
Talia ſi jungis: ſit tibi ſcire ſatis!
D.M.à C.B.P.L.C.

De zeven metalen (planeetgodheden) in het binnenste van de aarde. Op de aarde de drieheid van lichaam, ziel en geest. In de hoeken de vier Elementen. 'Aureus Tractatus de philosophico lapide', 1677.

Achttiende avond:
Een glimp van Mercurius

Creation

The first day was golden
And she coloured the sun
And she named it Hyperion
And she made it a day of light and healing

The second was silver
And she coloured the moon
And she named it Phoebe
And she made a day of enchantment and the living waters

And the third day was many-coloured
And she coloured the earth
And she made a day of joy
With the scarlet strength of seed

Robin Williamson
(volgende strofen staan bij de betreffende planeten)

Vooraf

De planeten zijn 'dwaalsterren' die ingewikkelde bewegingen maken tegen het hemelse decor van de dierenriem. Net als bij zon en maan wandelen de planeten langs de hemel, maar het is een tocht vol voetangels en klemmen.

Geen rechte wegen, maar een heen en weer zwalkende tocht, nu eens voorwaarts, dan weer achterwaarts, soms langzaam en bijna stilstaand, soms als een raket langs de hemel schietend. We zullen zien hoe dat komt. In dit hoofdstuk beperk ik mij tot vijf planeten die de mensen al duizenden jaren met het blote oog konden zien en die ze noemden naar hun goden:

Romeins	*Grieks*
Mercurius	Hermes
Venus	Aphrodite
Mars	Ares
Jupiter	Zeus
Saturnus	Chronos

Deze namen dragen de planeten niet voor niets, want er is een overeenkomst in 'gedrag' tussen de godheid en de betreffende planeet. Met die overeenkomst begin ik iedere planeetbespreking om vervolgens iets te vertellen over de eigenschappen van het fysieke hemellichaam, de zichtbaarheid voor het ongewapende oog en tenslotte de ingewikkelde dansende beweging tegen het decor van de dierenriem.

De verre buitenplaneten Uranus, Neptunus en Pluto laat ik buiten beschouwing omdat die slechts met sterke telescopen te zien zijn en niet met het blote oog.

Voordat ik met de afzonderlijke planeten begin, geef ik eerst een overzicht van de planeten (inclusief de aarde voor de vergelijking) met hun afstanden tot en omloopstijden om de zon:

	*Planeetafstand tot zon**	*omloopstijd om zon (erachter de snelheid in km/sec.)*	*aantal manen*
Mercurius	0,39	88 dagen (48)	0
Venus	0,72	225 dagen (35)	0
Aarde	1,00	365 dagen (30)	1
Mars	1,52	1 jaar en 322 dagen (24)	2
Jupiter	5,20	11 jaar en 313 dagen (13)	16
Saturnus	9,55	29 jaar en 155 dagen (9,6)	23

* Deze afstand wordt uitgedrukt in Astronomische Eenheden (AE), waarbij 1 AE de afstand van de aarde tot de zon is. Dat is ongeveer 150 miljoen kilometer: 3750 keer de omtrek van de aarde. Deze onvoorstelbare afstand is binnen het zonnestelsel nog maar een klein stukje en voor het overige heelal een te kleine en dus onbruikbare maat. Daar wordt gerekend met lichtjaren: de afstand die het licht in een jaar aflegt, waarbij per seconde ongeveer 300.000 kilometer wordt afgelegd. Maanlicht doet er ruim een seconde over om de aarde te bereiken, een Astronomische Eenheid (zon–aarde) is voor het licht slechts 8 minuten reistijd. Astronomen rekenen op kosmische schaal met afstanden in de orde van miljarden lichtjaren...

In dit overzicht zie je dat bijvoorbeeld Mercurius zo'n 24 keer dichter bij de zon staat dan Saturnus en 2,5 keer dichterbij dan de aarde. Uit de omloopstijden zie je ook dat hoe dichter een planeet bij de zon staat, des te sneller hij beweegt; dit verschijnsel was al in de oudheid bekend. Vandaar dat toen de waarnemers al de juiste volgorde van de planeten aan de hemel konden bepalen, ook al hadden ze weinig benul van de ruimtelijke inrichting van het zonnestelsel. Ze keken eenvoudigweg naar de snelheid en kenden daar een volgorde aan toe.

Om een idee te krijgen van de grootte van de planeten en hun afstanden tot de zon geef ik hieronder een overzicht, waarbij alle getallen zijn gedeeld door 1 miljard (!):

Planeet	*diameter*	*afstand tot zon*
Mercurius	5 mm	58 meter
Venus	12 mm	108 meter
Aarde	13 mm	150 meter
Mars	7 mm	230 meter
Jupiter	14 cm	780 meter
Saturnus	12 cm	1400 meter

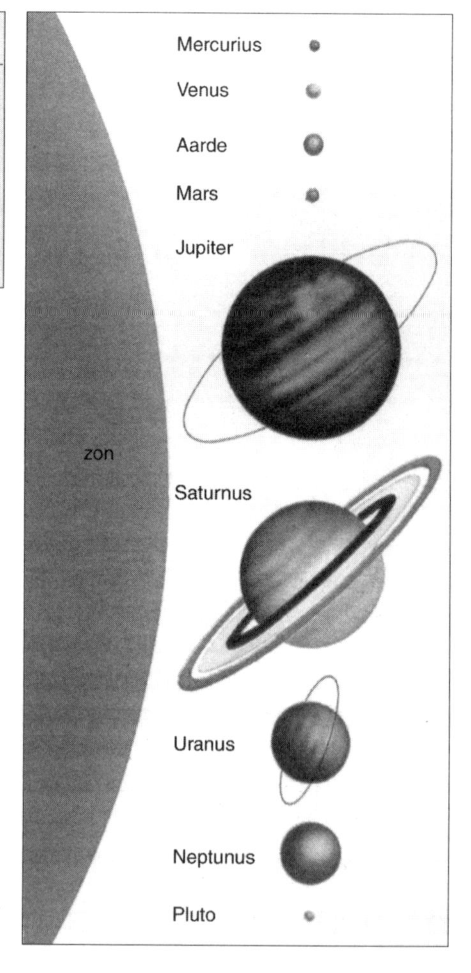

Saturnus is dus een golfballetje op een afstand van bijna anderhalve kilometer van de zon en Mercurius een kraaltje op de breedte van een voetbalveld. Ruimtelijk gezien is het zonnestelsel dus een groot niets, met daarin minuscule bolletjes, die op reusachtige afstanden van elkaar staan. Een aardige indruk van deze verhoudingen kun je krijgen in het Teylers Museum in Haarlem, waar in een langwerpige zaal de planeten op schaal zijn neergezet als metalen bolletjes. Ook kom je deze verhoudingen tegen op de boswandeling naar oorlogsmonument in Westerbork.

Grootteverhoudingen van de planeten en de zon.

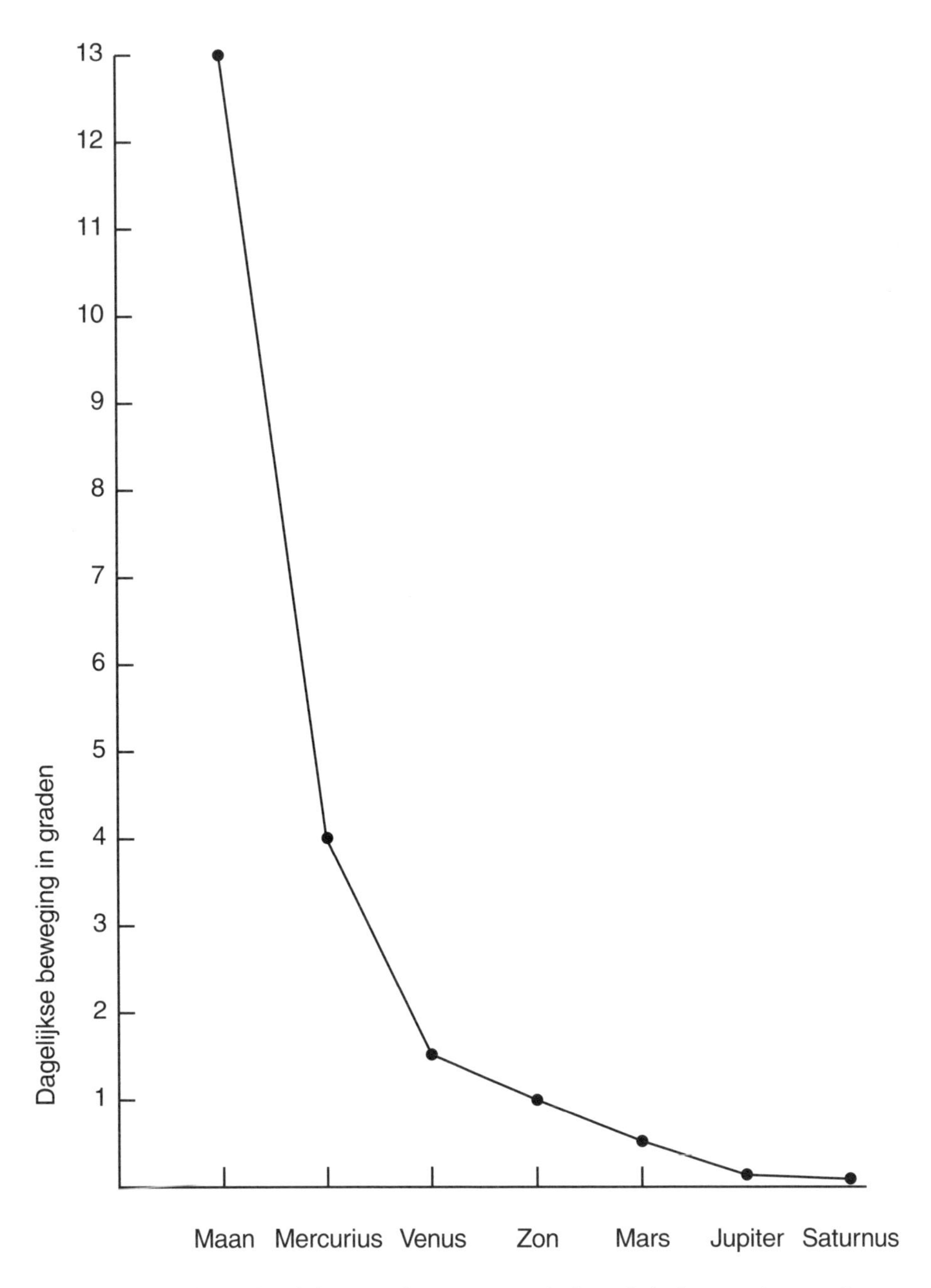

De planeten en hun dagelijkse verplaatsing aan de hemel: links van de zon de onderzonnige planeten (inclusief de maan), rechts van de zon de bovenzonnige planeten.

MERCURIUS

In the fourth (day) black and white were mingled into quicksilver
And she coloured Mercury
And she made a day of wisdom
And the signs that are placed in the firmament

De Griekse god Hermes was oorspronkelijk een fallische vruchtbaarheidsgod en god van de reizigers. Hermes betekent 'hij van de stenen hoop' en dat verwijst naar de gewoonte om de godheid te eren met zuilvormige stapels stenen langs de wegen. Iedere reiziger hield bij deze zuil stil en droeg zijn eigen steentje bij. Zo groeide de steenhoop als een fallus omhoog. Ook de Romeinen aanbaden deze god onder de naam Mercurius en daar werd hij met de handel in verband gebracht. Ook met de dieven, want handel en diefstal liggen niet ver van elkaar... We zien de relatie met de handel terug in onze woorden *merc*handising en com*merc*ieel.

Volgens Julius Ceasar, de keizer die ook aan geschiedschrijving deed, was Mercurius de meest aanbeden god bij de Galliërs en de Britten. Hermes/Mercurius bleef iets met stenen houden, want in de Middeleeuwen was hij de gids van de alchemisten op de moeizame weg naar de Steen der Wijzen, waarvan Mercurius het geheim zou bewaren.

Volgens de Grieken was hij ook de god van de boodschappen tussen de goden onderling en tussen goden en mensen. In razend tempo bewoog hij tussen hemel en aarde en hij was met zijn gevleugelde schoentjes en helm soms sneller dan de wind. Geen wonder dat Hermes/Mercurius vaak onzichtbaar was, bezig met zijn drukke werk. Deze flitsende, kwikzilverige en watervlugge god stond model voor de planeet. Net zoals de godheid is de planeet een snelle: hij is eventjes te zien en dan snel weer op pad, onzichtbaar voor de waarnemer. Dat komt omdat Mercurius zo dicht bij de zon staat. In hoog tempo draait hij zijn rondjes rondom de ster en soms bevindt hij zich juist voor de zon, soms erachter, dan weer links en ook rechts. Vanwege deze korte afstand tot de zon is de planeet bijna nooit te zien, omdat de zon zijn licht overstraalt. Hij is zo moeilijk te zien, dat de beroemde astronoom Copernicus, die in de 16e eeuw het moderne wereldbeeld van ons zonnestelsel ontwierp, de planeet nooit te zien kreeg. Maximaal 20 uur per jaar is Mercurius in principe zichtbaar, in een periode van enkele weken, maar dan moet het weer wel meezitten. In heldere en droge gebieden, zoals in de tropen, heb je de beste kansen om de planeet waar te nemen. Bij ons kun je alleen op zeldzame momenten even een glimp van Mercurius opvan-

Mercurius draagt de caduceus, symbool van de harmonie tussen twee tegenstellingen.

gen, als de zon juist ondergaat en de planeet zich links van onze ster bevindt. Als Mercurius zijn grootste afstand tot de zon heeft bereikt – van de aarde uit gezien is dat ongeveer 28 graden ofwel drie handbreedtes van de gestrekte arm – en het is zeer helder weer met weinig stof in de lucht, dan is het mogelijk om de planeet eventjes maar in de avond- of ochtendschemering waar te nemen. Met het blote oog is dat zeer moeilijk, dus een klein veldkijkertje biedt uitkomst. Je ziet een klein oranje gekleurd stipje, bij sterkere vergroting een bolletje, en dat is alles. Snel zakt ook de planeet onder de horizon en dan kun je weer maanden wachten op een volgende kans. Ook is het mogelijk om Mercurius te zien in de vroege ochtend als de zon nog niet op is en de planeet zich aan de rechterkant van de zon bevindt. Hij is dan net boven de horizon gekomen. Ook hier is de kans om hem te zien maar klein en als de zon eenmaal boven de horizon komt, is het afgelopen met de waarneming.

Zie je de planeet in de ochtend, dan heet hij ook wel 'morgenster' en bij het ondergaan van de zon zie je hem als 'avondster.' Deze termen zijn in strikte zin niet juist, omdat het om een planeet gaat en niet om een ster, maar de poëzie van het taalgebruik wint het van de astronomische correctheid.

Samen met de zon trekt Mercurius door de dierenriem en hij doet er dus ongeveer een jaar over om alle beelden te passeren. Intussen rent hij vier keer om de zon heen, want hij heeft een omloopstijd van bijna 88 dagen. Nooit komt deze planeet in oppositie, in tegenovergestelde ligging met de zon, want daarvoor is hij te 'trouw' aan zijn leid-ster. Wel heeft hij herhaaldelijk een conjunctie (samenstand) met de zon op de momenten dat hij voor of achter de ster is gekomen en dat is per omloop een bovenconjunctie (achter de zon) en een onderconjunctie (voor de zon). Vanaf de aarde gezien is Mercurius dus een echte conjunctieplaneet. Je kunt het vergelijken met twee mensen, waarvan de één (Mercurius) steeds linksom rondjes draait om de ander (zon), op 40 centimeter afstand. Je kijkt ernaar op een afstand van een meter en telkens zie je de draaiende persoon voor of juist achter de ander: dat zijn de momenten van conjunctie ten opzichte van jou als waarnemer. Ook merk je dat de draaiende persoon als hij voor de ander beweegt, naar rechts loopt en als hij achter de ander beweegt, naar links. Stel je voor dat deze twee mensen niet op de aarde, maar aan de hemel hun spelletje spelen. Dan zal de bewegende partij ten opzichte van de achtergrond van de sterren in de dierenriem de ene keer naar rechts bewegen, met de dagelijkse beweging van de sterren mee, en de andere keer naar links, tegen de dagelijkse beweging in. Deze afwisseling in beweging ten opzichte van de hemelachtergrond is een belangrijk kenmerk van de planeten. Tenminste voor de waarnemers vanaf de aarde, want in werkelijkheid draaien de planeten onverstoorbaar hun rondjes om de zon, zonder op hun schreden terug te keren.

Als Mercurius enkele keren per jaar tussen de aarde en de zon in staat, dan zou deze planeet telkens voor de zonneschijf moeten staan en zich als een donker bolletje aftekenen tegen de heldere achtergrond van onze ster. Maar dat is niet zo en dat komt doordat de baan van Mercurius om de zon ten opzichte van de baan van de aarde om de zon een helling maakt. Lagen deze twee banen precies in hetzelfde vlak, dan zou Mercurius elke onderconjunctie langs de zonneschijf trekken (van links naar rechts), maar door het geringe verschil van 7 graden tussen de banen van de aarde en Mercurius zal dit slechts een enkele keer voorkomen. Om precies te zijn zo'n dertien keer per eeuw. De eerstvolgende gelegenheid doet zich voor op 7 mei 2003 en daarna op 8 november 2006.

Overigens is de baanhoek van 7 graden de grootste van de vijf hier besproken planeten. Gevolg van deze helling van de planetenbaan is het ontstaan van twee snijpunten: daar waar de Mercuriusbaan en de aardbaan elkaar snijden liggen respectievelijk de opstijgende knoop en de dalende knoop van de planeet. Bij de opstijgende knoop (de drakenkop) gaat Mercurius boven de baan van de aarde uit lopen ten opzichte van de dierenriem en bij de dalende knoop (drakenstaart) gaat hij onder de aardbaan lopen in de dierenriem. Beide knooppunten liggen voor zeer lange tijd vast aan de hemel en bij Mercurius is dat in Ram (stijgend) en Weegschaal (dalend). Iedere planeet heeft deze knooppunten, omdat alle planeetbanen een helling hebben ten opzichte van de aardbaan. Alleen als Mercurius (en dat geldt ook voor Venus) tijdens een onderconjunctie precies in zo'n knooppunt staat, kan er een passage over de zonneschijf volgen.

Siderisch en synodisch

Om de bewegingen van de planeten vanuit de aarde te bekijken en te beschrijven is het handig om onderscheid te maken tussen de siderische omloop, de eigen beweging van de planeet om de zon, en de synodische omloop. Bij dit laatste gaat het erom dat de planeet en de zon weer dezelfde onderlinge verhouding aan de hemel innemen. We hebben dit ook besproken bij de maan en gezien dat deze twee ritmen bij onze hemelwachter enkele dagen van elkaar verschillen. Bij Mercurius duurt de siderische omloop, zoals hierboven al is aangegeven, ongeveer 88 dagen. Wij noemen dat drie aardse maanden, maar voor een 'Mercurius-bewoner' is dat een vol jaar. In die drie maanden staat de aarde ook niet stil en legt ongeveer een kwart van haar baan om de zon af. Als de aarde stil zou staan, dan zou het siderische ritme van Mercurius tevens het synodische ritme zijn, maar door de onderlinge verschuiving van de twee planeten komt het synodische ritme op 115,9 dagen. Dat is dus een kleine vier maanden en daarvan gaan er drie in een jaar. Overigens is dit getal een gemiddelde waarde, want de ritmen van Mercurius kunnen variëren van 104 tot 132 dagen. Het resultaat daarvan is dat wij Mercurius drie keer per jaar zijn tocht om de zon zien volbrengen. Drie keer staat hij in bovenconjunctie en drie keer in onderconjunctie met de zon en als het meezit kunnen we deze planeet dan ook drie keer als avondster en drie keer als morgenster zien. Vooral in lente en herfst, als de dierenriem ten opzichte van de horizon een steile stand heeft, is de kans om Mercurius te zien het grootst.

Hoe ziet nu deze synodische omloop eruit? Stel dat we beginnen met de zon in de Tweelingen en Mercurius in bovenconjunctie. We zien dan niets van de planeet omdat hij overdag door het zonlicht wordt overstraald. Enkele maanden lang draait de planeet om de zon, komt eerst links van de zon te staan (hij is dan avondster), gaat dan voor de zon langs in onderconjunctie en tenslotte staat hij rechts van de zon (hij is dan morgenster) om daarna

Mercurius als hemellichaam

De temperatuur op deze kleine planeet kan overdag oplopen tot 400 graden en 's nachts tot 150 graden onder nul. Barre omstandigheden dus. Daar komt nog bij dat de planeet kaal is en dor, met een grote hoeveelheid kraters, vergelijkbaar met onze maan. Er zijn geen wolken, het regent er nooit, water ontbreekt en de grond is doortrokken van kilometers lange barsten, die zijn ontstaan in de periode van afkoeling in de beginfase van ons zonnestelsel. De variaties in temperatuur worden nog versterkt door de eigenaardige ellipsvormige baan van de planeet om de zon. Gedurende de 'zomer', die op Mercurius maar een maand duurt, staat de planeet het dichtst bij de zon. En in de winter, die ook een maand duurt, bereikt hij zijn grootste afstand tot de zon. Deze beide afstanden worden respectievelijk genoemd perihelium (in de buurt van de zon, van de aarde uitgezien in de Stier) en aphelium (van de zon verwijderd, van ons uit gezien in de Schorpioen). Het verschil tussen die twee is bij Mercurius wel erg groot: 46 miljoen en 70 miljoen kilometer. Op de planeet staande zou je de zon dus meerdere malen per jaar vervaarlijk groter zien worden en daarna weer veel kleiner, en daarmee is wel aangegeven hoe sterk deze planeet onder de invloed van de zon staat. Op aarde is er ook wel een verschil te zien tussen de momenten van perihelium en aphelium, maar er zijn nauwkeurige instrumenten voor nodig om deze geringe verschillen in de grootte van de zonneschijf te kunnen aantonen. Dat komt deels omdat de afstand aarde-zon zoveel groter is dan bij Mercurius, maar vooral ook door de geringe verschillen bij de baan van de aarde, die meer op een cirkel lijkt dan op een ellips. De Mercuriusbaan is extreem elliptisch. Zeer opvallend is de draaiing van de planeet om zijn as. Die duurt namelijk extreem lang: 58 dagen en 16 uur (dat zijn ongeveer twee synodische omlopen van de maan om de aarde) en dat is precies tweederde deel van zijn omloopstijd om de zon. Bij twee omlopen om de zon is hij dus drie keer om zijn as gedraaid en deze verhouding van 2:3 is zeer exact. In de Mercuriuszomer zijn steeds dezelfde gebieden naar de zon gekeerd en in die zin heeft de planeet het karakter van een maan. Onze maan heeft immers ook een vaste verhouding tussen de omloopstijd om de aarde en de draaiing om haar as en wel van 1:1. Daardoor zien wij steeds dezelfde kant van de maan. Alle manen in het zonnestelsel, ook die van Jupiter en Saturnus, blijken een dergelijk vast patroon te bezitten en het is daarom niet vreemd om Mercurius een 'halve maan' te noemen. Geen wonder dat de planeet zelf geen manen draagt...

Jonge Mercurius met gevleugelde hoed. Tekening van Hendrik Goltzius, 1587.

weer in bovenconjunctie te eindigen. Intussen loopt de zon een stuk van de dierenriem af en de cyclus is voltooid als hij in de Weegschaal staat. Dan zijn 115,9 dagen verstreken en de volgende synodische cyclus begint. Die eindigt weer eenderde deel van de dierenriem verderop in de Waterman en een jaar later begint de beweging weer van voren af aan in de Tweelingen. Maar niet helemaal, want er zijn dan 348 dagen verstreken en de zon staat dus nog niet op zijn oude plaats in de Tweelingen. Er moeten nog 17 dagen afgelegd worden en het kan dus zijn dat de nieuwe ronde aan het begin van de Tweelingen of zelfs al in de Stier begint. In ieder geval markeert Mercurius een driehoek in de dierenriem en die zal heel langzaam, jaar na jaar, als een groot wiskundig figuur door de zodiak heen schuiven, met de wijzers van de klok mee.

Eigenlijk is het meer dan een driehoek, want als we de plaatsen van onderconjunctie en bovenconjunctie in de dierenriem intekenen, ontstaat er een zeshoek. Deze zeshoek is het kenmerkende patroon van Mercurius in zijn synodische gedrag ten opzichte van de aarde en gezien tegen het decor van de dierenriem. De getallen drie en zes zijn dus in dit opzicht de Mercuriusgetallen. Een afbeelding van deze getallen kun je zien in de bloemen van de eenzaadlobbige planten. Dat is één van de twee grote groepen

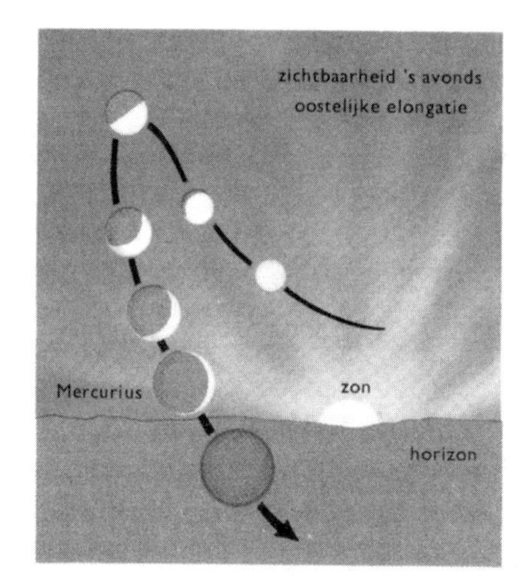

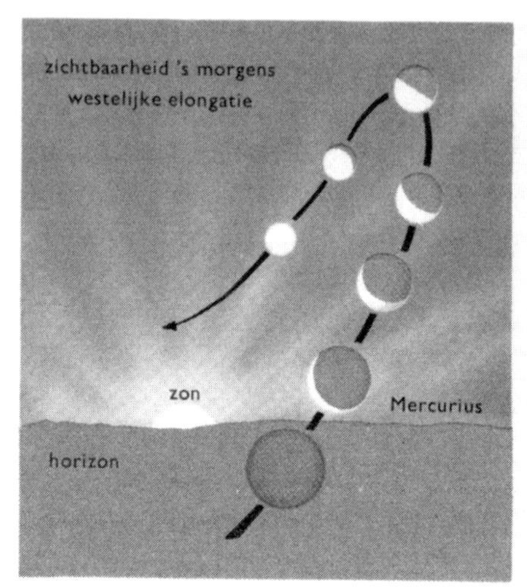

Levensloop van Mercurius aan morgen- en avondhemel. Elongatie is de schijnbare afstand tot de zon.

bloemplanten waartoe de lelie behoort en ook de tulp en andere bolgewassen als narcis en hyacint. Ook de iris en de amaryllis behoren ertoe. De tulp heeft zes bloembladeren in een cirkel gerangschikt. Drie ervan staan iets lager ingeplant op de bloembodem (die vergelijk ik met de onderconjuncties van Mercurius) en drie staan iets hoger (de bovenconjuncties). Als de hemel met de planten afspraken kon maken, dan hadden ze ongetwijfeld geregeld dat Mercurius model zou staan voor de bloemvorm van deze plantengroep.

Iedere keer als de planeet een ronde om de zon maakt – terwijl hij bezig is aan zijn siderische omloop om de zon – zien wij dit als een lusvormige figuur. Alsof Mercurius een lasso om de zon werpt, drie per jaar.

Tijdens deze lusvormige en dansende beweging van de planeet zal hij soms tegen de klok in en soms met de klok mee door de dierenriem bewegen. Dat doen alle planeten en ieder heeft zijn eigen karakteristieke patroon van bewegen en daarmee zijn kenmerkende lusvormen en groottes. Aan de hand van deze lussen kan een planeet worden herkend, want het zijn de kosmische vingerafdrukken op het 'papier' van de hemelkoepel. Mercurius legt drie lussen per jaar, maar door het opschuiven van zijn driehoek door de dierenriem kan er uiteindelijk na 7 jaar nog een extra lus worden gevormd. In die periode, die ook bekend staat als het grote Mercuriusritme, worden er in totaal 22 lussen in de zodiak gelegd. In die zin heeft Mercurius dus een relatie met het getal Pi (dat benaderd kan worden met de breuk 22:7 = 3,14),

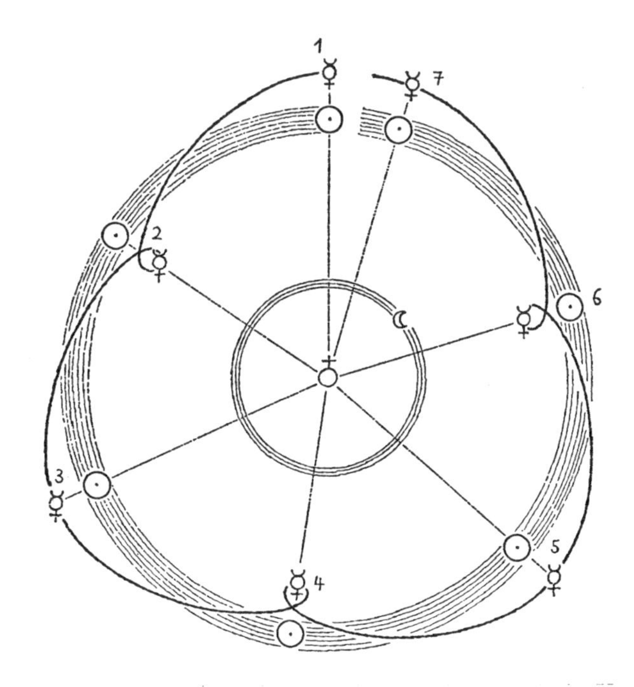

In bijna een jaar voltooit Mercurius drie synodische omlopen met vier (1, 3, 5, 7) of drie bovenconjuncties en drie (2, 4, 6) of vier benedenconjuncties.

en dat wisten ook de Egyptenaren en andere klassieke culturen die veel kennis over de hemel bezaten. Zij verbonden deze planeet met de godheid Hermes-Trismegistos, de drievoudig machtige Hermes en als zodanig was hij de god van de getallen, van het rekenen en tellen. Het magische getal Pi is dus een Hermesgetal, dat niet alleen in de wiskunde maar ook aan de hemel te vinden is.

Samenhangend met dit lussenpatroon doet Mercurius nog iets anders en daarvoor moeten we eens kijken naar de relatie tussen de planeet en de aarde. Die relatie, uitgedrukt in hun onderlinge afstand, is namelijk aan geweldige schommelingen onderhevig. Bij een bovenconjunctie staat Mercurius het verst van de aarde af en in een onderconjunctie staat hij het dichtst bij ons. Is de onderlinge afstand het kleinst, dan spreken we van het perigeum van een planeet (bij de maan hebben we deze eigenschap ook al ontmoet) en dat is voor Mercurius 80 miljoen kilometer. De verste afstand, het apogeum, is maar liefst 220 miljoen kilometer. Dat is een factor 2,75 verder weg. Er is dus sprake van een constant proces van toenadering en verwijdering van aarde en Mercurius, zodat wij de planeet ook steeds kleiner en groter zien worden.

Het is mogelijk om de lussen en deze verschillen in onderlinge afstand

De lussen van planeten

Het mooiste zou je de lussen van de planeten kunnen zien als we de sterrenhemel konden bevriezen in zijn bewegingen. Als alleen nog maar de zon, maan en planeten mochten bewegen en die beweging zou tientallen keren versneld worden, dan keken we met open mond naar de planeten aan de hemel. Die zouden met een flinke vaart van west naar oost door de sterren trekken, tegen de wijzers van de klok in. Dat is immers de normale gang van zaken. Maar we zouden ook zien dat de planeten soms met de klok mee bewegen, van oost naar west en dat zien we de zon en de maan nooit doen in deze situatie. Deze retrograde (tegendraadse) beweging is exclusief voor de planeten. Ook zouden we zien dat de dwaalsterren een beetje dansen ten opzichte van de ecliptica en soms boven, soms onder deze denkbeeldige lijn lopen. Het resultaat van al deze bewegingen zouden we dan als lussen zien ontstaan, alsof een kosmische tekenaar met een fluorescerende pen met soepele bewegingen vanuit de pols een aardige versiering maakt op het schrijfpapier van de hemel. We zouden dan zien dat bij Mars, Jupiter en Saturnus deze lussen altijd ontstaan als ze pal tegenover de zon staan en dus in oppositie verkeren met onze ster. Dan zien we deze planeten tevens op hun helderst. Ook zouden we merken dat de lussen van Mars, Jupiter en Saturnus in die volgorde kleiner worden. Deze lusfiguren hebben niets te maken met de fysieke eigenschappen van de hemellichamen en alles met de onderlinge relatie tussen de aarde en de planeet, die voortdurend in beweging is.
Gaan we terug naar de werkelijkheid, dan moeten we deze bewegingen weer sterk vertragen, de kosmische tekenpen terzijde leggen en de hemel weer om de aarde laten draaien. Alles draait nu weer in 24 uur om ons heen, inclusief de zon, maan en planeten. We moeten nu meer moeite doen om door deze draaiing heen te kijken en de *relatieve* verplaatsing van de planeten en hun lussen in de gaten te krijgen. Binnen die altijd aanwezige draaiing van oost naar west blijven de zon, maan en planeten een beetje achter. Sommige hemelwaarnemers hebben moeite met deze gecombineerde beweging van de planeten. Helemaal als blijkt dat de planeten soms ook nog eens een eigenbeweging hebben van oost naar west.

in tekening te brengen en het resultaat hiervan zie je in deze figuur:

Dit is de zogenaamde Mercuriusbloem, vanwege de gelijkenis van deze vorm met een gevulde bloem vol kroonbladeren.

Ik heb mij vaak afgevraagd of deze ritmen van Mercurius (en de andere planeten) enige invloed op de aarde uitoefenen. De verschillen tussen perigeum en apogeum zijn nogal groot en als twee hemellichamen zo'n sterk spel vertonen van toenadering en verwijdering dan ligt het zoeken naar gevolgen voor de hand. Toch valt dat niet mee. De getijdenwerkingen tussen beide planeten is namelijk verwaarloosbaar klein, zowel door hun grote afstand als door hun geringe massa. Daarom is er in de astronomie geen bewijs voorhanden voor enige invloed van deze synodische patronen. Wel vond ik een verband in een Amerikaanse studie naar het gedrag van katten in de loop van een jaar. De onderzoekers stelden vast dat katers verschillende pieken in activiteit vertoonden in een jaar en daarom bepaalden zij de

Het lussenpatroon van Mercurius in de dierenriem en de afstanden tot de aarde: 22 lussen in 7 jaar.

werking van de schildklier. Geen relatie vonden zij tussen de activiteit van deze hormoonklier en de hoeveelheid zonlicht, de luchtdruk, de luchtvochtigheid en de temperatuur. Wel bleek het katerritme exact in de pas te lopen met de synodische periode van Mercurius! De betekenis van deze samenhang is ook voor de onderzoekers nog onduidelijk. Dat geldt ook voor de resultaten van een ander Amerikaans onderzoek naar de overeenkomst in de cycli van Mercurius en de koersen van de Amerikaanse beurs, uitgedrukt in de Dow Jones Index. Tijdens de samenstanden van Mercurius met de zon, de zogenaamde onder- en bovenconjuncties, werd opgemerkt dat de Dow Jones Index in 83% van de gevallen steeg, vooral als deze kosmische verschijnselen zich voordeden in de Boogschutter en de Steenbok. Deze stijging kan natuurlijk ook gewoon samenhangen met de bekende eindejaarseffecten op de beurs, want de genoemde constellaties van Mercurius ontstaan altijd in december en januari. Het verband kan mogelijk wel bestaan, maar het valt niet altijd mee om de aardse en de kosmische zaken uit elkaar te houden.

TIP

De toenadering en verwijdering van Mercurius ten opzichte van de aarde kan heel goed in beeld worden gebracht door loopoefeningen te doen met een groep mensen. Je hebt daarvoor vijftien mensen nodig en een groot grasveld.

Zelf ben je de aarde en je gaat in het midden staan van een kring van twaalf mensen om je heen op een afstand van bijvoorbeeld twintig meter. Die twaalf stellen de beelden van de dierenriem voor en zij kunnen op een stuk karton de symbolen van deze beelden duidelijk zichtbaar voor zich houden. Als je om je as draait kun je achtereenvolgens alle beelden van de dierenriem zien. Laat iemand de zon zijn, die op bijvoorbeeld tien meter van je af heel rustig een rondje om je heen loopt. Je ziet deze zon steeds verschuiven ten opzichte van de mensen uit de grote kring en dat verbeeldt de tocht van de zon door de dierenriem. Het tempo waarin de zon loopt kun jij het beste aangeven. Dan komt de laatste persoon in actie, die als Mercurius om de zon heen gaat draaien op een afstand van zo'n vijf meter van de zon. Deze persoon moet behoorlijk opschieten, want hij (zij) moet een paar keer rond de zon draaien in de loop van een dierenriemronde. Je begint met Mercurius tussen jezelf en de zon in: dat is de onderconjunctie. Deze speelt zich af tegen de achtergrond van een dierenriembeeld en de betreffende persoon houdt zijn (haar) karton met het symbool van dit beeld duidelijk omhoog. De andere symbolen blijven op buikhoogte, zodat er even een beeld van de dierenriem 'oplicht'. De zon gaat nu tegen de klok in lopen, in een rustig tempo, en Mercurius gaat om de zon lopen, ook tegen de klok in, maar in een veel hoger tempo. Twee dierenriembeelden verderop zal Mercurius al achter de zon staan en dat beeld steekt op dat ogenblik het symbool in de lucht. Je ziet de bovenconjunctie. Weer twee beelden verder zal Mercurius weer tussen jou en de zon in staan en het is weer onderconjunctie, waarbij het betreffende dierenriembeeld het symbool hoog in de lucht steekt.

Dit vraagt enige oefening en timing, want de omloop van Mercurius om de zon moet zo afgestemd worden dat er steeds een onderconjunctie volgt als er vier beelden van de dierenriem zijn afgelegd. Uiteindelijk gaat Mercurius vanuit jou (de aarde) gezien drie keer rond de zon, maar voor de planeet zelf is dat anders: die heeft vier keer een siderische rondgang om de zon gemaakt. Dit alles is natuurlijk een benadering van de werkelijkheid, die veel ingewikkelder in elkaar zit, maar het geeft een goed inzicht in de verhoudingen.

Wat je en passant ook merkt is de sterke toenadering tussen jou en Mercurius tijdens de onderconjunctie en de sterke verwijdering tijdens de bovenconjunctie. In dit voorbeeld, uitgaande van de genoemde afstanden in meters, zal Mercurius in perigeum staan op 5 meter van je af en in apogeum op 15 meter. Dat is een factor 3 meer en komt in de buurt van de 2,75 uit de werkelijke verhoudingen aan de hemel.

INTERMEZZO

Stel dat je bent geboren op 21 maart om 5.30 uur in de ochtend. Het is lente en het licht van de dageraad schemert aan de oostelijke horizon. Het is helder weer en een leeuwerik zingt boven de bedauwde velden. Mercurius is te zien! Hij loopt iets op de zon vooruit en kondigt de morgen aan, een nieuw leven. Jouw leven in dit geval. Maar je kunt dit helaas niet zelf zien. Later krijg je interesse in de sterrenhemel en je wilt de constellatie ten tijde van je geboorte met eigen ogen zien. Dat kan natuurlijk niet, want ook aan de hemel is ieder moment uniek, maar je kunt deze ochtendstemming wel bij benadering te zien krijgen. Hoe lang moet je dan wachten en hoe oud ben je dan? Het antwoord is 33 jaar. Na 33 omlopen staat onze zon precies op dezelfde plaats aan de hemel en is de datum ook precies hetzelfde. Dat hangt namelijk samen met onze tijdrekening en de lengte van het jaar dat niet precies 365 dagen bedraagt, maar 365,243 dagen. Na 33 jaar is het aantal dagen 12.053 en dat is een geheel getal. Maar ook Mercurius doet mee aan dit ritme. Hij heeft 115,9 dagen nodig voor zijn omloop om de zon (een synodische omloop, gezien vanuit de aarde) en dan staat hij van de aarde uit gezien weer in dezelfde positie ten opzichte van de zon. Na 104 van deze synodische periodes zijn er 12.053 dagen verstreken en dat is precies evenveel als 33 zonnejaren! Als je geluk hebt en de hemel is helder, dan zie je Mercurius weer aan de oostelijk hemel staan in het licht van de opkomende zon, op de ochtend van je 33e verjaardag.

Aangezien de zon een activiteitsritme heeft van 11 jaar, zal hij na 33 jaar ongeveer eenzelfde patroon van zonnevlekken en bijbehorende energetische verschijnselen vertonen als bij je geboorte. De leeftijd van 33 jaar is in dit opzicht wel het gedenken waard, want je kunt dit hoogstwaarschijnlijk nog maar één keer meemaken en wel op je 66e verjaardag. Want wie wordt er nou honderd?

Negentiende avond:
Venus, morgenster en avondster

The sixth (day) was burning with icy, green flames that glowed white
And of her beauty she made Venus
And she made a day of love
Whereby all beings are united

Aphrodite, de Griekse godin van de schoonheid, stond niet voor niets model voor de planeet Venus. Immers, er is geen fraaier en helderder 'ster' aan de hemel te zien dan deze planeet, die alleen als ochtendster of als avondster zichtbaar is. Geen andere planeet kan zo helder zijn en zij is stralender dan Sirius, de helderste ster aan onze hemel. Die helderheid ontleent de planeet aan het dichte wolkendek, dat veel zonlicht terugkaatst en waar we vanuit de aarde nooit doorheen kunnen kijken.

In de Azteekse mythologie was Venus verbonden met een mannelijke (!) tweeling. Als morgenster heette de planeet Quetzalcoatl, dat is de gevederde slang en tevens de bekendste godheid, en als avondster was het Xolotl. De Maya's gebruikten Venus als de basis voor hun kalender omdat ze ontdekten dat de planeet er zeer regelmatige gewoontes aan de hemel op nahield. Een volledige tijdcyclus van 584 dagen verstreek als Venus zowel morgenster als avondster was geweest. Tegenwoordig noemen wij dat de synodische cyclus van de planeet.

In Mesopotamië werd Venus gezien als een biseksueel wezen, mannelijk als morgenster en vrouwelijk als avondster en die laatste betekenis is overgenomen door de Grieken, die Venus uitsluitend met een vrouwelijk wezen

Beeld van Venus als Avondster volgens de Azteken. Als morgenster was de planeet voorbode van de zon, als avondster is hij Xolotl, een misvormde en angstaanjagende figuur.

identificeren. Maar ook hier zit er onder de oppervlakte toch een mannelijke component, want in één van de mythen ontstaat Venus uit het afgesneden lid van de god Oeranos toen die uit de hemel in de zee viel. De Italiaanse schilder Botticelli (1445–1510) heeft wel het meest beroemde Venusportret gemaakt dat wij kennen: de Geboorte van Venus. Op dit schilderij, te zien in het museum Uffizi te Florence, rijst een fraaie Venus op uit een schelp en om haar heen dwarrelen de rozen door de lucht. Alleen maar vrouwelijkheid is het wat dit schilderij uitdrukt en van diepere anima-animus lagen moest de schilder kennelijk niets hebben.

Net als Mercurius blijft Venus van ons uit gezien altijd dicht in de buurt van de zon en verwijdert zich maximaal 48 graden van haar ster. Dat is anderhalf beeld van de dierenriem en verder kan zij zich niet aan de zon onttrekken. Dus blijft ook Venus een licht in de schemering, maar veel opvallender en langduriger zichtbaar dan Mercurius. De kleur is glanzend wit met iets van blauwgroen erin. Aan dit licht kun je goed het verschil tussen een planeet en een ster zien, want Venuslicht schittert niet. Het straalt onophoudelijk en met een gelijkblijvende intensiteit. Sterrenlicht flikkert en vertoont daarbij verschillende kleuren, soms blauw, dan weer geel of rood, vergelijkbaar met het schitteren van dauwdruppels in de ochtendzon. Planetenlicht is rustig licht, dat de waarneming niet afleidt of in de war brengt en Venus is daarbij een hoogtepunt onder de planeten.

Laten we eens een cyclus van deze planeet volgen. We gaan uit van de heliakische opkomst van de planeet. Dat is het moment waarop Venus zich uit het licht van de zon weet te bevrijden en voor het eerst zichtbaar wordt. Dat is in de morgen aan de oostelijke horizon, vlak voor zonsopkomst. Week na week komt Venus steeds iets eerder op dan de zon en de afstand tussen die twee groeit. Na vijf weken heeft Venus haar grootste helderheid, de meest stralende glans bereikt. Dan komt zij drie uur voor de zon op. Vanaf dat ogenblik wordt de helderheid weer minder, de planeet verzwakt haar licht, hoewel de afstand tot de zon blijft groeien. Na nog eens vijf weken is deze afstand het grootst geworden, Venus heeft haar grootste westelijke elongatie bereikt zoals dat heet, en ze komt vier uur eerder op dan de zon. Nu blijft de planeet nog zes maanden zichtbaar als morgenster om steeds meer naar de zon toe te kruipen en in helderheid flink af te nemen. Uiteindelijk gaat de planeet heliakisch onder, dat wil zeggen zij is niet meer uit het zonlicht te onderscheiden. Nu zijn we Venus kwijt aan de hemel, maar niet voor lang.

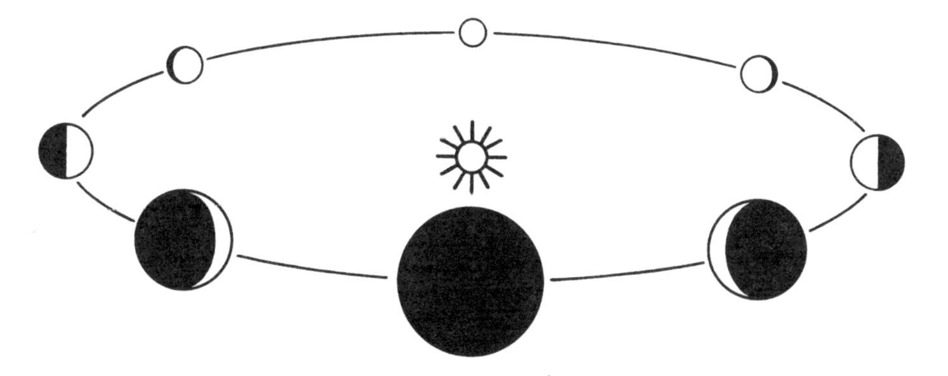

Verandering van grootte en schijngestalten van Venus tijdens een synodische omloop.

Drie maanden later namelijk duikt ze weer op, maar nu aan de andere kant van de horizon en ook aan de andere kant van de zon. In de avondschemering is met enige moeite Venus te zien, die zich links van de ondergaande zon bevindt aan de westelijke hemel. Nu gaat er weer een spel ontstaan tussen Venus, de zon en haar helderheid, maar dat is niet symmetrisch ten opzichte van de vorige verschijning als morgenster. Zes maanden lang namelijk groeit de planeet tot haar maximale afstand van 48 graden (de oostelijke elongatie) ten opzichte van de zon en daarna gaat ze weer terugkeren op haar schreden. Na nog eens vijf weken is ze pas op haar helderst! Nog eens vijf weken later is ze ineens verdwenen in het avondlicht. Maar nu hoeven we niet drie maanden te wachten tot ze weer morgenster is geworden, want al na drie weken is de heliakische opkomst aan de oostelijke hemel.

Dat is het eeuwig pendelende ritme van Venus om de zon.

Siderisch en synodisch

Als wij naar Venus kijken zien we die met een bepaalde snelheid door de hemel trekken, maar zelf bewegen we ook. De aarde is immers ook een planeet en die draait, net als Venus, om de zon. De combinatie van die twee bewegingen levert een merkwaardig spel op, waarbij Venus soms vooruit lijkt te bewegen en soms achteruit. Zij zal natuurlijk zelf altijd voorwaarts bewegen, maar het lijkt van ons uit gezien soms anders, als gevolg van de gecombineerde bewegingen van beide planeten. Als twee lichamen allebei met verschillende snelheid bewegen, dan krijg je als resultaat daarvan een heel complex spel van onderlinge versnellingen en vertragingen, toenaderingen en verwijderingen.

Bij Venus is dit bewegingsspel daarom zo ingewikkeld, omdat haar omloopstijd om de zon in de buurt komt van een aardejaar: 225 dagen. Lange tijd lopen aarde en Venus gelijk op aan de hemel in hun omloop om de zon, maar er zijn ook tijden dat ze juist tegen elkaar in bewegen.

Het resultaat van dit alles is het ontstaan van de zogenaamde Venusbloem, een zeer regelmatige en fraaie vijfhoek aan de hemel. Een andere naam voor deze 'bloem' is het Venuspentagram, een soort kosmische Mandala.

Je ziet hier de beweging van Venus ten opzichte van de aarde, als gevolg van de onderlinge bewegingen van de twee planeten. Maar net als in het voorbeeld van Mercurius is de aarde in de figuur 'vastgezet' en kijken we naar de bewegingen van Venus. Steeds beweegt de planeet zich in onderconjunctie ten opzichte van de zon naar de aarde toe en bereikt haar kortste afstand tot ons. Dit perigeum is voor Venus een afstand van 42 miljoen kilometer en

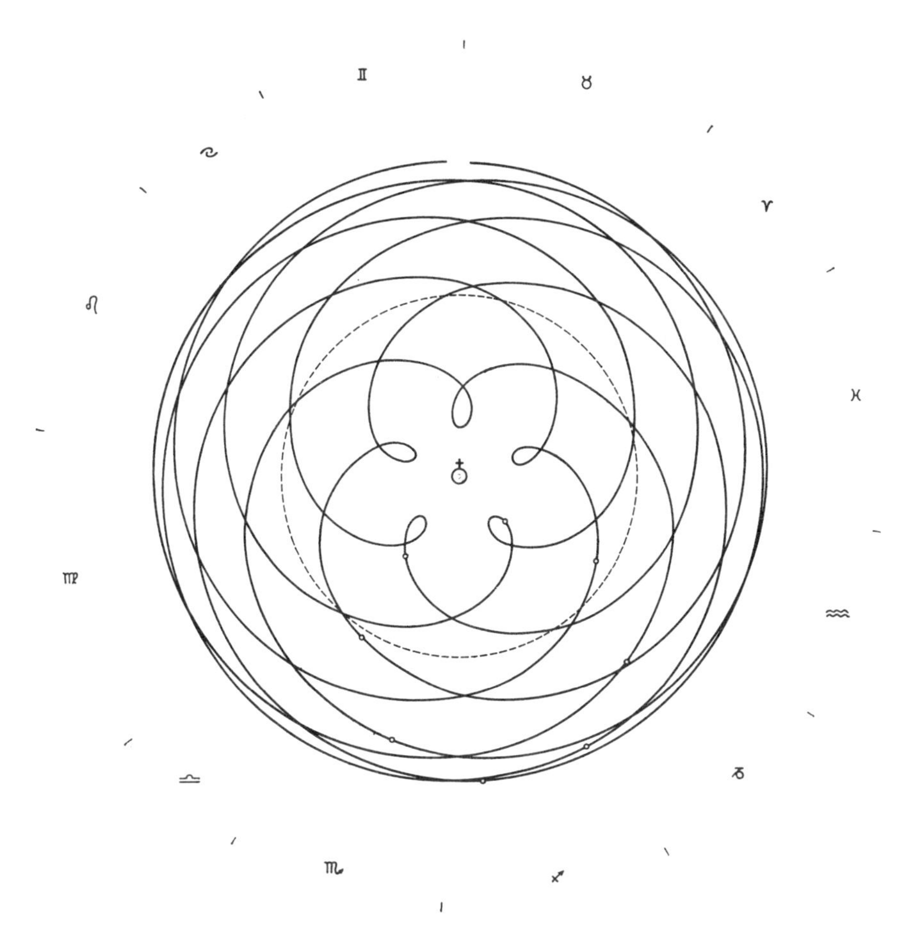

Geocentrische Venusbanen met het regelmatige lussenpatroon: de Venusbloem. De gestreepte cirkel is de zonnebaan, met als straal 1 Astronomische Eenheid (AE), de meetlat in ons zonnestelsel.

dat is de kortste afstand die de aarde tot een planeet kan krijgen. Dit moment noemen we het beginpunt. Vanaf dat moment bevindt Venus zich in een lusbeweging en zal daarna in een bovenconjunctie terechtkomen. Je kunt in de figuur zien dat de baan zich helemaal naar buiten beweegt en als Venus in het apogeum, dus op haar verste afstand tot de aarde, is gekomen staat zij op 258 miljoen kilometer. Dat is een factor 6 verder en daarmee is dit verloop in onderlinge afstand aanzienlijk groter dan bij Mercurius. Het toenaderen en weer verwijderen is bij Venus en aarde zeer intensief, alleen duurt het veel langer dan bij Mercurius. Dat komt door de geringe verschillen in de banen van Venus en aarde om de zon. Het kleinste gemene veelvoud van het aardejaar van 365 dagen en het Venusjaar van 225 dagen is het aantal van 584 dagen. Dan zijn er 1,6 aardse en 2,6 Venusjaren gepasseerd en staan beide planeten weer in dezelfde onderlinge verhouding ten opzichte van elkaar en van de zon. Deze positie is echter in de dierenriem een stuk verder dan het beginpunt en wel 3/5e deel verderop. Begonnen we bijvoorbeeld in de Weegschaal, dan is de volgende onderconjunctie in de Stier. Steeds zal de volgende onderconjunctie 3/5e van de dierenriem opschuiven en zo gaat dat vijf keer door totdat de cyclus weer geheel gesloten is en de beginpositie in de Weegschaal weer is bereikt. Er zijn dan 5 x 1,6 = 8 aardejaren verstreken. In 8 jaar tijd maakt Venus dus een vijfbladige bloem in de dierenriem en dat is de typische figuur voor deze planeet, de vingerafdruk in de zodiak. In tegenstelling tot Mercurius is deze figuur buitengewoon symmetrisch en regelmatig en dat komt doordat de baan van Venus bijna cirkelvormig is en niet zo'n grote elliptische afwijking heeft als die van de binnenste planeet. Ook is de helling van de Venusbaan ten opzichte van de aardebaan veel kleiner en wel 3,4 graden tegenover de 7 graden van Mercurius. Dat alles bij elkaar genomen maakt Venus tot de kampioen van de regelmaat en dat heeft ongetwijfeld bijgedragen aan haar uitverkiezing tot godin van de schoonheid in de antieke culturen. Deze bloemfiguur is bijna geheel gesloten, want na 8 jaar is er maar een zeer gering verschil ontstaan ten opzichte van de uitgangssituatie. Daarom beweegt dit pentagram maar nauwelijks (ongeveer 2 graden) in de dierenriem en het duurt ruim een eeuw voordat het een beeld van de dierenriem is opgeschoven.

De vijfbladige bloem is de grondvorm van de grote groep van tweezaadlobbige planten. Bij Mercurius heb ik je al laten zien dat de getallen drie en zes overeenkomen met de bloemvormen van de eenzaadlobbigen en bij de Venusbloem ontmoeten we dus de andere groep uit de bloemplanten. Bekende planten als roos, boterbloem en vlas, maar ook Primula en Petunia hebben een dergelijke bloemvorm. Toen ik voor het eerst, vele jaren geleden, van het Venuspentagram hoorde, ben ik direct naar de eerste de beste bloem gelopen om te kijken naar de vormen ervan. Dat was een blauwe Achimenes, een bekende kamerplant, waarvan de vijf bloembladeren elkaar deels overlappen. Dat komt bij bloemen wel vaker voor, maar in dit geval lette ik er speciaal op, omdat ik net de lusvormen van de Venusbanen had gezien. Ik ben toen in de bloem wat metingen gaan doen en tot mijn verbijstering kwamen daar dezelfde verhoudingen uit als die tussen Venus en de aarde, zoals in het pentagram. Bij de volgende bloem, dat was een Primula, vond ik exact hetzelfde en van schrik ben ik niet meer naar andere bloemen gaan kijken uit vrees dat het daar niet meer zou 'kloppen'. Vanaf dat ogenblik heeft de overeenkomst tussen de hemelse en de aardse vormen mij niet meer losgelaten, ook al denk ik niet dat er hier enige oorzakelijke relatie is aan te wijzen. Toch zou ik deze vormovereenkomst tussen planeetbanen en bloemopbouw niet geheel aan het toeval willen toeschrijven. Wellicht hangt het samen met ritmische grondpatronen, die aan de basis staan van veel processen in de natuur. Zo komt ook de spiraalvorm overal voor, vanaf het allerkleinste slakkenhuisje tot het allergrootste melkwegstelsel. Ook tussen die twee bestaat geen causale relatie, maar in de vorm laten ze allebei een grondwet van de ontwikkeling zien en die verloopt kennelijk spiraalvormig.

Het achtjarige ritme van Venus is al heel lang bekend, want op kleitabletten in het oude Niniveh wordt er al melding van gemaakt. Het betreffende Venustablet staat in het boek *Goden van Hemel en Aarde* en is uit de 17e eeuw voor Christus. Door de historie heen heeft dit pentagram van Venus altijd zeer tot de verbeelding gesproken en het is dan ook geen wonder dat moderne onderzoekers nog steeds speuren naar het verband tussen dit ritme en aardse zaken. Bijvoorbeeld de Amerikaanse onderzoeker Dewey, die 63 aardse cycli onderzocht die een periode hadden van 8 jaar. Van die 63 waren er 41 afkomstig uit de economie en die betroffen prijsontwikkelingen en productiecijfers. De overige cycli betroffen regenval, uitbarstingen van geisers en de luchtdruk. Dewey suggereert dat al deze cycli mogelijk in verband staan met het Venusritme en het feit dat Venus eens in de 8 jaar haar kleinste afstand tot de aarde heeft.

Ander onderzoek wijst op het feit dat Venus en de aarde iedere 0,799 jaar, dat is 40 weken, met de zon op één lijn staan. Deze zogenaamde getijdenlijn zou dan zijn invloed hebben op aardse zaken, zoals het ritme van de beurskoersen. Daar is een ritme bekend van 40 weken, maar ook een ritme van 6,4 maanden. Dit laatste ritme zou kunnen samenhangen met de getijdenlijn tussen zon, aarde en Jupiter, iedere 0,546 jaar.

Nu is er nog een bijzonderheid bij Venus en dat is haar aswenteling in 243 dagen ofwel 2/3e jaar. In de 5 synodische omlopen, die na 8 jaar de Venusbloem opleveren, draait de planeet 12 keer om haar as. Deze getallen 5, 8 en 12 zal ik in een later hoofdstuk nog op een andere manier bespreken. Het gevolg van deze situatie is dat Venus in haar onderconjunctie (en dus ook in haar perigeum) steeds hetzelfde gezicht naar de aarde toekeert. Dat doet de planeet met een zeer grote nauwkeurigheid met een afwijking van minder dan 1 graad. Astronomen kunnen hiervoor geen verklaring vinden en dit geldt als één van de raadselen uit het zonnestelsel. Zo staat er in een almanak van het Koninklijk Observatorium van Greenwich, een zeer gerespecteerde instantie op het gebied van de astronomie, het volgende te lezen:

Venus als hemellichaam

Venus heet ook wel de tweelingzus van de aarde, omdat de planeet nagenoeg even groot is (95% van de aarde) en ook met een wolkendek is gezegend. De massa van Venus en de zwaartekracht zijn ook bijna zo groot als die van de aarde. Daarmee houdt de vergelijking wel op, want de omstandigheden zijn er bar te noemen. Net als op Mercurius loopt de temperatuur op tot zo'n 500 graden Celsius en dat blijft dag en nacht hetzelfde. Omdat er sterke stromingen door de dichte atmosfeer lopen, die in vier dagen rond de planeet zijn geraasd, zijn alle verschillen in temperatuur opgeheven. Het kan er stevig bliksemen en ook komen er regelmatig vulkaanuitbarstingen voor. Water ontbreekt er geheel. De atmosfeer is honderd maal dichter dan bij ons en bevat vooral koolzuurgas, terwijl de tot 70 kilometer reikende en ondoorzichtige wolkenlaag vooral bestaat uit zwavelzuur. Onder deze gruwelijke omstandigheden, Dante's inferno is er niets bij, kan geen levend wezen het uithouden. Het zicht aan de oppervlakte van de planeet is naar schatting drie kilometer en de belichting van het landschap lijkt op die van een zwaar bewolkte dag op aarde. De dag en de nacht duren bijna even lang als de zomer en de winter, die samen een Venusjaar van acht maanden in beslag nemen. Dat komt door de zeer bijzonder omstandigheid dat Venus in 243 dagen om haar as draait en wel in tegendraadse richting ten opzichte van de aarde. Dat levert een dag op van ongeveer acht maanden en dat is extreem lang in het zonnestelsel. Omdat Venus zelf in 225 dagen om de zon loopt – dat is haar siderische cyclus – duurt de dag er dus langer dan het jaar! Omdat beide cycli dicht in elkaars buurt liggen, zijn dag en nacht bijna gekoppeld aan winter en zomer.

'Er zijn teveel van zulke getalsmatige samenhangen in het zonnestelsel. Dat kan niet louter aan het toeval worden toegeschreven. Het lijkt erop dat de aarde de lengte van een Venusdag controleert, misschien wel door getijdenwerkingen.' Deze werkingen zijn echter nooit aangetoond, dus blijft het raadsel overeind.

Zo'n nauwkeurige relatie tussen twee planeten is uniek en het doet vermoeden dat er tussen Venus en de aarde een bijzondere band moet bestaan. Sommigen spreken van 'synodische resonantie', maar dat is een moeilijke manier om uit te leggen dat het is zoals het is... Australisch onderzoek wees uit dat het aardmagneetveld rustiger wordt als Venus in het perigeum staat, maar ook hier is geen verklaring voor aanwezig.

In ieder geval is het een 'maanachtig' gedrag van Venus, dat we ook aantreffen bij Mercurius ten opzichte van de zon en bij onze eigen maan. Ook Venus heeft dus in dit opzicht een 'maaneigenschap'. Inderdaad zijn er ook Venusfasen aan de hemel te zien, zoals we ook bij onze eigen maan de fasen onderscheiden. Voor het eerst werd dit gezien door de Italiaanse astronoom Galileo Galilei (1564–1642) toen hij met zijn kijkertje naar de hemel keek.

Tijdens alle bewegingen van Venus om de zon komt het wel eens voor dat de planeet voor de zonneschijf langstrekt, van de aarde uit gezien. Deze Venuspassage is een zeer zeldzame gebeurtenis, die bijvoorbeeld in de 20e eeuw niet is voorgekomen. Wij hebben dus een unieke kans om dit te zien als op 8 juni 2004 Venus als een donker stipje over de schijf zal trekken in enkele uren tijd. De laatste keer was op 6 december 1882. Precies een Venusbloem later, op 6 juni 2012, krijgen we nog een kans en dan is het voor onze generatie verkeken. De eerstvolgende keer daarna is pas op 8 december 2125.

TIP

Bij Mercurius gaf ik de tip om het spel van de lussen zichtbaar te maken met een groep mensen. Dat was gebaseerd op het geocentrische standpunt, waarbij jij als aarde in het centrum stond.

Dit keer wil ik eens heliocentrisch kijken en een oefening beschrijven om de toenadering en verwijdering van Venus en aarde met enkele personen in beeld te brengen. Met drie mensen kun je deze oefening doen, maar met twee is het ook mogelijk.

Jij bent de zon en je staat in het midden van twee grote cirkels die om je heen worden gelopen door de twee andere personen. Op enkele meters van je af draait iemand rond als Venus en nog enkele meters verder is iemand de aarde. De bewegingen zijn tegen de klok in.

Je begint de opstelling met Venus en de aarde recht voor je. Eigenlijk kun je de aarde niet zien, omdat die wordt afgedekt door Venus. De twee planeten staan nu onderling op hun kortst mogelijk afstand en dat heet vanuit de aarde gezien het perigeum. Nu gaat het draaien beginnen, waarbij Venus iets sneller moet lopen dan de aarde en wel ruim anderhalf keer zo snel. Haar siderische omloopstijd om de zon is immers 225 dagen en de aarde doet er 365 dagen over. Als Venus aan de andere kant van je is gekomen en een halve baan heeft afgelegd, is de aarde nog niet op eenderde van haar baan. Je ziet dat beide planeten ten opzichte van elkaar een steeds grotere afstand krijgen.

Als Venus helemaal rond is en weer op de oorspronkelijke positie staat, is de aarde nog maar op 7 maanden van haar 12-maandelijkse ronde gekomen. De beweging gaat gewoon door en ineens merk je dat Venus en de aarde ten opzichte van jou als zon pal tegenover elkaar staan. Je hebt de aarde recht voor je en Venus in je rug of andersom. Op dat moment is de afstand tussen de planeten het grootst en vanaf nu gaan ze weer naar elkaar toe bewegen. Van de aarde uit gezien heet dit moment het apogeum. Uiteindelijk zal de oorspronkelijke situatie weer terugkeren: van jou uit gezien staat de aarde achter Venus, en hun onderlinge verhouding is weer in perigeum gekomen. Maar de plek in de ruimte is geheel anders! Venus heeft ruim 2,5 keer rond jou gedraaid en de aarde 1,6 keer. In deze periode is er dus sprake geweest van een constante verwijdering tussen Venus en aarde en later weer een toenadering. Aan de hemel zijn er nu 584 dagen verstreken.

Als je deze oefening hebt gedaan is het de moeite waard om eens aan de persoon die aarde speelde te vragen wat zijn (haar) belevenissen waren. Die heeft namelijk het spel gezien tussen Venus en de zon en daarbij zijn er enkele lussen gevormd, waarbij Venus zowel in onder- als in bovenconjunctie is geweest. Tevens zal de aarde hebben gemerkt dat Venus niet altijd dezelfde kant uit lijkt te bewegen, maar soms terugloopt en dan weer vooruit loopt ten opzichte van de omgeving. Wat de Venus-speler heeft opgemerkt in de relatie tussen de aarde en de zon kunnen we beter ophangen aan de bewegingen van de planeet Mars.

INTERMEZZO

Mars en Venus

Mannen komen van Mars, vrouwen van Venus. U kent die boeken wel, waarvan de titels zo leuk allitereren. Natuurlijk komen we helemaal niet van die planeten, want die zijn zo dood als een pier, maar de planeten zijn bij wijze van spreken. Dat gaat zo'n beetje terug tot de Griekse tijd, waarin Ares (Mars bij de Romeinen) een oorlogsgod was en toonbeeld van mannelijke vechtlust en onoverwinnelijkheid. Het macho stoerbeeld dus. Aphrodite (Venus bij de Romeinen) daarentegen was het archetype van vrouwelijkheid, schoonheid en verleidelijkheid.

Cliché's eigenlijk, want welke man is er nu nog Mars en welke vrouw Venus? En trouwens, mannen en vrouwen komen van de aarde. Laten we daar heel duidelijk over zijn.

Toch blijven wetenschappers zoeken naar sporen van leven op de planeten en laatstelijk vooral op Mars. Je kunt immers nooit weten of onze verre voorouder niet toch stiekem vanuit de ruimte is neergedaald op aarde. Wat er ook gemeten en gevonden wordt: leven blijkt de rode rakker niet te bevatten. Sinds het verkenningskarretje Sojourner er heeft rondgereden weten we zeker dat het om een stofwoestenij gaat, kurkdroog en zwaar bevroren. Daar heeft leven geen kans meer. Vroeger schijnt er op Mars een aangenaam klimaat te hebben geheerst, met warme wateren en verkoelende regens, ideaal voor het koesteren van leven zoals wij dat kennen op aarde. Nu rest slechts een dorre vlakte met een ijle atmosfeer. Omdat er in de gesteenten mogelijk sporen van de levensgeschiedenis teruggevonden kunnen worden, geeft de internationale gemeenschap een vermogen uit om robotwagentjes en stenengrijpers naar ginds te sturen. In 2010 moeten we het dus definitief weten, want dan komen de eerste keien naar de aarde.

Venus is minder in trek, want die planeet is definitief afgeschreven als drager van leven sinds bekend werd dat zij in hitte verkeert. Kolkende wolken en kokende temperaturen wissen alle sporen van leven uit en verhinderen aardse instrumenten om er eens een kijkje te nemen. Ook deze planeet heeft vroeger een sterke gelijkenis met de aarde gehad, maar heeft gekozen voor de hittedood.

Mooi is dat eigenlijk: de drie planeten Aarde, Mars en Venus hebben ooit in dezelfde omstandigheden geleefd, maar alleen de aarde is doorgegaan met het voortbrengen en verzorgen van leven. Mars koos voor de kou en stierf in bevriezing (O, beeld voor de klassieke mannenziel) en Venus vluchtte naar haar definitieve menopauziale opvliegers in zinderende opwinding (wat een metafoor voor de verslindende passie van Anima).

Dus zo zit het: de ouderwetse man, met 'valkuil' ijskoud en onbewogen, kan omhoog blikken naar de Rode Planeet en daarmee zijn verlaten status glimlachend in herinnering brengen. Vrouw ziet op naar Venus en knikt begripvol, wetend dat zij op aarde net de dans van vervluchtiging is ontsprongen.

En wat doen wij op aarde? Daar weten wij dat man en vrouw slechts de doorgangspoorten zijn voor een leven in androgyne vorm, waar we nog even op moeten wachten, maar waar we al wel de tekenen van herkennen.

Heerlijk om twee archetypes aan de hemel te hebben staan, die laten zien wat ooit was.

Twintigste avond:
Een lange mars

Het hele planeetstelsel is verdeeld in drie afdelingen, namelijk het lagere planetaire stelsel op de benen, het middelste planetaire stelsel op de navel en het bovenste planetaire stelsel van de borst tot aan het hoofd van de Hoogste Persoon.

Srimad-Bhagavatam

Rood is de kleur van bloed, van ijzer, van agressie en strijdlust. Zoiets moet de oorsprong zijn geweest van de relatie tussen de god van de oorlog en de rode planeet Mars. Nou ja, rood is niet helemaal de juiste benaming, want we zien Mars eerder als een oranjeachtige verschijning aan de hemel staan. De Grieken noemden hem Ares, deze zoon van Zeus en Hera. Hij was in de meer filosofisch ingestelde Griekse cultuur niet zo'n belangrijke god, maar bij de krijgszuchtige Romeinen stond Mars des te meer in aanzien.

In de strijd gingen er altijd drie zusters met hem mee: Eris (de twist), Phobos (de schrik) en Deimos (de angst). Die laatste twee hebben ook de namen geleverd voor de enige twee manen die Mars rijk is. Ares leefde altijd in strijd met de andere goden en de enige die gevoelens bij hem kon opwekken was de liefdesgodin Aphrodite (Venus). Vandaar dat Mars en Venus vaak als liefdespaar worden gezien en dat de planeten aan de hemel met elkaar worden vergeleken. Dat is ook niet zo vreemd, want het zijn de twee begeleidende planeten van onze aarde: Venus ligt aan de 'binnenkant' in de rich-

Romeins beeld van Mars.

ting van de zon, Mars ligt aan de 'buitenkant' van de zon af. Daarmee is Mars de eerste van de zogenaamde 'bovenzonnige' planeten, die nooit tussen de aarde en de zon in staan en dus nooit in onderconjunctie komen. Van Mars en de andere bovenzonnige planeten kennen we alleen maar de bovenconjuncties op het moment dat de planeet achter de zon op ongeveer dezelfde plaats aan de hemel staat. Maar er is nog iets bijzonders wat deze groep planeten (Mars, Jupiter, Saturnus en de verre buitenplaneten) kenmerkt: ze komen jaarlijks een keer in oppositie met de zon te staan. Dat mogen we bij de zonnevolgers Mercurius en Venus niet meemaken.

Daarmee is het meteen duidelijk wanneer we Mars het beste kunnen zien en wel in de nacht als de planeet in oppositie met de zon staat. Dan legt hij zijn 'lus' aan de hemel op het moment dat hij zo'n twee tot drie maanden lang retrograad beweegt, dat wil zeggen tegen de normale richting van de beweging in. Wij zien dat als een beweging naar rechts, met de klok mee, ten opzichte van de achtergrond van de dierenriem. Aan die lus werkt Mars in totaal een half jaar en hij legt in die tijd ongeveer een half dierenriembeeld af. Dat is een bedachtzame beweging, maar als hij klaar is met deze lus begint er een versnelling. In reuzentempo legt Mars daarbij een lange 'mars' af in de dierenriem, in 8 maanden tijd ongeveer de helft van de zodiak. In die tijd kan hij heel lang zichtbaar zijn als avondster. Uiteindelijk verdwijnt de planeet in het licht van de zon, om daarna als morgenster weer te voorschijn te komen. Tenslotte staat hij weer helder te glanzen aan de nachtelijke hemel en is hij weer in oppositie met de zon. Er is nu een synodische cyclus voorbij en er zijn gemiddeld 780 dagen verstreken. Dit ritme van 2,2 jaar heeft ook op aarde zijn weerslag in de stromingen van de atmosfeer. Op een hoogte van 30 kilometer in de atmosfeer loopt een 50 kilometer brede gordel om de aarde, waarin windsnelheden voorkomen van boven de 100 kilometer per uur. Die snelheden nemen geleidelijk af als die gordel langzaam daalt tot op een hoogte van 20 kilometer. Dan is de snelheid op een minimum gekomen en zijn er 2,2 jaar verstreken. Daarna begint de hoge snelheid weer op de beginhoogte van 30 kilometer. Als Mars in het perigeum staat is de wind oostelijk en met Mars in het apogeum is de wind westelijk. Hier zien we dus een soort resonantie tussen Mars en de atmosfeer van de aarde, een soort eb en vloed in de lucht.

Die synodische periode van 2 jaar en 50 dagen is bijzonder lang voor een synodische cyclus. Venus gebruikte hiervoor 1 jaar en 7 maanden en daar-

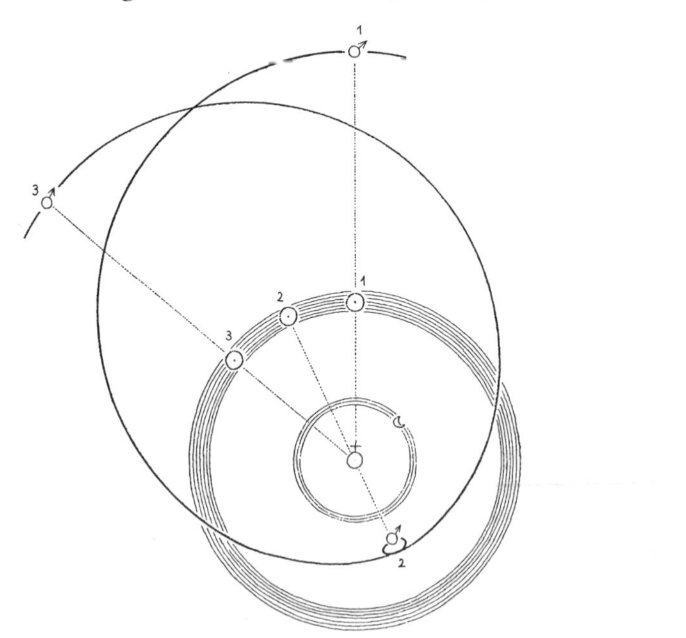

Synodische cyclus van Mars. Van 1 naar 3 verstrijken 2 jaar en 50 dagen. Bij 2 is de oppositie met de zon en heeft Mars zijn kortste afstand tot de aarde (perigeum).

mee heeft Mars met voorsprong de langste synodische periode van alle planeten. Dat hangt samen met de relatief korte afstand tussen de twee planeten en de omloopstijd van Mars om de zon. Die is namelijk 687 dagen ofwel 1 jaar en 322 dagen. De combinatie van deze cyclus en die van de aarde geeft de extreem lange synodische cyclus en de geweldige tempowisselingen van Mars in de dierenriem. Heel explosief kan de planeet er ineens vandoorgaan om in oppositie sterk te vertragen, een lus te leggen en daarna weer als een speer door de zodiak te bewegen. Hij maakt een volledige rondgang door de dierenriem alvorens een nieuwe lus te leggen, 14 beelden verderop. Als de eerst lus in de Tweelingen ligt, dan komt de volgende twee beelden verderop in de Leeuw te liggen nadat intussen de Tweelingen opnieuw zijn gepasseerd.

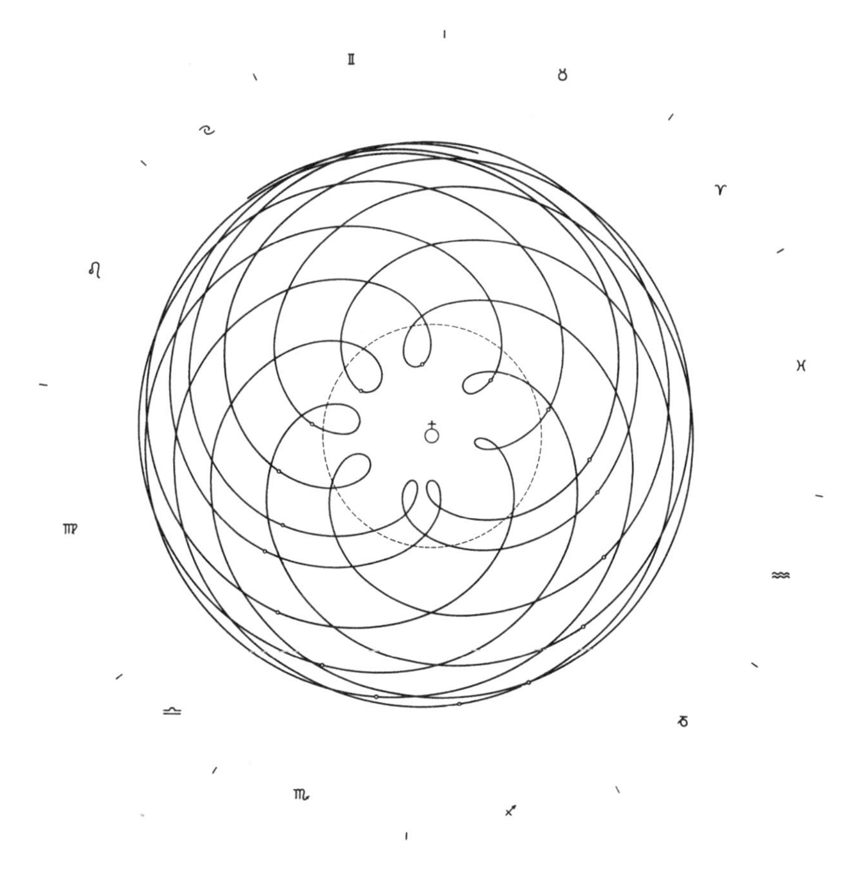

Geocentrische Marsbaan. In 15 jaar ontstaan 8 lussen in een onregelmatig patroon.

Mars als hemellichaam

Wat klimaat en landschap betreft lijkt Mars het meeste op de aarde, ook al is de planeet half zo klein. Vloeibaar water is er niet en daarom is de oppervlakte een rode zandwoestijn, met hoge bergketens, enorme vulkanen en kloven. De rode kleur komt van het ijzerhoudende gesteente dat na verwering roodachtige stofstormen oplevert, want het waait op Mars onophoudelijk. De temperatuur loopt van −150 graden aan de polen tot +15 graden Celsius aan de evenaar. Door deze kou bevatten de polen dikke ijslagen, die we met sterke kijkers vanaf de aarde als witte poolkappen kunnen zien. Omdat Mars om zijn as draait in 24 uur en 37 minuten is het etmaal ongeveer even lang als op de aarde. Dat heeft als gevolg dat Mars naar de aarde toe op hetzelfde tijdstip van de dag ongeveer dezelfde kant naar ons toekeert. Nog een andere overeenkomst met de aarde is de helling van de Mars-as ten opzichte van het baanvlak om de zon. Bij de aarde is deze hoek 23,5 graden en bij Mars is dat 24,5 graden. Dat houdt in dat er op Mars eenzelfde verloop is van de jaargetijden als op aarde, ook al duren die langer vanwege het langere 'Marsjaar' van 1,88 aardejaren.

De atmosfeer is 100 keer ijler dan die op aarde en de gassen bestaan vooral uit koolstofdioxide (koolzuurgas), dat aan de extreem koude polen neerslaat als koolzuursneeuw. Met de seizoenen mee smelt deze sneeuw weg en groeit de voorraad weer aan en dat zien wij als het ritmisch kleiner en groter worden van de poolkappen. Onder deze sneeuw ligt de ijsvoorraad. Vroeger moet het er warmer zijn geweest, want er zijn veel oude rivierbeddingen die getuigen van het voorkomen van vloeibaar water in de warmere gebieden van de evenaar.

Mars heeft twee manen, Phobos en Deimos. Dat zijn langwerpige rotsblokken van enkele tientallen kilometers in doorsnede, die zijn bezaaid met kraters. Miljarden jaren lang zijn ze gebombardeerd met meteorieten en nu rest er van dit geweld een pokdalig uiterlijk. Waarschijnlijk zijn deze manen afkomstig van een gordel van mini-planeetjes, de zogenaamde planetoïden, die in groten getale voorkomen tussen de banen van Mars en Jupiter. Mogelijk zijn er in een ver verleden twee van zulke planetoïden door Mars gevangen en in een baan om deze planeet terecht gekomen.

Deze versnellingen en vertragingen van Mars dragen ook bij aan zijn associatie met woestheid en beweeglijkheid, die hij al in oude tijden heeft opgelopen. Daar komt nog iets bij: Mars kan extreem verschillen in zijn afstand tot de aarde. Het perigeum, de dichtste toenadering tot de aarde, is ongeveer op 56 miljoen kilometer en het apogeum, de verste afstand, ligt op 400 miljoen kilometer. Dat is een verschil van een factor 7,2! Daarmee verandert de grootte van de planeet heel sterk, wat we alleen met een kijkertje kunnen zien. Vergelijken we de grootte van de planeet met een mensenhoofd en noemen we Mars in apogeum een normaal hoofd, dan staart bij Mars in perigeum ons een waterhoofd van ruim een meter grootte aan! Ook de helderheid verandert spectaculair en dat kunnen wij heel goed met het blote oog zien, want er is geen planeet die zo in lichtsterkte verandert als Mars. Tijdens zijn helderste perioden kan hij sterker zijn dan Jupiter en in zijn zwakke tijd is hij nauwelijks van de omringende sterren te onderscheiden. Ook dat opglanzen en uitdoven is typisch voor de grilligheid van Mars. Zijn allergrootste helderheid heeft Mars altijd in de Waterman en dat is eens in de 15 jaar het geval. In die 15 jaar heeft Mars een grote cyclus volbracht en die bestaat uit 8 opposities met de zon en dus 8 lussen in de dierenriem. Dat levert de achtbladige Mars'bloem', waarvan de lussen lang niet zo regelmatig zijn als bij Venus. In de Waterman legt Mars zijn kleinste lus en wel zo dicht mogelijk tegen de aarde aan en in het tegenoverliggende deel van de dierenriem (Kreeft en Leeuw) legt hij zijn grootste lussen, zo ver mogelijk van de aarde af. Dan is hij het minst helder. Op het moment dat Mars het dichtste bij de aarde staat is hij tevens in perihelium met de zon, dat wil zeggen dat hij zin kortste afstand tot onze ster heeft bereikt. Andersom heeft Mars zijn apohelium in de Leeuw als hij ook het verste van de aarde af staat.

Er is een nog groter ritme van Mars en wel met een periode van 79 jaar. Dan staan Mars, zon en aarde weer precies in dezelfde positie ten opzichte van elkaar aan de hemel.

TIP

De levensloop van een bovenzonnige planeet kan veel makkelijker worden gevolgd dan die van de onderzonnige planeten Venus en vooral Mercurius. Je kunt zelf eens proberen om zo'n levensloop waar te nemen bij Mars, Jupiter en Saturnus.

Als hulp bij de waarneming geef ik enkele fasen waarin een synodische omloop van een planeet kan worden verdeeld:

Begin eens met de heliakische opkomst, dat is het moment waarop de planeet zich voor het eerst laat zien aan de morgenhemel. Noteer dit moment en kijk eens hoeveel tijd er verloopt tot de eerste kwadratuur is bereikt. Dat is het moment waarop de planeet met de zon een hoek maakt van 90 graden en die hoek kun je schatten met je beide armen. Strek je linkerarm naar de zon, of naar de plek waar de zon bijna opkomt, en strek je rechterarm naar de planeet. Als die hoek haaks is, heb je de eerste kwadratuur in zicht. Het is nu de tweede helft van de nacht. De volgende fase is de oppositie met de zon. Dan is de hoek 180 graden. Als de planeet om middernacht boven het zuiden staat is het moment bereikt. Dat is tevens het moment van de grootste helderheid en de planeet zal ten opzichte van de sterren tegendraads (retrograad) gaan bewegen. Dat kun je heel goed zien door met tussenpozen van enkele dagen te gaan kijken. Je zult dan merken dat de planeet een klein beetje naar rechts loopt ten opzichte van de dierenriem. Als je heel nauwkeurig gaat kijken, en een sterrengids kan daarbij helpen, kun je ook het moment zien waarop de planeet van richting omkeert: dan staat de planeet schijnbaar stil gedurende enkele dagen. Hij is dan 'stationair'. Dat gebeurt twee keer: aan het begin en aan het einde van de lus. Hierna kun je het moment gaan bekijken van de tweede kwadratuur, als de planeet weer in de richting van de zon gaat bewegen. Het is dan avond en je kijkt naar de westelijke horizon. Ten slotte zal de planeet verloren gaan in het licht van de avondzon en dat is het moment van heliakische ondergang. Meer kun je niet zien, want de volgende fase is de conjunctie met de zon. De planeet trekt met de zon mee overdag langs de hemel en alleen bij een zonsverduistering is het mogelijk om even een glimp van de planeet op te vangen, als de afstand tot de zon niet te klein is.

Vooral door het vergelijken van de drie bovenzonnige planeten kom je veel te weten over het verschil in levensloop tussen Mars, Jupiter en Saturnus.

Intermezzo

Vele pogingen zijn er gedaan om de invloed van de planeten op aarde vast te stellen. Vaak vergeefs. Alleen rond Mars blijven er hardnekkige geruchten bestaan dat deze rode knaap toch zijn tentakels tot in de aardse processen heeft uitgestrekt. Twee voorbeelden wil ik hiervan geven.

Het eerste gaat over het weer en daarmee is de naam verbonden van Jaap Venker, een Nederlandse weeramateur. Normaal gesproken kan het weer niet langer voorspeld worden dan 3 tot 5 dagen vooruit en dan nog is het koffiedik kijken. Venker doet uitspraken over langere periodes en gebruikt daarvoor de positie van Mars aan de hemel. Van de dertig belangrijke temperatuursveranderingen die Nederland jaarlijks telt kan Venker er 70% tot op de dag nauwkeurig voorspellen. Het gaat hierbij om de zogenaamde 'tekenwisseling' van Mars: het moment waarop de planeet het ene dierenriemteken verwisselt voor het andere. Dit is dus de astrologische indeling van de dierenriem in tekens van 30 graden en niet de in dit boek gebruikte astronomische indeling van de beelden. Passeert Mars zo'n grens tussen de tekens, dan is de kans op een weersomslag en vooral een sterke daling of stijging van de temperatuur aanzienlijk groter dan normaal, aldus Venker. Hij ontmoet veel kritiek op zijn werk, maar sommige meteorologen vinden zijn resultaten op zijn minst de moeite van het overwegen waard.

Meer controverse heeft het onderzoek van Michel Gauquelin opgeleverd. Als de hoeveelheid commotie en wetenschappelijke strijd een maat zou zijn voor de agressiviteit van de planeet Mars, dan zou niemand meer twijfelen aan de relatie tussen deze planeet en de oorlogsgod. Gauquelin heeft namelijk in een veertig jaar durend onderzoek vastgesteld dat de plaats van Mars aan de hemel bij uitzonderlijke topsporters niet willekeurig is. Hij keek naar de geboortemomenten van Olympische en wereldkampioenen in alle takken van sport over lange periodes in de historie en ontdekte dat bij deze mensen, die zich 'martiaal' met hun sport bezighielden, de planeet Mars vaker opkwam aan de horizon dan bij 'gewone' mensen. Ook kwam het bij deze topatleten vaker voor dat Mars precies boven het zuiden stond op het moment van hun geboorte. Een verklaring ontbreekt, net als bij het Venkeronderzoek, maar de resultaten waren zo prikkelend dat de wetenschappelijke wereld er tot op de dag van vandaag nog over ruziet. Daarbij zijn er de gebruikelijke twee kampen, die nog net niet de namen Phobos en Deimos van Mars' manen dragen: de voorstanders, die beweren dat bij herhaling van het onderzoek steeds weer een zogenaamd 'Mars-effect' optreedt en de tegenstanders, vooral uit de groep die bekend staat als de Skeptische wetenschappers. Die beweren bij hoog en bij laag dat de resultaten steeds het gevolg zijn van verkeerde keuzen en vooringenomenheid van de onderzoekers. Voor gewone stervelingen zoals jij en ik is er niet te kiezen, dus zal het verschijnsel wel de geschiedenis ingaan als het eeuwige conflict over het Mars-effect. Mooier kan de kwaliteit van Mars niet worden geïllustreerd.

Eenentwintigste avond: *Jupi-ster*

The fifth (day) was bright blue
And she envisaged Jupiter
And she made a day of awe and circles, circles
And she set it to guide the blood of the universe

In het oude India was Goeroe de naam voor Jupiter en daarmee kreeg deze planeet het aureool van wijsheid en leraar: hij die anderen kan inwijden in de geheimen van de schepping, van de kosmos. Deze associatie van Jupiter met wijsheid komt niet uit de lucht vallen, want de planeet heeft een bijzondere relatie met de dierenriem. Vanwege zijn omloopstijd om de zon in bijna 12 jaar staat deze planeet ongeveer een jaar lang in een beeld van de zodiak en na twaalf jaar heeft hij een volledige ronde gemaakt. Dat doet harmonisch aan en deze kosmische orde, deze harmonie der sferen verleent Jupiter waardigheid. De Chinezen noemen hem de 'Jaarster', omdat hij per jaar een beeld opschuift en daarmee als de grote wijzer van een klok het verloop van de tijd aangeeft. In Mesopotamië was hij Mardoek, de vruchtbaarheidsgod die het water over het land liet vloeien en ook de Romeinen verbonden hem als Jupiter Pluvius (denk aan het woord para*plu*) met de regenval. De Grieken plaatsten hem als Zeus aan het hoofd van de godenschaar, want hij regeerde als enige over de hemel. Bij het verdelen van de wereld had Zeus aan zijn broers en zusters de vier elementen Aarde, Water, Lucht en Vuur toevertrouwd en voor zichzelf de kosmische Ether opgeëist. Dat was de hemelse substantie van de dierenriem en de sterren, waar de planeet

Zeus, de Vader van Goden en mensen. Griekse sculptuur, 4e eeuw v. Chr.

Jupiter in harmonie zijn rondes volbracht. Deze Ether was de vijfde essentie van de wereld, de Quinta Essentia ofwel de kwintessens en dat was het domein van de oppergod Zeus. Hij was de ruimhartige god, de leider die zijn macht breed etaleerde en de Romeinen noemden hem ook wel Jovis, waar wij het woord 'joviaal' van hebben afgeleid.

Later zou ontdekt worden dat de planeet een ware hofhouding aan manen om zich heen heeft, wat zijn status als koningsplaneet extra glans geeft. En over glans gesproken: Jupiter geeft meer licht af dan hij van de zon ontvangt en daarmee is hij een heel klein beetje ster-achtig. Behalve licht geeft hij ook een beetje warmte en veel elektromagnetische straling af. Ook zouden de ouden blij zijn geweest met de constatering dat Jupiter van alle planeten in het zonnestelsel verreweg de grootste is, maar dat konden zij toen niet weten.

Wel konden zij het licht van de planeet zien en dat kunnen wij nu nog.

Synodische cyclus

Aan de nachtelijke hemel is Jupiter de helderste planeet, die slechts 6 weken per jaar onzichtbaar is omdat hij dan door de zon wordt overstraald. Als hij in de vroege morgen heliakisch is opgekomen in het oosten duurt het nog tien weken voordat hij met middernacht opkomt en daarna gaat zijn helderheid toenemen. Vier maanden later gaat Jupiter retrograad (dus westwaarts) lopen en dan bereikt hij zijn grootste helderheid. Dat is het moment waarbij de planeet in oppositie staat met de zon en waarin hij met zijn lus in de dierenriem bezig is. Dat duurt ook vier maanden lang, waarna hij weer zijn normale loop in oostelijke richting door de zodiak hervat. Als hij door de zon wordt ingehaald, zal hij heliakisch ondergaan in de avondhemel aan de westelijke horizon en dan is hij een korte periode onzichtbaar om daarna aan de ochtendhemel heliakisch op te komen. De synodische cyclus van de planeet is voltooid en er zijn 1 jaar en 33 dagen voorbij. Dat is dus een jaar en ruim een maand en dat betekent dat Jupiter zijn volgende cyclus in het

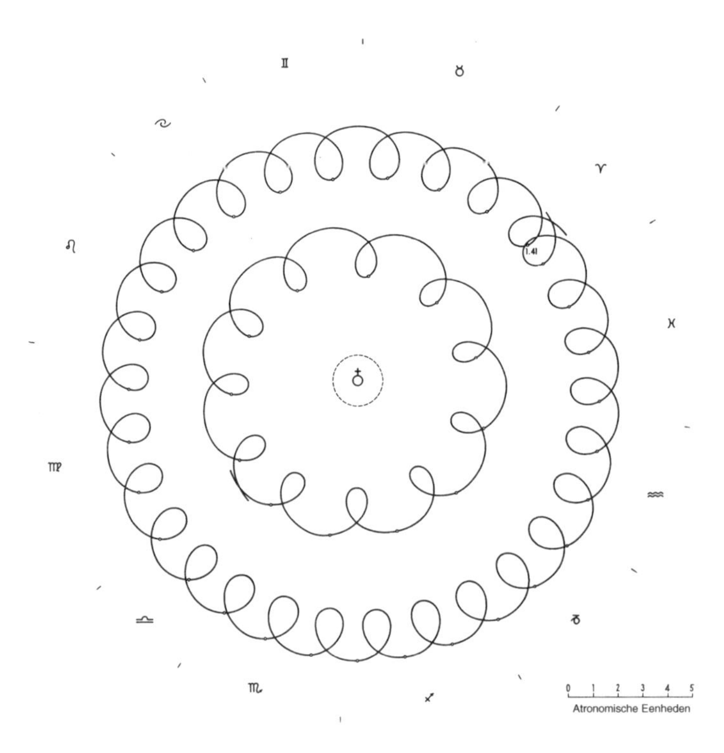

Geocentrische banen van Jupiter (binnen) en Saturnus (buiten). Jupiter maakt 12 lussen in 12 jaar: het toonbeeld van regelmaat in de dierenriem.

volgende sterrenbeeld volbrengt. Jaar na jaar legt hij per dierenriembeeld een lus aan de hemel en de totale Jupiter'bloem' heeft dan ook 12 bloembladen.

Tijdens een synodische cyclus is er een veel geringer verschil in afstand tussen de aarde en Jupiter dan bij Venus en Mars het geval is. Dat komt omdat de reuzenplaneet zoveel verder van ons af staat. Tijdens het perigeum, de meest nabije afstand, staat Jupiter op 600 miljoen kilometer en het apogeum is op 960 miljoen kilometer. Dat is een factor 1,6 verder en dat is wel even wat minder dan de factor 7,2 bij Mars en 6 bij Venus. Het gevolg hiervan is dat wij Jupiter niet zo veel in helderheid zien variëren gedurende zijn synodische cyclus en dat wij te maken hebben met een vrij constant stralend hemellicht van een helderwitte kleur, met een klein beetje geel erbij.

Siderische cyclus

Tijdens zijn siderische omloop om de zon, die 11,86 jaar in beslag neemt, zal Jupiter ongeveer 6 jaar lang stijgen en 6 jaar dalen ten opzichte van de dierenriem. Als we beginnen in de Tweelingen, dan bereikt Jupiter in onze streken daar zijn hoogste positie boven de horizon. Vanaf dat moment zal hij steeds lagere banen beschrijven en uiteindelijk zijn dalende fase na 6 jaar afsluiten in de Boogschutter. In dat jaar zal de planeet veel moeilijker te zien zijn, vanwege de lage baan van de Boogschutter en de korte boog boven de horizon. Bij het verschijnen van dit boek (2002) staat Jupiter in de Tweelingen en heeft hij zijn hoogste punt bereikt. De komende jaren zal de planeet via Kreeft en Leeuw naar de lagere regionen van de dierenriem afzakken. In een mensenleven kun je deze rondgang van Jupiter ongeveer 7 keer meemaken en dan zijn er 83 jaar verstreken.

Toevallig liggen de stijgende en dalende knoop van de Jupiterbaan (dat zijn de knooppunten van de baan met de ecliptica) ook in de Tweelingen en de Boogschutter. Als Jupiter in de Tweelingen is gekomen zal hij door zijn stijgende knoop breken (de drakenkop) en vanaf dat moment 6 jaar lang ietsje boven de ecliptica blijven lopen. In de Boogschutter breekt hij door zijn dalende knoop (drakenstaart) en dan loopt hij vervolgens 6 jaar lang ietsje onder de ecliptica. Dit ritme van boven en onder het baanvlak van de aarde om de zon heeft als gevolg dat de lussen in de dierenriembeelden per beeld een iets andere vorm hebben. We kijken als het ware soms op Jupiter neer (van Boogschutter tot Tweelingen) en soms kijken we tegen hem op (van Tweelingen naar Boogschutter). Alle planeten hebben dergelijke variaties in de lussen in verband met de ligging van de knopen in de ecliptica.

Een andere toevalligheid is de ligging van de elliptische baan van Jupiter

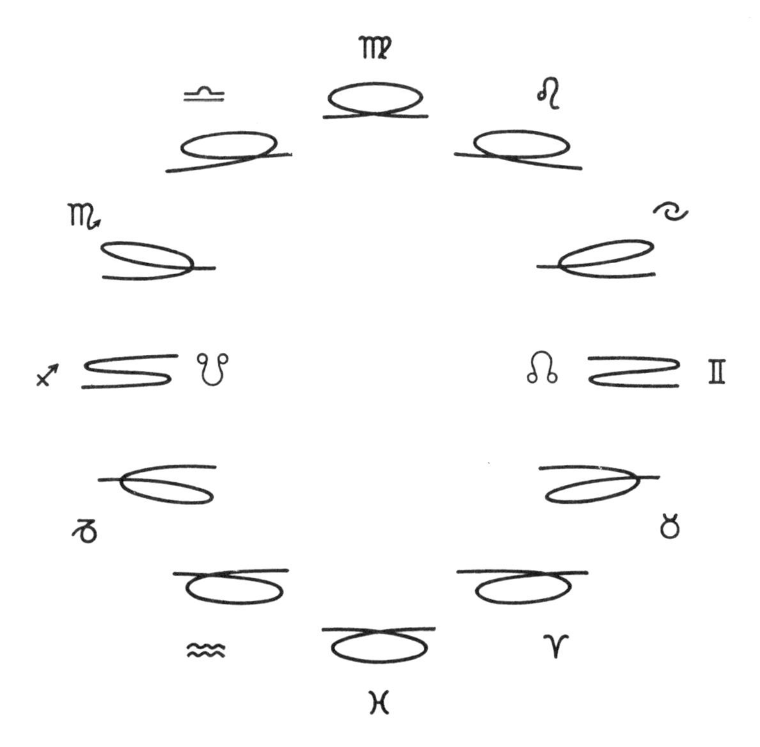

Ontwikkeling (metamorfose) van het lussenpatroon van Jupiter in de dierenriem in 12 jaar.

om de zon. Die is zodanig dat de planeet zijn kortste afstand tot de zon (perihelium) bereikt in de Vissen en de langste afstand (aphelium) in de Maagd. Voegen we deze twee momenten en de posities van de knopen bij elkaar, dan maakt Jupiter in de dierenriem een kruis, dat ook de vier belangrijkste zonnemomenten in het jaar markeert (zomer, herfst, winter, lente):

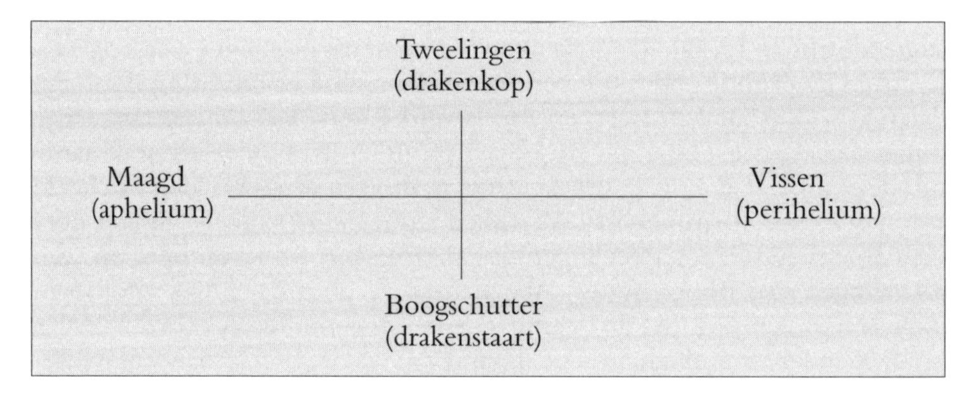

Jupiter als hemellichaam

De samenstelling van de planeet is dezelfde als bij de zon: vooral waterstof en helium, met een geringere bijdrage van water, ammoniak en methaan. In de buitenste laag van de planeet gaat het er wild aan toe, want voortdurend wervelen er atmosferische stromingen in de vorm van stormen en cyclonen rond. Dat komt doordat de planeet gasvormig is en vanwege de extreem snelle draaiing van Jupiter om zijn as in tien uur tijd. Een planeet die een doorsnede heeft van ruim 11 keer die van onze aarde en 300 keer zo zwaar is als onze planeet draait bijna 2 1/2 keer zo snel om zijn as! Dat levert geweldige krachten op aan het oppervlak, waarvan wij de resultaten zien in de vorm van wervelingen, spiralen en andere turbulente verschijnselen. Ook het rode oog, een reusachtige vlek die groter is dan de aarde, komt met vaste regelmaat voorbij. Dat is een voortdurend aanhoudende storm. Behalve de structuren zijn ook de kleuren van Jupiter adembenemend: rood, bruin, blauw en geel wentelen door elkaar in een kosmische symfonie. Die kleuren ontstaan door chemische verbindingen in de wolkenlagen, die temperaturen bezitten van −120 tot 0 graden Celsius. In die patronen zit een ritme van ongeveer 12 jaar, samenhangend met de siderische omloop van Jupiter om de zon.

Galileo Galilei ontdekte in 1610 een viertal manen bij Jupiter en deze zijn met een klein veldkijkertje al goed te zien. Deze dragen de namen van Grieks mythologische figuren: Io, Europa, Ganymedes en Callisto. Nadat er ruimtesondes langs de planeet hebben gevlogen is duidelijk geworden dat er maar liefst 16 manen omheen cirkelen, die net als bij onze maan altijd hetzelfde gezicht naar hun planeet toe keren. Ook draagt Jupiter een stelsel van fijne ringen. Saturnus is dus niet de enige planeet die ringen draagt, want ook Jupiter is omgeven door een enorme hoeveelheid stof- en ijsdeeltjes die gegroepeerd zijn in banden met een breedte van enkele tientallen kilometers. Als een grammofoonplaat draaien ze rond in het evenaarvlak van de planeet.

In die zin heeft Jupiter, die zelf een beetje als een ster straalt, ook een overeenkomst met de zon.

Invloeden van Jupiter

Omdat Jupiter zo groot en zwaar is, hebben onderzoekers altijd al rekening gehouden met een mogelijke invloed van deze planeet op zijn wijdere omge-

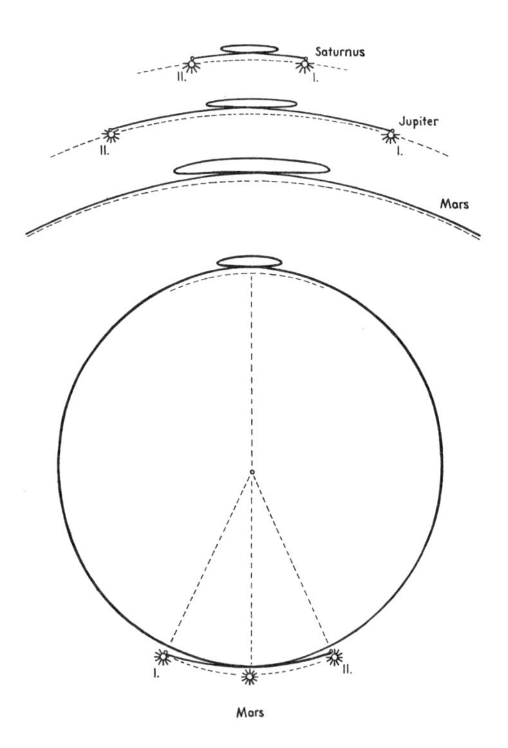

Vergelijking van de lussen van de bovenzonnige planeten in hun synodische omloop.

ving. Die invloed strekt zich in eerste instantie uit tot zijn eigen manen, maar er is ook een theorie die beweert dat de omloop van Jupiter om de zon een belangrijke invloed heeft op het ritme van de zonnevlekken. Beide cycli liggen niet zo veel van elkaar: de siderische omloop duurt 11,9 jaar en het zonnevlekkenritme 11,1 jaar. Nu ligt bijna alle massa van het zonnestels in de zon zelf, maar vooral Jupiter en in mindere mate Saturnus dragen toch bij aan de totale verdeling van de massa over het zonnestelsel. Gevolg daarvan is dat het centrum van alle massa niet exact in de zon zelf ligt, maar ietsje daarbuiten. Dit zwaartekrachtcentrum heeft een omloop om de zon en wordt door Jupiter beïnvloed. Als dit centrum, de zon en Jupiter op één lijn liggen, de getijdenlijn, dan zouden er volgens onderzoeker Landscheidt pieken en dalen volgen in bekende natuurlijke ritmen op aarde. Hij noemt daarbij de aantallen lynxen in een periode tussen 1735 en 1969 en ook de cycli van Atlantische zalmen tussen 1880 en 1930.

Zwitserse onderzoekers legden een relatie met de astronomische posities van Jupiter in de dierenriem en het optreden van topjaren in de productie van beukenzaden, over de periode 1799-1971. De beuk (net als de eik) heeft maar zelden een topproductie en die treedt gemiddeld eens per 6-8 jaar op. In de tussenliggende jaren zijn er geen of heel weinig zaden aan de bomen. Een goed jaar ontstaat als in het jaar ervoor de temperatuur en de regenval optimaal is geweest voor de beuk, want dan al worden de bloemknoppen voor het jaar erna gevormd. De onderzoekers keken naar de positie van Jupiter in het jaar vóór het topjaar en wel steeds in de maand mei. Nu bleek dat Jupiter tijdens de topjaren veel vaker in de beelden Vissen, Ram en Stier stond. Wij noemen dat ook wel de voorjaarsbeelden omdat de zon in de lente in die beelden staat. Ook als Jupiter stond in de 'herfst'beelden Leeuw, Maagd en Weegschaal bleek dat gunstig voor de productie van beukenzaden.

Tip

Het is zeer de moeite waard om de manen van Jupiter eens in de kijker te nemen. Met een eenvoudige veldkijker is het goed mogelijk om er vier te zien, die onderling verschillen in grootte (we zien dat als verschil in helderheid) en afstand tot de planeet. Als je iedere dag of om de paar dagen gaat kijken, dan merk je hoe snel deze manen om Jupiter heen draaien. Soms is een maantje niet te zien, omdat het zich aan de achterzijde van Jupiter bevindt.

Als je noteert welke positie de manen bezitten, kun je volgen hoe ze zich bewegen en met welke snelheid ze om hun planeet draaien. Maak daartoe enkele standaardkaartjes, waarop Jupiter al is ingetekend, en markeer de plaatsen van de manen met gekleurde stippen: iedere maan zijn eigen kleur. Heb je een iets grotere kijker, dan is Jupiter een fraai gezicht. De planeet ziet er namelijk opvallend afgeplat uit (aan de evenaar wordt hij door de grote snelheid waarmee hij om zijn as draait een beetje uit elkaar geslingerd) en vertoont enkele bruinachtige banden op het oppervlak. Dat zijn de stormen en cyclonen van de hogere luchtlagen.

Iets anders wat je bij Jupiter goed kunt bekijken is de grootte van de lussen. Je kunt het beste beginnen als de planeet zijn eerste kwadratuur met de zon heeft gehad (in de nacht). Teken eerst een kaartje van het dierenriembeeld waar Jupiter in staat. Dat is bijvoorbeeld Tweelingen of Kreeft. Nu geef je de positie van Jupiter aan in dit kaartje. Als je iedere dag of iedere keer als het weer het toelaat gaat kijken zie je Jupiter ten opzichte van de sterren naar links bewegen. Maar er komt een moment waarop je die beweging niet meer vaststelt en dan is de planeet stationair. Hij is dan al aan zijn lus begonnen en zal vanaf nu terugwaarts gaan bewegen. Stip na stip, dag na dag, zet je de plaats van Jupiter in de kaart en na enige tijd zie je de planeet wederom stilstaan. Na dat moment zal hij weer 'gewoon' door het dierenriembeeld trekken en is de lus voorbij. Als je de stipjes in je tekening met elkaar verbindt ontstaat er een lusachtige figuur, die gesloten of open kan zijn. Je zult merken dat de grootte van die lus niet meer bedraagt dan zo'n 10 graden. Dat is eenderde van een dierenriembeeld. Ter vergelijking: de lus van Mars is 15 graden en die van Saturnus is 6 graden. De lussen worden dus steeds kleiner als de planeten verder van de zon staan. Ik raad je aan om deze lusoefening ook te doen voor Mars en Saturnus. Dan krijg je een gevoel voor de onderlinge verhoudingen en de specifieke kwaliteiten van de lussen bij deze drie bovenzonnige planeten.

Om deze bewegingen goed 'in de vingers' te krijgen, is het ook aan te raden ze een keer te lopen. Je kunt dit alleen doen, maar het werkt beter en aardiger met een groep mensen. Twaalf mensen staan in een kring en stellen de beelden van de dierenriem voor. Je gaat tegen de klok in lopen door deze zodiak en bij ieder beeld aangekomen maak je even een achterwaartse beweging. Je loopt ongeveer eenderde deel van dat beeld (waar een persoon staat met bijvoorbeeld een kaart voor zich met het symbool van het beeld erop) met de klok mee en gaat dan weer voorwaarts lopen naar het volgende beeld. Daar doe je hetzelfde en zo ga je rond de hele dierenriem. Na twaalf keer 'lussen' te hebben gemaakt, ben je weer terug bij af.

Intermezzo

Het was een bitterkoude en maanloze januarinacht en ik stond in de bevroren aarde een zaaibed klaar te maken voor de zaden van de esdoorn. Van een zaklantaarn kreeg ik net genoeg licht om te zien wat ik deed. Mijn vingers vroren bijna vast aan de spade en rillend van de kou stopte ik de zaadjes één voor één in de grond, op een afstand van tien centimeter van elkaar. Daarna rolde ik de brokjes verkruimelde grond terug op hun plek en dekte het bedje daarmee toe. Mijn taak zat erop en ik haastte me terug naar bed. Veertien dagen later herhaalde zich dat ritueel, maar nu was het gelukkig iets minder koud.

Deze op het eerste gezicht zinloze kwelling had ik mijzelf opgelegd om door middel van een experiment de uitspraken te toetsen van de Duitse onderzoeker Georg Schmidt. Die had al tientallen jaren lang geëxperimenteerd met het zaaien van bomen bij bepaalde standen van de maan ten opzichte van de planeten en ik wilde nu wel eens zien of ik zijn resultaten ook kon bereiken. Schmidt beweerde (en beweert nog steeds) dat bij iedere planeet een bepaalde boomsoort hoort. Dat stoelt hij op oude esoterische tradities, die de koppeling maken tussen Mercurius en de iep, Venus en de berk, Mars en de eik, Jupiter en de esdoorn, Saturnus en de beuk. Hoe dat verband is uitgevonden en welke diepere achtergrond daarmee is verbonden kunnen Schmidt noch ik goed uitleggen. Verder kwam Schmidt er in zijn zaaiproeven achter dat de maan een sleutelrol vervult bij de vermeende planeetwerking. Telkens als de maan in oppositie staat met een planeet is het goede zaaimoment voor de betreffende boomsoort aangebroken en bij de maan in conjunctie met die planeet kun je het zaaien maar beter vergeten, aldus Schmidt. Ik hoorde hem in verschillende lezingen vertellen over de resultaten van zijn proeven. Het oppositiemoment zou bomen opleveren die beter kiemen, sterker groeien, beter bestand zijn tegen vorstschade en insectenvraat. Vitalere bomen zouden daardoor ontstaan en Schmidt had al proeven gedaan met aangelegde bosjes, die aanzienlijk meer dieren- en plantenleven opleverden dan vergelijkbare bosjes die niet onder een gunstig gesternte waren gezaaid. Ik was zeer onder de indruk van deze resultaten en de overtuigende manier waarop Schmidt zijn visie uitdroeg. Daar moest ik meer van weten. Vandaar mijn nachtelijke pogingen. En de resultaten? De eiken kiemden helemaal niet, want muizen hadden heel precies alle eikels uit de grond gehaald. De berken kiemden niet want berken zijn erg moeilijk via zaad voort te kweken. De enige spruiten die wel te voorschijn kwamen waren die van de esdoorn en de iepen. Na zorgvuldige telling en meting van de kiemplanten – ik had ook enkele herhalingen gezaaid – kwam ik alleen bij de iep tot een resultaat dat leek op dat van Schmidt. De oppositieplantjes waren duidelijk beter gekiemd en zagen er ook patenter uit. In de loop van de maanden bleken ze zich ook sterker te ontwikkelen dan de conjunctie-iepjes, die het kennelijk erg moeilijk hadden. Bij de esdoorns, die van Jupiter, bleek het allemaal niet erg te lukken. De kieming was in beide gevallen erg onregelmatig verlopen en conclusies kon ik niet trekken. Toen heb ik maar geen verdere proeven gedaan, want ik kwam er achter dat het zaaien van boomzaden een echt vak is, waar je goed in geschoold moet zijn.

Ik kroop weer achter de boeken en ontdekte een onderzoek van Lawrence Edwards, een Schotse wiskundige, die zijn leven lang al gefascineerd was door de vormen van plantenknoppen. Hij fotografeerde de knoppen van bomen in de winter en ontdekte dat die knoppen niet helemaal in rust waren. Ze bewogen een heel klein beetje. Twee keer in de maand veranderde de vorm van de knop, door een beetje smaller of juist een beetje breder te worden. Een soort adembeweging. Nu bleek dat de knoppen van de eik hun beweging maakten op het moment dat de maan in oppositie stond met Mars en veertien dagen later bij de conjunctie met Mars. Dus toch! Ook de knoppen van de iep bewogen, maar die in relatie tot Mercurius en de maan en eenzelfde verband stelde Edwards vast tussen de beuk en Saturnus. Een wonderlijke bevestiging van een moeilijk te begrijpen relatie tussen bomen en planeten.

Tweeëntwintigste avond:
Bedachtzaam door de zodiak

The seventh (day) was rich purple of the molluscs
And she coloured Chronos
And she made a day of idleness and repose
Whereon all beings cease from struggle

De Griekse god Chronos (Saturnus) was de vader van Zeus (Jupiter). Hij was de bekende verslinder van zijn eigen kinderen, want iedere keer als zijn vrouw Rhea – later zou één van de Saturnusmanen haar naam dragen – hem een volgende nakomeling aanbood, vrat hij deze zonder pardon op. Behalve Zeus, want die werd door zijn moeder goed verstopt en in plaats van de baby gaf ze Chronos een steen te eten, gewikkeld in doeken. Niets had de brute god in de gaten en zo ontsnapte één van zijn kinderen, daarmee de grondslag leggend voor de uiteindelijke machtsovername in het hemelse rijk. Want Zeus zou in een jarenlang durende strijd zijn eigen vader uiteindelijk verslaan en de heerschappij voorgoed overnemen.

Het opeten van de eigen kinderen verbindt Saturnus met de tijd, die ook zijn eigen nakomelingen voortdurend verslindt. Dag na dag zijn verleden voordat je het in de gaten hebt. Daarom wordt Saturnus ook wel afgebeeld als Vader Tijd, met een zeis in de ene en een zandloper in de andere hand, of met de dood die alle mensen komt halen. Want de tijd is onverbiddelijk en iedereen moet eraan geloven. Als later de ring van Saturnus wordt ontdekt is dat een fraaie bevestiging van het motief van de afgeronde tijd, de cyclus van het jaar die in zichzelf sluit. Lange tijd is Saturnus ook de laatste planeet

Middeleeuwse voorstelling van Saturnus, bezig zijn eigen kind op te eten. Waterman (links) en Steenbok (rechts) worden traditioneel met deze planeet verbonden.

geweest in het zonnestelsel, in een tijd waar de verre planeten nog niet waren ontdekt, en hij vormde de overgang naar de oneindigheid van de sterrenwereld, de zodiak. Op de grens van de tijd, in de richting van de tijdeloosheid, daar staat Saturnus, de naam die de Romeinen aan deze god gaven. Later zou Chronos opduiken in vele woorden waarin tijd wordt uitgedrukt: chronologie, chronometer, chronisch ziek, enzovoort. Daarin drukt zich een tijdsbegrip uit dat te maken heeft met het rustig en bedachtzaam voortschrijden van de tijd, zoals de klok de uren wegtikt. Daarnaast onderscheidden de Grieken nog een andere tijd: Kairos. Dat was het Goede Uur, de tijd die met beleving samenhangt en die soms heel snel (in de bioscoop) en soms heel langzaam (in de tandartsstoel) kan verlopen. Chronos en Kairos vormden een onafscheidelijk koppel, waarvan alleen de eerste als tijdsbegrip door de latere culturen in het westen is overgenomen.

Siderische cyclus

De bedachtzaamheid van Saturnus blijkt wel uit zijn siderische omloopstijd om de zon in 29 jaar en 167 dagen, afgerond tot 29,5 jaar. Dat is een aanzienlijke periode in een mensenleven en de Saturnuscyclus kun je dus hooguit drie keer meemaken. Deze cyclus is in ons leven ook de afstand tussen de generaties en daarmee geeft Saturnus ook aan dat hij symbolisch de tijd regeert en te maken heeft met de doorgaande stroom van de voortplanting door de eeuwen heen. In deze cyclus zal hij ongeveer 15 jaar lang stijgen in de dierenriem, van Boogschutter naar Tweelingen, en ook 15 jaar lang dalen in de andere helft van de zodiak. Net als we bij Jupiter zagen heeft dit als gevolg dat er gunstige en ongunstige jaren zijn voor het waarnemen van deze planeet. In het begin van dit millennium staat Saturnus in de hoogste regionen van de dierenriem en omdat de planeet zo langzaam beweegt zal hij ook lang zijn hoge banen boven onze horizon beschrijven. We kunnen momenteel de planeet dus erg goed zien. Per beeld heeft Saturnus ongeveer 2,5 jaar nodig en dan pas is hij in het volgende beeld aangekomen. Hoe traag dat is, blijkt uit een vergelijking met de snelheid van de maan: heeft Saturnus een jaar nodig om 12 graden aan de hemel af te leggen, de maan doet dat in een etmaal en is dus 365 keer sneller dan de traagste van de zichtbare planeten.

Nu heeft deze tocht door de zodiak nog een ander gevolg en dat hangt samen met de ringen van de planeet. In 1610 ontdekt Galileo Galilei eerst de vier manen van Jupiter en dan richt hij zijn blik op Saturnus. Hij ziet twee vlekje ter weerszijden van de planeet en denkt dat hij manen ziet: 'Zo! We hebben de hofhouding van Saturnus gevonden en twee bedienden voor deze oude man. Zij helpen hem bij het lopen en wijken niet van zijn zijde.' Galileo vergist zich, maar het zal nog zo'n 50 jaar duren voordat de Nederlandse onderzoeker Huygens de eerste manen van Saturnus ontdekt en de vlekjes van Galileo ontmaskert als een ring om de planeet. Toen de telescopen wat sterker werden, ontdekten de onderzoekers een tweetal ringen, gescheiden door een gat, alsof er op een gele grammofoonplaat met zwarte verf een streep is getrokken. Deze Cassinische scheiding tussen een grotere en een kleinere ring bleek precies een verdeling op te leveren in de verhouding 1:1,618 en dat is de beroemde Gulden Snede of Gouden Verhouding die in de kunst en in de natuur zo'n belangrijke rol speelt. Veel schilderijen hebben die verhouding in hun lengte en breedte, maar ook tempels en piramides zijn ontworpen op basis van deze harmonische verhouding.

Later zal ook rond Jupiter een stelsel van ringen worden ontdekt, maar Saturnus spant wat dit betreft de kroon met een serie van zeven ringen, die de planeet omgeven als een gordel van smaragd. Ook hier zijn het weer ontelbare brokjes ijs en steen die het licht reflecteren en de fraaiste kleuren opleveren.

Deze ring(en) kunnen wij met een klein kijkertje vanaf de aarde al zien en nu is gebleken dat de positie van Saturnus in de dierenriem bepaalt welke vorm de ring voor de waarnemer aanneemt. Als alle planeten heeft ook Saturnus een stijgende en dalende knoop in de zodiak, in dit geval net als bij Jupiter gelegen in Tweelingen en Boogschutter, en dat betekent dat wij soms van boven en soms van onderen tegen de ring aankijken. Het resultaat daarvan is dat wij een ritmisch pendelende beweging van de ringen kunnen waarnemen in de loop van een siderische cyclus van Saturnus, waarbij we soms precies tegen de zijkant aankijken en de ringen dus niet kunnen zien en soms in de maximaal geopende ringen kijken. Dat laatste levert tevens de mooiste aanblik op en daarvan kunnen we genieten in het jaar 2002 als Saturnus op de grens staat van de Stier en de Tweelingen. Doordat de ijs- en steendeeltjes het licht van de zon reflecteren, zal Saturnus in deze fase helderder zijn dan in de periodes van onzichtbaarheid van de ringen. Dit verschil in helderheid is door ons met het blote oog al waar te nemen. Behalve op de overgang van Stier naar Tweelingen zal de planeet ook het helderst zijn op de overgang van Schorpioen naar Schutter in het jaar 2017. Het zwakst is het licht van de planeet als hij staat op de grens van Leeuw naar Maagd en in de overgang van Waterman naar Vissen. Overigens bevindt de planeet zich in de Tweelingen het dichtst bij de zon en is hij in de Boogschutter het verst van de zon verwijderd ten gevolge van de ellipsvorm van de planeetbaan. Deze zonnemomenten liggen dus samen met de knopen (de snijpunten van de Saturnusbaan met de ecliptica) in dezelfde beelden van de dierenriem.

Synodische cyclus

In tegenstelling tot Jupiter is Saturnus een lange periode in zijn cyclus onzichtbaar door de aanwezigheid van de zon. Voor het overige verloopt de cyclus op dezelfde manier en wel door het leggen van lussen iedere keer als een oppositie met de zon is bereikt. Hij zal teruglopend zijn (retrograad) ten opzichte van de achtergrondsterren in een periode van 4,5 maanden en dan is zijn helderheid het grootst. De planeet bereikt lang niet zo'n glans als Jupiter, maar de zachte geelwitte kleur is toch een opvallende verschijning aan de hemel. Saturnus legt een kleinere lus in de zodiak dan Jupiter, 6 graden breed, en zal per beeld ongeveer 2,5 lussen neerleggen. De synodische cyclus duurt namelijk 1 jaar en 13 dagen, zodat de planeet het volgende jaar weer in hetzelfde beeld staat. Een totale rondgang door de zodiak in 29,5 jaar

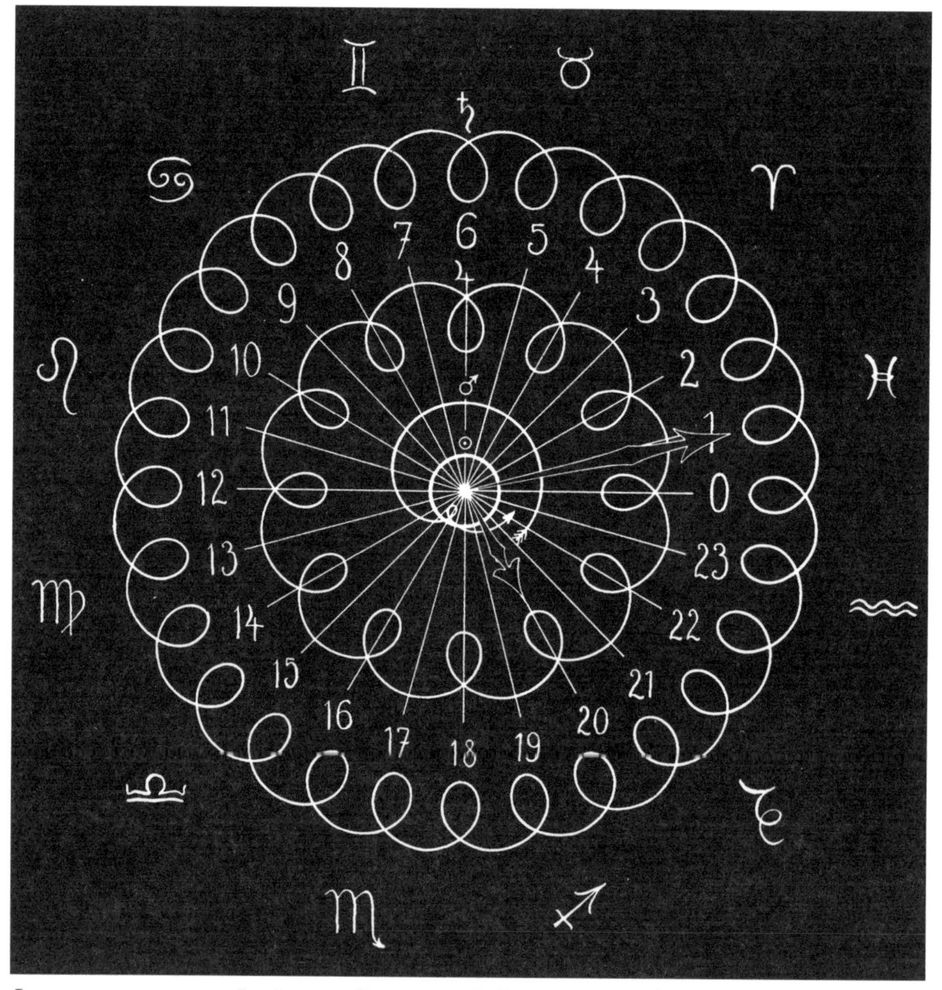

Lussenpatronen van Jupiter en Saturnus. Ook Mars is getekend. Saturnus verblijft gemiddeld 2,5 jaar in een dierenriembeeld.

levert dan een bloemfiguur op met 29 bloemblaadjes en daarmee is de grote cyclus van Saturnus voorbij en begint hij weer op dezelfde plek in de dierenriem aan zijn nieuwe ronde.

Omdat Saturnus zo ver van ons af staat, is het verschil tussen zijn kleinste en grootste afstand tot de aarde ook navenant klein: 1200 miljoen kilometer tegenover 1650 miljoen kilometer. Dat is een factor 1,37 meer en daarmee is de variatie in lichtsterkte van Saturnus het kleinst van alle planeten die met het blote oog zichtbaar zijn.

Saturnus als hemellichaam

Met een diameter van 9 keer die van de aarde is ook Saturnus een reuzenplaneet. Net als zijn grotere broer Jupiter bestaat hij vooral uit waterstof en helium en ook het oppervlak van de planeet lijkt op Jupiter, met banden en vlekken vol turbulente vormen. Alleen de blauwachtige kleuren zijn rustiger. Iedere 30 jaar, in samenhang met de siderische omloop van de planeet, verschijnt er een grote witte vlek in de atmosfeer. Dat is een storm die ammoniakgas uit de diepere lagen omhoog brengt en daar laat condenseren in de vorm van witte kristallen. Ook Saturnus geeft meer energie af dan hij van de zon opneemt en in die zin heeft de planeet sterachtige eigenschappen. Kun je bij de binnenplaneten Mercurius en Venus van de aarde uit gezien spreken van maanachtige planeten, de reusachtige gasplaneten kun je sterachtig noemen.

Zo licht als de atmosfeer is, met waterstof en helium als de lichtste van alle elementen die we kennen, zo zwaar is de kern van de planeet, want die bestaat uit ijzerhoudende rotsen. Door de snelle draaiing om zijn as in 11 uur is ook Saturnus aan de evenaar een stuk breder dan van pool tot pool en dat is goed te zien in de kijkerbeelden. Gevolg van deze aswenteling is een korte dag van 11 uur, maar het verschil tussen dag en nacht is op deze planeet niet zo groot. Dat komt door de enorme afstand tot de zon die als een klein wazig lichtvlekje zichtbaar is voor een waarnemer op Saturnus. Die waarnemers zijn satellieten, die ook het ringenstelsel in kaart brachten en onze kennis over de manen aanzienlijk hebben vergroot. Zo blijken er tenminste 18 en naar schatting wel 23 manen om Saturnus te cirkelen en daarmee is hij de best 'bemaande' planeet in ons zonnestelsel. De grootste van deze manen is de in 1655 door Huygens ontdekte Titan, die een atmosfeer heeft met vergelijkbare eigenschappen als die van de aarde. Na de Jupitermaan Ganymedes is Titan de grootste maan in ons planetenstelsel (groter dan de planeet Mercurius) en de enige die een atmosfeer heeft. Enkele manen blijken een rol te spelen bij het op zijn plaats houden van de ringen en de gaten tussen de ringen. Net als bij Mercurius, Venus, onze eigen maan en de manen van Jupiter, onderhouden de Saturnusmanen een strenge relatie met hun 'meester' en met elkaar. Zo blijken er tussen de omloopstijden van de manen vaste verhoudingen te bestaan in de orde van 1:2 en 3:4. Dergelijke resonanties zijn in het planetenstelsel dus eerder regel dan uitzondering.

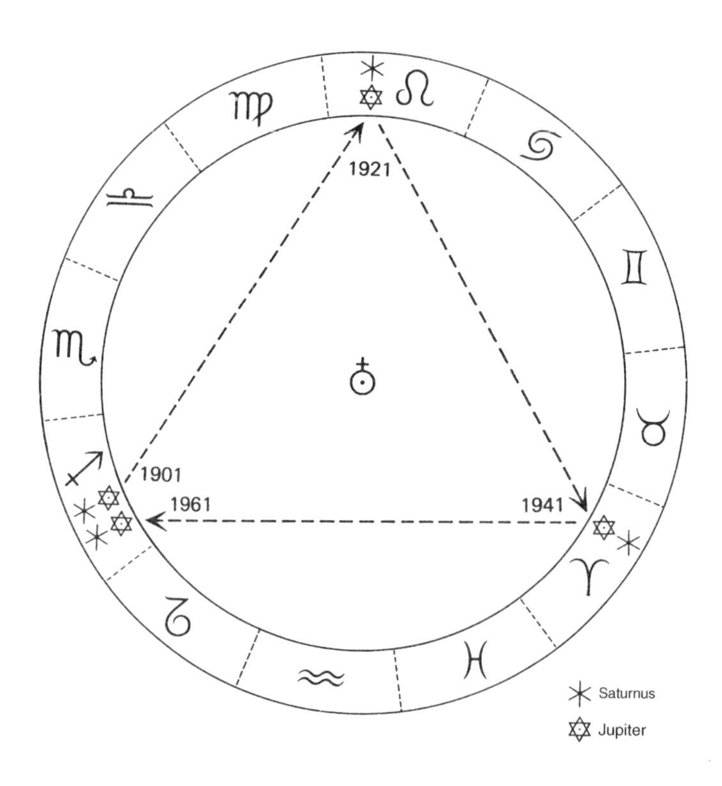

De grote conjuncties van Jupiter en Saturnus in de 20e eeuw. Iedere 19,86 jaar is er zo'n samenstand. Samen vormen ze een trigoon in de dierenriem.

Grote Conjunctie

Alle planeten ontmoeten elkaar van tijd tot tijd in een conjunctie, ergens in de dierenriem. De ontmoeting tussen Jupiter en Saturnus heeft van alle conjuncties altijd de meeste aandacht getrokken omdat er zo'n mooie regelmaat in schuilt. Iedere twintig jaar speelt zich deze conjunctie af, de laatste keer was dat in het jaar 2000 in de Ram, en deze ontmoetingen vormen met elkaar een driehoek in de zodiak. Behalve in de Ram zijn ook de Maagd en de Boogschutter plaatsen van ontmoeting voor de twee reuzenplaneten. Na 60 jaar, drie ontmoetingen later, begint weer een nieuwe cyclus op dezelfde plaats in de dierenriem. Deze driehoek, in de sterrenkunde heet dat een trigoon, verschuift maar zeer langzaam door de zodiak.

Soms gebeurt het dat Jupiter en Saturnus elkaar ontmoeten als ze allebei een lus aan het leggen zijn. Dan kunnen ze ten opzichte van elkaar een merkwaardig spel van toenadering en verwijdering spelen, waarbij ze in korte tijd drie conjuncties hebben. Deze drievoudige conjunctie is een zeldzaamheid en komt in een onregelmatigeritme voor, de laatste keer in 1981 in de Maagd. De eerstvolgende keer zal zijn in het jaar 2279...

Invloeden van Saturnus

Van Saturnus zelf zijn mij geen studies bekend die wijzen op een invloed op de aardse processen. Wel bestaat er literatuur over de gecombineerde invloed van Jupiter en Saturnus. Zo beschrijft Tomassen de relatie tussen deze planeten en het optreden van sprinkhanen in de Verenigde Staten. In een periode van 1844–1963 is er een opmerkelijk vast ritme ontdekt van 9,22 jaar in het optreden van plagen van sprinkhanen. Tomassen stelde vast dat er meer sprinkhanen optraden bij de oppositiemomenten van deze planeten en minder sprinkhanen bij de conjunctiemomenten.

Een ander onderzoek betrof de invloed van beide planeetreuzen op het weer. Staan Jupiter en Saturnus in oppositie of conjunctie, dan is er relatief mooi en warm zomerweer en vochtig en zacht winterweer, aldus onderzoeker Hunziker. Hij merkte namelijk op dat de luchtstromingen op de Noordpoolkap van de aarde tijdens deze planeetmomenten als een spiraal met de klok mee bewegen (oost-west) om de pool heen. Als gevolg daarvan gaan de stromingen in de gematigde streken juist van west naar oost verlopen, met het genoemde weerbeeld als resultaat. Geheel anders zag het weer eruit als de twee planeten ten opzichte van elkaar een rechte hoek maken aan de hemel. Dat is de zogenaamde kwadratuur van Jupiter en Saturnus en het gevolg daarvan is onbestendig zomerweer en een droge en koude winter. De stromingen op de Noordpoolkap van de aarde lopen dan op en neer en vormen als het ware tongen die naar beneden lekken in de richting van de gematigde streken.

Hunziker beweert verder dat bij dergelijke kwadraturen er meer zonnevlekken optreden en dat er juist weinig vlekken zijn bij de conjuncties en opposities van deze planeten. De eerste zes vlekkenmaxima van de 20e eeuw vielen samen met de kwadraturen, die iedere 9,9 jaar optreden. Dit ritme is in de geologie ook teruggevonden in zoutafzettingen van honderden miljoenen jaren oud. Ook in recentere afzettingen van slib, in de periode tussen 10.000 en 20.000 jaar geleden, is een ritme van 10 jaar vastgesteld. Ook in jaarringen van bomen is dit 10-jaarritme vastgesteld. Dit ritme is natuurlijk moeilijk te onderscheiden van het 11,1-jarige zonnevlekkenritme.

TIP

Net als bij de vorige tip wil ik aanraden de lusbeweging van de planeten te gaan lopen om beter inzicht in deze ingewikkelde patronen aan de hemel te krijgen. Stel 12 mensen in een cirkel op, met de symbolen van de dierenriem duidelijk vóór zich. Je gaat tegen de klok in door deze dierenriem lopen en wel zeer langzaam. Daarbij ga je steeds twee passen voorwaarts en één pas achterwaarts, daarmee de lusbeweging van Saturnus imiterend. Zorg ervoor dat je van deze lussen er 2 tot 3 per sterrenbeeld aflegt en probeer eens helemaal rond te lopen. Je zult zien dat dit een vermoeiende bezigheid is, die snel tot verveling kan leiden. Er komt nooit een einde aan. Dat is heel typisch voor de langzame tocht van Saturnus door de zodiak. Ook daar lijkt geen einde aan te komen en een siderische periode van 29,5 jaar is dan ook een zeer lange tijd. Nog mooier kun je de werkelijkheid benaderen door de helling van de baan van Saturnus ten opzichte van de aardbaan te imiteren. Dat kun je doen vanuit de Tweelingen als stijgende knoop en de Boogschutter als dalende knoop. Je loopt daarbij gewoon rond in het rustige tempo, terwijl de 12 anderen aangeven of je ten opzichte van de dierenriem hoger of juist lager beweegt. In je tocht vanaf de Tweelingen gaan de personen die de volgende beelden vertegenwoordigen steeds dieper door de knieën. De Kreeft een klein beetje, de Leeuw al meer en de Maagd het meest. Je kijkt als Saturnus nu het diepste neer op de Maagd en dat betekent dat de planeet ten opzichte van de ecliptica nu zijn grootste hoogte heeft bereikt. Vanaf dat moment gaat de afstand met de ecliptica weer afnemen. De Weegschaal is al iets minder diep gezakt, de Schorpioen staat bijna weer rechtop en de Boogschutter ten slotte staat helemaal rechtop. Nu ga je door de dalende knoop en kom je zelf ten opzichte van de ecliptica lager te staan. De personen die deze kant van de zodiak vertegenwoordigen, kunnen moeilijk hoger gaan staan dan ze al doen en nu is het jouw beurt om door de knieën te gaan. Bij de Steenbok is dat nog weinig, bij de Waterman wordt het al meer en bij de Vissen loop je geheel gehurkt door de ruimte. Bij de Ram kom je weer ietsje overeind, bij de Stier loop je al bijna recht en bij de Tweelingen ben je weer in de normale positie gekomen. Er is een volledige siderische cyclus voorbij. Nog mooier kun je het maken door je baan in de ruimte een beetje elliptisch te maken. Als iemand in het midden staat en de zon vertegenwoordigt, kun je in jouw baan ervoor zorgen bij de Tweelingen het dichtst bij de zon te staan en in de Boogschutter het verste van de zon af. Met al deze bewegingen, die gecombineerd uitgevoerd moeten worden, heb jeal bijna een regisseur nodig!

Drieëntwintigste avond: *Ceres en de compositie van het zonnestelsel*

Bescherm u dus: bereken sterren en seizoenen;
waar zich – in verre kou – de ster Saturnus terugtrekt,
hoe aan de lucht Mercurius zwerft in vuren banen.

Vergilius (in: Georgica, deel 1: De Akkers)

'Ik wist wel, dat er behalve de grote planeten zoals de aarde, Jupiter, Mars en Venus, die namen hebben, nog honderden andere zijn – soms zó klein, dat men ze zelfs met een telescoop moeilijk kan zien. Als een sterrenkundige er één ontdekt, geeft hij hem een nummer bij wijze van naam. Hij noemt hem bijvoorbeeld "asteroïde 3251".

Ik heb reden te geloven dat de planeet waar het prinsje vandaan kwam de asteroïde B 612 was. Die is maar één keer met een telescoop gezien, in 1909 door een Turks sterrenkundige. Deze legde toen zijn ontdekking uitvoerig uit op een Internationaal Congres voor Sterrenkunde. Maar niemand geloofde hem, om zijn Turkse kleren. Zo zijn de grote mensen.

Gelukkig voor de bekendheid van de asteroïde B 612 dwong een Turkse dictator zijn volk zich Europees te kleden. Er stond zelfs de doodstraf op als men het niet deed. In 1920 hield de sterrenkundige zijn uitlegging nog eens, ditmaal in een keurig pak. En iedereen was het met hem eens.'

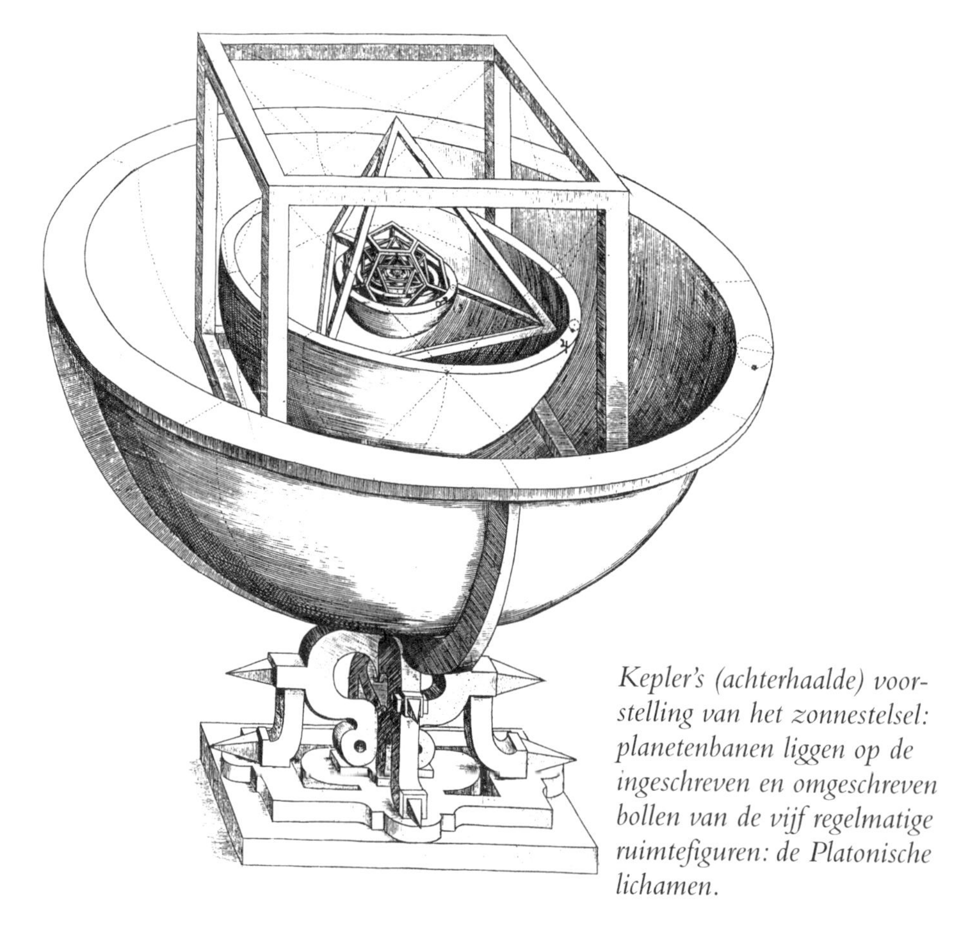

Kepler's (achterhaalde) voorstelling van het zonnestelsel: planetenbanen liggen op de ingeschreven en omgeschreven bollen van de vijf regelmatige ruimtefiguren: de Platonische lichamen.

Dit zijn de woorden van de vliegenier uit het sprookje 'De Kleine Prins' van Antoine de Saint-Exupéry, geschreven aan de vooravond van de Tweede Wereldoorlog. De vliegenier maakt een noodlanding in de woestijn en daar ontmoet hij een jongetje, dat hij 'mijn kleine prins' noemt. Hij komt er achter dat deze prins van een andere planeet komt, om precies te zijn van een planetoïde. De schrijver gebruikt hier het synonieme woord 'asteroïde'.

Titius-Bode

De planetoïden zijn miniplaneetjes, die met vele duizenden rond de zon draaien in een baan tussen die van Mars en Jupiter. Omdat ze zo klein zijn, variërend van enkele tot honderden kilometers, zijn ze pas laat ontdekt en wel in 1801. De eerste kreeg de naam Ceres en later zijn de volgende planetoïden genoemd naar andere godinnen: Pallas, Juno en Vesta zijn de bekendste daarvan. Misschien zijn deze planetoïden brokstukken van een planeet die ooit op die plek bestond en door onbekende oorzaak uiteen is gespat in brokstukken. Misschien ook dat de manen van Mars – Phobos en Deimos – ooit tot deze planetoïden behoorden en door deze planeet zijn ingevangen. Zeker is dat sommige planetoïden in de ban van Jupiter zijn terechtgekomen, want er zijn twee groepen van deze brokstukken die dezelfde omloopstijd hebben als Jupiter: 11,9 jaar. De zogenaamde 'Grieken' lopen 60 graden vóór en de 'Trojanen' lopen 60 graden achter Jupiter in zijn baan om de zon en ze zijn dus letterlijk gevangen door deze reuzenplaneet. Ook dit is weer een voorbeeld van de vaste verhoudingen in het zonnestelsel, die we al eerder als de zogenaamde 'resonanties' hebben ontmoet. Ook sommige manen van Saturnus lopen op eenzelfde manier 60 graden vóór en achter hun meester hun rondjes.

De planetoïden zijn al voorspeld voordat ze werden gezien door de telescoop en ze hebben de redding betekend van een heel merkwaardige ontdekking, gedaan door astronomen uit de 18e eeuw. Toen was namelijk al enige tijd bekend dat de afstanden van de planeten tot de zon systematisch aangroeien, zoals deze tabel laat zien:

Planeet	*Afstand tot de zon*
Mercurius	0,39
Venus	0,72
Aarde	1,00
Mars	1,52
Jupiter	5,20
Saturnus	9,55

Hierbij is de afstand van de aarde tot de zon als eenheid gekozen en dat is 1 Astronomische Eenheid (AE), een waarde van ongeveer 150 miljoen kilometer. Ook de verre buitenplaneten horen in deze reeks, maar ik beperk me tot de planeten die met het blote oog zichtbaar zijn.

In deze reeks zit een toename die de astronomen graag wilden onderbrengen in een wiskundige wetmatigheid. Pas in 1766 lukte het de Duitse wiskundige J.D. Tietze, beter bekend als de Wittenbergse hoogleraar Titius, om een benaderingsreeks voor deze afstanden op te stellen. De publicatie van Titius bleef enkele jaren onopgemerkt, maar door toedoen van zijn landgenoot Bode werd er in 1771 brede bekendheid gegeven aan deze 'Titius-Bode-Reeks'. In zijn eenvoudigste vorm komt het erop neer dat je het getal 3 als uitgangspunt neemt en dat steeds verdubbelt. Daar tel je steeds 4 bij op en je hebt de benadering van de planeetafstanden, vermenigvuldigd met 10. Om de getallen te vergelijken moet je dus de uitkomst nog een keer door 10 delen. Het kan bijna niet eenvoudiger:

reeks van 3	*Titius-Bode*	*planeet + afstand*	*afwijking %*
0 + 4 (:10)	0,4	0,39 Mercurius	2,5
3 + 4 (:10)	0,7	0,72 Venus	2,8
6 + 4 (:10)	1,0	1,00 Aarde	0
12 + 4 (:10)	1,6	1,52 Mars	5
24 + 4 (:10)	2,8	?????????	
48 + 4 (:10)	5,2	5,20 Jupiter	0
96 + 4 (:10)	10,0	9,55 Saturnus	4,5

De afwijkingen tussen de berekende waarden en de bekende afstanden zijn niet groot en dus hadden Titius en Bode een aardig instrument in handen om de wiskundige wetmatigheid van het zonnestelsel mee te beschrijven. Alleen klopte er iets niet! Tussen Mars en Jupiter ontbrak een planeet in de reeks. Er zou nog een telg om de zon moeten draaien, maar die was nog niet ontdekt. Al eerder had de beroemde astronoom Johannes Kepler (1571–1630) het vermoeden geuit dat er nog een planeet op die plek zou moeten staan.

Groot was dan ook het enthousiasme toen op 1 januari 1801 de amateur astronoom Abbé Piazzi de eerste planetoïde ontdekte, die met zijn afstand van 2,8 astronomische eenheden van de zon precies paste in de reeks van Titius-Bode. Piazzi dacht aanvankelijk dat hij een komeet had ontdekt, maar later werd het duidelijk dat het hier een miniplaneetje betrof, die Ceres werd genoemd, een vegetatiegodheid uit het oude Rome. De naam van deze godin komt terug in het Engelse woord voor graan: 'cereals'. De keuze viel op Ceres omdat zij ook de beschermgodin van Sicilië was en de ontdekking in Palermo was gedaan. Een jaar later vond de Duitse astronoom Olbers de volgende planetoïde, op dezelfde afstand van de zon en noemde die Pallas. Vanaf die tijd werd de ene planetoïde na de andere ontdekt die genoemd zouden worden naar dieren, planten, familieleden van de ontdekkers en beroemde astronomen. Een bonte verzameling namen variërend van organismen tot technische apparaten en geboorteplaatsen dwarrelt, onwetend daarvan, rond in de oneindige leegte tussen Mars en Jupiter. Daar zijn ook planetoïden bij die zeer afwijkende banen beschrijven. Hidalgo bijvoorbeeld reikt bijna tot aan de baan van Saturnus en Adonis raakt bijna aan de baan van Mercurius. Deze en nog andere planetoïden hebben zeer uitgerekte, elliptische banen en zij passen dus niet in de mooie wiskundige reeks van Titius-Bode.

Later is berekend dat de afstanden van de planeten tot de zon nog iets beter benaderd kunnen worden door een wiskundige bewerking als niet de aarde-zon afstand (1 AE) als maatstaf wordt genomen, maar de planeten Jupiter en Saturnus. De verhouding van de afstanden van Jupiter en Saturnus tot de zon geeft nog iets preciezer weer hoe de 'groeimaat' van de planeten in het zonnestelsel in elkaar zit.

Omdat astronomen altijd gefascineerd zijn geweest door deze Titius-Bode-Reeks, is er gezocht naar een verklaring voor deze wetmatigheid. Immers, de reeks is ontstaan door op betrekkelijk willekeurige wijze met enkele getallen te spelen die weliswaar de werkelijkheid goed benaderen, maar geen enkel begrip geven over de compositie van het zonnestelsel. En met name het ordenende principe (in Keplers tijd werd dat gezien als de hand van God) achter de uiterlijke verschijnselen bleef de aandacht trekken. Kepler probeerde zijn fascinatie voor de 'Harmonie der Sferen' om te zetten in een wereldbeeld waarbij er tussen de planeetbanen meetkundige vormen werden gedacht, zoals de kubus en andere regelmatige figuren, maar hij faalde daarin jammerlijk. Wel kon hij na een leven lang puzzelen op de goddelijke orde van het zonnestelsel zijn beroemde wetten opstellen waarmee de banen van de planeten om de zon exact zijn te berekenen. Deze wetten van Kepler zijn de grondslag geworden voor de zogenaamde hemelmechanica en zonder deze wetten zou bijvoorbeeld de landing op de maan nooit mogelijk zijn geweest.

Gulden Snede

Verder speurend naar een verborgen ordening kwamen verschillende onderzoekers tot de ontdekking dat de Gulden Snede ten grondslag ligt aan de compositie van het zonnestelsel.

De Gulden Snede is een verhouding tussen twee getallen die op mensen altijd een diepe indruk heeft gemaakt. Als verhouding van lengte en breedte zie je dit Gouden Getal terug in vele bouwwerken, zoals Egyptische piramides en Griekse tempels. Ook schilderijen zijn eeuwenlang gekenmerkt door deze verhoudingen in de compositie op het schilderij en de afmetingen van de lijsten. Het menselijk lichaam kent ook vele malen deze Gulden Snede in de verhoudingen tussen botten van de ledematen, tanden ten opzichte van elkaar, lengte-breedte verhoudingen van romp en hoofd en zo verder.

Ook in de plantenwereld komt deze verhouding vaak terug in de plaatsing van bladeren aan de stengel of in de verhouding van de bloembladeren bij vele soorten bloemen en met name bij de familie van de samengesteldbloemigen. In de bloembodem van de zonnebloem bijvoorbeeld zit de

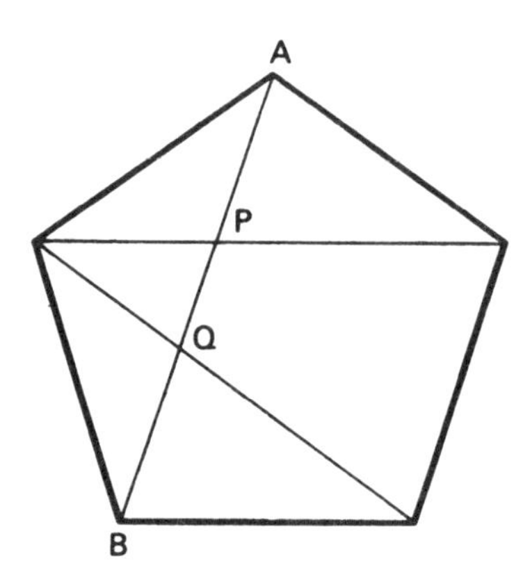

De Gulden Snede in een regelmatige vijfhoek: de diagonalen verdelen elkaar volgens deze ratio. P verdeelt zowel AQ als AB in de Gulden Snede.

Gulden Snede in de plaatsing van de zaden als dichtgewonden spiralen, maar ook in de plaatsing en de aantallen schubben in een dennenkegel duikt de Gulden Snede steeds weer op. Ook de al eerder in dit boek genoemde Nautilusschelp heeft in zijn spiraalvorm de Gulden Snede als maatgevend principe.
Het is niet overdreven om te stellen dat deze verhouding een fundamentele maat aangeeft in de natuur en daarom is het niet verwonderlijk dat ook in de ordening van het zonnestelsel is gezocht naar deze gouden verhouding, die uitgedrukt wordt als 1:1,618. Deel je dit getal op 1 dan is het resultaat

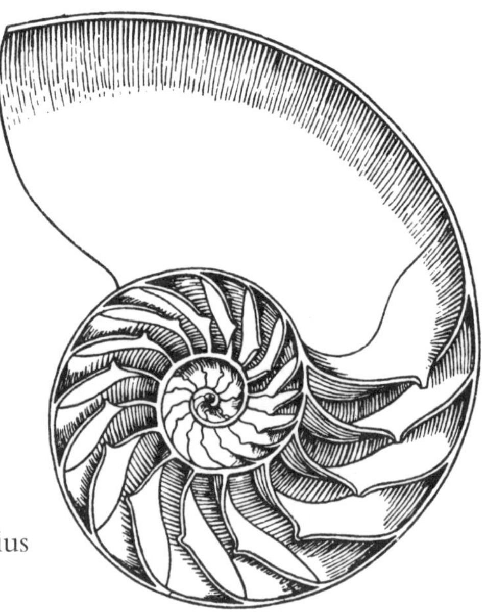

De schelp van de Nautilus pompilius *groeit volgens de Gulden Snede verhouding*

0,618 en deel je 1 door 0,618 dan is het resultaat weer 1,618. Trek je 0,618 af van 1 dan ontstaat 0,382. Deel je dit door 0,618 dan krijg je weer 0,618 en zo maar door. Teken je een rechthoek met als breedte 1 en als lengte 1,618 dan is deze rechthoek 'harmonisch' en doet voor het oog esthetisch aan. Ook in het ontwerpen van kleding en auto's wordt met deze esthetische kant rekening gehouden.

Deze verhouding kan op eenvoudige wijze afgeleid en berekend worden uit een reeks getallen, en wel als volgt:

Begin met de getallen 1, 2 en 3 en vervolg deze reeks door steeds de voorgaande twee termen bij elkaar op te tellen. Tel je 1 en 2 op, dan ontstaat het derde lid in de rij: 3. Tel je 2 en 3 op, dan ontstaat 5, tel je 3 en 5 op, dan ontstaat 8 en zo verder. De reeks ziet er dan zo uit:

1 2 3 5 8 13 21 34 55 89 etc.

Deze reeks staat bekend als de Fibonacci reeks, genoemd naar een Italiaans wiskundige uit de 12e eeuw. De Gulden Rede, zoals hij ook wel wordt genoemd, ontstaat nu door deling van twee opeenvolgende getallen:

1/2	=	0,500	
2/3	=	0,666	
3/5	=	0,600	
5/8	=	0,625	
8/13	=	0,615	
13/21	=	0,619	
21/34	=	0,617	
34/55	=	0,618	
55/89	=	0,618	Gulden Snede verhouding

Je ziet dat de Gulden Snede verhouding geleidelijk aan ontstaat doordat de resultaten afwisselend iets groter en iets kleiner uitvallen en tenslotte stabiel blijven bij het beroemde getal van Fibonacci. Je kunt ook de omgekeerde waarde nemen, waarbij 89/55 het getal 1,618 oplevert. Hoe verder in de reeks, hoe preciezer de Gulden Snedeverhouding zal zijn, maar de benadering van 0,618 is precies genoeg.

Bladstanden

Op een nog iets andere manier kan hetzelfde resultaat worden bereikt en wel door die getallen op elkaar te delen die niet aangrenzend zijn maar één verderop liggen:

1/2	—	0,500
1/3	—	0,333
2/5	—	0,400
3/8	—	0,375
5/13	—	0,385
8/21	—	0,381
13/34	—	0,382
21/55	—	0,382
34/89	—	0,382

Deze eindwaarde heet de 'minor' ten opzichte van de eindwaarde 0,618 uit de vorige reeks, die de 'major' heet. Samen zijn ze 1 en samen verhouden zij zich weer als de Gulden Snede. Deze twee waarden zijn wiskundig op een eenvoudige manier te verkrijgen uitgaande van de vierkantswortel van 5:

Minor = $(3 - \sqrt{5}):2 = 0{,}382$
Major = $(\sqrt{5} - 1):2 = 0{,}618$

Het wonderlijke verschijnsel doet zich nu voor dat deze 'minor' reeks precies optreedt in de manier waarop bladeren van planten langs hun stengel staan gerangschikt. Als bladeren afzonderlijk zijn geplaatst langs de stengel in de zogenaamde verspreide bladstand, dan vormen ze met elkaar een spiraal. Deze spiraal komt bij zeer veel plantensoorten voor en daarbij zijn er verschillende mogelijkheden tot plaatsing van de bladeren. Van beneden naar boven gaande langs de stengel kun je beginnen bij een willekeurig blad. Dat is het eerste blad van de spiraal. Je gaat nu langs de stengel omhoog en telt het aantal bladeren dat je tegenkomt plus het aantal keren dat je rond de stengel bent gegaan. Dat laatste is het aantal windingen. Kom je nu weer bij een blad terecht dat op exact dezelfde hoogte staat aan de stengel als het beginblad, dan is de reeks voltooid: je hebt een volledige cyclus afgelegd en bepaalt als volgende breuk het aantal windingen gedeeld door het aantal bladeren. De waarde 1/2 treedt op bij grassen: je gaat één keer rond de stengel en je hebt twee bladeren geteld, namelijk het beginblad en een volgend blad dat

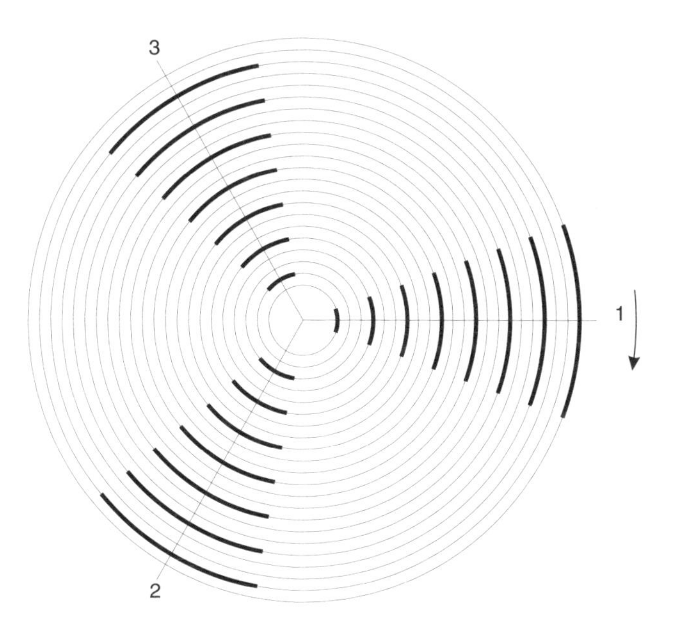

De 1/3 bladstand van onder naar boven (op de tekening van buiten naar binnen) langs de stengel.

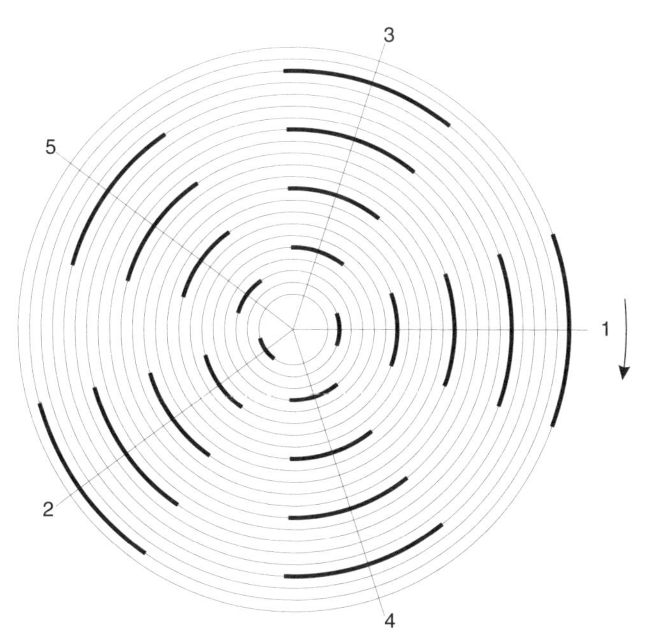

De 2/5 bladstand. De hoek tussen opeenvolgende bladeren is 144°.

aan de andere kant van de stengel staat. Sommige planten hebben als bladstand (de officiële naam hiervoor is fyllotaxis) een 1/3 spiraal: één keer rond de stengel en je telt drie bladeren. De meeste planten hebben de 2/5 spiraal, waarbij er vijf bladeren staan op twee windingen. Je kunt dit eenvoudig controleren bij enkele planten in de tuin of in het wild en je zult verbaasd zijn over het grote aantal voorbeelden dat je in korte tijd zult vinden. Sommige planten gaan verder in de reeks en hebben een 3/8 spiraal en de hogere spiralen komen voor bij die planten, die veel en smalle bladeren hebben. Tenslotte komen alleen de hogere spiralen voor bij de kegels van naaldbomen, de bladstanden van vetplanten, de naaldstanden van cactussen, de bloembodems van zonnebloemen en de rangschikking van de bloemknoppen in de bloemkool. Bij extreem grote zonnebloemen is het mogelijk om een 34/89 spiraal aan te treffen. Ook als je het aantal bloemblaadjes van de zonnebloem, het madeliefje, de margriet en dergelijke bloemen gaat tellen zul je getallen tegenkomen die thuishoren in deze reeks van Fibonacci.

Hoe hoger het aantal elementen dat je kunt tellen en hoe dichter de pakking van die elementen is, hoe meer de Gulden Verhouding wordt bereikt. De eindwaarde van de reeks bladeren, schubben, knoppen of zaden correspondeert met een hoek van 137,5 graden. Dat is de Gulden Snedehoek in de cirkel en dat is voor planten de meest gunstige hoek waaronder ze hun bladeren aan de stengel kunnen rangschikken. Zijn er veel bladeren, dan kunnen ze allemaal zoveel mogelijk licht opvangen.

Deze Fibonaccireeks en de daarmee verbonden Gulden Snede is dus een richtinggevend principe in de bouw van planten en getuige het aantal internetsites over dit onderwerp fascineert het miljoenen mensen tot op de dag van vandaag. Er is zelfs een Engelse tandarts op het internet die een apparaatje te koop aanbiedt waarmee de Gulden Snede in een handomdraai kan worden gemeten bij alle voorwerpen in onze dagelijkse omgeving. Hij ontwikkelde dit voor zijn patiënten omdat hij ontdekte dat deze verhouding overal in het gebit opduikt.

De compositie van het zonnestelsel

In het zonnestelsel wisten Titius en Bode een wetmatigheid te vinden die te maken had met de afstanden van de planeten tot de zon. Daarin komt de reeks van Fibonacci niet voor, evenmin als de Gulden Snedeverhouding. Die komen echter wel tot uitdrukking als het gaat om de omloopstijden van de planeten om de zon. Omdat de zon zelf ook om zijn as draait, ligt het in de rede om deze omloopstijd als standaardmaat te kiezen voor de vergelijking met de planeten. Nu is het niet eenvoudig om voor de aswenteling van de zon een goede maat te vinden, omdat de zon een gasachtig lichaam is met verschillende omwentelingstijden aan de evenaar en aan de polen. Ook draait hij in diepere lagen van zijn atmosfeer weer anders dan in hogere lagen. Op basis van al deze gegevens heeft na uitvoerige studie de Duitse onderzoeker Podirsky, in de jaren negentig van de 20e eeuw, een gemiddelde waarde berekend van 27,3 dagen. Dat ligt niet ver van de siderische omloopstijd van de maan om de aarde. De procedure die Podirsky verder volgde is eenvoudig:

Deel de omloopstijden van de planeten door de omloopstijd van de zon om zichzelf (de aswenteling van 27,3 dagen) en neem daar de wortel van:

planeet	*waarde*	*Fibonacci*	*afwijking (%)*
Zon	1	1	0
Mercurius	1,79	2	-10,3
Venus	2,87	3	-4,3
Mars	5,01	5	0,2
Planetoïden	8,10	8	1,2
Jupiter	12,59	13	-3,1
Saturnus	19,85	21	-5,4

De waarde voor de planetoïden is bepaald als een gemiddelde van de belangrijkste vertegenwoordigers uit hun midden.

Je ziet dat deze waarden met enige afwijkingen redelijk in de buurt liggen van de Fibonaccireeks en dat geldt ook voor de verre buitenplaneten, die hier verder zijn weggelaten.

De omloopstijden kunnen ook op een iets andere manier met elkaar worden vergeleken en dan ontstaat een benadering van de Gulden Snedeverhouding. De procedure hiervoor is:

Neem de wortel uit de omloopstijd van een planeet en vergelijk die met de volgende planeet:

planeet	*verhouding van de wortel van de omloopstijden (in dagen)*	*afwijking %*
Mercurius		
	0,626	1,3
Venus		
	0,573	-7,2
Mars		
	0,618	0,0
Planetoïden		
	0,643	4,0
Jupiter		
	0,634	2,6
Saturnus		

Ook hier komt weer bij benadering en soms heel precies de Gulden Snede waarde van 0,618 tevoorschijn. Alleen Mars wijkt hiervan in aanzienlijke mate af.

Je hebt het al wel gemerkt en dat is het merkwaardige van deze studie, dat de aarde helemaal niet in het verhaal voorkomt. In de reeks van Fibonacci is voor de aarde geen plaats, want die zou met de waarde 3,65 niet passen in de reeks van 1 2 3 5 8 enzovoorts. Dat kan leiden tot de conclusie dat ofwel deze berekening geen werkelijke betekenis heeft ofwel dat de aarde, om welke reden dan ook, een uitzonderingspositie inneemt in het planetenstelsel.

Nemen we de omloopstijden van de planeten nog een keer als vertrekpunt en wel in jaren, dan komt het getal van Fibonacci (in de vakliteratuur is dat Phi = 1,618, niet te verwarren met Pi = 3,14) ook weer naar voren:

planeet	*omloopstijd in jaren*	*macht van Phi*	*afwijking %*
Mercurius	0,24	-3 = 0,24	0
Venus	0,62	-1 = 0,62	0
Aarde	1	0 = 1	0
Mars	1,88	1 = 1,62	14
Planetoïden	4,9	3 = 4,23	14
Jupiter	11,9	5 = 11,1	7
Saturnus	29,5	7 = 29,0	2

Wat voor de onderzonnige planeten perfect opgaat, geeft bij Mars en de planetoïden heel grote afwijkingen.

Overtuigend zijn deze berekeningen dus niet helemaal, maar het voorkomen van Fibonacci getallen en de Gulden Snede blijft toch een fascinerend gegeven. Al eerder vermeldde ik de vaste verhoudingen die vele planeten en manen ten opzichte van elkaar bezitten en die verhoudingen drukken zich uit in eenvoudige gehele getallen. Dat blijkt als we de omloopstijden van enkele planeten, inclusief de planetoïde Ceres, met elkaar vergelijken:

Saturnus: Jupiter	=	5 : 2
Jupiter : Ceres	=	5 : 2
Ceres : Mars	=	5 : 2
Mars : Venus	=	3 : 1
Venus : Mercurius	=	5 : 2
Aarde : Venus	=	13 : 8

De getallen in deze verhouding op een rijtje zijn afkomstig uit de reeks van Fibonacci: 1 2 3 5 8 13. De verhoudingen tussen deze getallen komen ook terug in muzikale intervallen en dat was mede voor Kepler de aanleiding om te zoeken naar de kosmische muziek, die ten grondslag zou liggen aan de Harmonie der Sferen zoals de Grieken dat al noemden. De wetten die Kepler opstelde voor de planetenbanen gebruikte de Duitse astronoom Joachim Schultz om in de 20e eeuw opnieuw een poging te wagen de harmonie van de planeten met die van de Gulden Snede in verband te brengen.

Hij ging uit van de omloopstijd van Saturnus (29,5 jaar) als het ijkpunt in de reeks en vermenigvuldigde de omloopstijden van de planeten met de opeenvolgende machten van 0,382, de waarde die we hierboven als de 'minor' van de Gulden Snede hebben leren kennen.

Het resultaat ziet er zo uit:

planeet	*Schultz-waarde*	*omloopstijden in jaren*	*afwijking %*
Mercurius	$29{,}5 \times M^5 = 0{,}24$	0,24	0
Venus	$29{,}5 \times M^4 = 0{,}63$	0,62	1,6
Mars	$29{,}5 \times M^3 = 1{,}64$	1,88	12,8
Planetoïden	$29{,}5 \times M^2 = 4{,}30$	3 - 5,8	—
Jupiter	$29{,}5 \times M^1 = 11{,}27$	11,86	5,0
Saturnus	$29{,}5 \times M^0 = 29{,}5$	29,5	0

Hierbij is M het symbool voor de Minor = 0,382.

Je ziet dat de resultaten, behalve die voor Mars, redelijk in de buurt komen van de werkelijke waarden. Opnieuw is er in deze opzet geen plaats voor de aarde, die als toeschouwer het tafereel van de overige planeten mag gadeslaan en zien hoe prachtig dit alles is geordend zonder daar zelf deel van uit te maken. Het lijkt wel een raadsel!

Schultz kwam tijdens zijn berekeningen nog tot een ander interessant resultaat over de onderlinge ordening van de planeten. Hij berekende hoe groot de volumes waren van de denkbeeldige bollen die om de planetenbanen getekend kunnen worden. Als je de baan van een planeet opvat als een cirkel, dan heeft die cirkel een bepaalde diameter. Je kunt met die diameter ook het volume van een bol uitrekenen, waarvan de planeetbaan de doorsnede is. Een dergelijke berekening is in de astronomie gebruikelijk en de wetten van Kepler houden ook rekening met dergelijke volumes. Het volume van de bol bij Saturnus is aanzienlijk groter dan dat van Jupiter en deze volumes laten zich heel goed met elkaar vergelijken. Schultz ontdekte dat de opeenvolgende bollen, uitgaande van de bol van Saturnus als het ijkpunt, steeds met (bijna) 1/7e van het volume afnamen. Ook deze waarde ontstaat door de Minor van 0,382. Noemen we de minor zelf M0 dan is M2 een factor 6,86 kleiner. Vergeleken met de M2 is de M4 ook een stap 6,86 kleiner en dat gaat zo door, iedere 2e macht. Stap voor stap worden de volumes bijna een factor 7 kleiner en dat gaat zo door tot de baan van Mercurius. Je kunt het vergelijken met de bekende Russische Matroesjkapoppetjes die in elkaar passen en steeds kleiner worden. Deze opmerkelijk regelmatige krimp van de volumes was in de astronomie al langer bekend, maar nog niet eerder in verband gebracht met de Gulden Snedeverhoudingen.

Schultz heeft ook geprobeerd om de afstanden van de planeten, in navolging van Titius-Bode, te berekenen met waarden die tot het systeem zelf behoren en niet, zoals bij Titius met willekeurig aandoende getallen. Hij koos hiervoor de verhouding van twee opeenvolgende planeten en nam wederom Saturnus als uitgangspunt. Deze verhouding noem ik in onderstaande tabel V (voor Verhouding) en je ziet dat de afstanden van de planeten uitgedrukt kunnen worden als machten van V (een waarde van 0,526). Ter vergelijking staan de waarden van Titius-Bode ernaast, alsmede de werkelijke waarden:

planeet	*machten van V*	*Titius-Bode*	*werkelijke afstand (AE x 10)*
Saturnus	100	100	95,55
Jupiter	V1 x 100 = 52,6	52	52
Planetoïden	V2 x 100 = 27,8	28	21 - 35
Mars	V3 x 100 = 14,6	16	15,24
Venus	V4 x 100 = 7,68	7	7,23
Mercurius	V5 x 100 = 4,04	4	3,87

Het is dus goed mogelijk om dezelfde nauwkeurigheid te halen als bij de Titius-Bode reeks. Als de machten van V worden voortgezet komt er nog een opvallend resultaat naar voren: de grootte van de zon blijkt heel goed benaderd te worden door V12 (= 0,0453, terwijl de straal van de zon = 0,0465), de grootte van de maanbaan om de zon door V13 (= 0,0239, terwijl de gemiddelde maanbaan = 0,0257) en tenslotte de grootte van de aarde door V19. In het laatste geval moet voor de aarde gerekend worden met de uiterste grens van de atmosfeer, op 120 kilometer hoogte boven het oppervlak. Dat is de zone waar ook het Noorderlicht begint en waar de werking van de zon en de aarde in elkaar overgaan.

Zeer opvallend is ook in deze benadering van Schultz dat er voor de aarde geen plaats is! Zou de aarde in ons zonnestelsel dan toch een bijzondere positie innemen? De astronomie neemt met deze uitspraak ongetwijfeld geen genoegen, want de aarde is nu eenmaal een planeet in de rij en volgens de Titius-Bode reeks hoort zij er helemaal bij. Nee, de wetenschap zal bij dit soort rekenarij al snel de schouders ophalen. Toch moet ook diezelfde wetenschap erkennen dat ons zonnestelsel in het heelal een unieke plaats inneemt. Sinds 1995 zijn er namelijk in ons melkwegstelsel zo'n 30 sterren ontdekt met een planetensysteem en naar schatting miljoenen stelsels in het heelal zijn voorzien van planeten. Als we de onderzoekers mogen geloven is het voorkomen van planeten in de kosmos een heel gewone zaak en zijn wij met ons zonnestelsel beslist niet bijzonder. Maar zoveel is wel duidelijk geworden: de regelmatige en bijna cirkelvormige banen van de planeten in ons zonnestelsel zijn uniek te noemen. De andere stelsels bezitten extreem elliptische planetenbanen of andere afwijkende vormen. Daarom zal de kans op een tweede aarde, met leven en al, wel heel erg klein zijn, ook al hopen velen op tekenen van leven uit het heelal. Mogelijk zal deze unieke samenstelling van ons zonnestelsel de astronomie er nog eens toe brengen om ook de aarde binnen het stelsel een aparte plaats toe te dichten. Dan zal er nog eens gedacht worden aan het pionierswerk van Podirsky en Schultz...

Epiloog

De hemel is boven, de hemel is onder;
Sterren zijn boven, sterren zijn onder;
Alles wat boven is, is onder te zien.
Gelukkig is hij die het raadsel begrijpt.

Tabula Smaragdina (in: Graham Hancock: Spiegel van de Hemel)

'Ik heb altijd gevonden dat je deemoedig wordt als je ergens 's nachts onder de sterren bent. Je voelt je zo klein en het heelal is zo onvoorstelbaar groot. Onze problemen lijken te verbleken en absurd te worden omdat we zo onbetekenend zijn vergeleken met het oneindige. Onze moeilijkheden, onze problemen vallen daarbij in het niet.

Maar tegelijkertijd besef je dat je een geest hebt, waarmee je dat heelal, die onmetelijkheid, kunt bevatten. Het is een mystiek gevoel van tot niets gereduceerd worden en onmiddellijk daarna beseffen dat alles in je is, onderdeel van een geheel. De sterren wijzen je op je plaats. Ze doen je heel sterk de harmonie van de natuur ervaren en houden een gevoel van eerbied en ontzag in stand.'

Het zijn de woorden van Jane Goodall in de VPRO televisieserie 'Van de schoonheid en de troost' uitgezonden in 1999/2000.

De harmonie van de natuur, dat trof me.

'Zo boven, zo onder', het oude adagium van de Middeleeuwen, heeft me ooit ook getroffen. En die prachtige oerkreet: 'zo binnen, zo buiten'. Er is overal harmonie en samenhang, van het allerkleinste atoom tot het allergrootste melkwegstelsel, en wij staan daar middenin. De maat van het leven op aarde, de afmetingen van mensen, dieren en planten, zijn precies zo afgestemd op het grote geheel dat je naar beneden toe gaande evenveel stappen in de microwereld kunt zetten als naar boven toe in de macrowereld. Het oneindig kleine en het oneindig grote zijn beide uiteinden van een reeks, waarvan de aarde en haar bewoners het midden vormen. Dat is heel geocentrisch gedacht, biocentrisch misschien en antropocentrisch ook, maar de feiten wijzen het uit. Ik heb me altijd sterk verzet tegen de visie dat wij 'slechts' een stofje zijn, toevallig ontstaan in een uithoek van de ruimte. Dat zijn we namelijk niet totdat het tegendeel wordt bewezen. En dat bewijs ontbreekt ten enen male, ondanks alle speurtochten naar leven in het heelal. Alles wat wij zien, zeggen, bedenken en doen, elk wereldbeeld dat wij ontwerpen, elke uitspraak die we doen over het heelal of over het elementaire deeltje, alles is door ons en vanuit ons gezegd. Geen ander perspectief bestaat er en daarom is het logisch dat wij het centrum van de schepping zijn. Niet omdat wij dat in hogere zin zouden zijn, want wie zal dat nu kunnen weten, maar omdat wij dat zijn uit de aard van ons bewustzijn.

De 43 sterrenbeelden uit dit boek

Nederlands	*Latijn*	*Engels*	*Duits*	*Frans*
Andromeda	Andromeda	Andromeda	Andromeda	Andromède
Arend	Aquila	Eagle	Adler	Aigle
Beker	Crater	Cup	Becher	Coupe
Boogschutter	Sagittarius	Archer	Schütze	Sagittaire
Cassiopeia	Cassiopeia	Cassiopeia	Kassiopeia	Cassiopée
Cepheus	Cepheus	Cepheus	Kepheus	Céphée
Dolfijn	Delphinus	Dolphin	Delphin	Dauphin
Draak	Draco	Dragon	Drache	Dragon
Driehoek	Triangulum	Triangle	Dreieck	Triangle
Grote Beer	Ursa Major	Great Bear	Grosser Bär	Grande Ourse
Grote Hond	Canis Major	Big Dog	Grosser Hund	Grand Chien
Haas	Lepus	Hare	Hase	Lièvre
Hercules	Hercules	Hercules	Herkules	Hercule
Jachthonden	Canes Venatici	Hunting Dogs	Jagdhunde	Chiens de Chasse
Kleine Beer	Ursa Minor	Little Bear	Kleiner Bär	Petite Ourse
Kleine Hond	Canis Minor	Little Dog	Kleiner Hund	Petit Chien
Kreeft	Cancer	Crab	Krebs	Cancer
Leeuw	Leo	Lion	Löwe	Lion
Lier	Lyra	Lyre	Leier	Lyre
Maagd	Virgo	Virgin	Jungfrau	Vierge
Noorderkroon	Corona Borealis	Northern Crown	Nördliche Krone	Couronne Boréale
Orion	Orion	Orion	Orion	Orion
Ossenhoeder	Bootes	Herdsman	Bootes	Bouvier
Pegasus	Pegasus	Pegasus	Pegasus	Pégase
Perseus	Perseus	Perseus	Pereus	Persée
Pijl	Sagitta	Arrow	Pfeil	Flèche
Raaf	Corvus	Crow	Rabe	Corbeau
Ram	Aries	Widder	Ram	Bélier
Rivier	Eridanus	Eridanus	Fluss Eridanus	Eridan
Schorpioen	Scorpius	Scorpion	Skorpion	Scorpion
Slang	Serpens	Serpent	Schlange	Serpent
Slangendrager	Ophiuchus	Serpent Holder	Schlangenträger	Serpentaire
Steenbok	Capricornus	Goat	Steinbock	Capricorne
Stier	Taurus	Bull	Stier	Taureau
Tweelingen	Gemini	Twins	Zwillinge	Gémeaux
Vissen	Pisces	Fishes	Fische	Poissons
Voerman	Auriga	Charioteer	Fuhrmann	Cocher
Walvis	Cetus	Whale	Walfisch	Baleine
Waterman	Aquarius	Water Carrier	Wassermann	Verseau
Waterslang	Hydra	Hydra	Hydra	Hydre Femelle
Weegschaal	Libra	Scales	Waage	Balance
Zuidervis	Piscis Austrinus	Southern Fish	Südl. Fisch	Poisson Austral
Zwaan	Cygnus	Swan	Schwan	Cygne

De 38 sterren uit dit boek

Ster	*Beeld*	*Bijzonderheid*
Albireo	Zwaan	kop (van de zwaan)
Alcor	Grote Beer	ruitertje (van Mizar)
Aldebaran	Stier	de volger (van de Pleiaden)
Algol	Perseus	duivelsster (hoofd van Medusa)
Alioth	Grote Beer	dikke staart (van de Beer)
Alpha Draconis	Draak	eerste ster uit de Draak
Alphard	Waterslang	de kop van de Waterslang
Alrisha	Vissen	knoop of strik (in de staarten)
Altair	Arend	vliegende adelaar
Antares	Schorpioen	tegenhanger van Ares (Mars)
Arcturus	Ossenhoeder	beer-ster (Arkas, de berenhoeder)
Bellatrix	Orion	vrouwelijke krijger
Benetnasch	Grote Beer	de rouwende
Betelgeuze	Orion	schouder van de reus
Capella	Voerman	het geitje
Castor	Tweelingen	zoon van koning Tyndareus
Deneb	Zwaan	staart (van de Zwaan)
Deneb Kaitos	Walvis	staart van de Walvis
Denebola	Leeuw	staart (van de Leeuw)
Dubhe	Grote Beer	rug (van de Beer)
Fomalhaut	Zuidervis	mond van de vis
Gemma	Noorderkroon	(bloem)knop
Hamal	Ram	kop van het schaap
Megrez	Grote Beer	stuit (van de Beer)
Merak	Grote Beer	lende (van de Beer)
Mira	Walvis	de wonderbaarlijke
Mizar	Grote Beer	paard (van Alcor)
Phad	Grote Beer	dij (van de Beer)
Polaris	Kleine Beer	poolster
Pollux	Tweelingen	onsterfelijke broer van Castor
Procyon	Kleine Hond	eerste hond (vergeleken met Sirius)
Regulus	Leeuw	kleine koning
Rigel	Orion	linkervoet van de reus
Sirius	Grote Hond	onbekend: afgeleid van Osiris?
Sirrah	Pegasus	navel (van het paard)
Spica	Maagd	korenaar
Vindemiatrix	Maagd	druivenverzamelaar
Wega	Lier	vallende adelaar

Literatuur

Abele, U. *Saatzeitversuch zu Radies*. BD. Land und Gartenbau, Band 3, Darmstadt, 1974.
Abrami, G. *Correlations between lunar phases and rhythmicities in plant growth under field conditions*. Canadian Journal of Botany 50, 1972.
Allen, R. H. *Star Names, Their Lore and Meaning*. Dover, 1963.
Bakhuis, R. W. M. *Feiten en fabels uit de sterrenwereld*. Veen, z.j.
Baravalle, H. von. *Die Erscheinungen am Sternenhimmel*. Freies Geistesleben, 1962.
Beekman, W. *Biometeorologie en celdelingsactiviteit*. Doctoraalverslag Universiteit van Amsterdam, 1974
Beekman, W. *Planeten en Aarde* (1). Vruchtbare Aarde, 2, 1978.
Beekman, W. *Planeten en Aarde* (2). Vruchtbare Aarde, 4, 1978.
Beekman, W. *De zon*. Jonas, 25, 1979.
Beekman, W. *Een zonneklare maankaart*. Jonas, 7, 1983.
Beekman, W. *Het kosmologisch onderzoek en de werkelijkheid*. Jonas, 21, 1983.
Beekman, W. *De kloof tussen beeld en teken*. Jonas, 4, 1984.
Beekman, W. *De dansende dierenriem*. Jonas, 5, 1984.
Beekman, W. *De groene oasen van Maria Thun*. Jonas, 22, 1984.
Beekman, W. *Kosmische voeding voor de aarde*. Bolkbericht 15, Louis Bolk Instituut, 1986.
Beekman, W. *Sterrenrubriek*. Het Duizendblad, 1986/1987.
Beekman, W. *Buitenaardse zaken*. Jonas, 21, 1989.
Beekman, W. *De zin en onzin van astrologie*. Jonas, 5, 1991.
Beekman, W. *Kosmobiologie*. Prana, 94, 1996.
Beekman, W. *Gunstige tijdstippen*. Vruchtbare Aarde, 2, 1997.
Beekman, W. *Maanbiologie*. Vruchtbare Aarde, 2, 1997.
Beekman, W. *Geheimzinnige getallen*. Bres, 193, 1999.
Beekman, W. *Duizend jaar hemel*. Bres, 200, 2000.
Beekman, W. en B. Brandsma. *Wat sterren vertellen*. Kosmos Z&K/Teleac, 2002.
Bilt, J. van der. *De Astronomische Hemelverschijnselen*. Thieme, 1933.
Bisterbosch, L. *De Sterren- en planetenkalender*. Christofoor, jaarlijkse uitgave.
Bittleston, A. *The Seven Planets*. Floris Books, 1985.
Blattmann, G. *De zon, hemellichaam en godheid*. Vrij Geestesleven, 1979.
Brown, F. A. & C. S. Chow. *Lunar-correlated variations in water uptake by bean seeds*. The Biological Bulletin, 145, 1973.
Brueton, D. *Over de maan*. Elmar, 1998.
Bühler, W. *Die Sonne als Weltenherz. Freies Geistesleben*, 1966.
Bühler, W. *Ieder jaar is anders*. Christofoor, 1979.

Bühler, W. *Das Mass des Regenbogens*. Freies Geistesleben, 1993.
Bühler, W. *Das Pentagramm und der Goldene Schnitt als Schöpfungsprinzip*. Freies Geistesleben, 1996.
Burnham, R. *Celestial Handbook*. Celestial Handbook Publications, 1967.
Burns, J. T. *Cycles in Humans and Nature*. Scarecrow/Salem, 1994.
Burns, J. T. *Cosmic Influences on Humans, Animals and Plants*. Scarecrow/Salem, 1997.
Callatay, V. & A. Dollfus. *Goldmanns Atlas der Planeten*. Goldmann, 1969.
Carlier, H. *The Moon and Agriculture*. ILEIA, 3/1, 1987.
Conradt-Marne, I. *Mondphasenversuch mit Mais*. Demeter, 30, 1930.
Cornelius, G. & P. Devereux. *De verborgen taal van de sterren*. Fibula, 1996.
Cumming, B. C. *Biological Cyclicity in Relation to some astronomical parameters*: a review. In: Tomassen, G. J. M. et al. Geo-cosmic relations. Pudoc, 1990.
Dewey, E. R. *The 8-Year Cycle*. Cycles 20/2, 1969.
Dewey, E. R. *Stock Prices and Space*. Cycles 43/1, 1992.
Dijk, G. van, E. van Heck, C. Kruyt. *Zonnevlekken en landbouwproductie*. Landbouwkundig Tijdschrift, 5, 1989.
Dühnfort, E. *De goochelaar en de duivelsster*. Christofoor, 1985.
Edwards, L. *Variations in the Forms of Plant Buds*. Science Forum, 5, 1985.
Edwards, L. *Geometrie des Lebendigen*. Freies Geistesleben, 1986.
Endres, K. P. & W. Schad. *Biologie des Mondes*. Hirzel, 1997.
Epicurus. *Over de natuur en het geluk*. Historische Uitgeverij, 1998.
Eijgenraam, F. *Een kosmische reidans*. NRC, 28 december 1990.
Falck-Ytter, H. *Das Polarlicht*. Freies Geistesleben, 1983.
Gauquelin, M. *Cosmic Influences on Human Behaviour*. Aurora, 1985
Gilmour, P. *Moonlight and the germination of seeds*. In: http://members.aol.com /_ht_a/permianbry/hope-htm.
Gogerty, R. *Teelt beïnvloed door de maan*. De Voor, juni 1983.
Hagemann, E. *Himmelskunde*. Die Kommenden, 1972.
Hancock, G. *Spiegel van de hemel*. Tirion, 1998.
Heaf, D. J. *Capillary Dynamolysis*. In: www.anth.org.uk/Science/capdyn.htm
Held, W. *Jupiter und Saturn ordnen das Planetensystem*. Das Goetheanum, nov. 1995.
Heyting, L. *Alle zegen komt van boven*. NRC, 16 september 1978.
Hoerner, W. *Zeit und Rhythmus*. Urachhaus, 1978.
Hofer, V. *Der Mond*. Bayerischen Rundfunk video, 1994.
Hommersen, B. *Planeet Mars brengt vaak koude mee*. Vruchtbare Aarde, maart 1987.
Hommersen, B. *Van palingvangst tot tomatenoogst*. Vruchtbare Aarde, januari 1990.
Hommersen, B. *Alles op zijn tijd*. Vruchtbare Aarde, jan/feb 1995.
Hulspas, M. *Hemel en Aarde*. Intermediair 27, 1989.
Huntley, H. E. *The Divine Proportion*. Dover, 1970.
Hunziker, P. G. *Beiträge zu einer Astrometeorologie* (I). Elemente der Naturwissenschaft, 1, 1964.
Hunziker, P. G. *Beiträge zu einer Astrometeorologie* (II). Elemente der Naturwissenschaft, 2, 1965.

Hunziker, P. G. *Planetenkonstellationen und Zirkulationsprozesse in der Atmosphäre.* Elemente der Naturwissenschaft, 8, 1968.
Julius, F. H. & E. M. Kranich. *Bäume und Planeten.* Freies Geistesleben, 1985.
Keller-von Asten, H. *Sterne schauen Dich an.* Walter Keller, z.j.
King, J.W. et al. *Agriculture and Sunspots.* Nature 252, nov. 1974
Koepf, H. et al. *Biologisch-dynamische land- en tuinbouw.* Vrij Geestesleven, 1976.
Kolisko, L. *Sternenwirken in Erdenstoffen.* Orient-Occident, 1927.
Kolisko, L. & E. Kolisko. *Agriculture for Tomorrow.* Eigen uitgave, 1939.
Kolisko, L. *Der Mond und das Pflanzenwachstum.* Eigen uitgave, 1933.
Kollerstrom, N. *In het licht van de maan.* Ronde Tafel 1, 1983.
Kollerstrom, N. *Note on Human response to the Lunar Synodic Cycle.* In: Tomassen, G. J. M. et al . Geo-cosmic relations. Pudoc, 1990.
Kollerstrom, N. Venus: *The Rose & the Heart.* In: www.astrology-world.com/venus.html.
Komrij, G. *De Nederlandse poëzie van de 19de en 20ste eeuw.* Bert Bakker, 1984.
Kooistra, M. *Ontmoetingen met bomen.* Kosmos-Z&K, 1998.
Kranich, E. M. *Die Formensprache der Pflanze.* Freies Geistesleben, 1976.
Lamb, H.H. *Climate: Present, Past and Future.* Volume I. Methuen, 1972
Landscheidt, T. *Sun-Earth-Man.* Urania Trust, 1989.
Landscheidt, T. *Cosmic Regulations of Cycles in Nature and Economy.* In: Cycle Synchronies: The Interrelationships of Physical, Biological, Social and Economic Cycles. Foundation for the Study of Cycles. Irvine, 1990.
Light, M. *Full Moon.* Jonathan Cape, 1999.
Lönnrot, E. *Kalevala.* Vrij Geestesleven, 1985.
Lücke, J. *Untersuchungen über den Einfluss der Saatzeiten nach dem siderischen Kalender auf Ertrag und Qualität von Kartoffeln.* Lebendige Erde, 4, 1982.
Lum, P. *The Stars in our Heaven.* Thames and Hudson, z.j.
Lynch, D. K. *Atmospheric Halos.* Scientific American, april 1978.
Malin, D. *The Invisible Universe.* Calaway Editions, 1999.
Marti, T. *Die Lebenswelt der Käfer.* Freies Geistesleben, 1998.
Meeks, J. *Planetensphären, Planetenkörper.* Mathematisch Astronomische Blätter, 1979.
Meesters, P. G. *Mijn sterrenwacht.* Scheltens & Giltay, 1943.
Moore, P. *Watchers of the Stars.* M. Joseph, 1974
Mulder, E. *Zon, aarde en mens.* Servire, 1966.
Mulder, E. *Zon, maan en sterren.* Christofoor, 1979.
Nederlands Bijbel Genootschap. *Bijbel.* Haarlem, 1988.
Neumann, E. *The Great Mother.* Princeton, 1974.
Niedhorn, U. *Mond-Tierkreis-Rhythmen im Pflanzenbau.* Lebendige Erde, 4, 1974.
Otten, M. (vert.) *Edda.* Ambo, 1994.
Ovidius. *Metamorphosen.* Atheneum, 2000.
Patterson, F. *Portraits of Earth.* Firefly Books, 1997.
Paungger, J. & T. Poppe. *In Harmonie met de Maan.* Becht, 1995.
Perrey, W. *46 Sternbilder und ihre Legenden.* Verein für ein erweitertes Heilwesen, 1981.

Perrey, W. *Sternbilder.* Urachhaus, 1981.
Peters, H. *IPM in Nicaraguan cotton.* ILEIA Newsletter, 6, 1986.
Plichta, P. *God's secret Formula.* Element Books, 1997.
Podirsky, K. *Leben – Gestaltendes Ziel?* (ongepubliceerd manuscript)
Purce, J. *The Mystic Spiral.* Thames and Hudson, 1990.
Radin, D. I. & J. M. Rebman. *Lunar Correlates of Behavior.* Proceedings of The Parapsychological Association 38th Annual Convention, 1995.
Radin, D. I. *The Conscious Universe.* Harper Collins, 1997.
Rakhorst, H. D. *De kust van Noord-Holland en Texel: ontwikkeling en voorspelling.* Nota Rijkswaterstaat Directie Noord-Holland, 1989.
Ramm, H. *Zur kosmologischen Symptomatologie der Grippe.* Der Merkurstab 5, 1998.
Rist, L. *Die Sonnenfinsternis vom 11. August 1999 im Rundfilterchromatogramm nach Pfeiffer und im Steigbild nach Wala.* Der Merkurstab, 2, 2000.
Rossignol, M. et al. *Moon cycle and nuclear DNA variations in potato callus of root meristem.* In: Tomassen, G. J. M. et al. Geo-cosmic relations. Pudoc, 1990.
Rossignol, M. et al. *Struggle of Life.* Treemail, 1998.
Saint-Exupéry, A. de. *De Kleine Prins.* Donker, 1978.
Schad, W. *Rhythmen in der Natur und im Menschen.* Lebendige Erde, 3, 1985.
Schilling, G. & W. Beekman. *Een beeld van de hemel.* Tellus, 1985.
Schilling, G. *Gezichten van de maan.* Aramith, 1994.
Schilling, G. *De salon van God.* Wereldbibliotheek, 1996.
Schilling, G. *Sterallures.* Volkskrant, 15 april 2000.
Schmidt, G. W. *Baum-Entwicklungen zwischen Erde, Mensch und Kosmos.* In: Sternkalender 1985/1986. Philosophisch-anthroposophischer Verlag.
Schmidt, T. *Der Mondphasen-Zyklus und das Wetter.* Elemente der Naturwissenschaft, 2, 1965.
Schmidt, T. *Die kosmischen Raumeshüllen der Erde.* In: Endlich, B et al. Der Organismus der Erde. Freies Geistesleben, 1985.
Schmidt, T. *Die Sonne – Fixstern und Zentrum unserer Welt.* Die Drei, 7/8, 1999.
Schultz, J. *Rhythmen der Sterne.* Philosophisch-Anthroposophischer Verlag, 1963.
Schultz, J. *Tierkreisbilder und Planetenlicht.* Mathematisch-Astronomische Blätter, z.j.
Schultz, J. *Pflanzen, Planeten, Goldener Schnitt.* Forschungsring für Biol-Dyn. Wirtschaftsweise, 1968.
Spiess, H. *Zur Frage der Wirksamkeit kosmischer Rhythmen und Konstellationen.* Lebendige Erde 6, 1987
Spiess, H. *Chronobiological Investigations of Crops Grown under Biodynamic Management.* Biological Agriculture and Horticulture, 7, 1990.
Spiess, H. *Haben lunare Rhythmen Bedeutung für den ökologischen Landbau?* In: Zerger, U. et al. Forschung im ökologischen Landbau. Stiftung Oekologie und Landbau, 1993.
Spiess, H. *Kosmische Rhythmen und Pflanzenbau.* Die Drei, 7/8, 1997.
Sternkalender. Philosophisch-Anthroposophischer Verlag. Jaarlijkse uitgave.
Stoll, G. *Natural Crop Protection.* Joseph Margraf, 1986.

Sucher, W. O. *Das Drama des Universums*. Mellinger, 1959.
Teichmann, F. *Die Sonne und ihre Verehrung in den alten Kulturen*. Die Drei, 7/8, 1999.
Thun, M. & H. Heinze. *Zusammenhänge zwischen Mond-Tierkreis-Konstellationen und den Pflanzenanbau*. Elemente der Naturwissenschaft, 6, 1967.
Thun, M. *De stand der hemellichamen en hun invloed op aarde*. Nederlandse Vereniging tot bevordering der biologisch-dynamische landbouwmethode, 1973.
Thun, M. *Zaai- en werkkalender*. Jaarlijkse uitgave, vanaf 1995 als 'Kosmos agenda', Hesperia Rotterdam.
Tomassen, G. J. M. *Een onderzoek naar een mogelijk verband tussen terrestrische en extra-terrestrische cycli*. Doctoraalverslag Landbouw Universiteit Wageningen, 1983.
Tomassen, G. J. M. (ed.) *Geo-cosmic relations*; the earth and its macro-environment. Pudoc, 1990.
Tomassen, G. J. M. *De aarde in het zonnestelsel: een dynamisch continuüm* (I). Intern rapport Landbouw Universiteit Wageningen, 1995
Tromp, S. W. *Studies Suggesting Extra-terrestrial Influences (Apart from Solar Radiation) on Biological Phenomena and Physico-chemical Processes on Earth*. Cycles, aug. 1982.
Urton, G. *At the Crossroads of the Earth and the Sky: an Andean Cosmology*. University of Texas, 1981.
Venker, J. W. M. & M. C. Beeftink. *Mars and temperature-changes in the Netherlands*. In: Tomassen, G. J. M. (ed.) *Geo-cosmic relations*; the earth and its macro-environment. Pudoc, 1990
Vergilius. *Het boerenbedrijf* (Georgica). Atheneum, 1980.
Vlaar, M. *De Schepping*. De Bezige Bij, 1997.
Vreede, E. *Astronomie und Anthroposophie*. Philosophisch-Anthroposophischer Verlag, 1980.
Widmann, W. *Welke ster is dat?* Thieme, 1961.
Wolber, G. & S. Vetter. *Samenjahre der Rotbuche und Planetenstellungen im Tierkreis*. Sternkalender 1973/74. Philosophisch-Anthroposophischer verlag.

Enkele geraadpleegde en aan te raden internet sites:
www.cbt.virginia.edu/tutorial/otherrhythmsinfra.html
www.crosswinds.net/~pignut/animal.html
www.crosswinds.net/~pignut/Bibliography.html
www.crosswinds.net/~pignut/Lunar_gardening.html
www.kkeys.home.texas.net/~kkeys/spirit/moon/moonseed.html
www.members.aol.com/_ht_a/permianbry/hope.htm
www.members.aol.com/_ht_a/permianbry/moonrefs.htm
www.millenngroup.com/repository/solar/percyseymour1.html
www.rosicrucian.com/Rays/01029921.htm.
www.spaceweather.com/java/archive.
www.sunspotcycle.com

Register